U0003030

阿努 阿娜 阿米哈

木淚

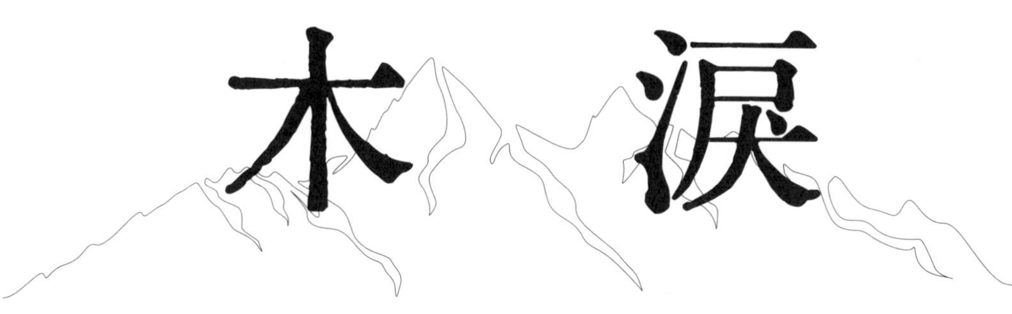

鍾文音

【出版緣起】消弭邊界，寫一座聖山

國家文化藝術基金會董事長 林淇瀁（向陽）

每位作家心中，都有一座聖山，可以一生懸命，竭力攀爬。聖山，是作家追求的理想境界，儘管它的邊界、位置、形象難以名狀，攀爬過程之艱辛也難以估量，一旦投入，就只能義無反顧，全心投入，通過字與詞的斟酌、虛構與真實的穿越，臻致個人創作的巔峰。對一位嚴肅的作家來說，書寫即生命，而作品的出版則是作家和社會對話的平台，有待八方讀者和他對話交流。閱讀，就是讀者鼓勵作家繼續聖山志業的禮敬。

當代重要小說名家鍾文音這部《木淚》，是國藝會長篇小說專案出版以來的第五十部作品，也是她繼《短歌行》、《別送》之後榮獲長篇小說專案的第三部作品。鍾文音從事專職寫作已歷三十年，佳構頻出，成果豐碩，迄今已榮獲國內三大獎項：吳三連獎、臺灣文學獎金典獎｜年度大獎、聯合報文學大獎的多方肯定；她也是在國際文壇中頗受矚目的作家，先後獲邀參加美國愛荷華大學、聖塔菲藝術中心、德國柏林文學學會……等國際駐村機構的寫作，與眾多國家作家相與交流。國藝會能從旁促成《木淚》的出版，與有榮焉。

在《木淚》這部小說中，鍾文音展開的是全新的寫作策略，她刻意不帶入實際地名與族群，藉以消弭所有刻板的邊界，來創建一個擬桃花源的虛構世界。小說的主要角色阿努，是從事植物研究的日本人；阿娜，是從小和母親在山林觀光區販賣珠鍊手環，長大後因美術創作而重返山林的女性；阿米哈，是原住民族裔後代，與阿努早在美國求學時相遇，而後重逢聖山。他們三人成長背景截然不同，卻在北回歸線一帶的聖山，因為一齣名為《木淚》的舞台劇而交會。鍾文音透過小說刻繪人與土地的共生共死，以及在歷史邊境來回漫遊的命運，野火燒盡，聖山淪為「剩山」，為大地招魂，一如她所說，這是一部「是木淚，是字淚，也是人淚」的小說，深刻且耐人咀嚼、尋味。

從「台灣島嶼三部曲」（《艷歌行》、《短歌行》、《傷歌行》）到「母病三部曲」——散文《捨不得不見妳》、小說《別送》與札記《訣離記》，乃至《想你到大海》、《溝》以及這部《木淚》，鍾文音的寫作從來不局限於任何框架，她的創作風格多變，勇於嘗試文體變換。過去她的島嶼書寫，善用六根（眼、耳、鼻、舌、身、意）的投入，演繹千山萬水的濃情深意；這部《木淚》則融合了小說、書信、劇本、報導、俳句等不同文類的寫作形式，繁複而精彩地開展具有突破性的小說新格局，令人驚艷。

國藝會從一九九六年成立以來，致力國家文化藝術的專業補助，期望營造有利於文化藝術工作者的創作環境，維護各族群特有文化藝術及語言的傳承，文學補助當然是其中重要的一環。長篇小說專案始於二〇〇三年，歷二十年而不輟，補助的作家作品不但備受矚目，更有不少出版後隨即榮獲各重要文學獎的肯定。從今年開始，專案更輔以「文學青年培養皿」課程，以擴大推動台灣文學的閱讀與本專案成果推廣。我要特別感謝長年贊助本專案的和碩聯合科技公司，也期望有更多企業加入贊襄台灣文學、樹立文化典模的行列。

目次

【壹】鄉關

離鄉的人　阿努

討海的山鬼

他是秉燭夜遊者，暗光鳥，山鬼後裔，隱隱躲在神木裡的異族山鬼。

從少年時代開始，天亮時刻屬於他一個人，天黑之後也屬於他一個人。

他騎著自行車去魚市場幫忙母親批發漁獲，賺取學費。他愛山，但十八歲前隨著祖父與母親去討海，討生。戰後，海洋比土地豐饒，可以讓失去父親支柱的家活下來。

但他是不下海的討海人，聞著魚腥，晚上難眠，做著攬海大夢。

他愛森林，酷愛樹木，植物氣味清新，無語又有言。

直到祖父生病，深信有因有果的祖父想，應該離開海，血海充滿龍宮的吶喊。於是他們離開海，回到土地，回到故居。木屋的院落外有棵大樹。重病的祖父望著窗外，喃喃吐出一葉一菩提。他當時聽了並不懂，但看花開葉落，在遞嬗分明的四季，他總是感到胸臆滿懷著有如種子等待發芽的小宇宙。

和祖父同住過的海，總是如此激烈，那般戲劇性的衝擊，在伏流中暗藏撕裂廝殺，藍潮下是紅流。不是他這般沉靜個性所能承受的波濤洶湧。他愛山，山風細雨霧夜，即使摧枯拉朽也還是讓他踩在土地上。

聞到泥巴氣味，他的心就能發芽，吐出希望。就像他的城，核殤後在廢墟的盡頭種下了一株綠意盎然的植物。

當然這是他年少的想法，那時他還不知道森林如海洋，在靜謐之中蓄積瞬間風雲變色的能量，詭譎幻化，進入者難以走出絕命森林。

他從小就跟著家附近的寺院一個出家的華人師父學習中文，他喜歡飄著木頭氣味的寺院，那時他還不知道這木頭的來處。中文的雙木成林，三木成森，他聽著師父解說的中文與發出的中文腔調，帶點如敲鼓的節奏音節，十分好聽。

仁者樂山，他想自己是這樣的屬性吧，智者樂水，他覺得自己笨，絕非智者。自然，就是他的生活，他想活得自然，如果有一天生命終結之前，他想要去旅行，死在絕命森林。（他從不想和醫生打交道，一直以來他活得像一棵野生的樹，很自然地讓身體承受變化，他從沒想過自己會去醫院，他人生第一次去醫院就是接受死神下的戰帖），距離他仰頭望著樹葉臨風搖曳時認識了第一個中文字詞玉樹臨風的那一年，他七歲。想活得像野生不修剪的森林之樹時，自是多年之後才有的感悟。

年少時期他懷著承諾，經常想著祖父臨終託囑他要抵達的島嶼，承諾在心裡日久長成了嚮往，以嚮往為抵達的座標。

島嶼之大之陌生，於他無非是定錨祖父懸念未竟的南方迴城，跨過島嶼北回歸線的迴城，祖父口中的迴城裡有一座聖山，聖山原來植滿不世出的神木，當他的祖父輩還是殖民者的時代不意發現了這座隱逸的巨靈，不禁跪下來朝神木膜拜，喊著萬歲萬歲。從此聖山千歲萬歲，人卻活不過百歲。從此巨靈流離失所，傷害尾隨而至。

如今這些神木在他的國度成為鳥居，化為神社，但神木的魂魄仍日日朝著島嶼聖山思念，聖山叢林峻嶺裡有著部落，部落裡有著美麗的姑娘，俊帥的勇士，肥美的植被沃土，健康奔跑的獸群。

祖父遺言彷彿神木懸念。他握著祖父的手，想著還沒抵達的島嶼，南方迴城聖山杉檜部落姑娘勇士沃土獸群野炊山熊毒蛇山豬，潮濕寒氣霧夜星空彩虹，他在紙上寫下這些如黏液般沾黏在心的字詞。

這有如番薯形狀的島嶼的事物開始吸引著他的是島嶼的文字與山林。如此他終於可以去除祖父後來迫於生活的討海魚腥味，轉為木香，溢散著祖父懸念聖山的山林植物氣息。

只是他生性漂泊，雖說嚮往成為一棵樹，但他卻是個落地而不發芽的旅人，他後來的人生因為移動，連根拔起，他徹底成為一個無根的漂泊者，移動者，浪人。

當然那是多年後的事了。

最早，他的水邊童少友伴還叫他樹男，山上朋友叫他山鬼或者鹿男，知道有一天他這個種樹的男人終是要離開海往山去的。

海水太鹹，沒有植物可以忍受海的遼闊與磨礫。

後來水邊友伴聽說他去島嶼旅行時都說這山與海合體，都住進這個男人的胸壑之間了。

他高中詩社社團同學都很嚮往他那義無反顧的移動，以及實踐允諾的能量，想來是曾在島嶼生活的祖父輩們的魂魄召喚著他抵達。他很沉默，但一說起祖父輩們的故事，卻叨叨絮絮，同學們聽到耳朵都長繭了。

終於成行的那天，詩社同學在學校屋頂看著飛機掠過高空，紛紛脫下高中外套，揚著衣服朝飛機尾巴的白煙氣流叫嚷著，有的瘋狂舞踏，有的朗誦詩歌，目送在詩社裡第一個離開地球，能在空中穿越白雲看見星塵落下太陽的人。

他記得那場大雨

他開始人生的第一次旅行，祖父輩的懸念掛在他的心口上，如刀似的。他的祖父輩們不僅抵達島嶼，且還是島嶼森林物種的命名者與護林者（當然這個詞他很保留，因為有護林者也有傷林者）。他的第一趟出國旅行，選擇了他口中代稱為寶島的島嶼。

他一抵達島嶼，就轉往迴城，爬向聖山去，住在深山的一間部落民宿，在部落裡學習文字語言還有辨識物種的技巧，同時他想著祖父的交代，他必須找到幫助過祖父的部落長老，去謝恩，去那部落種上一棵思念的樹。

因為他是個祖靈的寄生者，人生的還魂者。他花上很多年的旅行都沒有完成這個祖父的懸願。

他一直記得那場山林大雨。

山林暴雨，他迷路又不慎滑倒，水逐漸漫漶，他泡在水中，逐漸失溫。感到整個世界快暗掉前，他見到入海餵魚的父親，祖父與父親雙雙叫著他，推著他，要他醒過來，要他不能死，先祖的故事還等著他繼承，他不能死，還不能死。忽然雨停了，烏雲散去，天空劈下一道光，雷電閃光照在瑟縮一團幾近昏迷的他，趕路的人看見了他，其中有個看起來像是獵人的男人停下來。

還是個少年呢，獵男說。

召喚路過的族人，幾個人合力將他扛起來，扛到了獵男家裡，放在床上，他十分孱弱的意識裡逐漸感覺一絲光，四周燭火搖曳，如夢似幻，獵男的影子忙進忙出，獵男用屋內僅存的一些木塊點火，讓他取暖，然後在他的身上覆蓋了厚重棉被，甚至最後連床墊竹蓆也都找出來覆蓋在他的身上，他看起來就像是千層派疊身，但他的身體還是不斷顫抖。

太陽升起時，他醒過來，活過來。聞到了滿山濃烈的植物氣息，動物的野性瀰漫。醒來時，他見到創世紀的愛的第一次接觸的手指，那澄澈的光，像樹梢流光，像月光，螢螢發亮。他瞬間愛上山林少女，部落女孩。芬多精與費洛蒙，他以為的愛。

部落的雨溶進他的眼睛，滲著青春的滋味。

他們從坐在門口的遙遠各自一端，逐漸逐漸靠攏，最後疊在一起，但什麼事都還沒發生，只是好奇探索時，就被返家的獵男撞見，他被罵了幾聲吧嘎囉，行李就被丟在門外，獵男要他滾回山下，滾回該死的呷笨，語氣半故意是嚇他，實則知他已康復，該回家了，怕他家人擔心。

等我回來，他用簡單的中文跟少女說，少女只是笑著，甜美的笑容裡藏著早熟的風霜，一點也不相信他的話的一種笑容。

轉眼他要入學了，他的身體也日漸康復，在離開救過他的人家前，他找出母親送給自己的白色小貝殼編的手環給少女，她說著aveo veo yu，謝謝，阿里嘎多。他聽到阿里嘎多時笑了，這裡的人好像都很熟悉他的日常用語。少女接過去很自然就將串珠往手上一戴，就像他歸還屬於她的物件似的自然神情，沒有特別依戀也沒有特別想再說什麼，但見她的嘴唇有稍微動了一下。他感覺到了，在拿起簡單包袱時，抬頭看見少女遞給他兩個烤熟的芋頭與玉蜀黍，這次他不僅感覺到了，還有一種他自以為的深情躲在角落，他望著深邃眼睫的少女一眼，但少女旋即避開他的目光，轉身去舀水。在黑暗中他看不見少女的表情，默默揹起行李，轉身時只聽見水缸落水的響脆悅耳的聲音。

空谷幽蘭，他想起這個字詞時已經走在聖山的杉林，針葉林的葉脈縫隙灑下陽光，多日來的大雨已停。

離開這深山部落之屋，往山下走時，他聽見少女唱著他聽不懂但甚是動他心弦的部落森林之歌，他落下年輕易感的眼淚，彷彿為樹林的消失而落淚，也為這段陌生人的慈悲而落淚。拭淚時他想著自己不但沒找到祖父囑託的報恩人家，還因不諳地形與氣候而身陷險境，在失溫前被山民救了起來，自己的恩不知何時才能報答。

他知道自己會再回來，回來將祖父的骨灰魂埋在某棵他指定的杉樹下，臨終所託，難的不是聖山本身，而是一種抽象的指涉，某棵杉樹，在聖山遼闊的杉林裡，就像在茫茫人海裡尋找某張臉孔般困難。

戰爭期間，他的祖父因為腿傷，所以一直沒有機會重返島嶼山林，戰爭結束，祖父一度回去聖山，但島嶼正逢改朝換代的風雨欲來，於是那回難得的歸返卻匆匆離境。後來祖父就想讓兒子也就是他的父親去島嶼幫忙看樹種樹，看人看土，還願了願，他的父親還沒成行就先在海途上葬給了魚族，這遺願就此來到了他這個後輩身上，懸念彷彿已成了這家族的儀式，時間日久成了每一年都會許下的一個心願似的，就像秋祭花祭，年年歲歲故事成了願望，願望成了一炷香一口茶，祖父說的過往山林片段更像是經文似的行禮如儀，還願的本體已然隨著時間離心，加進了他的想像，早已不是最初的願，更多是疊加著他自己的幻想了吧。

懸念延宕在歲月之中，這是他打自祖父輩以來就生根的懸念，對這座山這片森林的奇異殘念。

Shimada桑，他這一刻才讀懂唇語，少女在戴上貝殼手鍊時嘴唇動了一下，原來是叫喚他的名字。少女的年紀應比自己小一兩歲？他搖頭，想要晃去自己的這種殘存的念頭，他的人就是被這種沾黏的殘影給提早老化的。一路上，他回望著這瞬間煙雲四合的山林，部落小屋早已隱去，他覺得自己彷彿做了一場漫長悠遠且不醒的夢。

山雨說來就來，他快步找到捷徑，切入溪谷，遇見山民指路，沒有迷路，順利尋回原路，在傍晚時分入住聖山旅社，平地人和山民混雜而居的山下有著另一種風情，野味炊煙，招牌上掛著羌鹿山豬，混著煙烤的木材香，閉著眼睛都能尋到旅店的指路氣味。他聽得懂的中文與聽不懂的部落語言混雜在人們聊天哈菸所吐出的煙塵中，他像是一個尋字的詩人，只要遇到新字新詞就會抄錄下來，期望自己比在地更在地，這是他向樹學習的。

通過這次的遇險，他逐步認識聖山的多樣性靈魂，山林之奇美，杉木巨靈的窺探神情。

回到家鄉之後，暑假已近尾聲，他順利申請進入大學植物系，輔修中文文學，他在學校實驗林學著如何種樹，他為自己的家園，這座等待從戰後廢墟中重生的城市種下希望，在和平的盡頭植一棵樹。

植物種子甚且是終結疫情的源頭。

祖父在病榻時曾跟他說自己能夠安然返抵家鄉全因為植物，一次是祖父在深山跌落山谷前被樹木的根部減緩了下墜的可能，一次是因為祖父的恩師川上瀧彌從南洋視察返台，寄贈奎寧種子成了島嶼栽培試驗的緣起。另有移苗株到聖山的奎寧苗株，他們發現在海拔兩千到三千尺的區域苗株適應良好，感染瘧疾的祖父因植物獲得重生。種子是佛，串成念珠。種子是藥，熬煮療疾。植物是戀，相思成林。

他在聖山山腳下買了些島嶼紅豆，他喜歡當地人說相思豆。

紅豆生南國，此物最相思。

他將紅豆種子植栽，期盼思念發芽。

有時他去山林測量種下的樹的生長高度時，總會不期然地想起被救起的部落，想起少女的眼神如一座雲海，想起獵男在救他時說了聲還是個少年呢。那時他已經高中畢業，但發育晚熟，被看成少年了，也可能因為這樣而使獵男放心將他安置家中幾日，不知他正值青春期荷爾蒙蠢蠢欲動，四處作祟著。

大學畢業後，等待進入美國研究所的長長暑假，他再次來到島嶼，輾轉抵達迴城，一路往山林往部落去。但事隔多年，他卻已找不到昔日那間救命之屋，救他的獵男人家不知遷移到哪了？當然部落少女也失聯。那是個容易失聯與失蹤的年代，他輾轉到北部旅行，讀著當地報紙，聽著新聞，才知道深山部落少女到處被平地人媒婚甚且有的還被人頭販子騙去當雛妓的故事。

於是他去了北城，天真想要不期而遇少女的可能，就像他在山林被救起的緣分，也許命運已然安排？但除了被幾個打扮冶艷俗麗的上年紀女人叫喚進屋之外，他沒有見到類似部落少女的女人，不期而遇是自己的幻想。在暗巷遊走，試著聞著氣息，街上的味道飄漲的都是錢潮的一種腐朽感，夾雜著庶民野氣生猛的叫喊，聚賭吆喝，彷彿是開發殆盡的山林死亡的再現，他忽然感到悲傷。他呼喚著山鬼，有著祖父輩靈魂的山已然失去了靈性。

以往若朝北城而去，到了夜晚時分，他想要逃離旅館那種漫長孤寂的時間，他會晃蕩北城的電影院或是居酒屋，但最後他還是沒幾天又搭上了火車，越過北回歸線，一路向南，一路向上。在越過濁水溪之後，進入消逝的芳香，倒退的稻田香蕉甘蔗林的移動風景中，他讀著島嶼文學，加強自己的閱讀能力，默默地朗誦著詩詞歌賦，他喜歡理性的自然之詩，但他卻常被感性淹沒了目光，那時他還不知道有朝一日他將落根於此。幾度漫遊島嶼的寒暑假，在他申請美國讀研究所之前，每隔一段時間來島嶼旅行彷彿已成了他生命的離與返儀式。

彷彿只有跨過海峽，越過北回歸線，才能安他的心。

這地形如桃的迴城，載著祖父懸願，裝著救過他的命的恩，馳騁著他第一次如霧般的愛情初滋味，如夢之夢的疊加在他的身上，使他漸漸的真的有如山鬼，不是那麼踩在地上的人，帶著不世故的樣子準備老去。

遇聖山故人

他申請去美國讀研究所，為什麼？他想去看看世界，這樣會讓自己更確定喜愛島嶼是眼界打開過的，不是幻想而已。看過世界仍情緣於此，夢中仍想要抵達之地仍是聖山，島嶼的一座聖山，北回歸線下的迴城。彷彿在確定真愛似的，先去周遊世界。

他逐漸習慣這個離返的節奏，直到他的母親生病，他才再次離與返迴城。闊別一年，這回他從母城歸來迴城，依然像山鬼似的遊蕩漫遊在每個夜晚，他沒有結婚，孤身一人偶爾的寂寞都在這樣的晃蕩中得到排解，居酒屋喝酒，成了他沒去聖山的城市生活習慣，酒是良伴，裡面有植物的魂魄。

去聖山為了看樹看老友，部落的人解放了他的拘謹，但他內心想找失聯的部落少女。老友阿米哈每次聽他說這個往事都笑說少女早就變熟女啦，說久了故事也逐漸模糊，或者更加沾黏。他沉默，只有和山友喝酒才說話，但在平地，他一個人經常喝悶酒，尤其在雨夜時分。

一群人喝，一個人時也喝。酒魂已經如樹根尾隨，酒可解悶，島嶼潮濕，冬日喝烈酒。夏天喝啤酒，看著樹影，覺得十分爽心。

他對於迴城一切的城市想像，是以東瀛大城微縮成小城的想像，迴城是他夢中的微型之城。除了夜市喧騰外，於他餘皆靜然。穿越市街，除了幾條鄰近車站的大街外，泰半這座小城一過九點街心就傳來店家商鋪收拾桌椅的聲音，十點之後，鐵門很快就拉下來，陷入黑暗的店家，甚至少了城市大街熄燈後依然保有燈光照射的夜之華，因此走在街上黑漆漆的，尤其迴城市區街樹高聳而密雜，野性自然氣息瀰漫。街燈將他這個旅人的身影拉得長長的，一種入夜的寂寥萌生，他確定自己在這座城市是孤獨的，但這是他喜愛的孤獨，深入遊晃城市核心之後，被晃蕩出來的一種心情。

他走在當代建築下，遙想著一座杉池倒影著昂貴的木頭，那像是收納了整座森林的靈魂，砍下的木頭化作廟宇、屋子家具……從一枝鉛筆到一座神殿，檜町一丁目二丁目三丁目四丁目五丁目，日治時期的檜町，一路連成古城繁華。「檜」字如貴族姓氏，位居町內營林所製材工場的上位，驕傲地躺在劣材的上方。高山鐵路以北的製材廠與鋸木廠，日夜轉著支解木材的苦痛歡愉。

這天晚上他興致好，一個人走到電影院門口，看著熱騰騰的門口站著幾個年輕人，遇上迴城一個月一次的電影晚場半價，大排長龍。他很訝異迴城的人活得頗古典，還是會看二輪電影。他沒買到票，一個人走去居酒屋，讓喧嘩成為背後音。突然他聽見有人朝著他叫「阿本仔」，騎樓甚且有老人家惡意地朝他叫四腳仔，他笑著低頭望著自己的腳，明明自己只有兩隻腳。不知為何大家都看得出他是阿本仔，明明他的中文如此流利，他從小練習去腔調，至於講台語伊嘛也通。

走著走著，他想可能是因自己的臉生得一張典型的北國臉，像年輕的祖父。年輕的祖父和老師早田文藏與川上瀧彌留下幾張黑白合影照片，面容個個都十分嚴肅，祖父的臉瘦削，但額頭高，顴骨高，且有稜有角，看起來穿的西裝過大，影像背後經常都是島嶼的農舍或芭蕉林，有幾張在聖山杉林拍的他特別喜歡，旁邊有部落男女圍繞。

資料記載著祖父在島嶼因氣候潮濕溽熱常生病。他看著祖父幾張僅存的肖像，終於知道為何當地人說他生得一張「阿本仔面」了，他感覺自己是怪物，又像是人臉長出四隻腳的希臘神獸。

那時他已經被阿米哈等老友叫做阿努了。天神阿努沒有神力，只有人間的所眷所戀。

走在迴城，他常以目光還原成過去之景，同時心想著如果許多木造屋仍在，那麼這城將成為島嶼人集體對日治舊景的想像遊廓，迴城很可能成了古都的變形。島嶼人懷著像樹木原生種卻被殖民的痛苦扭曲的想像，卻也可能同時懷著某種奇異的鄉愁？人相處久了，分別的淚水裡都會藏著思念，尤其迎來的是另一個更破碎更幻滅的世局時。

當然他知道消失的未必就是美好，新生的也有自己的風光秩序。

懷舊有好有壞，就像回憶。

這城長期瀰漫一種隨意感，連行道路的樹木都是如此蔓長，和他的故里的井然如此迴異，更像是他的感性底層。吸引他的目光，或許是因為他的骨血裡留著先祖植物學家的基因。甚且這迴城讓他感覺有著古都的味道，他可以很快把他城變母城。城市街道竟樹木可參天，不刻意修剪的林相又和古都大不同，島嶼南方更有野性的思維。大街小巷是騎單車的快樂之地。數條自行車道延展視野，他租了卡達掐遊蹤老城。路大，外環道路兩側有寬闊的綠樹森林，自行車道在此林間穿梭，得以免去不安之危，又有遮蔭之庇。一路他哼著日文歌壽喜燒，想著晚上也來吃壽喜燒。

每一段車道都有不同的風景，樹影風情迷惑著旅人的目光。他想起剛抵達此城時街道兩旁開滿阿勃勒花，金黃花朵隨著微風搖曳，南國小美人總是飛舞著花漾姿態。燦爛如陽，一路陪伴他這個歐吉桑，他覺得自己也很像大樹開花，任性得彷彿天涯海角也不悔的倔強姿態。

他騎著騎著騎到了某個街角，他看見一個女生在拍著照片，女生轉身時他突然心裡萌生一種說不清的奇特感受。

走到累了，他才回到租處。

走回租處前，他去便利商店買了罐啤酒，在騎樓下喝了幾口，然後點起一根菸抽著，吞雲吐霧地望著大街，街上依然是南方那種濃濃沉入黑甕的夜，屬於迴城的夜晚如植物，安靜宜人。

活成一棵樹

他具有辨識與命名植物的能力，愛山林愛植物的本能，無可取代與比擬的熱情。在初春裡，重返南方佳木之城，迴城依然，他瞬間彷彿就把少年時那種想要坐擁山林的丘壑之心給再次召喚了。他當時心裡突然有股不祥的念頭產生，他想如果有一天注定生命要終結，要離開這座島嶼時，那麼往後只消在魂魄裡種上一株植物，就會遙想起整個南方，整座城的亞熱帶風情。

是開花的大樹，讓整座小城有了春天。遠遠地，那樣的黃，失真的黃，飽和的原色，黃金風鈴木美得如此不具真實感。占滿他的眼鮮明至像是被油漆潑灑的視覺，像得了花粉熱病的瘋狂，如此綻放，讓他訝異，整株樹除了枝幹的褐色，其餘就是鵝黃的花舞，旋轉。南美洲的狂熱花朵移民到此，帶著巴西嘉年華似的集體歡愉。艷麗如青春，花期短暫且不禁風暴，一夜大雨，花朵盡落。四季風情迴異，開花時全然綻放，連綠葉陪伴都捨。一過花季，隨著氣候加溫，長葉結出可愛果莢，翅果飛揚；秋日綠葉繁盛，遠觀就和一般的綠樹無異；直至冬日葉落滄桑，烈性漸見。烏秋立枝頭，映襯鄰近的桃色艷紫荊，繽紛著整座城市的春意盎然，發春之城，生如夏日燦花，花開半夏。

他看著植物定在原地的樣貌時，他想像著植物內部的液體流動，常想起植物學家像解構建築般的看見植物內部有其自我的韻律之詩，抽長的愛戀是光亮與黑暗的相合，植物學家將看似靜止的植物空間以流動之眼重新注入目光，植物內部的形態與構造成了一座植物學家眼中的小星球，各有巧妙，也如教堂如神廟，堅硬的核子就是核心，抽芽之後，繞著莖柱為中軸，逐漸開枝散葉，串長蔓延成一個完整的小宇宙。

迴城讓他能夠隨意短暫饗宴視覺的是欖仁樹，或者開花如櫻卻枝幹如玫瑰長刺的美人樹，散著北回歸線下的南方安逸情調，枝葉水平擴展，樹姿如超級大傘，當秋冬葉脈轉紅轉豔時，紅傘遍開天際，樹葉竄燒如烈焰，樹性堅強，實是南國好兒女。南國大樹情人這般大器，不然無法活得如此自在爽然，適應得了乾旱，也活過了寒氣。

每一棵樹木都讓迴城的過往如此地輝煌。強悍樹種，活過了千年百年，甚至有了神性神格，有如在人間修煉自己的節氣。

他喜歡樹木之外，也喜歡島嶼各式各樣的市集與廟會活動。島嶼的神有如神的市集，各種神尊目不暇給，熱鬧異常，如封神榜，和古都的靜肅如此氛圍不同。後來他才知道迴城的市集不只分東西市，還分文武場。

武場的小販個個聲音啞嗓，經常叫喊。木材商行雲集。迴城的樹都極其未被馴服，倖存的木造屋留下了印記。一九五〇年代的木材商人名冊裡有林番婆、林歡邦、陳天地、蔡義雄、廖武男、蘇添丁……入列的山鬼們，一個名字就是一座迴城的身世。木材商行取名榮昌、榮記、榮發、榮瑞，一片榮景。

五〇年代他的出生年代，戰後嬰兒潮已成老人國。

林番婆，番頂厝，番茄，番麥，番號，他很早就學會的一個字，番。

阿米哈說他也曾被叫番，番還分生與熟。

舊地景依舊，時間快轉，他已成歐吉桑，年輕人看到他也會叫聲大叔或阿伯了。

在迴城的假日，他經常一路走至販售植物苗圃的小街巷，有時他這個山鬼會和城隍爺說說話。蓮花與金銀紙錢香燭的店家叫喚他買供品，他都笑著搖頭，他聽見有人說阿本仔不拜城隍，但見他時常來，無知來創啥？人們不知他純粹喜歡廟宇，喜歡聞著山林似的氣味，檀香沉香，有時還飄散著化學混的香氣，或是供奉鮮花的香味貼身撲鼻。廟門是信仰入口，大廟多有石獅，城隍廟蹲立門牌的石獅巨大，很有氣勢。他從右邊入廟門，看見廟的木門旁站著兩個人，旁邊有油彩罐，原來是在做古蹟維修。城隍廟有三關六門，門神的畫風細緻、神韻活潑。

他讀著牆上的歷史文獻，記載著城隍廟在一九三六年五月曾由市尹伊藤英三發起勸募活動。一九三六，他還沒出生，山鬼還在幽冥界遊蕩吧。但他經常在夢中遇見祖父，彷彿他就是祖父的代訪者，就像這城也有代天府。

他喜歡讀迴城縣誌，這是他認識這座城的另類方法，雖然古典，卻能勾引出細節，使他的中文更增功力。比如他認識「眾神歸天」，才知眾神滯留人間有朝一日也終將返回天庭，他想自己是否也是如此，終將回到他的故土？不知為何他突然感到一種悲傷，且身體有個部位的疼痛。

他的腦海瞬間跑到被他留在原鄉的母親，沒注意到岔路口一輛車子竄出，他緊急止步，掛在衣服裡面的媽祖神像的紅色小掛牌劇烈晃了晃，他感到瞬間如一道光燦的神符，紅艷艷地澤披在他的眼前，他沒被撞到，但緊急也踩剎車的車主拉開車窗，探出一顆頭朝他罵著三字經。

風吹在隨著鐵道緩緩爬升成寒帶景色的山林之間。幻麗幽微的山林女神有時在暗中窺伺著，林間微光閃爍如星。他以為在多元的物種中，神靈駐足過，直到人驅走了神靈，只有植物，接納了神靈，最後有的還成了神木。他想植物是真正的靈性領袖，山林也許有不世出的隱士神者在森林深處，沒有人知道他活過多長的時間。作客森林的他無法窺見這種神性，但他見過部落巫師，一個腳踏實地的耕耘者，護林士，看守人。森林茂密，樹木開心，神靈在此。鐵道櫻花在一片陽剛中顯得突兀而奇異，如血色的美，緋紅地開在一片綠幽靈中。殖民的痕跡如花枯萎，卻總是會再新生。山間迷霧終年盤旋繚繞，地衣青苔隱密自成世界。泰半的人都抬頭看山林，很少低頭觀看地衣落葉。冬風一吹辭枝辭土，春天工人在山林整杉枝，落葉滿地，簌簌聲響，踩起來像夢。

常夏之島，夏天漫長，晝夜高燒，如他當年青春歲月的空白，涉世未深的人，一直想活成一棵樹。

為何喜歡島嶼？家族國族都是建構他嚮往的神話。中文吸引著他，聖山山林植物吸引著他。都說島嶼是寶島，他當年青澀年紀的世界中心的中心，長久目光定錨的核心焦點。

但他的時代旅行便利，於是他比其祖父抵達島嶼的年紀還要早個約十年。

杉，他從小映入腦門的字眼，彷彿長出根鬚，在心中種下了一株名為島嶼的冷杉，他知道自己有朝一日會抵達這心中的常夏之島，但卻從不知道會在這裡教書旅行，且最後還遇見了命運之神。植物如風傳媒，當起他的媒人。

在廢墟的土地上種下植物，就像聞到希望的空氣。

山林播客

避開人多的鐵道，在屬於部落的古老領地裡，神祕如織女般的晝夜播種。偉大神靈的智慧靈性中心，他希望這些可以取代老遠跑來吃便當，拍照打卡，以為已經抵達千山萬水的觀光客，引領他們走進自然靈性，多樣物種的多音迴響。

往後他記錄的山鬼檔案多半根據他一路以來思索的筆記與歷史資料再次還原，重新書寫拼貼關於祖父輩們與其時代的迴城與聖山故事。

彷彿母土先祖們要藉著他贖罪似的，當然當時年輕的他是不明白的，一旦進入山林，他彷彿獲得了進入寶庫的密碼，神木活了那麼久，久到都成神，久到連時間都忘了這些已進入封神榜的樹神。他喜歡進入山林，因為可以忘了時間，和神對話，和神木比老的靈魂他是有的，祖父輩曾抵達的山鬼情懷他更是經常擁抱。

他喜歡部落，雖然部落也難以維護古老傳統了。即使在深山林內，遊客卻如織的年代，人們任意貼文，聖山失去寧靜，一如人在聖母峰，卻可將征戰歷程上傳到雲端社媒。世界再無空白之地。

部落人曾告訴他，他們並非是不懂科技的山裡人，直播抖音播客他們可都熟悉了，只是做與不做而已。山裡人說認識他之後，他就是部落和外界的某種連結，他書寫的檔案終將會將山裡人帶到了外在的世界。

阿米哈說，你的到來就是我們的連線，你就是聖山的播客，你就是連通山林與外界的夢境。

那個曾因送上黃褐色的味噌みそ而被誤以為送上大便來羞辱部落的東瀛先人已然被誤殺死亡經年，先人應該會去天庭寫冤案吧。每回他去偏鄉山林部落都特別小心說話與禮節，唯恐文化衝突與習慣差異引來殺身之禍。

他閱讀著祖父輩在台的遺蹟，有驚心動魄有血流成河有絕美愛情有惆悵萬千，這些前行者先行者發現者掠奪者施予者播種者收割者，經常擺盪在腳程與研究室的動靜之間。一觸即發的異族異語，可能引發戰爭也可能使友誼長存而彼此為之大躍進。

腳程帶回的故事或者採集，安靜地航進研究室，長期如繭的標本，等待解析，孵化成知識。

像植物般的多樣性之心，才能鑿出多一條的逃生之路，小心說話，記得微笑，祖父臨終提點。祖父輩進入山林的啟示，不要心存文化偏見，雖然他小時候一直有偏見。起先他也是對外在世界一無所知，所幸家族探勘與歷史閱讀，影響了他的學習，他成了有著中文魂的東瀛郎。哲二是次郎，他有個哥哥哲一，一郎，讀音聽起來像是一級弄。他去美國讀研究所的室友是來自島嶼聖山的阿米哈，阿米哈喜歡他的暱稱阿努，他喜歡被這麼叫著。

說起這個暱稱，是有一回他們去美國聖塔菲的曠野星空下，他說起少年時喜愛的東瀛天神阿努的故事。阿米哈聽了說那就叫你阿努，多好記，又神勇，我輩中人。男人都要有個勇士的氣魄。說完，阿米哈又遞給他一杯酒，喝到整個星空都墜入了眼底，聽見酒瓶滾在紅土上的哐噹哐噹聲響。

阿米哈，想起這個正度過喪禮的勇士，他已有頗長一段時間沒有見到阿米哈了，阿米哈在祖父喪禮過後不想見任何人，只捎來訊息說蝴蝶飛來時就是相見時。

阿米哈的祖父晚年都把自己關在屋子，不讓陌生人靠近。但奇怪的是，他每回聽阿米哈說起，總覺得和阿米哈祖父像是認識很久的老朋友。

他喜歡植物之外，還喜歡文字。樹木是有形的氣味撲鼻，文字是隱形的氣味，有視覺有感知。他的哥哥哲一則不喜歡閱讀，但他的哥哥也是以氣味構築世界的人，只是世界替換成麵粉奶油起司砂糖可可咖啡茶。食物元素是哥哥的地理座標，哥哥在少年時就曾告訴過他要用紐西蘭奶油澳洲起司福爾摩沙砂糖非洲可可肯亞咖啡英國紅茶，東瀛麵粉與抹茶，這是屬於他哥哥哲一的世界地圖。

沒有支那？露西亞？米國？他當時還天真地問著哥哥。

哥哥想了想就回說，支那太大還真不知要買什麼，露西亞最好的東西都很貴，像是松子松露，米國的東西太速成了。

福爾摩沙砂糖，他聽了十分嚮往，他最喜歡吃糖。高中一畢業他就來島嶼旅行，看到平原的起始與盡頭都是甘蔗園時，他就明白這座島嶼的砂糖是如此的甜蜜。後來他也去了中國旅行，甚且到美國留學。美國的東西太速成了，他吃著漢堡想著少年時想開麵包店的哥哥說。後來哲一真的當了個甜點烘焙師，和哲二成了兩個世界的人。

他最喜歡哥哥的手作克林姆麵包。

克林姆，奶油麵包，哥哥還會在烤的表面抹上香蕉油的味道，麵包躲藏著對父親最後給他們香蕉乾的思念。

想想突然肚子飢餓起來，他才發覺自己不知不覺徒步時很多往事如雲飛過，已然時間過了中午。他就近在一家快炒店點了炒麵與蔥炒山豬肉。有一桌團客在他前面等上菜，於是他也等了些時間，等待時他點開手機看看哥哥的手作麵包坊近來更新的臉書貼文，麵包除了復古口味，很多都已進階成健康概念的五穀麵包，唯獨克林姆和大福抹茶紅豆麻糬是不變的。

他喜歡的食物都是油膩膩甜滋滋的，可能心裡太苦，或者長期沒有人照顧他的緣故，他是外食族，初老了還是烈酒香菸甜點燒烤不離口。

北國和島嶼像是他個性的兩端，顯性拘謹，隱性放任。他經常從一個地理的語言與植物去辨識一個地方，阿米哈曾說原來自己和阿努的哥哥是屬於同一國的，因為阿米哈也是經常從食物去辨識座標，小時候就是吃貨，還經常吃土，聖山的土一吃到阿米哈的嘴裡，就可以解析土地的祕辛，辨識濕度、礦物的成分，彷彿他的舌尖就是陽光空氣水。

阿米哈的舌尖就像他的哥哥的舌尖可以解析甜度筋度香度。他自覺自己的舌尖遲鈍，但卻有求知精神，對於不認識的日文中文（或英文）一定先死記然後查閱，沒看過的植物一定找圖鑑對照。就像阿米哈和哥哥，他們對於沒吃過也沒看過的食物一定會聞看看，吃吃看。

阿米哈曾誤採毒菇，他分送給村人，當晚村人集體上吐下瀉，有人還抽搐，因巫醫去了北城，症狀輕者只好將重症者一一載往山下，住進迴城的基督醫院。他們喜愛的基督，可以安撫他們在陌生的地方，何況他們還有無盡的想像力可以被帶到平地，想像力可以減少他們對封閉白色圍城的害怕。

阿米哈說只要給我一棵樹我就有座標，白色床單是天空，點滴是山泉，針筒是獵槍，氧氣是山風，窗外的天空是雲海，落日是彩虹。唯獨當醫院送來餐點時，他們都想立馬回家烤山豬。

阿米哈的嗓音帶著菸嗓，酒精焚燒過的陰暗喉間吐著語詞，阿努聽了十分入迷，彷彿在聽一場私我的降靈儀式。

他說起自己的哥哥哲一是吃客，想當食神，卻也是經常誤吃，尤其是人造合成的食物裝進不少在肚子裡。但說來也怪，哥哥哲一開麵包店，呷胖，吃麵包，又愛吃甜點卻並不胖，反倒他自己喜愛山林，也經常散步遊走，卻愈發胖了。初老之後，他的肚子很大（那時他還沒有病識感，不知自己能夠看這片山林風景已然剩不了多少年了）。他以為身體這件事就像植物四季流轉般自然。他是感性又理性的人，習慣用五官感知世界，但更多時候也用理性分析。以喜歡植物的方式來喜歡文學，以喜歡文學的方式來喜歡植物，彼此都有了如實驗性的自我與如天馬行空想像力般的感知。

來自山林的阿米哈，靠著舌尖飛翔想像，抵達尚未抵達的事物與地方，他會藉著顏色形狀想像食物的味道，揣摩測度和自己吃過的食物做連結或者試圖找出與日常食物不同之處，形成一種參數的對照組。不若他對食物並沒太大興趣，只是因為想念哥哥哲一的麵包或者阿米哈的烤肉才會開始對食物有一種鄉愁感。

想到阿米哈的烤山豬肉時，小炒店恰好送來了山豬肉蛋炒飯，這是唯一可以媲美阿米哈手藝的店家，老闆娘是部落美麗姑娘，雖遲暮仍美，炒菜時邊唱山歌，整間小店黯淡角落都發光。

吃完熱炒，喝了罐啤酒，老闆娘還笑他說大白天的就開始喝酒，還真和我們對味。他靦腆地笑了笑，結了帳。拐進巷子，往麵包店去，經常是他上日文私塾課前課後的果腹食物。他買的麵包很固定，克林姆麵包巧克力麵包蔥花麵包甜甜圈，甜甜圈是美國時吃上習慣的，島嶼的麵包每一款都好吃，軟甜，甜甜圈裹著一層白白糖霜，像故鄉的雪花。

經過和菓子鋪時，他想上山看望阿米哈時，要帶些伴手禮，務必帶上阿米哈愛吃的佐保姬和菓子，內餡紅豆泥，還有芝麻抹茶，口味極甜。

阿米哈經常將麻糬拿去烤山豬的炭火上烤熱，邊烤著且邊唱著春之佐保姬，不打獵的獵人唱著獵人歌。然後阿米哈喝酒看星星，拍著他的肩膀說，阿努，如果有人占你的土地，奪你的家產，欺你的家人，你會反抗嗎？

他說這還用說，當然會啊，以死相抗。

阿米哈瞬間如泰山拍胸說，所以我們不是叛亂，是反抗侵略者的欺壓，但我們的祖父輩們被槍殺了，年輕一輩去了北城卻也殺了人，但殺與被殺都是反抗被欺負。他聽得不是很明白，但知道阿米哈心中有很多的痛。

山珍弟與海味兄

阿米哈曾笑說他自己來自山林是山珍弟，跨海的阿努是海味兄。阿努回阿米哈，這可不妥，山珍弟與海味兄是東瀛神話起源，神話是海味兄快溺斃時被山珍弟救，從此不僅要常常表演溺斃以示不忘恩情，還要低下如狗的吠著以表歸順。阿米哈聽了笑說，那你吠看看，阿努轉身揍了他幾拳。阿米哈起身跑，笑說，吠幾聲有什麼關係，替你的先祖們贖罪，哈。美國大學的宿舍裡有人開窗朝在草地追逐的他們倆喊著，安靜，死黃種人。

高貴的野蠻人，他想起高更的大溪地畫作返回巴黎展出時的媒體標題。

他們笑著不再追逐，躺在草地植被，望著星海。

阿米哈說他以前常去高山杉林沉思，望著前方廢材搖曳的姿態。廢材不被挑選才留了下來，日久成神木。阿米哈說他也要當廢材，以後回島嶼也不去教書也不去就公職，他喜歡山林，他靠山林就可以活下來。考取公費出國留學只是為了看世界，為了歷練，不是為了等待獎賞，不是為了日後進階。

「我只有山路沒有仕途。」

想起阿米哈這句話，他已走到往昔的榮町，從神木櫻花日出雲海轉成物質性的世界，在便利商店就可以買到山湖出產的雞腿弁當，隨手可得的弁當，瞬間就把人帶到野外。他最愛吃弁當，覺得島嶼人甚是可愛，喜歡暱稱小某某或啊某某，他就被叫阿努，他也喜歡被這麼叫著，覺得親切。

小七賣的聖山驛站っ弁當和麵包交替吃，就是他的日常晚餐，單身漢的食物好解決，熱量高營養卻不高。

腦海閃過阿米哈吃佐保姬和菓子的神色，這個看似野放但實則嚴謹的哲人。阿米哈在美國研究哲學，這個室友經常彈吉他唱著蒼涼的部落之歌，或者聽貝多芬巴哈馬勒，讀尼采叔本華馬克斯等哲思。在那個古典年代，他們也習慣寫信給彼此，手帖成了他們當年深交的方式。

那時的世界是由讀的書構築了內我，阿米哈離開母土，喝洋墨水準備返鄉教學校不教的書，教孩子們愛山，以山養山，未必要離山生活，也不用羞恥於一生都在山林裡的自然生活，陌生人沒有慈悲，陌生人是傷害。

世界不需要每個人去踩踏，世界已不是指所在的此地，世界也不是無邊無際，人的世界是由認知的邊界所畫下，記憶邊界會決定了想像的深遠。

比如只要朝阿米哈喊出一個山字，他的腦波就會連結到森林。思索著什麼才是真正的植樹，植樹和種樹不一樣。

阿米哈是種樹的男人，而他是愛樹的男人。

阿米哈說種樹只是種下去，是當下的，種樹之後才是植樹，是有未來性的。

他覺得阿米哈的部落裡人人都是詩人，且文字優美。植樹要快，伐木與破壞來得又猛又快。護林人與伐木者，山鬼與山鼠，日夜攻防。森火，星火燎原。唯獨森林大火不是古老文明與靈性的火光，是災難之始。

比如城市人上山，有只為口慾煮食而大意地引發的大火，這火往往可以燒上幾日幾夜。神靈的集體哭泣，但起霧的雲海會消滅火苗。石中留白的山嵐，打磨著日光的泉澗，朝霞煙霧，高山的底色與森林的天然紗帳。阿米哈不必學習，山就在他的心臟裡，但阿努知道自己必須始終都在森林裡向大自然學習靈，才能認識靈，到最後才能像阿米哈的那種境界，靈入他，他入靈。

在森林這個共生世界，若被外來者破壞了系統，只能共亡。任何一方的苦難或滅亡，都無法讓另一方活下去，阿米哈堅信多樣才是神明駐足之地，神也喜歡熱鬧，不喜歡單一，物種嘉年華。阿努也憂心著森林的滅絕，但阿米哈卻樂觀說，最壞的時代已經翻頁了。他經過阿米哈的解說才明白最壞的時代是綠色山林蒙上白色的迷霧年代。當年他們在美國還曾一起租車行旅山林。某一回他們在某個印第安部落被部落人招待喝一種奇異的死藤水，是由一種不死的藤割傷之後所日夜滴成的淚水，淚水有靈。喝了靈水，有人跳舞有人吶喊有人呢喃有人靜默如鐵。

阿米哈閉眼冥思，文字如葉落紛紛。月光松蘿霧淞鬼魅炊煙行雲自在開闊鳥雀針杉蘑菇青苔，吐完一連串不斷句字詞，忽忽唱起歌來，杜鵑映楓樹、藍鵲踏紅葉、烏鴉難回巢。前方柴火烈烈，木燒成灰，木炬成灰淚始乾，他聞到芳香，森林湧動的芬多精。樹木那種友好寧靜的樣子，他以為比人還莊嚴，是最好的模樣。

「我經常想起無辜赴死的族人，流淚的神木，厄運一定是從受傷害的森林開始的。」阿米哈寫信給他的文字，他一直記得這一段話。

穿過枯燥無味的磚石壘壘，在迴城市區一入夜竟也有邊陲之感，田野和他一起走進了他的房間。展開它那綠色的手臂，讓鳥兒在夢中啼囀，葉落也隨之翩翩起舞。夢中他回憶起島嶼，就像枕臥著一條河流入眠，他的胸膛於是就像一座山林，冷霜空氣隨之進入心房，猶如剛剛摘下的璀璨星辰，閃亮前進的座標。

雲海就坐在身邊，如白灰相間的浪。在寂靜之中，他聽見音樂的樹梢上掛滿著各種美妙的燈火，閃閃發光，成熟而還沒蒂落的愛情，鑿開思念，其中居住著一束閃閃發亮的未完成懸念。

然後他讀文學，讀史料，寫信給在天堂的父親與祖父，還有祖父的植物學前輩們。老到已經可以當爺輩的植物老祖宗，早田文藏，一位台灣爺，島嶼植物界的奠基之父。他在筆記本上作了個記號，台灣爺，祖父的其中一位相逢於島嶼的老師，臨終前囑託後代要到島嶼尋找先生們的蹤影，魂埋骨灰在樹下，以弔祭先生們以前的看重與施恩。

從島嶼返回故里，一度討海謀生，最後棄海歸田，成了一個農夫，耕一畝田度過晚年的祖父，為何後來不再研究植物了？要他尋訪聖山恩師研究的杉林是為了彌補什麼？報答什麼？是因為愧疚嗎？因為辜負了先生們的期許？祖父轉彎的路徑也許只是為了好好生活下去？畢竟後來父親突然過世，祖父就此放棄研究之路，研究之路漫長，無法養活一家人？

他想一定是這樣的吧。

沿著兩岸的樹蔭下漫步，兩旁轉印在石上的車站黑白照片，照片人生停格，唯獨旅人的聲音飄進耳膜，時空置換，新穎之姿除魅了歷史，故感傷不再。觀光也是一種歷史嫁接，將人的心情轉介到當代生活，遊園夢不驚，背包客啖咖啡香。偶爾心海會飄過老火車的鳴笛彷彿從夢中駛來，把他帶到往昔的山林慨嘆。

但很快地，刷新的世界，悠悠然又闖進心海。

傷心往事毋須播放太久，因為就像照鏡子，照見就行了，毋須打破鏡子仇恨它所顯影的一切。何況他們照完鏡子，看見鏡中的美麗與醜陋後，還是得離鏡，轉身去生活的。如美人辭鏡，如樹辭土。

旅人是轉身就走，就是回頭再三，也得背對，離去。但這次他不轉身了，他已轉身太多次，離開又歸返，歸返又離開，離岸的人，他想定錨島嶼。等著自我重疊亡靈的對話與身影，等著新山新林的新際遇來到。

他胡亂寫著自以為詩的碎片手記，直到門鈴響起，學日文的幾個私塾學生來了，準備留學東瀛的學生都來上密集班，加強語文能力，就像要考美術班的學生去補強素描似的認真。日文腔調開始從木窗飄散而出，彷彿是舊時代的再次召喚。

微縮的山

這日，看天色還早，他彎進天長地久泡沫紅茶店喝珍珠奶茶，像是聞到了聖山的茶香，今晚將不寂寞了。每回離山城愈近，他就愈發年輕起來，最後一路倒退成十幾歲的半成人，那場山中暴雨，老獵男與他的族人，夜晚柴燒的氣味，醒轉之後喝的第一口湯，第一口山豬肉。第一眼望見的老獵人的目光如炬，把失溫的他燒得通火透明，如天祭。

他一個人閒走著。逛夜市不宜一個人，因為窄仄的狹長小徑上隨時隨地碰撞到人時，都在提醒他是一個人。

分離，死別，使他變成孤家寡人。他的友伴都不在這座島嶼，早已各走各的路。首先是語言的分道揚鑣：他喜歡中文，朋友喜歡英文。他來到島嶼，他們經常去的是紐約倫敦舊金山。

阿米哈先前寫信來說祖父亡靈已然抵達聖山之巔，守喪結束。於是邀他上山看星星，烤山豬肉吃。

又是山豬肉，他讀著信失笑著。

他突然在街上看見一個感覺熟悉的小女孩身影，感覺熟悉，但熟悉什麼他也不清楚，只是忽忽想起那個遙遠的山林下午，一個小女孩走上遊覽車。他以為轉身即一輩子再見的女孩，自此分道揚鑣的身影，忽然被文化路上的小女孩的記憶在瞬間裡彌合。

阿米哈交代他上山前幫他去市場採買些東西。迴城的東市場讓他充滿了奇異的魅惑，彷彿他是隻鬼，在上千盞燈泡裡飄盪。有百年老店的招牌掉漆著還可見的日治時代電話番號。他念著號碼，心想這號碼連結到哪？

他喜歡當地人叫市場為菜市，上揚尾音意味著庶民性格。這座市場不僅祭廣大市民們的五臟六腑，更是作為祭天拜地的諸神喜愛的大市集。

東市場像是古老微縮的山林，從聖山滾到人間的神木，以檜木搭蓋的攤位，連切肉的砧板都是檜木殘塊，每一道傷痕都是金幣，都彷彿是疼痛。肉販剁肉時，好像連砧板上都飄逸著檜木香氣。他見到某些剁肉的檜木攤位柱子下貼著「南無阿彌陀佛」字，在陰暗且到處濕漉漉的血肉甬道裡，彷彿這一切的殺戮就在這句佛號裡有了救贖。一盞盞的燈泡映著持家的歐巴桑臉色柔軟，雖然手持屠刀，但卻不見殺氣。

肉販們邊切肉邊念南無阿彌陀佛？他覺得人真有趣，贖罪似的邊殺生邊放生，人就是矛盾，他也是矛盾，夾雜在文化擺盪之間的人。

他還算壯年時曾隨著公路開通後抵達，那時他是一個觀光客，已從美國讀書回來，從過去的高中生遙遠跋涉到山林，後來抵達山林竟轉變成只需幾個小時，對山林的破壞更加劇。當年他一有假期總會來聖山，在入山前，遊覽車司機總是會送他們到東市場，一想到當時遊覽車在山腳下成排的盛況，他的腦海瞬間充斥著喜悅的喧嚷之聲。遊客下車吃飯、買酒、零食、飲料等。

他喜歡上山前隨著人潮走進這條醬菜街，這是他學語言的地方。聽見油蔥粿肉粿菜頭粿甜粿，攤位上的女人一直喊著貴貴貴，他學著複製。阿米哈有回聽了對他戲說，貴就是很貴，他笑了，後來才知「粿」閩南語發音「貴」。

在肉品市場外邊，集結著幾家醬菜販仔，醬菜可以帶到山上不會壞，他常買來送給阿米哈。醃製的鹹菜一桶桶地放在街道邊，故鄉的滋味就此如潮浪般地打上了腦海。醬菜讓他想起東瀛老家，母親總是踩在鹹菜上的雙腳鵝黃黃地染著色素，那些酸菜鹹菜為白米飯添色，胃口也因之極好。

東市場內的牛雜湯，是迴城人的早餐，從早上五點賣到中午，看來迴城人不僅樹長得豪邁，連胃都展現著一股血性與豪氣。他穿越整座東市場濕漉漉的肉品街，磨刀霍霍在身後時，他已隨著彎進好幾個區域。

從黑暗小巷穿出，熱鬧杯盤人聲與香味猛然撞進他的眼耳，桌椅拉到騎樓的吃食小販滾燙著盤中飧，食客眼神發亮。必然是好吃，生意才能頂過夜晚。他聞到牛肉湯的氣味，帶著血腥的甘美。加入這夜晚的食客獵人隊，點餐時覷著烹煮者手中切的薄片生牛肉，川燙後丟入水果熬的湯底。平常他不太覓食逐物的，但作為一個旅人他嘗鮮。

暗光鳥的樹木園

臨睡前，他把採買要帶上山的物品打包進手提袋內，忽忽想起在車站附近落腳的旅館櫃檯前照見的女生。一種故人之感卻不知從何而來？他一時也無法弄清楚，也許只是因為他訝異這年輕女生的目光竟躲藏整個宇宙世界苦楚的那種震懾吧，或者他習慣感知目光的哀愁，畢竟他從小就在自己母親的哀愁眼光中成長的。是的，一定是這個女生的目光召喚了他想起母親，這個堅強又總是在勞動的女性，使他經常看到的母親總只是對望一眼的目光與恆久的背影，總是轉身走在長長小路的母親，逐漸縮小成一個黑點的背影。

回憶使人口渴。

他在旅社看著窗外的樹景，倒了杯水喝，一口飲盡，覺得水甘甜，頗有故鄉的滋味。他點開手機信箱，收到阿米哈的短信寫，島田君到哪了？山神已備妥酒和滿滿的力量迎接海味兄。

海味兄，阿米哈又故意這樣叫他，這小子，他搖頭笑著。心想阿米哈山上常曬有野生的果乾，經常有香蕉芒果龍眼。他突然很想吃一根香蕉乾，香蕉乾彷彿殘存著父親手的溫度。

他喜歡喝山林的水，煮著高山茶和雞湯特別好喝。

迴城的水好喝，創作者把水當死藤水，激起迷幻的慾潮。

他不須死藤水，但他會想去看樹。

他在先前入住的旅館櫃檯寄鑰匙時，不意間聽見女將問這女生怎麼會一個人來迴城玩？女生說其實自己就住迴城，但因為有點偏遠，明天一早要去樹木園嘉年華會擺攤。

樹木園，這是他最喜歡迴城市區的地方，心想上山前也去晃晃，他已經很久沒去了。

每回晃蕩島嶼，樹木園就成了他的植物之莖，放射的支柱。

進入樹木園，雖然他覺得樹木園就和動物園一樣都局限了動植物的世界。

鼎沸的喧騰聲量覆蓋園內的昆蟲鳥鳴。

樹木園樹高且密，樹多且雜，毫不壓抑地竄高著，擴展的姿態，覆蓋整個天空，將涼風與陰影披覆來者，誰能不愛這樣自由不羈又熱切布施涼風的樹木園。他看著城裡的人在這座樹木園各自取得愉悅，孩童在這裡玩躲貓貓，少年少女在這裡徜徉愛的初體驗，中年人在這裡獻上體力與志工，他夾在半青半老的初老之途，彷彿只適合在這裡看樹看景或者健行漫步，一座樹木園也是一生的延展，拾起一片枯葉，吸納衰頹身體的美地。

他這個暗光鳥，如此近距離的觀看林梢的暗光鳥，還有黑冠麻鷺蜥蜴大蜘蛛，大蜘蛛正編織著巨網，懸在兩棵大樹之間，優雅的殺手，樹木園裡的牠，習得不動聲色的禪學功夫。

穿過滿園闊葉林與針葉林交錯，恍然以為不在市區，有種置身高海拔之感。直到他走累了，在涼亭裡停下歇憩，黑蚊子嚙咬他的腿時，他知道在亞熱帶，低海拔的園區是一處實實在在的亞熱帶樹木園。植物是老靈魂，南方樹木園，過去是東洋殖產局橡膠實驗林地，現在是整座小城的肺。它如此魅惑著他的眼，故被蚊子嚙咬竟也有幸福的存在感。植物和他一樣，很多也是移民，尤其從南洋群島、澳洲與南美洲等地而來的熱帶與亞熱帶樹種，百年將此繁衍成一座擬仿的森林。

他細看著園區的桃花心木、肯氏南洋杉、黑板樹、印度紫檀、鐵刀木、柚木、巴西橡膠樹。有些外來種已然強勢擴展地盤，有的則枯葉滿枝，奄奄一息。有的挺拔林立，自然樸實，有的老去但不倒下。小徑蜿蜒，林蔭蒼鬱，林場風清下，他跟著動線來到了一座寫著讓我和你的動物說說話的招牌。

竟有人在樹木園標榜和動物溝通，這讓他覺得有意思。

他站到動物溝通的攤位前，再次看見這一雙讓他覺得又熟悉又陌生的眼神。

他先是在旁邊看著，聆聽著女生和動物主人溝通的神態。看久了，他確定自己確實是不認識這個女生的，但這熟悉感從何而來？

他才想起在先前的旅館櫃檯曾和這個女生短暫一眼交會，但他確信這不是熟悉感的來源，因為那一眼和平常在店家買東西的任何一眼並沒有不同，就是對望而已。那一眼當時並沒有讓他勾起這種熟悉又陌生的感覺，但現下他盯著女生看，聽著女生的聲音。或許有人天生就容易讓人覺得親切而誤以為似曾相識？

女生讓他召喚整個過去的回憶，屬於山林的，部落的，亞熱帶的風情。

眼前的這雙眼睛，目光看起來為何如此悲傷，卻讓他有彷如故舊之感？深黑的瞳孔如一座深海，但他又覺得這女生不像是來自山林部落。

他帶了一個小包，換穿上球鞋，打算往山林去，假日之後，山林回歸山林，回歸安靜的山林，才是屬於他的旅程。

他近來沒課，日文班的學生都跑去東瀛玩了。只有他這個東瀛人喜歡待在島嶼。

不老的蘿莉塔

時間不慌不忙，慌忙的是人們，山林也不忙，植物只靜靜地打磨日光，植物留下枯槁，某種曬傷的痕跡，他從小就喜歡收集植物標本，只有植物可以死亡時仍保有美麗。

往昔停滿遊覽車載滿他們這群東瀛人的觀光遊覽車已然零零散散稀稀落落，他看見部落有許多孩子在攤位上販售各式各樣的紀念品。小女孩兩隻手臂掛滿了珠珠串串，走到後座，盯著他，雙眼黑白瞳孔放光，也如霧神水仙樹靈。他瞬間就決定全買下小女孩的串珠，還引來前方一陣鼓掌，他真為自己的同胞感到丟臉。當時他覺得自己很鄉愿，表面行善但其實是被小女孩那黑白分明的發亮瞳孔給吸引了。

回到東瀛之後，那些串珠就給了卡桑去發給鄰里朋友當旅行紀念品，婦人都喜歡手串，讚嘆寶島串珠顏色綺麗。他唯獨留下一串黑白相間的串珠，像是小女孩水汪汪的瞳孔，串珠就一直擱在東瀛老家的神龕，他想護佑這女孩一路長大平安，也算是了了一樁旅途萍水相逢的懸念，他將串珠放在神龕案上還笑了一下自己竟然還殘存著浪漫之心，荒山之石無以補天，就化為串珠琉璃，常伴楊枝淨水。

像被往事召喚似的，他看看火車鐵路時刻表，還有時間，就信步走到其他攤位，看了一下簡陋木桌上鋪著彩色布的紀念品，他望著串珠，沒有黑白相間的，抬眼小女孩也是瞳孔發亮，黑白分明，只是少了當年那個聖山小女孩特有的一種又甜美又憂傷的氣息。他隨意挑了個黑繩上繫著一顆黑白珠子的簡約手串。

阿里嘎多，小女孩說。

他笑了笑，心想這一句話就像南無阿彌陀佛般耳熟能詳。他才明白以往母親都笑自己多情多思。卡桑，在心裡輕輕叫喚著，真沒想到是這樣的懸念啊。

他抬眼望著山色，只有這煙霞永恆是山林底色，彷彿望著望著，靈魂都被暈染了水神的潤澤。山高水遠，往事轉眼即逝，記憶卻隨手可得。

東郊鹿寮里，梅花鹿很美，他拿出筆記本夾著向那個在樹木園擺攤的女生買的一張明信片，上面畫著梅花鹿，他很喜歡就買了一張，還買了一本手作筆記本。女生跟他說這些售出的物品都是義賣喔，然後對他說了一聲阿里嘎多，這一聲讓他整個神經都像琴弦瞬間被拉緊。

女生桌上的美麗手繪植物圖是他喜歡的風格，植物素描淨雅，他很喜歡就給了女生一張名片，名片印的名字是阿努。這是他第一次對女生搭訕，轉身時他想自己真不知是哪條神經接錯了，他自嘲著，然後又冥思女生聽得出他是東瀛人？他失神笑著自己的衝動，看著被街燈照拉長的身影搖著頭。真不知自己怎麼了，竟和陌生女生搭訕。但那個陌生女生又覺得眼熟，奇異的眼熟。

他試著在腦海裡轉著這女生的眼神，一度想起還是高中生時在山林失溫被救起所遭逢的部落少女，但很快就否決了其中的關聯，因為樹木園的那個女生的眼神乾淨卻複雜，不若當年那個部落少女就只是單純。而且當年那個部落女生若走到現在也是歐巴桑，和女生的年輕顯然搭不上邊。

他忘了問那個女生關於義賣贊助的對象，他想可能是認養流浪動物，看女生攤位的細繩上掛了很多的流浪動物照片，有的受傷有的飢餓有的日曬雨淋有的被捕獲。

他彷彿又看見一個小小少女。

他想她已不在山腳下賣串珠了吧。細數時光，如蘿莉塔繼續擺攤，也將成為帶著另一個蘿莉塔的母親了。

冥思著往事種種，覺得時間的步履快速，已然初老的歐吉桑瞬間又更老去了。

一個年代的流行就成了一群人的集體記憶的憑弔客體。

只消給一個遺址，覆轍者就能勾勒拼貼一些消失的時空吧。聖山不走山，但神木走神。

大通二通易主中正中山，他的永恆三腳都是古都畫都木都。

中文有意思，「都」也是全部，一切。

這城有著他的一切的核心。

只消給他一個小小少女的影像，他就可以召喚想念的風，思念的雲，雖然他也不知道他究竟在思念什麼？他根本只和那個女孩對望過一眼。

他吹著窗外的山風，望著前方的樹林，打從少年就愛上的此山此樹此地此人。他在筆記本寫著：迴城來的人，心裡藏著一個幻影，永遠不長大不老去的小少女。

他在心裡呼喚幻影，感覺就像在美洲接觸過的迷幻植物之謎，女孩就像鬼針草，沾刺在他的記憶裡。但女孩不是這裡人說的刺查某，他幻想她該是溫柔查某。

查某，島嶼人教他的台語。

他在美國留學接觸的死藤水所帶引意識的迷幻草藥以此最為難忘，可治病和通靈，他渴望藉此和往事通靈，但往事的本身就已然是死藤水了。

女孩是他沉在心海的亞特蘭提斯，存在一個至今還找不到的謎。

他徘徊此城，北回歸線之南。

聞著行經而過的氣味，像受傷的植物般，發出強烈的記憶召喚。他試圖嗅著飄忽而過的往事，尋覓舊影。

即使面對面可能都不相識的一抹如山鬼般的舊影。

返鄉的人 阿娜

轉身的青春

阿娜闔上窗戶前，不禁再次看了一眼西曬的小房間，窗外一片夕霞火紅，一抹晚照的天色將她的心溫燙得寂寞，像在北城燒熱的時間紅炭，終將滅去最後的青春之火。

她將鑰匙放在門口玄關木櫃上，然後揹起行李，打開鐵門，扣上鐵門。生鏽的鐵門迴盪著她聽了不知多少日子的聲響。緩緩走下老公寓的狹窄樓梯，聽見身後發出幾聲貓咪爪子的刮門聲與哀鳴嗚叫，老貓勝比老友，不希望她離開，她聽出裡面的意涵。她手腕上和胸前戴著一只像是琥珀蜜蠟交串成的飾品，手環撞到鐵門，她邊走下邊盯著手環看，心疼地檢查著有無撞出痕跡。

房東是她當片場臨時助理的導演，電影殺青後，為了省房租將工作室其中一間小房承租給她。導演幾乎每晚都帶了不同的女人回家，也不避嫌她，可能以為她這樣的打工妹能有什麼能耐感知日常細節？也許男人想她不就是那種閒散度日的北漂女生，也因為這樣想的男人甚多，所以經常誤以為可以用階級權位免費取得情慾票券。但她不是那種打工妹，只是看起來小，又非正職，所以老是被當打工妹看待，導演也這麼誤認吧。

但她活得還算清醒，覺得自己有雙獨特的眼和一枝不為主流書寫的筆。但這樣一想，忽然又覺得自己確實僅僅只是一個打工妹，當筆不再為自己出征時，還能稱創作嗎？她想也許只能說自己的書寫也不過是歷史的偏見再述？

她對美術與攝影有些天分，但她也只當成興趣。對資深熟男導演而言，沒太在意擔任道具組或服裝組助理之類的女生，甚至連名字都記不得。導演經常以一種男性高位的目光將她簡化，彷彿她唯一的功能就是對導演產生一種性迷炫與誘惑，且偏見天真以為小女生會想和他這種有藝術才華又居上位者發生一種個體獨有的連結，而最快速的往往就是身體的連結。

他們在殺青後，去酒吧放鬆，另類慶功宴。幾個月前的緊密日夜不分的痛苦煎熬，終於來到了按下熄燈號的時刻，殺青變殺紅，每個人的眼睛都滲著紅絲，望著這些青春或企圖延遲青春的身體所燃燒的解放產生渴慾，她也在不斷喝混酒中給喝茫了，從微醺到醉意，正在危險邊境。她心情不好，一想到自此又沒工作了，感到心慌而狂喝猛喝。轉眼大家都散得差不多，她滯留現場，一不小心就被導演給撿回家，然後糊裡糊塗滾床單。清晨被窗風冷醒，發現自己躺在陌生的床，但衣裝完好，想起導演酒意發作，親密沒幾分鐘，竟至睡死。

這下換她酒醒，彷彿她才是撿屍人似的。

她四處在這間屋子晃著，像午夜幽靈。晃去廚房找吃的，冰箱多是餅乾，潮濕半爛的三明治。她咬了一口，吐掉。煮了咖啡，然後將導演牆上的書啃了好幾本，大部分都是關於電影論的相關書籍，或攝影書，荒木經惟的攝影作品與布烈松攝影集，流串著兩極的溫度撲向她來，熱燥與枯冷。

咖啡也不知喝到第幾杯了，牆上的書都翻到第三排了，最後她還亂看了幾部色情片。

導演終於在頭痛爆裂的低吟中醒轉，打呵欠，伸懶腰，男人有點困惑地望向坐在門外沙發區的她，彷彿在想她怎麼會坐在那裡。

她遞上一杯濃烈咖啡，導演喝了才解酒，清醒過來，醒來卻完全不記得這件事，但至少記得她這個人的存在，看她還杵在原地，問她不回去啊？

她環顧導演的工作室空蕩蕩，不知為何突然說，你可以便宜租個小房間給我嗎？一張床一張書桌即可，我沒地方住，剛退租。

導演想也好，拍片結束自己也失業了，得省些開銷。

就這樣她住進這間老舊公寓，但公寓雖舊，裡面住的人可是單身卻又正值壯年且名氣攀高的男人，周邊環繞著想要拍片的小模們，還沒變成咖的年輕女生。導演夜夜笙歌，搞得她夜夜失眠。她看影片殺時間，導演的影片間像是免費電影頻道。

不久，她接到南方一通急急如律令的電話，父親病重住院。

於是她就回南方照顧臨終父親，直到父親辭世。她再度北上，想離開卻又不知要奔向何處，望著租屋處的簡單物品，不知何去何從。心慌慌，意亂亂，忽然聽得三樓公寓樓下有人揚聲喊著蘇陵音，掛號。蘇陵音，掛號。

郵差總按兩次鈴。

第一次是好事，第二次是父親遺書寄到了。

父親的遺言成書，老派父親用寫的，在臨終時說，時間到了，妳自然會收到。還特別交代必須返鄉之後才能打開信來看。

她覺得父親真可愛，既然要回家才能打開信那為何不就放在家裡？但這樣一想馬上覺得是自已失憶了，父親最後都在病房，如何回家，但可以寫好後託付臨時看護擇日寄出，依其指定的日期。她望著郵戳，心想父親多年修行，竟能預知時至。

按捺住好奇，她乖乖的把父親的信收到電腦包內的文件夾，像收到支票似的小心翼翼。

另一個通知是好消息，好事來了，好事於她就是找到有收入有興趣的事情。她找到可以搬離這棟情慾公寓的最佳理由，申請藝術基金會的研究補助計畫案過關了，第一筆獎助金只待她簽好領據寄出就可於下個月初撥下。

她的研究計畫和故鄉畫都的畫家有關，畫都新蓋的美術館早開幕了，她都還沒時間返鄉去看展覽。故鄉再次召喚，她要離開這耗盡她青春又延遲她青春的北城了。

內耗的城市，吸乾她空轉的青春。

總算是以喜悅的心情離開北漂生活，她十分雀躍著，抱著導演養的小白老貓親了又親。在郵差按鈴時，其實小白就給了她訊息，好事來了。她擅長讀動物訊息，但卻常錯讀人的意思。

以前郵差來都不是好事，小白聽到郵差叫聲也會發出不同的音頻。郵差掛號給她的無非是她的機車被開罰單或者第三責任險未繳，或者求職通知信被錄取但薪水卻極低之類的信函，更多是遺珠之憾的投案件沒通過之類的通知信。

但這回計畫申請案通過，就像拍攝非商業影片的導演創作亟需輔導金般，她也非常需要輔導金，好輔導扶正她正在不斷傾斜的感情與人生。

整理花不上太多的時間，租在一間一張床一張書桌的小房間，她沒有太多物品，流行語的斷捨離，於她只是個名詞，她放眼房間，收集起來不過兩個包袱，就沒其他物件了，北漂生活的匱乏全寫在此刻。

機車早轉手賣給朋友，剛好在她還沒領到補助款時作為生活費，回到老家，將有父親留下的老邁汽車，老宅雖老但可安居，等著都更卻一直沒都成，好像這一切是為了等待她回去，她出生之地，她將成祖厝管理員。

眼見要生活下來已不是難事了，心情大好，謝謝父親，謝謝母親。她這樣一想時，突然發現她在意的人都在天上了。

導演先前說去大陸勘景，短時間不在家，她聯絡導演，電話沒接通。後來男人來了錄音訊息，說她可以自行搬走，不用補繳要結的房租水電等。

她把訊息刪除，丟到垃圾桶，感覺這錄音檔帶著一種對她的存在的蔑視，一種無所謂，好像她是空氣。小白怎麼辦？才在想時，就又收到導演再次傳給她的錄音訊息，傍晚他的女友會來帶走小白。

她笑著想不知哪一任女友？關門前，她聞到性愛的氣味從門縫飄出，她一陣作嘔，急急掩上門，彷彿那氣味是鬼，會追她似的讓她快跑。

貓尿般的騷氣，隨風飄送，遠離。

舊世界的小女孩

捷運馳來的風自此將轉成無言的南風，季風，東北季風。她愛風，愛山風的獵獵作響，從荒澀的荒郊一路吹進，跟著風走，跟著山岩走，她就看見家的方向。

一路上，她彷彿看見一個小女孩，來自過去的某個不被記憶的地方，心裡藏著一個值得回憶的舊世界。

記憶須慢慢趨近，不要隨意驚醒往事之虎，否則得與之搏鬥。往事就像她童年去廢棄回收品站附近的野外玩耍時經常會沾惹了一身的刺查某，沾黏全身的小圓刺，要拔除很久很久。

那時玩伴經常撿著物品，男孩玩著廢五金，她想起阿青，阿青經常在上面敲敲打打，佯裝自己是樂團主唱，有的女孩拿著空酒瓶當麥克風，學著動漫當主唱。初音，初音，底下聽者狂喊拍手。

她在毫無可撿的回收場看著有無被丟棄的書，找到書她就躲到陰影下去亂讀著，色情小說與八卦刊物應該也是那時候就讀到的。但大多時候她都是在發呆，看著前方的火車經過，看著甘蔗園的神祕搖晃，看著車廂內的陌生人臉孔映在窗前流逝，她總想著火車要載他們去哪裡啊？我也好想離開。

看火車來了，看火車經過了，看火車開走了。

搭火車。

她已離開多年，也早就厭倦看火車，當火車成了必要的往返工具時，火車就不再是遠方。她渴望的也不是離開，而是返回了。

返回的路徑已經沒有刺查某，尖銳在不斷地拔除之後，刺查某開成了圓仔花。圓潤，俗氣得醜美。醜美只因醜到極致而顯得一種庶民的美，她到現在才有那麼點體會，所有的往事都成了可被回憶的夢幻。就像童年時穿著過短的洋裝，洋裝上還看得見內褲，那個小女孩就已經想要離開了，她在廢棄站望著火車行經時，產生遠方的夢幻。

那個小女孩，一直在那裡。

那裡是迴城。

那時她和母親沿著北回歸線來到聖山。

她們一路搭客運上山，加入山腳下聚集的成排流動攤販。開通的公路，從此可以便捷地抵達聖山，屆時她的雙手手臂將被母親掛滿閃亮的串珠，然後被母親推上載著阿伊烏ㄟ歐東洋觀光客的遊覽車內。

小女孩很怯懦，年輕美麗的母親會在遊覽車下用鼓勵的微笑眼神替她加油，笑裡藏刀，刀光映著陽光，小女孩知道討媽媽開心很重要。這樣一想，小女孩彷彿吸滿了如山風般的勇氣，一旦踏上遊覽車，就忘了害怕，沿著遊覽車走道，朝兩岸人流伸出她的白皙手臂。任男人摸著她的手，喜歡的就摘下一串手鍊，把錢放到她掛在衣服外的小錢袋；或者也有一定要她用手接下鈔票的男人，順勢再摸她一把。也有挑三揀四，不是順著手臂買串珠，而是指定要其中的一串。小女孩只好把掛滿手臂的串珠，逐一拔下來，交給客人要的那一串後，再將未賣掉的一一掛回手臂。

走道如河流，她跋涉其中。

遊覽車像是夜行的螢火蟲。

從此，給了她不醒的舊夢。

迴城到了

車搖晃著。

她睜眼，醒轉，她的夢停駐在那輛遊覽車上。而此刻她是在火車上，車廂搖晃如波。

速度拉近故里，童少記憶變得伸手可得。

窗外風景如油彩刷成了模糊，一片低矮的雲下是無邊無際的平原，她知道過北回歸線了，平原在窗外如畫，餵養島內的米倉如罩著一層石綠色的水墨，稻苗飛綠，快意視覺。

高速鐵路這類建築與速度橫空降島，鋼筋水泥，鋪路架線，從最初的疑慮到後來沒有高速無法度日的全面歡迎。

高鐵剛通車的新聞，液晶面板上秀出速度近三百時，全車廂的乘客都爆起了掌聲。新鮮事物很快就疲乏了感官。現在全車一片靜默地陷入馳騁的昏睡，或者忙著看愛趴哀鳳，小小螢幕已連結了世界。

這回她搭火車，從此別去青春之城，必要的緩慢。

望向前方山野，鄉下人家的儲水桶，銀光反射在綠意稻田上，一片水光燦爛。北回歸線以南，多旱，透天厝泛厝和公寓大樓的屋頂錯落著高低天際線，在霧霾下像是浮塵的外太空，這個外太空架設著許多小耳朵，或者手機基地台，還有就是防旱季到來的儲水鋼桶，銀亮燦燦如星，如小小星球。

一路向南。

空氣在乾旱與潮濕之間游移。濕濛濛地愈發讓窗前風景像罩了層毛玻璃，蒸汽不散的熱，讓她感到除了自己的年紀往上攀爬之外，這周遭的一切竟是停滯不前。她喜歡看著火車外的平原，水泥叢林之後，窗外頓然進入一望無際的稠綠之姿。

這片孵育她歷史地景的夢幻平原，父親的平原，母親的聖山，此刻窗外正安逸如印象畫，和她動盪的移動童年對比，彷彿是不相干之地。

迴城快到了。

迴城快到了，也就是童年快到了，年輕的母親快到了。

迴城到了。

迴城到了，也就是家到了，可以打開父親遺書的時間到了。

速度消泯了邊界，城鄉不再分離。

她感覺城市彷彿更復古，老城卻更新穎，每個城都快速轉換面貌，都更改易的都市，也可以走回流行的復古。有都更，有人更嗎？老人也逐漸被都更了，安養院和醫院到處有等著被時間回收的身體。她下火車前，剛好看到手機新聞有著措手不及的死訊如漁汛奔來，竟至把焚化爐給燒壞。

她想著父親，最後的樣子，滿面愁容，但父親矜持，從不喊疼，也不呻吟，一直就是父親的樣子。

母親的樣子呢？

深邃美麗，如黑夜月光的女人。

她對母親的回憶會自動停留在童少和母親流動在聖山山下與迴城市場與旅社的幾個畫面。她很不解為何母親當年明明有家卻要帶她住旅社？

幾年後，她才知道這叫做分居，父母早已分居。童年和母親到處移動，後來母親租屋，她多半和母親一起住，直到母親乍然過世，她才正式搬到父親的老宅，老祖父留下來的小小老屋。但很快她上大學，又離家。

和父親同住的那一年，其實回想起來還蠻快樂的，當她把母親的肖像往父親老屋的牆上一掛時，老父親沉默地望著還算年輕母親的肖像，她從母親肖像的反射鏡面看到一個提早老化的人的那種如鐵的靜默與頑強的苦楚凝結。

很多年後，她才明白這種憂愁感是打從祖父輩就遺傳給蘇家的，也許因為政治受難逃亡的晃蕩使生命產生一種永遠漂流的不安定感，不安定的人久了就失去了安定的快樂？她自己這般解釋。聽說祖父憂心也提早老化，看起來像是父親的阿公。祖父中年得子，父親也是中年才得女。

她對那個年代是有感的，不是因為年輕就會無知，她一直喜歡歷史，喜歡老東西，並不覺得這些歷史是屬於老世代的，雖然她處在科技世代，嫻熟於自媒體與人設的當代。但她問過自己如果沒有手機可以過日子嗎？她應該是屬於想要回到過去的舊人類吧。老的要拉皮，新的要文創，她看見這座母城也不免悄悄地在角落長出這些原本沒有的外來種，比如很文青的咖啡館，洋氣的不眠酒吧，新的要仿舊，舊的要刷新。

步出車站，準備搭公車時，有個戴棒球帽（選舉時藍綠送的選舉帽，到處都有歐吉桑戴著）

司機叫喚著一人一百。不久，棒球帽司機走到她跟前說，小姐，袂坐麼？馬上可以開車，一百喔。她探頭看車子內已入坐三個人，因而點頭，跳上。

這是她第一次在迴城搭叫客的計程車。

離開市區，沿線風貌改變許多，大量往日的地貌殘存其中，遠方的甘蔗田尤為強悍。只有甘蔗園，讓她回到舊地景，父母親還在的非孤兒時光。於今孤家寡人，回老家正好。北城朋友羨慕她有老家可回，有天荒地老的盡頭可以逃逸，有祖先們可以祭拜。

她想他們不知道南方家園看似族繁不及備載，但於今也只剩她一人。

關係裂變，祖譜也就沒譜了。何況現在年輕人的背後靈哪有列祖列宗，列祖列宗都在螢幕上，送終掃墓都可以視訊。網紅，遊戲，超偶成了新的神主牌。以前鄉下人最怕被笑土包子，現在土包沒了，草包偶包成了新的包。她一路想著笑著，車內共乘者已陸續下車。

她心想自己算是哪種包？山包（胞）海包，包山包海就是不包人。

父親拒當包大人。

她曾想幫父親重病時換尿片，但那時父親不知為何突然清醒，把她的手瞬間打掉，沉沉發出不要的聲音。父親不要女兒幫他，她當時握著尿片掉淚，不知如何是好，後來護士進來接替過去，而父親又繼續昏睡不醒。於是只好請臨時計日看護打理父親的身體清潔，父親對女兒仍有一種日式的禮節。

計程車的窗外綿延著綠甘蔗園，遠看像是及膝的野芒草，曾有都市朋友笑說初看到迴城的綠色甘蔗園還以為是荒煙雜草，還嚷著為何不除掉野草？這些人被笑做「城市聳」，不知甘蔗有綠皮的。小時候她吃過的是黑紫色皮的甘蔗，母親往往將甘蔗咬得一口血痕。黑紫色皮去皮，肉黃，可吃或榨汁。綠皮甘蔗作蔗糖，殖民者的往昔誘惑還躲在甘蔗園玉米田或芭樂林。

一片甘蔗園仍蠻荒地在聖山下的盡頭樂暢地生長著，她喜歡樂暢這個詞，樂暢是這熱帶樹種的動詞，就像人類學家李維史陀對里約熱內盧的芭蕉懷想。她一頭栽進歷史，或許和喜歡的李維史陀有關？還是因為童少移動在多重文化語言的山林部落與平原之間？關聯已失去邊界，任何一個微小的點都可能延伸成一張寫之不盡的故事長卷。

冷風早已吹起的北城，來到這童少的常夏之都，跨過隱形的北回歸線，她的回歸線，從北回轉南回，回南。雙回，迴城。

南都夜雨。

母親的故鄉，有山林，植滿杉柏木的村落，春天到來高山野花盛開，野杜鵑燃燒，萬鳥齊鳴。

如此繁花勝景，她將不會在此南城複製北城，聖山無法複製。

往事如甕中老酒轉醒，失眠者不入眠，不做夢。她像是老靈魂似的，一離開北城半夏，進入南方常夏，瞬間就被催發催熟而老了似的。

常夏之南

在反光車窗的映照下，她撫摸著不知何時冒出來的兩眉之間的針線紋，試圖撫平的撥弄著。

盛夏在盆地難熬，在南方夏日來到秋初，白日烘焙如小麥，卻無不適之感，落日後更是舒爽。

南方的秋老虎安逸，不咬人，更不咬她，她是帶著感情回憶抵達的人，秋老虎聞得到那種良善而感傷的氣息，南方的秋老虎烈烈，隨四季潛獵，有秩序的溫柔與暴烈。得了熱氣瘋病的只有植物的種子，瓜果隨處爆裂，野生漿果將路面彩繪塗鴉得有如潑墨畫，氣味久之腐朽。她望著望著，覺得自己的感情有點像是這種無法控制自身的爆裂漿果，結果卻不被採摘，等著時間劈來，將自己爆裂成廢物。

麗李樹，艷紫荊，此城獨有的樹，每一棵都躲著她的童年之眼，舌尖發酸的果是屬於南方的，常夏之都，遠方有山高冷。

冷熱交替，一如她的父母親來處。

從此，空氣自由卻又極其孤單。

她不再是無主之魂，有了美術史研究獎助金贊助，感覺人生有了些錢又有了目標，於她這樣的人，很需要一種約定，一種盟約，一種束縛，好綁住她總是想飛的雙腳。

她是信守承諾的人，至少她對答應的事情會全力以赴，而獎助金明訂契約，明訂完成時間表，她覺得這樣真好，就像時刻表，準時進站，準時離站。

她知道自己有完整的配備航行想要抵達的座標，原本這個配備只是缺油，缺乏動力而已，引擎是強大的。獎助金當然不足以完全覆蓋她的生活所需，但她還有繪畫工藝攝影等技藝，且還善於和動物心靈溝通，她已上網查好迴城的假日市集與樹木園園遊會時間表。她從小和母親做生意，對於流動擺攤毫無隔閡，甚至已內化成她的另類求生模式。

她想此回獲得書寫獎助計畫一定是父母親的雙雙庇佑，這讓她欣喜而安慰，如此至少可以有段時間不用去上一點也不想上的班了，她在電影殺青之後，曾短暫去了一家莎弗寵物旅館打工，寵物旅館的主人莎弗，喜歡女詩人莎弗，但個性卻是又理智又失智，又傷感又激情，讓她經常搞不清楚老闆的頻率而按錯開關，雙雙意見不合，對待動物的理念不同。

她發現和動植物溝通易，和理念不合的人溝通難。

無處可去，無處可逃的時光已拋在腦後。她打算振作自己，遠離之前北城的動盪流離，她已不喜歡自己加入那自以為是的藝術家夜生活，糜爛的那種今宵不知睡醒何處的黏膩混沌，她已將那些過去幽魂留在北城。

直把麗李換芭蕉

現在有老家可回，有祖厝可祭，原來有過去的人是這般幸福，征戰過的幸福沾滿了塵沙的淚水。她想真不懂自己為何以前要一直逃離故城，果然是慾望化成灰，她才成了有身世的人。

抵達國境之南的入口，從此，她告訴自己北城的故事是屬於過去的，那是一座屬於青春苦短的少女城，她將從此定錨南方，父親不是說她大利南方嗎，何況她繼承了一間老舊房子與故事，她將成為第一個蘇家女性祖厝管理者，天上人間的聯繫人，她感到自己有根了，像樹木了。

她將種下一棵李維史陀式的樹，直把麗李換芭蕉。或者種下父親日日焚香的菩提樹，暮鼓晨鐘以香灌溉。

貧窮線以下的生活她很習慣，一直自認是貧窮輕熟女族，窩在導演工作室租處發呆頗長的時光，說是擱淺，磨劍練蹲功，其實不過是自我安慰。那個說金卡要讓她任意簽，即使傾家蕩產也是開心的前男友已經離開她多久了？男友果然開心，開的是真的心臟，手術中突然缺氧，葉克膜沒救回。她的天上朋友又多了一枚，她那時還沒體認到不能太在意所在意的人，上天善於奪愛。

只是她的戀情老得快，自此蒼白，甚至空白。北城那些情人們成了幽魂，也像她經常掛滿屋的乾燥花了。

轟轟駛過烈烈焚城的原來是自己的青春。

焚城之夜

離開北城前幾夜，她到處走動北城，東嗅嗅西聞聞，告別東窩窩西住住的生活多年，這需要時間。她先去了東區，感覺這區域如荒城，年華落寞，華麗褪色，迎面的青春人和她以前的青春為何都不一樣了？時尚連鎖店只剩零星幾家，且都是她以前逛都不逛的品牌，出入的都是複製人，穿著相似，臉孔相像，她總覺得自己得了臉盲。在東區各種巷內有過她自己的身影，她學過的事情可多了，太極、氣功、打拳、瑜珈、心靈成長課程……從最柔軟到最暴力的探索自我都試過了，繳了為數可觀的學費，卻還是沒有什麼成長，時時刻刻內心仍然是呈碎片狀，有時是自己擊碎的，有時是外境一來應聲而裂的。

不知老之將至，麥克傑克森的寂寞星球花園傾頹，公主與王子早已夢碎成灰。她看著陽光下的影子，自己的身型依然瘦削，破舊的牛仔褲閃亮著一隻蝴蝶，麝香黃與藏青交織的袖子，在陽光下晃動。

北城的假日，車廂盡是寂寞的出遊人和糾纏的戀人以及貌合神離的家人。她在人群中站立的位置靠著中間鐵柱，她開始假想自己貼身的鋼管是可親的男人，這樣可以稍稍減緩她的不適。樟樹香楓的中山北路，夏日迎風吹來，催發著她的心，烤炙提早老熟的焚風，讓她想起了童年的山林，雨杉般的父親與櫻花似的母親。遺下的青春氣味，混著哀愁。以一種無言的自我存在的強大氣味占領她的鼻息，整座城市剎那充溢一種交合的野味。昂貴的野味，閒蕩的代價，就是讓人一事無成。

直到她將回憶的烈燒影子放冷了，逐漸涼索得像骷髏，她知道此去，北城留下的是她的一抹如嘆息般的過去，過去一如空蕩蕩的紙人。

中山北路的漢聲日語英語補習班是她在大學時期短暫去上課過的，那個一起學日語的小婷後來真的去東洋念書了，想起小婷就會想起父親開西裝訂製服店的男孩阿青，聽說小學同學阿青還在迴城，但她找了網路，卻毫無關於這個人的訊息。

天上的朋友還有哪些？

失聯的人算不算屬於另一個世界，把他們放在遙如天邊之地？比如一些小學同學，比如那個童年在聖山山腳下的遊覽車司機？比如那個說她的眼睛會說話的人，或許有天會還魂？比如那個買走她全部串珠的異鄉人，應該是老歐吉桑了。

有人說她的眼睛會笑會說話，深邃的眼眸是她全身最迷人的地方，她的眼睛像吸塵器，發出的目光如急速之風，彷彿可以吸走她看見的任何人的不堪，如塵往事；她有一雙會笑的眼睛，但有一顆像一盆熊熊爐火的心，足以燒光她命運尾隨的際遇魔咒。

她的眼睛還會說話嗎？據說眼睛不隨著時間長大，眼睛不長大，但會變老，會洩漏年紀，會洩漏個性本質。青春煙硝般的華麗，酒吧裡手擎著血腥瑪麗在吧台前閒蕩的過去幽魂，在北城的週五時光，遇到淑女免費日，再也不想免費了，免費最貴。紅顏不老，畏老。

年輕不懂免費的代價，揮霍年輕點滴。

十八歲的我就老了，模仿著女作家小說的第一句話。

喊老，裝老，隨意辜負愛自己的人。城市酒吧擠進人，也擠近了慾。以前她喜歡和男人們一起喝龍舌蘭酒，一口鹽巴檸檬地啜一口酒，長睫毛像是喝不慣酒地隨著嘴巴牽動地眨了一下。

妳知道的，妳和我一樣滄桑，不是嗎？一個男人的身影，一首歌，就足以引起往事的連波海嘯。

她有從小被山林鍛鍊出來的好鼻師，植物發出強烈氣味是因為遇敵或者受傷，傷口成為香氣，香氣能療傷。精油瓶和美容保養品的香氣襲過，經過商場兜售的香水，混雜著路邊經過者的老人味與古龍水。

血腥瑪麗已經不血腥，塔奇拉迸也不迸了。延遲的青春繼續延遲，沒有要結束的跡象，但老去的心卻像落石擋在時光未來的路上。

在過去的面前，未來顯得很輕。

穿過咖啡香烘焙香，水果蛋糕起司派麥片餅乾花瓣布丁……遠古的手藝年代是這座城依然對她有吸引力之處。年輕時的她獨特，於今她卻喜歡像一棵樹溶進一座山林，就像洪流融入洪流，就像下雨注入海，就像灰燼熔入火，再也看不見雨絲的路徑，看不見原初。

離開北城前，她還去龍山寺點燈，為父母點燈，在北城點了多年，感覺返家前還是再點一次，也稟告觀音，此去返鄉。在南方老家也有觀音，還是杉木雕刻的，她在點香時總是聞得到整座聖山的山林香氛。

觀音案上有兩個白瓷瓶，等著她回家買花供佛。

老宅觀音神桌在玄關，父親還用東洋式的燒杉作工，木條式的門讓菩薩有獨立祭祀空間，父親的小小壇城。門外植有父親喜歡的各式各樣盆栽。透過植物扶疏錯覺，會以為坐擁一座花園。父親退休後就在這裡抄心經，打坐。菩薩蓮花座下是一張有著時間木紋的小桌，她的食指戴著一只黑檀結合老銀的戒指，老銀戒面有蝙蝠圖案，黑檀師傅已作古，黑檀生長緩慢且十分嚴苛，吸收手的油脂，長期有著溫潤。

案上還有一本老樹皮壓刻的心經，樹皮是霜降銀眼，在光線下散著鱗片般的紋路，有一種神祕，她一直覺得在南方這個家有一種凡聖同居之感。

父親喜歡廟宇寺院，但焚香處處的廟宇飄著太多人工的化學香塵讓父親與她都感到不適，於是父親就在家供佛。

有時她從北城返南，聞到滿屋的檀香沉香，會有一種自己彷彿渾身不潔之感，在那般靜穆之地，銘記著極樂世界的解脫期盼。母親生前就很少回到這裡，她曾說不習慣，太安靜了，母親是屬於山林的，部落的，歡唱的，高歌的，舞踏的。母親喜歡種在土裡的植物，父親喜歡修剪過的盆栽。他們是被際遇撮合在一起的，在貧瘠年代來不及磨合就分開。先是高山與平地的差異，後來是天上人間的隔絕。

過了多年，現在終於兩人都在天上了，當然也可能像一棵樹往地下去，她說地下，不說地獄。植物的根在地下，黑暗未必是地獄，未必是風暴，也可以是幸福的孕育之源。

以往每一年寒暑，她越過北回歸線，南北移動。現在她要越過北回歸線回到南方，這回定錨，不想漂流，她知道新世界在等她。

雖然一時之間，她的記憶還染著過去青春般的潮紅，拓印著紅字，像雞血石般充滿一種死去的情色。但她想，久了記憶也會不耐煩，自動清除。

她很高興終於有動力離開十八歲就北漂的日子，她經常感到自己的那種來自南方山林的原始與整個物質世界的怪異對比，彷彿她是杵在一群狼的羊，不會滅頂但經常有溺水感，快要喘不過氣時，萬花筒般的花花世界又會賜予她一個奇怪的對未來萌生希望的力量。滿滿風塵的歲月，灼灼發亮的眼睛，她的城市終是在希望中告別，她帶著寫作研究計畫回到原鄉，此回她真歡喜歸鄉，和過去是如此的不同，過去的歸鄉旅程沒有一回是開心的，淪為貧窮線下卻打扮時尚的她看似衣錦還鄉，卻存摺空空。以往她幾乎都是憂愁歸去，憂愁歸返。

她曾在失眠之夜，對著整座還在酣睡的城市人對自己發出賭誓說「絕不要再有愛情，愛情使人變笨，使生活被對方統御。」但過去她一直都在愛情海裡盛滿眼淚，灌溉不會開花結果的樹種。愛情陳腐的氣味，迷離穿越她的整個生命天際線，最後卻像頂樓加蓋般感情基地處處違建。跌跌撞撞走過北城，東區公館中山北路城市的天際線依然錯亂，錯身的年輕小獸個個都是冒牌的青春，這麼多年走過去，她才感受到她這座盆地背叛了整個自己，大騷動對比大靜默，她想起迴城這片山林，被傷害的山林，被移植切割倒下的山林。唯一的美是那裡有童年，有母親，有父親，有祖先移動的痕跡，有祖先落難的山林，有被捕的別離之苦，有理想失落的遺憾，有樹木辭土的眼淚。

在移動中，隨處灑下的哀愁，死亡翻頁了她的舊牽絆。

臨別北城前的晃蕩街心，她突然聞到一股貓羶味，角落裡有一隻貓，她不能撿貓咪回家，因為她要離開北城了。她掏開袋子，把吃剩的花瓣布丁放在角落，玫瑰瓣的香氣瞬間安了貓咪的魂，即使只是剎那。她想起那個相處過蠻長日子的導演小白貓，養動物是一件麻煩的事，就像責任。

在這生生滅滅的每一天，她感覺自己像植物，很容易進入夏天就老了。

離城前，走過年輕時居住的北城老街，將自己化為一道青春老影，她進入車站，一條看不見的北回歸線即將如東洋藝術家鹽田千春的作品，以紅白黑繩線捆綁成各種形體，包裹住層層的記憶。

終於甩掉那個潮濕發霉的北城。

回到物質與蠻荒、快樂與哀愁雜揉的小城，她感到自己已然失去記憶的方位，虛實已難以辨識。垂楊路以前也是楊柳植於圳旁搖曳生姿，想像當年應該也是很多的孩子和幼童的自己一樣，會蹲下身來眺望著小圳的流水來去，望著水裡的浮雲倒影冥思著。那些孩子呢？都像父親一樣老了，走了？

到了喔，計程車司機轉頭說著。

她的記憶停止轉動，她是最後一個下車的共乘客。

祖祠管理員

下了計程車。

走進窄巷，老家在盡頭。

打開陳舊斑駁的木門，熟悉的空氣瞬間撲鼻，揉合著中藥味，老舊書皮佛經，陳年木頭，檀香沉香。老家已然在她之前返鄉照顧父親時就已逐漸整修好了，當初只是為了整理父母親遺物才做的整理，沒想過自己真的決定回到南方定居了，結束北漂，連根拔起。但她一直喜歡生活大城，將自己藏於洪流奔來竄去的那種隱形感，一種被激流來回沖刷的生活，在大城喧囂中，可以將自己微縮成一粒塵埃。但回到南方，她不再能隱沒，小街小道面目清晰，往事刻痕歷歷。好在這麼多年下來，迴城也變化甚大，拆毀與新建，已夠她如種子隱匿。

這老宅是城外一般的老式小公寓，房子窄長，屋齡超過五十年。她重新整修了一些，拆除過度的裝潢，請老師傅木作些簡單好用的隔間與物件，改成無印風格式的，連供佛與祖先牌位的神桌也走文青風。老式神桌的木質雖好卻沉重昏暗，搭著神主牌彷佛百鬼夜行。改裝成輕質木色系，祖先們彷佛也都轉世成年輕。歸鄉，她想是祖先們的應許，新祭祀者。

進屋後，放下行李，打開所有的窗戶，流通空氣，然後學著父親以往的焚香祭祖，念相同的經文，看著蘇氏祖先牌位，列祖列宗在上，她知道這回還有個未完成要待完成。她要利用研究計畫之際，探訪聖山，那座山林有她和母親的故事，有她祖父輩在白色恐怖時期逃入山林的遺蹟與故舊們。她聽說就是那個時候老祖父在收留他們的部落人家替自己早過適婚年紀的獨子牽線說媒，她不知老祖父有沒有交換什麼，竟能讓古板沉默的父親娶回美麗的年輕母親。

據說母親嫁來蘇家時，街上鄰人們還跑來偷覷這街頭巷尾傳說的美麗新娘。但因後來母親早逝，且母親從來不提往事，這使得她對於母親的歷史很空白，可說近乎無知於母親的來處。

此刻望著神主牌，她想應該取些母親的灰放進祖先牌位？合爐？

母親的灰放在哪裡？她也毫無所知。母親的葬禮簡單，她又值青春期，晃蕩與高壓考試填滿了她的哀傷，她當時沒問父親，後來也沒再追問，因為她已離城，將青春滯留他方。

將香插進香爐時，她念著祈請歷代祖先作主，子孫歸來，捻香祭拜您們，但願您們離苦得樂。神主牌旁有她新掛的父親肖像，旁邊有著母親小小張的大頭照，被她當作遺照地掛在角落的牆面上，角落牆面還有張小白貓照片，她少女時代養過的老貓，幾乎跟母親重疊的時光。隨著父親離塵，這面牆從此成了她的哭牆，她心情不好就來這裡哭一哭。她望著深邃眼眸的母親，母親的眼睛也深情地望著她，她自以為的深情。

母親的相框褪色，壓克力板在頂上燈泡經年累月的照射下呈現一種霧霾感，像是盯著飄著山嵐的森林。

祭祀之後，她走進老宅長長暗暗的廊道，將屋子的門窗與燈逐一打開。

泡了杯茶喝，父親的老茶喝起來回甘，她覺得甚好，不知為何以前都不喝。

打開行李整理，她想要看父親遺書了嗎？父親是寫於生病前，抑或是臨終前，還是早早就寫於母親離開（或離世）時？遺書飄著一股檀香，像是允諾來世永生極樂的氣味。遺書和父親的遺物有著相似的氣味，父親的眼鏡皮套和公事皮包與經書也都沾染著老木的香塵。

她原本滿滿的好奇之心，不知為何在抵達之後頓時轉為近鄉情怯。

屋外下午有修剪路旁菩提樹的工人，那些不值得被留下來的樹幹枝葉的野性如屍橫躺在地，落葉簌簌，凋零滿地。

她將飄進屋內的菩提葉撿起，在光下看著樹的紋路，念頭飄過父親經常掛在嘴上的煩惱即菩提，又說菩提本無樹。

她以往總是聽得不明白，現在雖有些明白但也不過是瞬間滑過的覺受罷了。

端詳著辭枝落葉，她讚嘆著這麼美的葉子，不是繪畫所能描摹的，不知為何修行者都喜歡在樹下打坐？對她的父親而言，菩提葉就像是父親最重要的靈性媒介物種，就像第一個被發現的維生素B1般的起始點，是序列之首，啟動是開始也是終點的迴圈。

父親說菩提，超越智慧。

她放了一葉菩提在水中，放了一葉菩提在神案上。

這葉子被蟲吃成了秋天，一種日式的物哀，轉眼侘寂。

水裡的菩提葉，等待在黑暗中腐朽，能化腐朽為神奇的葉脈，褪去葉綠素後將展現蝶翼之美。小時候母親教過她把玩的遊戲，將褪成透明的葉子染色，在燈下透過彩色葉脈看著，世界都變美了。

晃了晃遺書，心想先不看好了，她得先洗去北方滯留的染塵，為自己洗塵。浴室是老宅之前唯一換新之地。浴室原先沾滿父親的老人味、病氣，是雄性的。她必須將之翻新才能好好生活下來。

藉著熱氣氤氳，終於流下了隱忍而難以言說之淚，以熱毛巾覆眼，點燃精油，香氣飄揚，在黑暗中，她自問著這是母城啊，闊別多年我竟在此了。和記憶對撞，人事地物已然全盤改寫，連父親都離宴了，這城彷彿老舊得只剩下記憶，即使把房子重新修葺油刷仍覆蓋不了這股陳舊。

洗去身體的塵，接著她要去外面沾滿俗塵，這是她的記憶洗塵，等著被覆蓋，等著走進童年甬道的路徑。

決定不先看父親遺書了，在疊合父母親之屋，他們仨終於相逢，她反而需索時間延宕。飢餓且來敲門，換裝換鞋，這城適合徒步。步出屋子，重新走踏街道。

吃食小販攤上與騎樓蹲坐著喝酒食客，吆喝喧嘩的南方口音，尾音揚揚，台式口吻，她知道這是童年母城沒錯，只是少了母親的旅程，她第一次覺得如此孤單，這是她從未感受過的，在北方外境喧嘩容易遺忘自己，且她一直以為母親是束縛，現下才知道綁住她心的是自己的個性，那般絲縷纏繞又多感多思。走著走著就到了意味著城市都心的新光三越，對面有連鎖咖啡館，她進入點了杯卡布奇諾，聞到的香味，全球化的氣味。她知悉這是她的當代，屬於母親的必須往山林裡去，她嫻熟且喜歡的城市生活，但這樣的西化生活雖熟悉卻無法取代過去。

所有失去的，早已被記憶封存，許多人封存著個體擁有的過去，不同個體的過去都包裹著記憶的絲線。

傷口是有地理性的

喝完熟悉的咖啡，才盪回老房子。沿巷子走著，有老人們看向她，低語著蘇家女兒返轉了，長得像她媽媽呢，有人反駁說哪裡像？像伊老爸啦。她聽到碎語，她以為自己不像父親也不像母親。對面家廟有八家將正在跳加官，金紙焚燒火焰灰塵。附近一些低矮厝的茶店查某間也開始有女人倚在門口，這些女人們也老了，塗著厚厚脂粉，套網襪與高跟鞋，穿豹紋裝，維持著具有暗號的打扮，像老房子必須遮掩著歲月的不堪與折損。不遠處的小說漫畫租書店還在，騎樓依然擺著假皮脫落的凹陷老沙發。舊書買賣的一桿秤還掛在櫃檯上，活在過去的租書店與不讓時光移動的店主，不準備按下熄燈號。

她之前買了些滷肉黑白切和雞肉飯炸雞捲紅燒肉，肉湯與炸物香飄著，她確定母親的影子跟著她返轉歸來。

回家就食，蔥油與辣味香撲鼻，熟悉的味道，瞬間她想要流淚，熱氣如霧夜潮濕了眼，飄來了山林濃霧。

小時候她以為只要母親帶她去那座山林，即使只是在山腳下兜轉，她都覺得那是世界的盡頭，是她們依存的天地，那般微小又那般壯闊，又遠又近。她不曾對母親說出這些感受，卻有意無意地總是讓自己這麼想著。等到她稍微大些了，被母親用一種愛的迫降，她進入彷彿被目光殺向自己的慾望屠宰場，對著異鄉客兜售串珠的那一刻，她學著聽異語（後來這成了她的本能）。

必須時間夠久，久到意識到愛的反面是有如月亮的陰暗面時，她才一點一滴地明白年輕母親所領引她抵達之地，不僅不是應許之地，還是圈養之地。原來世界不是在山腳下，是在母親的腳下，且延伸到母親的腳下之外，在小小年紀這些移動的路途，早已如星際般浩瀚無垠。

之後，她經常想走出這座童年記憶被結界之地，想出走去看看山外的念頭擱淺腦海，大學就跑去了山外，跑去了海。

一腳踩進小鎮大山之外的世界，迎來了愛情。多年後，脆弱的愛情使她驚覺還是窩在小鎮大山裡好，那是不變的愛，即使陰暗面都美。

她和她的母親的旅行因獨特，而使她難忘，並非是真的旅行的本身。至於父親，他不存在。他和佛在一起，他以菩薩為伴侶。

於是旅行只有她和母親，一起從山下搭往山林的客運，旅行是真的去玩，不賣東西的出外都被她稱為旅行，遠足。車子從市區一路攀爬上山，島內客運和遊覽車不同，慢速使風景駐足眼球，餵養她的空氣一直都有這座山的植物芳香與腐朽。母親帶她去找遊覽車司機，部落來的巴士司機。她們搭免費的遊覽車上山，母親看起來像是導遊小姐似的坐在遊覽車駕駛座旁，她有時候會坐在母親的腿上。她們佯裝觀光客，一起去看巨杉雲海，那是躺在夢裡的霧中風景。

但她們並不住宿，只是搭車跟著玩，當日就又搭著另一班下山的遊覽車離開，母親跟每一個遊覽車司機都像是老友似的，那種簡單的自然熟，她很羨慕。她總是在逡巡著她搭過的遊覽車，以為可以再見到那個買走她手上串珠的慈悲陌生人，但一次也沒有，她不知道要再重逢同一個來自他國的觀光客的機率近乎於零，又或者她不會不知道，她只是習慣巡著，或許並沒有帶著太大的期望。她沒細想過，但只要踏進遊覽車，她就會希望重逢那個不可能的重逢。

她們不過夜，所以她沒有看過聖山的日出，她當時不知道原來這些遊客都是為了看聖山的日出而抵達聖山的。

後來她離家讀大學，去了一座遊人如織總是為了看落日的多雨小鎮。

直到大學畢業旅行，她才第一次看見了聖山的日出。她驚訝地看著自己也化為山鬼，山鬼們在三四點的曚昧時分，不斷發抖地跟著前方拿手電筒的同學一路摸黑走上看日出熱點，人影幢幢，四處飄著從保溫瓶逸出的咖啡香，等待旭日東升。她喝著咖啡，在黑暗中望著天空在破曉前的藍，霧夜藍轉成飽和藍，突然一道刀光破曉，衝出雲海，逐漸成為暈光，烈焰。

她望著光，想著時光是如何流年偷換，代換成此時此刻的？

她的母親不看日出，甚至不太看周邊的風景。母親喜歡市街，山農販賣的山產、特產母親都有興趣試吃。偶爾母親心情好，小小孩的她可以吃到水煮玉米、栗仔糕，還有一些奇奇怪怪她叫不出名字的食物，尤其是包裹在葉子裡的各種糯米食物，葉子毛茸茸的，吃起來有點輕輕刺刮著她的舌尖，吃進去麻麻的，蕩漾著一種奇異的撫觸感。緩慢的咀嚼，唾液逐漸釋放出一座野地。

她很喜歡這種粗糙感，但也會想起被她們母女遺忘在原地的父親。

父親博雅嚴謹，他不屬於她們母女的野放逸遊。

她暗地稱那部落來的司機山鬼，她總覺得這司機常常不知何時就會冒出來。如果是部落司機出現，那麼就有更多奇怪的食物犒賞她的舌尖了。尤其那司機很愛拿出包在葉子裡的烤山豬肉，這司機有時還以有力的手突然抓住她的手，嚇得她往後退縮，她的媽媽笑著說幾句她聽不懂的話，司機於是沒再抓她的手，轉而用著獨特的赫赫聲腔說我是勇士，今天抓山豬給小公主啦。

很多年後，母親過世，她見到山林人來參加母親的葬禮，她才知道原來媽媽竟是老祖父躲在聖山時幫獨子父親說媒，嫁來平地的聖山姑娘。

老祖父被抓前就安排好的親事，說是要感謝山林人，還要幫沉默寡言的兒子覓得良緣。老祖父為何被抓？父親從來沒說，只要她以後可別搞媒體，也別寫關於歷史的文章。她卻偏偏選了新聞系讀，還喜歡寫史觀史。這起先氣壞了父親，但後來父親想想也算了，畢竟她的年代飄的早已是自由的空氣。

那個部落司機看起來好像是母親的童年玩伴，母親沒說過，因為她們在一起時，山林部落似乎不是母親想提起的往事之地，好像那裡也有個山鬼，母親不往山裡去，就算去了也只是搭車遊玩。

司機會帶些他跑車帶團時客人贈送或他特別買來的特產之類的食物給母親，透過那些包裝紙盒與塑膠盒，她認識著島嶼的地名，辨識這座島嶼的方位，知道自己還有許多等待抵達的地方，那般遙遠又不遙遠，運用她天生特有的想像力，即可逃逸他方，脫離被母親押債窒息似的流動小販的生活。

時間早已拉開了距離，她想找回往事的點滴，卻發現自己仍在家裡沒有移動。

吃完食物她就一直待著。

回神後，她跳起來，走到神桌案前，看著放在上面的父親遺書，臨終交代要她返家後才能打開的遺書。

她深呼吸，打開遺書，見到信箇裡只有幾行字，信裡附著一包小物，她看著沒有地址的地圖，知道這地方是在聖山，但聖山何其大，哪裡找得到確切的位置？

這山，她熟悉又不熟悉。

找到這座山林，就可以明白父親的遺願。找到後，「擇日把裝在夾鏈袋供過妳母親與佛的檀香灰埋在樹下」，還有父親的灰。

她笑著想這果然很像父親，父親什麼話都不說清楚，很省話，連遺書都只有幾行字。

這哪需要我回家才能打開？她不懂。怕因此而不回家？她把信收進信封時想誰可以幫她找到這個方位，沒有地址的地址？

阿青的野味

她的腦中再次閃過同學阿青，他在迴城與聖山都有很多的朋友，小時候也曾住聖山山腳下，但他起初只是跟著祖母賣魚才暫居那裡，當時常笑說自己是被原化的平地人。

打手機給阿青，電話永遠都不通。打去他老家，傳來的是機器人說的你撥打的電話是空號。她想老家應該不會換啊，也許搬家了？阿青曾是構成她回憶同學的某個重要螢光記號。

她不記得聖山山腳下的一排攤販裡有賣魚的。

阿青當時對她說那麼多成排成排的攤販，妳哪記得那麼多，而且小孩子只對自己有興趣的東西好奇。

在到處賣山產野味之地，阿青和祖母賣的乾漁貨，是獨有的藍海生意。不像她的串珠，到處都有男女老少在賣，尤其是和她一樣的小女孩們，從小就活在競爭者眾的小小山城。

長大後，她和阿青曾短暫在一起，在一起比較像閨密那般，無所不談，即使祕密。阿青那時跟她在某棵樹下看著前方正在地底偷偷生長的樹苗園時，他聊起一個關於他性啟蒙的往事，環繞迴城的舊事，聽起來帶著霧氣般的蒙太奇。

阿青是這樣的人，見面時話匣子關不起來，轉身時卻變成啞巴，連說一聲再見都沒有，不主動聯絡，像是斷線風箏，也因為這樣分手。

當時他們在一起應該是因為剛好彼此的關係都有空缺之故。她喪母，阿青失去祖母，兩人的寂寞空缺都需要被填補。寂寞是會誘發人性慾望，使她也跟著散發內心的劇毒。兩條蛇交纏，卻又害怕對方的毒牙會忍不住往自己刺來，而阿青的毒性當時於她是會引發內心寂寞的，因此她保持著距離，即使當時在一起，暗自也總是啟動著終將離別。

有回阿青跟她聊起他對他曾祖母的一些殘存的光影畫面。他說的時候就像是把一張掛在牆上的老照片逐漸推回了記憶黑洞。

那是大家族最後崩裂前的碎片，他的曾祖母還活著，一口牙全掉，像是黑洞，沐浴後經常裸身而出，步履總是緩緩地走到稻埕上的竹編板凳，曾祖母的胸部看起來就像是曬乾的木瓜，她曬著陽光。這畫面竟讓才五歲的他感到很哀傷，覺得時間就是死神，在周邊窺伺著。

當時他們不管性別都管叫曾祖母為阿祖。家族的查某祖與查埔祖還在的童年年代，他的母親是由這對祖婆祖公帶大的，他的母親直到上小學才回到這原生的家庭，因此母親和家裡的人都有點像外人，這也影響到他，又親密又拘謹，又想靠近又想疏離。曾祖母過世，早已下山到迴城平地的母親帶著他回到聖山山腳下的老宅院，據說那時候曾祖母才闔上眼睛，因為遺願已了，母親是曾祖母最鍾愛的孫女。阿青的母親痛哭流涕，那時他的母親才知道自己是被鍾愛的，且是最鍾愛的。

如果有人要等看你一眼才願意闔眼，那麼你會很感動，會突然愛上了失去的時光，踏上遠方的人，你會發覺過去糾結在心的深層記憶即使是苦的都變美了。

她聽著猛點頭，她就是這樣重新愛上母親的。

之後阿青每年寒暑假就從迴城回到聖山山腳下。他會幫祖母賣魚，在旁邊玩著魚鱗，魚腥的氣味讓他常想起阿姨們。娛樂是玩給五塊錢抽糖果的把戲，當年的物價是五塊錢就可以抽一次。他舅公生有四男四女，論輩分他得叫一位比他大沒幾歲的阿姨。他瞥見那些年輕的阿姨們洗完澡的胸線，或者聞到沐浴者的香氣，他說很奇怪自己只是聞到香氣就會敏感到自己身體的變化，於是他就趕緊轉身玩著手上的遙控器，不敢再看她們一眼。有段時間，這些阿姨們卻一個一個地不見了，童年的他卻看著舅公的家愈蓋愈好，後來且還開了家山腳下最大的店鋪。

待阿青逐漸懂事，才聽懂鄰近人家的閒言閒語，旁人的說三道四，碎語的是這家庭的女孩們都上北城去當雞了，躺著好攢食。

聽多了，知道背後的意思了，害他小時候只要看見濃妝艷抹穿暴露衣裝的女生，就會以為是去北城當雞，他亂說著話，經常被大人抓揍一頓，尤其是舅公聽到的時候。

阿青媽媽有很多表姊妹，有個最小的表妹也就是他的屘表姨，有一次竟叫住他，還牽起他的手走進房間內。那時他才五歲而已，屘表姨突然抓起他的手放在她的內褲裡面，要他摸著她的內裡，他非常害怕又感覺很刺激，有如要去摸魔術師黑箱子裡的毒蛇的私密感。他記得他好像是觸電似地摸了一下就抽回，那種模樣惹得屘表姨狂笑著，沐浴後的潮濕髮梢還漾起水珠滴到他的臉頰。

私密處光溜溜的，他像是碰到大理石似的冰感。

白虎，屘表姨是白虎。

阿青遙想著往事，她聽著，彷彿眼前的樹林躲著虎視眈眈的動物。

他當時忙丟出一句好熱好熱，就趕緊跑了出去。

那是他在那棟山腳下黃土厝陰暗房間裡的第一次性啟蒙，什麼事也沒發生，但卻讓他感到刺激的初體驗。

阿青又說，之後他再見到屘表姨，十幾歲少女的她好像沒發生過任何事一樣，可能她也不懂自己當時是怎麼回事，或者以為五歲的小男生也不會記得那麼多。

那間聖山下的黃土厝原是用黃土夯成的老屋，整個黃泥地都被時間踩硬的地板，阿青經常光著腳踩在上面，覺得自己很靠近土地。

老房子很特別，還砌了一間像部落的地下室。那裡經常聚賭，往來著山下城裡的各種九流五色人。帶著一種江湖氣的老宅，彷彿是這個家族的血脈枝葉。他也覺得命運的不幸，因為舅公生性歪樓，導致他舅公的小孩女的有的去當妓女，有的男性聚賭當流氓。他還常看見舅公也不避諱孩子就在旁邊地狂打妗婆，妗婆總是被打得哇哇叫，卻又不逃。

有時候阿青的母親忙，他被寄放在舅公家，他和舅舅扒著飯吃，他童言童語地說你媽媽正在被你阿爸打耶，那個舅舅竟跟他說囡仔，恬恬食飯。

阿青記得老房子每到傍晚時分，大門口就有燒香拜拜的煙塵氣味飄來，門梁上有個突起的小鐵片，是用來插香的，他一直覺得那貼在牆上的小香爐線條十分簡潔、莊嚴，蘊含著失落的信仰。老房子燒飯時會飄出木材香氣，他的曾祖母不用冰箱，喜歡用鹽巴保存食物，還怕食物被老鼠或山貓給偷吃了，總是將食物放在竹籃，吊在梁上。

曾祖母必須拿板凳，巔巍巍地站上去，拉下竹籃，拿出豬肉乾，切下一小片給他。

鹹死了，他說。

曾祖母笑著，無牙的嘴咀嚼著肉乾，笑著說鹹篤篤，好食。

曾祖母身體健康時，說話就是又快又急，像是罵人。

他當時學曾祖母的老腔老調說話的節奏給她聽時，逗得她發笑。

阿青又說起山腳下的那間老房子有木造樓梯，上面後來加蓋起來。舅公靠女孩們到大城市寄錢回來將老房子拆了，蓋了新樓。

好奇怪，不知為什麼，那新房子蓋了好多年都沒完成，只好有一點錢就蓋一點。

等到女孩們都逐漸大了老了，舅公的錢就斷了路，於是這個老宅就長成一個很奇怪的樓，東補一塊西缺一邊，像是他們的人生。

遠去的人

阿青說他兩歲就有些對周邊殘存某些光影的記憶，比如他老是光著身子搖晃著步履，他經常聽見有人對他說看這個嬰孩發育得很好。整間老房都瀰漫著有如森林的費洛蒙，但最後卻都隨著時間凋零。

他長大後，感覺那間老房猶如圍城，隨著時間移往，人的慾望被迫消亡，內耗成無性的空無，無性但有慾。

那間老房子因為空間窄仄，曾經每個人都挨得那麼近，但他卻沒有聽見過來自性慾的聲音，他回想，除了五歲那回突如其來被屘表姨拉進房間也算是性慾的聲音之外，其實他好像不曾聽過人們的歡愉之聲，一次也沒有。

那間老房子只有打罵聲不斷，吵架聲，咆哮聲，打牌聲。

性可以是權力也可以是安慰，等到他念了小五，有一夜他夢遺，轉瞬他突然感傷，覺得自己在這間房子裡也要跟著老了，他想逃離。

他的性在高中時真正來到。

在迴城的老戲院。看電影時，他的隔壁坐著一個怪怪女人，竟大膽地把手探到他的褲襠。他被刺激著，在黑暗中對那個靠近他的女人的耳邊低聲說，我們去開房間吧。兩個人走出戲院，來到戲院暗巷的老舊旅館。

全部衣服都脫光了，這陌生女子還問他，我們真要如此嗎？

他笑說不然呢，說著手就抓向胸前的白梨。完事後他穿上衣服時，這自始至終都不知姓名年紀的女人卻又深情地對他說，我們可不可以再來一次。於是他衣服又一脫，瞬間推倒了她。離開前，床鋪恍如核爆現場，整間黑暗廢室哀寂無言。兩人默默走出旅館，女人還問他有沒有錢坐車。他說有，還把錢包打開給她看，有如一個小男孩。他當時滿臉豆花，青春期就這樣開始了愈陌生愈快樂的刺激旅程。

後來他經常蹺課跑去看電影，南方電影院在兩場電影之間會休息插播廣告片，有一次座位旁某個女人搭訕似地對他說著這可能嗎？女人說的是時隔多年老片重新上映的《布拉格春天》，電影裡的托馬斯有特麗莎又有薩賓娜，就連去洗玻璃修水電也可以和屋內女主人發生關係？

他搖頭笑著心想，這是電影啊。

但他對人的意識是超級敏感，他知道女生對自己有意，可惜突然下一場的人潮在他和陌生女人說話的當下全進來了，人潮沖走了他們的曖昧，改變了和那個陌生女生上床的可能性。

阿青還跟她說他大學時有一回情慾難耐，跑去女生宿舍偷窺，還好沒被發現，不然他就是一個變態狂了。

他說我們每個人都有罪，只是有的被發現，有的沒被發現，我們是罪惡凡夫。

阿青的童少時光幾乎都環繞在山腳下的流動人生，他見過部落婆婆紋面吃檳榔，吃到沒牙齒了，便將檳榔切成一小塊一小塊，嘴巴蠕動著，以唾液和兩片無牙的齒肉來慢慢嚼咬檳榔，像是就是要到墳墓的前一刻都要吃檳榔似的。

她聽著也想起母親的繼母，想起她的繼外婆也很愛吃檳榔。她媽媽討厭檳榔，尤其吐出一口血水的模樣。但媽媽喜歡檳榔可以換錢的好生意，也曾一度把她推上巴士去賣檳榔，她的手指有切檳榔時被切出的處處刀痕。

她成了似笑非笑的賣檳榔小女生，少女化妝更吸引著人。但檳榔沒賣出去，卻黏上來的蒼蠅屎一大堆。後來母親還是讓她賣串珠，串珠可以當紀念品。

有回上高中的阿青搭火車，隔壁坐著一個約莫四十來歲的女人，睡覺時女人卻將頭肩順勢往他靠了過來。他又被動地被刺激著，於是大膽地用手輕撫著女人裸露的胸肩，女人卻仍沒醒來。他知道女人是假寐。（因後來女人醒來和隔著走道另一個女人說話時，即使他的手仍有意無意地撫摸過去時，女人卻若無其事地繼續和隔著走道的女人說著話。）直到廣播快到站時，他正想等一下要怎麼開口向這個中年婦人說話時，這婦人卻也不下車，女人繼續坐往下一站。他們對看一眼，他看著那女人的眼神好生奇怪，好像一路上彼此的越界不過是剛剛他自己做的一場白日夢罷了。

應該是婚姻不幸的女人，他跟她笑說自己到處都遇到寂寞的女人，可能從小他長得壯，但卻又老散發著純真的眼神。於是很多女人把遐想暫時移到看似無害的他身上了。但這長得帥又無害的人，卻在他們都要離開迴城去另外一座城市讀大學時，誠實地說，自己一開始對她只是形而上的喜歡，沒有身體的遐想，很純粹地喜歡她這個人而已，他們在一起是個時間差產生的感情寄生狀態，因為彼此都失去很靠近的親人，感傷拉近了距離。

她才明白自己會錯意了。

但阿青突然跟她說，無情有時候比有情更有情。

她聽了覺得這不過是阿青轉身的說詞。

去留隨意。

阿青看似是從慾海成長的人，但實則竟是比她還自在淡然。最後雙雙離城，沒有聯絡，且自此沒有聯絡。直到她回老家定居了，這個人才又闖入她早已關閉的腦門，想起的阿青讓她感覺像是置身一座廢墟似的祕密花園，到處落葉腐朽卻又生機勃發。

夜泊之夢

把這個和山林部落親近的阿青從頭到尾想一回，她以為這樣的人，也許找到他可能也是廢材一塊，阿青是那種沒有鬥志的人，她一直覺得阿青對很多道德沒有邊界。那些在一起的時光，阿青就像把她當成告解室似的說著祕辛，關於老房子的陰暗面，成長的情慾碎片。

她接著查了一下網路，透過朋友問了一下阿青蹤跡，朋友回最後聽說阿青是在聖山半山腰種梅子樹，當起文青農夫。

她想阿青離此刻的自己竟不算遠。也許先去找阿青？但阿青沒有加入任何社群，她按以前聯絡的電子郵件寫信給阿青，告訴阿青多年不見，她已回鄉，有空去找他。但等了多日，阿青都沒有回覆，她想也許阿青已換了信箱，這樣去山林部落找父親說的地址不能靠阿青了，也許去找以前投宿過的聖山下的一些旅社老主人或許更能問到父親要她交辦的尋訪之事。

但父親又寫不急，要她慢慢來，務必緩慢抵達，要她就當作是重返原鄉的一趟溯源之旅。她想這樣就先四處晃蕩吧，畢竟離鄉多年。自問自己最想先去的地方？也許先去憑弔和母親住過的許多旅館，前往山林的中途旅社。

那些山林驛站旅社應該也住過她年輕時的母親與父親，可能也住過她的一些親眷。那是個走動著販夫走卒的年代，真正是客棧，客居他鄉，烙印著伐木工與流動攤販的舊影。

她記得這些旅社總是陰暗，尤其通往山上入口的那間聖山旅社，兩層半的木造屋子，雜沓著步履，搖晃著窄仄樓梯，榻榻米上總是錯落著流動的工潮。

黑暗中閃著螢光記號的甬道前方矗立著年輕的母親身影。

她似乎看見母親從風中的山城走來，似笑非笑地看著女兒，冷淡地說妳別聽妳父親的話，別去了，到處都是塵埃，沒有房間可以留下妳，沒有房間了。

她聽著回音說著沒有房間了，她像是被拒絕進入往事的空間，聲音來自遙遠的過去，她乍聽以為是母親，但再仔細聽，好像是童年入住過的旅社櫃檯後方的女人，旅店女將（おかみ）從虛空中傳來的回音，如鬼魅的嘆息。

她腦中轉著影像的人，都已掛到牆上了，沾染著焦黑氣息的空間。

聖山一帶的木造旅社經常燃燒成一片火海。

火神可以很美，比如父親以燒杉作為隔間木條的侘寂之美，但火神更多是摧枯拉朽，直攻山林要害。

她在夢土，走過一片狼藉的木門，彷彿發著高燒的歷史，被燎原的往昔入山口。南方焚風，捎來燥熱的暖意，山腳下的討生者，失去土地的部落人，她的夢中到處走動著早已失神的人與無神的木，人與木，用眼淚灌溉自己的傷痕。

她記得那間聖山下的旅社到了夜晚，老舊樓梯被旅人踩得吱吱響。二階式建築，鄰近樓舍也是，一樓店鋪，二樓住家。她小時候就聽說夜晚到來，孩子們醒來會夢遊到旅社的一樓，有的還會偷開旅店櫃檯的糖果餅乾罐吃東西。

她後來曾隨畢業旅行回轉此地時，她已長成提早老化的後青春人。

她還是聽從父親的話，母親在夢中的話不算數。溯源之旅？她想該如何溯源，就像超市販賣的食材嗎？必須追溯來處，才能驗證自己的來歷。

她盪去了火車站，離與返的座標。

她熟悉的旅館番街，街上新舊旅館雜陳，很多舊式旅館更新為文創行旅，但內裡仍是過去的，那個有著母親身影的旅館，往事的生動形象依然活絡，火車站的舊式旅館老著一張厭世臉，像是疲憊至隨時就可以沉沉睡去的臨時船舶，搖晃在飄著腐朽氣息的老河流上。

尋訪舊夢舊影的人，已然成了鬼影。這條街多是急於將情慾卸貨的青春男女或疲憊想要躺平的藍領。青春期的男女想要探觸彼此的身體，臨時擱淺在廉價的空間。

她一個人，走動這街，不像旅人，卻又徘徊遊蕩，看來顯得怪異。一個歐吉桑坐在機車旁望著她，她又把目光調回櫃檯。身後的老電梯聲音氣喘地把一些入住的青春戀人載上慾望焚身之地。夜晚的勞動之地，也是歇息之地，她有那麼幾年和母親最親密的時光，陷落在火車站周圍的旅社裡。

這一天，她越過車站，往旅館街走去，看起來像是尋常民家公寓的大門口到處矗立著附網路、附熱水、冷氣供應……等基本所需，寫著五分鐘到車站，十分鐘到夜市等資訊。

有一些工人扛著布包來問旅館價錢，問了就離開了，要價上千元對他們都是太貴的。她看著流動的藍領來去，不知為何感覺心酸，彷彿這些想要入住便宜旅社的工人有那麼點母親的味道，做工者的疲憊。

其實她根本不需要入住，但她很想弔唁往事，她突然很想念母親，想念那座山。

女將有點年紀，親切得恰恰好，就是知道人情世故的人。

就在女將交給她鑰匙時，她聽到後面的電梯門開，走出來一個歐吉桑，有點年紀的大叔看了她一眼，她也回望一眼，突然覺得這男人的眼神有一股說不出來的奇異，竟讓她的心海晃了一下。歐吉桑交給櫃檯女將鑰匙，女將說了聲阿里嘎多。男人又看了她一眼，她對男人微笑，心想是東洋人，覺得又親切又陌生的人。他眼神抽動了一下，想微笑又矜持的模樣。走過她身邊時，她聞到男人住宿這旅社應該有幾日了，身上有著旅館常有的菸酒味，像一張老地毯，她竟聞到這氣味和媽媽的味道相似，都是菸酒不離身的人才有的氣味。

待男人走出旅館自動玻璃門，女將跟她說，阿本仔。她聽了笑著，突然意識飄到那座躲藏著童年的山林。

美女，要住嗎？

她望著老舊的大廳四周，心想應該要來回味這間有著自己和母親氣味的舊式旅社。

旅社，她曾經多麼熟悉的領地，移動者流動者或者傷心離家者的落腳地，有時比家還熟悉，是另一個家園。

於是她點頭，付錢，入住。

她忽然覺得自己貿然落腳旅社，顯得有點危機重重，薄牆的呼吸聲，換了一波又一波的男女不同聲納。旅館的床貼著鏡子，原是要照映戀人旖旎的床，成了丈量身體寂寞與否的最大客體。

入住的房間名稱叫巴黎玫瑰，她拿著鑰匙搖頭失笑起來，童年時房間沒有這些名稱，只有號碼。

翻身即逝的露珠

房間裡面簡潔，電視和小床櫃，有杯子與水壺。牆上掛著切割不等的鏡子，依稀是八〇年代末流行的裝飾產物，竟和她童年入住時一模一樣，沒有被覆蓋。

那時島嶼賺錢容易，島嶼錢淹腳目，通往聖山的公路開通，東洋觀光客搭著遊覽車如魚汛前來，南方當然也是到處被錢財淹過，她望著鏡中的自己，不是見證時代而是想念母親。年輕男女找地方讓寂寞著床的領地處處，只有媽媽是帶著小女兒入住，在房間床上她們邊看著電視，邊編織串珠，編織串珠的母親模樣她常常偷偷看著，著迷著。母親深邃的眼眸，美麗的側臉下手上忙活，有著絕佳編織的手藝，這讓她看得目不轉睛，她當時覺得世上最美的女人就是她的媽媽。

現在，她已是輕熟女了，母親也早掛到了牆上，只剩她一個人在旅館的小房間裡，東嗅西聞。從壁紙聞到童年，從鏡子看見慾望，從床枕瞥悉青春，從熱水瓶見證時光……從這空間的許多小小微物裡，看見整個稱之為「過去」的身影。當她躺在黑暗的床上時，想起小時候竟發誓過再也不要和媽媽去擺攤做生意。

南方野性，一點也不中正的中正路。

她在整座小城的旅館大街裡的某個記憶的房間，這一回她才躺成了真正的旅人，純粹放鬆的身體，再也不用忙著編織，不用討母親歡心。她閉上眼睛前，感覺整條街的心臟在劇烈地跳動，記憶的天地隨之搖晃，接著是一片死寂的每個往後，往後的往後，竟都是如此死寂。

她才明白有母親在就有故事，有母親在就能燃燒這死寂的世界。

母親是柴薪。

她在房間流下淚來，感覺到美麗母親的柴薪被生活給燃燒殆盡，被際遇給變成了廢材的人生，都怪老祖父，她想著要不是這闖進人家部落的老先生帶走了母親，還遺留災難給山林部落人家，母親也許會過得更快樂？

但又失笑想，母親不嫁給父親，那自己就不會是現在的自己了，重返過去又無法重新設定，毫無意義。

老旅館，氣味雜，夢也多。老旅館還住著母親幽魂，尤其在沐浴間，母親幫她洗著雜蕪的長髮，或者童年矮小的她偶爾會貼牆聽著旅社兩岸的房間門下的縫隙，經常傳來曖昧或者呻吟的奇異聲響，分不清是痛苦還是歡愉的尖叫，窄縫下的一道幽光，如結網在地毯的隱匿愛慾，潛伏的交易，哀歡的交叉，神經的觸動。

小女孩就像寄宿在角落縫隙的小蜘蛛，看著大蜘蛛們盤踞結網，小蜘蛛在這樣的氛圍裡長成怪蜘蛛，分泌的回憶有毒，如黑寡婦。

她棲息沉睡在每一個陌生的房間，等待外出的母親歸來。

昏黃的旅館小燈，投射出母親那美麗的手，母親善於編織，串串珠珠如蜘蛛的網，滿滿的串珠爬滿她的手臂，彩珠映著她的眼睛更深更黑，像黑森林。將串珠換成鈔票或者換成眼淚。

紊亂又有序的那段歲月，固定的白日市集採購與入晚的旅社編織，固定聖山下的等待，遊覽車潮如魚汛的固定到來，固定的女孩們沿著遊覽車走道走著，看誰手臂被掏買光光，誰就是小小女王。

一日女王輪流做，不是長得美就賣得好，那全憑陌生客人們當下心生的一念。

就像此刻她在旅館的走道上傾聽兩側河流愛慾漲潮與退潮，底層或者青春族們的愛慾簡單快速，一波波的翻床，來此短暫休息的客人就像翻桌，翻身即逝。

慾望飄著迷霧，燈火微光，明暗交錯著晦暗白漆不勻的牆，她的身影掛在旅館的白牆上，像是巨大的綠幽靈蜘蛛。記憶湧浪，將她翻覆，她在老舊的火車站旅館裡，彷彿做了長長的往事之夢。霧來霧散，山鬼暫隱。

她有如被黑寡婦蜘蛛吐絲的各種紅絲線緊緊包裹著，鬼魂如串珠編織的理路交纏，乍見不知所起不知所終。動彈不得。像是整夜都被鬼壓床似的疲憊，輾轉醒來，拉開窗簾，日光憂鬱，鬼魅散退。

盥洗後，煮杯咖啡喝，沒有行李，只有記憶這件行李等著被收拾。

她回望房間一眼，悄然地自言自語，媽媽，我很想念妳，妳知道的。

下樓，退了房，將山鬼襲來的疲憊驅除。只是她的腦中不知為何想起昨日在櫃檯處有過幾秒照面的初老歐吉桑。

住著一座山的樹

離開旅館後，她去市場吃早餐，被雨棚遮住的市場白日也陰暗，一條路長達四五百公尺，兩旁聚集無數攤位，熟食小吃店的燈泡，映著人影幢幢，每個人的嘴巴都油亮亮的。無數的食色飄香，每個氣味都是過去的召喚，之前父親生病時她經常來這裡買的食物最後都入了她的胃，父親吃不了，就聞著氣味。牛雜湯雞肉飯碗粿香菇肉羹粿仔湯冬菜蝦仁蛋黃香腸米糕蓮子湯水果切盤三味果汁，父親成長的滋味。

吃完早餐，她順便採買些東西，明天她要去樹木園紀念開園園遊會擺攤，但她不再賣串珠，她已害怕任何販售和串珠編織有關的物品了，串珠會召喚冥遊地府的記憶歸來。

市集是武場，蹲點蹲久了，女人轉眼成女漢子，為了搶生意。比如她經常在市集聽到男女吵架，女漢子也經常吐出唬爛，呷蘭素蘭等雄性底層會經常吐出的器官隱喻字，在當年到處充滿著以「蘭」為命名的汽車旅館年代。又不巧這迴城到處有取名為「蘭」之地，蘭潭蘭井街，像是從小說浮出來的地誌。

孩提時她還以為這城遍地蘭花，比如她曾和阿青共騎摩托車一路尋著花影，沿著蘭潭，卻只見潭而不見蘭。她後知後覺，才知「蘭」是指荷蘭，紅毛仔，髮絲偏紅，或眼睛淡褐色，含有可疑的外來混血。

紅井躲著鬼佬，就像聖山山林躲著山鬼，樹精，雨神，霧婆。

她的來處的深淵。

迴城人的腸胃都住著一座山。

那腥擾的氣味，彷彿整個沸騰的人間圖，滾沸的地獄圖，繁華的廢墟，她媽媽很愛。她更喜歡粿煎，她天生有糯米食物的胃，糯米是她的最愛，這和父親的客族血液相似，別人是台客混血，她是山客混血。她吃得一嘴油滋滋，一副打算就此要在故里變胖的模樣。

離開市場前，她看見沿著市場攤販外的店家廊下有嬸婆們與外籍新娘在鋁鍋前撕著雞肉絲，她摸摸肚皮，決定再放一點雞肉飯到胃裡以安撫鄉愁。熬煮多時的雞肉油湯淋在白飯上，擱上一小片鵝黃蘿蔔片，像弁當。

她吃下最後一口雞肉飯時想著申請研究書寫迴城畫家夫婦的美術史外傳就待第一期補助款下來，她就可以去異鄉走踏了，她想寫的是大畫家背後的女人，他們長居北國，雙雙過世在東京，但迴城是他們永遠的鄉愁。她的地誌經驗，串起迴城聖山與北國神社的感情，兩端早已繫上了不解之緣，還有她對美術與書寫的嫻熟。

她本來想改當動物與植物溝通師，動物與植物世界就像她兼具父母親的安靜與野性。但這行業太新興，且她多半不好意思收太高費用，因為大部分都是朋友好玩來找她的，或有的還想試試她的功力深淺。她感覺自己有點靈媒體質，可以和植物與動物說話溝通，也順便幫主人端詳星座如何，多純屬友誼，使她外快很少。一度去小七打工，一個小時一六八，好處是過期便當食物甜點吃不完，尤其牛奶，總讓她喝得飽足如匱乏小孩。還有酗咖啡，每回她自己要喝的咖啡都是加足了牛奶，還淋上了焦糖。

如她心裡曾想的，這是一趟近鄉情怯的旅程，充滿不知未來的新意也充滿已知的舊情，新舊纏繞，就是非常有她自己的樣子。不新不舊，不喜不哀，不近不遠，她一直給外人這種感覺，只有靠近她之後才能感知她這個人根本就是個熾燙小火爐與東北季風呼嘯冷冽的極端體質，童少長期被南方陽光烘焙與冷風沙礫颳出的溫度，絕非不溫不火，絕非中規中矩。

但她習慣看起來中等中庸，甚至有點平凡，這樣隱藏在大眾洪流裡，讓她不醒目，很安全。父母親給她的遺產就是對各種環境的抗壓力，隱密的生存術，還有許多藝術家前行者給她的浮生啟示錄。

終於把肚皮與往事鬼魅餵飽，她邊去市場布鋪，她在老棉被島嶼花布與東洋侘寂味十足的素麻布前挑選，最後仍選了素米色麻布，她想花色容易讓人分心，米色麻布典雅，像無印良品，擺上桌面，案上擺花瓶，插上幾枝花，再擺上綠盆栽，掛著寵物萌照，她想這樣就很醒目與討喜了。

沿著行道樹，她往樹木園走去。

一路艷紫緋紅。

艷紫荊，她少數能念出名字的樹種，美艷如青春，潑灑暢意，這城的樹野性地活著。小立南方，艷紫荊紅了，野了。繽紛的紅，轉著飛著，像蝴蝶。艷紫荊，花風流。偏紅色系的花譜系，討喜易搭。冬日時，一只古甕，插一剪梅，一如父愛。一束桃花，一餉貪歡。一株山櫻，一把嘆息。一朵玫瑰，佯裝愛情。

南方，薰風。北回歸線下，拾起掉落的滿地紫荊，沒想到在這座城耕耘整個人生的母親，有一天會以骨灰的方式重返山林，母親再也看不見這座城的遠方來處。

母城，大利南方的城。她聽得見風吹落花的簌簌聲響，母親躲在裡面。開在大樹上的花，很硬頸，父親說。妳也當這般，要靠自己。她聽著，乖順的點頭。她在艷紫荊旋轉飛舞的空隙，看見流徙於途的討生身影，期勉的言語卻如微風飛過，一點也不硬頸的自己如何撐過孤獨的人生旅程？

母親，請再看我一眼。父親，請再說我一句。她仰著頭，望著高大的艷紫荊枝頭有蝶影飛過，時間竟就這樣地馳過了色衰色身。父親，請再看我一眼。如杉之高冷，堅強，她召喚在孤獨的脆弱中挺過生活與死神折磨的人。

相見不相識

她擺的攤位是樹木園園遊會獨有的動物溝通與現場彩畫，她除了幫動物與主人溝通外，因擅長繪畫，也現場塗鴉素描。主辦單位覺得她的提案有趣，擺攤的素描速寫多半畫家都是畫人的，沒有畫寵物或者植物。也有心理師來報名擺攤，但多是算塔羅牌或占卜數字或解易經看面相等，沒有以動植物溝通解讀術為主的攤位。於是主辦單位很快就回覆她的信件，不僅通過她的申請案，還給她最醒目的園區好位置。

她將攤位取了個「毛孩子與綠手指」，攤位廣告下寫「萌萌達，愛要說出口」。她將攤位裝飾成動植物的嘉年華會。她先是去火車站附近的快速沖洗店，將手機照片接上藍芽，連上沖洗機器，等她從東市場歸返，就可以拿到輸出的照片了。輸出的都是貓狗兔的萌照，色彩鮮艷的鳥禽，還有盆栽與樹景照，她想應該不會有人帶其他的寵物或一棵大樹來給她溝通吧。

擺攤人陸續在自家攤位擺設，她將案上鋪上素色麻布之後，決定去附近轉轉，看看有無攤位賣花，她想買些繽紛如艷紫荊的花來妝點素色麻布的桌面，讓桌面看起來討喜。

她不太認識樹木園的植物，那時她來到這裡時還小，萬物等著被指認被命名。她是個喜歡新事物的學習者。尤其是每一張臉譜，每一個連結的星圖，星圖後的關係族譜，她是很多年之後才知道植物也分雌雄，植物也吃威爾剛。公株母株，有的植物單獨性別活不下來，她忽然想自己種的植物鐵定都是因孤單才死去的，但父親種的卻是生機勃勃。

大葉桃花心木，筆直的樹軀高挺，葉形鮮翠，開著黃綠色小花小巧自怡。碩大長卵形的果實，熟後木裂成五瓣，紅褐色翅果旋轉如仙女散花。在樹木園裡見到成排的大葉桃花心木列隊著，枝葉茂密遮蔭，是南國好情人。她發現這城的人談起樹木園，就像在談一個美麗體貼浪漫的情人口吻與眼神。

她像個孩子，喜歡尋找蜘蛛網，在枝幹隱密之間，尋覓不斷在暗處結網的蜘蛛，輕舞著水光霧氣的網，堅韌怡然卻又脆弱得彷彿會碎裂的玻璃，輕微的焦慮飄在植物之間，在她的觀望中游移。風飄進她的心，葉脈如掌紋神祕，她望著樹梢也低頭看著墜落的種子，美麗的枯葉有秋寂之美。銳細的溝渠，伴著露珠水聲隨風拂來。她伸出手，指縫中散出的風，如記憶流動。植物擬仿整座山林，只有透明的蜘蛛自行安居結界在封閉似的循環之網，濃烈的霧逐漸隨著陽光散去，也該去擺攤了。靜謐很快就要被即將開園的嘉年華喧嘩沖散，不知植物是否可以佯裝沉沉睡去？泛潮的山林，她熟悉的山林霧中風景，瞬間又被勾起，帶著疼痛的咒怨。隨著母親的亡逝，一切都轉成了不捨。

她盯著晨間蜘蛛網那透明的網，彷彿可以感受到蜘蛛那停不下來的體腔吐絲的勞動，又透明又混濁，複雜又間隙地生活著，像是霧的漂移飄飛又像是植物的定點不動，一如母親。童年她總是盯著山林的一切微物看，吸著霧濕的山野空氣，聞著風送來母親腋下的狐騷味與廉價旅館的陳腐菸味酒氣，這些複雜難以解析的氣味使她安然，因為母親在身旁。

迴城，再度遇見童年，隨風流轉的意識就像母親隨鈔票而移動的旅程。這回她打算和山神重逢，青山應笑我嗎？迴城與聖山山下的往事銘刻，就像是她生命的原初之景，永遠難以被替換。彷彿人生已根生在記憶區這片腐土中，成為萌芽的沃土。

在冥思中，她聽到廣播，廣播提醒著攤位的主人閉園時間與注意事項。擺好攤位等待園方開幕前，她繞去四處晃晃，好奇其他擺攤的都在賣什麼。

就在這時，她在園區的廣告版上看到一張印著「木淚」大標題的海報，海報印著徵演員，她盯著看了良久。木淚，她喃喃自語著這個新詞，用手機先拍下海報。在某個攤子買了些花，將花放進花瓶，感覺喜氣，緋紅顏色很能吸引目光，望著這繽紛花朵，她還心生一念，心想或許這也可招桃花，招人氣。

想到桃花時，她抬眼，剛好有一個男子行過，她覺得這身影又熟悉又陌生。

男子忽然轉頭朝她看了一眼，眼神也是帶著疑惑，熟悉又陌生。

兩人冷不防目光對上，他們好像心有靈犀，只是看著，靜默無聲。

她覺得自己的前半生像是覆轍了母親般的廣闊爽暢，後半生她覺得自己將像父親般深沉，只專注自己喜歡的事情。

現下和眼前男子對望的這一瞬間，她彷彿有前世今生的錯覺感，兩人有過交集？男子卻沒有停下腳步，只是流露一種想起什麼卻又疑惑的神情，旋即男子被後面一個拿著一張貓咪大照片的女生順勢推走地移到下一攤。

站在攤位前的小女生看起來像小白兔，棉花糖女生，水水肉肉的，看得出甜食吃太多的女生。小女生拿著貓咪照片要她幫忙溝通。

她專注地看著貓咪照片，對望凝視。

妳的貓咪不喜歡妳又養了另一隻貓。

小女生猛點頭，彷彿震撼的神情，眼前這個溝通師竟然知道自己還養著另一隻貓。

為什麼？小女生問，又喃喃自說著是忌妒嗎？還是想要單獨占有我？

都不是，她皺眉頭說著，她希望來到這裡的主人廢話少一點。

是妳的貓咪覺得妳住的地方太小，不適合再養另外一隻。

妳竟然知道我住的地方太小，妳好厲害，簡直通靈，小女生佩服不已地說著。

我明白了，我明天就把另外一隻送回領養處，免得我的貓寶不開心。

她笑著遞還貓寶照片給小女生。

多少錢？小女生問。

不收錢，但妳可以買一張我的明信片。她的桌前擱著她輸出的攝影作品與素描印製的明信片。

一套一百元，她又說。

先前覺得眼熟的男人終於在她的攤位駐足，彷彿才轉眼就老了的男人。

她近看才發覺男人有年紀了，之前匆匆一瞥，且男人被樹影遮住沒看清楚，她想男人至少六十出頭了？眼皮浮腫，肚腹中廣，她想是個愛喝啤酒的歐吉桑大叔。

她朝男子微笑，很真誠地笑著，希望男子看看攤位的東西。

桃花正開，撒下了緣粉。

男子也回報微笑，好像她都這樣子招呼了，如果還不停在她的攤位一下，是很沒禮貌的，於是男人帶著一種拘謹在她的攤位上東看西看。男子說他沒有養寵物，也沒有打算拿出植物的照片給她素描的樣子，男子只是單純地望著她，彷彿要來溝通的動物就是他自己。

男人看著她案上的素描明信片。

妳畫的嗎？

她聽到男人帶著一絲絲東洋口音的中文，其實不仔細聽不覺得有口音，是因為她太熟悉這種聲音了，那是她童少時光的音流。

她的內心喔了一聲，男人是之前在旅館櫃檯曾短暫一瞥的人，男子離開時，旅館的女將曾說了聲伊係阿本仔，每隔一陣子都會來住一晚。

難怪她覺得男子面熟。

她點頭對男子說，是喔，我喜歡塗鴉，也是藝術史的愛好者。

我很喜歡妳的線條與風格，有一種心的流動，像風，像雲，但又很工筆畫，又精緻又灑脫。

如果可能妳可以幫我畫植物圖鑑，不是塗鴉的那種，是要工筆畫的那種，我會付妳費用。

她聽得仔細，第一次有人分析得這樣真切，彷彿他才是溝通諮商師，就像在說她這個人的兩面性。

這真好，又有錢了，果然紅花招貴人。她笑著，點頭說好。她需要更多的錢好度日，只想做自己有興趣的事情，贊助她書寫的基金會畢竟對不上班的她來說很快就會坐吃山空。

男人給了她一張名片，說他平常在教日語，可以寫信，再約時間談細節。

她訝異這東洋歐吉桑的中文竟是如此好。

男人講話簡單明瞭，不知是因為中文關係還是個性關係。

她收下名片點頭，自言自語似的念著阿努，又看到阿努後面有括號（島田哲二）。

阿努桑，我會寫信或打電話給您。

男人笑著，因為聽到一個女生用桑這個字代替先生，且用那麼正式的您這個尊稱。

叫我阿努就可以，不必這樣稱呼我，我的島嶼朋友不管什麼年紀都是叫我阿努。

阿努聽來很台，阿努很在地味。

好的，阿努，她笑說著，又叫了一次，像在練習一個新的單字，又像老友口吻，

我朋友都叫我阿娜。

阿娜小姐好。

不用叫小姐啊，不管任何年紀都只管叫我阿娜就可以了，她複製男子之前的說法，邊說邊笑著。

瞬間她把這個看似拘謹的歐吉桑的心打開了，她一直有這種能力，可以很沉默也可以很幽默，就像她的兩面性，結合半父土半母水的人。

阿努是敏感又歷經過風霜的，他早注意到眼前這個女生的獨特點了，他感到一種心流波動，眼前女生如晝夜，也像他的故里人，又拘謹又放蕩，又貞潔又染污之感。又慈悲又殺戮。他在腦子跑過許多詞彙，沒注意到女子已經在幫另一個女生的寵物做諮商溝通了。

他轉身默默離去。她目送著男人背影，其實她一直偷瞥著他。

這時她看到男人的衣服背影印著一棵樹，樹葉是用人的掌紋象徵，枝幹則是人的手臂。是個愛樹的男人，她想這樣的男人應該是可以信賴的吧，她將「阿努」存進手機，電話號碼上的名字，阿努後面的括弧是（愛樹的男人）。

黃昏收攤。

回家後沐浴，累癱了，休息。

夜晚到來，她拿出白紙與黑筆，靜靜地畫著父親案上花瓶插著的白菊。

還是手作的感覺扎實，她畫著畫著，突然想起白日請她繪製植物圖鑑的男子，她當下就知道和男子在旅館櫃檯曾遭逢過的片刻，但男子顯然對再次看見她並沒有太多的反應，眼神雖蒼老卻沒有閃過細節，彷彿男子只是那般真切地欣賞她的手繪明信片，純粹只是因喜歡而靠近，因喜歡而搭訕，因喜歡而說話。像是一輩子都不說話的人突然要開口時，帶著一種掙扎又靦腆的暈感，像是山林的霧。

從霧中走來的人

清晨四周瀰漫著濃得化不開的霧，她和心情好的母親玩著躲貓貓，隔著層霧，母親時見時不見。

驀地，她在霧中被推倒在地上，串珠散落。

霧散，她看見一個山林小女孩，朝著她罵著。她聽著不是很清楚的話，依稀是痟查某，滾回家去，別跟我們搶生意。

她撫摸著被挫傷的膝蓋，破皮如被割傷的樹皮。她的第一個念頭卻是還好媽媽沒看見這一幕，不然小女孩肯定被媽媽也回報一記。這時她聽見霧中傳來遊覽車的引擎聲響，逐漸開進山腳下的遊覽車如大船劃開白河般的霧流，霧中走來母親，朝她笑著，沒看見她膝蓋受傷，手裡拿著兩串玉米，遞給她一根，玉米粒上有被咬過的齒痕血跡。

她咬了一口甜甜鹹鹹的玉米，山林的風揚起她發黃的毛燥髮絲，彷彿命運的風在她的身後吹拂著。她把玩著串珠與陽光共舞的遊戲，假寶石的串珠一點也不晶瑩，但不知為何她覺得美麗異常。

她當時無法知道那是一種注定分離的哀傷美感使然，她們是從霧裡走來的平地人，很快就要從霧裡走出，帶著山鬼的夢，回到平地，躺到一間間廉價的旅店，母女如兩道瘦削的暗流。移動者，如霧，看不清又如實存在。

躺在母親身旁的她聽著母親說起一個山林神話似的童年，母親說有個曾在山林裡踩空的孩子，跌落山谷時，被一雙菩薩度母的手輕輕托起，毫髮無傷。

菩薩其實是一棵騰空伸出的樹，把女孩給托住了。

樹救人，但人卻殺樹。

她聽著，覺得母親那時候好有智慧。如果不是被生活給壓彎了志氣，母親應該不會還算年輕就離世了。母親沒有機會將生命的怪手往生命的內在礦城挖去，於是她準備接手，不想混沌度日。

但又該如何才能不混沌度日呢？

眼前仍是一片霧中風景。她繼續手繪，卻畫不出霧的感覺。

在黑暗中她彷彿聞到白天見到的東洋男人的氣味，她想也許她昨夜在旅社睡過的房間遺有那名男子的氣味？

好鼻師的她想，下回遇到阿努，要聞一下他身上的氣味。

帶著一片森林的木質氣味，但隱隱中，聞到一股酸氣，她想是老人味還是阿努生病了？但這想法很快就如閃電般消殞，畢竟只是一個陌生人。

很快她就把這個叫阿努的人拋在腦後，但她卻想起白日拍下的那張海報，木涙，好美的名字。

她伏案寫信，把自己的電影工作經歷試圖美化著，還有一些繪圖與才能等照片附上，最後選了一張眼神帶點哀愁感的肖像檔案，依著海報上印的電子信箱寄出。

然後坐在她父親生前經常躺的竹藤搖椅上，沉沉打著盹，進入夜夢，一座黑森林的魔法少女正要朝她丟出魔法棒，今夜星光燦爛。

無鄉的人 阿米哈

回歸的樹

迴城位在北回歸線以南，這條虛線穿越島嶼中線，迷霧環繞山境，空氣有著植物與泥土的氣味，灼熱與寒涼，高山與平原，空間差的遼闊與尖拔的幅員就是迴城人的胸膛，艷陽夜霧雨水落葉木材泥土的氣味銘刻在人的夢境。住過這城的人離開了城，最後都會像迴紋針般地又被時間給轉了回來，千里跋涉也要回返歸來。就像每一個回歸年，在歲差運動中使移位的人校正回歸。

若有一去不回的都是因為理想而入獄赴死或客死異鄉的人，只要還能回來，他們都會回來，以各種形式。就像大雨升騰的霧氣遮去了山景城貌，就像高山吹落的強風揚起了厚厚如絨的塵埃遮掩，但山與城總是在那裡等著人的迴轉。

老一輩的人們一出生聞到的不是母親的奶味，而是木頭的氣味。他們習慣自然的聲音，風吹樹葉如催眠曲。鋸木材聲是安魂曲。曾經有一年，有戶人家把門前的大樹給砍了，從此失眠。把樹種回來，受傷時去抱樹，這城的人學著眼前的山，山裡的樹，逐漸療癒了自己的失根，無望。

他們都說，這裡的土不黏人，但人如樹，黏土。

把回字活成了一條迴轉壽司似的人，遠去又歸來。

迴城的人喜歡用回魂紙寫信，信裡沾黏著回憶。
回啊回，兩個回，就成了迴。
從此人們不記得地名，久劫遠來，迴城已內化成地名。
就像聖山之名，人們已經不記得聖山還能有另一個名字。

迴城會被遊子或者駐足的旅人長相憶，因聖山有靈，山林有魂，山如菩薩低眉的四顧眼，從這座城的每個角度都可以眺望到聖山。丟了魂的人回返找故事，活著，只因這城的人都是負傷者，傷害久了就連魂魄也碎裂了，總得經過時間的縫合彌補拼貼。

就像阿米哈，他就像聖山的樹木，土生土長。他常把這個土字掛在嘴上，自嘲自己是老土的人，很土的人。他可以吃土，吃出土地受傷或者豐饒。

當山林後代子孫們竟在耶誕節擺放著塑膠製的假冷杉時，阿米哈覺得自己是真的跟不上時代了，到處都是擬仿，四周充滿了塑料或者金屬，哪裡能再土生土長，年輕人連泥土的味道都沒聞過，連山豬都沒看過呢。以前他靠著山林的聲音土地的蹤跡就能尋到野獸，現在他多半只能在閃著藍光的螢幕上看到了。他沒想到自己活得這麼久，活到周邊許多人都相繼先離開他了，但他知道他們不離開山。

阿米哈若有必要而離境時，總是會帶上一小把聖山的土，聖山的水，樹木的籽。這樣他就可以活成一個感覺自己是自己的人。

阿米哈，也只願人們記得他這個名字，除此，他沒有別名。

看不到的抵達

他是山的孩子，從小等著長成一棵神木的樹，可以擋過風雪酷烈的樹。可以從葉脈乾枯潮濕看出植物的病象，他也是部落的草地醫生，土地醫生的後代。

自然醫生，他知道什麼可除體內濕氣，什麼有健脾之效，他是獵人後裔，知道足齡山豬的哪個肚肉厚實彈牙，哪塊排骨肉香軟嫩，那段小腸Q軟，他可以烤出民宿客人回到平地還會不斷想上山的滋味，他說食物很簡單，和人一樣，好吃只是基本，但要做到讓人三不五時會懷念，想再重逢才是關鍵。

他其實本來是厭惡部落最終成了城市人的假桃花源之地，人們來部落吃風味餐，拍照上傳，嬉鬧聊天，模仿他們部落說話腔調，隨意吐出老笑話，什麼被警察臨檢時警察說打山羌（三槍）喔，部落人回，報告警官我只打一槍之類的老梗。

人們抵達，自以為看到，但其實什麼都沒有看到，被定型的樣板，成了沒有靈魂之地。後來是前不久才被掛到牆上的祖父曾在意識還清楚時數落過他這個老孫子的冥頑不化，祖父說，開民宿就是為了生活，客人是你的衣食父母。你要展現理想，你想要重返歷史，你可以用別的方式。

夢之後，他突然獲得了神來之筆。

從此他每天都需要文字，書寫，記錄，以祖父說的別的方式。想了很久，就在某個夜晚靈感勃發，他想何不在自然演出結合歌舞的舞台劇，以山林為幕，以大地為舞台，以山風葉落雨飄雪絮水聲為音效，讓旅客直接感受總比他這個老導遊不斷說著話，旅客卻總是忙著拍照的好。

他讀哲學，他想只要找出命運的關鍵轉彎點就可以折射出整個大歷史，走向更遠的過去幽谷，更深的回憶路徑。以自然為背景，牽涉自然光影，演出時間要短而有力，強烈而感人。就這樣他寫出了《木淚》，屬於聖山的一小塊碎屑，但他知道這樣就夠了，畢竟獵人之子已老，餘生來到了生活殘餘之境，如還有念想，應是演畢《木淚》，如有所得，他想去傷害的土地種樹，不分國界的種樹，去為樹義診。即使生活僅剩殘餘的餘生來到，但為了種樹，他經常感到餘生珍貴，埋在地底的樹根猶在。

捻熄了燈，滅了炭火。

他立足在窗邊，黑暗的林間，那般靜寂，一片落葉都能盪起心緒之風。突然，他的瞳孔閃出光，天空樹隙劈出閃電光影，春雷如夜神降臨，雷彈遠方，樹林在夜黑風高中搖擺微笑。隱喻已然烙印，上路等著懸念者對彼此重逢的寄盼與實踐。

木也流淚

這一天，阿米哈騎著一台看似要解體的摩托車，他先是在村子發派海報，接著讓幾個傍晚要下山的教會青年志工去山下迴城的樹木園張貼海報，海報上印著誠徵：能在山林野地生活月餘，參與演出野外舞台劇《木淚》，無經驗可，男女老少皆備，演出換食宿，熱愛島嶼歷史與部落藝術，心中常懷如山的慈愛與樹的正義者尤佳。

他可不要什麼電光四射的那種舞台劇，村裡的年輕人聽了有的嘀咕說等到沒有錢的時候別說要電光四射，可能舞台有幾盞燈泡就不錯了。

他也隨著青年車隊一起騎著摩托車下山，來到迴城，祖父期勉他融入山下的城，也是西方讀物啟蒙他思想的城，但他感到愉悅的是新口味的食物，食物是拉近他從高山走下平地的記憶連結，也是和解的最佳良藥。山下的食物是他舌尖的新體驗，過了耳順之年，這些食物則成了老友，每回下山就去吃它幾回，被異族統治過的舌尖基因已然更迭，有時也很脆弱。

讀書時他搭森林火車作為交通工具，異族蓋的鐵道讓他一邊欣羨科學技術，一邊讓他戒慎恐懼，開發往往從交通開始，一步步地無意識被蠶吞而盡。

這山真美，每一棵樹都是他夢中的移動風景。一下一上，一去一返，日日夜夜，那時他混在山老鼠與山農之間，抵達車站後，慢慢徒步，晃到學校宿舍。有時會在一個疼愛他的老師的善意安排下住到附近林場的林業村。為了便利也為了招魂，他在林業村經常四處漫步，如部落巫師似的，嘴裡念念有詞，叨叨絮絮，朝著千年樹木亡魂散出的氣味哈氣，檜町凝聚著聖山神木的靈魂。

吃著買來的食物美乃滋涼麵，很奇特的口感，涼麵加油醋，很像彩色盤，油黃麵、綠脆瓜、紅辣椒、白蒜汁、奶油美乃滋，搭碗味噌湯，灑點柴魚薄片。調醬裡像是一座和他生活絕然不同的市集，蘊含著醬油、糖水、檸檬水、蒜汁、酒水、香油、芝麻粉、芝麻醬、花生粉、花椒粉、芥末醬，甜、麻、辣、酸、嗆，一盤小小的涼麵，竟像躲藏著他所喜愛的植物豐饒世界，撲鼻而來的香氣，吃了會招魂的食物。很多年後，他認識了阿努，吃到了他在美國租處親手做的燒物，他發現阿努竟然也在燒物上淋上美乃滋時，他笑了。

原來這滋味是從阿努的母土來的，阿努族裔的舌味入侵於無形。

他邊吃著這久違的青春涼麵，邊想著這阿努也不知晃到哪裡了？

阿米哈此回下山特別去吃了涼麵與涼肉圓，喝了四味果汁與綠豆冰，才心滿意足地再次回到山上。這城熱，從山下來的人更覺得熱，四處呷涼。食物消弭了邊界，下山前，他特意繞著村子走幾圈，他望著這座負傷的森林，心裡感到苦楚，這種苦楚好像從他童年開始就被沾染上去的，無法隨著時間漂白的染著，沾黏日久，咬住了他，時間與傷害的咬痕使他提早就有了衰老的樣貌。雖然初老後他看似仍有一種勇士般的堅毅神態，但只要他稍微鬆垮一丁點的意志，比如現在他只消看一眼傷害之地，他的眼神就會像是一個受傷的老狗，被遺棄的眼神像風中的枯葉。

詩篇1：3：「要像一棵樹，栽在溪水旁，按時候結果子，葉子也不枯乾，凡他所做的，盡都順利。」一旦這個允諾尚未來到，獵人失土，不曾拿槍，獵人等著被槍殺，一座森林曾為一棵樹傷心，一棵樹曾為一片落葉掉淚，這些都是塵封的印記了。流血歷史成了黑暗財，隨著老人的死去，舊歷史傷害的印記雖淡了，但疤痕卻不曾消失。

來民宿的觀光客通常為了拍照打卡，讓旅人的舌尖沾黏部落美食，這也是他的民宿擅長的。為了讓他族他人進入真正的部落，於是他想借用他在紐約中央公園看過的《仲夏夜之夢》的方式，在山林與山林之間的山野坡地搭舞台，展演夏日的野外舞台劇。他在為祖父守靈的閉關時日，寫了一齣舞台劇劇本，聯合幾家民宿提供演出者食宿。演出者就是來此打工的人，另類的打工換宿，還能留下生命刻痕與滿滿的回憶照片，也許還能被星探挖掘。這是青年義工在臉書分享的大致內容，已經陸續收到不少寄來照片與履歷的人。

雖然角色找在地青年或者教會義工容易，但他的目標是要將故事往平地人的耳朵送，所以他才廣下英雄帖。同時他寫信給阿努，阿努是演日本人的不二人選。但阿努還不知道這件事，他要阿努幫他去東市場採買些食物與奇奇怪怪之物就是為了這齣舞台劇之用。阿努在樹木園看到阿米哈的海報時，想的卻是也想參與演出，演一棵樹。

他打電話給阿米哈，阿米哈聽了大笑著說好，你根本不用演啊，你就是一棵靜默的樹，靜默中卻又千言萬語。

阿努也笑著，然後說大概要幾天後才會上山來。

阿米哈早就知道阿努是一個緩慢抵達的人，阿努習慣出發的中途會四處延宕心情，慢走晃遊，他的性格。他們在美國同遊國家公園與印第安部落時就是這樣了，阿努不急，他總是慢慢來，有秩序的人，除非他喝醉。他像森林根部，像一棵樹，總是在黑暗中度過屬於自己的深時漫漫。

阿米哈想，這些山路自己走多少回了？

不要站在風口

一次次的別離，一座殉道者的森林已成逸樂者的荒原。

這座山林庇護過逃亡者，密密山林與繚繞雲海成了躲藏要地，逃亡者就像釣餌，引來一場腥風血雨的獵殺。他最記得有位逃亡到他家裡的一個平地人，這平地人還把部落的姑娘媒妁給據說有社恐症，有了年紀而遲遲未婚的獨子，婚禮簡單，就在部落舉行，神父在主持婚禮的儀式時，就在新郎低聲說出我願意，而新娘卻還沒來得及吐出這三個字時，刑警這一刻聞風而至，那時差點就要抓到這個坐在父親席的人了，卻被他逃脫，且在刑警快抓住他時，一個縱躍就跳入了湖水，游到了對岸，阿米哈曾聽祖父說這平地人的眼鏡當時還遺留在岸上。

聖山庇護這個平地人一時卻無法庇護永久，躲山留山護山殺山，不同的人來到山裡帶著不同的想望。

他會深刻記得這個人是因為最後這個人仍被抓了，且是因為他在被父親交代要去送食物與報紙給這個平地人時發生的，由於他年紀還小，不知被跟監。

阿米哈，快逃。

他聽見這個平地人朝他喊一聲，他才發現背後突然冒出一堆穿著制服的刑警，平地人要他跑，他沒反應過來，就看著刑警抓住這個平地人，且還打傷了這個看起來很像父親的平地人。他大哭了起來，平地人轉身安慰他說，不哭，阿米哈是勇士，聖山的獵神後裔。

這是他最後一次見這個平地人，至於嫁給平地人兒子的部落少女他曾在山腳下見過幾次，之後就失聯了。窩藏平地人的父親也因是同黨被抓走了，有些村人也因連坐罪被抓進牢獄。從那一刻起，他的世界就空蕩蕩之感，像倒下的神木，即使日後被送去莊嚴神社，本質卻是傷心的木頭，被傷害的土地，樹木會記得。

但還好祖父是他的樹根，將他四散的心捆綁著。

父親獄中家書：「不要將可憐的孩子留在家裡，要去受教育，但忍耐一點，不要到北部。要去更遠的遠方。」

但他還是去了北城。

更遠的遠方則在未來等待他的前往。

十幾歲時他因成績優異而以公費下山讀書，最後且到了北城讀大學，並以高分考取公費赴美，他是部落第一人，但讓部落人失望的是，他渡海歸來卻只願為一座山一棵樹而活，回國不願意就任公職，不願意在山下爭得你死我活，父親的死亡陰影如烏雲，在他心頭就像一場不會停歇的狂風暴雨，隨時都會席捲他。

讀書時他倒是很喜歡迴城一些長得野性的公園，感受迴城殉道的受難先行者筆下那油彩仍如梵谷般燃燒的風景，同學們也常去樹木園和迴城的農場郊遊，他去過一次，心想這哪裡是樹木園，哪裡是農場？同學沒到過部落，不曾看過真正的山真正的林。

在負傷者的這條路，他就像新造的人，如多餘的太陽，等著被射日。陸上行舟，打造山上的方舟，缺的是海洋。他在美國讀哲學與神學時，教授說，我唯一的工作就是要你們不要遺忘被埋在深海的人事地物，去晃動故事，然後沉澱，勾招而出。但不耽溺過去，回望過去須保有一顆時時發現的心，感恩與讚美的心。最後教授的語言竟如聖山神父的語言良藥，指導教授彷彿知道他這個人來自傷害之地。

只是感恩這個字，日久竟轉字成甘溫，成了一個失效的字詞。

記憶的醫療，他屬靈的資源來自山林。

阿爸，天父爸，杉林爺，山神爺，獵神爺，他在回返的路上朝山谷吶喊著，如在呼喚心愛的人。

從夢中走出的相逢

這一天阿米哈打開電子郵箱，收到一封照片，看到一張感覺會被觸動的照片。

阿娜按在樹木園拍下的海報徵演訊息，寄上了照片與履歷，她一直沒等到嘗試聯絡的阿青回信，倒是先收到了舞台劇初選通過的信函，要她哪一天抵達部落的通知，電子郵件上的訊息是因演出的地點在山林，所以希望初選通過者能到山林部落之家試鏡。如徵選沒過，仍可免費招待食宿三天兩夜，如被錄取則可免費住到演出結束，且每年都會獲得部落之家的食宿招待券。

每一年？她看著笑著，誰知未來。

但這山林的召喚帶著隱喻，她拿出父親遺言，座標重疊，心想難道這是父親冥冥之中的安排？父親要她尋訪的是這個地方？但這山遼闊，此地又是何地？無論如何，阿娜收到信的那一刻如雀跳躍，真心歡喜，阿娜想自己真幸運，因為她是只要有一枝筆一台相機，是到哪都可以成為自己的人，何況她現在又有美術史外傳的研究寫作計畫，距離結案，還有一整年的時間可以完成。父親給的遺願雖無時間表，但她十分好奇，這個好奇使她亟欲抵達聖山。

這封初選通過信，對於一直想上山尋訪父親遺願的阿娜來說，冥冥之中像是有個安排的神手，如此巧合地來得正是時候。她聽過讓部落自力更生的以山養山，她想自己往後也能以字養字。聖山如磁鐵，吸引著她的念頭啟動另一個念頭。

啊，聖山，她在心中呼喚著，又喜悅又心痛。彷彿看見那個流徙的往事身影，她感覺和父母多年來各自分道揚鑣的身影，忽然被這個訊息彌合了，他們家沒有我們仨，沒有天長地久。但此刻她突然有種天長地久，因為她要去山林了，或者該說回山林了。也許這是當年在山林逃亡被抓的老祖父的靈魂牽夢縈孫女的歸返，又或者是母親青春未完成的遺緒，又或者是老父親的臨終懸念？或許善於編織串珠的母親在血液裡流動著祖靈的編織好手。他們都很老了才有彼此。他們的妻子都很年輕，卻都很早就死去。

阿娜仔細看了部落之家寄來的回信，確定無誤之後，快速回信，幾天後她將依所寫抵達聖山。

這山中森林小徑路途十分巔簸，兩車相會往往揚起極大的灰塵，這裡的司機是喜自然風的，窗戶開得老大，最多只有遮雨的布簾，但根本來不及放下窗簾，就被一路的揚塵拂得一身的風霜。她聽著耳機內建的歌，歌詞不斷反覆唱著hai da mita（要知足啊！），希望總是在前方。

樹木蔓生，氣根盤錯，迎面的小孩朝她微笑著，每一張面龐下皆有著晶亮如水洗的眼神，陽光下路旁的綠葉子油亮亮的，瞬間驅走了她在北城陳年所積鬱的濕氣。

在部落之家的阿米哈看了手上這些志工列印的照片，盯著一張寫著蘇陵音的照片端詳良久，蘇陵音的名字後面括弧（阿娜），阿米哈覺得這個名字本身就有平原和山林的合體之感。一如阿米哈所想，他看到阿娜時就知道了。試鏡時阿米哈問阿娜為何叫阿娜，不叫陵音？

她說陵音是父親取的名字，他喜歡佛學，取迦陵頻伽音，佛經寫的雙頭鳥，描繪極樂國才有的奇珍異鳥。阿娜是媽媽叫我的小名，她是來自山林部落的人，和導演一樣呢。

原來，阿米哈驚訝地說著，他心想正想找這樣的女主角，有平原有山林的融合者。阿娜心裡悠悠想著老父親有時會嘆氣地說著，妳媽媽不該嫁給我。妳會唱歌嗎？阿米哈問著，心海有著奇異的波潮湧動著。

還可以，她說我應該有媽媽的細胞。這引起阿米哈好奇，但試鏡者多，將整間民宿擠得都跑到外頭吹風吃零食了，阿米哈一時之間還沒有時間深入了解她說的媽媽的細胞，但看她的眼睛那如黑森林般的迷霧，他知道這個女生已經在他心中有了位置，她被錄取了。但阿米哈先不掀心裡話，只是要她換上部落傳統服飾去旁邊拍試鏡照。一旁的竹竿吊著幾套劇裝，她換上長袖上衣、胸兜、額帶、腰帶、刺繡頭巾、藍衣黑裙，換好衣服的阿娜，有如開在山上的野花。

妳會跳舞嗎？她臉紅地搖頭，她跳舞常被笑手腳沒有方向感，像她父親。

阿米哈倒有點疑惑，沒看過有山林基因的人不會跳舞唱歌的，但他想這個女生身影看起來是頗有習舞的能力，應該是學了就會了。他彷彿在她的身上看見了往昔那些失聯的部落少女們，但他也沒說什麼，只說妳看起來沒問題的，來吧，我們先來吃飯，你們平地人說食飯皇帝大。

他把飯盛在大片的樹葉上，米香飄在整個空氣中，中午吃的餐點是用炭火烤山豬肉，還有炒筍與香菇。

午餐畢，阿米哈帶他們這些來臨演的人去部落認識森林與植群；然後帶他們去觀摩村裡的男女老少跳的傳統舞，陽光正熾，他們跳得如此曼妙，歌聲洪亮，勇士的舞姿充滿了力量，女人連身體的騷味都被跳晃出來，阿米哈要大家一起跳，阿米哈還邀阿娜跳著雙人舞，阿米哈笑說我們跳起來像祖孫舞。

一時草地晃動著人影，揚起些微的人味與灰塵，賓主盡歡，男女無界，原味飽滿。原本她那被城市生活日久僵化而不知如何擺放的身體逐漸放鬆了。

舞台劇說來比較像是劇情融合歌舞，阿娜這時發現自己果然有著天生學跳舞的基因，她想原來自己是有慧根的。她和部落人密集練排舞，在山林裡她感覺第一次這麼靠近未曾謀面的祖父，彷彿祖父還躲在某個山林的隱匿處，在舞蹈裡她也第一次感覺自己親近了遠去的母親。

她喜歡《木淚》舞台劇裡的獨白：如果有天我消失了，妳只要站上這座聖山，就會看見我的影子，看見思念的形狀，看見未來的希望種子不滅。但是只有純潔如妳的靈魂才可看見我和妳自己的影子，即使在天氣陰雨的日子，即使暴風狂吹的時刻。我的靈魂即使沒能來得及看見我和妳的青春之夢，就被行刑者的夢給吞噬了的夢，是我現在哀傷看見的一則山林的預知死亡記事。

她不斷念誦著，後來才搞清楚這不是她的台詞，是伍雍的。

誰將飾演伍雍？

阿米哈演她父親，她不知道誰將演伍雍。

阿米哈的民宿牆上有許多似乎用了幾代的編織竹袋，裡面有臘肉。阿娜吃完民宿的晚餐，山色已染黑，天幕壓得很低，她感到一股像是從古老土地散發出的荒涼與孤獨。窗外一丁點一丁點的天光在她的窗前消融，她聽見夜間的叢林生物已開始啟動著牠們日間累積的能量，動物在黑暗中走動，夜鶯離枝飛向他方，樹葉簌簌作響。她感覺自己回歸這片她離開很久的森林夢土是命中早已注定。

夜晚到來，他們在民宿客廳聊天，試著認識舞台劇的每個成員。阿娜發現這個長得很威風很有族長感覺的阿米哈看政治節目時會變成另一個人似的，臉上的皺褶彷彿化成傷痕，躲藏一座森林，所有的哀傷都是消殞逝去的露珠。有一次阿米哈問大家如果發現自己得了癌症末期，你們的生命願望清單是什麼？有人說去環遊世界，有人說要去見未了的初戀情人，有人說要吃遍美食，有人說要花光所有的錢，有人說要做志工，有人說要把一生的故事寫下來。

阿米哈笑說我啊我想要去北城當刺客，反正要死了，被抓到也是死。刺客？大家紛紛好奇，阿米哈說，對啊，去刺殺那些貪汙又貪婪的政客。阿娜眼睛瞪得斗大，阿米哈看了笑說，開玩笑啦，我才不會讓我的手被黑血玷污。

那你到底會怎麼完成你的生命清單呢？阿娜問。

阿米哈抽了根菸想著，也許去哭牆哭一哭，寫信給上帝。或者種樹林，復育樹，這是我一生的懸念，我們辜負了這座山。城外有山，山外有城的烏托邦早已不在，舊時山林的野性思維也不存了。

但她覺得一種隱藏的野性情調還在，她在這裡聞到母親的氣味，那是她沒有機會認識的母親的背面，像月亮的暗面，那是母親喝酒過後的一種豪爽。說野性已然消失的阿米哈，卻讓從城市來的阿娜覺得阿米哈的野性仍很強烈，他是那種還沒喝酒就聞得到的烈性之火，她是那種每飲一瓢才會開始滾燙的人，滾燙的酒氣喝到微醺後的臨界點，她會有意識的煞住。因為她知道再喝下去就要勾起所有內在累積的傷心淚了。但阿米哈並非不是沒有意識從微醺到醺醉的臨界點，但阿娜可以感覺阿米哈是刻意求醉的，或者裝醉。未完成的獵人，強大的意志如酒神，酒為其所用。

民宿的老少也喝到掛，彷彿山下的一切都不管，喝到讓人扶不起的有大聲嚷嚷著也有倒地就睡的。

一切都為山

山中夜夢，混著獵神與酒精。

阿努就在這一夜抵達部落了，踩過地上躺著的人，他熟門熟路地往他的房間走去，這是他住宿的專門小房間，迷你卻完整，很適合阿努這樣清簡的人。阿努是只要窗外可以看到樹，桌上有書，冰箱有Biru，有榻榻米，有像是居酒屋似的座敷，小小房間就像等待酒神繆思入住般。這一間小屋後來阿娜才知道是阿努以另一種名義贊助阿米哈經營民宿，他按月付租金但卻偶爾才上山。

阿娜的耳機還掛著，美麗晨曦的森林之歌不知播放幾遍了，她從睡著的沙發冷醒，夢中迷霧森林裡奔跑的鹿羌羊豹熊彷彿都靜止在牆上，穿著獸皮背心與紅衣羽飾帽的男子朝她微笑，牆上的鹿如獵人的眼睛發亮，悲傷地望著她，她頓時嚇得更清醒，揉揉眼睛，定神一看，不是夢，真的有一個男人從鹿頭與羌頭的縫隙走來。

細看不是夢，是那個在迴城樹木園遇到的陌生人阿努，她還以為見到夢中幽魂，鹿化成鹿男。

她聞到阿努身上有她之前聞過的木質調性香氣，她確定是一個人沒錯，哈，她拍拍胸脯，起身。她揉揉眼睛，朝阿努傻笑。

阿努手上捧著熱咖啡，看見她疑惑的神情，也沒說什麼，只是遞給她一杯熱咖啡。要一起去看日出嗎？霧濃，等等晨曦出現，濃霧就散了。

她穿上外套，接過咖啡，點頭。喝了幾口咖啡，聽著這人的中文雖然非常的好，但她仍逐漸聽出一個獨特的腔調，他確實是在樹木園遇到的男子。

她感覺這人對山有一種愛，像在地人，靜默的愛著山。

昨夜阿努進屋時，就像偵探般掃射了地上或躺或臥或趴的旅人幾眼，他在靠走道沙發上看見趴在沙發邊緣的那張被黑長髮如瀑覆下的側臉，他就知道那是在樹木園遇到的女生，她的身上有獨特的香味，他擅長記憶植物的氣味，他聞過女生的氣味就記住了，即使在一群人之中，他還是能聞得出來，這氣味有一種淡淡的橙花香混著小蒼蘭，很異國又很在地，他想可能是女生的長髮洗髮精散發出來的，但也可能是她習慣用的香水，但他又不認為是香水，因為聞起來很自然。他意識到自己有點變態地聞著側臥在沙發的女生氣味時，趕緊去煮了咖啡，咖啡香氣很快就強烈覆蓋了他往深海搜尋的記憶氣味，他一時之間遍尋不著這氣味的源頭處，但卻又感覺熟悉莫名。

日出僅僅剎那，一如日落，就像離別。他喜歡看日出，她說喜歡觀日落，同樣一顆太陽，日出日落，他們互為時間的循環。

阿娜再次見到阿努時，感覺有什麼力量使他們注定見面，但也許那都是人意識的自我投射，只要巧合遇上幾次就會這樣想吧。阿努望著她，其實也感到訝異，竟又見面了，且是在這座聖山的神聖之心，但他們都沒有說破這種巧合的吸引力，只是靜靜地望著剎那即逝的旭日穿越森林，晨曦繚繞雲海時，光消失在光之中，彼此消融。

沒收到妳的信，阿努忽然提及之前給她名片的事。

我正在想要怎麼寫信給你，我有找了些相關的植物圖鑑，但因為還沒有準備好，阿娜說。

沒關係，素描植物對妳應該很平常。

我們在這山林相遇，剛好我可以讓你看看你要我畫的植物照片，畫植物確實比動物容易，但愈簡單的東西其實說來也最難。

所以妳是答應了。

我試試，畫植物的形易，但畫植物的神難。

阿努聽了沉思片刻，心想還真找對人了，能思考到形與神是很高端的。他要完成祖父委託的植物圖鑑再製版，需要一個能畫出植物內在生命勃發的人，否則植物圖鑑就沒有必要出現代新版。他腦中飛過父親的形象，躺在海裡的父，化作島嶼海神守護著這座滿目瘡痍的聖山。聖山的神聖性先是被政治肅殺殆盡，後是被觀光客踩踏而神亡。

只要有一本書寫下，一張圖畫下，就存在，被召喚，復活。畫植物很像我們的手伴，可以讓植物活在我們的生活。

阿娜聽了望著這個陌生人顫抖的嘴發出的美麗詞彙，驚訝他的中文造詣，更驚訝這個陌生人就像是從這座山裡活出來的人，異族成故人。

寶藍如海的嬰兒眼睛轉成灰白，雲海穿出一道光時，他們聽見身後踩踏落葉的簌簌響，阿努不用轉身就知道是阿米哈來了，醒轉總是先到這裡的聖山之子。阿米哈走路的聲音也很獨特，他踩土的聲音像鼓聲。

阿米哈看他們兩個你來我往的，心想怎麼這兩個人彷如舊識？

阿米哈拍拍阿努雄厚的肩膀開玩笑說，老牛不能吃嫩草喔，小心晚景入花叢。阿努敲了阿米哈一記，他知道阿米哈故意文謅謅地開玩笑說話，阿米哈在他心中就是自然哲人，植物詩人，慈悲獵人，殺與活自有其度量生存的法則。

阿努受家族影響成了不典型的佛教徒，比較像是道法自然的人。阿米哈則受哲學與自然演化影響也成了不典型的異類基督徒，兩個不典型的人聚在一起，就是不分享僵化的教義，但分享故事，想像就是逃脫傷害的力量。

他們討論過獵人。

獵殺有沒有可能慈悲？

獵神的靶心是否是上帝的旨意？

一路向上的樹

植物學家的感知總是帶著鄉愁，觀看的世界也如複眼萬花筒，既深情又多思，深挖阿米哈靈魂內面的能動力來自於他是個浪人。

阿米哈總感覺自己是這樣的人，他讀哲學，覺得自己就是一種解離型人格，種樹的男人和不種樹的男人於他是兩種樣子，獵與被獵更是。

阿努知道阿米哈這個老友種樹和別人不同，種樹或許很多人在做，但那泰半都是家庭似的美觀，或者是利益取向的。他覺得這座島經常路邊有種半野生狀態，他觀察一陣子才發現那原本的光鮮亮麗都是為了遷厝或新店開張而被致贈的植物盆栽，上面綁了金亮鮮紅的彩帶彩蝶之類的裝飾，很快地因為很多人不擅栽植，但又捨不得丟棄，於是就被搬到門外角落，讓天風雨水餵養它們，逐漸的就半開半落，有的盆栽已然爆裂，有的植物東倒西歪，有的被移到較大的塑膠水桶廢棄輪胎內，用來占停車位。植相都頗單一，多半是慶賀用的發財樹旺旺樹，植物都有了新的名字，蘊含世俗的象徵，彷彿脫離了樹性而有了神性。

就像迴城，路邊的行道樹也不修剪，城市帶著一種非常文明又非常野性的雙重性。因此阿米哈種樹是和城市截然不同的，因而種樹或許只是一個籠統的概念，但於他絕不只是種下單一樹木的概念，而是在植物自身的自然導引下，去探勘樹種，贈送適宜的種子，讓不同山林的部落人都可以種植林木，種植食用性植物，或是培育藥用植物，讓各式各樣的物種在偏遠山林紛繁起來，使得被砍伐的森林重新恢復生機。畢竟，他們不能活在只有神木之地，神木也靠萬物，但種子的核永遠是最強大的。

協助阿米哈種樹是阿努回饋當年失溫受恩於部落人的獨有方式，同時他也帶著父執輩的殘念來報恩這座山林土地，他熱愛這座島，愛島上的人，可以沒有理由，也可以很有理由。阿米哈知道阿努愛他的這座山，這片山林，好像阿努在出生前就曾經是飄遊於此的山鬼，山鬼傳承一種魅惑性，使阿努覺得這世界最性感的物種是山林的樹，高冷的杉柏，環抱起來冰冷，但內裡卻堅韌至即使枯也不死，有神的木。

透過阿努的協助連繫，阿米哈陸續在許多地方開了種子學校，搭起部落學校與平地學校的合作，通過適宜這塊山林土地的原生種與特有種的互不侵擾與檢驗才得以進到部落。雖然阿努很少親自種植，但因很多樹種來自於他，他也成了重返山林的關鍵帶動者，種子銀行與植物標本未來實驗室的催生者。

通過部落人的雙手和土地的合作，慢慢的，他們也會看到不僅僅環境有了變化，他們自身也有了轉變。阿米哈相信自己給予的種子與被部落與合作單位所種下的植物，能看到它們對他和族人以及其他動植物的重要性。

種了近千棵樹，但阿米哈深知和島嶼過去在聖山伐木三十萬棵的數量相比，他覺得自己種樹的速度太慢了。

這幾年他們努力維護山林，深耕種植，表面是極端氣候使得森林起火，但歸咎真實是人為的，只消幾個人的不慎，或者自私，上傳照片到社群的榮光炫耀也罷了，有時那野炊或菸蒂不慎飄飛的小小星火，就足以毀掉千萬年來植物的傳承世界。火來了，燒毀一切。

阿米哈早已是隱形的義務巡山員，經常打火，阿米哈痛恨自以為愛山林愛風景的生態侵略者。

阿米哈說，星星之火，足以燎原。

阿努喜歡這麼美的中文，這麼哀愁的字詞。星星之火，就像一個小小的相遇，竟延燒成永恆的懸念，引發了生命的大火。

阿米哈繼續滔滔說著島嶼或者整個地球都要面對的很大問題就是山林的消失。我們部落人曾笑阿努的國家不砍伐自己的森林，卻到處砍伐征戰他人的樹木。

這讓阿努聽了十分汗顏，他是個沉默的人，只好尷尬地呵呵笑笑，繼續和部落人喝著酒，吃著花生米。

望著乾旱的土地，缺少水，火神窺伺著。

有時阿努會想，自己在此徘徊究竟是為了什麼？但繼而一想，至少報恩之路是沒錯，至少承諾是必須實踐的。來到聖山杉林的原生地，他再次書寫早田先生的故事以安其魂，這都是他答應祖父的事。甚且他殘念甚深，夜晚時分，經常被山腳下曾買過串珠的小女孩眼神刺穿入夢，怔忡醒轉，望著山上染著霧夜的樹林，他更是不知記憶為何經常飄到那個往事的奇異時間節點，明明就是那麼短暫的遭逢，卻使自己做了一輩子不醒的夢中之夢。

也許是因為他做了自己從未有過的俗事，竟買下小女孩掛滿雙手的所有串珠？媚俗的慈悲還是對鏡似的自我憐憫？

山林是阿努的回憶，也是他的存在。加上他這個喜歡中文古典詩詞的人，始終以靈性能量來灌溉自己，只是他管不住喝酒，這使他的靈性和身體好像無法對話，他感覺內臟整個都彷彿泡在酒精裡，酒神完成了睡神無法完成的事，飲酒使他容易入睡。和部落人喝酒，簡直沒有醉這件事，直接身心解離。

種植、食用森林中的神聖植物，不讓負面的心情摧毀心智和身體。

很小的時候阿努那喜愛山林與植物的祖父就這樣教導他了。但現在，他看到許多人不再教導自己的孩子關於天地山川，不再指認星圖，孩子不知樹木與水紋，不聞蟲鳴不辨鳥獸，以為手機跳出的風景如畫也能跑出風跑出水。

從科技帷幕成長的人，他看見那種自身能量的脆弱。他知道一切得從水源開始，水是萬物之源、尤其是山林的靈魂。但島嶼落差大，夏日猛爆大雨，冬日枯乾貧瘠，儲水也是阿米哈教導部落必須有的本事。

森林毀於火，巫師巫語祈雨，召喚水神守護。

相聚於此的靈，阿努每回抵達都可以感受阿米哈的族人與山神，那種深邃的召喚，彷彿他是來聽故事的人。部落巫師唱誦不同的祈請，祈禱著雨神的降臨，祈福森林的靈性永在，讓多樣性互相存有而使樹成林。

聖山本身除了高大杉木，美麗的針葉林內部隱藏著更多神聖的食用與藥用植物。

阿米哈跟他說要跟隨自然的教導與指引，阿努聽了吐出一句道法自然，阿米哈擊掌稱是，雖然聽起來絕對是老話一句，但也是老話才值得入耳了。

迷幻的植物

植物總是能讓他們變得更加敏銳，也把靈性意義帶入生活。生活在這片山林的部落人，包括阿努在內，從時間初始就彷彿懂得植物的奧妙了。

他和阿米哈在美國讀書時，暑假他們跟同學去了印地安部落家裡，在那幾個夜晚，他們第一次嘗試了死藤水，一種強烈的藥草，於他們是迷幻，是毒品，於他的同學在地人卻是通靈聖物，植物有了神性。

在印第安部落的那幾個夜晚，在曠野荒林，他們彷彿進入意識之戰，感受到植物要強烈占有他們這個動物的那種極端挖掘的深邃感，是超越他們所能描摹的覺受，夜晚蓋了好幾床棉被仍覺得冷，白晝卻像在做著不醒的夢，火爐發出劈哩啪啦的星火熾響，阿努說他當時竟有一種也想要入火的幻覺，就像木材熔於火，如雨落入大海，如枯葉飄在土地。想要去除自我，想要融入某一種無我的強烈感升起。那時他不知道他的意識已然進入危險邊緣，好在隔天醒轉，強烈如海嘯退去，他才逐漸回轉了神識。

就像酒，能療癒放鬆也能帶來失控帶來傷害。這是植物通過時間發酵成另一個物質的奇幻之處。阿米哈以為很能喝酒且從無亂性過的自己可以控制死藤水，未料卻是強烈到如失速列車，植物可以殺人，甚比動物暴烈，這他是知道的，但等到親身體驗才知植物的溫柔暗面的恐怖。

他們因此認識了獨特的死藤水，來自亞馬遜森林的迷幻草藥，以死藤水為藥物的美洲部落人，從小就能飲死藤水而不被死藤水給控制，是藥是毒，就在於意識能否超越不被控制，就像酒，有人飲酒能吟詩作對，有人喝酒卻鬧事失格。

美國同學帶他們倆進入曠野，指著被濫砍而苟延殘存的森林說，這裡就是我們的廚房與藥房，也是我們的心臟。阿米哈和阿努那時還去了科羅拉多州的山區一帶加入靜坐營，那是奇幻之地，彷彿每個人都在進行靈肉分離的功課。阿米哈還感受到印第安的土地上四處飄盪著被屠殺的靈魂，侵入的白人攜來的不只是暴力的槍彈雨林，還有更可怕的瘟疫蔓延，毫無抵抗力的部落人近乎集體的死亡，就像被燒毀的森林，枯死。

阿米哈在體驗異鄉部落人的死藤水時，他和亡靈說話的強度增強，也回憶起自己的土地的族裔與神木群之死。一張張悲慘的臉流著淚滲著血地飄過他的眼前，他看見了父親也在其中，忽然就從靜坐中驚醒，才意識到是幻覺。

在部落之家的夜晚，阿米哈也擬仿當年在印第安部落的靜坐營，讓旅者自行到戶外靜坐，夜晚可以隨意在客廳分享自己的各種奇幻經歷，他說起自己在山上的幼兒時期，就開始嘗試被祖父帶去飲用一種類似美國的死藤水，但他知道那是不一樣的，畢竟聖山的植物和印第安部落不同，但他說植物發酵過後的酒精效應有著神似的力量或者反撲的效能。

那時候阿米哈就強烈想要執行肉體是否能夠駕馭靈魂的能力，他愛上哲學。他想控制意識，藉此進入父親的冥界，試著與負傷者一起療傷。他從童年就彷彿是能駕馭迷幻的人，未來成了部落的神靈溝通者。在美國留學時，阿米哈一度和阿努一樣喜歡文藝電影，離山林神靈愈來愈遠，但卻離藝術之神愈來愈近。後來才發現山林與靈性是一體的，山林給予阿米哈知識、智慧、價值、靈視，這增長阿米哈的藝術直觀直心能力，正因為他把藝術和森林甚至整個世界視為一個整體，而不只是有這樣的想法，且付諸實行。森林依然是他的守護靈本身，而藝術則是他的舞台綻放處，要達到這個境界很難。

「宇宙的智慧就在我們手中，但需要長久的學習與訓練才能獲得。」阿努總是記得阿米哈的這句話。阿米哈這個土地醫生、樹木守護神，只要看一眼樹木就知道生長狀態疾病等。首先得要知道自己為什麼要成為山神樹靈的溝通者，美國留學寒暑之間來往部落的經驗，使得阿米哈回到聖山這片有著祖靈的森林時，他一躍從山鬼化為山神似的，他彷彿可以聽見整座森林的低語，聽見亡靈的嘈嘈切切，辨析歷史陰風的走向。

關於神靈，阿努分享年輕時糊裡糊塗就參加了迴城某間宮廟的進香團活動，遶境如此人間，媽祖也要去旅行。他看見跪在路旁兩列的虔誠者，看見畫著滿臉如京劇的神靈溝通者，看見作醮那如夢似幻的場景，燒焦過的收割稻田擺置著紅色圓桌，桌上有被剖開的神豬羊頭，祭祀過後，還得動員怪手才能將肉載走的糜奢腐肉場景，讓他不斷地冒冷汗，夜晚還不斷用自己的手刀往背上砍去，像是白日所見的乩童，以長刀砍向自己的祭神者，血流如注卻彷彿無感，他想是否代眾的祭神者也喝了彷彿死藤水的迷幻，祭神者的意識是如何偏離他自己的路徑而成為另一個意識的宿主？他在杉林部落星火搖曳的迷離時刻，瀰漫藍霧的夜色下喃喃說著，阿努的聲腔低沉，集體陷入音頻的共振之夜，許多旅人的意識紛紛陷入各自的奇異時光，故事有如死藤水，勾招每個人的心續。

那時阿米哈和阿努相逢在美國，也遇到來自島嶼奇萊山海的著名詩人成為他們的教授，阿努當時知道自己和島嶼是如此的有緣，心裡暗暗想著有朝一日會再回這座島，只是他不知道自己早已入列聖山的山鬼群了，老樹的眼睛都盼著他的抵達。

把我變成我們

阿努也經常想起阿米哈的祖父望迦，這個擁有與神靈山川大地溝通能力的老人，真正感受到它們的力量，促使他保護山林。

望迦以前經常說，你不能帶著昨日的悲傷回家。你要學會跟山一樣釋放壓力，地震就是釋放壓力，輕微的晃動是好的，你要學會當一棵樹，該靜默時靜默，該吸收能量時盡情吸收，漫長的地底黑暗不會辜負你日後一路向上的燦爛綻放。

在台灣杉裡，他重返植物等著被歸類發現與命名的年代，等著用筆魂來遇見島嶼台灣爺。他和阿米哈學習看見許多別人看不見的森林植物能量，一種植物且對應一種動物，比如松鼠愛松樹，蒼鷹喜樹冠層……通過它們來知道森林想要告訴他們的事。就像阿努喜歡杉柏，阿娜喜歡鳥禽，一種名為望冬丟仔的鳥。阿米哈說這都對應著自己的個性，阿努高冷，阿娜不被收編。

阿米哈對部落的客人說，你們千萬不要獨自一人深入森林，森林看似平靜，但內裡處處陷阱，不熟悉是很危險的。如果真要這麼做，那麼進入森林迷宮之前，首先你得把我變成我們，單數變複數，這並不是說你要結伴去，而是你得感受集體意識串流在山林的各種風貌，風吹的方向與強度，鳥兒發出的音頻節奏快慢，樹枝葉脈的榮枯，泥土的潮濕或者乾燥，感知整個宇宙與個體生命的連結，如此才能避開美麗的危險。通過森林內部的一切去踩踏所走的路、所處之地，與森林萬物融合一體，在它們無形的陪伴下，方能安然進出森林地心。

「個體展現極致，集體因個體堅強，如此樹林成為森林。這就是我倖存的能力。」

「小樹木就像星星，星星繁衍成銀河，銀河開出一座閃亮的森林。」

「森林是所有植物物種的子宮。」

旅人聽得如癡如醉，尤其阿娜。但也有人聽了昏昏欲睡，忙著滑手機，覺得阿米哈念的字詞實在彆扭難解，就是長輩文，老人家的碎碎念。

阿米哈知道年輕人不愛聽他分享這些冗長的話，指著某個對岸來聖山旅行的人說，你的父親或者祖父應該是整口牙都是黑色的吧？年輕人們這時候全抬頭了，有興趣聽了。

那個大陸人點頭說，還真的是這樣，你好厲害。

有的年輕人也跟著點頭稱是，就像山林降靈大會要開始了，大家都想要聽聽未卜先知的山林算命仙怎麼連人家祖父輩的牙齒都知道呢。

其實我只是看你填寫的年齡資料與出生地，判斷你的祖父輩應該受過些文明工業的傷害。像在某個年代出生的就有很多是腦性麻痺症患者，因為那幾年地球破了一個洞，臭氧層破洞所造成。話說回來，乾旱洪水蝗災暴政，哪個又不是傷害呢，傷害無所不在。

突然大家都靜默了起來。

過了片刻，有些年輕人覺得阿米哈說的還是長輩文，又低頭繼續追劇滑手機。

阿米哈攤攤手笑一笑，低頭沉默，繼續烤物，喝酒，還是吃東西吧，只有食物沒有邊界。他在美國一度加入7up，拍攝紀錄片，以七年為一單位的觀察拍攝體。但回到了聖山，他彷彿就地安養，哪裡也不去。彷彿回到這島這城這山，傷感就壓斷了他的翅膀，泥土黏住他的雙腳。

阿努則經常上山，或者和阿米哈通郵，他們早已老成了長輩，到哪彷彿都是年紀最大的長者了，但他們不發長輩文，也不要金玉良言，除了部落之夜，他們沉默。

他知道阿米哈不再拍電影，不是無法拍，是不能拍，因為部落凋零。因為過於傷痛。聖山青年下山成為最年輕的槍決死刑犯後，北城從此成了阿米哈的傷心地。

被折彎的十字架

阿努落腳阿米哈的部落之家，他的房間的窗前有一棵樹，窗旁掛著一幅用木框裱起來的報導。

他可以倒背如流的內容。一位拒打麻醉藥的聖山青年，槍決死後，手掌在胸前緊緊死握住，不論誰都無法掰開他的手掌，直到他的爸爸上前，才順利掰開青年緊握的手。手裡握著的是一條十字架項鍊，十字架竟被強大的握力給硬生生地折彎了。

部落之家貼的這則報導，紙發黃像枯葉，黑白照片凝結時光，照片上特寫的十字架項鍊，帶著銀亮材質，人子握成的曲折處如山川，如月光，如神蹟走過。

阿努固定上山就會住到這間很多人害怕的靈屋，他並不感到害怕，他知道這是阿米哈刻意留給他的房間。

有時候阿努盯著照片想，俊美青年活到現在也過半百了，這是永恆的聖山啟示錄。死亡前被用力扭到彎曲的十字架，如此動人心魄。

這回因為《木淚》舞台劇上演，阿米哈取出了往日拍過的紀錄片作為舞台劇背後的移動屏幕，這是最省錢的布景，只需白布幕與一台放映機就可以回到舞台劇的過去，連景都不用搭。

阿米哈說起自己放棄長久夢寐的電影拍攝，而轉改拍關於自己文化的部落人影像，是源於求生大過於藝術了，藝術需要被評論者力捧才能出名，求生則不需要，但求盡力。阿努看著阿米哈經常寄給他的短片和攝影作品，感到阿米哈的影像瀰漫一股濃濃的懷舊之情，除此還帶著對森林與異族的憐憫，同時有著面臨部落山林即將滅絕的一種哀感。

照片具有故事感，影像刺點有著亡靈的再現，阿米哈把照片拍得老舊，甚至產生刮痕。刮痕就是時間。

但事實上在阿米哈聖山部落的年輕人看來，阿米哈拍攝的照片是傳統的，老派的，落後的。彷彿年輕一代部落人正利用更多的自媒體展現阿米哈過去前所未有的繁花盛景。部落年輕人靠著自媒的力量，開始述說自己的文化根部，自己的家族血脈。展現一個在現代和傳統社會間掙扎、融合的過程，也大方地流露了在他們文化背景下的喜樂、真實和愛。

關注自己族人和土地、環境之間的關係，他們生活在氣候變化的一線間，一切都在以極快的速度變化。他不加修飾地拍攝族人的日常生活、儀式，也為去了城市的部族人提供協助，他只是提供選項而不是同情他們，學哲學的他深知同情不是走在同一條路，必須共情，以感情召喚。

阿米哈還教聖山老人記錄自己，教他們如何拿起相機用鏡頭講故事，如何用電腦使腦筋活化。但教電腦時把阿米哈給笑翻了，他跟老人說，把電腦叫出來，老人真的對電腦叫著喊著。他說的叫是指打開電腦。那是阿米哈在約莫要跨過五十歲時深耕老化部落的第一件事，他到處募款，最後成立了一個獨特的部落人藝術節，藉著舞蹈表演等藝術來對話，透露每個人都會凝視的內部消失文化與可貴經歷的一切。

為了讓部落走出去，阿米哈鼓勵部落對攝影有興趣的人不僅要拍攝自己的族人、生活環境，也要和世界對話，關注世界各地的部落人。每當課本裡談起部落人時，用的都是過去時式。阿米哈有時也會讓阿努當拍攝者，用阿努的採訪角度說話。

就好像他們已經不存在了一樣。但他們仍然在，儘管可能和他者看到的一些肖像作品或是他者想像中的不同。現在，是時候留下些關於部落人的新紀錄了。

每回阿努收到阿米哈的信，他都覺得自己從來沒有離開過年輕時拜訪的阿米哈家鄉，阿米哈這個老朋友也從未離開自己似的，阿米哈是他當年唯一的美國好友，他在美國那麼多年卻只有阿米哈一個好友。相較之下，他在島嶼的朋友就多了些，有老師有詩人有部落人有酒友，但他經常想起要邁入中年前在山腳下遇見的那個小女孩，他想現在算算也三十好幾了吧，時間過了多久了？這一兩年他自覺身體大不如前，但酒量還是非常好，仍是經常熬夜。

熬夜，阿努覺得中文這詞有意思，他喜歡夜的靜謐，不覺得需要熬時間，熬有煎熬熬煮，漫漫長夜於他卻是享受，寫字，讀書。可能有感於時間，他想自己才會主動和那個在樹木園的手繪女生搭訕吧。他確實想要把採集來的植物手繪成一本作品。至於島嶼的朋友稍多，他想那不過是因為關於島嶼的感情重，回憶多，且他於今就在聖山的現場。

拍攝部落傳統儀式。

長時間曝光的黑白照片裡，一個個流動的影子彷彿是靈魂再現，帶著強大的能量。還有部落的舞蹈儀式是他們文化的關鍵，在光與影的互動中，人和神明的意識轉換到同一個時空。

阿米哈喜歡女生有個美麗的中文名字——蘇陵音，蘇者茂盛，真美。

阿努不知為何心裡有種奇異的感覺，覺得眼前這個女生將是他在島嶼最後有交集的女生，他很珍惜這種感覺。

女生又說自己大多被叫阿娜，母系給的名字，她更喜歡。

相遇山林，阿娜這回除了幫阿努帶來的植物素描外，還幫他為植物攝影，因為他來才知道阿娜也喜歡攝影，她經常帶著相機四處拍攝部落人。

阿米哈也喜歡女生鏡頭中的部落族人的表情，不悲情，相反地充滿著巨大生命力，且眼神裡透露著真切的快樂、悲傷、希望、念想……黑白照片十分有力量，彩色照片則帶著電影粗粒子感那般的顏色濃郁，彷彿折射著南方的豔陽。

他們倆一起看著阿娜拍過的火燒山照片，大火後的傷害山林，到處焦黑色塊的孤獨，阿娜說她拍攝黑白攝影受到的啟發是鹽田千春黑網交織成的作品。

他們倆喜歡藝術，自然也知道鹽田千春。上網站搜尋，確實感受到那種灰燼般的哀愁。

照片裡沒有人，但卻存在著一種看不見的強悍存在。讓人想到，人真正渴望的是所有物種互利共存，絕非任何一方的苦難和滅亡。

重生的苗根才是重點而不是灰燼，阿娜說。

重生，阿米哈最理解了，植物界經常就是生生滅滅。

於是阿米哈跟阿娜分享自己從很小的時候開始，他就知道怎麼種樹了。種樹就是一種專注。

生活中，阿米哈也經常碰到許多上山尋求自然力量的人，他們身上有各種能量，有的很負面，給他的感覺完全和植物的正能量相悖。這個世界上充斥著各種各樣的魔力，他們可能做了好事卻引來妒忌，那就要通過自己的行動來保護心靈，任何想要走進他的森林內靈與土地內底的人，和他有著相同的想法、責任感。藥用植物也能給予你力量抵禦不好的人。他受的教育不是這樣的，他不能說一套做一套，不能假裝，只能展現真實的自己。當他走進靈性世界，肯定會接觸到不好的能量，即便不願意也無法躲開。會有許多挑戰。他們走進靈性世界學習的同時，也是走進一個巨大的問題之中。

阿米哈說，通過植物，會知道森林想要告訴他們的事。

阿娜說，難怪我們會相遇，你們兩個是植群，我是動物。我們彼此對應，因為互相需要，就像我需要上山，所以會看到《木淚》海報，我需要錢，所以想要接植物繪圖。

小心喔，這個人可能不會付妳錢，阿米哈笑說。

阿娜聽了，露出不相信這句話的神情。

這個人會付妳比錢更多的東西，阿米哈又呵呵大笑地說著。

我其實也是可以找別人畫的，連阿努都這樣笑說。

但你們還是選擇了我啊，我們的相遇已經無法逆轉了，她也回笑說。

對了，誰演我的戀人伍雍？她已經知道阿努要演一棵樹，懺悔的樹，會流淚的樹木。

妳很快就會見到正在路上的伍雍，小阿米哈，我的兒子沙米。阿米哈看著手機，對阿娜搖晃著一張照片，照片裡的男人彷彿阿米哈的複製，幾乎可以倒退時光重逢年輕時期的阿米哈。

隱士的森林

夢遊的森林，只有夜鶯被邀請。

以花供佛的人，楊枝淨水洗滌了新傷口。

阿娜經常以磁性沙啞的菸嗓聲音哼唱著歌，他們仔細聽著她唱的歌，森林是海，月亮是潮浪……森林頌歌，走來往事幽靈。

樹木唱歌時，不能觸摸，樹靈會枯萎凋零，落葉紛飛。

彷彿聽到聲音藏著一座又黑暗又光亮的森林，從未停歇的低語迴盪，就像種子早已埋進土裡，發芽抽枝，形塑了故事的首頁。

阿努望著滿山樹林，想著要是樹木來還灌溉之淚，那麼他這座山就要變成一座海了。

相思海，他悠悠唱起在平地學的台語歌。

阿米哈也跟著唱，歌沒有邊界，很快就消弭了差異。

從遠方汩汩而來的血流聲音無法歇止，山林承載著蒼老的靈魂。

阿米哈想，難怪我出生就老了。

老到現在，一路老。山下人說的臭老，老來放。

老成了一棵山中老樹，變成廢材，不被砍，不遭伐。時光走過，阿米哈以廢制廢，以此保有了自己的核心，自己唯一僅存的價值，且已準備靜靜老去。

這時阿米哈轉唱起部落的森林之歌，回到部落的音腔，讓傷害往事如千日砍柴一把燒。然後阿米哈在烤盤的鐵架上放了幾根香蕉，香蕉連皮烤，氣味很野性，自然芬芳。他說從平地上來時在屋外種了香蕉樹，自然總是幫人們消弭了邊界帶來的傷害。

阿娜說起自己童年最喜歡吃香蕉船，裝在長得像是香蕉船造型的冰淇淋，每一勺都是美味，只有母親開心時才會帶她去吃的冰品，召喚出整個夏日的歡愉。冰淇淋店到處都是在約會的青年男女，只有她們母女是畫面的刺點。

烤香蕉的氣味讓阿努遙想起童年送別父親時吃的香蕉乾，只有在島嶼才能循著氣味復活的父親。

下回帶我去吃香蕉船，阿努突然這樣說，聲音連他自己聽起來都有點發抖，好像把內心祕密吐出來似的。

阿米哈看了阿努一眼，發出不可思議的神情。

阿娜則盯著炭火上的香蕉乾，小聲地回了好。

香蕉的香氣，弔唁傷心，記憶落地，等待成灰，舞風成行。

【貳】懸念

傷心的香蕉船

寶島香蕉乾

戰爭阿努沒經歷過，但戰爭引起的永久傷害卻烙印在他的心靈。他是戰後嬰兒潮，在嬰兒長大成滿街跑的孩子中，他很孤獨，他總是靜靜的看著，他們說他是一棵樹。

傷痕如果可以像樹木般被燒成木炭後依然可以再引燃另一把野火，那倒也值得，就像植物的新生通常要靠整枝而來，從傷痕中重新長出新芽。但他的傷痕不是這般，是被連根拔起的。

連根拔起，一生失去。他的人生要從這一年的某一天說起，因為這是他最後一次見到多桑的一天，一天轉成一生，從此他成無父之子。從此卡桑成無夫之人，寡婦扛家，忙碌勞動異常，經常把背影留給孩子，把笑臉迎向他人。

卡桑的背影是目送著她的孩子的風景，黯淡傷心，但有濃濃的愛。

那是戰爭結束不久的冬日，寒雪降在幽深的大街小巷，加深了空氣瀰漫一股寒霜似的苦楚，烏黑的炭熏得世界都是暗的，白雪成了孩子無知苦楚的遊戲場。他和尼桑哲一不是打雪仗，他們是沉默的孩子，在雪中手作一切想望的事物，比如將白雪砌成蛋糕，自己慶生自己的生日，將白雪雕成多桑，多桑就在身邊陪伴了。將白雪舔成冰棒，就不口渴了。將白雪堆成薑餅屋，將白雪搓成湯圓，將白雪化為夢中白鴿，飛向遠方。

有一天太陽終於露臉了，他看著立在門口的多桑逐漸消失了頭手容顏雙腿，然後倒下，化為一灘水時，他忽然有種哀傷感。接著聽見身後的卡桑喊著他進屋，要去看多桑了。他從夢中醒轉，是夢。

他奔回屋內，高興地穿著唯一最好的一件外套，想著多桑認得自己嗎？還是自己認得多桑嗎？不知為何他內心有一種不祥的感覺，好像終將失去什麼。如露珠在葉尖舞動的心，終因晨曦而消融，早熟的心已屬於敏感的國度。

時隔多年，他每回想起多桑，最先想起的畫面就是他別離多桑的那一幕，腦海裡的這個片段總是鮮明如昨。

他的卡桑雪子帶著還小的他與尼桑哲一換船抵達這座曾被原子彈報廢掉又重新再生的城市港口時，已費了近乎一天的時光。最初古都是他們生活的城，多桑遠洋出海，卡桑在家做手工藝。戰後，許多從殖民地或戰地歸來的遣返者，或者失業的人為了生活，很多人都加入遠洋船。當時他的多桑也在一家漁船公司的宿舍等待船開，那一晚是多桑自從離家工作後見他們母子仨的唯一一回，沒想到竟也是人生的最後一次。

幾天後，多桑搭上一艘輸送船，卻在途中因強烈颱風翻覆，就此他的多桑魂埋海上，自此父子生不相見，夢中相見。

自此他非常害怕颱風，風是如此神祕。

他和多桑最後的相聚，化成了奇異的永恆畫面，因為如果知道那次見面就是永訣，那麼他會不會靠近多桑多一點？和多桑的感情就好像從未被寫出就死去的故事。

於是他最後記得的不是關於多桑的本身，而是關於那一夜。回憶那一夜的多桑是那般奇特，他後來每一次回憶都體會到人對於自己之將死幾乎都是無所知的，意外雖無所知，但病死呢？他不知道，還沒有能力知道（雖然多年後當他生病時即使已到末期，他甚且以為自己能從中逃脫）。

漁船公司宿舍的那股從地底發出的強烈寒冷，使他猶如全身覆滿冰氣似的打著哆嗦，卡桑襲上一股難掩的離愁神情，多桑在燈泡搖晃下發出一種如鐵的凝重神色。廣播聲說著颱風正在外海形成，但漁船公司說颱風還很遠，要按時程出發。

他們母子三人費了好大一番工夫才尋到多桑所屬的漁船公司，隨著指引來到了宿舍，到處都是魚腥味，血水流淌，開腸剖肚的魚群也像戰後的世界，他感到作嘔，一種天旋地轉的暈眩襲來。

踩踏血腥氣味與碎冰泥地，一道鐵捲門開，多桑的臉出現。

他望著父親的臉，感覺像陌生人。

多桑先是見到身形拉高的長子哲一，他見到多桑淡淡而靜默地朝著尼桑微笑著，但對自己卻頗生疏，甚至還有點如冷凍過的魚皮般，十分淡漠，雖然對他也是微笑的。很多年後，他回想父親對自己的那一抹最後的微笑，才理解那不是淡漠，而是不安，想要靠近又不知如何靠近他的侷促吧。

他見到多桑像是要摸摸他的頭但卻不知為何又收了手，轉身走向靠牆的桌上，多桑再轉身手裡多了食物，遞給他吃。他吃了多桑給他的香蕉乾，香蕉乾真是美味極了，多桑看他吃得津津有味，但卻有點噎急，於是就拍拍他的背，跟他說慢慢吃，還有呢。

他一口氣連吃了五根香蕉乾，吃到第四根才慢了下來，彷彿胃滿了他的心才有了點空隙。他將包香蕉乾的彩色玻璃紙覆在眼前，看出去的多桑卡桑尼桑都變成暈黃或者紅光色度，像是暗房的照片。

他瞄著這看起來像是臨時組合屋的宿舍，宿舍有些紙箱，裡面有些食物。香蕉乾是漁船公司跑南洋經寶島所帶回的食物，黑黑焦焦的，但拆開玻璃紙卻香蕉味撲鼻，這個氣味從此牢固在他的腦門。

從玻璃紙看出去的影像有如路邊放映的電影。

多桑和卡桑在說話，嘴巴蠕動著，他聽不見，只聽見自己唇齒大啖香蕉乾的津液攪拌聲，還有燈泡下投映在白牆上的影子。黑夜的全家福照，面目模糊的影舞者，父親的臉孔在他的腦海被喀嚓拍了下來。

戰後百廢待舉，死亡加速了新生，嬰兒們哀啼，如蜂傾巢而出，貧窮成了生活的滋味。

屋外的冰柱垂掛在簷下，雪色無光，除了偶爾有幾輛自衛隊或者撤退卡車的燈光來回閃射而過之外。夜晚的宿舍竟是異常靜謐，他隱隱覺得這股靜謐潛藏著一股他害怕的不可見的東西，肅殺的死氣沉沉。離別賦的旋律悠蕩在每個人的心中。香蕉乾的焦甜氣味淡化了他心中的恐懼，也是他記得多桑的最後美好印象。

島嶼香蕉乾的滋味，回憶起多桑的氣味。

他想起當時幼小的他仰望著多桑的最後畫面時，依稀記得多桑的神情躲藏著死神的面容。

莎喲娜拉！再見。

海洋隔離了他們，多桑在岸上的身影漸行漸遠了，化為一個寒霧中的小點，直至彼此消失在對方的目光中，最後化為了永恆的回憶。

無父之子

隔日，他們母子再次從傷害之城回到暫租的古都之家，那是父親走船後的安排，將他們安置在古都，為了不讓他們暴露在核災輻射的老家。那時古都的鐘聲經常陪伴著他入眠，觀音菩薩的臉總能安慰著他那恐懼失去的心。

去見父親的那回，是他童年最漫長的旅程。去程多了新奇與期待，回程他們母子仨都陷入了感傷與疲憊之中，尤其是卡桑，心埋著像是一棵樹的核籽，深深的疲憊，卻又堅毅。於此之時，上船的多桑正從航行的途中寄出了家書，信等待飛來家裡。

不知過了多久，他記得卡桑念著多桑的來信，多桑的信大約是要卡桑無論多麼窘困都要讓他們兄弟倆讀書。多桑擔心他和哥哥正好處在最頑皮好動且善惡不分的時候，多桑請卡桑多加照顧看管。最後多桑還說不好意思，講一堆說教的話，還請別見怪。他的父母都不擅言詞，也甚少交談，但都誠心誠意地相處，客氣節制，好像熟又不熟的伴侶，但絕對是夫妻啊。

卡桑最後念的字句是多桑提到正值氣候變化的季節，請多注意身體。

再三拜託慈善溫柔的雪子了，保重，再見。

當死訊來到家中，攜來了多桑也在船員的死亡名單中。

多桑死亡的消息輾轉抵達了古都，那時他記得不遠方的觀音寺正有僧人在黃昏將至時分擊鼓、誦經。天空飛過離巢的鳥群，往樹梢奔回。

多桑說的再見是真的永不復見的莎喲娜拉，此後，遺下一身哀傷給他們。

他到現在都還清晰記得聽見多桑噩耗傳來的那天畫面。

那天他才從檢查港灣事務所的米國士兵那裡得到了一塊口香糖，他的臉頰還被帥氣的大兵掐捏了一下。米國大兵挾著櫻花少女淫笑而過。灑下一身的濃烈香氣，他從小喜歡植物，馬上就從那香氣聞到梔子花、橘香、茉莉，混著他嘴裡咀嚼的人工香精，口香糖真香。那時他就常想著植物的命名之美，是誰命名的？在植物有了名字之後，人們吃蔬菜摘花，是否就是吞噬名字，合而為一。就像他的名字哲二，哲是哲學嗎？他不確定，但他知道自己的二是次子，次子是許多小說喜歡提及的序位，關於被壓迫或不被重視的，失去繼承權的，他很早熟地看著米國船艦清倉所留下的各式征戰來的領地書籍，有的英文書是透過附近基督宣教師解說的，他逐漸進入一個幻想的世界。神父是一個擅英文的華人，寺院又有華人出家師父教他中文，就這樣他提早學會了異語，中英文成了他母語的左右鄰居。

有一次他嚐到非常獨特的口香糖味道時（很多年後他在美國留學喝到卡布奇諾上撒的肉桂香氣時才想起那個遙遠的下午吃到的口香糖味道），他非常興奮地跑回家去，想要給媽媽嚐一口時，卻見到媽媽躺在床上，陰暗的屋內沒開燈，陷入一片闃黑。

卡桑怎麼大白天的還躺在床上？

這是從來沒有過的，他總是來不及見卡桑容顏她就急急轉身去工作的。他急忙地跑到床邊，他第一次這麼清楚地俯視著卡桑瘦削如枯枝的容顏，膚色那般蒼白哀戚，像是棉花中間有著看不見底的黑蕊。卡桑受傷了嗎？她病了嗎？他彎身卻看見一份船難公報擱在媽媽的床沿上。

是那夜，讓他懂得生離死別。是那夜，他知道傷口該如何新生。是那夜，他看見堅強的卡桑是會倒下的。他對卡桑的形象就是一天到晚忙個不停，那日卻意外地發現卡桑動也不動地躺著，這情景對他產生震撼衝擊，多桑的死卡桑的病，無常感像霧氣，籠罩在他的上空，由此他似乎感受到去日苦多。他瞬間由童年轉身就成少年，等著跳到青年。

兩天兩夜，卡桑一人獨鎖房間，不吃不喝，沒有起身，一動不動。他在門外覷聽著房內卡桑的動靜，一片死寂，是大悲無言。連啜泣聲都靜默未聞，他貼牆凝聽卡桑的動靜，在那樣安靜如死的房間，有幾縷風吹來卡桑沉重的呼吸聲，這讓他放心些。卡桑是一棵大樹，根部牢固的人，他這麼想著。

卡桑第一天沒有起床，第二天也沒有起床，第三天也沒有起床，他數著時間，數著日落星辰，他想第四天卡桑會起來。一二三木頭人，解碼。

木頭人起身，植物人要了杯水喝。

像澆了水的植物，卡桑靈活起來。他仰望卡桑，看著卡桑悲傷的面容染上堅決的神色，他望著那堅毅，高高如松樹的上方有著明星閃亮，在那張彷如白雪般的臉龐後方染著金橘般的森林。他聽見焰火燃燒般發出劈啪的響聲，原來卡桑在他一個幻想的恍神裡就轉身去燒木柴，打開灶間準備煮食。

寡母幼子立即面臨的是生活的難題（這個早年的生活影響了他，往後他只要看著年輕母親帶著幼子的畫面，就會讓他產生生憐憫之情），沒有工作的卡桑帶著他們兄弟倆去投靠祖父，卡桑加入生產線。卡桑總是異常地勞動，廢寢忘食地工作著，他從小看著辛勞卡桑的背影，他知道母親的背影將成為他追尋仿效的對象，這是美麗動人的後姿。

絕望的結束

他一生最重要的意外事件是多桑沉海，祖父辭世，另一看似不重要但卻埋藏意外人生的是在聖山下遇到小女孩（但這要到他很後來才知道的事情）。在戰爭年代，村子裡的成年男子相繼入伍，一九三七年中日戰爭爆發，他的多桑也收到了入伍通知書。沒有死於戰爭的多桑，卻因遠洋漁船的翻覆而驟逝海上，化成魚骸。他永遠記得最後一次見面見到多桑，在漁船公司的宿舍，大海在前方，浪潮洶湧，浪花擊岸，飄著魚腥味，幽暗的天色下，愁容滿面的多桑。

悲慘年代的結束，戰敗國雖處於極端破敗蕭條的廢墟，產業也面臨崩潰狀態，糧食與物資嚴重不足，戰後生離死別的哀傷氛圍就像霧夜。精神與物質雙重失落，到處有流離者。百廢之廢，廢城裡的人不當廢人，他們告訴自己即使人生已如廢材，也有投火一燃的效力之能。

人們行於其中，即使身形如地獄來的餓鬼，但尋找機會與覓食的可能卻也如太陽日日升起。

那時最幸福的事大概就是偶爾可以喝到從米軍船艦取得的橘子汁檸檬汽水，或讓孩子們眼睛發亮的可口可樂，但這種飲料即使拿到了，也會放到特殊節日或者生病時才能喝得到。到了重要節日，還會吃到一點散裝的壽司和油炸天婦羅之類的美食，在重要節日他才捨得穿上好的衣服。他總是一天一天地盼望著一年一度的秋祭和花祭到來，秋天是最美的時節。

貧窮時節，祭典慶典在他童年的眼中已是綺麗夢幻的嘉年華會。悲觀愁苦的社會氣氛在寺院的彌陀超渡法會與集體認真的努力下，逐漸轉了色調。但他們都被迫提早長大了，嬰兒潮彷彿立馬轉大人。努力加入建設家園的生產隊，在廢墟裡開花，在焦土上長出新芽。

但那是多年後的想法了，當時卡桑只跟他說，多讀書。

逐漸復甦的街，商家擺放了電視機。他記得那個魔幻時刻，他第一次在街上看著電視時，所有的人都被那個框框裡面的世界迷幻了，全停格在那裡盯著四方形的物體看著，眼神表情時而帶著迷惑，怎麼裡頭有人呢？他們張著嘴巴也忘情地跟著螢幕裡面的人笑著哭著。對新鮮事物的好奇與憧憬，很快地讓傷害之城進入模仿與研發的技術年代，對改變生活與進步社會的渴望，讓他的卡桑也沉浸在社會的集體力量裡，雖知悲傷已刻骨，但仍想辦法忘卻悲傷。

在這片戰後的焦土上，有如不死鳥似地重生。歐吉桑與卡桑的身教，他看見不死鳥，芬尼克斯，他讀著英文，古埃及的貝努鳥。英文課老師要他們每個學生取個英文名字時，他想到的不是什麼大衛尼克凱文之類的，他想到天神，神話裡的天神阿努比斯，死者的守護神，他喜歡這個意思，出生在這個巨大的傷害之城，無數的亡靈飄盪，他總是感受到這座城的隱形悲傷。

阿努，老師重複地念著，跟他說這名字雖然不是典型英文，但意義很好，也很好記。許多同學也不禁喃喃地念著，笑著。

阿努，阿努，阿努，有人想到他們爭相閱讀的史努比漫畫，那個查理布朗所飼養的黑白米格魯，那般自信天馬行空。他也笑著想從天神到米格魯，他的名字彷彿蘊含六道。他的好朋友自願叫糊塗場客，一時之間大家取的英文名字都非典型，但卻使他多年之後回想起來仍覺得這是他喜歡上英文課的原因。

當然有時候他會感到如此靠近米國和中文世界的內心掙扎。

少年時期有回他在寺院樹下讀《金閣寺》，教他中文的僧人見了和他聊起這本小說的作者三島由紀夫，嘆氣說著自殺者靈魂飄盪，天堂無路，地獄無門。《金閣寺》把僧人寫得醜陋了。なんてするんじゃない，永遠不要試圖去死。僧人邊掃落葉邊轉頭對他說著，死亡自己會來到。

少年的心易感，常常想起在街上看電視轉播時黑白電視閃爍著作家身影，說著放棄物質文明的墮落，找回古人純樸堅忍的美德與精神，成為真的武士。他找回純樸堅忍的方式是學著當一棵大樹，向樹木學習，而不是向人，因為人心善變。

我很抱歉

多年之後，他去了被作家視為物質文明墮落的米國。在書店大量看到反美帝的作家小說翻譯成英文，受到西方人的喜愛，那種錯位感使他經常在異鄉遙想起少年時夾雜母語與中英文常伴左右的歲月。

時代差，價值更迭，大量櫻花妹嫁給藍眼珠，自此徹底混血，胡不歸。他讀著英文小說，想起少年時的恐怖陰影，作家之死，絕命森林的樹木在他的夢中哭泣，淚水灌溉的森林愈發茁壯。

他更常想起的有時候不是作家之死，而是跟隨作家之死的人。祖父也曾和他聊起昔日藝妓穿梭巷弄熙攘往來的煙花巷，後來料理店林立的四谷荒木町的某間居酒屋曾經在作家之死的前幾日來了一位讓店主印象深刻的人，那就是森田必勝。作家切腹的介錯人，協助者。吧台座位飲酒的人問森田真能為三島赴死？櫃檯生魚片師傅正舉起刀切著魚肉時，聽著森田秒回的話語是那般肯定的「我可以」！

祖父嘆息，說著把本來要放到嘴邊的酒灑向屋外，彷彿祭祀。

他在米國讀書時遇到了來自島嶼北回歸線以南的室友阿米哈，有一回聊起一些往事，阿米哈說難怪我老覺得你的臉長得很抱歉，哈，不是醜的意思啦，你很帥呢，是說你老是把抱歉掛在臉上的樣子。讀各國的哲學精神史，我對你的國族精神底層感到對撞的衝突，就像一個白天與黑夜分裂的人，白天拘謹夜晚淫蕩。你有著你國族深深烙印的知恥辱的文化感，我覺得蠻好的，但也不能少了英雄氣概、氣魄，阿米哈說著還拍著他的肩膀。

像我才不取什麼英文名字呢，我跟英文老師說我就用我的母語，我的母語就是我的一切之名，但我倒是喜歡叫你阿努，因為哲二太斯文了。阿努阿米哈就這樣常連在一起，在那個白人的世界裡，他們也常被認為是同一國的。阿努對阿米哈說，我們就像一個桃青，一個李白，桃青李白，有靈魂的人都屬於詩的國度。阿米哈主修哲學，一聽就明白阿努的隱喻。

阿努喜歡阿米哈這種自信，這是他缺乏的，他對人性總是沒有信心，在他的世界，詩詞歌賦與森林是他的母語，幻想世界與神祕領地，總能使他進入靜默。祖父帶引他進入森林世界，華裔神父帶引他進入異語天地，寺院華僧領他進入詩詞歌賦宇宙，尤其俳句寫成中文，使他著迷字詞之美。他喜歡俳句的季語，豐饒意象與近乎禪的藏而不藏，廣大的風物微觀，四季與無季或者重季，生生滅滅的讓他看到那種彷彿根生在他體內的侘寂物哀感，尤其松尾芭蕉的奧之細道，漫遊人生的徒步荒野深深影響了他。松尾芭蕉後來那飽經風霜的曠野骷髏紀行，讓他想起了莊子，他也和阿米哈分享過這個經驗，阿米哈竟笑說那都是詩人哲人的庸人自擾，像我從小就在山林長大，飽經風霜是必然的，整個林地都是骷髏也是必然的，枯枝敗葉也是骷髏。寂，一切森林的終點，卻又是起點。

荒野馳騁夢魂縈，化作泥土更護樹。

他記得他們在寢室裡因作家之死又聊到了絕命，死亡，自殺，就像在聊愛情般聊到暗夜，沉沉睡去，床下散落啤酒罐伏特加空酒瓶，伴著他們的呼吸聲，罐子被窗外襲來的風滾落相撞，發出銀脆聲響。

芭蕉庵的松尾芭蕉，植有一株芭蕉樹，松尾將詩置放於無用之地，一如芭蕉在古都難以長出果實，沒有芭蕉的芭蕉樹。但這個名字，使他異常地嚮往日後能夠生活在擁有芭蕉林搖曳風情的島嶼。

這使他愛上俳句。

戰後逆境，催發了他快速的成長，他看著默默勞動的卡桑身影，以及教他如何走上一個愛惜生命的歐吉桑，兩個人都是他在幼年時學習模仿的對象。自此他明白，人是受環境支配的。多年後，他回想起這一路的經歷時，他是這麼地分享著自己的心得。但時間回到他的年少時，他是如何看待這樣嚴苛又孤苦的環境？他為卡桑分憂，荷擔家業，這是他當時盡可能做到的事。

自從多桑過世，提早到來的成人世界已經在等著他。年輕時的辛苦值千金。這是歐吉桑告訴他的格言，僧人跟他說的逆增上緣大概就是這個意思了，於是他在少年喪父後的生活裡並沒有感受到苦的滋味，但是悲傷感是經常如浪襲來的。阿米哈聽了說和他感覺很像，彼此都是少年失去父親的人，很快就拉近了彼此的距離。

撞碎的波浪

他到現在都還會想起祖父，他最愛的歐吉桑，一個影響他深遠的人。多桑去世後，他和歐吉桑就形影不離。他在升初一時，迫不及待一心想要幫家裡忙，山林缺工，他在星期天早晨天還沒亮時，去林場打工，他是敏感於環境的人，很快就洞悉每天的狀況，一如他對文學與植物的熱愛。

有一件事隔如此多年，但至今他仍無法忘懷。

某一年夏天他的祖父倒下了，他代替臥病在床的歐吉桑上山，他就是那時候愛上山的。那時候他在森林裡陷入迷航，就在山裡待了一夜，他感覺到心中被樹靈環抱的能量，樹靈傳遞著大量的訊息。

下山後，困境很快就來考驗他了，突然重病倒下的歐吉桑已然走在臨終的最後時光。臨終前，跟他說了年輕時在殖民地的山林故事，要他去將他的骨灰埋在聖山的杉樹下。祖父臨終的懸念本託付給他的多桑，無奈多桑船難海域。

躺在病床的歐吉桑想著山，想著樹，渾然不覺自己生命的油燈已燃燒到了最後。

那時他們住的房子有山有海，但夏季卻十分悶熱，臥床的歐吉桑更覺折磨痛苦，他深受臥床皮肉褥瘡之苦，因此他就想讓臥床的歐吉桑能舒適一點，為此他還特別存錢買了一台新穎的電扇給歐吉桑吹，希望涼風可以寬解祖父的不適。未料卻被歐吉桑叨叨念了一頓，說別把錢浪費在將死之人，把錢拿去買書吧。

歐吉桑倒下讓他和母親措手不及。

沒有什麼比失去父親又要失去祖父更讓人傷心的事了。

在面臨是否去報考參加高中入學考試的最後決定關頭時，他悲傷著死神躡手躡腳地來到屋內，要帶走他的精神導師，可敬又博學的歐吉桑，他的啟蒙，他的知識起源。

卡桑在旁堅毅地望著歐吉桑要離別了，這次母親可以成為送行者，不若丈夫的死，未亡人毫無作為。

讀書是最重要的事，歐吉桑再次提勉著他。

卡桑滿面愁容但卻又放下心中石頭似的對歐吉桑微笑，病入膏肓的歐吉桑躺在床上也給了他們母子一個安慰的讚許笑容。於是他決定好好升學，然後只要一有空檔，他就去打工，在下一個魚汛季節來之前，他可以去山林種樹換取一些工資。山與海交織他的日子，植成一棵青春獨有的樹。

於是當別人好夢正甜，他卻夜裡三點就得從家中出門，在五點天還亮時趕到市場（於是多年後當他在迴城市集晃蕩時，感到對市集的親切）。寒冬從被窩裡起床的痛苦他覺得沒什麼，下雨的道路泥濘，夏天酷熱，他都不覺得疲累。即使冬日裡穿著薄薄棉衣的他手腳早已凍得生瘡，失去知覺，不聽使喚……日復一日，只為了好好活下去。

三點多他就摸黑從家裡出發，踏上二三十公里的路，一路到山林。

協助一個大學教授種植島嶼移植來的杉林。那是遠從植物學之父的年代就開始生根的島嶼植物，杉木移植昂揚生長著。這條路，有許多上坡路段，他得下來推自行車，上上下下，每天征服辛苦的早起與身體的勞力磨練。如樹木的強韌意志力，打底了他的生命根柢。

泥土下的線蟲

在歐吉桑病倒後，他深刻地感受到人之將死的未竟之願，語重心長的話語裡埋藏著歐吉桑的懸念，他第一次聽到歐吉桑說起另一座海洋那一邊的島嶼關於他的青春過往，歐吉桑的思念，歐吉桑的掛念還包括要他定期去探望一個地方，一個植滿島嶼跨海而來的高山杉森林，是歐吉桑的老師們所種下的。

為了移動方便，他後來去鎮上買了一輛歐兜邁，只有增加速度與動力才能承載更多的貨物，如此才能增加打工的收入。當時買一輛歐兜邁大約是三萬八千日圓。牽歐兜邁的那一天，他徒步往店家去時，整個心思都在想著歐吉桑委託的事情，於是他決定上大學之後，要去打工，然後存錢再重返聖山。歐吉桑的委託裡隱隱有種哀傷的懸念，歐吉桑又喃喃說起一個在島嶼部落死亡的朋友，在喃喃自語的昏睡眠眩狀態偶爾靈光乍現的清醒時刻又會跟他說要學習當土壤裡的蚯蚓線蟲，鬆動生命，別過得太緊，僵化時就要去移動，去旅行。

可以被切成無數個自我的蚯蚓與小如種子的線蟲，他在植物的土壤裡聞到了生命的氣息，微小而壯闊。而這一切的學習影響最深的就是他永遠懷念的歐吉桑與卡桑。他們就是他凝視與學習的最美風景。

靖國神社戰死將士的鳥居附近有一尊供祭思念的「母親像」，那個母親像就彷如是他卡桑的形象，梳著垂髻的雕像身邊跟著兩個小孩，孩子們以敬仰的目光望著卡桑，卡桑則昂首地望著前方，期盼著美好幸福的未來。

在母子雕像下，戰爭亡魂的靈飄散，他想著願每一個人的悲傷一去不復返。

但悲傷並沒有一去不復返，悲傷總是去而復返。

他回憶這段歷程時，絲毫沒有苦的感受，他只是想著這一生懸命的所在究竟在哪？

歐吉桑說做什麼事都不要給自己添麻煩，更不要給別人添麻煩。即使到今日，他仍在想著歐吉桑的懸念的未完成。多年後，他將手機的首頁照片放著一張唯一三代齊聚的四人合照，卡桑左右手牽著他和哥哥哲一，中間坐著歐吉桑。他記得拍照那一天，屋外的樹影隨風搖動，吹著風，歐吉桑指著木屋說，樹木打造了我們的家，但樹木自己卻沒有家了。他聽著疑惑著為何歐吉桑後來會負託老師對他的期盼，不再研究植物？

他在歐吉桑的筆記本看見剪貼的中文報紙：一九一四年，大正三年。東亞最大的木材集散場「杉池」，大量檜木材料被運下山來，渡海而去或者留在原地。

一九一四年，這一年還是學生的歐吉桑與他崇拜的植物學的老師們一起在山林採集植物標本。他想他們應該也去過島嶼的市場，當時的東市場集結等著上聖山的各式人等的胃囊補給站，許多木材業者小販和旅客與學者在前往聖山時，在那裡採買食物，好在旅途休憩時果腹，上山的物資中繼站。

蘿莉塔的透鏡

他在心裡忽然又想起那個山腳下的女孩。

回憶往事，難以排遣的苦時光，連苦都真實的美麗。苦也非苦了，這或許來自於養育他的卡桑背影中所感受的，寡母一點也不寡，身形非常挺拔，苦與淚都是背對著他的。

於是他在聖山的山腳下看到一個小女孩和其母親做生意時，勾起了他特別的感受，或許因為這樣，他一直記得了那個畫面。記得那個女孩轉身離去的後姿，他想著這個很久沒用的母語，後姿，背影。

那個集結在山腳下兜售串珠的女人與小孩們於今在何方？

女人們應該和他差不多年紀了，小孩們那時有孩童有少男少女，如果是少年少女也都坐三望四了吧，他都邁入耳順了呢，初老將過。套句阿米哈說的，傳統儀式只有他們這一輩還謹守著，就像守喪，驅靈，只有老一輩才懂得那儀式的力量與美好。

山下旅社，躺過又換過的被單，沖過又蓄滿的水廂，揉去又補滿的衛生紙……戀人遠去，小販遠去。賣串珠的小女孩們都去哪了？當少女變成人妻或者熟女時，往事會被遺忘或者更復記憶？他絕非是戀少女癖，因為他只有一個蘿莉塔，只喜歡一個不算是癖。且他僅僅止於懷念，就像一面照映出往事的鏡子。何況女孩其實也不能說是蘿莉塔，她苦澀，一點也不甜美，但眼睛盛滿了一座山水，苦到盡頭的甜是如此吸引著他易感的孤獨之心。

他每回來到山腳下才會再次拍醒沉睡塵封的心跳，像是為記憶體做心肺手術，一次次的鮮明。復甦，死而復生。

回憶的路徑，緩慢曲折。

緩衝時間夠了，他在即將赴山林去找阿米哈前，給阿米哈的伴手禮還包括餅和花生。阿米哈喜歡平地的食物裡包括這兩樣，他們喝高山茶時配餅，鳳梨棗泥綠豆椪，飲酒時可以配花生蠶豆酥。

在山下寺廟附近逗留一晚，在挨著廟的鄰近旅館入住，鄰著神的殿堂的過去有牛墟，現在到處有汽車旅館。神殿搖晃的燈籠，襯著入夜後霓虹燈閃爍。他是聞著氣味就可以閉眼走進這條又熟悉又陌生的路，他是聞路而不是看路，他在島嶼旅行經常有的感覺，他覺得島嶼的氣味強烈，這條路的氣味更幾乎濃縮了他對島嶼廟宇的一切想像的終極。島民對祭祀的熱情與對零食的熱情總結在這條街。又神聖又庶民。當地人還跟他說，恁阿本仔可能毋知土地公愛呷是土豆糖，他笑著說為何這些食物最後都入了人的嘴？聽他這樣說廟方信徒們都笑了，還信誓旦旦說神鬼都來吃過了，阿本仔你看，這供桌上的食物是不是比剛才少。他聽了又笑了，覺得這樣的信仰很務實，很像島嶼的實用取向。這和他的東瀛寺院那種帶著禪意的寧靜截然不同，但他兩端都喜歡。

就像他喜歡森林的安靜但也喜歡有阿米哈這樣的山歌舞踏吟詠的喧鬧熱情。

大街上滿地被嗑過的花生殼豆粒混在爆過的彩色鞭炮紙屑裡，被路過的人踩出一條拜神的路徑，彷彿一切都會被神允諾的可喜。騎樓的店家擺著紅色囍餅紙盒，等著戀人來下訂這傳統的囍餅。百年好合吉祥富貴成龍成鳳，聖母的耳朵應該聽到長繭了，他笑著想。嗜甜的他自然是囍餅的愛好者，不結婚的人也愛買來吃。他從今以後是羅漢腳，婚姻於他就像鳥在籠中，了無幻想。他買過所有大街上好吃的食物，為的是讓氣味從此代替視覺在腦海中生根，這讓他更熟悉這座城，口味已然島嶼化熱帶化。

花生糖蠶豆酥香麻油香酥餅麻糬草粿小湯圓芝麻糊，兼有大腸米腸煎餅炸粿炸臭豆腐，肉羹鴨賞鹽酥雞烤魷魚，各式各樣的氣味先是穿過他的鼻息接著被唾液分解，還有日夜燒在空氣中的香塵紙錢味撲鼻。一種裹著糖粉吃起來很黏牙又很甜的飴，就像童年吃的牛奶糖，也像銅鑼燒的紅豆泥。他覺得這源自中文銅鑼燒的字詞真美，無聲的兩個銅鑼如寺廟高懸的暮鼓晨鐘。阿米哈卻說像豆沙餅，到了美國他們都說這就是美式鬆餅。哆啦A夢最愛吃的食物，阿米哈最愛吃鯛魚燒，說在山裡的人望著雲海吃鯛魚燒，彷彿上山下海，捕獲一尾一尾的魚。

阿努當時曾說，這就像拜拜用素雞素鴨，祭祀動物用擬仿的。阿米哈聽了說這很好啊，不殺生。祖先是獵人的阿米哈竟說起不殺生，那時候他們正在宿舍讀托爾斯泰的傳記，托氏說聖者，勿殺。阿米哈說我們山地獵人比你們平地人更慈悲，我們一次只捕獲一隻山豬，你們卻養殺。說起養殺，阿米哈跟他說起了族人被政治誘捕的歷史傷痕，說起上課教室懸掛著拭父奪土者的肖像，那種痛苦無人可解。說起往事的阿米哈瞳孔中的淚水，如樹木的淚水，讓他更增添想美國畢業後隨阿米哈來台工作的想法。

迴城大街小巷的營生氣味，是他的故里那乾乾淨淨的街道所不曾聞到過的，迴城充滿生之熱情，連死亡都是，杉木池躺著的是死去的樹木，死去的樹木重新會復活到人們的餐桌書桌椅子，甚至還魂成紙成筆成鈔票。他想他就是眼盲了，也能依著氣味來辨識這城的方位。

氣味彷彿是異鄉客的導盲磚。

彷彿氣味也是菩薩，引眾生來到神壇下。

於是他喜歡用米糕捏出來的祭祀豬鴨羊牲禮，以形代替殺生，他覺得很有智慧。訂婚店棉被店紙糊店藝閣陣頭彈珠房米油行，裸露在外的一切，走在這些街，他的眼睛忙碌，島嶼浮世繪的生猛直接，是他成長裡所沒有的。島嶼裸露直白，相較於他的原鄉到處閃躲的隱喻，他的心更接近島嶼，雖然他的外表是如此拘謹的靠近原鄉。

他在筆記本寫下：迴城沿路發展出交通密切的商業區，汽車賣場、醫院、交流道、汽車旅館、餐廳、加油站，市街往西發展。一條大路，通往兩個世界。求神拜佛之路，以及人疲憊時落腳的汽車旅館之路。

香火鼎盛的宮廟外是囍餅大街，他非常喜歡吃油滋滋甜蜜蜜鬆軟軟的囍餅，阿米哈知道後曾笑他這個不婚的人卻愛吃囍餅，真是有趣，把雙囍吃成了單喜。他聽了笑著心想，哪裡是單喜，我的記憶裡隨時都映照著思慕的人呢。

他在美國讀書時，汽車旅館就是長途夜泊的中途站，這座島的汽車旅館名稱與代碼著各種指涉的暗號，霓虹燈閃爍，脂粉氣味濃，他經常一推開廉價的旅館就聞到一股ㄒㄧㄠˇ味，學日文的學生教他台語，曾教他這個不雅的字眼，而他總是發音不準念成了東洋口音的笶。他這個阿本仔講台語嘛ㄟ通，他學得也頗快。

他笑著摸摸腦勺，回應地笑說著，迴城人，家己人。家己人，他反覆念著。

掉落的音節

亡靈總是容易召喚過去，有人留下殺戮，有人畫下傷痕，有人散播著愛。有人侵略有人掠奪有人發現有人探勘，他的祖父輩遺下種種無以名狀難以解析的碎片，而他是屬於被汙名與被昂揚的混合者，他知道祖父輩們有罪，罪之華，等待他開出懺花。

為此，他開始鑽研中文翻譯，想為島嶼母土產出的詩詞歌賦轉譯成日文的可能。

他的能力可以駕馭這個文辭轉介的工作，同時他又擅於冥思某個時間節點的影響力，彷彿在森林過久，他也有了神木的神性。

他已快要抵達山林了，快要見到久違的老友阿米哈了。這回他入宿的山林旅社的老木頭樓梯總是發著吱拐吱拐的老邁蒼啞聲響，他從青年時就來過的山林，除了幾棟被整修的老旅社或者老建築之外，他已經逐漸認不得多年前的樣貌了，觀光化全面覆蓋他的記憶。

他每次一回到聖山，就會開始夢見許多人，有的是從書本走出來，於是他來到這裡覺得自己像山鬼。他等待消失的故事上岸，久別重逢的故事，故事以碎片掉進他的耳廓。

幽魂最先來敲門的是聖山森林鐵道列車長陳聰明，一九五〇年陳聰明曾在林森西路街上蓋了連棟建築，日後他一直將家安置於此，直到退休後，將家改成旅社。那些往來山區的木材小販們絡繹不絕於此，他們叫旅社為「販仔間」。接著內將侯陳彩鳳也來了，她捻起燈泡，引他走進時光隧道。昏暗甬道，伐木火車氣岔開來，一日六班，飄滿木香。檜町一丁目，北門驛。聖山檜木風華，低訴樹魂在他鄉。老屋的木頭拓印著撫觸的手痕，老花布的相思棉被上裹著的戀人何在？木頭屋子怕火釀災，侯陳彩鳳在夢中望著他這個異鄉人，悲傷得彷彿看見旅社未來將毀的預言。

入夜後，旅社熄燈，只剩下走道有一盞搖晃的燈泡掛著，屋內靜默。橫著一張老臉，揚著一股老人味。

他以為偌大的山林老旅社應只有自己一人入宿，但在旅社咖啡座看書一陣時，忽聽聞老屋木板傳來吱嘎踏步聲響。他想上頭有人啊，是人吧！？但他旅行很多年，這倒沒在怕的，只是不希望被干擾。接著樓梯有人走下來了，大力踏步的聲響，確實是人的腳步聲，他心裡暗自想著。

走下來一個外國來的背包客女生，手裡拎著衣物，她要到後頭的公共沐浴間洗澡。

他們彼此打著照面，聊了幾句。

旅人相見，在夜晚時刻同時擱淺在封閉空間，有點像親人。因他在美國讀書多年，故和這名外國女生在聖山山腳下的旅社相逢竟也有他鄉遇故知之感。

那一夜他和這個女生（甚至不知其名）聊了很多島嶼文化與地景的變遷，尤其聊到部落的文化遷徙流變之種種複雜文史與故事。那一夜，他們聊著往事，遭逢在聖山旅社。隔日一早，樓上卻靜悄悄的。女生已經消失，該是早出門去遊玩了，彷彿昨夜只是他的一個舊夢。

他經常歷經別離宴，山上山下兩端就是別離，和阿米哈的相聚或者別離，野宴裡有淚有酒，有笑有歌。祖靈們早已隔江隔海，隔世隔魂，隔絕讓他們倆總是在經歷離宴，別離就是下一次的重逢，一期一會。

跋山涉水，萬山無阻。

他發信給阿米哈，他已經抵達山腳下了。

只要越過北回歸線，人子期待和父血融合。多桑最後被海吞噬，船難，葬海，永遠和海合而為一。

祖父晚景只想看一座海，耕一畝田。從學術界轉彎，不想名字再被記憶。

祖父沒有野心，只想賦歸生活，他有時候想會不會歐吉桑受到禪的影響過深，心外無物，心外無境，菩提本無樹。但如果無心無物無樹，那為何臨終還是不能做到一絲不掛？甚且罣礙著最後遺願？他得親自去聖山那棵杉樹下才能明白嗎？還是模糊就是清楚？

「無心猶隔一重關，因為還有個無心。」他曾將疑惑問了寺院僧人，僧人回答了更虛無的回答。

有回答等於沒回答，他也笑回。

有等於沒，這個好，僧人又笑說。

僧人說他有慧根。他摸摸頭想，慧根，因為他是一棵樹嗎？根柢牢固。

重承諾的人，他幾度越海，弔祭多桑與歐吉桑，但就是還沒找到歐吉桑說要樹葬的那棵樹的所屬領地。

直到初老了，再次應阿米哈之邀，來到島嶼進行教學日文與翻譯工作，使他以為餘生將回歸這座從青年起就開始不斷離離返返朝思暮想的夢中山林。還有中年所遇的奇異母女，悲傷的蘿莉塔。

他掏出一根從東市場買來的香蕉乾，剝開玻璃紙，才咬一口，眼淚瞬間就滑了下來。

山林起霧。

歐吉桑的日記寫道，「山林起霧就要改用攀爬地面的姿勢匍匐前進，因為這樣可以確保自己踩在土地上，而不會走著走著就不小心被霧鬼遮眼而掉落山林深淵。」這是有一次歐吉桑跌落山谷時被救起的體悟。被救起的命大是因為跌下去時，歐吉桑說他感覺有一雙手托住了他的身體，像是阿彌陀佛。（這山林故事的片段，有各種倖存者的不同版本。）

睜眼一看自己沒死，樹木的枝幹如佛手托住了他的身軀，從此，歐吉桑是佛的信徒，租屋在寺院附近，但為了生活卻往海裡討生，臨終時歐吉桑說，孩子，我的殺業太重了，撐過戰爭，頂過無常，但滅不去業障，你要幫我做超渡法會，骨灰分三部分，一部分放寺院，一部分祭海，一部分幫我到聖山的某棵杉木下樹葬。

哪一棵杉樹呢？還是個高中生的他發出了疑惑，森林廣大，何以知道祖父要樹葬的那一棵樹？

時間到了，你自然就會知道的。

語言的新印記

從此，歐吉桑把這未了懸念交付給了他。

注定要讓他重返聖山。

想到這些往事，他已來到森林小火車驛站。

清晨，通往山城的驛站人聲齟齬鼎沸。他醒轉，彷彿看見山鬼幽魂與小販悠悠逃逸而過。旅社蚊帳外，黏著死屍：蚊子聆聽了整夜他的夢境故事而乾涸。

開往島嶼的往事香蕉船，下船之前，他早已熟讀這島這城的歷史。

這島到處留有混血語言的印記。「薑母寮」在迴城何處呢？他繼續讀史料，恍然了解名稱和植物有關。「薑母寮」原址在蘭潭紅毛碑的東側，部落居所前加上植物的名字，此即地名由來。他非常喜愛這樣的名字：今昔對照，原來的文字讓他的想像奔放野馳，有如身處在一個有植物芳香氣味的野性年代，地名悄悄地透露著隱藏的大地氣息。將地名還原成「薑母寮」時，他感到自己行走迴城，有如原始居民般，遙遠在那個植物野生之地，人以天地為床，人與植物為鄰的生活猶然不遠。薑母氣味，遍及鼻息，何等的芳香，卻也遠逝了。讀史料的敘述，他感到此地的生活充滿了野性的力量。

彷彿歐吉桑關乎這座島嶼的植物靈魂這時候才注入他的靈魂深處。

他還曾疑惑問薑為何是母的，被迴城人聽了笑翻了，他的日文私塾班學生教他「薑」念成「薑母」的發音，母不是性別，是語尾詞。他才恍然大悟笑說難怪到處看到薑母鴨羊肉爐店。

他喜歡寫字，認為沒有文字者（消失語言者）總是失去發言權，沒有文字的部落人因而被塑造成野蠻的獵頭族，這是部落人恆久的黑暗過往與心中恆是蒙上的焦慮。儀式可以去陌生化，使像他這樣的異鄉人也可以靠近他們。

歐吉桑曾對他說很多人不知道我們砍一棵樹木，會再重新種上一棵樹木的小苗。有能力重新將樹再種回去，才能砍樹，絕不能砍多種少，是否歐吉桑這樣說可以讓他減少一絲罪惡感。大命名時代，祖父輩們功不可沒，想到此，罪惡感又少了些。

他不知道這樣想合不合宜？每回要去找阿米哈前，就會讓日文課學生放長假，然後他到處晃蕩。

一路的風光，讓他想起往事，想像著祖父輩們在此採集植物之景。他覺得這城和自己很親切，就像自己族裔的姓氏渡邊田邊島田上田山上山下。史料告訴他，迴城早已混血多年，像是番仔溝北社尾，也有和血緣有關的名字，有許厝劉厝蕭竹子厝林厝陳厝蘇厝，又比如大溪厝是大家厝的訛音，原是指大家族聚居的屋舍，鳥岫是許多鳥巢的聚落。和東洋命名有異曲同工之妙。

往山中去，山中本無歲月，但這回有歲月，且有血淚，阿米哈的山野自然舞台劇《木淚》即將啟幕。

阿努，你長得真抱歉。

他想起阿米哈經常開他的玩笑，確實自己好像是一直帶著奇怪負疚感的人，不知為何個性生成這樣，就像太宰治說的，生而為人我很抱歉。人宰制了自然，自然界生靈塗炭，他在夢中經常看見燃燒的森林，奔跑的野獸。

他的夢土出現祖父輩時代的長槍，舌尖長出芋頭木藷欗芭蕉葉茅草，聖山祖靈地的靈樹們紛紛醒轉，露出對著他這個陌生人又愛又恨的表情。有的作劈刺狀動作，如鬼滅之刃的砍向他這個天邪鬼，有的彷彿進入無意識狀態的彼此吶喊，反覆的聲撞音敲。

他依稀看見他的歐吉桑島田君和他的老師們早田文藏、川上瀧彌、金三亮平竟也在其中，再翻轉竟看見阿米哈變成幽靈在等著降世，降世前部落腥風血雨，被押解到平地的部落菁英用他哀愁而俊美的眼神望著美麗的妻子，唱著神曲，少年高唱著祭祖歌，接著畫面又如電影轉動，美麗如詩的山林子民的命運卻不如詩美麗，有人高喊弟仔弟仔，槍下留人。

在如迷宮的陋巷矮屋門前站著一個個冷艷的姑娘。冷冽的山麓下環山繞水，山林沉寂的雨聲如安魂曲，一雙雙深黑如潭的眸子如星子閃熾，一塊塊水田開出了罹患肺病的菊花，傷痕就像水泥廠的怪手將山刨成了禿頭，有人高喊祖先！祖先！來饗山鹿、山豬、小鹿，山林鳥雀無蹤無影，酣唱的狩獵之獸血流滿地。人們靜靜地躺成了一具具棺木，一片片落葉唱起輓歌，流下眼淚的樹木為人們送行。

然後，一個女孩伸出兩隻掛滿串珠的手臂，走向他來。

一雙大大的黑目瞳，映著他的風霜臉孔，溢滿著這山這水。

他從打盹中醒轉，山嵐已飄進車窗，霧氣瀰漫。

氣岔氣岔，森林火車要上山了。

埋下符號的人，以刀子在黑夜的樹皮上刻下了名字，等待繼承者找到的這棵樹還正十分寂寞著，等著被看見的樹正不斷抽長著相思。

現在這棵樹依然只有碎石頭與蟲在其間穿梭。歷史沉湮的森林瓦礫和岩石上爬行著青苔，時間似水在森林的洞穴裡緩緩流動，唱誦著樹皮上被刻之名。

夢中的小女孩，旋轉如星辰，在銀亮的山林，如黑曜石蝴蝶，煽動著旅行的風。

陌生的期待

在山的模糊陰影下

那時，阿娜當然還不知道她會活得比她周邊在意或親近的人還要長久，久到她不斷地成為一個又一個的送行者，且成為許多人臨終殘念的圓滿者，遺願的執行者，未竟的抵達者。

她逐漸嫻熟亡者比生者多。

當然那是在她相繼送走了母親父親好友至愛情人知音之後的多年之後，她成了一個沒有人為她送行且也不需要別人為其送行的科技人了，所有的一切都可以在網路完成。她後來知道她不需要別人，但她知道她永遠需要一棵樹，如果是一座森林更好。森林密布，深時的暗處有樹洞可容她離開這個苦愛交織之地。

日久她來到了沉靜和諧的內在世界，但走到這一步，她感覺自己已然提早歷盡滄桑，她十幾歲時就有這種感覺，一種最後她自己的世界將剩下她一個人和一棵樹的感覺。

走到這一步，她得先回顧她的往事，隨機回顧，串成一張屬於她生命前半生的地圖。有著七彩光譜的玻璃珠，折射著蘿莉塔的魔鏡。

她看著在聖山下拍的童年照片，看著高高聳立的杉林風景照，神木群僥倖活下成為巨木林，廢材成神木，千歲等著萬歲，不要為人所用，逃過有用，就能以無用抵過人為傷害。一如她在北城最終成為無用之人，安然返鄉，回到自己的出生地，來源處，在青春燃盡，理想墮敗毀滅之前。

她感覺自己也是人生的倖存者，從此把倖存活成幸純，幸福而單純。明知這種渴望不過像是某種空洞的勵志，但孤獨時真的需要喝喝雞湯好暖心啊。畢竟破碎太久，在黑暗的時日過長。

那些和母親滯留在小旅館的昏暗房間，散發霉味與如霧水氣的潮濕房間。她趁母親入睡，偷開門縫，看著一盞黃燈下從走廊走進走出的男男女女，濃妝艷抹的女人與身上飄著木材味與菸味的男人，彷彿是她在廟會所見演給神看的野台戲，但戲台下早已空蕩無人。

小女孩的她經常站在空蕩蕩的野台戲下，聽著早已錄製好的台詞播放，演出者甚至有時候還打盹斷拍，戲偶停格。她一個人仰頭看著小小的舞台，看著傀儡戲偶被搬演著，像是看著自己的孤獨般，在聲喧的背後，在戲尪前的廟頂是八仙過海。

她從小喜歡趁著母親午休，跑去附近看廟會的野台戲，她的心裡也會跟著自言自語，學著腔調語詞，接著她聽見不遠處的房間，有疲憊的母親，她這時候應該也在打盹，會發出鼾聲，房間桌上地板上，散落著繩子、珠珠、玻璃珠、琉璃珠、小剪刀……等待編織好換成錢的可喜物質，她挑的，雖然只是一個小孩，但她隨母親做生意早熟，多年她們母女倆來來回回於市集。母親也覺得她挑的顏色都很漂亮，後來乾脆去買材料時都任她將喜歡的往籃子丟了。

小旅社離通往聖山的客運站不遠，通車的山路帶來人流。

她記得除了一個深邃臉龐的遊覽車司機跟母親愛打鬧之外，還有一個迴城來的司機，經常喚媽媽是紅毛姑娘，司機不爽時還會叫她媽媽虎霸母，刺查某。母親不曾示弱，經常回這個操著台語的司機幹譙著你無膽小無卵葩，母親的台語也是跟市場的人學的。她聽了（故作）天真地重複母親的話，母親瞬間爆笑開來，這平地司機捏了她臉頰一把，突然彎下身一把就將她抱了起來，她大力推開男人想要親她臉頰的嘴與緊緊抱著她的手。母親看到了也奔走過來，罵著搥著這個男人說你這臭查埔，臭摸摸，別抱我女兒。

經常飄霧的山林裡，母親的髮絲在午後透出一絲亮的陽光下，會散著淡淡的一抹紅，像是雷諾瓦的畫。紅毛仔，天生髮絲紅的母親有荷蘭血統嗎？讀書後她曾這麼想著。母親聽她這樣說，笑回說什麼卵（蘭）？不識。

母親不說自己的部落母語，她嫁到平地就自動演化成在地人，且她的母親跟她說講台語才能殺價，口音道地才不會被當番仔。旅館電視機放映的都是甩耳光的台語劇，隨時看都不會斷線，好像劇情不是重點。

她的母親想抹去一座山，她那時候不知道因為山藏著母親的悲傷。

你的名字

一座城，有悲有喜。她從小在移動裡長大，她怎麼會忘記當年那個不斷坐客運換班次的旅程，上山下山的來來回回，看樹看人，看太陽高升時，母親開始裝扮著她。小可憐似的靈動女孩跟著美麗的母親，帶著苦楚的神色，淒美如神話，這是門好生意，打動人打到心坎。但這必須是懂得的人才懂得。

直到一抹夕陽很緩很緩地掉落在遠方的樹梢，或是近方的黑瓦屋頂上，母親才願意收攤。在客運裡數著鈔票，鈔票的薄與厚，牽動著她的一日悲喜命運。害怕母親不開心，她小心翼翼地陪著。怕被遺棄，怕母親不要自己了，在這陌生的山下南方之城，母親是她當時移動生活的唯一擁有。

旅社的小房間，有著母親的腋下氣味，她聞著熟悉，感到安全。她們邊看著劇情火爆灑狗血的電視節目，母女一起編著串串手環。用高彈力強韌魚線編成的珠環，男女老少都可以戴。她伸出手腕，看著滿滿的串珠，等著交易的小小帝國的明日到來，她和母親最小的貿易單位都藏在美麗的彩珠裡。

長大後，說起這件往事，她謔稱自己的故事是台妹版聖山下的蘿莉塔。但當時她的恐懼並非來自於被輕輕有意無意的觸摸，而是害怕看見串珠無人買去的母親失落的眼神。

她怕看見母親那種落寞，那落寞會殺了她，毀滅她的一天。

她看著和母親在許多旅程拍的照片，照片人物不是很清晰，但風景卻清楚，聚焦像是調錯了位置且過度曝光的照片，她喜歡和母親在北回歸線紀念碑下拍的那張黑白照片。母親牽著她的手，笑得好開心，她們那時候好親密啊。她開始害怕母親就是從在聖山山下賣串珠手環開始的吧？那些可怕的歐吉桑們，吐著異語，手輕輕如山風拂過她的手臂肌膚。

北回歸線是一條看不見的假想線，就像她和母親的關係。雖是看不見的緯線，卻反應在許多的事物上，比如北回歸線反應在天文、地理、土壤、生物、氣候上。而母女那條看不見的線，反應的就寫之不盡了。

她從小就喜歡仰頭看著大大的旅館懸掛的日曆，那數字下有她喜歡的各種顏色，放假或不放假的，紅綠藍黑，標誌著諸事宜或不宜。

農民曆二十四節氣。夏至，夏天到了。夏天怎麼到了？她聽父親說，就是指太陽照射大地的時間長了。母親是她生活物資的來源，父親則是她的知識來源處。

她在回歸線的南北和母親一起行走時，明顯感受到太陽公公蒞臨大地平原的日子。那時好像整個大地都發燒發燙了，抵達山腳下，紀念品商家放送著流行歌曲。母親心情好時會跟著唱著，反覆放送的歌詞老重複著：娜努灣多伊呀娜呀呵伊呀嘿，娜努灣多伊呀娜呀呵嗨呀，呵伊娜努灣多伊呀娜呀呵……她跟著唱著，娜呀娜呀娜呀，彷彿媽媽在叫喚她。

她望著唱歌時手舞足蹈的母親那般美麗，像是山林的風，月光的溫柔。只要母親不在，她就會在心裡哼起這個旋律，即使她不知道這旋律的意思。

往昔如果母親生意好，會騎著小綿羊機車載著她到處兜風，在葫蘆形的潭水邊的草地上吹風，中秋她們也在潭邊賞月過幾回。

那年夏天的山

可以稱你一聲先生嗎？

先生是老師是長者，是她童少僅僅謀面一回的陌生人，僅僅一回，卻更像是閃電的一瞬，這一瞬光卻照亮了整座荒原。

雖然她心裡更常是稱這個你為善妙人歐吉桑。

歐吉桑這個稱謂沒有對老年的貶抑意思，相反的是她的某種刻意靠近的暱稱。

歐吉桑，歐巴桑，歐兜邁……童年她的耳朵就長滿了這些混血的詞彙，從來不知道有一天她會在晚上入睡前得空寫信給這個陌生人，當作傾吐的對象。當然信就像日記，不會（也無法）寄出的信，她想這還能稱作信嗎？或者只要有個收信的客體，就是信了，文字是相思的信使。

個體的瓶中信，海洋潮汐承載著永遠不浮上水面不入土的相思手信，沒有想要抵達，沒有想要獲取讀信者的目光，她以為這是非常非常純粹且美好的事情。

這一年她成為孤兒，回眄童年跳進少女的那段流動時光，她企圖打撈一些故事碎片上岸，但卻屢屢被碎片刺傷而停止在原地。

她想到了一個陌生人，在到處轉介異國文化的年代，食物動漫時尚衣著，都是能讓她進入童年的異鄉物語。感覺過去的那個人像山鬼，像心流，如夢似幻，畢竟他們只有見過一次面，這一面如獅子一吼芳草綠。

之後，她和媽媽在山腳下賣串珠的日子進入尾聲，國中不能像國小那般隨興上課，媽媽允諾日後將有穩定的生活，不再讓她四處流動，不讓她剛認識一個人不久就得面臨離別。她當時想，母親的允諾輕如山林霧氣，一吹就散，來來去去，隨她的心情變化流轉。後來她仍然和母親移動在他方，移動也未嘗不是好事，因為很多舊的傷口與憂愁逐漸在移動中被新天新地與新人新事給覆蓋了，逐漸模糊了原初的樣貌。

陌生人是屬於那個移動的最初座標，使她往後只要想起山腳下的時光，看見一輛輛的觀光遊覽車行經，只要看到異鄉人，只要想起海的另一座國度，她就會想起這個獨有的異鄉人，滑閃而過的是那個奇異的遭逢，如山林春雷的剎那閃光，擊中了她的腦門，從此烙印。

由此開始她的未來

那時她和母親沿著北回歸線一路向南，跨過二十三點五度，讓熱帶那種烘烤焦乾的氣息逐漸成為肌膚感受自然的一環。

向南之南，她和母親是流動的人，流動者將旅店住成短暫的家，住久還有折扣。母女一起將那些塑料製成的彩珠玻璃編成串，串好之後，最後的工序是由母親打結，母親天生手巧俐落，她很喜歡看母親在各種彩線上打著結，繞過來繞過去，蝴蝶成形。

清晨，一路往聖山去。

搶好位置，雙手手臂上掛上一串串的手環，等著異鄉人來。日與夜，山腳下的女孩們都在編著串串手環，彷彿是時尚代工廠，那些有彈力的珠環，被母親們掛在女孩們的手臂上。但她知道自己的是最美麗的，她的串珠顏色像是春天開在她的手上，她的母親目色佳，知道這些來觀光的歐巴桑和歐吉桑們喜歡什麼。母親會刻意把她打扮得年紀比實際年齡看起來還更小一些，以博得更多的同情。

最初她不用刻意打扮就很瘦小，楚楚可憐，她六歲就已開啟看這個世界的天線，但並不懂事，眼神好奇流轉。到了十二歲，整整六年，串珠有彈性，她們的生意也有彈性。時光彷彿目睹載著觀光客的遊覽車如港灣燈火移往聖山的高峰與最後的低谷。

十歲之後，她就要刻意裝成小小孩了，照母親的說法也不是為了博取同情，母親說少女容易讓男人幻想，母親以為小女孩比較安全。這個母親的狹小世界裡自是不知有戀童癖，也不知女兒暴露在更危險的被幻想之境，少女有種被情慾剃刀刮著邊緣的模模糊糊。但她經常習慣性地眨著黑白的瞳孔，一種無辜的神情，流轉在陌生人的觸摸，傷口還沒長出疤痕，還沒滲出血水。

只有一瞬，那個往事可以為悲傷帶來一絲光亮。

遊覽車停在風景名勝的山腳下，這些遊覽車停留半小時之後將往其他風景區駛去，這是流動攤販最後逮住機會賣掉手中物品的機會。

她的母親眼尖，總是能在遊覽車的門一打開的瞬間，就快速將瘦小的她推上了遊覽車。通常賣同樣品項的女孩只要看見有人先上了其中一輛遊覽車，就會選擇其他遊覽車去賣，畢竟賣的品項一樣。但小男孩賣的零食就不一樣，零食多樣，看誰有能力就多賣，不用上遊覽車就能在遊覽車下的窗邊叫喊。

她望著母親流露的喜悅神色，期望可以加深暗示力量，她也鼓起勇氣踏上觀光遊覽車的鐵製階梯，她如小貓似地沿著窄窄的走道，伸出她的雙臂，亮出如美麗蝴蝶般的串串珠環，等待從她手臂飛走的蝴蝶。

她的眼神經常流露失落且彷彿要掉淚的感覺，淚光閃閃，她並不是為了自己而難過傷心，只是想到媽媽失望的神情她就心痛得要死，她希望媽媽快樂，那是她在那個還黏在母親身上的年紀所能的唯一寄盼，那時她以為母親就是她的一切，寒暑假她總是和母親日夜在一起。媽媽快樂，她就快樂，媽媽有好心情她就有好日子。

射中命運的時光箭

命運一觸即發。

燃燒在她手上的掌紋，遞出懸在未來的相思。

石頭熬煮成玉，樹木老到成神，聖山下的蘿莉塔，如蛇在扭動，如貓在走路，如鹿等待溪水，串珠玻璃珠的折射是那般閃亮。

閃亮不會消逝，只會在夢中燃燒，不會過去。

這個夜晚，是女孩夢中祈求的幸運。真的有人一口氣買走雙臂上掛的所有串珠，小女孩如雲雀，歡喜旋轉。

千年等一回，這一回看似日常的每一回，卻已產生看不見的疊加效應。坐在遊覽車最末一排大約中年的男子（小孩看大人都以為的歐吉桑）在她走近時，對撞了她那彷彿深不見底如湖水般的目光，藍海中閃著光。他有種心神晃蕩。先生，她叫喚了他一聲，如貓。

先生，要買一串嗎？小女孩晃著手臂。

他回神地把眼神調正，然後他用食指由上而下滑過，但沒有碰到她的肌膚，只是用手勢告訴她，妳雙手上的所有串珠我都全買下，用手比劃著，要她摘下所有的串珠。她用手指比劃，不確定是全部？是自己搞錯嗎？

男人點頭，說著邊掏出好幾張大鈔，還說了一句不用找，她沒聽錯，異鄉人用的是中文。

她的錢袋外有母親用紅色油筆寫的一串$50。

他並非是什麼高尚的理由或者憐憫而買下小女孩的全部串珠，而是因為小女孩而折射到自己的童年，當年他也曾沿路沿村販售東西的往事重現。

冷不防他又撞上了女孩那雙黑白分明的晶亮目光，一座深潭，幾乎要把他的靈魂給吸進去的磁場，那麼小的女孩竟含有一種無法逼視的星芒。但小女孩並沒有盯著他看，甚至沒有很在意他的眼神，只是制式地微笑說了好幾聲阿里嘎多阿里嘎多。

說完謝謝的女孩開心地轉身，笑呵呵地又沿著遊覽車走道走回車門，一走到車門，她就迫不及待地朝著車窗下佇立的母親揮舞著她從這名異鄉男子手中所賺得的鈔票，她如芭蕾女伶似地半走半跳著，時而踮著腳尖，時而如貓步，這遊覽車走道她踏上來時有如是她的黑暗密室，她想逃脫。那一刻，這遊覽車走道因為銷售完勝，瞬間陰霾散去，轉成春風得意，有如她的伸展台般，她只差沒抓起裙襬旋轉雀躍起來。

她走下遊覽車，揚著手上的好幾張大鈔，她望向母親方向，那表情隱含著討好，且發出一種媽媽妳看妳看，看看我的手臂是不是很光滑，空無一物啊，因為我全賣掉了喔，我是不是很厲害啊。母親笑容艷艷地也笑著望向她，母親的笑容是因為她手中揚起的鈔票而微笑吧。

母親捏捏她的臉頰，高興地接過鈔票放進皮包，然後又從皮包拿了些不等面額的鈔票給遊覽車司機。這遊覽車司機看起來和母親頗熟稔，面目黝黑，帶著濃濃的部落腔調。

分紅喔。司機將紅字尾音拉得長，眼睛滲著過勞的紅絲，嘴裡不停地咀嚼著，忽然就往地上吐了口血。然後似笑非笑地朝著母親低聲說著話，姿態有點調情，她假裝沒看到也沒聽懂大人的對話，她看著遠方的山色。

這時遊覽車上的這個買走她全部串珠的男子也看到窗外的這一幕，男人看著窗外女孩和她的母親身影，他忽然想念起自己的母親，一個堅毅的女性，躲過戰爭忍過喪夫捱過苦日子的女人，總是讓孩子只見到後姿的卡桑。

遊覽車司機抽完菸後，也在導遊小姐吹哨中上了車，那司機是載異鄉人來到聖山觀光的，他發動引擎，緩緩地駛離她的視線。遊覽車上坐在最後座的男子也看著窗外這對年輕的母親與小女孩逐漸縮成後方的一個小點，像兩隻黑鳥，身上染著苦楚喪色。

就此，她在命運的篇章裡被寫了一個隱藏版的山林故事，關於聖山山腳下的蘿莉塔與異鄉歐吉桑的片刻奇異的遭逢。

那年夏天的山，一場陌生卻蘊含的期待。等待被寫下，或者遺忘，或者沉湮。

畫都的繼承者

迴城與聖山的一切經常在她的心中盤旋，時間走愈遠愈清晰，等待她打撈上岸，倒放時間沙漏。

通靈者，總是和過去對話，這過去又同時指向未來。

此刻，她感覺自然老成，回到故里迴城，正走在異鄉人混血的城，不同年代的討生者，都是以身體作為交換的資本。

外國移工妓女集結的夜魅之地，離市中心有些遠，容得下這些異鄉人或底層人的彼此慰藉，卡拉ＯＫ越南妹歌友會，一小時一百元，馬伕抽三十元，店家抽二十元。唱歌喝酒，偶爾鬧事。她搬回家之後才發現迴城已然不是她兒少的樣子了，她父親的家宅方圓有寺院有財神廟有八家將有刺龍刺鳳有一樓一鳳有回收垃圾，還有很多等待死神接走的老人殘人。

老婆婆擺攤賣衣賣了一輩子，她的母親穿進棺木的衣服就是她去向老婆婆買的，老婆婆不認得她，很高興終於有了生意。她看這攤子好像從來沒有補過貨，彷彿老婆婆要把攤子的衣服全賣掉才肯收攤，她常看見老婆婆擺攤又不曾見過老婆婆有補過新貨色，老婆婆好像也賣得很不經心，像是打發時間似的，時間一到擺出來，時間一到又收起來。那件本來要買給母親的橘色外套一直還掛在老婆婆的衣桿上，每回看見她就在心裡說，差點成了陪葬品的外套竟過了這麼多年都沒有人買走它。

老婦人年年愈來愈老，成了老婆婆。她想也許老婆婆要賣掉最後一件衣服才要離開人世？她想著這樣的願望，她想如果是自己，那麼希望晚年做什麼？她希望可以讓她寫畢想寫的書，在聖山下有樹林的風吹，有間小房子安身，有桃花開，有山鳥鳴有水澗流，粗茶淡飯伴書讀。她想著，自己都笑了，人家老婦人就賣衣服，自己的願望卻一個疊加一個。

喜歡樹木的父親曾跟她說，每年夏天即使颱風狂襲島嶼，但颱風幾乎是輪流席捲一個地方，颱風很少固定傷害一個地方。父親說，只有人類會一直反覆傷害所欲傷害的。父親的理想是如果能在每個地方種樹，那麼等待六年之後就可擋風阻水了。即使兩三年颱風轉眼歸返席捲大風大雨大浪，但已種下的樹苗的根已牢固，可盤根護土了。

她父親書架上放了一本鄉誌，寫著「迴城乃一保守之農業社會，居民生活勤儉純樸，日出而作、日暮而息，工作之餘均觀賞電視為娛樂」，讀到這一段，她笑了。本鄉現有自來水廠一處、電力公司服務所一處、郵局一所、電信局一所、銀行二所、加油站五處、鄉農會一處、民眾服務社一處、旅社四家、汽車賓館二家。規格化的鄉誌文字，模式化的公務員的大頭照擺置其中，每個人都像是吸飽了海風似的肥著一張臉，和她書寫美術人物的苦楚哀感的臉龐如此迥異。

猛烈的東北季風，天空經常降下黑雨。

煉油廠、輕油裂解廠、汽車廠、發電廠、重機廠、鍋爐廠、矽晶圓廠及石化相關工廠，四十七座巨型工廠，管線三千公里。

三千里路沒有雲和月，只有她對往事的奇異緬懷。

相思樹林裡飽含著土地之殤，老去的相思聞起來仿若寂靜。

她聽到彷彿是父土發出的聲音，有人在她耳邊說著，與其互為人間，不如像一棵樹般的自成宇宙。

公園，童少遊逸地。

她從小喜歡畫畫，後來為了拿到基金會獎助計畫而改為研究美術史，閱讀畫都美術史，必然會研讀到的畫家如陳澄波、林玉山、張文環、張義雄……但她感興趣的是畫家背後的女性，這些女性長年聞著丈夫筆下的松節油，看著顏料調色盤，她們成全丈夫但自己呢？

她不喜歡技術到位的畫作，她喜歡能滲透出自己生活樣貌的作品，或者帶著素樸之色的畫作，她走在迴城的魚仔市、米市街、布匹行、牛墟、媽祖廟、城隍、土地公，將畫作引渡到生活空間。

在畫都，她像獵犬似的聞著松節油氣味。

失眠者的筆記

異鄉國族的畫家在很多年前也愛駐足此城，黑瓦青苔的木屋裡，燈火微捻下是一張張油彩發亮，往昔殖民者的神社齋館經常轉角可見，她對於北回歸線以北之北也有著雪國的淡漠風情想像，雖處南方亞熱帶，但她的呼吸氣息在烘烘的暖香裡，夢中卻下著雪。父親的老宅院有樹環繞，父親風雅，四季輪流變色花開的植物環繞著老宅的四方，春夏秋冬，使她的繪畫作品跟著季節轉化。秋天時節，金黃熾艷的葉子襯著黑瓦青苔如夢中風景畫。

她也喜歡在筆記本到處塗鴉，塗鴉像母親的酒精，可以解放拘謹。

她的畫作野性，個性的線條，盤錯層次的濃淡綠。石椅上，環抱的猴兒家族，掃成堆的落葉，互相拍照取景的戀人……她打開素描本，畫了樹景，凝凍永恆光影。大自然總是告訴她許多關於藝術靈性的訊息，線條結構顏色氛圍，無一不具，無處不有。迴城畫都，延伸與畫和美相關的諸多商店。她沿著市區的主幹道走，主幹道從舊名大通、本島人街、二通轉名中正中山，大路盡頭有多家刻印小鋪，當陽光打進騎樓時，光影隨風舞動著建築線條，也讓玻璃櫃內的雅石顯露一種強韌生命力。拐進畫具街，街上集結老去的裱框畫作店，雜夾著一家賣棉衣的店，也是雅致。她不久前曾入內去買黑色唐風棉衣，她挑著一件有茶人職人感的素樸棉衣給父親入棺穿，那個她想去買衣服的老婆婆攤子沒有賣男裝。

她的故人大多離開了，她在自己的老家等待認識新人。

首先離去的是很老很老的祖父，這個媒介她年輕母親和中年父親婚姻的人在受難前完成一個不可能的任務，在他躲藏的山林部落為自己早過了熟齡的獨子牽姻緣線才完成心願赴死的人。她只看過老祖父肖像，但她卻總覺得老祖父並沒有離開。老祖父赴死這一舉動使她這個後代注定一腳在平地，一腳在山林，平地與山林都是她，她是繼承者，枯萎與新生。

聽說她本來不是唯一的孩子，在她之前有過一個小哥哥，但死亡了。不知過了多久的後來，母親才再懷了她，那粒原本就種在母親身上的悲傷種子就此發芽，隨著時間長大的傷心，加上酗酒成癮，母親也早早離開她了。

往後這離城的速度慢了下來，直到多年後，才是父親了。

然後還有許多故人只是離開並非離世，像是阿青，在她這次歸返南方才知他離俗，心離但人還留在城裡，只是出家了。直到有一回她去幫父親在寺廟作齋僧供養法會時，巧遇了他，看見他變得一無所有，衣服只剩下春夏秋冬衣兩套，兩雙低頭看得破的僧鞋。

落盡髮絲，不知為何她覺得他的內裡仍是晃動的。

他似乎知她所想，笑說我還是人啊，半僧罷了。

那一回他們簡短地聊了一下，在法會的休息時間，他跟她說想去東瀛學禪宗。

她觸電似的聽到這個從童少時就躲藏在記憶裡的關鍵字，這個關鍵字藏著她那微小的過去，聖山山腳下的一個陌生人，僅此一回就記住一輩子的一個陌生人。從此，檜木精油的氣味讓她想起一座山，勾起一些童年的回憶，炎熱或者寒冬的上午直至暮色掩上，她的寒暑假的每一天，聽著遊覽車喘氣的引擎聲爬上坡來，轟轟響的車聲與熙熙攘攘陸續下車的人聲。

僅僅一回，卻更像是閃電的一瞬，這一瞬光，照亮了整座荒原。

木淚

（山野舞台劇——首幕）

@編劇／阿米哈

（本事）

我是樹，住在島嶼高山，鷹在山林腹部跳動，做夢就能生火，在母語被斷翅之前學習吐出我愛你，我們拉著手唱歌跳舞，將被削抹的母語重新像樹苗植回了土地。有人對我說，一條筆直的山路是不可能會有夢的稜線，也不會引來春神，也不會有霜雪。

說的人不知我們連母親都沒有，母語母土只是被嫁接的異詞。

那時，山下的殺戮者在樹皮畫下傷痕，燙下記號。三十萬棵被紋身的樹，等著被砍下被分屍，黎明的草叢躲著哭泣的石頭，日日夜夜，石頭流淚，等著石化，幸運的也許變成玉。日日夜夜，樹木流淚，等著被火化，幸運的也許被種回土裡。

我是劃破森林長久陰霾的繼承者，我費盡一生的勞動，試圖打開春雨躲藏的岩縫，在森林上空燃起火焰的春花，在血色的黃昏，讓彎下如橄欖枝的樹枝碰觸信仰的額頭，輕撫戀人不規則的心律。時間可以淨化殺戮後的救贖？還是一粒恐懼的種子只會開出狂駭的魔，無法長成慈悲的樹？

我看見，隕石相遇的星辰之夜，希望的火花飛竄，摩擦著固執向上生長的樹木。穿不透的樹皮，跌落深淵的塵土，蠍子們爬行，牠們覺得自己的毒液是幸運的，使自己的族群倖存。但蜘蛛也幸運，蛇族也幸運，蝴蝶也幸運，蟬也幸運，無毒者，也可以有幸運。掩飾著漫長的悲哀，穿過雨季，歷史的霧霾，緩緩來到了繼承者的夢裡。

他想起，童年木然地站在孤獨的樹林裡，在山的冷風中看著山櫻開花，聽著山下永遠少了關於理想者之父那獨特而沉重的踏步聲響。聽著破曉時分，孩子們的哭聲。

鳥群飛過高山，樹葉颯颯搖曳，彷彿樹魂集體暴亂的那一夜，光線陰影流盪如鬼魅，水之聲葉之舞都停擺如水手航行的無風帶，聖像前額冰冷，白蠟燭流淚。

老阿米哈看見青年阿米哈在受洗，為了淨化的罪之花，他從此有兩個名字，未受洗的阿米哈與受洗的阿米哈，從此偷偷掩藏在森林裡的祖靈們附身在某棵神木裡。那時，祖靈們為了等待觀禮他的受洗時刻的到來，在夜裡抽長著夢，使夢長得更高更高，且將歲月苦痛到處橫生的荊棘拔除，以免觀禮時刻因為擁擠而刺傷了彼此。

受洗過後，從此，聖山那棵有著獨特印記的樹，樹靈總是飛在雲海之上，祈禱著所有上山的人喜樂。樹群們進行彌撒，即使是頑固的異教樹，也在聖山的山神領地裡茁壯成林。阻止樹木死亡的悲劇再生，牧養者慈悲放牧，在廢墟中生養一切的生養，從往昔的苦難中，目睹雲海編織的花冠，透明如太陽神的光。

苦難或許終結，但偏見永遠存在。

樹葉在光線中落下，無聲無息的喧嘩，和族人們道別，致命的乾燥，精準來到的哀訣。可逆的哀訣，藉著後代的筆，重新回到夢。在夢中度日，山中歲月趕路的旅人，請和我留在山裡，和我一起生活，就像樹木每天創造姿態萬千，每天隱形的長大著，直到長成神木，也要保守神的祕辛。

在黃昏夕霞時光，暈染著玫瑰金的山林，在青綠色與墨綠色的針葉林間唱著詩歌，彈著如落葉般的豎琴，山林在醒的星光邊緣，眼睛所見都是神聖的，聖山之名，由此得名。我誓死守護它，直到我也變成一棵樹。

S1	景：投影在舞台布幕上的影像／杉林村落舊景與溪流風光照片
時：日（天氣晴亮）	人：阿娜和一些村中女人們

（S．E）春神之歌音樂響起，影像隨著布幕的投影片轉換舞台背景，舞台利用燈光調亮或調暗來表示晝夜與時間的流逝。

△影像——山林部落村景象，密密的高山林園籠罩在清晨的霧與炊煙。

△舞台角落幾個老人用樹枝刷牙，邊聊著天。

△影像——山澗溪水在陽光下閃亮。

△舞台上女人們在擣衣。

△舞台上洗好衣服的女人看著陽光樹群說笑，阿娜則望著她們笑著。

△舞台上洗衣服的女人們後方有幾個上年紀的山中婦人提著山菜行經，有的順手摘下野花拔一枝插在鬢上。有的唱著山歌，歌聲環繞山谷。

△阿娜的父親阿米哈走在舞台角落，朝她們的方向喊著。

阿米哈：阿娜！

△阿娜從擣衣中尋音轉身，抬頭見到化成剪影的父親，像一個罩著黑袍的死神，也像神鷹，她不知為何有一種不祥的感覺。

阿米哈：阿娜，洗好衣服後趕緊回家幫忙收拾東西。

阿娜：amo，好。

△女人們聽了阿米哈傳來的聲音，開始交頭接耳說著話。

阿娜（邊收拾東西邊說著，聲音不平）：先是砍樹人要我們的地方，我們的森林就不見了；現在又有強盜來了，又要我們的土地了。

女人之一回話：聽村長說，搬去的村子比現在住的地方好，不知道住過去生活會不會好一點？

女人之二回話：別做夢囉，怎麼會更好，我不相信。

△阿娜聽了笑笑，不置可否。（後方傳來叫她們名字的聲音，她們轉頭看，笑著！）阿娜母親走過來，手裡拎著食物。

阿娜母親（邊走邊朝她們喊著）：好吃的來囉！

阿娜（也朝母親叫喚著）：ino！ino！

女人之一（轉頭對阿娜說）：沒有妳ino，我們就要常餓肚子了。
阿娜：是啊，每天都想見到她……（停頓笑著，見到媽媽手中的食物眼睛發亮）
女人之二：阿娜家食物吃剩的都比我們幾個加起來的多。
阿娜：妳們兩個在講我什麼壞話啊?!
女人之二：誰敢得罪衣食父母啊？
女人之一（大笑，率先接過母親的袋子，袋子可用復古的漁夫袋之類的，或是籐編盒）：哇，這麼豐盛。（她拿起一個麻糬或是糕點之類的往嘴裡放，邊大口吞著，差點噎到）好吃，好……吃……
阿娜（拍拍女人因吃太急噎到的背）：吃慢一點吧，這樣很像從餓鬼道來的……
女人之一：差不多，我常餓到快要被鬼抓去……
△吃畢，女人們彎身扛起籃子，開心地往回走著。一路互相玩鬧著，可以看見她們還沒經歷人生的純真笑容。
△舞台前方有一身影緩緩扛著山豬（模型道具）行經，近看是一個年輕的男生。
女人之一：哇，阿娜的勇士來了。
△阿娜臉上散出光芒，愉悅又羞赧的神情。

S2	景：投影在舞台布幕上的影像／山林景色與部落往昔照片
時：日／夜	人：影中人與部落人在山林舞蹈

旁白：原來這座有著神蹟的山林神木群的林樹茂密，隱密遮天。

△昔日景象：林木參天，房舍質樸。

△布幕影像前面是阿娜與其他族人一起舞踏著森林之歌。

△高亢的山歌開拔。

△森林火車汽鳴（畫外音）……舞踏女生們突然驚恐逃竄（跑到舞台後或舞台下方）。

△躲到山林的阿娜忽然被一個東瀛兵從後面抱住，亂摸著她的胸，她嚇得尖叫。好在後來有人經過，喝斥了東瀛兵。東瀛兵鬆手，阿娜趕緊快跑。跑了一小段路才找到母親與其他同伴（舞踏者）。

△阿娜臉氣得通紅。

同伴之一：怎麼啦？我們後來都找不到妳。

阿娜：我以後再也不要來這個鬼地方了。

△舞台背後的老舊黑白影片繼續轉動著。

△歡樂舞踏山歌轉成蒼涼。

△村長緩緩走上舞台，唱著敘事詩。

△舞台布幕上投射村長的一生影像。村長先生年輕時的照片以及黑白老照片的昔日生活。

△山林舊時的歷史照片：

△神木一棵棵的倒下，運往山下。

△在林木池水中等待運往他地。

（S．E）火車氣岔氣岔聲音響過……（音效）

△前方有部落孩子躲在山林，彈弓蓄勢待發。

△一個穿著日治時代警察衣服的人走過來。突然被彈珠射中臉部，痛得撫著臉頰大叫一聲，手按在腰間槍枝四處張望彈珠的方向。

△後方孩童們嘻叫狂笑著，大家分頭四散。

△他邊追邊罵著吧嘎囉，但孩童早就一溜煙全消失了。

S3	景：投影在舞台布幕上的影像／山林鄉村小路
時：日	人：阿娜、桃桃和月月

△三人走在舞台上。

△影像轉成山林大雨，三人作勢往旁邊象徵性的挽起樹葉，接著擎起芭蕉葉遮雨，一路快跑到舞台布置成的屋簷下。

阿娜：看到神木倒下就像是樹木在流淚，我也在流淚，我的心好痛，那是我們山林的靈魂。

月月：妳喔，真是多情。

桃桃：唉。

阿娜：我打算每被砍一棵樹就種上一棵樹的種子，在苦難把我們變成石頭前。

△月月、桃桃聽了面面相覷，覺得阿娜就是山林女神。

△在雨中忽然見到一個人影閃進屋簷下。近看才見到是青年伍雍也跑來躲雨，他打了一個大噴嚏。

阿娜（忙走過去，憐惜地看著他淋了一身濕）：伍雍，你怎麼來了？

伍雍：剛好幫我amo去辦點事，就遇到大雨了。（他邊掏出手帕擦臉，邊看著阿娜，阿娜低著頭看著自己的腳尖，腳上的鞋子都破了，貧窮酸澀的辛酸與難堪的不好意思全湧了上來。伍雍也發出一種憐惜的表情）

△桃桃推發呆的阿娜一把，阿娜才想起什麼似的稍微拉了伍雍一把，讓伍雍擠進窄小的屋簷，同時遞給了他芭蕉葉，好遮頭部淋下的雨滴。

S4	景：舞台投影片轉成某山林部落的曲折小路
時：日	人：阿娜和伍雍

△微雨中，伍雍和阿娜走在山路。

△阿娜一手撐著芭蕉葉，貼心地為伍雍遮雨，一手輕輕地環繞著伍雍的腰。臉上一副喜悅不禁的神情。

伍蕹（略為回頭）：妳別撐芭蕉葉了，手會痠，沒什麼雨了……

阿娜：喔，好。（本來還在把玩著芭蕉葉，但她瞬間就把它甩到小路旁）

伍蕹（見狀）：說丟就丟啊！這麼果決。

阿娜：不用就丟了啊。（另一隻手也緩緩地抱向伍蕹的腰）

伍蕹：看來妳的個性也是很倔的。

阿娜：是嗎？那你呢？

伍蕹：妳說呢？

阿娜（吹著雨後涼風，望著森林的樹景想著）：你啊……你也很倔！

伍蕹：是嗎？（學著剛剛阿娜的口氣笑著）這我倒是第一次聽到。

阿娜：因為你太優秀了，所以沒人敢跟你說真話。

伍蕹：（忽然很認同地點頭）但我在學校常被稱番童。

阿娜：我也是啊。（頗有同病相憐的味道）

伍蕹：但放心吧，不論天地大小，都無法阻止老鷹想要展翅遨翔的本能。展翅遨翔，那是我們的天性。只要有遨遊的翅膀，那麼天空就不會是問題，就是腳上了鎖鏈也能長出翅膀。

S5	景：投影片轉成某戶山林人家的照片
時：野外舞台外的天色接近黃昏	人：阿娜、桃桃、村中幾個少女、阿娜父親阿米哈

△春霧大（用乾冰作特效），阿娜和幾個女生在門前賞著山色。

（S．E）搖鈴聲和自行車聲淡入……

△雜貨郎搖著鈴停在阿娜家前。

△只見阿娜走出舞台搭的庭院，她手裡拎著一雙不知道穿了幾年的鞋子，她走到雜貨郎身旁，秀給師傅看手上鞋子的裂縫。這雙鞋子是父親阿米哈送給她的，她一直很珍惜，彷彿這鞋子就是她的腳。

△小販師傅就著天光，看見裂痕，他取出車上木箱裡的工具。

小販師傅（邊補著邊和阿娜聊天）：我記得妳，妳那一天站在山腳下，妳在隊伍裡揮舞著旗幟，我看見妳為自己族人的出征唱著歌。妳唱的歌很大聲，我聽見妳唱著「一定凱旋歸來，勇敢的誓言啊，沒立功怎能言死……」（小販邊說邊模仿似地唱起他也很熟悉的歌……）

阿娜（臉色平淡，口氣也平淡）：真的嗎？（她聳聳肩，好像對這個讚美沒有很在意，甚至還帶著一種不以為然）

（OS）阿娜……（桃桃叫喚阿娜的畫外音）

△阿娜轉頭，笑。但旋即臉上沉了下來，舞台轉暗。

△少女阿娜和桃桃、月月及幾個村中少女，悲傷流淚地唱著如山海的族人之歌。

△如歌舞劇的一種唱法，舞台的聚光燈在阿娜的臉上。

△舞台轉亮，伍雍在角落，走向她們來。（舞台轉亮之前，黑暗中少女們退下舞台）

伍雍：阿娜！！！

△舞台只剩阿娜，腳下已換上新補好的鞋子。

△舞台投影片轉成身形健壯和手腳伶俐的幾個看起來不是山裡的人們在砍著他們的樹，樹到處倒下，如屍體般，被切割，運走。

△影片有阿米哈在門口抽菸，望著這一幕嘆息搖頭。

阿娜：先是ak'i種的樹木消失了，現在是amo種的樹木受傷了。

伍雍：我們要把樹種回來，為樹準備的種子早已備下。

阿娜：那等種子成樹都要好多年啊！

伍雍（以一種隱喻表達愛的口吻）：沒關係，我們等樹長大，一起老去。

阿娜（又開心又悲傷的微笑）：但願老去，樹還在。

伍雍：但願樹在，人未老。

△伍雍在燈下寫信（旁白）：

阿娜，如果有天我消失了，妳只要站上這座聖山，就會看見我的影子，看見思念的形狀，看見未來的希望種子不滅。但是只有純潔如妳的靈魂才可看見我和妳自己的影子，即使在天氣陰雨的日子，即使暴風狂吹的時刻。我的靈魂即使沒能來得及看見我和妳的青春之夢，就被行刑者給吞噬了的夢，這是我現在哀傷看見的一則山林的預知死亡記事。

S6	景：布幕上的投影片出現樹林，有果子的樹林
時：午後	人：阿娜與母親

△布景轉成果園與茶園，山城風光劇變的影像。
△布幕前是阿娜和母親。
母親：阿娜，妳的腿……
△血從阿娜的大腿流下來。
阿娜：慘了，怎麼這時候來了。
母親：先放下籃子吧，到溪水裡洗洗。
阿娜：洗了還不是會流下……（低頭望著白皙的腿的血逐漸滲到地上）
母親：妳是要這樹苗吃妳的血啊……（哀傷地說著）
阿娜（苦笑）：樹苗吃我的血，異族人吃樹木的血……
母親：那先休息一下。
△母親放下背後的竹籃，拉女兒到舞台的一棵道具大樹下坐下，拿出背後的果子給阿娜吃。
△她們母女開心地坐著吃，看著前方。這時候舞台背後的影片從陽光夏日南方的藍天白雲轉成雲色詭譎。（隱喻她們的命運正在變化中）

S7	景：影片高山杉林
時：午後	人：伍雍、阿娜

△燈光從暗轉亮，舞台布幕轉動著高山杉林的影像。

△伍雍和阿娜走上舞台。

伍雍：妳別擔憂，我這一天就和我歐多桑說我想要和妳在一起……（伍雍稱父親歐多桑，以此表示他雖是山林部落人，但卻被東洋人收養長大）

阿娜（緊咬嘴唇）：唉，我amo不會答應的，他討厭你是異族人……

伍雍：我叫伍雍，明明是和你們一樣，怎麼變成異族人？

阿娜：但那是我叫你的，大家都叫你矢多。

伍雍：那只是一個代稱，我的靈魂永遠一樣，就像妳是我永遠的さほひめ，我的春神，我的佐保姬，永遠的阿娜。

阿娜（眼神憂鬱）：這世間哪有永遠……此刻我們連樹連家園的土地都保護不了，此刻都不確定又哪裡有永遠？

伍雍：我的永遠不是不變，而是在每個變化裡我都有著不變的靈魂。我就是死了，我的靈魂也繞著這片土地這片樹林，屬於這裡的人，還有在這片樹林中心的妳。

阿娜（牽起伍雍的手，兩人一起跳舞，音樂響起春之佐保姬）：不許說死這個字，你只是離開，並不會死去。

伍雍：明天我將下山，我的靈魂永遠都不會離開這裡。

S8	景：投影片轉成部落早期結婚的影片
時：傍晚到晚上（舞台燈光由亮再到暗）	人：阿娜、伍雍、村人們

△阿娜和伍雍穿著傳統禮服，結婚儀式。
△村人唱著歌，跳著舞。
△角落裡阿米哈卻翹腳望著樹林，吹著風，抽菸，嘆氣。
阿米哈獨白：我不是不愛伍雍，而是知道這樣的青年，有朝一日終是要被拿走的，就像這片聖山的神木，到時候我的阿娜的淚就像樹木的淚了……
△阿娜幸福地跳著舞純真地笑著，倚在伍雍肩上，兩人依偎著，看著這片野地山林。
△突然歌曲從部落之歌轉成日文演歌，接著又轉成國民政府來台的歌曲，村人頓時落荒而逃（歌聲中夾著槍林彈雨的聲響）。

S9	景：舞台後方的影片轉成山林某間小屋內景
時：入晚（燈光暗示）	人：伍雍、阿娜、幾個軍警

△影片布景轉成伍雍房間，牆上有很多書。舞台燈光fade out，桌上燭火點亮，搖曳。
△舞台上擺著一盞孤燈，一張書桌，書桌上有一台留聲機。
△書桌前坐著伍雍，他在燈下寫信。筆落信紙的沙沙聲音（畫外配音），桌旁的油燈被風吹得搖晃。
△寫著信的背後是阿娜坐在另一張椅子，傳統木椅。

伍雍（從寫信側臉轉面向舞台觀眾）：沒想到異族人就這樣來了……

△伍雍放下筆，起身打開留聲機，空氣中飄盪著唱盤裡的古典音樂——貝多芬，他陷入沉思。

△阿娜流淚。伍雍拭去她的淚，拍拍她髮上的枯枝落葉。

△油火投射出他們的影子，從舞台某個角度看來他們的影子像是疊在一起。

△有軍人荷槍來到，將伍雍拉走，阿娜死抓著他的手不放。

S10	景：房間（延續前景）
時：黃昏（燈光變換）	人：阿娜、伍雍

（S．E）槍聲淡入，飄起紅色如血的霧（乾冰效果）。

△從床上驚醒的阿娜，發現不僅伍雍不見了，家人也不見了，一時感到孤涼……

△伍雍突然出現在她眼前，阿娜衝向前去，想抱他卻落空。

伍雍：不怕，不怕啊（伍雍的靈魂安慰著阿娜），害怕就唱歌，害怕就看我的照片。

（S．E）丟炸彈的聲音淡入，舞台打出一道閃電。

伍雍（如鬼魂的聲音）：都是我牽連了妳amo，我收容了在迴城被迫害，躲到聖山來的人，警察跟上來了，我們都被視為叛亂。

（S．E）廣播聲音傳入……（剪接過去的影片當配音）

△舞台有著一道像陰陽兩界的光隔在阿娜與伍雍之間。伍雍的手穿過光，遞給阿娜一把木劍和煙槍。

伍雍（如鬼魂的聲音）：木劍是我從樹的眼淚刻成的，木劍已有神性，它會保護妳，我永遠的佐保姬。這把煙槍是妳amo的，他當初反對妳和我在一起，他才是對的。我太天真了，以為可以相信山下的人。我在獄中，妳不要寄錢給我，當作留守家人的生活費，我沒有金錢方面的困難……要注意蛇、火災、受傷、疾病等……吃重的工作，在我回來前不要動手……不要太勞累。

（S．E）哀傷的音樂襯底。

△布幕上一群部落女人們的臉孔影像集錦。許多寡婦的臉孔有著不同表情：有人抱膝疼痛，有人眼神呆滯，有人流淚，有人吹著涼風像是一個沒有靈魂的空殼子……有女生捲起了袖口，撩起手臂瘀青，有的滿臉青腫，有的裙襬還依稀可見血漬。

△布幕前的女人們沉默，表情各有所思，想著不同的事。唯獨阿娜臉色平靜，但臉色泛紅，她仰頭吹著風，衣服單薄。她咬著唇，回頭望著之前的來處，隱密在森林裡有如螢火蟲的燈火閃閃。

阿娜（對著舞台獨白）：貧窮使我們失去人生的許多第一次。在外來政權不斷轉換的傷心年代，我們就像樹木被砍伐，就像我們的父執輩失去母語一般，我們也開始學會人生必須隱藏許多祕密，我們的人生和這片聖山一樣失去了神聖，但我的心我的愛還是神聖的，不管有多少傷心事發生，我的眼淚只願意流在這裡，灌溉樹木……

（S．E）空中有個獨白聲音回應著她的獨白，迴盪在風中。

△阿娜轉頭尋音，聽見是來自伍雍的聲音，她流下淚。

伍雍（投影布幕出現監獄影像，有犯人、腳鏈聲音滑過。舞台角落，一盞油火下他寫著家書）：我們雖然在分別的狀態，我癡心地想愈是被艱苦煎熬，將來家人就會得到愈長久的幸福。

S11	景：投影片持續轉動著歷史部落與家族照
時：傍晚	人：全體部落人（阿努首次上場）

△靜默的空氣中（空蕩蕩的舞台象徵家徒四壁），阿娜原來是背對著舞台，緩慢的隨音樂轉身，起身，唱著哀愁的部落森林之歌，背後有黑影舞者舉著類似神壇的小燈泡白燭光。

△阿娜化老妝，她已走過歲月，凌遲的折磨與思念如山風湧動。

△音樂轉成安魂曲。老阿娜微笑，接著舞台角落走出部落人，一邊是活人，一邊是鬼魂。都跳著舞，唱著歌。

△舞台後方投影片從樹木倒下的特寫之傷轉成新生的樹群，樹林一片綠意。

△舞台聚光燈逐漸從全體縮小投射在阿娜與伍雍和阿米哈身上。

△三個小燈光在他們的身上一閃一滅。

△接著後方影片轉成東瀛神社、鳥居，神木的新家。

△三個小燈光滅去。舞台走出阿努，乍看他像一棵樹。

△聚光燈聚焦阿努身上（觀眾仍可以感覺到阿努背後的村人，依然在舞台上，只是籠罩

在一片黑暗中）。

阿努（刻意帶著日文腔調）：我願意在這裡化為一棵樹，我願意化為一道風，一片雲海，陪伴你們在每一個孤獨如迷宮的夢裡。我的祖父輩發現這片山林，也為這片山林命名，但傷害也隨發現而來，占有隨發現而來。（阿努在舞台上彎腰鞠躬）我深深的感到歉意，而我是如此的愛這片山林。

△說完阿努唱起歌：

誰か呼びます　深山の森で
淋しい夜ふけに
銀の鈴のよぅな
麗しい声が　森に響き渡り
ああ　さほ姫よ
春のさほ姫よ
誰か呼んでる　深山の奥で
故里の森の　奥の彼方から
麗しい声が
誰かよんでいる
ああ　さほ姫よ
春のさほ姫よ

△歌聲逐漸淡出，聚光燈從阿努身上轉投射到伍雍與阿米哈身上。

伍雍：樹木的眼淚是在阿努的祖父輩時代就流下的。

阿米哈：但阿努的祖父輩走了，卻沒有停下這樹木的眼淚與我們的眼淚，且竟流下更多的眼淚……

△聚光燈轉到化老妝的阿娜身上。

△音樂轉成春之女神。

阿娜：流下更多的眼淚，還有傷心，這永遠都不會好的傷口，沒有結束。除非我們繼續種樹，繼續留下這片森林，繼續我們的愛與愛……

△舞台全暗。燈光聚焦在後方投影布幕上的歷史影片，播放轉換，最後停格在樹木與部落人從小到大的特寫臉孔的集錦照片，從清澈的眼神到滄桑。

△影片停格，舞台燈亮，所有演出與舞蹈者從四方走上來謝幕。接著群體舞踏，導演與飾演阿米哈的他上台跟著舞踏，杵歌鏗鏘有力的節奏四起，豐年終是在傷害之後來到。舞台外的山林野風吹拂，天空鳥群飛過，雲海湧動，樹葉微笑。

阿米哈下台邀觀眾一起上舞台跳部落與森林舞踏。

（S．E）春神之歌再次繚繞山林。

△聲音逐漸淡出，舞台燈光整個暗去。

△舞台中央打出一個如月的聚光燈，照在阿米哈臉上。

阿米哈：山神啊，請不要為我哭泣。（但他卻悲傷掩面啜泣起來）

△燈光再次全暗，月光照射整個山野。

【叁】負傷者

沒有排戲，天氣晴朗，阿娜會在部落之家外的樹下搭起簡單畫架作畫，阿米哈說她的畫作很像這座山，質樸又野性，清淡中有濃情，暖色中透著冷調，像高山也像平原。日出的藍與夕暮的紅，染著每一筆油彩的可見與不可見。充滿對於自然之景的再現，生機盎然，油彩激動跳躍著。

阿娜聽著歡喜，覺得阿米哈說到她的心坎。她喜歡從自然景物觀察著手，從現實外境再折射自心，描繪自然的形狀和顏色，注視油彩堆疊下的現實光線變化與內心閃過的細節。

阿米哈點頭說，看來妳喜歡莫內，莫內在吉維尼畫了大量的蓮花系列圖，「必須去吉維尼朝拜這個鮮花盛開的聖地，才能更理解他，體會畫家創作的源泉，想像他仍然活著。」阿努在旁則說他喜歡梵谷和高更，莫內少了神祕感，少了魅惑，少了悸動，阿娜聽了一直點頭說，剛剛阿米哈說我喜歡莫內是錯的。

阿米哈聽了回說你們是悲劇性格的人，所以喜歡的人都很悲壯，但永遠讓人記得，只因為獨一無二。

你呢？阿娜問阿米哈。

我喜歡一個隱世畫家。

誰啊？

隱世，妳哪裡認識，哈！阿米哈故作玄虛，一直哈個不停。

阿努聽了搖頭笑說，妳太認真了，阿米哈就是在說他自己，往自己臉上貼金啦。

阿米哈又連連哈哈笑著，接著轉身去劈柴，準備燒烤山產。

眼前的聖山風光，傍晚的天色如魔術，灑在樹與樹之間，讓她看得入迷。既然有聖山，應該也有魔山？

阿米哈表情轉肅靜，說魔山一入，不只是目眩神迷，還會心神恍惚搖蕩，入迷魂陣，樹靈蛇精狐仙讓人無法走出，黑氣瀰漫，獸聲與各種嗚咽低吼聲四起。有山下人上山不懂尊重自然，在山林野地隨處小解，回去有的還會發高燒，也不能隨便砍樹。

魔山聽說魂埋了很多來開發山林的人，阿努說。

凡是心術不正都會被樹靈山神看破，那是一個無法定位的空間，小時候我的祖父望迦跟我說裡面住著一個魔王，他們都叫他怒帝，魔神一怒，山崩地裂，不像聖山的守護神總是慈悲原諒人為的傷害，且將傷害隨四季流轉，讓我們看見山高水遠，花開四季，蟲鳴鳥叫，即便只是在夢中，也是雲端的森林期許。

後來這裡蓋了樹靈塔就是為了祭祀安撫樹靈？阿娜問。

阿米哈點頭。忽然問她，妳現在心靈感覺安靜嗎？

非常安靜，在這片樹海裡，心靜至可以聽見心流。

阿米哈笑說，因為妳腳踩的這裡是聖山。如果是在魔山，就會狂心不歇。

阿娜問聖山守護神是誰？

每個人都可以是也可以都不是。阿米哈有回答等於沒有回答。

阿娜又問守護神會和怒帝打仗嗎？

守護神都是默默地祈禱怒帝不要撕裂土地，不要乾枯溪水，不要讓樹木死去，不要讓山民失去家園。我們已是城市山民，我在部落開民宿感覺自己就是把家園讓出一半，失去了一半的感覺。

但這一半卻也讓許多人得以靠近聖山。

那是你們願意尊重山，了解山，大部分的人來都是炫耀似的打卡或轉貼社群罷了，人變成魔更可怕。

她點頭明白了，真正的魔山不在山，在心。但聖山在眼前，一種難以言詮的神性感，凝結在風中在葉脈在雲霧在陽光在月暈中，在此刻可見到的每個剎那。他們放慢步履，低語交談，一切都顯得如此慈眉善目。樹林穿越雲海，凝結在樹梢的暉暉光影裡。化為山的一道聖光，一束凝視，一種感悟，一份良知。聖山考，不用入歷史，只需入山、入心。

魔山考，則得進入歷史，山林的悲慘歲時記。阿米哈說他很少想歷史，但他常想人生哲學與自然命題。他隱藏了一段家族悲傷，他沒說出口的是除了心念不正或者使壞的人會被魔山困住，也有自願入魔山的，屬山的冤魂，怨念加深日久也會成魔，且是會移動飄忽的魔，比如樹靈塔。怨念深的魂不像魔山的怒帝只被圈在他的國王領地統御或者懲罰，怨靈多方交戰的勢力各占山頭，各領風騷。

阿米哈突然想起他的父親，他開始沉默起來。

阿努知道阿米哈一旦不說話就是被往事困住的時刻。

他們仨各自陷入寂靜時光，諦聽著山林的千言萬語。

阿娜撿著落葉旋轉，開心地邊跳邊轉著姿態，感覺傷痛有了些癒合。她不禁想著也不過幾個月前她還在北城掙扎著如何活下去，如何在高競爭之下凸顯自己的特色，如何成為自己。

想了這麼多年，答案就在眼前。幾個月前她從沿途平原的濃綠轉入迴城，從入世的市井耳語逐漸轉為曠野山林的聲音。

顏色在眼前幻化展演，從紛飛的平原攀高至寧靜的聖山，阿娜這時候覺得平靜，她在父親過世後首次出現的南方安逸。那些回憶曾經在她抵達家園時不斷地排山倒海而來。沒有父親母親的孤兒，她像個遊魂。她在迴城看了多少電影，吃了多少甜點，但這些短暫的安慰最後卻成了讓她難以承受之輕。她想起電影《銀翼殺手２０４９》，想著如果時間來到二〇四九，如果自己還活著，那麼世界變得如何？人們還談思念嗎？還關心歷史嗎？還寫祖父輩的故事嗎？電影裡的複製人如來到世界，她要首先複製誰？複製自己嗎？不，那種孤獨她知道。孤僻孤老者，她以前經常被朋友說不合群。我是誰？記憶是被植入還是真的發生過？

她從夢中醒轉，發現山林已快天亮。

在山林部落裡，阿娜體驗到自己身上流的血液的復活，重新流動，從母體來的山林基因，很自然地讓她溶入這裡，但自從結束聖山山腳下的流動人生之後，母親就不曾再帶她入山了。

為了演出《木淚》，她每天在山林部落兜轉，召喚她死去的山魂林魄。

阿米哈說，我們部落人總是從萬物去觀察生活的一切，火水風雷是自然神，熊狐狸鳥梟是動物神，蘑菇艾草是植物神，鍋碗瓢盆是物神，此外還有山神水神樹神，村內部落之家牆上掛在竹條上的一尾尾鹹魚正在風乾，魚鱗片灰灰藍藍地襯著被剖開肚皮的紅，枯木柴薪堆得老高，空氣無一絲黏膩，讓她的身體感到無限舒爽。幾個穿著傳統部落服飾的女人在旁邊踩著搖擺的細碎步，阿娜刻意驅身挨近她們，學習她們的語言與走路神態，這樣有助於她的演出。有時她在旁邊看久了，一時忘我地立在部落某人家的門口，就被邀請入內坐坐。

入內，她見到座榻的上方有個凹陷的洞，星光紅火正嗤嗤剝響，燒著柴火，暖烘烘的。女人開始煮飯，上年紀的老婆婆還吹奏起一種她覺得類似口琴的部落樂器，她聽著音節，邊敲打著配合著，覺得旋律簡單但十分動聽。

有時阿米哈會和大夥聊著部落認為「人」從何處來？

阿米哈用蒼涼的口音說話，聲音像是從荒古跋山涉水而來，在荒山林間落腳尋找掉落的音節。

阿米哈經常自說自話，喃喃兀自陷入沉思，也不管有沒有人在聽。周邊有時會突然響起了敲擊樂，還有彷彿從胸腔內集中氣力所迸出的歌聲。這時大夥開始圍火舞蹈，舞至高潮，大家面紅耳赤的，有時部落之家外突然山雨狂下，敲打著屋頂，也彷彿配音。

舞畢，阿娜繞到部落女人傳統的居所內，但見傳統物件仍懸掛著，獸皮做的衣裳、素樸的陶器、鑾澀的竹簍、被時間刮傷的照片，在下山雨的天氣裡有一種時間凝結的美感，像一切都是膠卷裡的嘆息，似窗外簌簌飄飛的山嵐。

部落之家一角，有一個身穿藍紅黑三色衣、頭綁頭巾的部落女人正在編織著布，女人溫婉低著頭認真地手織著，阿娜覺得她的眉目裡有一種無盡無言的氛圍。像是母親，遠逝多年的母親突然在山林裡返轉。

阿娜覺得這種騷動下的安靜就像山林的內裡，也有一種自然安逸的美感，如此接近土地。承襲了山林這又野性又沉靜的兩面性。

阿娜不知道部落山族原本的個性是何等風貌，究竟是往後的殖民者或者神學神父影響了他們，抑或生於森林山林的個性即是如此多樣？在山林裡，阿娜所確信的是地理是性格，語言是鄉愁，山林部落人永遠想要保有這個最初的質地，即使在當代如此的困難。阿米哈編寫《木淚》就是這樣的原初之心吧，她上山也是為了這原初之心，阿努也是吧。

幾天前，阿娜跟阿努去了阿米哈的土地，學著種下幾株小樹苗，她那時就知道他們的相逢是有意義的。但意義是不該追問的，阿米哈不是說真理講久了就變俚語，俗了。

但阿娜真是愛著剛剛被種下的小小樹苗，她為樹苗命名祖父父親母親，沒有特別的名字，就是這般簡單，任何人都可以想像這樹是他們的親眷。

離開種樹的土地，山雨忽來，阿努帶她去某山岩樹洞下躲雨，熟門熟路的，彷彿阿努就是森林的護林者，阿娜看著前方這個種樹的男人的背影，厚實而穩重，她以為阿努就是這座聖山最美的星辰。

山林野外舞台劇《木淚》落幕之後，阿米哈在部落之家民宿一連幾天烤山豬大餐，圍爐聚會如十日談，宴請部落相挺的朋友們，還有無酬勞的義工們。老同學阿努本來就留下的，主要演員阿娜則是被阿米哈再三邀請才留下的。

阿娜說，演這齣舞台劇其實是替母親還願，她生前一直沒有機會再回來這座她想念的山林。殘念已不殘了，我得花時間去田調筆下待寫的美術史研究計畫呢。

阿米哈問，妳要去哪裡田調？

島嶼部分我已熟悉，上山前也寫了差不多，好巧，我主要是要去阿努的故里，我研究的迴城畫家夫婦最後雙雙過世在東瀛。但我主要是寫畫家背後的妻子，被丈夫光芒遮住的人，我好奇的都是不知名但卻是真正的藝術家，我得完成最後關於畫家妻子的章節，順便去旅行一直想去的其他地方，因為這對夫婦也住在其他地方甚久，我想到處走走，到處看看，尋找靈感。

阿努在旁聽著，和阿米哈竟不約而同地說，不如我們仨一起去旅行呢。

阿米哈拍著阿努的肩膀呵呵笑說，有阿努在，我也很想去，他學識豐富，是最佳導遊。我也好久沒出去種樹了，該是到異鄉播種的時候了。聽到播種的雙關語，阿努也笑了。

阿娜望著阿努的笑，突然感到一種熟悉，不知來自何處的熟悉勾著她的心，她盯著阿努看，阿努有點不好意思地彎下身撿著落葉佯裝看著。阿娜感受到他靜默無言的背後所埋藏的跳動之心，如爐火的高溫。是因為阿努還是因為這座山？演出結束，她留了下來，在部落和他們倆深度交談。之後，他們倆因阿娜要去旅行，於是計畫各自的旅程結束，在阿努的老家作為旅程的終點，在那裡會合。有兩個像兄長又似父親的長者將一起在異地同行，這讓阿娜感覺自己是被聖山眷顧的。

時間永遠向前但也牽引向後，離與返的回憶像是無法阻擋的時光列車。阿娜常想，如果想追憶一段少女情懷，那麼什麼物件才是一種可能的時光召喚？

想著想著，突然一個畫面進來，是夾在書本裡的艷麗欲絕紅葉，葉落隱藏著香氣。

多年來，常常深秋時節她的父親也會入聖山，歸來撿了葉子給她，有時還會在葉子上寫字。山林自然景致如畫，以紅艷似血的絕美在她的夢裡自此拋下一個像是以肉身直撲畫布的臨終之眼，父親的眼。秋濃，晨霧的涼意裡爛漫恣散的紅黃，色彩誘人至極，震懾凡人之眼。山林落葉換妝，是渡向死亡的淚水，也是重生的淚水。變色、凋零、和泥、腐朽，死而未死。

阿努聽她的描述，他回應說起自己從小浸淫在菊花與劍的絕對極致氛圍裡，又放蕩又嚴謹的國度，日與夜，靈與肉密合也可分離，在極端裡過日常的人。華麗浮世與物哀侘寂，職人使美麗的事物成了真理蘊含的所在，美與真理是孿生兄弟。

阿娜覺得他們仨能很快成了朋友是因為他們都喜歡回憶，擅長想像，且有先人在聖山的重疊與交集。

出發旅行，首先阿努說要避開充滿觀光客的各種看花賞楓品茶遊雪時節，但阿娜卻好想看秋葉霜紅與雪降連天的潔白世界。

阿努說，有一天妳一定會看到。

阿娜聽了彷彿阿努為自己預告一個未來的絕美，但旋即不知為何有一種不祥感，她眼前不知為何出現一棵樹的枝頭歷盡了最後一片葉子，一滴露珠。這種感覺就好像她在看藝術展覽時，她經常召喚的一種從可視的跡象去感知那不可見的心流。她感覺阿努的臉色似乎不佳，黯淡，像是長滿褐色斑點的枯葉。就像死亡和美麗相伴，阿努彷彿會在最美時刻和塵世飄然道別，她在山林裡踩著婆娑低訴的落葉路途，不敢說出這種感覺，這種感覺曾經在母親要辭世時她也有過。她的母親一直不快樂，母親美麗，在她的眼裡母親就像一個穿著新艷霓裳卻吟誦死亡之舞的人。

她沉思著，她告訴自己這只是一閃而過的念頭罷了。

忽然她被阿米哈推了一把。

阿米哈笑說，姑娘，想什麼啊，美酒、燒烤、吟詩、採果、看雲彩流動，這就是山林人的日常。只消張開手臂，擁抱那歡躍季節裡的自然，而不作任何遐想。只需游移身體，品味那外放似蝶飛的繽紛。淳樸的鄉野、高山、溪流、霜林、薄煙，阿娜妳來對了地方。

阿努也微笑點頭，妳看起來就像天生屬於這個地方。

阿米哈說，我們就是人族，開天闢地。

阿努也笑說，就像我們的姓氏也是融入自然，上田、島田、早田、稻田、田中、山下、廣川……一切都可為我們所用，一即一切，一切即一。

阿米哈開玩笑說，阿努喜歡佛，可以取法名釋一切，上一下切。

阿努打了阿米哈一記，你這異教徒別開佛的玩笑。

阿米哈笑著看阿娜，用手指在嘴裡畫了一道線，將嘴拉上拉鍊。

阿娜也笑著，她說起回到迴城在彌陀寺為父親辦法會，在那裡遇到的師父竟是小學同學，出家了，法名釋沒有，我就說師父是上沒下有，那到底有還是沒有。那小學同學師父還說我有慧根，禪意。下次見到他我要跟他說，我的法名要取釋一切。

釋一切是阿努專有的，阿米哈說。

那我就跟他合一啊，阿娜說。說完自己都嚇了一跳，不敢看阿努一眼。阿努卻好像故意沒聽到。只聽阿努說，我們仨的旅程從島嶼出發，各自選一個地點一個人旅行，七日後在我的母城會合。

阿娜說這好，剛好她要做的研究之地都在阿努的母國。阿米哈不置可否，他說他去哪好像都可以，但他對種樹有承諾，他想去傷害之地的廢土種樹，舞台劇落幕，種樹的勞動可以讓腦波停歇，他的大腦需要休息。

有歲數了啊，阿米哈末了感嘆道。

窗外山色，乾淨無染。

阿米哈撥動炭火又聊起以往在聖山小徑，有水鹿山羌率領全家在路邊閒蕩，個個毛色漂亮極了。也曾經有個人睡起來才發現旁邊有隻熊。不驚不怖，彼此相處諧和，互不干擾。

阿努也接話說，這是自然的魅力。聖山冬日的山徑上，幾個轉彎處，突然凹陷出一大片的藍，原來是山湖現前，瞬間會有藍天掉到地平面之感。湖泊襯著山色，山風飄著、落葉轉著，除此周遭靜謐無聲。旅人彷彿覓著了天堂的入口般，大地平沉，萬物靜默，唯自己獨醒的天地悠悠的味道。

阿娜聽著，心中讚道這阿努的中文簡直也太優了啊。

聖山高山湖的湖邊有旅人紮營炊煙，有人在彈吉他唱歌，打破山林原有的肅穆。黃昏鳥雀收翅合眠，窩在湖邊樹梢一起進入山神的懷抱。這天阿娜在湖邊進行弔唁儀式，她念誦著自己獨有的經文，招魂來兮。她聽老父親說過老祖父曾在逃亡時往這湖縱躍而下，竟是一口氣游到對岸，讓追捕巡警只能在岸邊看傻眼。那高山湖湖水冰澈透骨，寒氣山嵐如鬼魅。這座湖廣闊，沿著高山杉林漫延開來，從某個視角看會以為湖是海，最後消失在猶如地平線的林間天際線。

阿娜曾聽父親說祖父當年躲進山中祭屋，遇見了部落長老的收留。長老說，能進入祭屋而安然無恙者是山神許諾的人，也都是我族中人。

現在阿娜的腳下是湖水岸邊的水草地，高山湖水看似靜止，若有波紋般彎彎曲曲的是樹木的倒影，沿湖的杉林四面八方映照湖面，在光線下跳著舞。這高山湖標出邊線的樹林一旦被砍伐就會使湖水黯淡如死水，毫無生氣，平坦裸露而毫無神祕可言。沿著湖邊有閃爍的亮光，那是部落村民人家的蹤跡，這一帶都是當年政治犯的逃亡藏匿之所，有的部落人有情有義，願意收容陌生人，相處日久，竟看出政治犯的理想人格，還把女兒嫁給了政治犯的獨子。

來到聖山，第一次長住山林部落之家，母親的山城與父親的遺願所託，好像這時候才逐漸拼貼成圖，父親要她尋回母土的另一半，才能讓心不再那麼飄零。

部落人如這座森林，如神木，砍而不死，死而再生，生生不息，只要來到這裡停留過的人，都能吸收這日月精華。在這個高緯度的地區，由部落人所構成的聚居地，人就像樹木，樹木也像人，起風，即合體。

阿米哈帶她和阿努穿過一道看似由落日餘暉所折射的密道，光影晃漾，她走在那林木密生的小小窄道時，恍然有一種穿過生命時光長廊之感，猶如盡頭有人在等她。穿過之後，竟是一座小樹苗的復生林，原來這是阿米哈的植樹計畫，他說只要森林還在，人就能活下。

這餘暉映照的樹苗林園，像是育嬰室，樹苗在風中伸出綠芽，沮喪的人看這到處串生著綠色枝枒的山林，大概都會萌起生之意志吧。阿娜看著阿米哈，突然有一種阿米哈彷如是自己那未謀面的老祖父之感，可以為理想奔赴死境的人，且在死境的路途，遺下求生之物或者記號，給予後來者，安然覆轍而過。

在餘暉轉瞬成昏暗暮色之前，他們就像穿過結界的探索者，這座森林已成了他們的個人樂園，森林已是家園化的實體與象徵。

他們望著雲海，雲海最後一抹餘暉逐漸籠罩在他們臉上，像光環，阿米哈說這是所羅門指環，阿努和阿娜雙雙脫口說這是指月之光，淨土之光。說完阿娜看著這才認識不久的陌生人，升起一種老友般的熟悉感。這時赤焰餘暉消失，月光溫柔暈出他們的陰影，歪歪斜斜的身影使他們三人也像是種在育生林的樹苗。

阿米哈說，這麼多年下來，他知道自己無法停止樹木流下眼淚，無法停止森林被砍伐，但他可以種樹到自己離開這座森林的那一天。他丈量樹木，測量高度，觀察傾斜角度，觸摸土壤濕度，察覺凹陷與隆起的互相作用，把脈地底的樹根牢靠健康與否，分清植被的優與劣，去感受每一棵樹苗發出的吐納，他甚至夜晚夢遊此地，睡醒在樹苗的晨曦之中。

多少年來，他的步履將路徑踩踏出一條可以容身的清晰密道，確定每個腳踏的土地是樹木的母土，通過不斷的造林育林，通過灌溉整枝修剪劃定界線，為聖山造出一個空間。

聖山，沒有樹木的山就失去了神聖性了，阿努說著蹲下身去撫摸樹苗的葉脈，阿娜看著阿努的手蒼老，皮膚蠟黃，青筋暴凸。她的老祖父本身是學中醫，也因此深諳植物藥性，她想或許是因為祖父藏匿此山時也為部落人治病才獲得喜愛與信任的吧。她也學習了不少偏方土方知識，她突然有種阿努的手給出了一些疾病的訊息，但旋即她又想也許因為阿努是老菸槍才將手指給染黃的？

這個念頭她一閃而過。只見阿米哈拿起地上枯枝開始說起他們出發旅行的規畫，她的目光被阿米哈那充滿激昂的聲腔激起動力，以理想畫出的座標，讓她心生出一種好久不曾有過的嚮往。阿米哈的能力就像光和風，帶給她在北城生活日久的感官鈍化的再次活化的驚異喜悅，從母父生離死別中的痛苦重生而出，把那內心的空寂也如這片土地般植滿了新生的樹苗。她抬頭望著樹木環繞出的天際，這不僅是大家的聖山，她覺得也是自我的聖地。這種感知的光芒瞬間出現又隱去，但即使隱去也像是石頭的裂痕樹木的紋路之不滅，她就像被命運的風吹到這裡的一片落葉，從沒有所屬之地到有所屬之地，原來她最初在迴城樹木園看到《木淚》海報是早就被安排好的時光路徑，近乎神賜之路。

人的選擇是怎麼來的？如果當時看到海報卻沒有寄出應徵函，就沒有機會認識阿米哈與阿努，她本來是一個和舞台劇沾不上邊的人，但卻被打磨成演得不錯且舞也算佳的人，她倒帶想著也不過是沒多久前的事，但回味起來卻已如夢幻一場，這夢幻無意中讓她悲傷的靈魂有了傾訴所依。

平地觀光客都來看死去的神木，只有我們部落山林人才能擁有不斷新生的樹林，阿米哈說著。最後他用枯枝在地上寫下的座標是北國的核爆傷害之地，原子彈落下的傷害之城，也是阿努的家鄉。

阿努聽了點頭，這好，我也帶你們去看看在我的家園現在託大學好友看管照顧的樹木園。

哇，你們倆都有樹木園，阿娜聽了驚訝說著。

這樹木園是從阿米哈的聖山土壤所長出的樹苗，移植異地，不僅復活且茁壯的樹木園。我們正好回去看看這片樹林，之前看朋友寄來的照片已很茂盛。

阿米哈也跟著說，樹木真的很強大，我讀過資料，那是土壤和植物中曾被大量檢測出放射性同位素鍶八九和鍶九〇之地，大量覆蓋著同位素碘一三一和銫一三七，共有三十七京貝克到六十三京貝克左右的輻射量。樹木挺過死亡與新生，還有打不死的蟑螂，蟑螂的翅膀可以逃過輻射。

京貝克？阿娜笑說聽起來像是足球明星。

京是計數單位，兆的萬倍。像是輻射量以毫西弗為單位，阿米哈解釋道。

京之後還有垓，難以計數但又被計算出來了，阿努在旁補充。

真正難以計數的是佛經裡面寫的如恆河沙數，阿娜接著說。

妳還真說對了，垓之後就是恆河沙，阿努說。

有點像是佛經提及的剎那、劫、由旬、那由他之不可量，阿娜說。

佛不認識我，阿米哈笑呵呵地說著。

阿娜聽了也笑說，沒關係人認識你比較重要。如果有一天傷害之地的樹木也能重生如恆河沙數之多，冰山不會溶解，海水不會上升，地球或許就有救了。

阿努聽了認真地看了阿娜一眼，他被這句話吸引住，覺得阿娜像是很久以來一直是知音朋友似的同道人。

阿米哈看著阿努手機裡的照片說，樹木活下來且長得茂盛，若在人體內積存這麼大量的鍶，早就得骨癌或血癌，早就傷殘或死亡了。但樹木可以從傷害處重生，木淚是為了灌溉而流，不是為了悲傷。

人真的很脆弱，阿努掬了一把土在鼻子間聞著，無來由地感嘆說著。

對啊，我們部落人這些年因為飲酒過量也走了不少人，有車禍有中風有摔到山谷的，唉，酒是植物釀的，這麼美好的酒神怎麼會傷害我們呢。阿米哈邊說還幽默笑著，且還從背包裡取出酒與酒杯，倒了三杯酒，要大家為這場命定的約定一飲而盡。

經歷過而死總比空白而活好，阿努飲乾酒杯時回應說著。

阿娜沒有一口飲乾，她還真怕這酒嗆，一小口喝著，被他們兩個老男人笑著她是因為被文明馴化太久而變得拘謹的緣故。就一直鬧她說，姑娘，我們要喝酒（久）一點，喝大杯酒，才會大悲久一點。

世道險阻，她在聖山感覺內心的一小片桃花源開花了。

她在喝下幾口烈酒後，腦中突然浮起海嘯災難後的畫面，海嘯颱風地震席捲的畫面在她的腦中滾動，突然她聞到風中飄來一股奇怪的腐朽氣與血腥味，她想這是自然界的眼淚？木淚魚淚人淚混雜的動植物之殤。

她沒說她聞到的氣味，她想也許是酒精所致，因為這許是她感受到幽冥之界，鬼影幢幢的幻覺。

走出復育林祕境，他們仨在走回部落時，阿米哈拍著阿努的肩膀說，我們認識這麼多年了，沒有真正寫信給對方過，我們這次的旅行改用寫信來當作這趟難得的旅行紀念，寫什麼都行，寫旅行所見寫故事寫對過去的懷念也都可以，但我希望寫下來的書信對我們彼此的生命是有意義的，所以最好是寫我們心中最想傾吐的內容，把彼此當成聆聽對象，寫出黑暗祕密，甚至想要寫情書給誰也可以，像你就喜歡寫情書。

阿努搔搔頭說，我哪有喜歡寫情書，阿米哈最喜歡胡扯。

問題是我胡扯的都是真的，只是用胡扯包裝真實。

但問題我們才認識阿娜沒多久啊，可能會不知道寫什麼？阿努支支吾吾地說著。

我怎麼覺得我認識阿娜很久了，上輩子就認識她了，阿米哈又開玩笑說。

怪的是阿米哈雖是開玩笑，但阿努卻有心口被劃了一刀之感，覺得這話無比真實。他陷入無語。

阿娜好像為了補救他的無語困境，快速地回說，就是啊，我也覺得認識兩位大叔好久了，喔，是大哥才對，阿娜不好意思地自我糾正說著。

阿米哈補充說，沒關係，我們應該跟你老爸差不了幾歲。

阿娜說，山上十日，朝夕相處，勝過山下十年呢。

就這麼說定了，我們各自起程，各自選一個地方獨遊七天，然後分別寫信給另外兩位，旅行結束前一天才可以寄出信，也才能打開伊媚兒收信。我們仨最後在阿努的故鄉會面，阿米哈說完對阿娜眨眨眼，拍著阿努的肩膀。

你想去哪？阿娜問阿米哈。

我一樣要去別的國家教當地人種樹，但只有七天所以不能去太遠的地方，我會選越南，那個國家很多土地都被美軍灑下除草劑而死亡，或者含有毒素但人們卻不知道，比如咖啡豆其實很多都含有除草劑，阿米哈說。

阿努沉默，他被阿米哈問著，沉思一晌說，去南京好了，我一直想去看看，那個地方的傷害烙印著我族人的屠殺血印，我想去弔唁。

阿娜呢？阿米哈轉頭問她。

她從凝聽的沉思中停下腳步說，你們的都好有意義，好像是一場個體對時代對集體的哀傷地誌考，我會先去東京作我美術史研究對象的生前故居探訪遊走，一路可以眺望富士山，也許可以去神祕的絕命森林，我總是想絕命森林也是應許森林？然後去古都，接著就搭新幹線去阿努的老家和你們會合。

絕命森林也是應許森林，這端視我們怎麼看傷害之後的角度，就像春天要修剪些枝葉才能讓樹長得好，但修剪本身就會有傷口。地震後，聖山周遭常有許多死亡的樹木，但日久，只要人為不干預，又會長成一片森林，可說是雖死猶生，阿米哈說。

說著說著，他們仨就走回了部落之家，開門入屋，部落之家留宿的三兩旅人正在看動物頻道的叢林求生節目，看見阿米哈進屋，還開玩笑說阿米哈應該去報名，他鐵定可以在野外求生。阿米哈笑答，我老囉，森林曾使我堅強也使我軟弱，野地贏家卻是平地輸家，我不過是一個穿著用古怪彩妝來包裝自己的不獵物老獵人。一生沒獵過動物，而是等著被時間獵走的動物。

空氣陷入靜默，只剩下螢幕裡求生的聲音吶喊與競比的廝殺。

來喝酒吧，喝酒，我要和你們喝久一點，阿米哈舉杯對著正要撥彈著吉他的阿努，一口飲盡說，我也是千杯再千杯。

我來唱歌，阿努彈吉他，阿娜來跳舞吧。

月光溫柔灑在我們的良宵美景，阿米哈唱起了森林之歌，阿娜接過阿米哈的酒，這次一口喝乾，為了壯膽，她旋轉著舞姿，散著灼熱的目光。阿米哈接著轉唱他自己填詞的四季之歌，山的稜線是愛的經緯，葉子的方向就是路的指南針，山是我的家，雲海是我的床，長大的我，尋找雲深不知處的妳。雲海雲海，我想念著妳。

阿娜想起了雲海的美，雲海的倏忽變化。她接著隨興隨旋律填詞唱著，我去找你，聖山那麼大，我去哪裡找你？找到祕境就能遇到你。你說我傻啊，你說我傻啊。

大家聽了傻啊傻啊，都笑成一團。

進入淡季的部落之家，夜晚冷颼颼，還不想下山的旅客多半都是退休的老人，老人們聊著天，有人說起兒時曾看過牛拖著千百斤的木頭，拖不動就被工人打的傷痕，他們這些揹著竹簍的孩子們就跟在牛的後面，撿著落下的樹皮，收集多了就可以回家給媽媽起火煮飯。那整條路，浸染著黃昏陽光浹著北回歸線的潮濕溫熱，木屑的香溢出的是苦澀的希望也是悲哀的氣息。

白色的米煮成了紅色的血，那是樹木的眼淚。

有時阿米哈會放各國部落山林雨林的自然影片給旅人看，阿米哈覺得這是最有效的溝通。視覺殘存，讓人倒帶。

他按下一部紀錄片播放，那是他百看不厭的，關於死亡與重逢的故事。影片中，一位人類學家前來拜訪一個沒有人聽得懂他語言的部落人，那個人名叫皮魯。皮魯跟人類學家講自己的遭遇，但人類學家完全聽不懂他的語言。後來是通過皮魯的肢體語言和行為方式來想皮魯很可能是某個族群的人，於是人類學家找來一位名叫木古的皮魯同族人。結果這位木古不僅聽懂得皮魯的話，還用土語喊了他一聲驚天動地的爸爸。木古竟是他的兒子，他也在那場屠殺中倖存下來，由印第安基金會成員撫養長大。他同樣以為家人全被殺死了，他記得父親後背受傷，推測他也死了。兩人相認的時刻動人落淚，而皮魯也秀出他後背原本幾乎見骨的傷痕，如眼睛胎記般的長在後面。就是這個傷痕，讓兒子認出了父親。

這樣的時刻啟發了看著影片的旅人，大家紛紛說著皮魯在逃亡中活下來絕對不止是堅韌，更多是幸運。

這個印第安人是很幸運，阿米哈同意地說著。但更因他樸實、仁厚的個性讓別人放下戒心，給了他善意回應，還幫他找到兒子。要知道，歷史告訴我們，從來印第安人和白人的接觸，其結果往往死的是印第安人。但他卻活下來了，且活到和兒子的重逢。看完紀錄片，大家感嘆著，這麼有力量的人，躲過所有的屠殺饑荒，失去所有又重拾人生，有人說著侵略者與大屠殺的惡行。但看阿努臉色一陣發白，感覺氣氛太沉重，就陸續聊著別的。有的繼續喝著酒，但畢竟有點年紀的老人都喝茫了，陸續傳來打鼾的聲音。

夜深時分，牆上懸掛的鹿頭血乾痕枯，靜默的鹿眼發著如金星般的哀愁慘霧。

「我們是負傷者，枯枝敗葉就是我們的棺木，我們以結痂為線，以時光縫製壽衣的華服。」阿米哈在黑暗中睜著鵝黃卻閃亮的瞳孔，望著眼前或躺或睡或仍在兀自旋轉的人，他吐出了這句幾乎聽不見彷若低到泥土裡的話。

旅人只聽見他隨手撿起地上的一片落葉，一片葉子就是山林人的樂器，他用葉子吹起了安魂曲。

山風齊鳴，樹魂搖擺。

【肆】報信者

I 還魂者／阿娜

寫給阿米哈 今宵苦短

1

阿米哈，我用還魂紙寫信給你。你是我心中的高松，高貴的松樹。來自聖山的木涙，化魂為紙。原來我，半是山，半是地。

我來這趟路程，就像你說的這是我們命定的約定，沒有約定的約定。在寂靜夕暮中，在傷害之地，我演出了一個彷彿從夢中走出來的角色，從我遇見你的那一刻，再到阿努的出現，我花了許多時間讓自己走出一種夢暈感。讓時間砌出一座歲月城堡，結束漫長如雨季的相思。

旅途經常可以眺望到富士山的白雪靄靄，讓我經常想起聖山，山林的一切，樹木的眼淚，人們的哀愁。

那時，我抵達山林的時候已經接近黃昏，整座山林沐浴在餘暉夕霞的光暈裡，瞬間整個樹林搖曳，剎那擺動著千絲萬縷的金黃葉脈，鋪滿土地的閃亮。我望出了神，看見年老的樹與年輕的樹低語。跨過黃昏中線，母親再現，父親再現，過去再現。

2

母親以前常說外婆家在高處，在迴城最高的地方，旁邊有一棵很高很高的山樹。我一直以為她說的高處是迴城最高的佛像，佛塔。原來她說的高處是山，是高山。她說的山樹是杉樹。她只會說很高很高，就像人們只會用好吃好吃來形容食物。

我在很多年後，在母親離開之後，我才知道我的體內有一半的血液流著這座山的血這座森林的淚，我的父親母親就像兩顆原粒子互相糾纏，在我身上產生疊加。而我想要消抹，以為遺忘就可新生。

但一切卻更增生。

回首的黏膩，回首的釐清，雙重性如糾纏與坍塌，疊加與消抹。認知與實踐往往和我是背離的兩個事件。我一再重複著和我不喜的人事糾葛難分。所以那一刻，我是習慣回望的人，但回望不是因為羅德之妻的那種不捨，而是為了藝術和遠方。

為了抵達這座山林，我的記憶如剛臨摹的墨汁，筆跡清晰可見。我的祖父輩如黑暗飛蛾獻身光亮，死在他自我理想的亂葬崗，無人收屍之地。我在聖山時經常在多霧早晨做夢，醒來我才做夢，有如白日幽靈。霧散霧又來，濕了的心，不知往哪裡去？原來愛一個人不艱難，艱難的是時間，就像種下一棵樹容易，要讓樹變成森林難。必須以等待來編成的果，在時間過程經常長成一種奇怪的姿態。就像我期盼春天，來的卻是冬日。我喜歡你對我說，不要慌，冬日會沉睡，春天會甦醒。然而森林那蒼老的星辰，就像青春，甜冷地浸在宇宙的黑暗裡死去。我曾是尋找火光的蛾，明白今宵苦短是必然的。

3

早晨醒來往往是個難題，心想又是一天戰鬥的開始。每一天都是危險的，轉成每一秒都是危險的。死神是你的主人還是你的奴僕？喜悅者想這真好，又是一天的開始了。逆溯刻板道德的背對者，擇了艱難的路走。

入住的民宿牆薄，我經常聽見兩具身軀，以激情點燃烈焰。流動血液，黏住最後的夏日，老舊的旅館水聲滴答，忙碌交頭接耳著祕辛，地表最熱之處是剛熄滅火花的灰燼中心。他們的愛情剛剛燃盡，單程愛情票。爬滿古老蕨類的林地，躺著憂傷的靈魂，飛行千里的愛情不過是一場又一場凌亂的命運。這是我今天晚上的心情，我也不知道我寫的他們的愛情是指誰？也許你知道？

這是一座晝夜截然不同的城，彷彿是你的聖山與山外的世界。

4

阿米哈，我在聖山時並不常吃部落提供的餐點，我很喜歡去鄰近小市集小販開的小店吃飯，小販的女兒有著兩條粗黑的辮子垂在胸前，深邃的鼻梁下有多情的眼睫，笑容純真是世上少見，我經常想起這個部落美麗少女，我幾乎可以以她來遙想母親當年年輕時的大概輪廓與神情模樣。就像是從母親發黃的照片走出來一般，一下子就穿透了我的記憶，回憶起那種萬箭穿心的感覺，想起來就會突然炸開，爆哭。

為何會感到痛苦？為什麼往事追憶會讓我感到痛苦卻又無法避免陷入回憶？為什麼在這麼善

良的人面前我反而感覺這麼痛苦？這個世界五味雜陳，讓我迷惘、不知所措。我來到聖山，見到指引我的星星，照耀我。突然覺得自己是山裡的一粒石頭，走了這麼久，才學會了喝白開水，澹泊自處。我終於知道了我愛母親也愛父親，愛樹愛風，愛山愛海，愛動物，偶爾愛人。

說不出來的渴望，大自然都替我說了。

阿米哈，謝謝你讓我這個阿娜演阿娜，我在戲裡假戲真作，演著演著，母親附身，和解過後，記憶裡的傷感就康復了大半。

你和阿努就是聖山送我的禮物，讓我體內阻塞的基因血液重新流動。

原來我渴望的是自自然然的活著，自自在在的活著。是你把我嫁給山神，從此我成了最富有的新娘。等待長成參天大樹的舊夢，不再干擾著我。

5

樹木園門口總是有一兩個農婦擺著各種蔬果賣著，也不是賣得很經心，倒像是鄰家似的親切，行經時也不擾人，就是微笑以對。

若非去樹木園擺攤我就遇不到《木淚》的海報了，若不是去聖山演野外舞台劇，我就遇不到你們了。

小時候我是喜歡市集的，但我也怕市集。小時候我和母親去市集，我們先是買家接著等著變成賣家。一座流動的市場，充滿著氣味顏色，人聲喧囂，熱騰騰的活絡在記憶裡。我喜歡市場晨光，營生的熱鬧，沒有哀傷。迴城的市場風景是從一早就開始的，被撐開的各種顏色大傘遮住了天空，蹲在地上守候的小販與拖著購物籃的主婦們開始一早的斤斤計較與閒話家常。穿越大街小巷，每個人都熟稔地在各家攤販間採買與挑揀。市場氣味龐雜複沓，色彩繽紛，貨品如一整個季節或一畝田的象徵，那是我童年的迷宮。

市場喧囂的背面是沉靜的樹木園。迴城的樹都極其未被馴服，充滿著亂長的張力與野性之美。木材之都，是森林守護神寵愛的城，也是樹精山鬼準備失去所依的流淚之地。射日神話裡躲著山林部落，阿米哈，你知道嗎，我的老祖父曾躲進你的聖山你的部落，然後他把我的年輕母親帶出部落，送往平地，一路送到我那大齡的父親的床畔。然後老祖父才安心赴死。我常想，當行刑槍隊面對著他的時候，他的瞳孔有白雲有樹影，還有他的獨子的未來，那個未來也許是我的誕生。據父親說，我的老祖父會看風水與卜卦，祖父說將來有枝筆會寫下聖山還有山林的傷害與理想之死。

我也許不是那枝筆，但我想我也許是那雙眼，那雙腳。我抵達聖山，尋找源頭，逐漸安撫騷動。阿米哈，我祖父是虧欠你們的，他躲進山裡不僅帶來你們的災難，還把你們最美麗的那顆聖山明珠給摘了下來。

明珠重生。

但願淚水的磨礪是值得的。

6

為此，我的父親臨終遺書寫了一個地址，我冥冥之中被牽引到聖山，但我沒找到父親所寫的地址人家，也許那地址已成了一片樹林或者被其他掉落的山岩給覆蓋了。也許冥冥之中，那個地址只是一條導引線，一座星圖，不是抵達的盡頭。

我找到了父親生前日誌，他曾寫他第一次見到我母親時心神整個被黑如深海的眼眸給吸納進去的心緒震動，從此我的父親只愛我母親一人，但我的母親並不愛他，我想也許母親在部落裡有青梅竹馬等著青春開成一棵愛的大樹，但母親沒有等到那一天，她十幾歲就嫁給了大她甚多的我父親，我父親很好，但他沉默如土，他喜歡種樹，庭院有很多樹當作圍籬，每一棵樹都以我母親之名丹妮芙（Tanivu）為編碼，丹妮芙一號丹妮芙二號丹妮芙三號……一年一棵，一直種到母親辭世的那一年。怪的是編碼雙數的長得特別好，單數的經常枯萎。母親的驟逝如颶風摧枯拉朽我父親的心，他的白天從此變黑夜，黑夜變成更深的黑夜。

父親將我取名蘇陵音，取自佛經迦陵頻伽鳥發出的美妙之音。你和阿努見到我的時候喊出阿娜，我是如此的喜悅。YulunanaTanivu尤露娜娜．丹妮芙，尤露娜娜，我的母親，她才是真正的阿娜。我知道你叫我阿娜或可理解，因為這個名字在部落裡常見，但阿努竟也是這麼叫我，好奇特。後來，我和他聊天才知道日文的陵音發音為阿雅娜，他很自然也就喊我阿娜。

就像命運的巧合，如此讓我確立這一連串的發生都是隱喻。我彷彿又看見了童年的串珠，母親是射日族的後裔，如此我也是了。

小時候餐桌上經常有蔘茸酒與保力達B，媽媽說「我們開心時才喝酒」，但為何她的眼神總是如此疲憊，臉龐總是如此哀傷。如果媽媽開心，我也會開心的。但她喝酒真的是開心？還是鬱卒？若是鬱卒傷心，那這可是何等的憂鬱啊。她經常一早和夜晚獨飲，想來是飲酒澆愁。她傷心時會去看海，而不是看山，她喜歡海，沖刷了她的愁緒。她曾說要海葬，但父親沒有這樣做，父親把她的骨灰放在自己的房間，直到父親臨終，要我將他們的骨灰一起埋在高山的杉樹下，父親說，我們是山盟，要回到山林。

阿米哈，我看到你也是這樣的人，豪邁幽默裡頭的你其實是哀愁沉默的。而喝悶酒的阿努也是，或該說阿努的哀愁更哀更愁。

你們的故事等著寫信告訴我，對吧。

7

青春燃盡之後，彷彿成了孤兒我才甘心歸返。

我回到洄城，我到處漫遊，開始認識這座城。我曾穿梭細姨仔巷，因為材業周邊產業興盛而帶動消費，娼妓業跟著男人幫來到，美人鄉的南方讓往昔的漢子醉。小巷雲集木材大亨，他們談生意的同時也流連美人鄉，木材香與粉味如麻花辮交錯而過。

從細姨仔巷走到六崁仔間，有許多俗稱的菜店，只是菜店不賣菜。六崁，六間。老人家跟我說，那時啊那時，我們還跟妳一樣水時，曾經聽到這裡有遠從韓國來的女人，女人飄洋過海，落腳在新世界的朝鮮樓。我想那朝鮮樓應該不想接待東瀛人吧，我詢問著朝鮮樓在哪？老人家笑女孩傻。歡宴酒樓最後一夜唱完，頓成廢墟，而飲食男女也早埋骨。

我聞到幼童時和母親滯留洄城老旅館的混雜氣味。阿嬤們可能曾經是細姨？時光殘酷，但她們行經我的身旁，依然穿著時髦，如豹如蛇，只是老了皺了。往昔酒家不復蹤影，當年很多阿努的原鄉人來此觀光，載著東洋人抵達的一輛輛客運遊覽車，讓我從小就長出了一雙奇異之眼。

戰後酒家一度變成電影院，母親在開心時會帶我去電影院看電影，她很喜歡電影，我後來才知道那是一種抽離，一種勞動過度的犒賞。在洄城當年最大最老的戲院，幼童的我跟著母親看著銀幕裡的男女在海邊跑來跑去的老梗劇情，竟覺得感動呢。

還有母親在黑暗中睡著的疲憊。

那麼年輕的母親卻永遠掛著一張疲憊的臉，因為疲憊所以容易生氣？母親也早已埋骨了，但我常感覺母親跟著我回到聖山來到迴城。

兒時的電影院變成超市。曾和母親坐過的椅子，她買過爆米花的櫃檯，已變成一櫃櫃用塑膠膜包起來的冷凍肉品與食品，蒼白的血肉看起來像是蠟像館，像是父親死後躺在冰櫃的樣子。

從細姨仔巷的聲色想像，到成為光燦民生的超市，我從央求母親看電影的昔日切盼來到了食物的犒賞，一條街讓我充滿想要寫下這一切的張力，似水年華並不似水，往事凍結如冰，等著融化。

我今天寫很多，叨叨絮絮，有點賣弄，其實我對迴城並不熟。

可能喝了太多麒麟啤酒，我終於懂得你說要和我們喝久一點的滋味了。

我的靈魂奔飛，感覺有人在聲聲叫喚著我。

8

聖山有杉，台灣杉，島嶼之名首次等著登上世界舞台。

沒有自信者屢屢需要不斷被提及，被曝光。

我在聖山想起那個初見神木激動大喊千歲千歲的發現者，是罪是惡，打擾了樹靈，使木有傷。

植物大命名的時代，植物等著被拆解，被分離母土。

代代木的神宮，遠從島嶼山林伐下的紅檜，矗立在鳥居。旦旦磨刀伐木，一葉蘭巨菌靈芝在黑暗中目睹著傷害。三十萬棵紅檜扁柏，三十萬的大屠殺，砍伐殆盡的滅亡，樹靈萬靈塔，樹葬葬樹，靈言祕語汨汨流傳。

唯一以台灣命名的杉與紅檜木共居這片高海拔山林，變成椅子桌子木床棺木，人支解了樹木，且坐臥於上。

柳杉依依，目送森林資優生離開山林，離開島嶼，廢材流淚，哀矜勿喜。

落腳陌生地，化為神社，鳥居。

楊柳依依，陪伴柳杉的台灣杉台灣檜轉成富士櫻吉野櫻。改種稻者流下眼淚，山地自此變平地。

9

轉眼我從東京來到古都。

我像是拓本人，複製者，繼承者，尋找著來處真跡。

等著，一花開五葉。吃著地獄席，看著祇園的樹景，千年來的剪樹人所下的每一個刀口，都沿襲著前人的軌跡。

古都溫泉旅社林立的街上噗嗤噗嗤地散著暖氣，人們從溫暖的被窩裡探頭，看看山今天的心情好不好。如果這座山的心情好，會緩緩地吞吐著小白煙；如果心情不佳，往上冒的白煙就會是濃密如滾燙的煙了。如果火山大怒，惡靈燃火，大量噴出黑煙，那麼屋裡的人家就得趕緊攜著細軟逃難，習慣天災卻忽視人禍的族裔。

在部落時你有提到你很好奇的東瀛部落，所以我特別去看了愛奴族的資料。有意思的是愛奴是人族的意思，我查了歷史，才知道原來聖山的族名原意也是人族。

10

你說你的尋鄉之旅不是指地理上的。就像鮭魚，是起點和終點永遠一致的。但人卻往往是終點偏離起點的物種，幾乎認不得自己的原初樣貌。

阿米哈，你記得阿努曾在我們離開島嶼上路前突然說，如果有一天我回不到迴城，進不去聖山，請你們記得替我招魂返鄉。

我當時不解地看著你，沒想到你卻一副很了解他的神情。

我們只是出來旅行，結束不是會一起回去嗎？我當時天真地問著。

於今，我在H城所受到的震撼將是難以寫下的。

尖厲的警報聲，爆炸，蘑菇雲，火柱，強光，火海，濃煙，粉塵，狂風，放射雨，哀號，奔跑，燒焦，殘骸，死亡，影子，廢墟，畸形，不毛之地，淚水，失明，窟窿，黑暗，傷害……我喃喃只能寫下名詞，動詞在夜裡流竄如噩夢。

阿米哈，你如何描寫三十萬株千年樹木的倒下支解？大屠殺如何還原？身體的血如何流回血管，身體的骨骸如何拼回人形圖？

文字辦不到的事，酒神幫你度過了嗎？此刻你也在另一座傷害之城，被除草劑與戰火傷害焚燒的土地應該讓你很悲傷吧。那個摩托車流如魚汛的城，應該對你有如另一處城市野地叢林。在到處如市集喧囂的街河，你從高山到街河，樹木換成了人們，花草轉成稻浪，大山的綠化為城的塵，你的視野轉換，你此刻或許正在寫信給我們，描寫著那個城的傷與你種下新樹的土地新希望。

你曾說你是在太陽與下雨同時現身時，從子宮滑出落地時，哭聲震天，黑森林震動。從此，落日的餘光，灑進很深很深的夜晚，漫長得彷彿從不殞滅。

好美好美，我在部落夜晚聽你描述時，以為是在看電影呢。在大山之中，格外幽靜，你的聲音低沉中又帶著光的宏亮，像燭光，微溫，雖然你外表如烈焰。

11

大學時我曾到對岸的內地山林旅行，那是我初次用打工的方式換取住宿。

那時我遇到一個還維持著傳統編織與手染的部落女人。

有一回我要離開前，遇到幾個一直盯著我看的女生們，她們彼此推來推去，最後有個年紀較大的女生比了我身上的東西，我才知道她們很想和我交換東西，但她們害羞所以沒有開口，但看我快要離開了，所以就勇敢開口說了。

我被她們純樸的心感動著，以物易物。我之前太習慣現代社會，一切都用金錢買賣，早已遺失純樸之心。我因此變得喜歡交換，旅途經常以打工換宿，比如打掃扛水洗床單，整枝劈柴灌溉。

我還用素描他們的肖像交換了幾片她們的傳統織物。

那裡的部落女人早婚，感覺像大小孩帶小小孩。年輕女人喜歡我身上看起來很時尚的皮包，我很快就把皮包跟她們交換編織的袋子。我跟她們學習編織手串項鍊，換得了幾條圍巾。

我畫了這些女生，未料這些女生們並不要我畫的抽象素描，雖然我已經畫得十分寫實，但在部落女人們看來卻仍覺得失真，畢竟繪畫是不可能完全疊合真實的。

原來她們想要攝影，希望我幫她們拍照。

我最初一直沒用相機拍她們，是因為我以為拿相機將鏡頭對著她們會是一種冒犯，沒想到自媒體也早吹進部落，她們很渴望被拍照，甚至爭相看著彼此被拍的樣子。我先用拍立得捕捉瞬間，瞬間停格，瞬間顯影出她們的樣子，每個人都開心地笑著。那時開心似乎是很輕易的事。

我原本是拍機械式的底片相機，一般從機械相機改數位相機都是會掙扎很久的，覺得機械式的相機才是真正的行家。但我很快就改用數位相機，這來自於底片的沖洗過程使用的化學顯影劑等污染大地。我的島嶼已然煙囪處處，抗議聲白布條永遠不缺。

抗議化學廠的人群裡曾有年少的我，而我卻是老舉著底片相機拍照的人。於是我就改用數位相機了。

那是個避開文明卻又是最文明之地，生產供應文明的能源。避開文明的荒涼白牆之外，沒有超商小吃店手搖飲服裝店藥妝店超市，只有男工女工被強烈陽光投射的長長影子一路貼著白牆集體出現，天色暗下來前消失。強烈直衝天際的白白煙塵是最哀傷的喧囂。

誰能避開化學？在這個時代，連食物都摻著化學，那些在超商大賣場販售的麵包餅乾速食的添加物名稱總讓我以為是吃化學不是吃麵包。那些超商斑斕得像是蜂鳥的羽翼，在我不知色素麩質防腐劑阿巴斯甜的危害前，那是我在北城最常飽食之地。

12

阿米哈，射日族後裔的你們稱山下的迴城Maibaju，那曾是你們的「祖父輩的開墾地」。部落的姑娘個個漂亮，烏晶的眼睫，散著遙遠神話故事的亮光。母親曾跟我說，其實蘇家早年在聖山也有山林地，母親剛和父親結婚時去了林場工作，我就是在森林的林場懷上的，後來母親才回到迴城。我是林場的孩子，森林的受傷處砌成的林場，等待平地人將這些林場的木頭變成神社或者房子或者家具。

難怪我那麼喜歡樹木，在森林總感平靜，但這種平靜是一種假象。我知道，森林從來是不確定的。

阿米哈，我認識你不長，我在山林感到今宵苦短。

我就此打住。

我會花上往後的餘生歲月來認識你的山。

那山魂有我的愛。

我敬你，如父，如山般恆久。

我們山盟。把海誓留給渡海者。

還魂者／阿娜

寫給阿努　兩地遺懷

我在你的城
愛看住宅改造王
聽阿里嘎多

客旅在房間
我與母親編串珠
等著換成錢

期待的安樂
死亡醫生的遺產
繼承苦痛者

神木倒下前
是否也想要這般
安樂的期待

這城的日夜
不可說不可說的
過去與過去

輪迴的渡口
有我們的親人們
在等著離岸

我一無所知
但知陌生人慈悲
如山霧的光

一張日圓鈔
被塞進洋裝口袋
躲著一張臉

山景和山花
殘念等著被超渡
記憶鬼魅身

花朵靠自己
艷紫荊飛舞空隙
人流徙於途

轉身的母親
離世時家宴散席
女孩轉大人

轉成了孤兒
命運的聖山現前
幽魂回故里

懷念舊車站
童年遊歷的中心

荒蕪中逸樂

下流老人多
無緣死驚心動魄
無緣活也是
阿米哈老派
演戲酬神討正義
弔唁著傷害
我在你的城
你引我到你的城
來看你的心
家族的肖像
按下快門即轉瞬
像死亡星星
即使是璀璨

也轉眼成過去了
過去有深情

山民衣飾美
風跟著色彩迴旋
天空飛彩虹

我曾經旅行
一支彩虹的民族
像雲花的人

雲花很憂傷
母親的美與不美
憂傷住心房

琥珀與蜜蠟
千年萬年的眼淚
滴在我胸上

抵達就離開
踏破鐵鞋見到愛
人生很罕見

拼貼出永恆
奢侈的職人手作
極致的孤獨

全然的奉獻
所有事因愛完成
因恨而刷黑

傷火焰飛舞
海不沉默的海默
火神的愛子

在傷害之城
懺語處處淚滿滿
短暫的幻覺

我想著你們
飄來了山風雲海
想著就心安

天色灰暗中
下午五點十五分
我開始趕路

雨濺我身濕
烏雲氣勢蕩過來
清水寺亮了

在羽音泉中
瞥見自己的倒影
何真何虛？
得見未見？
傷城的千年繁華

有鬼滅泊夢
許的願成真
我聽見虛空傳來
花開在最末

Hiroshima：
列車已抵達H城
仨的會合地
連綿的山脈
吹瀨戶內海的風
蜿蜒在夢河
原爆的遺跡
將傷害轉黑暗財
買票看亡魂
掙扎的苦痛

我在旅館摺紙鶴
像童年串珠

日落的旅館
如貓走寂靜市街
傷城的儀式

在八月六日
鐘停八時十五分
人靜止默哀

東瀛美少女
傷痕長出新臉孔
時間已走過

樹河流橋梁
從倒下圓頂穿過
行走骷髏地

上午仍如常
習慣的警報聲響
B-29轟炸機

自動裝置艙
六十秒落下太陽
魔打開結界

雲團熱翻滾
幾百根火柱火舞
火海奔來了

海浪是紅色
死在夏天的樹們
流淚不發芽

藥包紙化鶴
像個孩子般哭著
無父無母人

寫信給你們
如直面傷害的城
看見罪之華

就此可重生
如木頭人哀悼樹
幼苗愛幼童

倖存的孩子
老殘病行經眼前
痛已被遺忘

老鷹的獵殺
會去而復返嗎？
遠方擊鼓聲

聖山的山熊
活在悵然若失裡

一切將放晴

枯死老杉林
被取名忘憂忘傷
拋棄人的神

拋棄被拋棄
雙生雙死擁抱愛
重拾舊生活

藝妓咖啡苦
只有夜沒有白晝
哀愁的白頸

好聽的聲線
如一座星球沉緩
像在等著雪

寵物通心術

人和寵物心串流
淚舔著時間

死神在靜坐
人盯著手機參禪
心動如水流

風被風吹醒
城市喧囂海潮音
暮鼓已晨鐘

離開在傷城
靜默雕刻的時光
想起就走過

亡靈送別後
喝著特調的黑水
未亡人喝苦

至少唱兩遍
唱歌給自己和你
聽眾看不見

卡拉不ＯＫ
我不知要唱什麼
點歌相思海

年輕如雲海
青春離開就老去
記憶不願老

美麗新世界
從來沒有來真心
真心不可求

只餘得失心
我與你愈來愈近
失真且夢幻

我離山很近
只在山下賣串珠
等著陌生人

在極度開心
與極度失落度過
有淚的童年

風有山有樹
像夏日爆裂果漿
野孩子的夢

母親是芒果
在傷心廚房熟透
而父親是竹

她穿的衣服
是母親編織手作

天荒地老的

忠實的朋友
手機鬧鐘很元氣
高鳴如夏蟬

枕臥榻榻米
植物夢前世今生
忘身在何處

緩慢想著你
起霧的傷心老街
有黑暗使者

八月雨離家
我不知她去哪裡
我尋去了山
媽媽不入山

女兒找著喊著她
像受傷的樹

父親上山找
他的眼睛在流淚
如鐵的沉默

阿爸放下吧
媽媽來電喊乖乖
跟爸拔生活

沒有好生活
但我們好好相處
這就是最好

山腥風血雨
夏日閃電繁花落
讓愛走下山

天真是必要
想太少或想太多
必要的天真

生活的城小
躲入山林溶進霧
真實消溶夢

遺忘如山風
穿過十三歲身影
傷城的風燙

安靜泊旅店
沒有入住異鄉人
有老鬼聊齋

按手機相機
沒有快門的喀嚓
砌出新出口

異鄉背包客
走了那麼遠的路
只為看廢墟

在山林淋雨
走在無人走的路
入世或避世

是逆反的人
沒心沒肺夢彼岸
母土與父林

常想起聖山
歐吉桑與水姑娘
有如彼岸花

旅途染傷風
風是如何傷心的

風發燒燙炙

丟失了繩索
我無法攀登情山
手軟且心弱

母親永不老
每張照片都年輕
黑白很真實

父親是彩色
失真燃思念燎原
夜晚要小心

永恆總碎裂
月夜如狼在H城
等待夢抵達

我為這一刻

祈禱你活到老後
等我也老去

載體已日多
記憶負荷很不良
就快斷電了

相思信碎裂
趕著愛情的進度
墨水沒時間

照片終成雙
母親春風而美好
她等到了夫

部落的日子
躺平人躺成臥佛
臥著一棵樹

阿米哈見主
你說要花開見佛
問我去見誰

我想見你們
想見的心像快門
將時間慢轉

過去被晃動
故事繼承者想像
錯失的刺點

生命守屍人
借照片還魂過去
說故事延壽

影像掛雲端
顯影世界感光器
唯愛不顯影

感光的底片
成老物的上世紀
一曝光就老

家族肖像照
走進走出的親人
天上若人間

拍下立即得
封存的時代眼淚
褪色的感情

蚊帳內有蚊
嗜血如念咒狂歡
一日作千年

我在居酒屋
孤獨和你們喝酒

要喝久一點

街燈和月亮
往事沙漏光時間
殺向我的心

圓頂的廢墟
傷心靜默在Ｈ城
我如盲眼人

拍照是遺忘
引燃的偶遇思念
或憂傷消亡

父親與母親
如北回歸線虛線
看不見的實

像作家寫字

如植物家埋種子
永劫的時間

極樂有淨土
蓮花上開著彌陀
鬼喊佛渡我

隱語在雲端
遊覽車上陌生人
車下的母親

父親成全愛
懂愛裡包含離去
背影也很美

慈悲異鄉客
不等小女孩長大
陌生的期待

廢墟夕暮下
盡頭有新葉的樹
向陽的希望

你應在路上
等待的我與愛的
母親或哥哥

渡一顆種子
替你植在聖山裡
寂寞時上山

數位有分身
植物是否也分身
可移植嫁接

錄數位分身
離開就如沒離開
別離新弔唁

必學的異詞
ひとり：一個人
孤獨的盛宴

潮濕青春路
緩走在H城大學
微雨的月夜

獨行又獨行
生命難以承受的
我們仨明白

年輕的心老
老靈魂穿梭雨夜
喧嘩與寧靜

居酒屋不拘
微醺的閒聊瞎扯

夜了無新意

掏心掏肺說
酒醉者不願清醒
醉至無所謂

H城的夜晚
慾徘徊猶豫幾秒
沒長出任性

同類們喝酒
靈魂燃燒卻疲憊
清醒不燃燒

買酒欲獨飲
老闆說不賣我酒
無法買醉去

你們常喝酒

腦部釋放內啡呔
可以解傷心

有人叫住我
回頭一看笑容美
無心防的笑

孤獨者微笑
年輕男生有虎牙
遞給我支菸

靜靜地抽菸
虎牙男生說再見
一夜異鄉行

阿努寂寞嗎
還是寂寞像永恆
抽象無言的

這城日聖潔
入晚如群獸出洞
口內發射站

穿制服女生
首識英文字是A
廢墟夜復活

走很久的路
摺很多紙鶴蓮花
日落在旅館

不打算變老
藝妓走動的後頸
像山雲白雪

貓安靜無聲
在祇園古都幻夜
如夢餘音繞

女生名多鶴
和服的刺繡肌理
有金線纏絲

如霧的燈下
美如幻境喝抹茶
吃著和菓子

想美麗多鶴
不知伊人生如何
是否如鶴飛

抹茶青青綠
如座山湖的相思
如你的好美

朝聖者走路
你一生有樹有山

有愛你的人

喜歡手作物
上手的職人一生
只做一件事

說一生懸命
買了兩個小茶杯
要成雙成對

這城人愛鬼
到處走動鬼故事
鬼也有過去

陰沉的燈下
開著窗戶吹著風
聽鬼們齟齬

山櫻流著淚

狩獵蟄伏的時間
一日如一生

寫下這城吧
這許是我所害怕
的自以為是

年輕流浪漢
從來沒看他離去
活下來成謎

髮如黑森林
覆蓋破舊的大衣
像黑熊伏行

塑膠袋擠滿
施捨的飲料餅乾
紋風不動著

他蹲著抽菸
彷彿在體驗生活
飢餓藝術家

路人說瘋了
他窩成了行道樹
受著傷的樹

流浪漢如愛
執意入眠在街角
將風擁入懷

時尚城市人
穿僧服僧人世襲
彷彿是時尚

僧人有家人
當僧人但不出家
要讓心出家

僧超渡鬼魂
古老大樹有寺院
亡靈已列隊

煎茶有春色
清水燒陶鑲金線
花開在半夏

夜深街沒人
居酒屋膩溫柔鄉
曬一抹死寂

我夜晚讀經
玄奘涅槃譯圓寂
圓滿的寂靜

骨骸敲夢響
淌流生靈的河水

靜靜等秋祭

水光倒映著
殘存的圓頂廢墟
傷燙的黑雨

安靜映藍天
樹群已發芽新生
廢墟繼續廢

過去的一角
刺目原子爆閃光
傷害不翻頁

抵達H城前
去古都看看觀音
拜佛悼亡靈
朝聖金閣寺

這城紫陽花盛開
紫陽不止癢

寺外木參天
被拋擲傷害的淚
繁華轉一瞬

走哲學之道
在喫茶店喝抹茶
執念你平安

屋瓦接相思
雨滴敲著眠夢老
如歌的慢板

部落枕夜晚
柴火燃燒正狂野
故事等上場

部落有熱情
陪我在傷城凝靜
木屐聲蹙眉

走在石板路
寂靜敲地如響板
想起老父親

伊愛穿木屐
穿木屐說好攢食
金銀滿大廳

島嶼很務實
父親夕陽山外山
他純粹愛老

窗外蟲唧唧
蛙鳴風落水淙淙
去敲和平鐘

起霧的山林
濕度適合寫手帖
給孤獨取暖

殘存的山林
山神雨神老獵神
射日的後裔

緊緊地看守
這最後山林聖地
不讓它走山

湯屋藍布簾
穿出了川端康成
撐傘想寂寞

走回安歇處
老人躲過了核爆

餘生很珍貴

步履敲路面
節奏緩慢如哀悼
求佛啊渡苦

枯山水枯禪
靜默地哭成了枯
長出讀經眼

寫下我傳輸
焦瘁燎原的過去
隱匿著哀傷

煙霧散了去
天空裂出了晴空
秒瞬如一生

販售著愛情

愛不著邊際的愛
廣漠如虛空

我捻熄燈火
黑暗籠罩裏成繭
夜枕魚骸地

如葉隨風飄
櫻花落下星瀑雨
夢你在唱歌

等愛的歸人
此生餘情還未了
我懂你的懂

藏的痛有淚
心就此擱筆等待
如父者到來

異鄉成故里
等待姿態像獵獸
或更似母親

II 山鬼來函／阿米哈

寫給阿娜　天長地久

1

阿娜姑娘，在山林，我的嗓音可以召喚山靈鳥鳴，一出手就是滿天星辰。但在這裡在異城，我只聽見我的嗓音召喚亡靈，哭泣的聲音，樹木的眼淚融進人的眼淚。

必須重返山林，我的心才能止息這種狂亂的疼痛燃燒。

電視播出一則新聞，一個蒙古種樹的八旬老人發願要種上億萬棵樹在沙漠的土地上，如此之後，他才離開人世，這安撫了我的疼痛。

從此有了一面鏡子對照出我可以成為的樣子了。

綠化是暖化的希望。

種樹讓我在大地留下刻痕。將荒瘠乾枯的土地，變成流奶與蜜的應許之地。將粗礪磨成甘霖，將枯敗予以重生，將焚風轉成和風，將毒氣置換香氣。種樹完全孤獨，埋進種子，插上樹苗，土地下的漫長時光，很多人無法等待成果。

阿娜，我想妳是可以耐得住等待的人，因為妳心裡有山，山裡有樹，有年輪有刻痕。

這些都是時間的等待。

妳第一次看見星星是什麼年紀？

妳第一次看見一棵樹是幾歲？

妳第一次看見一朵花開是什麼季節？

妳第一次流淚（不是哭泣）是為了什麼？為了誰？

我總是記得小時候墜落山谷深淵的巨大恐懼，瞬間墜落，如雨垂降，一路被山巖石塊挫傷，跌落之地還好是一片植被千年的柔軟土地，神祕地接住了我。但內心十分害怕、無望、脆弱，視野逐漸轉黑。在山谷不知待了多久，從暗到亮，從亮到暗，從暗再到亮。無邊的未知比墜落瞬間還讓我恐懼，我的眼睛甚好，在黑暗中如點亮火炬。那時我才明白我害怕的並非是黑暗，而是死於不明不白，那時候我就告訴自己，如果有人發現我且救了我，我往後都要好好地生活，為這座山，這片森林，這塊土地。

就在這樣一念升起時，我就聽到了有村人行經而過的聲響，我像瘋子似的往上大吼大叫，卻聽腳步聲沒有停下，於是往上奮力丟著小石頭，石頭撞到山牆，彈回了聲響。這時，巡山員又折返，停下尋聲源處，我又連連大吼大叫著。終於他往山谷探頭，看見了我。巡山員沒有能力救我，只朝山凹處喊著，阿米哈，別害怕。然後他像是為了爭取時間，瞬間我就聽見他的腳步聲快速消失在路的盡頭。

望迦來了，我老遠就聽到他那宏亮如雷的獵神般的聲音，勇士，山神。

我的恐懼消失。祖父是攀岩高手，像泰山般溜下來似地將我拉上岸，在我上岸還沒解開繩索之前，祖父要我轉身回望山谷一眼，深深望向那像是發射自遙遠星辰的深淵。

我問祖父為何要我回望墜落的山谷一眼？

祖父對我說，我希望你的靈魂和內心深處永遠記得這個時刻，不要再被恐懼擄獲。

阿娜，演出《木淚》是否也釋放了妳的心？山的泥土吸走了妳的淚？三十萬棵的樹木眼淚早已替我們流下了。

從此，不要悲傷。

憂傷蝕骨。

2

我的祖母是祖父的青梅竹馬，他們是我的風我的雨。但祖母在很年輕時就難產而死，我沒見過她，就像妳沒見過妳的祖父般。祖父沒有再娶，他經常說，我的森林就是我的孩子，我的月光就是我的妻子，我沒有失去過他們，他們從來沒有離去，他們在森林遊蕩，且看顧著我們。直到我們連一棵樹都保護不了時，我們一起離開。

在聖山保護森林的人是我的祖父，祖父開墾的還有傳承與知識，山林的植物的奧義祕辛。我的祖父大家都叫他望迦，那是一個發音，迦在平地人的發音裡發成了嘎，望嘎，但祖父說迦寫起來比較美，迦也是家。他是一個會回望來時路的人，有家的人，如森林樹木是有根柢的人。

之後，我經常想起我回望深谷的那一眼，從此我就克服了恐懼，我在那一年也成了勇士，老獵人之孫，祖父教給我一切，包括傳承的記憶與技藝，判斷植物的病象，自然的徵兆，天氣的端倪，土地的氣味，生物的奧祕。但祖父沒有教我們認識人的險惡，當我的父親被山下湧來的警察荷槍架走時，我的祖父抽菸搖頭嘆息地對我說，阿米哈，你還記得我要你爬上山谷時回望你跌落的山谷有多深有多黑的那一刻嗎？

我大力點著頭，我說不僅在腦海裡記得，且已銘刻在心。

祖父遞給我菸抽，那是我生平第一次抽菸。接著祖父遞給我酒，我倒是從出生就會喝酒，自家釀的酒，鮮甜甘醇，是真正的美酒。

祖父說，你也要從此記得那些平地警察身上的味道，他們的身上有屈服的味道，肉酸，腐朽，臭氣。以後聞到這種氣味，就是沒有站在正義這一邊的人。你要讀懂山林的暗喻，只要樹梢飛來黑鳥，那天就要躲去祖靈的樹洞。我跟你父親說，你父親卻不聽。

我寫這段往事是要告訴妳，我在妳上山時聞到遠逝的芳香，氣味如醇酒，妳是美麗且有勇氣的人，妳挖掘內心深處的傷害與渴望，妳流著我聖山人的血液。

3

阿娜，我的老祖父要我深刻回望的那一眼，讓我從此將視覺轉換成記憶的內部連結，使我永遠記得我曾經的脆弱與恐懼，然後把所經歷的事情讓自己變得強大。

我在山洞深處近乎多日沒有飲食，靠的是承接葉脈露珠而活下來，這讓我感到身體的清淨，以靈魂和這座山對話，我聽到自然的聲音，野性的呼喚。

當然一個少年一開始是非常脆弱的，但後來逐漸變得有力量。

父親被帶走之後，再也沒有歸來。再有他的消息也是身上有魔鬼氣味的平地警察帶來了一張公告，父親已被槍決，我們成了被監管者，繳械了值錢的東西與他們認為危險的器具，連獵刀都被清空。我又一度變得十分脆弱，祖父有天用鐵鍋敲著我的頭說，你是我的孫子嗎？你看你父親才是真正的獵人，他為理想赴死，村人以為我們帶來災難，其實我們是保有了尊嚴。

從此，聖山就是我的一切。

之前我在部落聊天時說閉關半年為了替父親守靈，阿努以為我口誤，是我的祖父過世，但這麼多年來，祖父像父親像母親。

因寫信給妳，所以我用妳的語言文字寫字，包括稱謂，這樣妳比較好閱讀。經過我的文字轉譯，其實也是另一種願意交心之美。移植疊加，也是傳播。

4

妳曾問我和阿努的中文怎麼如此好，好像我不該好？哈，妳又問為何我對哲學有興趣？讓我跟妳說個故事。

有一回我在聖山祖父之屋的外面，聽見有平地導遊帶著外人來聖山遊覽時竟指著某間屋子說這是番仔屋時，我和那個說番仔的人打起架來。

我的祖父聽到外面的打鬥聲時，他突然從他關閉多時的屋內走出來，見狀拉開我們，祖父突然清醒起來，他是一個經常杵在另一個時空的人。事後祖父對即將到平地讀書的我說，你光會打架沒有用，你要學習他們的語言，且學習得比他們都要優秀，整個融入，然後超越，尊敬是這樣來的。

從此，到平地讀書，學習好中文與台語成了我的強項，為了努力去掉口音，我還經常咬到舌頭。不是為了被同化，反而是深入敵人要害，轉毒為藥。

我最會唱的〈丟丟銅〉也是阿努很愛唱的：

火車行到依都，阿默依都丟，噯喲蹦空內。
蹦空ㄟ水依都，丟丟銅仔依都，阿默依都，丟仔依都滴落來。
Hóe-chhia kiâⁿ kàu i to, a bok i to tiu, ài-iō pōng-khang lāi.
Pōng-khang ê chúi i to, tiu tiu tâng-á i to, a bok i to, tiu á i to tih-lo̍h-lâi.

我藉著唱歌學會新語言，對多種語詞的掌握高超能力，使我下山讀書少了很多隔閡，雖然偏見永遠存在。

我快速學會各種語言，這也使我日後歸國在聖山開設無國界的部落民宿之屋，我和祖父相反，我開聖山之路，他擇隱世而活。許多神父來到聖山部落，也是在我的年代大量上山的，我是那時候學會彈吉他和唱英文歌的，沒想到後來和阿努聊，我們的所遇竟是重疊，那是西方神父把十字架插在陌生土地的渡海上山年代。

至於選擇哲學，可能過早承受父親的死去吧。死亡的本身經常是哲學的終極思索。

5

阿娜，有些祕密就帶到墳墓吧。
我們山裡人有祕密都去挖個樹洞，樹洞藏有我們的祕辛，松鼠會吃光它。

但妳問的，我想說的，我會告訴妳。

妳問過我，為何挑上妳這個素人演出《木淚》，且直接在劇中以妳的名字為名？

本來我的劇本那名女生就叫阿娜，這是聖山的菜市場名，也可說是巧合。

選擇妳，我想是因為妳出現在我面前時有一種深沉的哀傷，那時候我還不知道妳才在不久前失去了唯一的親人，也就是妳的父親。但在哀傷的背後，我看見年輕的妳的神色有一種如土地的堅毅，如樹木的硬頸。

妳的臉孔讓我想到我年輕時墜落的那座山谷的夜晚星辰與日出的雲彩。我回望山谷的那一眼。還有妳給我一種熟悉感。當然我當時並不知道妳的母親就是我部落的山民姑娘，她被她的父親允諾嫁給了平地男子，也就是妳的父親，而妳的老祖父逃亡聖山，為我部落所收容，一切彷彿命定。妳本為我的舞台劇而來，卻是冥冥之中而尋了根，報了恩。其實我父親收容妳逃亡的祖父是很單純的，理想者見理想者的一種惺惺相惜，只是這惺惺相惜改變了命運的路徑，我父親因而牽連被捕，我心儀但從未表白過的女孩且因此離開我的部落，當然這都是往事了，我從沒怪過妳的祖父哪裡不逃偏偏逃到我的部落，一連串的政治風暴與窩藏的連帶罪已靜止下來，時間過去，我想我們還是會選擇站在正義這一邊。

只是傷害永遠像倒下的神木群，傷痕永遠存在了。

然而，千年不死的，又是它們。

6

我在妳抵達之後，慢慢從和妳的聊天中拼湊出妳的背後家族史，我才知道了妳的家族足跡，這足跡停格在山林。

我還沒有機會和妳細聊，除了因為當時我們忙著排演，但我想主要還是因為這個心中的祕密適合用寫的，不適合用說的，一說就輕了。

現在妳知道為何我獨厚於妳了吧，為何我們能夠交淺言深，因靈魂早已神交多時。於今我們承諾各自上路旅行想去的地方，然後寫信給彼此，古老的行為，讓我感到一種我青春時的浪漫迴盪。

7

此刻，我在旅途裡不斷倒帶，將妳的輪廓還原，我在最後幾個夜晚，旅人齊聚客廳，聽妳酒後侃侃而談的過去，說妳是帶著感恩尋根之心回來，妳說的祖父曾經是政治犯，當年逃難到聖山。我當時沒有意識到收留妳祖父的家就是我家，深思之後，妳確實有幾分和妳祖父神似的樣子，不是長得像，是經常有一種孤注一擲的大風吹起的神情，即使表面顯得淡然。這也是為何我當初在許多來徵選的人裡冥冥之中選了妳，妳的臉彷彿是山的一部分，歷史的一部分，過去的幽影還在，而妳演完這個舞台劇之後就能解放過去沾黏在身上的長年幽影。像是拓印，覆轍。

夜晚的酒精釋放了深埋的故事出土。

山林豐饒，人間缺稀，我一直在山林看著這世界的逆反，價值的倒反，現在是山林缺稀，人間也缺稀。我的聖經告訴我，馬太福音裡那個握著一個金幣不敢花的僕人連最後一個金幣也沒有了。凡是多的，還要給更多，讓他多多益善。我對樹林就抱著這種態度，一顆種子，如一塊金幣，我要將它變成十座城池。

阿娜，妳也是一棵樹。
韌性者擁有樹倒而不死的靈魂。
這韌性來自現實的承受，拷打，錘鍊。
在受苦的領地，魂埋很多理想者，這聖山也將是我的完美死所。
即使我已繳了械，是不獵物的獵人，但我屬於山裡。
受傷之後的土地，歷劫灰燼往往成為傷痕的養分。

8

我想阿娜妳旅行中應該經常望見另一座神山。
妳不會選擇絕命森林的，我知道妳會走進的是應許森林。
旅途裡妳會不斷地看見那終年尖端有著雪神的山，曾經在千年前那山復活，連續火舌就像一條不斷往上怒吼的焰潮，熔岩如逆流的川，烈焰不斷從山口流出，接著火山灰如雨從天降下，聖山的大地鋪上一層灰燼，烈焰如毯。瞬間沿著森林與村莊燃成一片如末日之景。阿娜，毀滅之後帶來新生，那是自然的本能力量，和人的頹喪不同，自然有著超級優越的逆傷。

沙米糾正我說不是逆傷，是逆商，現在流行說智商情商，還有逆商，逆流而上的能力。但我喜歡逆傷，逆反傷害。可以想像千年來，毀滅之後的灰燼逐漸復原成豐饒的土壤，勃發著鐵杉絲柏赤松等針葉樹的茂密，火山灰土逐漸在時光中將死亡轉成再生，肥沃的土醞釀出樹木，接著成林。那座新生的森林，阿努告訴過我那裡稱為青木原，多麼美的名字，青青樹木的原林。這裡有個隱喻，奪命再予命，在此死亡也是新生。

阿努跟我說佛家說的殺活同時，這讓我陷入深深的沉思。

森林千年日久，長成了一道厚實的綠牆，每一棵樹木都像是精靈，難以穿越。

平地人說，食果子拜樹頭，我聽了覺得很有意思。

9

在部落之家，阿努曾給妳看過青木原的照片，我們對於那千年來盤結牢固的根蔓與交錯纏繞的葉脈感到如鬼滅的氣息，那籠罩著霧氣，鋪滿苔蘚的地表，彷彿是一座集體進入眠夢之地，感覺得到，卻什麼也看不到。

在黑暗中，我聽到妳瞬間吐出這是一座森林之海，是的，阿努說是聖山樹海，山海合一，但卻也是一座絕命森林，如神風特攻隊，永不降落，絕命森林也就是有去不回。進得了入口卻找不到出口，去的人早已知道將進入死亡的迷宮，但他們就是要去沒有出口之地。來到這裡的人緊緊地將自己的靈魂與樹靈山神融合為一。

妳說起妳大學電影社看過的老電影《楢山節考》。阿努當下聽了自然地發出Narayama bushikō。我還特地去找出DVD，我們在部落之家重溫這部悲傷的電影。深澤七郎寫的小說是取材於民間故事，描寫一座原始山村，村民因生活所逼，食物匱乏，老人家到了七十歲，由家人背到深山野嶺等死，以減少消耗家中的糧食。電影最怵目驚心的是年紀還不到七十的阿婆提早變老，忍痛拿起石頭敲掉自己的牙齒。女主角在電影中為求逼真也是把自己的四顆門牙削短。

阿努說這是以前的棄老，老捨。

我當時還開玩笑對阿努說你的國家的捨跟別國都不一樣，我們怎麼捨得下自己的父母親。當時阿努無言，靜靜地看著火吞噬柴薪，冷空氣逐漸暖和。

妳則敲了我一記，要我閉嘴。於是我們整個夜晚就聽著電影結束之後不斷重複著〈梢山節考〉的哀愁曲子。

深山對我反而是生存，在山裡求生對我來說比在平地容易。山林連腐土都芬芳，連風雨都聖潔，摧枯拉朽也是史詩。風是旅行，落葉是遠方，我們的腳是船，雙手是筏。

妳聽了我的解釋，瞪大眼睛，好像又愛我的說詞又對我這太強大的文字感到一種隱隱的缺乏同理心。我理解妳的誤解，沒錯，森林有其險惡，但了解森林，就會覺得森林極其慈悲，它提供了一切，包括死亡。

10

姑娘美如水，少年壯如山。

這歌詞為何讓我聽來感到一種莫名的傷感？

狩獵不再，禁獵法令使我的部落族人逐漸離開山林，他們往平原走去，往城市流去，變成一個個面目模糊的人。失去血脈流動，失去土地扎根。

轉為學習在聖山的低矮處改種高山茶山葵或者種稻。阿努當年曾對我說你歸國不下山也不改種稻，寧願死在山林裡化為一棵樹，也不願用靈魂交換溫飽？因為我知道在森林裡如果沒有物慾，溫飽是容易的，山林到處都能餵養人，我的部落是寶。但我最後還是讓步了，那就是開放屋子的某個地方將之改為部落之家，既然不下山就讓別人上山。

茶、山葵、桂竹筍、竹高筍、高麗菜，炒亮了高山的經濟作物名號，香水百合新植山區，化成迷人的高貴新客，這些事情自然有其他族人會去進行，畢竟活得好是自然的渴盼。森林流淚，木淚由我來安慰。

讓我說一個神話故事給妳聽。

天神用「楓葉」打造了美麗部落，但為何是楓葉？這留給我很多哲思式的想像。神話傳說遙遠的古老年代部落有兩個太陽，造成作物生長不易，所以部落族長就派最強壯的勇士前往執行射日的任務。

植物生長不好，太陽烈焰有罪。

這是神話，真正傷害聖山森林的是人，人為傷害才如烈焰般燎原土地。

11

我已輾轉從大城市抵達往昔被美國空軍灑下含有戴奧辛毒素除草劑的村落，大量被戰爭破壞的森林與植被土地，還包括稻田農田。

這是植物的悲歌。

我想美國植物學家與生物倫理學家亞瑟·蓋爾斯敦應該為樹木哭泣。

蓋爾斯敦從沒想過自己發現的橙劑會被當成戰爭武器，本來植物學家的研究是為了加速大豆開花，增加結果。但研究深入後，緊接著他也發現這些物質的危險在於如被大量使用的話，會造成植物落葉枯死。這個發現，卻被軍方用於戰爭，為此這裡的土地竟被投放了兩千萬加侖的除草劑，整個地面植物被摧，葉子落盡，如此可暴露敵軍躲藏處與移防的路線。

戰爭沒有贏家，善良的人成了犧牲品。

植物輓歌，引發大屠殺。

沒有終止的輓歌。

於今我在這城看到四處有法式美式的異國風情，啃法式麵包，喝星巴克，吃麥當勞。許多年輕人喝拿鐵咖啡，拿鐵在中文的翻譯裡還真是奇，我不拿鐵我拿金拿銀，我經常開玩笑這般說著。食物繼續侵門踏戶，但一代又一代的年輕人已對此毫無感覺。當年在歐洲公海漂流而被他鄉收容的難民後代也已在地化，生下混血子民。

混血模糊了一切傷痕，但血的來處應被記住。

12

種樹的人，看著沉默的樹在地底喧囂，靜默生長。

只要吐出一片新芽，就換我一夜好夢。

但極端氣候已使我愈來愈沒有好夢，少了樹木，洪水地震極端氣候，土地快速被雨水沖刷被太陽炙燒流失。走山，山走，樹木遠離了夢土。開發盜採觀光化，樹木化為實用性，早已失去神性。除了樹木必須穿過漫長時光，長成樹精，人們或許才懂得敬畏。百年榕樹人們用紅線圍住，提醒人們不要輕蔑。

我和這裡的民宿主人在入晚聊天時這般說著，彷彿我和妳及阿努的部落之家的時光再現般，我想我這個人到哪都是一個樣，都想讓每個人認識土地認識森林認識樹木認識自然，以此看見源頭，認識傷害的本質。

我住的民宿主人阮氏知道我走過迢迢之路，四處聯絡才抵達她的族群的土地，來此種下小樹苗，阮氏在昏昧的燈光下，聽著我比手畫腳的述說竟流下淚來。周邊的西方旅客也聽得目不轉睛，喝著咖啡，完全不知這段歷史的神情。

阮氏當寡婦很久了，她起身從角落木櫃裡取出老照片，一個母親和她懷裡嚴重殘疾的兒子的照片吸引住我的目光。這隱藏的戴奧辛除草劑毒素可以在受污染環境中存在數十年之久，大量引發胎兒畸形，導致神經系統和免疫系統受傷。十萬殘疾人最後都在工廠中度過餘生，我白日買的漆器就是出自他們的巧手。

火燃燒過的灰燼重生成樹海，一座工廠重生出工藝品，我想到詩與遠方，給了我們重生的期望力量。我來種下樹苗，就像我們之後要去會合的阿努原鄉H城，島嶼聖山的杉樹躲過輻射，已成樹海。而大西洋的大海深處，也有磷火飄盪，黑奴悲歌，海裡躺著被鎖著鐵鏈的人骸，漆黑的海浪就像森林的山風，自然就是見證。

透過國際組織的協助，我找到了適合種植小樹苗的土地，小樹苗經過檢驗，早在我出發前已寄送至此，通過檢疫，經過漫長旅途，抵達我手中的希望種子與小小樹苗，就像黑暗中的山林月光，那般溫柔的絨毛，在我的指尖發亮。

在也是善於種植者阿阮的合力之下，我們在土地種下一株株樹苗時，樹木歡喜，換我不停流下眼淚，小樹苗像是小小兵，我想像著日後開成林的風光。望著延長到地平線的樹苗，想著這荒地將成沃土，我彷彿看到沒藥乳香的聖土。除草劑的毒土廢地休養生息，日久能轉毒為藥，但那些窩在工廠塗著漆器工藝的手腳變形人卻沒有機會重來了。

把樹種回來，把地養出來。

這是我餘生的願望。

種完樹，回到民宿休息，客廳電視國際新聞正播報東瀛漁村太地町殘忍驅捕鯨豚，血洗漁村，每年有半年都在捕獵鯨豚，先是驅趕，再之獵捕，我看著血染大海，感到神傷不已。海和山一樣，都在承受著人為的巨大傷害。

13

阿娜，水姑娘，妳應早已抵達H城了吧。

我想妳一定在表面什麼都光亮的城市遊走時細細地體會著這城市往昔的巨大衝擊。

我記得出發前妳曾說這世上不該降下黑雨，他們不該承受帝國的罪。那時我們在民宿看著刻意播放的黑澤明電影，妳有感而發地說著，這句話妳說時淡淡的，聲音卻燙著我的心。婪，這個字為何上面是「林」？阿努問的是為何下面是「女」？妳說女應是「汝」之意？我們亂想著字，從電影中飄離那沉重的畫面。

阿努當時也跟著再次看了電影，我想他應心痛至極。加害者與被加害者，連成一個混雜著苦楚悲傷的後代之心。那是一部他極為熟悉的電影。他說，那些原爆下倖存者的餘生必須以悠緩詩意來揭開沉重歷史，必須將「過去」碎片一一拾起，只有不完整的碎片細節可以織就史詩。

我們靜靜地聽著阿努如朗誦般的句子，他的語句真是美。

妳如何寫下妳的旅途所見？然後寄信給我們？我想妳可能也只能書寫碎片。

H城尤難寫下，這城是個隱喻，是個傷城的代碼。

就像福島不再有福。海神的憤怒不亞於山神，自然靈界的憤怒源頭都來自於人類。

這個地名不再只是一個地名，而是一個指涉太多意涵與傷害的沉重字眼，我好奇的是妳能感受多少倖存者背後的時間裂痕與故事，從這麼久遠的過去進入這座城市的內裡？如何重現原子彈擲下的瞬間？重重的難題等待著妳的發現。

我想妳不必考慮這些，妳只需要感知妳心瞬間最被撼動的時刻。

我剛離開除草劑掩埋經年的土地，毒害依然殘存，但經濟作物的吸引力太大，我不知道我種的樹可以留在原地多久？

阿娜，據說蟑螂的翅膀是唯一可以躲過核爆的輻射，因而美國太空總署的太空船是以蟑螂翅膀為主結構來設計打造的，牠們在地球倖存幾億年，不是小強是大強。

我們當如是，以小強為師。

14

我在這裡種樹，教著阿阮如何利用有機來進行土地的碳循環。

只有土地活過來了，我們才能活下來。

種樹讓我心情愉悅，只要給我一棵樹，我就可以看見遠方，最好的萍水相逢。往後，也許還年輕的妳可以幫我來看看這些從聖山來的樹，丈量它們的高度。

希望或絕望，祖父在我絕望時給我希望，祖父將他的名字音譯望迦，望著家的希望。我們常說核心，因為核的心是最堅硬的，種子的核心就是希望。

妳在H城，面對戰廢品，心情應是極為複雜，百般滋味襲來。妳剛喪父不久，面對災難遺址，看著雲朵炸開天際時，著火的人跳河而下的影片，我想妳對死亡的思考應更劇烈。

15

除了下山讀書與出國留學，我偶爾因去外地順道旅行之外，我活在山林近乎一生，山是家，木是床，水是心，自然界的生生滅滅伴我良宵。

活成一棵樹，連凋零都美。當然這太烏托邦了，畢竟這麼多年經歷了聖山的死而再死，活而再活的循環。走山，土石流，人為挖山，火燒山，氣候變遷。

妳眼前看的東瀛神山山頂仍靄靄白雪？紅色神山是否將成人們的恐懼夢魘？怒吼爆發的山神，將覆滅人們。火山爆發地震海嘯隕石撞擊龍捲颶風病毒擴散，夢中我失眠。阮氏清晨說隔著房間還仍聽見我的尖叫，難怪我的嘴巴因張開太久而產生一種疼痛感，我感覺是為了降伏惡靈似地尖叫。

16

種樹之後，我照例會去不遠的手作工廠，那工廠是磚頭與鐵皮屋搭成的，前方是紀念品店，很像島嶼土產店的感覺，但走到後方就是不同的風貌，杵在不甚亮的空間，他們手忙碌著彩繪漆塗在木質的材料上，木質碎片瞬間有了新的生命。他們靜默如雕塑，透過桌板有時可以見到鬆垮掛在前方的變形小腳。

我在角落裡看著，想起自己的亡兄，他是小兒麻痺患者，我母親離世後有次他和我父親起衝突，當夜搭著要下山的部落便車去了平地，寫信來說要自己謀生，也有了身障者的摩托車，我知道他去了一家專門生產木雕小物的紀念品店工廠打零工，他手非常精巧，小時候畫的圖都像是一個藝術品，他還會設計部落的服飾。

阿娜，妳演《木淚》的服裝設計就是我從弟弟的遺物原稿打版的，是獨一無二的，所以妳看見演出之後，唯獨妳穿的那件衣服被我掛在牆上，當時妳沒有問，但妳知道一定有特別的意義。我讓沒有當成藝術家的少年兄長重生，如果他從小住在部落不下山去或許他的際遇會改變，但也許命運的路徑依然？從小我就看他爬在泥土上，還會爬樹，他不想穿鐵鞋，他說土地就是母親的胸膛。直到母親離世，父親破口罵他廢材，他竟至下山而去，以灰飛的方式回到聖山。

我們去為阿努祖父樹葬時，我沒說我哥哥也在那裡呢。

不過阿努知道我的故事，所以我只寫給妳，可以跟妳說的事情很多，但想到哪就寫到哪吧。

17

我哥哥當年從工廠下班的回程因晚上視線不佳而出了車禍，被橫衝直撞的砂石車強烈撞擊，從橋上落至水中。我們去認屍時，在泡水過久得面目全非中，只看到那雙小腳就知道是他了。

我在異鄉流下眼淚，想起這個一生爬在土地的哥哥，他就是一棵樹，不需要移動的。

我痛恨砂石車的背後產業，將山林挖得坑坑洞洞，然後將砂石砌成昂貴的建築。從地心挖，從高山挖，高貴的樹木換成家具，等著變成樣品屋高價出售。我以前容易憤怒，我是外顯的，阿努其實也是和我同類人，但他內蘊。我們喝酒，唯有杜康可解憂。但我體質撐得住，我覺得阿努到了我們這把年紀了應該會喝掛，我離開部落時，有看到一種在我們部落意味著不祥的鳥出現，以前這種不祥鳥出現時我的祖父輩們都不打獵，在家安居。那天我們一起下山，我見到屋子背後的樹林飛來這鳥，我轉頭看阿努氣色如灰，很替他擔心。

我岔題了，但願我看錯了。

18

總之我在這城，經常去工廠，有時義務幫忙他們切材料，塗底層漆，學他們如何在木片上畫草稿，因為專心讓我寧靜。

在倖存者無言的手作器物的現場，我會更原諒我的祖父輩在島嶼被肅殺的事。

我們這趟的出發或許可以讓我們這三個負傷者不再負傷？

回到民宿的床上，眠夢時分，我的心彈跳劇烈，我望著天花板，彷彿聞到腥味，就像夜間沖刷到岸上的大量魚屍，混在腐朽木屑裡的氣味飄來。夢中拓印著魚眼睛被啄下般的畫面，犬群們叼著魚來回啃食，河岸一片荒乾，突然我的眼睛也要被挖出來似的，我嚇醒，如越戰獵鹿人般地從噩夢中醒來，滿身大汗，天花板的電風扇旋轉著，發出嗚咽的聲音。

19

妳和我們聊過正在書寫的迴城藝術家之妻的書寫，妳問我關於記憶的失真與再造。我說起關於史蒂芬．古爾德派的論述。古爾德是美國古生物學家與演化生物學家，提出了所謂的「間斷平衡理論」，這種「間斷平衡理論」反達爾文的進化論，認為生物的進化不是如達爾文所提出的緩慢漸進過程，演進是在「穩定與短暫劇變的交替之下」所長期演進而來的。原子彈摧毀H城，人為此付出犧牲，也摧毀自我的存在性，於是在劇變與穩定隨之即來的日常時間軸線交替之下，由此人和土地都有自我新生與修復的能力，需索的是時間。時間是魔幻，也是真正的現實。

「緩慢如永恆的無間地獄之一瞥。」這是阿努在部落之家吐出的句子，準確而詩意，近乎認命而沉默的傷痕再次被掀開來，但掀開的傷痕不再是控訴，而是一種希望，一種願望，一種重返，一種祈禱，川端康成在小說裡寫著開往H城的傷害列車，希望這是世界上最後一班列車。

但我們失望了，這永遠不是最後一班列車。

傷害輾壓而過，接著爆炸。

只有人類會往地球投炸彈，人類發動最大的毀滅攻擊，這毀滅性的攻擊使人可以瞬間蒸發（影子卻留在牆壁上），使輻射世代殘存。我聽過阿努說他的母親被稱為輻射小姐，被其他城市拒絕的女性，認為生育出來的孩子將有輻射。不知阿努是否這樣而沒有走入婚姻？可能他太沉默，他把一切幾乎都放心裡，把自己活成一個輓歌。

和倖存者同時浮沉在悲傷大海裡，H城讓人敬畏，讓聽聞者豎起耳膜，聽到這個詞，目光與心裡都會流露一種奇異色彩，彷彿經歷過的人的身上永遠有著輻射的閃光與熱塵，歷史的塵埃厚厚地堆疊在這座城的身上。

「有天，你會和平地飛越世界」，曾經在H城有一個摺千隻紙鶴的小女孩的願望。阿娜妳的願望呢？

我問著自己的願望，盼望木淚入土為安。

望迦是不被收編的人，但他的代價就是晚年發狂。偷偷告訴妳，他也拒吃藥，他嚷著獵人吃風吃草吃土，就是不吃藥。我只好把精神疾病的藥混加在他吃的蜂蜜裡。

望迦其他部落的老友最後被收編，據說是侵略者發現以暴力無法收編時，改成了懷柔，頭目被帶去北城，據說去看了美麗的殖民建築，參觀了動物園，他們回來感嘆說那奇幻的時刻，那滿園的動物啊，竟比森林還多啊。

自願歸順更強大的民族以改變自己的命運，換取活下來，這讓山裡被困住的人或許勾起某種幻想。或者無可奈何，總之誘惑就像有錢人提一桶錢在你面前晃，或者一個美女在櫥窗裡向你招手。

但望迦知道那種誘惑，就像香誘之於魚族。很危險，將失去土地和自信。

他一直住在雲海會飄進他房間的地方，晚年望迦玩著雲海，但什麼也抓不住，還經常撞到窗戶，頭總是腫了一大塊。

獵神瘋狂得十分美麗又極其狼狽。

阿努跟我說，砍樹傷害龍族，惹怒龍神與龍魔。

難怪阿努常上山來，他總是像在贖罪似的。他這個人的臉上永遠寫著「輸你厤現」，我每回看見他那英俊的容顏卻老躲著我很抱歉的神情時就會發噱。

還是妳清朗，雖然背後經常有烏雲飄過。

我知道妳也是負傷者的後裔。

面對不容易，負傷轉瞬。

我們不容易。

時光流轉，輾轉竟能相逢，幾重山幾重水，活下來替祖輩們的失去發聲，彼此為證，互相逢合。

相逢，有時。

我卻已看見離別，聽見晚歌。

我太多慮了嗎？

20

這被除草劑覆蓋的土地之毒其實已經走到了日常，被刻意忽視的傷害史，為了當下的生活。我在民宿並不喝在地產的咖啡。我只喝聖山帶來的茶飲，或者自備到這裡的掛耳咖啡。

小樹苗種植完成之後，我去了市區，像到了又熟悉又陌生的國度，摩托車穿梭，所有的地點有島嶼氣味般的似曾相識，氣候也潮濕到彷彿一座海被覆上了蓋子，經常讓不愛這種潮濕熱氣的我熱到難安，且還經常流汗。

喊價拉客，在街上嗑瓜子，他們的嘴巴很厲害，滿地瓜殼。這城的人生如陽光熾艷鮮明。旁人看感覺哀傷刺目，但他們卻怡然自得，經常聽見笑聲喧嚷。

到處有人想要對我推銷旅遊套裝行程與飯店。

在這裡徒步行走，每回我帶著有點疲憊的神色行經時，在十字路口慵懶等待的幾位流動司機們一定會開口問著我摩托唄？一個人落單容易被招攬生意，我應該看起來很奇怪，年紀老的背包客是因為喪偶或者因為退休？也許他們的眼神透露著對我的一種奇怪目光。我這個戰後嬰兒潮誕生的人已邁入老境，而這城的戰後嬰兒潮卻才走入青壯年。這裡很少見到老男人，我想也許是因為亡於戰爭。

總之我像是一個慈祥的老人，摩托車的年輕人朝我招攬生意。

不能和他們的目光對上，一旦對上就會被纏上。不過也有很多人漫不經心，我抬頭看了他們幾眼，搖頭沒有想搭摩托車，他們也沒纏著我。好像只是問問，只是搭個訕。年輕女生想搭摩托車可能得找個看起來順眼的，不然身體那麼靠近，陌生身體在如此近的距離下，不免要抱陌生人的腰或者至少身體會碰撞到。我思考的是安全，要找那種看起來稍微斯文的，可能騎車不會那麼橫衝直撞。

就在我日日來回行經街心多回後，我知道幾乎街上招攬生意的年輕男子都對我笑過好幾回了。由於晚上九點了，他想趕快在下班前招攬到我的生意，所以口氣大方地說要便宜我一萬元，一萬元不過兩塊多美金，但我覺得他很認真，笑容也可愛。就捨棄了徒步，搭摩托車回民宿。年輕人遞給我安全帽。他發動機車，我坐上他的摩托車，感覺好像回到島嶼。

在萬帆齊發的機車流可真是比河流還湍急，每一個車道都會冒出機車，紅綠燈也恍似參考，各種方向都有機車流竄，但都能安全穿過，不會相撞，且竟還頗順暢。

彷彿每個人都有城市求生的本事與本能。

21

阿娜，我想妳也是這樣的人，妳還多了想法，多了一枝筆。

這真好。

在傷害之城，妳的淚水是否悄悄的流下了。

在聖山神木移居到他鄉的神社，妳是否撫摸著千年神木的靈魂落淚？

我昨天流淚了，在看到漆器工廠生產線那一雙雙變形的手腳時，他們如此老了，殘了，但不敗。

我買了些美麗的漆器，手繪的圖案有鳥有森林有河流。

很美。

於是我在夢中的另一端看見了故鄉的山林，聖山，部落老家。每一棵樹，每一個動物，都是我熟悉的。天黑的時候出爐的烤山豬肉，我經常在這裡聞到那炭火的氣味。醒轉，才發現是街上的小販在點火燒炭，香茅河粉咖哩辣椒，直竄我的腦門。

這城的人彷彿天生就有遺忘的能力，轉角有星巴克咖啡館與麥當勞，他們熱烈地迎接美式產品，每個人都吃得出奇的歡樂，價錢非常昂貴，年輕人彷彿不在乎。

我記得妳曾聊過自己大學時去當背包客，去種下橄欖樹，在一個作家故居的土地上。

我在種樹的時候想，以後妳可以來這裡幫我探望它們。

丈量它們隱密的生長高度，以妳擅長的繪圖，傳輸到雲端的夢境給我。

山鬼來函／阿米哈

寫給阿努　遙寄青春

M

我的摯友，至交。

認識這麼多年，以前也寫過信給你，手紙為信。但這回卻有一種奇怪的感覺，彷彿活到了科技年代，寫信是這樣古老。但我們出發去種樹，去讀史料，也是非常古老的行為。活在這個舉目都是異鄉感的年代，還好還有老友可以聊聊往事。

但老男人要寫什麼給彼此？想到這裡時，我笑了。

不談情說愛，我要寫給你什麼？我很好奇你會寫什麼給我？

在部落我經常看國家地理頻道，現在在外地，尤其在旅館的夜晚時刻，頻道正播出著海狗耍玩著落單的企鵝，最終企鵝竟在浮冰中逃脫。美麗的雪豹，像雪國冷艷美女，但美女不能飢餓。在冰天雪地見到羊，在崎嶇的山徑，捕捉羊也有可能會要了自己的命。

雪豹咬住羊頸，雙雙滾落兩百公尺深，仍緊緊咬住不放手。

緊緊咬住不放。

我印象最深的一次是有一回一個客人轉電視頻道，轉到某購物台正在販售鱷魚包包，購物台推銷的話術竟是要揹鱷魚包包招財，因為鱷魚會緊緊咬住錢財。

我當時大聲笑了起來，客人們也覺得好笑。

我當時和住宿客人聊著動物在撲殺另一個動物時，眼睛會彼此對望。祖父曾跟我說這是一種對死亡的尊重，眼神深深地凝視，獻上最深的致意。但人類的凝視充滿著占有。人類緊緊咬住不放不是因為生存之必要，而是基於我想要。很多人誤會我們祖父輩的打獵，我們取之有道，且物盡其用，絕不浪費。

我聽你說過你種下植物時也是和植物對望良久，和植物說話，從小時候就被當作奇怪的人。

我和你都會和樹說話。

我每種下一顆種子一棵樹苗也都會祈禱，和植物說話，說什麼呢？好好長大，讓受傷的土地休養生息。

你說和植物說話植物會長得好，就像和人說好話，人也開心吧。

y

我來到這裡時，這裡的溽暑彷彿島嶼，這裡的天氣只有熱與更熱，兩個維度，加上雨季，有利樹木生長。

橙劑，裝在橙色桶子的除草劑，噴灑土地，植物凋零，毒素殘存，現在整個土地在陽光下已逐漸復原，植物向陽，咖啡豆果子鮮艷如花。

但在工廠裡的變形人卻難復原且生活室內，生活在背陽之下。陽光下的這城市顯得如此刺眼。

我看著樹苗排列如兵，農民已然開始灌溉澆水，經濟作物勝過一切，而我種植的是我活著也還見不到開成森林的樹苗，但下一代會看見，樹靈會看見。

生活聖山經常看的是天際線，在這城我經常看的是彷彿世界盡頭的地平線。

我想起迴城的杉木池，樹倒成地平線，就像人死了。

棺木，木棺，我希望我的身體離開地球先前是躺在沒有窗戶的木盒裡，然後化灰埋土。

d

台灣爺，高山杉木的發現者，爺字輩的人。

早田文藏在年少時也是因為目睹祖父的過世而對於人生感到無常生滅的不解，自此他轉為植物界的研究，植物微小而躁動，但沒有那般恐懼的死亡。當然早田當時年輕，才十六歲，不知道植物也可以是傷害，且可以是更巨大的，比如植物可以是藥也可以是毒。整片森林的濫砍或者是燒毀，關乎植物的死亡，巨樹神木的倒下，被切割，常讓我看得心驚膽跳。

e

我想起我們當年在宿舍聊天時你說到植物很像是微觀的巨大，就像一花一世界。

你還提到聖山山腳下的懸念，那個賣你串珠的小女孩。你就像我看過的一部電影，一個年輕男人在街上晃蕩，只為了重逢曾經驚鴻一瞥的女生。每日的晃蕩中途他會去鄰近的咖啡館喝杯咖啡，最後卻因此愛上了咖啡館的女服務生。

我甚覺你多情，你卻說我才多情，因為你說你對小女孩是某種自我折射，童年流離的影子，且因為距離愈來愈遠愈被美化。而你說我已把愛情種子種在心田裡了。其實那個種子一直沒發芽，也就是顆種子吧。一顆種子如果沒有種到土地沒有灌溉是沒有用的，我的初戀種子就是被種到了鐵般的土，發不了芽的。

a

今天我離開種樹的土地時，天色已入夜，夜涼如水。前陣子雨季，把我的樹苗全泡爛了，我又重新種了一回。

沒有趕上最後的一班巴士，於是我徒步走回民宿，徒步是我擅長的，我的腳習慣踩踏在地上。

一路想著昨天潛入我夢的回憶，父親來到眼前，胸前有個洞，紅色的樹洞，滲著血，但他臉上微笑著，對我說著他很歡喜我到傷害的荒地種樹。我望著月色，走著路，緩慢下來，回憶的細節變得清晰。

r

我看到一個當地的女生雀躍地走在前方的美麗背影，心想也許她長大可以看見我種的樹苗已成樹林。高聳的樹林也需要爛泥巴的滋養。父親在夢中說傷害就像爛泥巴。我種的樹苗就像粒子，把種子丟進粒子態，每個瞬間的空間就是一棵樹的宇宙，一棵樹占有的空間很微小，但一棵樹變成一座森林，就足以產生巨大的能量。

微觀的巨大，一花一世界，你跟我分享過的句子。這種當地少見的微涼感，帶我的意識回到了島嶼的聖山。野性的氣息，我們喝著米酒，夾著肉吃，聽著劈哩啪啦響的炭燒音。街道黑暗，光也可能變光害。我的思緒紛飛，遠一點遠一點的捕捉著過往，但徒勞。

b

散步在林間，使我清醒，自由飛揚。

你經常四處遊走，流浪，你的青年時光都在這種狀態度過。

我在山林，走在空寂的無人深夜裡。

回憶校正的時光充斥著編織似的細節。

喜歡走路，聞著空氣中植物的氣味，在交談，在戀愛，或者在舔傷。記得你曾說過在古都大學時去擔任祇園修剪樹木的工人，也去做過修剪行道樹的臨時工。空氣中飄滿著濃烈的清香，你喜歡那股清香。那香氣其實是植物受傷的氣味，受傷發出的氣味，分泌出保護的賀爾蒙。

我即將離開這座戰爭之城。這一夜，雨絲飄在瓦上，瓦片黑亮，屋簷滴著水，落在石板路上像在跳舞。我佇立良久，感覺有點涼意，如處山林。我直盯著雨，路燈下雨絲清晰如光，黑暗之心沾著濕潤，我那放不下的念頭突然有點被鬆開之感。

在除草劑使之寸草不生的荒蕪土地上我種下了樹苗，未來也許什麼也沒有，也許開出一座森林，森林是我對地球最美的想像畫面。商人也來此種樹，但他們是為了收成，他們種的樹都是經濟型，可以快速長大的。

r

這城市有許多看似荒蕪的木屋，青苔悄悄附上，水氣潤澤了那種暗處生長的菇菌。

我的部落新一代人在山腰處培育新物種，雨來菇。

你聽了說好美的名字。

雨來菇，就像木淚。

我種的雨來菇，不用下雨也可以收成，用天空的眼淚灌溉的。因只有在雨季過後才會冒出頭。你聽了說像是情人的眼淚，每一口吃下去的彷彿都是情人的誓言。阿娜當時轉頭跟我說阿努好浪漫，她喜歡翼豆的名字，說是有翅膀的豆子，非常可愛。

其實部落也有很多含毒的植物，比動物還容易殺人於無形，植物的毒是對自我的結界。藥花園，我在部落經常用的藥方植物，也在旅途教了在地人種植與使用。

像我今天在種樹時跌倒，我擦了紫雲膏，植物治療了我。

聖山再現。

我思念的家園山林。

種樹的旅程即將來到尾端。

o

這座傷害之城很像是陷入量子塌縮，集體的意識塌陷。

不能自已、不能自拔，長期被傷害而塌陷的心靈憂傷。

四季熱燒的城，突然出現怪天氣，冒出一種夜晚的寒露之氣。異鄉的風吹進沿河的民宿，我知道聖山的故事將在我的書寫裡復活，一如以往。書寫者以其獨特的魔術編織復活的時光。生命雖無常，但我們在人世所做的一切都會為我們的生命作註腳。

t

你的一切都回歸了故里，唯獨你的故事，我應有繼承權的。這島嶼甚至這世界沒有人比我更靠近你，阿努，我其實知道你生病了，我在部落時經常夜晚聽到你的疼痛之聲，可能你已入眠夢，發出不自覺的疼痛呻吟。

我沒勸你去檢查，我知道你的個性是想活得瀟灑。

我後來夜裡常聽見你激烈的喘氣與咳嗽，我記得你曾說起祖父癌末時也經常體內發出這種如擊鼓之音。

我知道你的身體應該虛弱了，但我不知其嚴重性，你現在好嗎？

因為暗地知悉你應生病，所以我才提議了這次的旅行，希望你去旅行走走，然後在闊別多年之後回到你的家鄉，去見見想念你的母親與曾聽你說起的良善哥哥，開著麵包店的哥哥會帶著剛出爐的麵包給你，血緣緣分後來雖淺，但卻是難以取代的。

回到原鄉吧，雖然我捨不得你離開聖山，但我想迴城的人總是能再歸來。

h

原鄉有著你過去存在的痕跡，躲藏著生命來處的奧義，就像植物。你愛植物，你當知落葉歸根。也許你覺得我的想法古板，但我難以承受你的母親對你的思念，更不希望你往後有著殘念。至於我們曾一起看的聖山風景，早已是帶著命中注定的約定，不會消失的，是已經住進心裡了。

我沒有旅途的事情想分享給你，你知道我喜歡用說用唱的給你聽。就像我們在美國讀書時住上下鋪，兩人一上一下說話，經常說到天亮一般。

我的信來到尾聲，將就此打住，因為我要去種樹了。

e

我把在異地種的樹命名為阿努一號阿努二號……我將樹以你之名編碼到幾號？我也不知道，看地有多大，看樹苗有多少。

何況我在夢中會植上一回又一回。

以聖山之名，以父之名，以你之名。從此，異地是故里，有樹之地都是我們的故土，為何以你之名，因再也沒有人如你知道我如此愛樹，愛著森林。

悄悄地，我在以你之名的樹旁也命名了一株阿娜的樹。

雙生的樹才長得好。

很快我們仨就要見面了。

以前我去北城讀大學，總被笑「加分」才考上的，為此畢業後，我憑實力去考公費留學考。這一考，把我們的命運連在一起了。

我記得我們年輕時在美國讀研究所的宿舍，有天喝啤酒，你跟我聊起川端康成在〈抒情歌〉這篇小說寫到佛教的輪迴轉世之說，指出無論是前世的老鷹成為今世的人，或現世的人來世成蝶、成佛，全是在世時所作所為的因果報應。

我驚訝你記得這麼牢，但腦中卻想著老鷹蝴蝶和佛，問著你，那你會希望變成什麼？你喑啞低聲說著，我會飛到你的山林，飛到聖山最高的樹看護你和你的族人。

我聽了在黑暗中落下了淚。

接著你說，小說寫道，這是難得的抒情詩的敗筆。小說家寫佛經是轉世之歌的抒情詩，但講到因果卻太硬了，所以是抒情詩的敗筆，你對我的疑惑進一步解釋著。

我在種樹時不知為何想到死亡轉世，我們在青春時聊天的夜晚，校園星辰滿天。

那天我接著講希臘神話，月亮星星動物植物，都是神，而希臘神話裡的神和人一樣，有哭有淚，有情有慾，他們經常裸體地躺在晴天靜好的草坪上，彷佛無邪。他們可以一下子變成飛鳥一下子變成青草、花朵，森林女神可以為了不被注意而變成一朵小菊花。如果我的森林可以變身就好了，神木也不會被看見，也不會倒下。

你低沉地說了聲，輸你媽現，對不起，sorry。

我心疼著你那如小孩的羞愧道歉，你就是這樣的人，傷害都往心中放。

我不知為何突然很擔心你，老友，我們快見面了，希望你都安好。

我在異鄉很容易就想快點回到聖山，所以我後來都很少旅行了，除非為了到他方種樹，為了種樹，我可以奔赴。

往昔的聖山日子，有傷害，有異族，但我和山都挺過來了。

如果你不舒服，你也要挺過來。

迴城，聖山，我阿米哈，等你這個「木木能知神」回轉，入山。

Ⅲ 辭土的人／阿努

寫給阿米哈 山高水遠

㊊

那個以每滴水落下的十三秒數來計算大屠殺裡死去一個人的時間，讓我想到我們在部落時聊到的計數單位。我在那紀念館聽著水滴落下的聲音，嘆息的水滴，如樹木的眼淚。樹木如何被計算死亡？砍下只是換了一個形式，燒成灰才是樹木的終點？H城在原子核爆的死亡難以計數，剎那就吞噬所有。

這讓我想起我們讀書時去美洲的印第安部落。美洲部落因白人帶來的病菌而大量的死亡，聖石綠松石也被盜挖一空。他們原先從未和外界接觸，但最後幾支狩獵採集部族也瞬間被滅凋零，進軍雨林的開採者不只粗暴，還謀殺部落人。一些人在麵粉裡摻了殺螞蟻的毒藥送給部落人。更血腥的是直接射殺，當著他們家人的面。

六千萬印第安人的死亡，或者黑人奴隸死在海底以億來計數的傷害又如何以秒數代換？

㊋

這城的人知道我的母語原鄉是他們上一代的仇敵時，對我很不友善。

這樣很好，可以讓我有一種另類私我的贖罪感。

我和N城大學森林系取得聯繫，在某處學校實驗林種下了我的贖罪之木，像是情懺。

㊌

大點雨杉，很美的名字。

這是一九一三年川上瀧彌在島嶼鹿谷發現的樹種，川上瀧彌在一九一一年來到了北回歸線之南，任迴城林業試驗場分所長。這彷彿是我這個歐吉桑的忘憂森林，初老的哀樂就是哀多過於樂。那天看著你這個老友在火光照映下滿臉滄桑滿頭白髮，我竟有了一種酸楚感，彷彿我自己也即將不屬於這個世界了。如果沒有樹木，遠方，文學，這世界就不屬於我們了。

我喜歡你在檜木上方指出還有個神祕的空中花園，那是附生植物的美麗世界。

㊍

抵達這座如山林被傷害的城市，我如何感知巨大的N城的過去？

其實我們在選擇各自抵達的地點時，我本來是害怕來N城的，但心裡又有個強烈的感覺在召喚我，因為我畢竟不久也將抵達H城，那麼同樣是傷害之城，當加害者與被加害者連成一個難以分割的時光軸線時，我忽然想在抵達我的母城之前先來到N城也許是有意義的。阿米哈，我記得我們在美國讀哲學時，你認為任何機緣的發生都有隱喻，人的選擇不過是按下本來就設定好的關鍵開關而已。那麼如果我們沒有按下呢？

一個旅次往往影響或開啟下一個旅次。比如如果沒有遇到你剛好要上演《木淚》，也不會遇見阿娜。

我總覺得這個阿娜似乎是我們這次相逢的關鍵人物。

很奇怪我對她有一種奇異的感覺，你好像也是這樣的，我看你對她特別好，在那麼多臨時演員裡，你覺得阿娜注定演出這場戲，她的血液有一座山，山裡有樹，有魂，有靈。

㊎

阿米哈，你在傷害的土地上種樹，種到了異鄉，我們出發前往傷害之城，我覺得你的最有意義，種樹。

這讓我想到三島由紀夫和川端康成書信往來時，三島由紀夫提到某個先生去國外旅行時在他鄉教授茶道之事，他在信裡跟川端先生寫他跟這個教授茶道的人聊到：不該只是去那些和平穩定的國家，也該去越南那種戰亂之巷，子彈呼嘯掠過耳邊的地方教教茶道，那才是真正的茶道啊。

我學生時期就著迷這段話，沒想到你就在越南了。三島先生當時只知戰亂，不知有除草劑可以深埋在土地幾代的傷害，你去培養土壤重新種樹，這就是我從年輕時認識的你，我在N城想著你的壯闊，那種從山裡走出來的人才有的厚度，能量。際遇的牽線，原來你和望迦是我的救命恩人，你們救了身體流著祖輩傷害過這座山林血液的人。望迦說，每個人的心中都有聖山與魔山。望迦離世後，我抄錄了和歌：風吹岸，松籟響，月光寂，山林聲聲哭，望迦一聲鳴。問誰拭淚，在此世間路。

㈩

在N城，我找不到日本料理店，這紀念館的大屠殺氛圍非常直接，讓我呼吸不過來。紀念館直接以暴露傷害的影片為展覽，影像如刀口，直刺目光。我理解這是因為傷口還很新，人們還沒走過去，就像一個受害者必須大聲嚷嚷著所有的發生，才能撫平夢魘。阿米哈，我想阿娜現在在H城一定和我感受不太相同，因為H城已然將受害內化成一幅靜物畫，如心中夜夢的懺恨，說不出口的幽玄之痛，人和城混在一起了，就像我的母親成了輻射小姐，瞬間成了無父之城，哀鴻遍野，我學到的中文字詞，美得讓人痛徹心扉。醒來似夢難分，希望只是夢一場，但日日絕望如舊。

㈰

我沒想到我自己近乎是以逃離的姿態，踉蹌地離開紀念館。

在那間紀念館，我看到黑暗中有許多旅客，他們像是一團團黑影，燈光下那些人的面目卻很銳利，是那種長期被太陽曬成如刀痕溝渠般的鄉下人，老農夫農婦們來參加內地的旅遊觀光團，他們似乎穿上最漂亮的花衣，他們望著販售傷害黑暗財的博物館陳設，牆上掛著一張張被放大好幾倍的黑白屠殺照片與倖存者的口述影像，二者交織成奇異怪礫的感官再現。

我深怕有人聞到我的身上流著祖輩們的血腥氣味。

㊊

我在一家名為島嶼的餐廳吃飯，只要看見島嶼這兩個字彷彿就是關鍵字，島田，家族之姓，彷彿早已連結，祖上誕生於島，抵達一座島嶼，然後在土地上種下植物。N城的島嶼餐廳，我在這裡喝茶，想念著你，我們青春的生活彷彿已是上世紀的事了。

㊋

三點一刻，午後的光陰緩慢。角落也有一個寂寞的人，肥胖得似乎不該會寂寞的身形，但我讀到了他的孤獨。就像費里尼阿莫多瓦的電影，看似喧騰，卻埋藏著孤獨異常。

寂寞的人突然往我這裡走來。

也是背包客的旅人在旅館大廳用著網路，問我在寫什麼呢？你是作家嗎？

我不是作家，我只是在寫信。

給遠方的人寫信。

女友？

女性朋友，我笑說，還有一個好友。

那就是有機會變成女友的女性朋友，不然你幹嘛花時間寫信給她？對方笑著說。

他訝異我的中文很好，他是從雲南過來的，之後要往北京去。

我聽了大笑著。寂寞的人也發出笑聲，彷彿身上的肥肉都能震盪的那種笑聲，笑聲聽起來很開朗呢。原來寂寞的人是我。

這個旅人來網咖看書，他看著類似金玉良言的勵志書。他發出詭譎的笑容之後就回房了，他那笑容裡彷彿說他懂這一切，難以言說的感情，或者需要寫信的心情？

不久我也回到房間，青年旅館設備很簡單，一台電視一張床，彷彿這裡到處都有著電眼在觀看我似的。

戀愛的詞彙是貧瘠的。我已經很久忘了什麼是戀愛，但經常有一種莫名的想念，殘念，孤獨。

㊌

阿米哈，記得我跟你提過，在你的聖山山腳下，我曾經遇到一個美麗的小女孩，她曾是我在島嶼最近的一粒遙遠星球。像山上的雲雨露珠霧淞彩虹。

你當時聽了覺得我的想像力使我多情，並非是那個小女孩的本身。

也許你是對的，想像把我帶到一個危險的思念，摸不著如踩在雲霧，想念一個在日常生活甚至只是一面之緣的小女生是很奇怪的，是變態叔叔的行徑。但我真的並非如此，我只是覺得那個小女生就像山神雨神般，是我這棵樹呼吸的天空。

我拿著寂寞星球，卻沒有關於聖山的指南。

聖山沒有指南，只能自己踩踏，踏出自我的際遇與座標。

沒有機會傾訴，於是我和你說了很多關於我的過去。

我和那個小女生就像兩個時空的人，她太小，我太大；等她大了，我想我也老了。

你說該相逢的都會相逢，中文說狹路相逢，但我和她是在大山相逢。

在大山相遇，山風樹影落葉日光都是見證。

一面之緣，所幸你聽了並沒有嗤之以鼻，你只是覺得我太浪漫了。浪漫的人最終都要受傷害的，你說你的父親和祖父不顧一切收容政治受難者就是這股浪漫，理想性格的必要，即使引火燃燒自己都不違背自己的信念。

愛情的浪漫一樣危險，難怪我結不了婚，因為我的心裡住著一個幻想，一座山。沒有相遇，就不會發生愛情的排他性與侵擾性，因而我保留了那個美好的記憶。你說的話我都承認，甚且你還開玩笑說蘿莉塔現在變成熟女也許是個醜女。

說得好像我的眷念是因為她的長相可愛甜美似的。

但這思念又是為何？短暫的擦肩而過，何以成為我的孤獨對望的客體？

沒有答案，人的想念是不需要答案的。

㊍

曾經有很長的時間，我藉著研究，寫論文，忙碌至忘了過去，忘了島嶼，忘了山林。或許這樣就不會再耽溺漫無目的的想念，沒有緣由的想念。

我們兩個都嗜酒，你是個性使然，豪爽喝酒暢快人生。而我是失眠，或者在人群聚會中經常沉默而默默飲酒。

我的睡眠經常被中斷，醒來時我會推開窗望著霧夜藍色的樹林所發出的呢喃，有時夜裡雨落在木屋，滴在樹葉，綿密撞擊汨汨而來。還沒天亮，我的古都寺院發出晨鐘，出家師父已然敲著木魚念誦著如海浪重複的經文時，我會覺得我的失眠來得彷彿夜鶯的曼妙時刻，那時我會想起聖山，想起我要回去。

我們當時美國一別，我回古都，你回島嶼。

我就是這樣又回到迴城的，只有迴城離聖山近，我得空可以去看你。

只是迴城的紫荊花開季節，花粉如費洛蒙飄盪，如與人接觸過久，會誘發我的哮喘病，也會使我的咳嗽症狀加重，我又喝酒，你常說我不適合潮濕的島嶼與山林生活。但偏偏我是一棵樹，樹木怎能離山？

你指著部落之屋的木頭家具笑說，樹木可以變成家具，可以變成神案，樹木不死，只是換個方式存在，沒有離開山。

你果然是念哲學的，我們就是這樣才能做一輩子的朋友，我們的靈魂可以對話，即使我們對許多事物的觀點與生命態度經常不同。

㊎

我住的迴城日式老屋的窗外有夾竹桃，這夾竹桃有毒卻冶艷緋紅，窗外還有吊掛在鐵桿上的捕蠅草，捕蠅草有個美麗的維納斯之名，它們看起來像是號角，白色的花朵一串串的綻開著，這有毒的花卻被命名為天使，植物學家在一切尚未命名的年代，我經常想著他們是如何為發現的植物命名？

這些名字就和藥一樣甜美，百憂解，解百憂。最近我經常服用止痛藥，在迴城藥局買了幾盒在旅途用，名字很有意思，上面寫著：賜你免痛。我近來腹部經常痛得厲害，我很需要賜你免痛。但我從一顆吃到四顆，止痛的藥劑愈來愈不管用了。

高山杉命名為台灣杉，是否這名稱太不浪漫，太過政治？太沒想像力？我一邊將「賜你免痛」吞進嘴裡，邊想著我的身體彷彿像是一艘解體的船，而你是那片汪洋。

我想起祖父生病時，我的母親為了對抗祖父譫妄症發作時拒吃藥的狀況，於是她偷偷將藥磨進糖裡面，讓祖父以為是糖，這樣他就不會抵抗吃藥了。

最近因為實在脆弱得厲害，就會想吃方糖，買了兩盒長得很古典像水晶的方糖，彷彿這是我的急救甜品。方糖瞬間透過舌尖溫度融化，血糖立即竄高。

糖在島嶼是我最常見的甜品，成片的甘蔗園是迴城的風光，糖從植物來，我吃著糖，在這座傷害之城，想念著島嶼的糖的暴力。

⼟

我是個對感情膽怯的人，包括對母親的愛也是，這一次終於在闊別多年之後即將返鄉，我要謝謝你的提議，各自出發一個遠方，然後去種樹，然後帶著故事抵達我的母城，被我們代號H的城，我們連它的名字都說不出口，十萬多人秒死的城市，我們連提它的名字都感到不安。

之前我在信裡提到N城的紀念館展覽以水滴滴落的秒數代換我祖輩屠人的速度，十三秒屠殺一個人，我落荒而逃，黑暗中感到窒息，那些從偏村來的農人們以觀光的角度望著不斷播放的傷害性紀錄片，不斷重複的黑白巨大影像映著那些銳利如刀的臉龐，不斷地刺痛著我。看著那些紀錄片，我真懷疑我是否要改換國籍了，我在N城連我的母語都說不出口了。

我很喜歡你的自信，謝謝你讓我參與了《木淚》，演出一棵樹。會移動的樹，會說話的樹，我一出場，觀眾就笑了。

㈰

我覺得上蒼待我甚好，能在從美國回國那段時間餵生病的母親湯藥，盡些反哺之恩。中文字真美，反哺，報恩。中文字凡是帶著感謝的字眼都有著「心」，感恩愛意。有心真美。謝，這個字是需要「射」中「言」語，愛要說出口，但我還是說不出口。母親在我的照顧下康復的，那時候我有個念頭，母親會活得比我還長久，她是那麼有韌性。但同時我也想起祖父，祖父臨終時託付我到聖山歷練，走一趟祖父輩與其老師踩踏的植物森林，以彌補祖父一生再也無法抵達所懸念的島嶼風光。

當時的我和祖父臨終對望，只見他輕輕舉起手，來不及握下就像枯枝斷裂似地又彈回床板上。

我竟大哭起來，那是我一生最真情流露的一刻。畢竟我幼時喪父，祖父如父，但他也自此一別了。

為此我一度不再耽溺飄忽的思念，在面對自己的未來時。在成長很長的時間裡，我一直是一個為許多雜事思慮的人，對未來也很渴望，雖然不知道什麼是幸福。做好手邊的小事情也許就是幸福？當我看著祖父終於在掙扎過度流汗呻吟之後的沉睡，我也不知何時跟著打盹而去，醒來時望見如貓的一雙眼睛正盯著我瞧，如貓的眼神來自遠方，祖父的遠方，一座島嶼等著我的抵達。

有些事情歡喜，有些事情苦惱，少年不識愁滋味。我愛上中文，源自於祖父輩的島嶼體驗，但其實更多是唐宋詩詞的潛移默化。三李詞集，我的床頭書。尤其李後主，如歌朗朗上口的哀愁，就像心口的雲。

對未來的希冀，躲在烏雲裡，等著流放。

那年以為就此度過寂寞年歲，往後在山林裡循著霧而去，像是川端康成筆下在伊豆隨著舞孃行旅的高中生，但我沒有舞孃的身影伴隨，只有街上無盡的寒氣。若沒有上山看樹，就是在街上的公園裡看花，累了就在公園樹下吹風聽音。有時會見到一些少女結伴的笑聲滑過，聽見有人笑一個傻子坐在那裡。

阿米哈，你的少年時代如何？十七歲寂寞嗎？還是我們終究知道，不是只有十七歲寂寞，是一生都寂寞，是隨時隨地都寂寞，因為走上一條不同的路的人就會有這種寂寞感？我有感於你會走上一條不同的路，當你從城市回到聖山時，我知道那一刻起，你就為山而活，你的生命住著一朵雲，一座雲海，一個獵人的野性。

㊊

我的心裡躲著雲，自由幻化，生長。每天在雲裡暢遊，說是雲遊人，雲遊四方的人。

快樂有限，想像無限。藏在時間裡的人，永遠都不準備長大，如那個在山下相逢的小女生，她凝結在我的腦海中。

我想起那個遙遠的下午，那個被母親推上觀光遊覽車的小女孩的雙手，掛滿串珠的手臂猶如上帝的創世紀即將交會的雙指，看得我目眩神迷。

㊋

阿米哈，跟你說個祕密，我已經遇見那個山腳下的女孩了。你應該猜到是誰了。過去，你知道我總是想，如果終有一日，遇見那個女孩，山林的蘿莉塔，或許打開時間寶盒一切都會灰飛煙滅。祖父臨終應該幻覺滋生，遇見他的兒子，我的父親，日語說多桑，但我喜歡中文之美，多桑的發音好奇怪，像是一種豆子。

我聽見祖父叫喚著父親的名字，停格時間寶盒的人，父親永遠不會老去。他的時光沉在海底，是否已經住進了海龍王的宮殿，我彷彿看見渾身濕漉漉的父親，從海峽中線浮升，他是一個沒有全貌的人，一個故事被中斷的人，像是覆轍了他的祖父輩的流動，未完成的島嶼故事，未完成的懸念。

我的君父，家的缺席者，族的傷口，由子縫合，越過父傷這座山。

於是我高中畢業就初次抵達島嶼的南方之南，海殤依然，魂埋海峽中線的白骨，如天上的白雲。我是這樣逐漸走出了躊躇的人生。

因為際遇，我為脆弱的自己打造了如樹木骨幹根部的意志。

年年陌上生秋草，時間移往，我知道我也應該成為一個父了。

就在這時，我的大學女友罹癌，至愛消亡，自此我徹底成了一個遊魂。我因而不婚，我和樹木結婚，聖山為證，山盟。我和文學同眠，中文是我的枕。而你是我的土地，聖山下的那個蘿莉塔，已經內化成我心靈的島嶼神主牌，我悼念著往日的那個我，還沒感情挫傷的我。

㊌

我喜歡山林那種寒氣，天氣寒冷，我鍾愛的溫度，觸摸肌膚冰冷的感覺是我喜歡的。

島嶼唯一的缺點就是對我來說太溽熱太潮濕了。

此刻，我在傷害之城的旅館，在燈光幽黃的木桌上，遙想你們兩個也都在寫著信，不知道你們會給我寫什麼樣的內容？我很抱歉，我一直毫無頭緒地亂寫，無法寫下旅行的一切，我也許選錯城市，N城是如此的一直在提醒我的原罪，我祖父輩的鮮血。我應該會提前回到H城，讓我拋掉加害者的遺族身分，回到受害者的遺族身分會舒坦些？我知道眼淚止不住，但被指責的眼淚是痛苦的，受傷害的眼淚雖傷心但至少坦然。

我知道我不該這麼想，但N城確實召喚了我的祖先紅字。我明天會去江寧織造，回到曹雪芹的紅樓一夢，文學可以救贖我。還有友誼，阿米哈謝謝你，我一度就像落魄曹雪芹，而你的聖山像是後來接濟曹雪芹的故舊，山裡永遠有一盞燈等我歸返。田園牧歌在當代已然消失，但在聖山此情懷永在。

沒有觀光客抵達的山林，終於安靜了下來。

忘憂卻容易迷路的回憶。

島嶼也有忘憂森林，卻是一座死亡森林。

我的故里的絕命森林卻是復活森林。忘憂森林是島嶼大地震之後因積水而成的濕地。一大片枯死山林泡在水中，與水中倒影互相呼應，成了祕境，路線曲折，如迷宮。聖山的美，是危險的。

美讓侵略占有廝殺，隨之而來。

㊍

雖然我對那山那樹，對一個模糊的蘿莉塔姑娘的想望依然有著眷戀，但這不是癡心妄想的，毋寧說來是一種感懷，就像我們想念一種無以名狀的想念。如夢，伴隨著呼吸的念。沒有被遺忘的夢，夜晚就砌成了呼吸的韻律。

所有的快樂與傷感，轉成了囈語，夢魘。和過去難以分離的過去沒有想要過去。但深刻直面生死的際遇，已如鉤穿刺著我的思念。

我找到了失落的一角，在島嶼山林的那個一瞬之光。野外採果的山童，想要走進山，走到盡頭，一路隨著山風樹塵轉著，那是雅而不啞，靜而不競的離世之地。

我在N城重新看了我喜歡的電影《戀戀風塵》，有一次我和你提及蘿莉塔長大應該像影片中的阿雲時，你聽了大笑，笑我的無聊幻想。

你潑我冷水說，你又見不到她，你管她長什麼樣子？我跟你說啦，小時候長得太好看的女生，往往長大不美，因為反差太大。小時候我一直喜歡隔壁班的一個女生，她跳繩的時候我在窗邊看著心跳都會加速，她擦過黑板的板擦都會讓我想要撫胸摸著。結果朝思暮想的，等到有一天在北城念大學重逢，哎呀，她滿臉豆花，牙齒還長得歪歪扭扭的，看了整個幻想都瞬間破滅，我匆匆忙忙藉口有事就落跑了。

我喜歡你經常潑我冷水，這樣我會清醒些。但電影裡的阿雲，真的讓我做夢呢，也許那是我們那個時代的古板男人才會喜歡的女生樣子吧。

電影裡，那些數著饅頭當兵的男友覺得日子長得即使只是數著一二三四都覺得甚是漫長的人生，最後終至兵變。但阿雲這樣的女孩即使變心都讓人覺得她是無辜的，只會感到心疼，彷彿她這樣的人連一天都不該等的，她是要每一刻被疼愛的。

㊎

攝影論，蘇珊．桑塔格寫：「被剝奪過去的人，會成為熱情的攝影者。」

這是很有意思的話，意味著我們之所以對攝影熱情是因為要留住過去，停格過去，使過去不被剝奪。是否能愛彼此一生的人？

動物界是有的。

植物界也是有的，有的植物是雌的，必得在旁邊種上一株雄的，否則無法成長，很快就寂寞枯萎。

但人界有嗎？

人失去了原始的快樂，失去原本面目的清晰感。

我喜歡待在山林部落。阿米哈你曾笑說，我是假性部落。而阿娜是數位部落。但你不是那種在科技國度見山見水見動植物的人，你是要親自踩踏世界的人。為此，我們是同一種人。

⼟

聖山之夜，阿娜在民宿夜晚忽然說起童少往事，她竟然特別提起一個讓她感懷的人，一個在遊覽車上買走她雙臂上所有串珠的異語陌生人時，我在心裡起了海嘯般的撞擊，但在黑暗中，她沒看見我的震驚，我的喜悅，我的無聲吶喊。

但我知道，阿米哈你看見了。

因而你提議了這場旅行，你不知道你讓際遇的時光之箭轉了個彎，且餽贈我歸返母土，來回傷害之城，我感激能以傷害與被害者之姿來到N城與我的H城，雙向的救贖。

而你在另一座巨大的傷害之城種下樹苗，我祈禱傷害能藉著樹的新生被真正的撫平。你到處種樹，讓我想到日本有一座處女森林，但這片森林其實不是原生種，是幕府時代一個叫松平正綱的人種下的杉樹幼苗群，二十年的時間，兩萬五千株幼苗最後長成了一座看起來像是原始的處女森林。

沙塵暴的蒙古沙漠有個老爺爺說要種滿億棵樹才要離開人世。

彷彿種樹可以延壽。

我早該去種樹的，但我卻只是愛著樹。

無根的愛。

㊐

阿米哈，你知道我已經等了不知多少個一二三四，一二一三四，數羊般的數著，如此才能數盡的年年月月，我的等待毫無目標，毫無可憫性。我不是等人，我知道，我等的是一種奇怪的懸念，不可能重逢的人，一個若再相見也可能不相識的幽魂。

白玫瑰似的少女，我在你的山林失溫時所遇的少女，被我重新移植到聖山山腳下的那個蘿莉塔。當然我以為後來遇到的小女生不是這般的，她複雜，她的白不會是純白，我想她的白應該是有雜揉著生命難處的淚痕，我看見她從童年的動盪就可以看出來，因為當年她走上遊覽車走道的衣服邊角都有著油漬，臉上也掛著彷彿才偷偷哭過的眼神。

我老殘之年，她突然現身，我成了要被她救援的人了？我身心疲憊，感覺生病了。

阿米哈，我寫著這些老掉牙的故事，被我說爛的片段。

所幸在N城，鬼魅眾多，回憶是被允許的。

㊊

阿米哈，來聽我這私密的心的不正常彈跳。

這日我不小心拍到一個女孩子，她讓我想起記憶中的山腳下女孩。

但我當年拍的是女孩的背影，還沒有長大卻又要邁向長大的半尷尬姿態，女孩與少女之間，她三步併兩步如貓走台步的雀躍背影的瞬間凝結，洋裝衣角揚起了山風。如雲朵的髮絲。

我的故里女孩有的是天生的蘿莉塔，穿高校制服更貼近這種想像。但那是做作出來的，想要被誤認為天生的蘿莉塔，但我不會誤認。我旅行回家倒帶看那個女孩子時，我一直放大放大地重複看了好些回，就像讀她千遍也不厭倦，永遠也不會再見一回的陌生人。

㊋

我年輕時喜歡待在暗房，沖洗顯影聖山與植物的一切細節，攝影經常比我眼睛所見還要真實，但卻不能取代我眼睛所見的感受。

顯影有我的回憶，提供在場證明。

後來沒有暗房了，數位時代不再用底片。只剩愛躲在暗房。

喜歡機械相機，喜歡物質性可觸摸的東西。但後來也還是用了數位相機。

暗房，成了回憶之地。

㊌

照片與電影不同，一個靜止，一個連動。將電影畫面全部停格就成了一連串靜止的照片，在畫面的流動中，突然照片停格，呈現一種被放大的注目。

快門的瞬間，決定了畫面，意義或者無意義。

一瞬之光的力量，隨機又不隨機，有意又似無意。在決定性的瞬間暗藏著可能的際遇奧義。長久靜止或者快速連動？你的舞台劇播放著你我拍的老影片，時光再現。

㊍

攝影改變了時間的向度，空間的維度。

就像每次看她的背影，瘦削的骨頭彷彿要撐出洋裝似的震顫的喜悅。

可能在她的短暫賣手環串珠的生涯裡，還沒有人將她手臂上的串珠全買下吧。

按下瞬間即過去，圖像停格了時間。

我們的記憶變得可靠或不可靠？框內的世界與框外的現實，我們的記憶被時間磨損或者增強？重新建構的世界，讓懷念過去的人準備提取記憶。扁平的照片成了立體的時空。新的觀看，勾起舊的情愫。

㊎

直面死亡。

我盯著父親與祖父的照片看，他們沒有復活，而是我進入了他們的過去。

靈魂的遺照。

㊏

完全投入，捕捉特殊。

我投入了想像與現實，種樹是我的現實，中文世界是我的想像。

我也經常攝影，為了記錄植物。通過圖像，觀察植物的細微變化，眼睛來不及捕捉。看著圖像，彷彿再次進行我和植物之間的交流。植物的交流和動物不同，氣味姿態都是語言，像偶然進入黑夜的夢境，難以傳達，甚至一醒即忘。凝聽植物說話要心細，時間的魔力，調度了場景，我夢見我在島嶼山林木屋聽雨，醒來才發現已經抵達了我的母城。

㊐

醒夢一如，但無法一如者如我，只好經常借用圖像來回想細節。但圖像的溝通不在於圖像框內的本身，圖像更像是一種勾招，勾招的更多是框外的，看不見的，比如溫度濕度氣味氛圍。

無法描述一株植物的一生，就如同無法言說一個夢境的細節般。

無法描述美好的夢境不是因為缺乏詞語（當然也有可能），但於我更多是因為醒來泰半斷裂或者失落了夢境。夢就像一樁美麗的奇遇，比如遇見她，或者遇見山鬼地神，眨個眼就消失的都屬美夢。美夢醒來悵然，竟只是夢。

阿米哈，我曾夢見山腳下的女孩，當然那是我自以為是的她，我創造出來的山林女神。蘿莉塔早應長大了，純真的艷氣不見了，夢中她轉為一種恬靜的神祕，頸部掛著一隻狐狸毛，手持一株白茶花，十指除了大拇指全戴滿了銀飾水晶戒指，瘦而蒼白，但又曖昧如山泉清澈，微微笑著，但又不像真的在笑。

這給我一種幸福，即使是抽象的幸福，因為我和她隔著一片山林，霧氣濕冷籠罩，霧散她卻消失，然後我聽見我的鬧鐘響。

我的鬧鐘是設定中文勵志語：每一天都是最好的。

聽起來很濫情，但很給力（新學的字眼），很有精神。

㊊

我在N城時，當地人教我這種從夢境醒來的幻滅感有一個新詞：樓塌了。樓坍塌了，人癱瘓了。

我聽見死神的聲音時，如山崩地裂。

㊋

語言永遠無法貼近完整的現實，何況是夢境。

但我可以記得那夢裡的一抹微笑，甜杏氣味般的散發著初夏的訊息。

來自島嶼，來自過去的微笑。

此時此刻，從這個微笑張開眼睛的我有一種幸福感，穿越時光，被時光雕刻的我的舊影——她，仍窩在心房的角落裡。

幻化成一株植物，搖曳窗前，我起身去澆水。

每天一早澆水，看著植物悄悄生長或者凋零，那曾是我在島嶼的晨光奏鳴曲。

我在故里的此時此刻，只能用我的藥包為H城摺成祈福的紙鶴。

阿米哈，我真的生病了，我一直以為我強壯，但我的身體五臟六腑已然如核廢後的傷痕累累了。

阿米哈，當年原子彈落下後，遠在八十公里外的樹葉都被閃光燃燒，全樹枯萎。在乾旱日子，乾旱加劇了火光的熱度，颶風如火地瞬間摧枯拉朽。

挫骨揚灰。

人們只計算死傷的人數，但死傷的樹數呢？

無盡的無盡。

想起這些，我經常必須忍住才能不流下淚來。

於今，目光所及都是不經世事的年輕臉孔了，他們只讓我感到我並不想抵達的未來。祖父說在戰爭之前，沒有人知道有原子彈這個名詞，有著死神臉孔的名字。我們的老家鄰居有個婆婆的臉半邊凹陷，是女孩時臉部被嚴重閃光給燒傷的，像是融化過的骨骼與肌膚，熱熔過後的肌肉轉成扭曲的塑蠟感，那時婆婆正在菜園盯著一隻蛹化的蝴蝶。一秒半之後，婆婆看見背後的樹林成影，烙印在灰牆上，接著她的身上著火，星星點點，火焰像是採收的橘子園。然後她倒下，醒來在一片狼藉的呻吟聲中，夜晚到處都是幽魅。女孩活下來，活成了一個孤獨的老婆婆，等待壽終正寢。

我的故土不僅有瞬間被閃光蒸發的陰影人，還有陰影樹。

集體變成負數的城。

為被碳化的生命流淚。

我的祖父在他青年時期從島嶼歸返，後來不再熱衷任何的研究，他只想歸隱，只想當一個永遠的無名氏，也要我日後有寫任何紀念文，只需提及報恩者的芳名，務必將其隱名。

我想也許因為他年輕時目睹了扭曲的傷殘倖存者與大量突變的植物之後，突然有遁入空門之感？

他曾跟我說樹木並不需要人們的指認與命名，植物界自成宇宙。祖父後來很喜歡到處撿拾枯木。為倖存的樹身重新打造成凳子，小桌子，讓小學生們上課用。

此時，旅館的新聞正播放著土壤污染冰原融化沙塵暴的消息。

遠方的烽火連天，每天被更新的死傷人數。

依然沒有死傷的樹數。

無盡的無盡。

我又摺了紙鶴。

一隻紙鶴早已從聖山起飛，準備降落我的故土。

餘生有罪惡感的人，乘著紙鶴的翅膀，感受自由的氣流。

從奇蹟復活的城，從放射線瓦礫重現的繁華，只剩下一些被擇取的部分廢墟，提醒行過的數百萬名遊人這裡曾經發生的毀滅瞬間。刻意留下的圓頂，如傷疤，不願被埋葬，傷痕餘緒卻有一種做作感了，是否刻意留下的只成了形式？

我的手機傳來捐款遠方戰火難民的訊息，我想著原爆燒剩的殘骸圓頂，殘酷的受刑地，比太陽表面還高溫的熔點焚燒一切，留著殘骸還能提醒餘（愚）人什麼？參觀的觀光性覆蓋了黑暗，就和我在N城的感受相似。

阿米哈，你去種樹是對的，我的祖父遁隱其一生，想來是消極。

畢竟，大地會回春，我聞到窗外飄來的植物氣息，一股苦甜的氣味飄來，混著我渾身酸臭的皮囊。

原來聖潔與污穢的疊合處，比我想像的要多很多。

㊌

據說陷入想念的人不是瘋魔就是祈求別人賜予的自卑者？

因為想念使人意亂情迷。

如醉者。

想念使人脫離日常，帶著不安騷動。

如果只是幻影，愛一個幻影，確實是瘋的。

其實我的母族的人對於離鄉是感到痛苦的，永遠有一種隔絕心情的。尤其是藝術家，不像專業者，目標明確。植物學家目標明確，到處都是他的家園，像早田文藏，祖父都是這樣的人，目標使他們安定。但藝術家不是，文學家不是，當他們離鄉，就彷彿與日常生活分離，與習以為常斷裂。但斷裂又能促使眼光陌生化而有了新的感官刺激？靈魂的家園看似不需要地理性的，但靈魂又不免經常回返地理故土。形成了難以名狀的心靈困滯，從這困滯如能穿越，就是藝術的誕生之處。庸常的生活吞噬感官，現世生活的一方水一座山都在召喚心靈前往。

但那是有過山水夢境的人才有的想念，紐約藝術家的山水就是高樓大廈就是慾望池林，不若我的指導教授島嶼詩人，他和我聊天時經常說到他終究要回到島嶼邊緣那座海的。

說著說著，我彷彿也看見自己有朝一日會在那座海那座山踽踽獨行。

在這條海路，我會遇見詩人隱士或者浪女？

我們在這條山間海路，離海路奔向他方。

就像宮島的水中鳥居門，水保護了過度閃光之害。

鳥居木門，樹木有神，被保護了。

到處有西方人讚譽我的故里隨處都美，到處是文化，連腐朽都有侘寂的美學價值。其實深究，那不過是以人的眼光所賦予的美，就腐朽本身來看，是不美的吧。

我感到自己有著一副即將腐朽的身體。

㊍

除了你，我很少和同學聚會，在美國更少，碩博士班學生大家都像大人，有研究工作或助理事務。我本來就喜歡孤獨，相聚總要離別，離別使人哀愁。

我無法想像和喜歡的事物要分離的錐心之感。

和喜歡的事物在一起總顯得時光短促，所以永遠不嫌短。

分明是幸福的相聚卻又因為別離而露出糾結的臉色，嫣然一笑也會轉成苦笑，這真讓人難受。

人不瘋魔不成佛。

一輛公車鐵皮外貼著的廣告詞，遊戲軟體的宣傳詞卻切中了我此刻的心。從琢磨到著魔，成也欲敗也欲。

有人怕分離而寧可忍受不相見的苦楚？

應該沒有這種瘋子吧。就像怕死亡而不出生？

我有時候會想起你年輕時說你總是感到被別的文明強加在自己族群上的難堪，但當被馴化之後，別的文明就又棄你們而去，好像只是獵奇，或者只是採盡資源。

被侵入的原始不再純粹。

眼睛所見早已不再是原始最初所見了。

不斷被複寫。

㊎

相思讓人難以好好和自己相處，也許我注定是個憂傷終老的下流老人？

記憶就是生命本身嗎？記憶才是生命真正的閃亮處？

也算是個謎吧。

我就像樹木裡面的蛀蟲。

被蟲蛀的鬼魂，無法安靜下來。

阿米哈，你說你們部落人以前是不旅行的，直到你的世代來臨，到處是旅遊的故事，或者獵奇的沾沾自喜。

到處是偏見的故事，到處是顯擺（我在N城新學的詞）的照片。

那為何我們還要書寫呢？你說書寫只是拿來借用的工具，就像部落族長最初只是一個引領者，服務者，而不是權威者。是時間久了，才占有了群體性的高位，但其本質仍是在一個類似家族體系裡的人，因而族長酋長都是象徵性的父親。

書寫或許能讓記憶復活，但也可能讓真實透過書寫的偏見而隱藏，書寫也可能走向奴化的我們。但你又說，書寫在記錄傳承上，能使古老技藝與經驗留下。

書寫本身的輕重，就像刀刃的兩面。

我們不顯擺，所以我們的書寫只寫給我們仨看，樸素的品德，如樹木。我想起不用衛生紙的古老部落，他們稱衛生紙為草紙，草紙珍貴，不用過即丟的拿來擦屁股。他們仍然用樹枝，用籐蔓，重複循環。

循環，人的身體也需要良好循環，我感覺我的體內好像有個地方堵住了，無法代謝的冰冷疲倦，頭暈目眩，肚疼發脹，我擱筆休息了。

將一些點滴注入夢裡，等待花開。

總說花開見佛，若花不開呢？我將見誰去？

我若是鐵樹，開花就意味著要死亡了。

㈩

這城的人早已遺忘傷害，傷疤成了刺青似的符號。

我的故里人總是吃了又喝，喝了又吃。居酒屋，湯湯水水，酒氣沖天。

旅館旁的庭院外貓群總是在朝著門外盆栽的植物叫著。

貓愈叫，植物愈亂長。野性被勃發的樹群。

我想到你曾說我的國族很奇異，白天人模人樣的，到了夜晚，一喝酒就全走樣。但怪的是在擁擠的捷運車廂可能比在裸露的湯屋更充滿情慾。

捷運車廂或者居酒屋和湯屋確實是完全兩個世界，捷運車廂與居酒屋到處曖昧越界，即使西裝革履。但在湯屋即使男女共浴一池，完全裸露，也相安無事。空間明確，男人看到女性裸體也不會亂性。年輕時我們在印第安部落旅行時對於部落的裸體也毫無性慾感。清楚的裸露與曖昧的遮掩，重點原來是曖昧，裸露一旦清楚了邊界，就沒有慾望的流動了。那些人類學家闖入的原始部落看到的裸體群，大概就像看到奔跑的獅子老虎一般吧。

夜晚，伴隨著焦慮的貓咪叫聲，貓咪彷彿一直沒有找到伴，似乎心急春天就要過去了，費洛蒙到處飄著，貓跳上盆栽，把植物根部咬壞了，發怒了，還是把植物也當成貓咪？

貓的叫聲讓我難以專注想她。

貓躲進故事裡，彷彿貓知道我是假仙的。

假仙，騙仙，我學的島嶼新詞。

連仙都敢騙的人就是大騙子，中文真是有意思。

㊐

彷彿比飛機還快的子彈列車送我回家。

離苦之路，離開N城，現在是幾月了？

從小我就聽教授我中文的華人出家師父說起往昔有許多的避難寺，收容想避難的人，尤其是婚姻不幸的婦女們，當年這些婦女們和比丘尼住久了，就可以獲准離婚，在那個不自由的年代提供了另一個可能。

這讓我感到非常的人性。

每個人都需要避難地，於我，你的聖山就是。

阿米哈，其實我提早回到了故城，沒有知會阿娜，我突然害怕單獨面對她，但我昨夜有行經她下榻的旅館，從河岸望向她的房間。燈暗燈滅，燈滅燈暗。

你知道我不是偷窺者，我只是在看自己被寄生的往事幽魂。

我是個古怪的歐吉桑，你說是吧。

延遲見面，就像小孩子延遲把手伸進糖果罐。

我經常進入眠眩的日夜不分。

今天，因為被貓吵醒，難眠。

徒步去看了早場重映的老電影《雪國》。

聖山對我如有遺憾就是沒有飄雪之景。

母城對我如有眷戀就是飄雪之冬，天寒地凍一切，包括記憶。

㊊

阿米哈，在我的故土有的寺院會遷宮，當一座寺院裡供奉的神不再有神力時（功力不夠的神也會老去），這時祂們會給信徒指示，準備遷宮。

藉著每一回的遷移，遷居，神重新獲得神力。

我一生如此遷移，驛動，但我卻愈來愈沒神了，感到身體逐漸失去了活力。

是否因為我太多情，情容易內傷？不若神的情是對外的，神不內傷。

阿米哈，多情應笑我。

一顆種子，就能把我帶回如蘿莉塔的過去身影。

當年我跟女孩全買下的串珠帶回家後就全送給了母親，母親又發送給很多親朋鄰里好友，我只保留兩串，為何不是一串，因為我怕丟失一串時還有一串可以回憶。一個串珠是用植物種子串成，木質的，紋路很美。一個是用玻璃珠與塑膠珠子編織而成的，一真一虛，一樸實一亮麗，彷彿也像我們。

㊋

阿米哈，笑我吧。

當我湧上一股青春似的哀愁時，我會想起她。看著影像背影，畫面框住不長大不老去的女孩，沾染著入世又出世的塵俗氣味與超凡氣息。也許措不及防地重逢，也許當年她的轉身就是一輩子，太多也許。你曾笑說我的瞳孔泛水光，有如一座海。

現實生活其實是那般庸常，存在感低落，對世界陌生，當年聽著英語，卻研究漢學。沉默的表情，也許更真實。

㊌

未來茫然，當年以為的相遇遙遙無期，未料成真了，我卻要離開人世了。

那個腦海中的她，頭髮亂如麻，沒有整理的黃毛掛在有貓痕似的臉。

洋裝衣角翻飛，黑色褪皮的鞋子踩著踩著，像黑蝴蝶。一點小事就泛著開心的表情，我永遠難忘。尤其我遞給她的是鈔票，而不是銅板的聲音。

㊍

那神奇的一刻，彷彿有著什麼際遇在等著，但其實什麼也沒有，至少我寫字的這一刻還沒有。

時間翻頁，我當時在美國一心嚮往的島嶼教書工作，終於有了著落。

只是我沒想到我真的會在多年後，重逢了真實的她，長大的她，且在我們最喜歡的聖山。

有你，阿米哈的《木淚》為證的美麗山林時光。

自此凝結，我要帶著木淚去見阿彌陀佛。

㊎

這座島嶼於我的心或許就像祖父輩的足跡，初次的驚艷與無上的喜悅。新字詞，如幼苗，開始長在心口上。

往昔風光，在腦海波動著，但我曾看到的她當然已然不存在了，小女孩變成大女人，模樣注定要變，心靈也是的。

如果變得一無所有，那我的一無裡還是有個有。

有人世懸念的幻影？

我以往經常打禪七，或該說打禪一禪二禪三，看我當時有空的時間，這是以往我在古都或迴城時會做的事。把自己變成樹，植覺也是直覺。但經常打來打去好像都在打妄想。

比如此刻，我張眼，看見了木淚，拈花微笑。

在決定去迴城教書前，我從美國再次回到古都與H城，古都是我讀書的地方，H城是我的出生地，也是我的別離之地。

天空烏雲密布，陰冷。窗外的人家黑瓦上水光泛著樹影，前夜有雨。

回到故里，童年的風吹過，記憶裡的家園就是這般。

風吹著夜落，祇園粉黛都沉睡。整座城在秋末安靜。我彷彿看見那個多年前的自己，走在初戀女友辭世的石板路上，什麼世事什麼感情都還不明白的自己。

我聽見木屋外有人突然醒轉，撥弄著幾聲三線琴。

㊤

時光奇異，彷彿在等待著我的看見。

試圖尋回一些碎片的記憶。

㊐

不知道從何時開始，也許是初戀女友過世之後，我就開始有一種奇想，我要去遠方。我想把遠方寫成一封一封的信，寄給沒有收件人的地址。

卡夫卡式的孤獨與奇想。把整個心思都拖進生命夾層的暗念，還不到暗戀。

孤獨是我一個人的異想與狂歡。

㊊

因為我經常寫信來抵抗孤獨，寫信有個聆聽者，我不需要寄出去的信，安全可靠，如夜鶯與樹木。

經過漫長的時間可以甩掉她的身影，好在有個承諾待我實踐，那就是要替祖父尋訪部落故舊與寫下他恩師在台故事，這讓我大大緩衝（甚至經常）遺忘她。

這真好，承諾拉住我飄忽的行腳。

使我不至於麻木。不仁（或不人）。

㊋

我今天去醫院複檢，感覺自己還頂得住。在醫院美食街吃飯時，進來兩個華裔女學生，其中一個面對我的那個學生有一種淡淡如水墨畫的美，像起霧的山林，也許因為我直盯著她看了一晌，她突然就臉紅地吃著飯，坐對面的女同學聒噪地自說自話。

那張臉有一種散發著植物香氣的氣質，木質的，不是花朵的香。

我覺察到自己盯著她看的無禮時也低頭扒飯，這時我才注意到她的裙子是暈染的層次綠，蘋果綠到墨綠，如一片片山林或者山坡上怡然的草原。我正要再解析顏色時，裙襬移動了，風景離開了。

㊌

在平凡的生活，靈魂的苦役裡，女孩的臉與山林氣味，讓我感覺被餽贈了恬靜感，即使非常短暫。

後來到醫院餐廳吃飯卻不曾再遇過那個女學生。細軟的髮絲，雪白的肌膚，內心深處引發我想要靠近（但不必一定要認識）的渴望。而我一向對異性膽怯，除非我喝了啤酒壯膽。

來不及壯膽，客體自此消失。

彷彿我又做了一個夢。感到熟悉，彷如故舊。

在我寂靜寂寞世界投下的晃蕩，薰香，停擺。

反覆出現的意象，年輕而孤獨。走進這樣的風景，我可以重逢往日，看見她。

多年來，夢總是開始於夏日，結束於秋天，山林的女孩。餐廳的女學生，如初秋時光遇見的美，飄忽如陽光。

㊍

她經歷了什麼哀傷與生活？

甜蜜或哀傷的溫度。

心田裡如果種下的是關於她的種子，那麼開出的應該是思念的山林。

㊎

患得患失。

晚上睡著，有時會驚醒，被自己大聲嚷嚷的夢話吵醒。

久遠的樹可以活成神木，人卻無法因為活得久而成為神人？

鬼也有過去，孤獨悲傷的過去。

㊏

體溫留在桌面椅面。

華裔女學生離開後，我把餐盤移到她坐過的位置，體溫如風拂過。

接著我聞到食物的氣息，女學生剛剛吃了炸馬鈴薯片與羊排，很難想像那麼淡雅的女學生吃這麼濃重口味的烈性食物，羊騷味，這一想讓我笑了，這驅走了我對女學生的一些幻望。

醫院的報時鐘聲突然在我遙想時大響，在冬日裡聽來有種喪鐘感。

彷彿病體將轉眼凋零。

㊐

我就像迴城樹木園的外來種。

我需要原生種讓我的生活有一種參照的座標。

㊊

簡單而通俗的人生，比如三點一刻我愛妳之類的語詞。

那是我遇到女孩的下午，一些過去也是我生命中的一個像閃電般的神祕，短暫的過客，緣分已寫下。

跟我散步微風往事吧。

我們在聖山山腳下喝著米酒，聞著烤山豬肉的炭火香味，木頭成炭，炭化灰燼。阿米哈，後來我想在生命的盡頭才認識她，這樣也好，等我白骨成灰，那就正好遺忘彼此了。

傷心的晨風拂過山林，日語講殘念，在靜下心的時刻，會聽見殘念的本身就是自言自語。

㊋

我幾度為山林為懸念而擱淺島嶼，但從此我的肉身將滯留我的母城了。

漫長的時光，我是有了十足的心理準備，就是有一天奇蹟走來她的身影，指認出彼此時，我們還有時間。但現在我才知道沒有時間，相遇就要離別。原來我們的相遇是兵馬俑，等待漫長，一開棺就是灰飛煙滅，所有的彩料都瞬間揮發消殞。

㊌

我長期浪跡天涯，美國讀書就耗了十年。從拘謹的故里到放逸的美國嬉皮生活，有一段時日，我還算過得開心。看冷僻的電影，和植物說話，研究室的盆栽都成小花園了，彷彿裡面就是我的墓園。

阿米哈，我的摯友。那時我們是室友，當時你跟我說考上北城大學時全村放鞭炮，等你考上公費美國留學時全村宴客，歡送，山腳下的故舊同學也都來了。但你在那宴會上就是沒見到你心中曾經念念不忘的部落女孩，你說你從未表白過，女孩太小，一切都在等待命名的時光，連愛情都還沒有名字。表白彷彿就要承擔，可能建設更可能破壞原有的結構。

何況你將遠行。

木炭變成灰燼，一切只待灰飛煙滅了，因等待危險，就此失聯而成為一張遺照般的肖像。

隱藏在時光裡的蒼涼之謎。

你不打算解開。

㊍

愛樹的祖父最後變成半植物人，他的下半身成了植物，愛風的人中風，腦卒中，如植物被釘在木床上，如枯木躺在木板上，等著腐朽，成灰，樹葬，魂埋。

但他的腦子清楚，有時看著木屋，說著一花一世界這類的詞語。

曾說起島嶼懷念的甘蔗氣味，提煉的糖成了暴力，滯留血管。截肢的祖父，沒有經歷幻肢症，彷彿他想成為不動的人。

但植物表面不動，卻是千言萬語，就像歐吉桑。

我的哥哥對於祖父並沒有特別的感情，且他的麵包甜點就是血糖的兇手。

這回返鄉沒有機會去拜訪哥哥，因為我生病了。我想起哥哥總是想起和他去看父親的那個夜晚，我們兄弟倆一直吃著香蕉乾。

㊎

一切回憶已經有如親近的遙遠，我即將換車，走上不同的路徑。

遙遠的親近。

此後，我們將不僅是邊界與邊界的分離，而將是上天與人間的離別。

請不要為我流淚。

我真正想寫給女孩的那些信，將在生命末期才會寄出。

她將看到我唯一留下來的那串她交到我手上的串珠，再次重新戴回了她的手腕。

琉璃之美，如心。

晶瑩如淚，露珠。

我很喜歡中文說的青梅竹馬，彷彿她就是我變形的青梅竹馬，而我於她卻是超級大叔。

從此，迴城成了我心的故鄉，懷念沒有故人之地，越過北回歸線的人不再歸來。

我寫給你的廢話太多了，我們如此熟，但說心裡話卻少。但即使寫這麼多，還是紙短情長。畢竟淤積心海太久，我需要疏通，需要傾訴。

老友，你要好好的，別忘了你是大神「哈」莫，阿米哈。而我是主神尼芙「努」，我們搖動風，長成樹，落下的葉果就成了人。

聖山未竟的故事你還要交給書寫者阿娜，最後，請記得帶我的魂歸去島嶼，回到聖山的那棵高杉樹下，請佛渡我渡我。或者你的天主也可以，樹神老獵神更好。

將我從母城的絕命森林連根拔起，從此埋根在迴城聖山的應許森林。

㊏

再過幾日，你們就會來和我會合。

我提早抵達這座秒殺的傷害之城了。

㊐

演出《木淚》之後，我沒有告訴阿娜我就是那個買走她手中所有串珠的人，小女孩眼中提早老成一個歐吉桑的我。可能因我的滄桑，或者因為小孩子看出去的大人都是老的。

我在部落之屋靜靜地聽著她突然說起的過去，我聽得驚滔駭浪，但卻靜如木頭地看著她，我不說出這個屬於她的過去的某種又喜悅又難堪的往事，雖然她是感謝那個片段的，但我覺得自己對她十分矯情。等我們都回到島嶼了，我們才會寄出這些信，到時候她就會知道答案了。我決定告訴她，因為再不說就來不及了。

阿米哈，我要告別你了。

寫這封信時，我已提前抵達我的故里H城，前天我腹痛如絞，賜你免痛已經是賜我劇痛，我只好去看醫生，我被宣判了絕症，癌末。晴天霹靂，如雷劈下山木，我即將凋零，但我們的遭逢即將更新，重生。

走筆至此，我不禁流下了眼淚。

你收到信時，請不要流淚。

那時候我應該在天上了。為此，我必須寫下一生回顧似的手帖給你，如遺言，而你是我的繼承者。

㊊

我正經歷一條充滿著人生奧義與隱喻的過程，命運之輪已轉向，從過往的沉睡中甦醒，姿態雖然緩慢，但沒有猶豫，因為我時間不多了。

死神的廣播聲終於響起了。多年前的邀請書現在已送達，在我即將一無所有的時候才看見了躺在我心頭已久的她，未來是魔鬼的邀請書或者是天使邀請書？我不得而知，但至少我知道我回不去島嶼了。

原地不動，逝去光陰無法歸還。

我們各自走上自我的孤獨之旅，歸零，之後，你們得繼續不斷地吐出故事，好讓夜的死神聆聽而忘神。

感覺自己的理想已然是過時的，就像何時森林變成遊樂區？

此程孤單卻又不孤單，我的生命正在要被截流。

離開的先靈們，已經在另一個地方召喚著我。

福爾摩沙，當年洋人從海洋遙望海中浮島，不禁震懾於這座島的美麗而喊出的讚嘆詞，幽響在我的夢境裡，異語飛著，但我已然無法再抵達。

辭土的人／阿努

寫給阿娜　俳句短而情長

阿娜妳好嗎
我是初老歐吉桑
等著重逢妳

揹相機拍照
徒步旅行與採集
快門聲愉悅

明室藏暗室
聖山見妳的日子
是回憶刺點

仙子的步伐
如山風銀鈴笑聲
夢中妳最美

在迴城晃蕩
想重逢妳和過去
卻老遇自己

摸黑等日出
眼凍露水腳拂霜
風景遣悲懷

植物的香氣
是受傷發出的香
我聞香流淚

鹿眼盯著我
洪荒走來的死亡
殺手沒缺人

雙手臂掛滿
如貓走寂靜台步
賣串珠女孩

回憶染的色
串珠更熠熠生輝
像祕密花園

回憶的濕地
走進命運的怪手
等著被開挖

晃蕩的日子
晃亮了回憶星辰
像棵樹等妳

晃蕩的日子
晃出了母語異語

像個字等妳

植物小宇宙
悄悄生長的思念
騷動一陣風

樹看上看下
上有寶下也有寶
低頭看得破

我喜歡想妳
喜歡想妳的動詞
想讓我安靜

有過愛情的
高度與死亡同高
我自此畏懼

一目的恍惚

目送我上路流浪
路有山有海

風接近天空
針葉林倔強不哭
想著我走了

新懸念來了
蘿莉塔會變老嗎
老成了殘念

妳在的地方
是神木造的陵寢
我要的不多

不是聰明人
不是有語文天分
是因愛島嶼

我能活多久
綠幽靈的山與城
腐朽我相思

蚌淚流成珠
時間劍是殺豬刀
木淚只成灰

島嶼有風雨
聖山有日出雲海
我有杉木林

泡在菸與酒
失眠的身體夢遊
墜下了星瀑

黑暗劫走愛
月光森林有陰影
等報信者來

還不能死去
沒有重逢妳不能
思念不瞑目

駝著老故事
清創縫合裂開處
滲血的頑石

姑娘美如水
神木渡海沒了神
少年老成山

再一次奇遇
重逢姑娘的奇遇
少年願死去

植群化死屍
變木梳木窗木桌

還魂紙有妳

我怕遇見妳
又渴望能遇見妳
變形的時間

相思何處去
痛苦化成麥與花
有了啤酒肚

一輩子的我
有植物學聖山考
妳的一輩子

妳該是女巫
點樹成一見鍾情
一目不恍惚

等驚心動魄

等聖山叫醒愛情
等成了小鹿

克林姆麵包
一雙盯著的眼睛
眨眨眼吃著

眼睛如深海
女孩眼巴巴望我
燎原著星火

小小的盆栽
城市的田園牧歌
獸性有聖性

寺院敲鐘聲
一座靈魂的合唱
臨終協奏曲

隱匿地療傷
森林是我的藥房
植物是藥方

妳是含苞花
不開卻綻放心房
我心律不整

許一個重逢
妳想重逢誰或誰
願是那個誰

東洋泰迪熊
聖山的芭比娃娃
串珠是山盟

靜靜的喝酒
喝掛如黑色山谷
淚燒出個洞

躲進心的人
徘徊在暗夜歧路
明亮的深淵

寫回憶給妳
回憶開成永生花
夠天長地久

走下遊覽車
朝妳背影按快門
偷光陰的我

永遠是孩子
望著背影回聖山
找回了失落

照片成遺照
分秒過去的瞬間

放棄的過去
任意按快門
偶遇如攝影瞬間
快門早轉慢

在亡靈城市
雕刻時光咖啡館
感光器有妳

愛曝光過度
失真在時間的風
妳永遠寫真

眼神能雕刻
堅定前進的意念
不妥協的心

在迴城相遇

在H城就此訣別
陌生人返山

妳有筆有心
背後靈重生書寫
牽亡魂的筆

筆復活往事
妳偷了亡靈的魂
愛要求一切

原始的快樂
獵人們喝酒吃肉
嚇走山老鼠

女孩的背影
丈量記憶新載體
島嶼新維度

父不會復活
從時間轉成回憶
初生轉老死

在陌生的城
陌生的臉亂入鏡
一起在旅行

早班的列車
踩著露珠的老人
雷雨就要來

醫生開藥物
說我是淡然的人
恐懼躲得好

一生愛三事
老樹老友老相思
不愛木流淚

不下流老人
生命長河的下游
淤塞口有火

老人被拍到
走來跟我索討錢
給了個微笑

早年去聖山
被迫買茶葉山產
全吃進歲月

拍照也要錢
和姑娘合影要錢
拍植物免錢

植物都不同
葉脈如臉皆不同

看樹很快樂

我離開人世
樹木活得比我久
願是那山風

願化為鉛筆
陪妳畫著圖寫字
讓妳咬筆桿

我不種蔬菜
蔬菜是要吃掉的
我種樹種花

浪跡天涯人
在心田種上植物
名為愛的樹

疼痛碎片化

寫信轉眼成遺書
字傷心悲涼

風沉默交談
海以祖母綠擁吻
苦用心閉嘴

傷城的夏日
仲夏夜日復一日
寂寞星球樹

老派的思念
隔夜轉成新思念
老成超新星

物哀的幽玄
入世的侘寂將至
骷髏山有我

妳和我錯身
我們唯有在聖山
才能被指認

我和雪醒來
越過海洋滴成淚
死神也白頭

愛屬於未來
將山盟賦予海誓
相思已啟程

【伍】無名抄

夜聽百年自輓歌

——植物史上的高山杉與台灣爺

繼承者阿努／補遺

1

在多樣的物種中，神蹟與獵人駐足。

從很小的時候開始，他就知道怎麼種樹了。也是從那時候起，他意識到他的一生就是樹，樹給予人生存的力量，但人卻一直在傷害它們。他常想，人很奇怪，一旦親近就是傷害。

佛家說要報國土恩，這使他覺得和佛很親近，國土恩，他喜歡這種對萬物的慈悲。甚至他常常跪在土地，想要親吻抽長枝葉的樹木。

他寫著：「植被，不只是樹、草或無草的荒原景觀。」

因雙親過世早，經濟十分拮据之下，他一度在和服店謀生，和服店的布面美麗，經常繡著四季的植物或花朵雲海，這是他首次對植物繪圖感到興趣。際遇也往往埋藏在日常不起眼的日復一日裡。

由於他經常須揹負布料等重物，頭總是被壓得低低的，為此有一天，他行經一座未經修整的植物林，意外發現不只要抬頭觀樹，更得往地下看。

於是他愛上了苔蘚，被這些小小喧鬧的生命深深吸引著，從此生命無分大小，植物的一切就是他的世界。

十六歲的青少年，際遇強迫他快速成長，扶養他長大的祖父過世，死亡帶來了巨大的衝擊。法會誦經，死亡的氣息幽玄，他在法華宗氣氛瀰漫中成長，但真正面對至親離世，對生死產生了難以排遣的疑義與憂傷。

從此，他的世界只有植物可解憂。

「我生於篤信宗教的家庭，自幼少時期即對生死存疑，為解決此一疑問，必須從事生物學研究。因此甫滿十六歲之時，便志於植物學。」

他聽到六道輪迴，上三善下三惡，善有天人阿修羅人，惡有畜生餓鬼地獄。人是屬善的，但他常覺得人善惡不分，作為東瀛子民，引發的戰爭，更讓他感到不安。他喜歡植物，心想沒有植物道？寺院師父卻彷彿聽到他的疑惑心音似的，望著滿園修剪得安逸的植物與靜默的岩石說，除了六道，其實還有植物道與礦物道。

如何轉生植物道？

他問寺院師父，寺裡的師父笑著說那只是一種萬物有靈的說法，這可能要去問植物才知道。

於是他轉向植物，但他喜歡的不是被修剪得失去植物生命力的假山假水，他記得祖父每一年修剪花園的植物群所下的刀口都是一樣的，年年相同，彷彿傳承，也彷彿每一年植物的傷口都在同一個位置。植物有道，就像樹木轉化變成神廟的梁柱，轉成棺木。變成讓人喪失心智的鈔票紙，變成書紙，變成家具，變成一枝筆，變成算命仙卜卦的木板與筊，變成打人的藤條，一張床一個書桌椅……想著想著，他望著寺院的佛，莊嚴的木刻佛，木刻成佛，人卻難成佛。他凝視著這美，聞著木頭的內斂香氣。突然茅廁有人從門簾穿出，他不禁失笑起來，心想木材也可製成茅廁紙張。

莊嚴的佛與污穢的臀，都可能來自同一棵樹的好料與碎料。就像神社，他那時還不知道有一座島嶼的森林的未來正等待他日後的抵達與發現，日後不僅神社是檜木，車站是木造檜木，連肉攤販切肉的木板或者泡腳的木桶都將飄著檜木香。*Hinoki*的發音甚至覆蓋了檜木的原音。

那時他只知道自己喜歡植物，只要人們不傷害它們，他就能成為生命縱有榮枯卻依然向光生長的植物迷戀者，他有植覺，他是山鬼，滯留島上的森林遊蕩者、前行者、研究者、發現者、辨識者、分類者。

為了尋找愛情的漫遊者，四處漂泊，最終走進了應許森林，這是一座專為無主孤魂所設的空間，一個交換之地，進入者可以得到他們意念中尋覓的情愛，意念無形卻如結界，從此他們也就困在裡面，忘記出來了，彷彿埋地的木棺，時間將使濕氣浸淫一切可腐朽的，但不會消失。

他就是被困在島嶼森林的異鄉魂（日後的台灣爺）。他不是為了尋找愛情，而是為了杉木才被困住的人。他愛樹，這是一種無言的愛。紅檜、松蘿、薄皮、水古杉、花柏，植物總是有很多的名字，就像古代的中國文人或者出家人。

百年成樹，千年成材，他愛這樣的時間感。

就像他那早凋的老友川上，死而未死，以另一種形式活在他的世界。他經常遇見川上，他的名字變成台灣植物。川上氏肋毛蕨川上氏雙蓋蕨川上氏鴨舌疝川上短草川上氏月桃川上氏忍冬川上氏堇菜……他們就這樣闖進島嶼在一個植物譜系還沒被命名的大時代。他們走得那樣深，那般遠，從他們為植物的命名就可畫出一個移動的座標，比如恆春風藤、台灣小檗、蘭嶼土沉香、阿里山千金榆……他們入寶山卻空手走出山，採而不砍，集而不棄。耐得住寂寞的人，像一棵高山杉，風雪所覆都是未來成長的許諾。

當他找到自己想要的東西，他的流浪路途就此結束，也寓意著生命就在這座應許森林中永遠的停頓。應許森林的應許就是你可以照你自己的方式活下去，即使是在此絕命，將應許森林活成絕命森林。

就像樹木活在資本主義所建構的現代都會叢林，就變成了神社、家具、棺木、橋廊。在應許森林中迷失之後，緊接著就是「山鬼」無邊的等待上場。一息尚存的山鬼遊蕩早秋的森林，在朔雪長夜，擁抱黑夜，流光宛轉，四季隨身，他看著春天的花掛在秋天的果，苦夏的風吹過山林。

這座北回歸線下的城，有名為林森的路，木材商行雲集，他熟悉這些木材，那是之後要飄洋渡海成為鳥居神社的棟梁。

木材去了他的故里，他卻把故里活成原鄉。

行走在街上，聞著木材香，尋著木造屋的往昔身影。所幸仍有倖存的木造屋留下了可讓他繼續追索植物的前世今生，榮光印記與傷疤。

那些年代的植物學家都像是一個算命師，為樹取一個永恆之名，扁柏紅檜香杉紅豆杉肖楠台灣杉華山松鐵杉雲杉柳杉廣葉杉烏心石櫸黃連木柚木柯仔楠仔赤皮牛樟茄冬。命名者流芳於世，建構植物學家的功德芳名錄。

森林學上的時間並不等同於永恆，但其跨度之長，足以使人類傳統的想像和交流模式瞬間崩塌。因為人類善於砍伐濫伐，殖民者來了又走了，存儲在這裡的樹木活成了神，神木。

幾十年、幾百年在森林面前十分微小，樹木的時間尺度無法丈量慾望。

他以森林學的時間來進行對大地的思考，這意味著人不僅要問自己該如何理解未來，還要問未來將如何理解人，對於後代，以及人類之後的時代和其他物種，會留下什麼足跡？再次來到應許森林入口，他循著風吹來的氣味路徑前往部落。

部落以及他們的祖先同樣有明確的訊息，關於植物、考驗和人性。

他之後經歷許多考驗，深入森林內部，踩踏部落，那彷彿是走到光明與黑暗的交界處。山鬼老眼等著異鄉人探訪，進入危險的異世界入口。

島嶼森林充滿了戲劇性。

在盛夏時光，森林區域淹沒在氤氳的金色陽光與迷霧般的月光中。

他經歷狂風暴雨，出草獵殺伺伏，終於進入森林，透過黑暗、深時，借助一點點光線，他看到樹的靈魂。

他通過了考驗、經歷了部落儀式，最終和這些古老的植物匯合。

這是通過深時的心智層面的相聚。

他和同伴到森林紮營。他們去的許多地方其實都避開了部落，大多數時候，這片土地對他們來說意味著工作、生活，還有危險。黑暗森林如地獄入口，其中有許多座即使部落也不會靠近，為此才被他這樣的日本人發現。

如果不得不從它附近穿越，他們就不言不語、不吃不喝，甚至看都不看森林一眼，這是一種尊重山靈樹神的態度。

他在筆記本寫：「因為它經常會套住經過的人，彷彿設有陷阱，發生在林線之下的地底，有著深黑的遼闊森林，以及溢滿水聲音樂的高山巨洞之地，能夠不聲不響即殺人於無形的夜黑力量。」

他記錄著島嶼的新詞彙，這個詞的含意暗示著這片土地有感知。是的，這正是他此時此刻的感受，帶給他安慰的新天新地。他意識到，與森林切身相關且彼此適應的部落文化之中，森林是敬畏的某個實體。和它相關的故事，往往模糊了人在此的痕跡與活動，人與非人之間有條不越界的中線。

神木彷彿是長腳的人，有著自己的意識與走向，有時是善意，有時會惡意使壞。護林者是他的族人，殺林者也是他的族人。

神木能傾聽也能記憶，它們也有臨終之眼，倒下前會記得砍伐殺它的人。

深入森林，他深入植物的根系、探索那裡的植群品種時，同樣遇到品種命名的問題，植物的身分等待被辨識。

帶他領會這個新世界島嶼應許森林的是殖民者，前行者植物學家曾告訴他：「森林的複雜性遠超他們的想像。樹木不僅製造氧氣，還是意義的昇華，淨化與重生。他們需要一種新的命名系統來理解森林的未知世界。他們需要一套全新的辨識身分系統來談論森林，和山林對話。」

當森林毀於火，他看見部落長老以巫言巫語召喚水神降臨，以咒語灌溉新土，神祕的對話。

2

早田和他的同事們證明森林之下有一個自成體系的語言網路，植物也會說話。他想起少年時接觸的寺院師父跟他說起的六道之外還有植物道與礦物道。

森林是一個個體與個體的合作系統，彼此必須對話，以產生森林的集體智慧，根下是一片連結緊密、交流廣泛的世界。按森林部落的萬物有靈論，並非新鮮事，他們深信叢林或森林是有意識有神性的，不斷產生著豐富的連結和對話。

生活在一個充滿注視的世界中，森林裡到處都是看不見的眼睛。

在大自然的活動裡，無論走到多麼偏遠且荒涼的地方，都不是獨自一棵樹獨活。樹有意識，有知覺，通人性、有感受。

充滿生機的環境，沒有孤獨的個體，即使看似孤獨，根部卻互通訊息。

森林底下的「深時」，地下世界的漫長紀年，地下神祕於地上。

森林通向過去，也通往未來。

於是他把自我的時間感拉大，直到眼前的一切變得輕盈起來，那些被砍伐倒下的樹木讓他憤怒、心碎，占有者重新以神社鳥居形式重生，隨著時間拉長而變化意義，他看到森林之傷。在最終的毀滅面前升格成神，迴圈似的森林，傷亡與重生。

島嶼鳥飛，繞行夢中，如秋訣之歌。

3

黑夜是牠們的遊樂園，牠們可以玩樂至黎明前歸來。

牠們的翅膀發出像是木材彼此摩擦的細響，陪伴他山下的漫遊。望冬，島嶼東北季風一起，他就像丟了魂似的，因為山林變幻莫測，他將會有一陣子不再上山考察。他和學生與助手們在不上山的時光會進入研究室的封閉空間，將帶回的種子葉脈枝幹進行分類分析。山上的時光是移動的，山下的時光是靜止的，有點像是結夏安居，他們如佛陀般在某段時間盯著眼前的靜物觀察。

夢裡，他看著隱世千年的神木群出山遊海，越過台灣海峽，然後它們被重塑在祭壇與神社入口，樹木流血，聖山成了絕命森林，溢出的是絕望。

直到神社建構亡者，辭土的痛苦才逐漸被癒合。望冬丟仔的鳥鳴聲有的住進了木頭的深部，暗夜在異地持續召喚著森林之歌。

望冬，之後，望春風。

如何才能彌合文明和山林間的傷害？原生種和外來種的彼此競爭。早田夜晚在孤獨的林地宿舍這樣寫著。鳥鳴聲在窗外嬉遊，他才發現自己也是外來種，他在島嶼森林與平原做著連綿不絕的夢境，看來傷害是不可避免的。

千年樹群消失。

對神性的崇拜卻導致人的貪婪，當他歸國，有天站在神社鳥居的面前，他傷感地寫道：「一件被移植與重製的物品已然脫離了原有的樣貌。至少樹木已然沒有根部與枝葉，而無根與無枝無葉的樹木已不是樹木。」

他想起京都寺院的手工藝人，打造銅像的職人為了供佛都吸到銅毒了，神聖的毒，就像有毒的聖杯。

「十九世紀末，捕鯨人來到加拿大巴芬島小鎮龐德因萊特。和愛斯基摩人相比，捕鯨人卻認為侵入者的精明其實根本不是真正的精明，而是一種自負。在歐洲人眼裡，愛斯基摩人應被溫和而無害地對待。」讀著其他研究資料，他認為島嶼人對待森林就像愛斯基摩人看待外人的方式。只是可惜島嶼山林人還沒法更深入了解這些外來人，外來人也不了解山林的原生者。

山腳下的迴城，是一座寂靜村莊——在那些村子裡，外來者泰半死於島嶼啟動的保護系統瘧疾擴散。於是看似平靜的村莊，卻如永恆的森林，是不斷在風吹草動的變化著。部落人數百年來通過探索這片大地積累的廣博、特殊知識，卻也從這座山林開始被傷害與文化湮沒。

來到島嶼森林的冒險家，一路曲折地抵達聖山。他睡在部落時，經常在眠夢夜深時分，聽見樹木流淚，樹木流淚的聲音像風低語，像狼嚎。

那時侵入者小心翼翼地接近山神樹靈，他算侵入者嗎？還是發現者？

木淚發出沉悶苦痛的泣音，那是只有獵人與植物學家才可能聽懂的語言，看似全憑感知，也是直覺。異語者跋山涉水，有的為權力，有的為誘惑，有的為發現。

有人是獵神，有人是山老鼠。

最後，部落走出一個老人用手指太陽，然後用力拍擊胸部，他們面面相覷，不知何意？然後有人警告早田一群人，千萬不可以摸部落人的頭部，那是他們的靈魂所在。

4

淨空了樹木，禿頭的山不再是山林。砍伐濫伐，殖民者來了又走了。倖存的樹木繼續活成了神，神木。

森林學上的時間感不是永恆的，人看見了自己的局限。

他以植物學的時間對土地的思考，他思考著時代及其物種的關係，他想著自己這一生在島嶼會留下什麼足跡？

來到聖山森林的入口，他經常去拜訪部落，探看森林的樹木與植物老友。關於植物、考察和部落知識，他總是如海綿地吸納著，離開時，他會跪下來聞著泥土的氣味，讓山風灌入他的胸膛，讓落葉聲跌入耳廓。

他曾在猛烈的颱風中徒步前往森林，島嶼的颱風對樹木的傷害巨大，但高山保護了平地，設下了屏障，一過中央山脈，就減弱了颶風。抵達高山，幾乎不會察覺颱風，反而全身都浸潤在獨有的、古老的杉木林，包覆在如寶石閃閃發亮般的杉林帶，其餘都被塗抹了存在。發現的這個過程本身就是一場頗具挑戰性的儀式，是進入神祕地帶的旅程，神靈處處，因此他覺得自己彷彿需要經過學習祈福儀式與身心的雙重考驗才能進入這片尚未被文明進入的林地。

一切植物都尚未命名的年代。

他的手中就像握著一條河流，他的胸膛就像一座山野，四季的空氣隨之進入他的心房，就像攜帶一籃剛剛摘下的珠寶星辰。

島嶼森林住進他這個異鄉人的身體，鋪展著他那如靈光的綠浪。

採集結束，他徒步下山，回到木材街。

秋日已然染色樹影，寂靜之中，他聽見樂音之樹，梢上掛滿各種美妙的語言閃閃發光，成熟、蒂落。他的前額本是森林穴，居住著一束閃閃發亮的女神。

就像他的名字，文藏，他是樹藏，胎藏，籽藏。

5

「究竟如何才能彌合文明人和狩獵社會之間的鴻溝？」早田夜晚在孤獨的林地宿舍這樣寫道。他在島嶼森林與平原想起連綿不絕的傷害。在某種程度上，狩獵文明是他書寫歷史時遇到的思考問題。

為何部落能夠彰顯優於周圍其他民族卻為此而剪斷了自己和狩獵祖先的關係？

他寫信給西方部落學人類學家洛佩茲，他收到人類學家的回信：「原因很簡單，這些看起來荒蠻、粗暴的部落和食肉動物太接近了——他們自己也認為沒有完全和動物分離。有人把部落生活方式的衰落看作是不可避免的。世界各地的部落文化都在開發的物質世界的商業規律中消失、被同化，被抹去邊界。他們的物質和非物質文化從隱而不彰，到湮滅空盡，這是被漢視和貪婪的後果，貪婪並非只有入侵者，可能也包括周邊相關的人，這並非是自然因素所導致，是利益所致。部落文化的消失，使他們的尊嚴消失殆盡。作為一個人類學家很汗顏，聲稱自己通曉生命的價值或具有崇高的同情心，這也都是一種狂妄。」

人與人的接觸總免不了磨合，他和山林部落人交往的初期，雙方都比較友好。乘著南風繼續探險山林，多年以來，這些部族的造訪者裡不乏慈善與思維敏銳的人，包括他的一群學生助手們。以及有一小批自認獨特的人類誌學家。

人的肖像與山林肌理自此被保存在黑白影像裡，每一張照片都成了有故事的遺照。面對亞熱帶一點也不憂鬱者何其多。偏見讓他覺得罪惡。

警世鐘敲醒山神樹靈。

有的樹木自動提早衰敗，轉成廢材，不被挑選可長居山林。

他擅長細緻觀察及長時間和當地山民一同吃住、一同採集，但他與他們之間長期存在著文化差異。植物學家接受土地固有的狀態，生活順應已存在的現實，儘管可能在探勘中有恐懼，在已知中滲著荒謬，在歡愉中藏著苦楚。

殖民者以渴望發揮人的統治與發現的意志力，把自然變成其他狀態，將森林化為可塑性和可變性，以創造生活物質財富和舒適。一位部落長老曾告訴他，他們起先是以充滿懷疑和憂慮的心情看待殖民者，包括護林者與植物學家，他們都認為這些人是來改變自然的人（必須多年之後，他們才發現更可怕的卻是後來者，政治暴力的砍伐與圍剿撲殺更甚）。

檜木神隱千年，保留下來卻成為殖民者的掠奪物，深山林內不世出，獵木者驚為天人。山是一切，樹是一切的一切。

他翻閱記錄人類所有抵達異土幾乎都難以避免的殺戮時刻。

「紐西蘭島上的原生鳥被毛利獵人捕殺光了，在夏威夷群島工作的動物地理學家近期發現，一七七八年第一批歐洲人到來之前，超過半數的本地鳥類已被當地土著居民給殺光了。」他這樣寫並非要為殖民者脫罪，他只是提出一種思考與想像的可能，避免指控的對立。也就是說這也可能是有際遇與歷史因素的。

人類學家森丑之助曾跟他說起一個島嶼的美麗時刻，當他抵達山林深處，接觸那尚未揭開神祕面紗的部落時，他把身上的望遠鏡首次拿給一個部落的長老，這長老接過去之後還用嘴咬了咬望遠鏡，以為那是一頭黑熊的頭。他笑著跟對方比著眼睛，用相機示範望遠鏡要放在眼睛的位置。

這是用來看遠方的，老友森丑之助說。

部落長老疑惑著問早田，那麼是否也可以用望遠鏡「看到每一個明天」。

當黑夜率眾星而來，就是部落人枕著木，望著山，讓星光鋪床睡去的時候。雲海是海，山霧似海，他們在山裡入海，孵夢徐行，以雨聲為囈語。

6

人類學家覺得他遇到了詩人，渾然天成，直觀既視。

他當時聽了卻用理性思維説部落長老的意思很可能是：這些玩意，對，望遠鏡這種新事物對他們來説像是某種新玩意，但卻很有威力，能讓你從觀景窗看到明天，或許可以從望遠鏡看到某種隱形的事物，或真實的眼中世界？比如遠方的某棵樹的樹葉搖擺？某個即將席捲而來的風？正在遷徙中的馴鹿群？或者看到這片山林明天將抵達的營地？或者還會知道明天也許山神會給予獎賞？

長老的語詞如詩，一個現代文明誕生的新物質帶給他又憂心又美麗的想像之境。

他發現一些部落的獵人天生有著驚人的超視力，他們能指出幾公里外斜坡上正在吃草的梅花鹿或者山豬，甚至躲在林間的野兔，地底騷動的生物。獵人的眼睛如望遠鏡，看到比他們眼睛更厲害的望遠鏡時，不禁都嘖嘖稱奇。

仔細審視環境的一切是一位獵人所必須的能力，當獵人真正懂得使用望遠鏡時，他想未來獵人的視力會不會因仰賴過久而退化？探究新的外來者們其實都已厭倦了用望遠鏡來觀察動物蹤跡時，這山林部落的獵人卻反而因為新事物的好奇而用著望遠鏡在搜索這片山林的邊緣與縫隙，遠方的遠方。

長老告訴他，他用望遠鏡的全方位鏡頭觀察著他這片從小生長的山林時，聽到看似一片寂靜無聲的森林卻是騷動不已，靜默的凝視著，反而聽見更多自己的心音，長老很興奮這種發現，甚至他經常花上好幾個小時蹲點，有時他更換一個小角度只為了檢視更小的一塊區域，長老似乎陷入了物質文明的吸引中。

當然早田日久又發現長老對新事物又不感興趣了，轉而對他說，還是覺得自己的眼睛更厲害，穿透性更高。

他對長老說，你們天生就是一隻豹，你們總能觀察到前方的獵物。

長老聽了呵呵笑著，露出缺齒的牙床笑說，還有新的玩意讓我看看嗎？

還能有讓我看到明天的事物嗎？

換他聽了笑，他想下回該帶什麼新事物給長老？相機望遠鏡長老都已經見識過奇妙之處了，也許帶長老下山？

長老曾和早田分享祕辛，他們皆認為森林地下有著比樹群上方更活躍的視角與生機，地底下的生物會比上方的生物更快採取行動，且感受無常變動，因而地震之前，生物總是會竄出，不像地上生物久了會被馴化而變得無動於衷。

這讓早田重新想像他關注的植物世界，他開始用緩慢古老的、新創造的分類與滅絕的遺跡去發現眼中的生物界，因而他經常有新的發現，發現未被命名的植物界。

他也看到地底的運轉，人們隨著發現而帶來的貪慾和騷動。

隨著長老了解了森林底部的神祕深時區，他開始意識到植物界有著他窮盡一生也無法抵達的盡頭。森林持續百萬年又百萬年，千萬年億萬年，神祕的時間饋贈，到了人類手中是將其傳承或將其斷根？他的命名是帶來植物界的歸屬還是離散？植物為何需要被人分類分屬分別？

這讓他思考著，眼下自己的所作所為，會給他們身後的生命乃至於後代留下些什麼呢？森林與植物，會活得更好嗎？

早田當年到處去探訪山林與森林地帶，將植物的暗物質與明物質，帶回實驗室，他彷彿是個古老的地下墓穴探訪者，只是他的墓穴在地上。森林的菌根與微生物與植群上下構成的微宇宙，使他就像一個尋訪星河源頭、探掘消失墓塚且是人類慾望施加自然界暴力的憑弔者，他經常和學生們在藍色天空與綠色森林的山稜線經歷生死一線，倖存者才得以窺知植群的未來⋯⋯可想而知的是不可避免的入侵，不論是異族或者是為利益而進入山林的人。

他在漫長的旅途與往後更漫長的日夜，不斷地遭逢植物的神祕源頭，和不同部落的人成為朋友，他知道他們才是人們的祖先，這些部落人所保有的、所經過的都是森林內部的漫長時間考驗，為此他們的智慧不是通過知識的，而是通過漫長的積累，從土地的根部勃發而出的生機，死而不死，滅而不滅，部落永遠如星辰般給他植群的線索，星光的路徑，研究標本下的發現與生命智慧的源頭指引。

森林世界對山民部落來說，意義重大，他們有傳說和史詩，一如他的一生都離不開植群。

他是六道中的人，也是植物道的植物。

7

森林的入口，聖山下的迴城有他和學生們的足跡，遠方傳來平行時空其他同業的發現。

一位森林學者布蘭得利發表在期刊時提到關於在墨西哥的溶森林。布蘭得利的描述如詩：「每到黃昏，無數蝙蝠從天然井裡蜂擁而出，黎明前再回來。它們的翅膀發出像是皮革摩擦的動靜低語。」「當地部落認為，那天然井西瓦爾巴是進入瑪雅地下世界的入口之一，在瑪雅語中，西瓦爾巴是恐懼之地。這個由石灰岩構成的地下世界，彷彿是個巨大的獻祭地。當水位上升，地下水便會游過祭壇和神廟，彷彿這是某種洗滌。」

水的洗滌，象徵著當地人和外來者的和解，雙方逐漸因靠近而成了朋友，過去被侵略者屠殺死亡的極度痛苦，在那一刻行刑地成了洗滌池，放下仇恨，悲傷被解離了。他的後代島田在筆記本裡這麼寫著。

巨大的獻祭地，聖山森林，卻等著流血。

8

聖山部落長老有天因為生重病，被他送到了山下殖民者開設的西洋醫療院所。長老以前都是巫師治病，但這回傷得太嚴重，連巫師也沒方法了，於是只好答應早田帶長老去了山下的所謂文明的醫院治療。在文明病房，長老非常鬱鬱寡歡。長老告訴早田，有時他會把雙手放在眼前盯著看，彷彿森林就在他的手掌裡，山川水源之上，他可以看到他去過的海岸、湖泊、山脈和丘陵，他還可以看到海豹、鳥和獵物。

早期一些抵達聖山的探險家們非常重視部落以及這片土地森林的一切知識，並請在地人繪製附近的地圖。部落人後來屈從多半是基於利益而幫忙，但後來是被植物學家們感動，知道他們和當局不同，他們不是來砍樹的。

當然，他們當時也還沒有意識到這舉動仍將使他們往後失去更多的山林。這些地圖對植物學家、人類學家、旅行家及探險家都很有用處，使他們入山而不會迷航在森林裡，對空間有了輪廓與如何生存的認知。

熟悉當地景觀與繪製詳盡地圖，這是迥異的能力。許多部落人能夠不假思索就繪製出他們從小生長的山林和高山的精準地圖，山林地圖的每一片樹林就像水紋的地理學。

製一幅地圖，當地人可以用石頭、樹枝和落葉，以巧妙、易解的方式，按一定比例而繪製了山區的地形圖。早田對他們具有這樣的三維地圖的認知知識感到驚訝。當地人且能輕易看懂他帶來的西方地圖和植物圖表，無論這些圖是以哪個方向遞給他們，不論倒著或側著，部落人都看得津津有味，他們的腦中有山有樹有風，圖像只是他們的土地而已。

他請長老繪製地圖時，他發現長老可以自如地轉換地圖比例的大小，甚且還不斷拍胸脯保證地圖和眼中所見的比例絕對的一致。

這使入侵者在探索森林時，也在發現並重新適應他們殖民的土地。在遙遠北方的某些地方，生活著一些不為外人所知的森林人。

有時候他走到半路，遇到風向不對，就會返回，長老教過他，這意味著獵殺的氣息。沿途打獵很困難，憑自己腦袋裡的地圖，他的學生與助手們追隨著他行進這座聖山的森林山區數年，最後許多學生們越過了比他走過的更高的山稜線，抵達更深更深的森林底部，除了延續他發現了島嶼獨有的高杉之外，相繼也有更多發現的特有種的出土訊息。

在這裡他們確實遇到了一些人。他們在山區遇到讓他印象深刻的山林求生術，其中還有一個叫阿卡的人，竟在斷腿中幫自己打造了一條美麗的義肢，用木頭刻製的木腿。後來阿卡過世後，還把木腿送給了他這個熱愛植物樹木的人（可惜的是，多年後這個木製義肢被某個無知的學生竟誤當木頭給燒了）。

樹木本身不移動，樹木從來不知道有天也可以變成一條助人行走的木腿。

他的禮物。

當時他從未見過樹木打造的腿，木製義肢，這讓他感到非常不可思議的發出綺麗啊的驚嘆。

從未停歇的低語迴盪，就像他讀到「絳株草」的還淚之說，原來植物也有其宿命。石頭與草，絕配。樹靈，從小他就是能感知的。但樹木的傷害從未停止，從遠方汨汨而來的血流聲無法歇止，白色的血，木之淚。他年輕的歲月應該承載著蒼老的靈魂。他探觸到植物也有如人的心靈本質，那一刻他才認許自己是植物學家。

9

在接下來的五六年裡，他和助手們就生活在森林與植群之中，通常在南方，尤其聖山一帶的森林深處。隨著氣候回暖，當動物種類和數量發生了變化，為了不干擾環境他們會逐漸回到低一點的山林地。

早在如他這樣的異族人來到聖山之前，當地人可能因為遇到荷蘭人而開始學會製作和使用地圖了，這些地圖既可以梳理各式各樣的地名，便於記憶，又有助於山林爬行。一些用於導航的地圖用木版雕刻成形——以三維方式顯示山稜線與海岸線，這種地圖不受天氣影響，萬一迷路可以派上用場。在森林，部落人願意幫助異族人，他們善於鼓舞人心指引迷航者，他們善於與樹靈打交道，這些都讓他十分地敬佩。

這讓他能夠快速融入這片土地，即使對深入陸地並無多大興趣甚至還充滿恐懼，且在山林途中只能以餅乾或罐頭充飢。

許多這樣的場面都洋溢著動人、奇妙的情愫。在他第二次於島嶼山林探險結束後回到平地時，他大吃特吃，且還喝了啤酒。在山林的飢餓之旅，使他與助手島田英次都印象深刻。

學生與助手們幫助他一起完成了《臺灣植物圖譜》，這使成為發現台灣杉的命名者，成了台灣爺的早田跨上更深更廣的植群世界，圖鑑如百科全書，他建構了島嶼植群的神祕星圖。

多年之後的某一天，早田的年輕學生島田手捧杉林溪裡的水，手舉到自己的臉前，去感受並吸入水，嚐到甘味的清爽氣息。在這些水滴中，他嗅到了海、鯨魚和鮮蝦的生猛腥味，使他們島嶼日子美好起來的氣息。

美麗的大海！我認出了你，現在我已回到家了。

島田因為家庭因素離開了島嶼，回到了原鄉，島田拜別他的老師早田文藏與川上瀧彌。未料的是，島田從沒想過自己不會再沉浸於植物研究的世界，他先是在故里賣過海產，最後回到土地耕田，當了什麼都不想只管植物生長的農夫，謀生成了一切的想望所依。

時間走過，生離死別。

老島田往後沒有再進行任何植物的探究，對島嶼聖山以及植物的熱情，最後彷彿傳承給了他的孫子島田哲二，當然這是老島田所看不見的未來。

雖然老去的島田常想起他的老師早田將望遠鏡交給部落長老觀看時，長老說這可以看到明天嗎？

這樣的詩語，是老島田所無法見到的未來。

時間從當下向前向後無盡延展，百歲千歲也顯得微不足道。森林的載體是岩石、神木、鐘乳石、青苔，真菌、沉積物和漂移的地殼板塊。熱帶亞熱帶寒帶，針葉林把他如針般地定住島嶼山林。

森林的一切被登錄名字。

有了名字就有了身分。

10

説故事的人，不獨小説家，森林更是故事的糧地，森林本身就是在説故事，那用不盡的詞彙，生生怯怯的呢喃低語，從根部向上竄升，娓娓敘述而來。

藉著書寫與圖鑑，早田瞬間所感，匯集到心的是整座聖山，整座北回歸線下的南方的一切。

植物學家也是説故事的人，因為一花一葉都是人生，都是故事，史詩的起源，神話的敘事學。

種植一棵植物，從每個細節、每一條思緒，發自內在的DNA早已設定的符碼，以及外在事件所誘發的反射動作，似乎匯集了從小到大所想像的各種人格特質，在他的符號袋子裡，經過一番淘洗和揀選，去蕪存菁後，便凝聚成潛意識量子般元素儲存起來，在研究與下筆時，用筆尖一幕一幕地勾挑出來，讓那些植物符號所具有的化學鍵有機地自行銜接，再構成一叢獨特的微宇宙。

一幀圖片有時勝過千言萬語。

他在少年時就知道這個道理，於是勤學素描，為植物描繪圖鑑。

照片與圖像具有更多的刺點，圖像可以延伸更多、更有撞擊力。

11

十月的山區依然驕陽似火，萬里無雲。早田在聖山山腳下和一個群山環抱的平地村莊學習台灣當地的傳統文化和生活方式，每天和村民一起在稻田裡割稻、打穀。休息時大家席地而坐，婦女們也聚在一起打量他這個外鄉人，不時指著他身上的藍色偏襟短衫說「sui」，那是他第一次知道如何用福佬話來讚揚「美麗」。水，美麗。植物的命脈也是水。

村裡懂日語的年輕人被請來充當通譯，年輕人們好奇地向他詢問關於他故里的一切。當長老唱起當地著名的山地歌調，長老的女兒阿勒和巴卡與望迦一起輕聲地合唱了起來。一首思鄉歌，音域如雲海廣，如山高拔，如谷低迴。有一個低音區五度的下行小跳進Mi-La作為聽覺上非常明顯的特徵音程，最後結束在全區最低的音域上，深沉的調子迴盪山林。近似於和他在迴城首次聽到的西索米，送葬音樂都有一種離別的憂傷。

早田聽了十分入迷，彷彿音樂也躲藏著植物的基因。

家鄉，家鄉是哪裡？部落人唱著。

這個問題彷彿是部落長老必須面對繳械與遷徙的一種哀傷哭訴，這讓他聽懂之後感到汗顏，因為他就代表整個施壓的族群象徵。

基調染上了濃烈的鄉愁。長老發出哀傷的聲音，周邊的和唱著，彷彿海浪一波一波地襲來。

相似的「思念故鄉」的母題，離散在外的山林人對於祖靈家鄉的懷念。

故鄉成了河流般移動且錯位，歸屬感不再，有去了平地的後代總是不斷地對著山林的祖靈發出夢般的歌唱，以歌遙想，以舞祭祀。

彷彿自此相隔千里，祖靈啊，親人們，我們遠在他鄉思念著被分離的你們。

小米不再豐收，部落人改種了稻米時流下了淚。

歌詞繼續唱著：碩果不再滿庭芬芳，看不見的親人們，我們思念著你們，你們一定看得到正在哀悼思念的我們。

12

部落的老人擅於說故事，口述傳統讓他著迷。可惜植物不說話，雖然植物本身就是千言萬語。

但解碼者幾稀？

老人說他還是一個孩子時，平地人與異族人還沒找到深山，還沒走進山林內部時，他們的家鄉是豐饒的自足的，豬鹿羊犬都有。有一隻鹿總是經常在叫喚，細細的發出哭聲似的腔調。有時候玩著玩著，牠也會一邊叫喚一邊跑掉，天天那樣子。後來他問媽媽，這隻鹿是不是病了？媽媽說，不是的，是鹿的孩子死了。

思念與鄉愁是部落歌聲與音樂表達的主題，人類學家以結構學和神話學來觀察這些宏大的集體性事件，比如遷徙、征戰，或日常的出生、豐年、出嫁、獵牧等個體的人生經驗，解析著其中的意義，將聚合與離散，寄情在研究之中。但這些在部落人看來都是矯情的，是帶著利益的。

早田提醒自己要避開這樣的角度，他記錄著山林人那優美的臉龐與美麗的歌喉，那有力的節拍與節奏，此外部落人表現舞踏步態的曲調是那般優美，猶如他的山林搖籃曲。

13

即使魂牽夢縈聖山，終歸早田的身體是要回到故里的。

妻小等待他歸來，孩子不能多年沒有看見父親的身影。他思念島嶼植物竟甚過思念孩子，孩子夭折，妻傷心異常。這使他想起少年時經歷的那場祖父的喪禮，法華經唱誦著，師父說除了六道還有植物道與礦物道，他想難道自己是屬於植物道的，表面是人，裡面住著山鬼樹精。

早田當時已出版《臺灣植物圖譜》，但因政局不穩，採集甚為困難，作為研究所需的標本很不完全，所以他自己對這本書感到有缺錄尚未完整的遺憾。

在辭別島嶼與部落山林時，部落長老特別贈他一些植物種子與標本，還取了島嶼高山的土壤，讓他帶回母土。

從此異鄉是故里，故里是異鄉，新土舊土混長一起。植物屬別有分，但感情內裡卻在土裡盤根錯結，一如自己與島嶼與聖山的一切。

他才明白最初就是最終，最終也是最初。最高是最低，最低也是最高。抵達是離開，離開也是抵達。

於是故里許多大學的植物研究室也都獲贈他最初從島嶼攜回的種子。只要有一顆種子在此開花結果，那麼他的故里就和遠在他方的山林島嶼母土永不分永不離了。

14

人生的美好就在一切發生得剛剛好，剛剛好毬果掉落，剛剛好小西成章低頭撿到毬果，剛剛好將毬果帶回的實驗室就是他的母校東京帝大，剛剛好此時他回來任教，剛剛好那一刻他推開植物標本室的那天他沒有錯看毬果，剛剛好他的新發現被權威植物學人認可。

故里人常講殘念啊，遺憾美學，帶著侘寂。但他不喜歡殘念，他喜歡圓念，滿願。

他喜歡台灣人說剛剛好，也有人說拄拄好。

拄拄好，卡哇依，他跟妻子說起福佬話時，妻子是這麼說的。

是拄拄好啊，他去了那麼多回的山林，踩踏過無數的高山杉柏的領地，抬頭不見低頭見，毬果一般，都已被發現被命名。

沒有等待他的特有種，獨有種。

直到日子在秋冬遞嬗中流逝，他在帝大授課已然多時，學校放長假，他終於能夠放下手邊的工作，回到他熱愛的植物標本室，他想重新再次檢視。

就這樣，他才看到已然被他擱置了一段時日的台灣植物標本。

這一望，一查，一探究竟，他的心瞬間被勾起了回憶，島嶼之名，流著他的血液，半個母土。那時他還不知道這個春風明媚的早晨，當他打開植物標本室時，歷史就在前方等他寫下驚天一筆。標本室他逐一看著，直到步履停在標記著「台灣針葉樹的毬果」的玻璃櫃前，標本玻璃上註明著「南投廳林圯埔杉林山的烏松坑，海拔二〇〇〇公尺處，一九〇四年二月小西成章採集」。

他一時之間並沒有辦法確認這毬果分類的獨特，雖然欣喜見到島嶼飄洋過海的物種，卻因沒有新發現又擱置了一段時間，後來再度來到標本室，仔細反覆地檢視毬果的來處。先前，他研究著一批採自新高山頂上的十七種松柏科標本，比較了三十九種日本品種及十八種華中與朝鮮品種的標本。新高山的松柏科標本是一九〇五年二月松村任三交給他做研究的，在這個基礎下，比對，就成了最重要的細節。

所有的標本都像是一個地誌，一座風土。在爬梳中，發現這毬果的背後世界是獨一無二的，毬果是島嶼特有種，正對著他的植物星空地圖閃爍著燦亮。他查閱到這島嶼物種尚未問世，從未被發表過。他雀躍極了，不禁喃喃自語著綺麗啊，讚嘆著這樣獨一無二的島嶼特有種。

爬蘿剔抉，刮垢磨光，漫長孤獨的研究終是有了成果。

一九〇六年，他終於將這份研究寄往英國學術界。他寫了一封信給英國松柏科植物專家馬斯特（M. T. Masters），並附上毬果標本。權威學術界的結果出爐，毬果獲得了認證。這是台灣松柏科的毬果首次登上國際舞台的一天，時間是一九〇六年三月十七日，英國的《園丁編年史》雜誌刊登他所寫的一篇短文〈松柏科——新屬〉。他寫道如何從採自台灣高山標本中發現一種介於杉屬與柳杉屬之間的松柏科植物，他敏感察覺這應是新屬，而且他當時浮上一個念頭，想用發現的地點「台灣」來命名。他當時只是一個忽然一念，沒想到多年後，使他成了台灣爺的代稱。

怎麼年輕都是爺，怎麼老去也還是爺。

15

植物的世界敘述是如此有序而單純，他寫道：「此杉為雌雄兩株，球花圓形，苞極少，鱗片數列，呈螺旋形排列，種子存在於鱗片中間，倒生，胚有二子葉，葉為鱗狀形螺旋樣排列，球花頂生。」接著他在《台灣植物誌》（一九〇六）的裸子植物這個條文下寫著；「台灣島發現松柏科——新種，介於日本產的杉與廣葉杉之間，為此設立為一新屬之價值。」一九〇六年四月五日，英國倫敦的林奈學會收到了他寫的論文〈台灣產松柏科植物之新屬Taiwania〉，他寫道台灣杉的生殖器與日本的廣葉杉類似，球花的外部似日本種，但內部構造則完全不同，不過台灣杉的球花缺少第二鱗層，且鱗片中只藏著兩顆種子，與廣葉杉並不一致，因此將它設立為——新屬。

植物的生殖器，他記得妻子看到這個字眼時笑了。

花朵也是生殖器啊，松柏植物的性器官就是可愛的毬果，蕨類植物就是孢子囊。他在燈下看著毬果照片時對妻子說著，彷彿毬果才是通往歡愉的神祕甬道。

那送花不就是送被剪下來的植物生殖器？妻子聽了覺得這說法可真是美感盡失。

所以我沒送過妳花，他看著花園時對著妻子莞爾說著。

但我覺得花真美。

樹還是比較美，他笑回著，難得回應妻子對於樹木的深愛。

如果是開花的樹就能讓我們兩個都愛了，妻子得到花樹一體的結論。

他的研究並不因循於西方沿用的「存在連鎖」的直線構造，不以直線來解析植物的世界，但他也不同於達爾文、恩斯特海刻爾所描繪過的「演化樹」，演化論以演化樹的樹狀構造來觀看植群。

他創建自己的觀察網，他受到阿彌陀經與印度吠陀經典的啟發，以宇宙觀建構獨特植物界的網海想像，這是他獨創的「因陀羅網」植物分類系統。

花葉一一塵中，各有無邊諸世界海，世界海中復有微塵，此微塵內復有世界，如是重重不可窮盡。非是心識思量境界，如帝釋殿天珠網覆；珠既明徹互相影現，所現之影還能現影，如是重重不可窮盡。經云：如因陀羅網世界。大至宇宙，小至微塵，都可大小相容。

因陀羅網，網目的每一珠均可映現它珠，且互相映現，產生了重重的無盡；一如多面鏡子放在不同的角度，而站在眾多鏡中的人也能見到自己的無數影像與折射的他像。

他由此看見從一片落葉見到一棵樹，從一棵樹見到一座森林。植物的世界是宇宙，是一個因陀羅網。經典給予他啟示，他以分類建構了植物網海。

因陀羅網，涵蓋生物的多樣性，不再是以直線演化的單線思維來觀察物種。他認為植物的分類系統就像是無數玻璃珠所構成的既微小又巨大的宇宙網絡，每顆玻璃珠獨立，卻又各自在顏色不同的網絡上，反射映照出其他的玻璃珠，互為表裡。每個物種都因觀察者所觀看的位置的不同，而呈現出不同的圖樣。

因陀羅網，彼此獨立又彼此息息相關。

於是，一種有別於單線演化的互映性概念誕生。

好消息傳來，他的因陀羅網植物分類系統學的新論述受到了學界的重視，同時經過權威研究單位歷經兩個多月的審查之後，他的研究新發現終於獲得了認證，通過他的論點。於是在一九〇六年七月刊登了他的首要發現論文，就這樣他以「Taiwania」之名作為高山杉的新屬名，一座島嶼成了一棵樹種的名字，就像山盟海誓的互許，創世紀的命名。

從此台灣杉屬與他屬之間的親緣關係就像連結舊星與超新星，他為了讓引證的標本可以更具說服力更完善，後來還增加了小西成章在高山採集的另一個標本，再加上植物學家川上瀧彌與人類學家森丑之助在一九〇六年十月紛紛上山採集來的標本，使他為台灣杉建立的資料庫輻射更廣更深入。

台灣杉是「本世紀植物學史上值得特筆大書的發現」，他寫信給英國學界時這樣寫著，台灣杉還因此改變了他比較偏冷調的個性，他以少見的熱情，一種霸氣的口吻，將這個發現推向舞台。世界各植物學家也紛紛傳來對他的讚賞，這使他自此與台灣再也難分難捨。

植物學家端賴採集的標本，雙腿是他們的工具，跋山涉水在遼闊之地只為取一小顆如指甲片般大小的核子毬果。

提供標本是研究的初始，為此小西成章可說是這一頁植物新歷史的起始人，這個名字於他有如植物命名般銘刻著，為了表達對小西氏的贈物之情，於是他將已命名為台灣杉之外的另一個戀大杉，命名為小西氏。

一九〇九，小西氏過世於台灣的消息傳到故里（一九〇九，平行時空的人類學家李維史陀則在等待降生），他對四十六歲就英年早逝的老友感到十分不捨與傷心，但也安慰自己有以其名小西氏來為植物命名，植物的新屬地已將被安魂。

一九一一年七月十三日《臺灣日日新報》逢發行滿四千號的那一天，他特地從東京發信到島嶼，一張賀卡偏偏而至，卡片畫了帶著毬果的台灣杉，他在賀卡上寫下的字句彷彿預言：「如松柏之茂」、「台灣植物登上世界首次發現的松柏科植物——台灣杉」。

在植物林相繁多如迷宮的大千世界裡，他卻獨獨最愛台灣杉，台灣杉氏，多了一個如妻子的「氏」字。台灣杉氏彷佛是他另一個豐饒世界的靜默之妻，是他一生最鍾愛的。

從此，他的心裡住著一座島嶼，夢裡植栽著一株白靜冷冽且不斷竄上藍藍天際的台灣杉。北回歸線，前世今生的回歸之線，在他打開島嶼高山彼時不曾出世的毬果祕辛的那一刻，從此畫下，永屬於他的情有獨鍾。

從此他以植物的種子返轉這座樹木之城。

【臺灣日日新報一九三四年一月十三日】

命名台灣杉的植物學家早田文藏因慢性心臟病，逝於東京小石川區白山御殿町府邸。喪禮於一月十六日在本妙寺舉行，並厝骨於青山墓園。

繼承者島田哲二／阿努補述

親愛的早田君，老天憐憫你的熱情，你一定會成功的。台灣杉，老成了爺，爺成山鬼佬，老山鬼。

夢中台灣爺跟他的學生島田後代的我說，如果你去了台灣，請你替我向這座被我們砍伐的山林樹靈們進行虔誠的懺悔儀式。殊不知我們早已惹惱八大龍王所掌管的山巔水媚，因此未來將海嘯地震頻繁，此皆其來有自，請盡快啟程。

不知何時打盹的我醒了過來，在血色黃昏想著這個夢，我想的懺罪儀式就是書寫，記錄，我正閱讀著台灣杉與台灣爺的史料，爬梳、還原。在島嶼檜木魂集結的神社，我聞著木香，知道自己有朝一日會為祖父輩重返島嶼，行過眠月線，踏上千歲山，進入聖山。

在森林，許下應許。我將帶著懺罪書寫進入交換之地，我還不知道森林要交換給我什麼？一個聖山來的姑娘？我笑著自己竟飄過這個念頭。旋即，我提醒自己若是到了應許森林，可不能被困在裡面，一定要記得走出來。

但最後我不僅沒有走出來，且還一直回去，以各種形式的歸返。

一如早田君以其種子植物回到島嶼，抵達聖山。

（——本文承蒙阿娜小姐潤稿，銘記於心。）

望冬丟仔

——美術史外的鳥仔嫂及其人生

研究者阿娜／撰述

1

伊是丟仔，棄嬰。
被丟棄的嬰兒。
望冬丟仔。丟仔，tiuh-a。

bāng-tang-tiú-á。南方種，平原秋日芒草裡躲著的鳥雀，好多年，伊一直都不知這日日唱著哀歌的鳥禽的名字是這麼優美，如此擲地有聲。

島民唱著，望冬丟仔晏袂著，晏袂著（抓不到，抓不到）。伊覺得自己彷彿也是望冬丟仔的變形種，這是預言。（彼時伊不知有朝一日伊會嫁給一個愛鳥的男人，伊會成了鳥仔嫂。）

從小伊被叫做望冬丟仔，丟tiuh。伊聽到丟仔以為是因自己被丟棄，又以為望冬是期望冬日快快過去的人。

望冬的人，希望在寒冬之後。

望冬日日唱著望春風。

丟仔，亟欲把過去丟掉的人。

如鳥般，伊的動作敏捷，日日勞動，沒人抓得到伊，除了張家二少爺，後來成為伊丈夫的男人，只有這個叫張義雄的男人抓得住伊，且把伊抓得牢牢的。陸棲禽類「望冬丟仔」，不能抓來生養，因為一關在籠子裡就會不吃不喝，絕食而死，帶著悲愴，哀戚感，卻又謎如幽玄。帶著日式的物哀，每到黃昏，躲藏在芒草叢的望冬丟仔雀躍而出，黑暗將使牠們不被捕捉，牠們是島嶼刺鳥，一旦被捕捉就絕食而亡。

2

伊是野草，春風吹又生。

從嬰兒時期就可以存活下來，當伊被棄置在古井旁時，伊用哭聲讓經過的一對夫妻注意到伊。十歲之前伊都靠著養父母存活下來，十歲之後養父過世，養母只得跟伊說往後汝要靠自己活下來了，說完伊就再也見不到養母了。

那是一九二四年，伊晃蕩在張家大門外，只要看到有人走出來就往門口奔去，但沒有人要收留伊，直到張家二少爺走出來，伊正想上前拉住張二少爺的衣服，卻被旁邊的人拉開。

人們忽然都在同時間看見花朵的美艷與凋零，而伊只是微笑著，一如往常地默著。伊在當時看見黑天使冉冉上升，輝映在伊的亮麗瞳孔上，如玻璃反射般地照出未來的臉孔。

就算是很苦很苦的苦日子，也要活下來。

那時候流行說一句金玉良言：一枝草一點露。

她上過公學校，牢記在心的。

只是飢餓，喫咬著心，口水絕不能滴落，流涎就是示弱，就是羞恥，但飢餓像刀尖刺著。吞嚥著口水，聽著咕嚕咕嚕的胃叫聲，每一聲都是飢餓。

只有樹梢傳來的望冬丟仔的鳥鳴應和著伊的飢餓。

伊無父無母，只能孤單獨自挑起生命的一切。

於是逐漸長出漢子的熊心，豹膽也等待孵育而成。伊不只是女人，是比男人還男人的女人。柔軟的嫩葉被包裹在長滿刺的外表中，只有在些許時刻可以看見伊的陰性，平時伊看起來幾乎等同於雄性。

鳥仔嫂還沒被叫鳥仔嫂時，伊的名字是江寶珠，伊開始有記憶時身邊有父母，伊也有上學，貧窮但卻不孤單。十歲那年父親突然過世，養母有一天跟伊說伊是被丟在古井邊的棄嬰，伊只是養母。男人過世了，伊也要改嫁了。不是親生，養母不帶伊這個拖油瓶。養母給了寶珠一只放著幾件伊的衣物的小包袱，然後就跟著一個來接伊的男人走了，頭也不回。寶珠在街上佇立，一直目送到養母的身影消失在地平線。突然從獨生女變成孤女，孤獨還來不及體會，飢餓就搶先來到。伊一路流浪，沒有人願意收留，走到一戶人家，門庭樹景繁茂，隔著籬笆可以聽見人聲，還聞得到廚房正在大鍋煮菜的香味。

伊看到有人走出來，揣著小包包奔到那人面前。伊請求可以到這裡做事，當傭人，任何事都可以做。男人本能地搖搖頭說最近不缺工，男人原來是長工。旁邊的少年聽見了轉頭對他的父親說，我們不差一雙筷子。父親聽了轉頭看被長工拒絕的女孩，看起來很能做事的樣子。父親聽了，要長工把伊帶進來，正眼看了女孩幾眼，心想這女孩還真大手大腳，看起來力氣頗大。

汝幾歲？

十歲。

看起來像是十五歲的身軀。

識人甚深的少爺父親，彷彿已看見命運背後那雙興風作浪的手，女孩流浪到門口，目光單純，身手健碩，少爺父親轉身喚著管家春嫂，汝來！

這查某囡仔就交給汝，吃穿用睡都跟汝們一起，張家屋頂多這查某囡仔，不缺一雙筷子。汝看有什麼事情就交給伊勞動即可。

伊開心笑著，粉紅色的牙床在陽光下散出如貓的腥羶。

身軀的氣味臭摸摸，春嫂有點掩鼻的小動作，伊瞥見了，但春嫂不壞，伊知道，人的勢利，世態炎涼，伊早敏感察覺到了，但無所謂。

3

伊蒼老得快，十歲那年就老了。

提早歷經風霜，等待瀕臨毀滅，使之強大的毀滅，殺不死伊的更強大。

短鬈髮，厚唇，瞇眼，腳粗。像南方的烈陽，冬日的野風，每一個看過伊的人，都會過目不忘，醜得天真，醜成一種美，醜到一種境界，就是伊經常聽到二少爺有時對伊疼愛似的嘲笑，歹水（醜中有美）。

瞰久嘛係穤婧！人說穤穤尪呷bē袂空。伊是穤穤某呷袂空。攢錢機器，不知疲憊，不會故障。

伊係望冬丟仔。少爺的父親，老爺的聲音在伊背後傳來，以此比喻，如是說著伊。

二少爺問伊父親，忘東啥貨？

父親老爺起身，伊聽見背後有取書翻書的聲音傳來。父親老爺沉吟一晌說，我來讀讀《莊子．逍遙遊》給汝們聽，伊正在擦地，聽見父親老爺說汝們，把自己也算進去，伊背著張家老少父子，嘴角上揚，開心地偷笑著。

「鷦鷯，巢於深林，不過一枝。堰鼠飲河，不過滿腹。」除了〈逍遙遊〉，《詩經》稱此為「桃蟲」，吳代考證「桃蟲，今鷦鷯是也，微小於黃雀；其雛化而為鵰，故俗語，鷦鷯生鵰」。汝們聽，窗外有望冬丟仔在啼鳴，望冬丟仔是生活的行家，度一切苦厄。這善於築巢的小雀是咱土產，尋音就可以找到一條河流，一座叢林。

那是伊初次遇見少年，開口說要留下伊的少年，其實只是基於一種愛心與不忍心，誰也不會知道這一留，把伊留在張家一輩子，直到少年少女竟成了老夫老妻。

留下伊的人是張家二少爺義雄。

汝就到洗衣房吧，春嫂說。

這一幫，從此沒離開過張家，張家鬼跟定伊，伊成了不死貓，等著死神下戰帖。但伊那時什麼都不知道，只是在洗衣房洗著好像永遠也洗不完的衣服，張家人丁旺盛，伊洗著衣服，光亮的石頭敲打著衣服，刷過布料的聲音像音樂，伊經常邊洗衣服邊唱著伊聽過養母唱過的歌，像是幸福的小女孩，從此有了遮風避雨的屋頂，還有大宅院的氣息驅趕了伊一個人的孤獨，伊以為自此不會再一個人，伊討厭一個人。洗著張家少爺們的衣服，伊很熟悉誰穿過的味道，尤其是二少爺張義雄穿過的衣服，伊閉著眼都能靠鼻子辨識，因為衣料上總是沾染著動物的氣味，二少爺養著許多珍奇怪獸。貓狗的腥味還是最普通的，蛇猴子老鼠味很嗆。

這個少爺衣服特別短，但伊看得出這二少爺的心最野，最大，最猛，最凶，但也最溫柔。

二少爺比伊還年長三歲，但個子卻比伊還矮了足足有十公分。看起來伊就像他的大姊姊。但很多下人卻愛開伊玩笑，說伊和二少爺的臉認真看還真有點像。伊根本沒仔細看二少爺的長相，被說久了也偷偷盯著在畫畫的二少爺看。入夜，伊反覆思量，看著鏡中的自己和腦中的二少爺，伊摸摸自己的臉，又想想那個不曾仔細看過自己的少爺臉，伊突然想通，原來他們像的不是臉型，而是臉上蒙著一種放任生長的野性氣息，很多年後伊想起這件事時伊會說他們的像是一種不屈不服的倔強，伊是野草，他是春風。

去二少爺的房間收拾時，伊得瞪大眼睛，因為屋內窗戶都被貼上了畫紙，二少爺的傑作。伊因為好奇而趁著打掃時貼近玻璃看，只看到昏暗的燭光下一顆埋頭畫圖的頭頂。有時候窗子會映出他的影子，看起來很瘦小，房間燈火彷彿永不熄滅，廢寢者的夜晚都在跟繆思對話，伊看到畫紙經常被油火熏黑了。

二少爺不在屋內時，伊會偷偷瞄著窗上貼的圖，伊看不懂卻很著迷，只看到黑壓壓一片的陰翳，還有紅得像是嘉南平原夕陽的艷紅，充滿靜默的天空，還有讓伊怦然心動的裸體素描，男生的裸體，伊第一次看見那個地方乍然咧開嘴大笑著，露出沒有被照顧好的牙齒，裸露著蛀齒過的牙床。其他的阿嫂看見這畫面也跟著笑，但笑聲卻是帶著疼惜伊這個孤女什麼都不懂的笑。伊喜歡看那些圖，覺得活生生的像是要從畫裡蹦出來，即使只是一團黑，伊都覺得要吞沒了自己。到了晚上做著半歡愉半哭泣的夢，那些夢的場景伊都沒見過，每個地方都像異鄉，講的語言都是異語。伊在那些陌生之地看見人來人往都和伊長得不一樣，金髮白皮膚藍眼睛衝著伊跑來，有人抓著伊的頭髮，有人抓著伊的手，有人扒光伊的衣服，有人拿著油料塗抹伊的全身，伊本來氣憤的身體突然被毛刷得癢，笑出了聲音，就在這時伊醒了過來，窗外是南方夏日初亮的藍，在那個藍裡伊聽見嬰兒的哭聲，聽見鳥鳴蟬聲在樹上啼響，聽見自己的心跳聲，聽見洗衣房的阿嫂叫喚伊，伊才真正醒轉，揉揉眼睛，瞬間跳起，聽見鐘擺敲響六下，伊快遲了。

苦難有時讓人心懷恨意，伊記得養母離開前曾有人這樣對伊說。但伊沒有，因為伊不知道苦難是什麼，伊以為生活就是如此，除了勞動換取食物與遮風蔽雨之外，即使生活不換取什麼對伊而言也是得勞動，伊不得閒，久了也閒不得。

因為這樣，伊自此就留在張家了，好像伊從出生就在這裡似的，伊融進了張家宅院，甚至成為一面牆，一道光，因為看見伊的人在對比下都會覺得自己很好命，很幸福。而二少爺是一道風，風吹過時每個人都知道他來了，風散去時每個人也都知道他離開了，而去留都只能是風，由自己決定，因為連風也無法控制自己的方向。

寶珠很少離開張家，出門多半和灶腳阿嫂去買菜。東市場買刺身，生魚片。

吃生食物，還曾被笑生番。

春秋兩季環境大掃除，保正和里長來家裡監督，警察來檢查之後，合格貼上粉紅色紙條才算清潔結束。不合格就繼續重掃到可以獲得粉紅色貼條。

伊從要環境檢查的前一天傍晚就開始和其他年長的阿嫂們忙進忙出，擎著油燈照亮角落裡的蜘蛛網，飛揚的煙炖塵埃，將棉被全洗過，合力抬出眠床板到古井腳清洗，伊年紀輕力氣大，在擺好的椅寮下彈曬棉被，整個氣味飄在稻埕上，伊聞到二少爺的濃濃體味，覺得臉紅，二少爺就像在伊身邊似的，那時候伊不知道伊的命已經緊緊綁在二少爺身上。

每回都要抬著尿桶倒到豬糞尿漕，與房間的油畫味融為一體。

下雨積水，滿臀被濺起的都是黃金屎。

竹片木片用黃麻製成，伊手巧，採黃麻回家將皮剝開，剩黃麻骨，曬乾，鋸成一小片一小片，伊想著二少爺如廁時的猴急樣，伊笑著剝皮，阿嫂見狀笑伊是否在發春啊。

有時和一些鄰家幫傭少女帶著衣裳去溪邊浣衣，洗著洗著，思緒就飄到那些裸體畫，洗著少爺那一身汗臭味的衣服卻覺得十分幸福，湧上曖曖不清的心緒。春嫂看伊的表情曾笑說伊思春。

望冬思春，丟了魂。

望冬丟仔，伊擣衣而笑，丟仔丟了魂。

二少爺離開後，伊第一次感覺分離的滋味，那時候伊才明白自己的生命已然和二少爺掛勾在一起了。因為那種心的疼痛，帶著執念的懸著，是伊以前從來沒有過的。

4

少爺父親是伊的恩人貴人，既收養流浪到張家門口的伊，又讓伊耳濡目染跟著聽了不少說書，只是少爺父親沒等到見伊嫁給自己的兒子，這是伊的遺憾，伊一直不忘這恩情，將少爺照顧得無微不至，彷彿就是少爺父親當年看顧他這個最鍾愛的兒子一般。

伊出生就被丟棄井邊，養父竟也在伊十歲左右過世，養母改嫁，後來也走了，因此很多人認為伊不祥。

收留伊的少爺父親，竟也過世得早，連春嫂在這個家道中落的張家都不待了。時代的不幸，全都加諸在她的身上。

這春嫂離開張家前，竟對伊說，汝不吉兆，我早跟老爺說了，他偏不信，說汝係神眷顧的女兒，我實在看不出來，現在連老爺都過身了，張家敗了了，我看是汝帶衰。

到日本去吧，那裡有二少爺。伊不知道伊這一啟程，此生往後只要少爺在哪裡，女僕就在哪裡。（多年多年以後，伊才知道是僕在哪裡，爺就在哪裡。）

在日本有段時間還當過湯屋與旅館的廁所打掃工，這些勞動，對還沒離開島嶼的伊而言，熟悉得彷彿吃飯睡覺。

伊原只是一個幫傭的女孩，從小努力要脫貧，脫離貧瘠的生活，伊咬著因為洗衣服而洗得破皮的手指，每一根都像是乞丐的癩痢頭。

某日伊聽到其他幫傭的阿嫂說了二少爺奔去日本讀書學畫的消息，伊想怪不得好久沒洗到染著動物獸味的男人的衣服。東京長什麼樣子？伊不知道，只知道絕對不會是可以躺在芭蕉樹下看天空發呆的地方。伊想解脫現實的困頓，怎麼解脫？伊突然心生一念，決定也要奔往新世界，伊不知道遠方，但知道改變或許可以帶來新的可能。

幻想開始在伊的腦海裡羅織著各種可能，閃過許多關於綺麗的異鄉風情，伊從張家書櫃上翻看過的日本雜誌，彷彿為情白頭的富士山，緋粉櫻花樹下的戀人，金屬流線線條的火車，頭戴禮帽穿著西裝的紳士，穿著窄裙套著白襪的優雅女人……最重要的是二少爺在那裡。伊天真地想如果在茫茫大海他們能相遇，伊想那就是天注定的緣分。就像伊十歲的時候在流浪那麼多大戶人家裡，獨獨張家收留了伊，且還給伊工作。

伊跟管家阿嫂說了想去東京的事，管家阿嫂沒笑伊傻，反而以鼓勵的眼神回應伊。去吧，趁年輕去看世界，永遠待在這裡是無出頭日。

伊劈開竹子存錢筒，剎那間聞到竹子的香氣，這香氣彷彿是追憶似水年華的催發劑，但很快地伊吸一大口氣之後就沒有管竹子的香氣了，因為伊急著想數數到底這幾年存了多少錢，而且還急著撿滾落桌下的銅板，一分都不能少，一分一毫都是兑現前往遠方的希望。

伊去車站，買了往高雄的車票，還排隊買了開往東京的船票。

在等待離開的日子，伊開始整理待在張家這幾年的物件，一張榻榻米大小的房間其實空蕩蕩的，伊想為記憶耕土翻新，但靜坐鎮夜卻也感覺一片荒蕪，除了二少爺曾走進這座時間花園，除此花園不曾盛開過值得蜂鳥駐足的花朵。伊心懷嚮往，向張家提了辭職信，任誰也不會想到這樣一個女孩，從一個棄嬰再到一個流浪者，伊能勇於離開這個安全的窩。其實伊哪裡是勇氣使然，伊是因為在這座安全的窩已然沒有惦記的人，此地成了伊懸念張家離去者的地方，伊不想如此惦念，伊第一次知道原來思念是這般，伊不喜歡心被揪著，決定直奔他方。

收拾雜物時伊發現一張手草圖，那是一張速寫，畫都車站，那是伊唯一去過的畫都景點。

少爺的素描，隨手給了伊，好像那是一張衛生紙。

那是張家少數一起出遊的美好日子，少爺的父親還帶他們去相館拍照，雖然伊很想跟二少爺一起合影，但那只是妄心。然而至少伊擁有了個人照，拍下伊唯一一張的青春身影，少爺父親彷彿有先見之明，這照片讓伊後來直闖異地，成了護照上最初的肖像。

幻滅來到，少爺的父親亡逝，家道中落，管家女僕們四散。

這麼多年，整理起來的東西不過一只小包袱。

伊拎著行李來到畫都車站，等待搭火車去高雄港搭船。在車站伊買了個便當，稀哩呼嚕就吃完了。

上了火車，伊將原就扁平的臉貼在車窗上，在倒退的風景的滿眼綠意裡，伊聞到沒關緊的車窗飄來龍眼與芒果的味道。馳向不知名的遠方，伊當然不知道這一座小車站，日後會成為伊離返遠方以及更遠的遠方。伊喜歡車站的離別氣味，但也畏懼那血腥的氣味。二少爺常以憤恨語氣提及那個被無辜槍決在畫都車站的畫家老師陳澄波，那聲量連在廚房的伊都能聽見，伊透過木窗覷向二少爺向父親說話的模樣，覺得這個子不高的少爺真是有血有肉的漢子。

伊看著畫都車站，覺得這車站彷彿是一座殉道者的廣場。

5

窗外的風光這時候看起來濃烈卻帶著如霧般的傷感，亞熱帶的黃昏，顏色濃稠醒眼，像是層層疊疊的油彩，在視野裡揮灑著伊見過的奢華野性，這種野性伊在二少爺的畫裡看過，在油彩裡聞過。接著伊聞到稻田的味道，稻田豐長，綠意盎然。稻田收割，金亮，盡是梵谷畫作般的迷人。燃燒的煙，靜靜地飛揚，寫著無字的鄉愁。

嘉南平原，豐飽著島嶼人挑剔的胃。米食蔬果，馳滿南北。

東方諸山羅列稱諸羅。諸山凹陷處是如此廣大的平原，島嶼的米倉。

關於米，濁水溪以南的人對米，總熟得像朋友。在這座平原，年輕時勞動著身影，跫過草，種過稻。

迎接伊的是彷彿沒有盡頭的大海，伊第一次看見島嶼邊緣，在大海茫茫中，舉目無親卻異常勇猛，航行月餘才抵達這塊新大陸。東京，遙遠的，但很快就會出現眼前了。

在航行的漫長時光，寂寞難耐時，伊看著沿海的潮汐，終於離開陸地邊緣，這是伊人生的大旅程，前面可能有大展身手的新世界，還有可能遇見的戀情。義雄少爺啊，伊想有緣就會再見面，伊沒有跟春嫂要少爺的住址，伊決定把命運交給看不見的際遇，看不見但卻感受得到，伊相信伊與張家有緣，與二少爺有緣，伊當時還不知道這個相信，使伊度過人生的兩難，大量的顛簸與苦難，微量的幸福。

愛情，伊不懂，但伊懂得伊這樣孤單的人非常需要一個家。

伊想要到異鄉展開新生活，遇見張家少爺。

伊知道觀音菩薩會聽見伊的祈求。

海的美景如此安靜，四周是疲憊不堪的人，伊卻精神奕奕，像是女船長似的到處看著，巡著，莫名的開心著。

伊知道這回是人生真正的自主，伊當時不知道日本一樣艱難，一樣得寄人籬下。

眼下還有重重異鄉生活的難題。

年輕的離鄉之舉，航行茫茫大海，未料迎接伊的人生會是一場又一場的絕望。

遠航，就像在為伊的人生做準備的漫漫長夜，海充滿了戲劇性，但也充滿了無盡的暗夜與一種偶爾突然萌生的哀愁。

等著把自己的故事打撈上岸，同時也迎接自己生活的新開展。

情人，等著和伊在東京這樣繁華的城市相遇，伊想著。

凝視與穿越那充滿野性與亞熱帶的往事時光。

直到多年後，當少爺也變成老爺，當他們一起重返畫都受到文化界的歡迎與開展時，伊才確信自己是幸運之神眷顧的女兒，伊是旺夫的，可惜那個春嫂當然早也過身，時光不知過去多少年了。

伊也都活成一個老得無法再老的樣子了，瀕臨毀滅就差一步。

伊善於築巢，每一次的毀滅都讓伊重築巢穴。畫都的桃蟲，伊想起收養伊的少爺父親，一個知書達禮的畫都大戶看伊每日勞動，曾經跟也還只是個孩子的少爺說這棄嬰寶珠就是個桃蟲，畫都的桃蟲。

那時伊已經十五歲，在張家已然度過五個寒暑，書也跟著聽進不少。少爺的父親說的時候，伊正在老爺的書房跪著擦和室的木板，耳聽雀鶯流轉，覺得老爺這樣形容伊真美。自此伊就是望冬丟仔。

少爺的姑姑還是琴棋書畫皆擅長的女畫家張德和，但伊不懂琴棋書畫，伊當時只知道少爺也愛畫畫。少爺的畫就是美，她覺得水噹噹，可以說是伊微小天地的一切。

他們說，伊看久也會有一種奇異的美，怪醜得天真而美。好像伊看久了，也可以從俗化成雅。但伊喜歡俗，那是底層的力量。庶民的，像伊那少被人知的畫，渾然天成的作品。

穤媠！聽起來發音像是賣水。

不水，伊不水，不美。

伊一生都和喜歡油彩水彩的少爺在一起，浸淫繪畫的美麗世界久了也讓伊生出了對美的感受。少爺變老爺，伊起先是少爺的女僕，後來少爺變老爺，伊也還是老爺的女僕。

他們不是美女與野獸，也不是俊男與野獸，他們都穤，又黑。但男生醜無所謂，何況才華洋溢，就是魅力。而伊醜就顯眼，還好伊很精壯，從小被棄，也長出了一種只要能活下去就是生命餽贈的感恩之心，別人的目光於伊如晨露，太陽出來就瞬間蒸發，消失一空。

伊精壯但頗乾柴，因身體沒油水，但每天都跟著摸油，摸水。丟在畫室的油彩，被伊的手清洗。伊看畫室剩下的一點油料很可惜時，會找出一些殘餘的碎紙，也在上頭畫著，但日久也當垃圾丟了，尤其他們搬家這麼多次。畫又怕水，多少次的大水來襲，使伊在異鄉，每逢大雨就會想起故鄉。

心痛又心念的故鄉，終於故鄉成異鄉了，伊要死在異鄉了。

所幸異鄉魂的身旁仍伴著熟悉的寶島郎，伊的少爺，老成一張捏皺的紙的張家少爺，伊是在當年少數不冠夫姓的女人，伊是寶藏是珍珠，但這樣被珍視看待，已是很後來的事了。

6

在異鄉，有一天工作的老闆要欺負伊，伊很強壯，抓住一個東西往老闆身上砸去，然後趁機逃跑，一時之間沒地方去，整日在街頭轉著。未料竟轉到了二少爺的畫室附近，一切像是在做夢，不知際遇早就埋伏，等待他們的重逢。

少爺見狀自然挺身相救，還跑去想揍那個惡主，付了錢，讓她脫離那個惡主，憐惜彼此無依無靠，也因此在異鄉成了伴侶。

一直將男人當少爺看待的伊，來到日本時，發現少爺竟在街頭從事人伕那種苦力的工作，傷心得淚如雨，不斷滴落來。伊說：「我可以吃苦，你不行，你要當大畫家。」

伊看見習畫的學生為了付學費和模特兒費，只能以梅子配白飯，伊跟著少爺去川端畫室見習素描，後來就自願當少爺的模特兒。

伊對少爺很照顧，在戰爭末期物資欠缺下，伊經常在星期天從東京郊外的鄉下帶著菜頭紅蘿蔔白米等食物來到少爺和麻吉廖德政的住處，煮飯給他們吃。

伊的宿舍空蕩蕩，一個大房有四個小房，一個小房有四張床，整間大房只有伊一個人睡，伊的人生過往的一切或者此時此刻的心情告訴伊，千萬不要去向別人索愛。或許，這會兒連悲哀都要珍惜。伊睜著燃燒熱情的死寂眼睛，撫摸檜木，伊想起家鄉，卻看到自己這麼多年的生活悲哀，如同這古老宿舍破舊發霉的天花板，仔細地聞著像是窩藏好幾個冬日的霉味，聞聞這一切的生活氣味，或許伊該高興些，不是遇到二少爺了嗎，但伊知道二少爺只因為異鄉寂寞，或者說伊是一個女僕，少爺需要女僕。女僕需要什麼？女僕也需要少爺。

伊坐在床沿，二少爺後來又去了北京，伊該追去嗎？追去就注定了自己一生要當少爺的女僕，不追去卻注定一生要當異鄉客。伊發呆著，在語言困頓的東京。

伊看起來似乎缺乏為愛慾冒險的樣子，二少爺不明白其實伊是一個一心一意的女人，伊的心一旦起程，就一定要抵達。屋外星星很亮，亮在黑色的無光裡，無隱低調的亮，伊喜歡的黑，像二少爺的畫，烏烏黑黑，黑線條的暗卻點燃伊心的光。

伊突然想念起少爺，伊喜歡那種野得四處奔馳的能量，那種用孤寂的生命獨自在畫室圍城孤島裡完成的繪畫，像窗外的星星一般，不容易被見到。伊獨自在大城市走著，小小的房屋牆面在白天看來很鮮艷的大黃或者大藍之色都隱去了。窗戶都放下了蕾絲窗簾，紗簾隨著風飄進飄出，伊想像著睡在裡面的人是孤單者或是雙人枕頭？他們的鼾聲讓失眠者聽來是幸福之聲了。伊回味著少爺如獸的體味，那種任憑塵埃飛揚的野性，這連空氣都飄揚著任性的線條，二少爺在北京可好？這個小矮人，伊想念著，但伊知道自己不是白雪公主。

十分淺眠，突然一陣寂靜之後，伊開始覺得四周在搖晃，接著就是一陣天翻地覆的震動，地牛翻身，伊躲到衣櫥裡面，沒有被碎掉的石磚砸到，伊還活著，伊捏捏自己的手臂，當夜在一片漆黑中，伊知道自己會繼續當女僕，伊要去找伊的少爺。伊已經遺忘了在啟程隻身前往日本時，內在凶險之獸曾悄悄地在黑暗幽谷邊緣眺望過，但孤獨伊太熟悉，十歲時，不就是一個人流浪到張家。孤獨經驗完全籠罩在伊當時的生命上空，但一進入張家，伊就發現自己已然不再一個人，表面伊是一個人支撐這條漫漫長路，但伊從此成為張家人。

只要有一點水伊就可以活下去，是何等的衝動將自己的肉身推離家門？為什麼要一個人走在這塊陌生的土地？這擺在伊眼前的城市風貌，讓伊聞得到古老悲傷的屬於少爺本身的氣味，也看見了自己隱藏的感情，伊經常看著少爺的畫，感覺那畫在訴説著亙古不逝的死亡與憂傷。伊在少爺離開後才知道伊一開始以為是為自己出走，在寂寞的異鄉，在地震過後的夜晚，伊才知道伊是為少爺才起程，才奔赴異地。

伊在黑夜裡，天空正畫著星星和花朵，伊一個人退到牆邊，挨著牆，打撈一些意識，覺得自己無論面臨什麼困境，總是還可以一直走很多路，這或許才是真正的自主與精神冒險。伊瞬間明白，為何只有繪畫可以不傷少爺的心。

少爺要一直畫，伊就得一直走。

少爺到日本，做工賺錢、兼作少爺的模特兒，起先是穿著衣服，後來伊跟著去了幾趟川端畫室，覺得裸體有高貴的靈魂。

伊第一次也跟著愛上畫畫是什麼時候？

在川端畫室，伊去看少爺。

之後伊沒再畫，伊被畫，讓少爺在沒有模特兒的異鄉至少有伊可以素描。

伊開始隨意在空白的日記紙頁上寫著字：黯綠是壞消息與好消息的顏色。

大黃色，在伊的日記本裡，伊嘗試著寫道：「島嶼、相思樹、財神、陽光、玉米與歡悅……」像是伊生活幻想之物。溫柔是什麼顏色？粉紅泡泡，伊永遠不曾想過的顏色。

少爺的作品開始出現了許多的黃色白色，這是否意味著他也想念故鄉？

少爺也喜歡白色，説是純淨。

7

一張臥鋪券，自此兩人輪流睡。

開往愛情的慢車。戰爭末期，美軍軍機飛越畫都上空，聽少爺家裡的人說，火車站前的市街幾乎已被炸成平地或焚毀，但彷彿這些悲慘的事離伊很遠，因為伊正沉浸在幸福的氛圍裡。

這將是最幸福的列車，在伊往後無盡辛勞的回憶裡。

伊明白少爺是以藝術當作自己的殿堂，少爺必須不斷地作畫來治療受創的身心，在異鄉才能有所安頓，繪畫成了少爺終其一生無法停止服用的靈丹妙藥，那麼伊自己呢？伊一直沒有靈丹妙藥出現，也許看見家的誕生就是伊的安慰劑。畢竟每一回在艱難的芽才冒出頭時，少爺就趕緊服這帖父親賜予他這個人子的重生靈藥。

一九四一年少爺繳不起房租只得搬家，貧窮地搬到更貧窮的地方。

那時他們還沒結婚，但他將畫有江寶珠的作品偷偷命名為青番妻。

隨後，美軍也開始轟炸日本境內，東京隨時可能在空襲中成為焦土。於是在一九四三年，他的大哥張嘉英在北京一家醫院任職時，少爺決定到北京避難。

面臨要搬家，常得丟棄大畫作。一幅四十號的作品剪得只剩下一個頭，歪斜的比例使伊的小眼睛突然像是被放大似的，眼睛且直盯著前方。

少爺說，汝的眼睛會一直跟著我，看顧著我。

伊點頭，雖然浮起一念，為何不是汝看顧著我？但旋即念頭被覆蓋，因為眼前這個少爺，幾乎比伊還矮上一個頭，伊寬闊的肩膀與手臂，彷彿瞬間就可以舉起這個男人過肩摔似的。

就在少爺離開日本不久，東京就遭到大轟炸，伊的住處毀於烽火，卻因此而領到一筆補貼金。望著這舉目無親的東京，伊用補貼金買了一張開往大連的船票，一路想辦法要轉到北京找少爺。

一個月之後，伊終於等到了通往和少爺會合的愛之船，伊提起皮箱，伊心裡很忐忑，等待開往北京的船。

求來的東西，不值一毛錢，且還會被自己鄙視。伊沒有求男人娶伊，是男人需要伊。伊知道自己需要的不是愛情，但需要的本身也有著被需要的莊嚴性。

伊答應嫁給少爺，即使知道婚後自己將比之前的女僕更女僕。但伊不是基於什麼犧牲與成就對方之類的原因，伊純粹喜歡和少爺過日子，伊從十歲就聞到這個男人的味道，彷彿是一個從小就會認床的女人，和少爺過日子，有一種安心，即使在最動盪裡仍覺得安心。伊也不認為這就是愛，伊當時只知道彼此生命早就重疊在一起了，就像男人手中的油畫顏料，疊在一塊，才能襯出明暗。

伊答應結婚，變成張太太。

就這樣，伊一路跟隨少爺浪跡天涯。

然而回首，在港口時，際遇救了伊。一名婦人急著請求跟伊換船票，伊想自己不急，就把票讓給婦人，自己改搭下一班。

距離下一班船尚未到來的時間，伊在港口眺望這繁華東京瞬間碎裂的際遇無常，接著伊聽到先前的那班船被炸毀在海上的消息。

如果沒有換船票，伊就隨著船在海上遭到擊沉落海了。

陰錯陽差逃過一劫，伊覺得生命有其暗示。

伊歷經千辛萬苦，躲過飢餓戰亂，輾轉和饑民一起大遷徙，也不知道徒步了多少路，擠上了多少班如沙丁魚的車子，一路搖搖晃晃，抵達北京車站時，伊在人群鑽動的縫隙裡，好不容易才看見那張從十歲就看到且永遠難忘的臉，帶著詩人與土匪結合的臉孔，藝術家與工人，脆弱與堅強，鋼鐵與玫瑰般的少爺。畫都的南方氣味，亞熱帶的垂楊引來了陣陣甘蔗似的甜氣味飄來。

8

一九四五年，在大少爺張嘉英的主婚下，他們在北京成婚。

從此，戶口雙人行，他們的名字終於並列一起了。

江寶珠與張義雄，並列的名字看起來無高下尊卑之分。

在亂世浮生，定下婚盟之約，盟約沒有海誓山盟，但有苦難同當。所謂的之約就是伊知道自己一輩子都被套上牛軛似的跟定了這個矮小但創作意志如巨人的男人。

伊是粗骨高大，凸眼厚唇瞇眼，單眼皮，平扁的鼻子，厚嘴唇。不齊的牙齒，兩頰顴骨高，做起事來像是拚命三郎。

伊的男人是身材瘦小，意志強大，個性火爆，作畫時只喜歡獨處。

伊擬稱自己和男人的合影是大熊與小猴。

有時沒有選擇的選擇是好的，因為從此一心一意，不作他想，除了伊偶爾會幻想自己若也能畫畫那該有多好，伊覺得自己很奇怪，特別喜歡聞松節油與素描的炭筆味道，喜歡男人從油畫創作中走到身旁的氣味。

難道自己天生就適合跟畫家結婚？伊聞著油料氣味，心想著，笑著自己。

伊一開始是女僕，後來也還是女僕。

男人少年時是少爺，晚年也還是少爺。

不再孤獨的女僕與少爺，從一個人的少爺，經歷戰爭，經歷父親過世的家變，成為一個貧窮如洗的畫家，接著成為一個有女僕照顧的畫家，畫家等著變大畫家，大畫家等著變巨匠，巨匠等著變大師。

梵谷和高更，讓他著迷的畫家，他有時會不經意地想起少年時曾經喜歡過的京都少年。

青番妻，他看著妻子勞動的背影，他在心裡也是感激涕零的。這世界若真有無條件的給予，大概就是這長得像青番似的妻了。

青番女傭成了青番妻，當了妻，變成合法的床枕人與免付費的傭人、模特兒。伊想自己本來就是張家的女傭，變成妻子，已是當時的唯一浮木。浮木上岸，也有機會開成一座森林，伊是樂觀的人，笑呵呵地瞇著眼望著北京胡同外的柿子樹，掛在屋瓦上的大樹結著紅艷艷的果實，伊想起了少女時和張家同去野餐的畫都公園，林蔭下的少爺出遊依然會拿著素描本塗鴉的樣子，伊想就是那時候喜歡上少爺的，那種專注，伊一生都嚮往的品質。

從此，伊一輩子賺的錢都歸張家，伊注定是張家魂（但死後，伊想自己可不想再當張家鬼。伊長出了自己的翅膀，多年多年之後，不飛的翅膀，飛到了自己的畫布上，素樸，動人）。

9

晨光悠緩漫漫。

男人一直將一本小説放在川端畫室，即使畫室經常搬遷。伊第一次讀著這本小説的封面，嘴裡拗口地念著毛姆《月亮與六便士》，心裡覺得這可真是奇特的名字，毛姆，聽起來像是畫都老鄉的狗兒，書名就更怪了，月亮與六便士。月亮伊懂，六便士伊不懂。男人看伊拿起珍愛的書，衝口就説，汝毋識，莫亂翻。

伊是一個自尊心強烈的女人，就像伊的身骨，把書放回桌上，心裡卻想毋識只是此時，我去請教畫室先生不就知道了。

後來伊沒繼續畫畫，但卻成為畫室先生的助手，幫忙擺放靜物畫架與採買跑腿等。伊記性好，靜物永遠擺放得一如昨日，從來沒有出錯過。有天畫室先生跟伊説，有朝一日，妳有時間不妨畫畫，妳其實很特別，眼中的世界都和這群野心勃勃的人不同款，妳的作品有意思多了，比妳喜歡的男人更靠近藝術。

很多人會畫畫，但不一定能當得了藝術家，內在沒有那種神祕又獨特的誘人氣息，最多就是技巧很好，職人。有的人畫得不是特別好，但天生卻是個藝術家，那是與生俱來的氣質。

當時伊已經在異鄉畫室三年，完全可以聽懂先生的每一個字詞，但卻不懂先生字詞的意義，我是藝術家？伊想我沒聽錯嗎？先生已經轉身離去，那是最後一天年輕的伊和男人在畫室習畫。

他們即將回到島嶼，越過北回歸線，一路向南，回到畫都，永恆的迴城。

10

伊年輕時被稱為鳥仔嫂，因為畫家丈夫喜歡養鳥，後來還做起鳥生意，在困難中維持至少可以倖存下來的生活。鳥仔嫂每在煮飯時，看到沒剩幾粒米，就會唱著嫁乎畫圖尪，一個米桶空空空。伊自己餓肚子沒關係，但孩子不該餓肚子，於是勞動一整天過後，到了黃昏時刻，伊會趁著中央市場快收攤前，趕去撿拾那些被丟棄的青菜，這樣也能撐過一天。

伊可以餓肚子，但要賣的鳥不行。伊去樹林挖蚯蚓，餵鳥蚯蚓，伊覺得自己也是蚯蚓，被切斷好幾回仍然可以活下來，只要不被完全吞噬。丈夫是土，伊可以鬆開僵硬的他，讓他鬆軟開出繪畫的花朵。伊吃苦耐勞，苦像是伊隨身的顏料，如影隨形跟隨著伊。

一九四六年大戰一結束，丈夫跟伊說要回台灣，自大陸返台，丈夫隨身只有兩件行李——一個鳥籠與一把吉他，輾轉又搬到台北，在台北，這一落腳就是十八年，十八年王寶釧，伊最苦的日子算來是在台北。傷心的座標，這座島嶼鑿刻得最深。

紛亂的時局，白色恐怖來到他們抵達回家的路，攔截了所有的希望。

流產，流產。新生，新生。

丈夫為長子命名六絃，因為他老按不到吉他的第六根絃。

伊不懂畫，但伊知道每一張畫都有自己的生命，然而當時他們帶不走這些畫的生命。丈夫開始把大畫剪成小畫。

來到台北，十幾年就搬了八次家。

搬家才認識了這座城，認識了丈夫對於繪畫的能量，這種不服輸的精神也因此挽救了他們的婚姻，因為離婚代表輸，伊的丈夫沒有輸這個字眼，那麼伊有嗎？

丈夫不服輸，伊不認輸，兩個不想要輸的人在一起未必能成為贏家，但至少不會輸掉自己與彼此，伊確信這一點才抓住丈夫這根浮木的，只是伊不知道原來自己才是丈夫的浮木。

彼時從畫都跟著貨車上台北，下車時每個人都變黑臉。

在圓山附近大同鐵工廠旁暫時找到棲身之處。位於田中央的方形紅磚厝窗戶對著別人家的煙囪出口，連玻璃窗戶都破裂的房屋四處跑進黑煙。

後來搬到中華路，尋到一間違章建築，丈夫決定開鳥店，將伊變成鳥仔嫂。每天伊在鳥籠裡換水時都跟鳥兒們說去找好人家，對阮食袂飽。

鳥籠罩上黑布，讓鳥休息，有時伊也需要蓋黑布，佯裝夜深好休息。在鳥聲中醒轉有種幸福感，雀躍的是鳥還活著，活著就可以待價而沽。

當鳥仔嫂多年，卻因住的違建要被拆遷成新式商場，又被迫遷徙，伊已經習慣遷徙，但以前是一個人，現在是一家子，難的不是整理物件，因為也沒多少東西，而是丈夫養了很多的鳥與小動物。在搬家前，他們把所有的鳥都賣掉，珍禽異獸在丈夫眼裡就像樂園，他愛小動物就像他愛繪畫，羽翼美艷如色盤，這些是他真正的老師。

從中華路搬到圓環。

畫家朋友幫忙找到西寧南路中央市場旁一間不到三坪大的竹仔厝，沒有地方安身，竹仔厝已是幸福，伊開始埋鍋造飯，用磚圍起來作灶，畫家麻吉廖德政送來了鍋碗瓢盆，畫家金潤作送來了畫架，孩子出門去撿木材，伊去黃昏市場撿菜。

晚上伊和三個孩子擠在一張床，丈夫睡在廊下的長凳子。他們當時的命運都是等著被趕，直到竹仔厝也要化成灰燼，他們又開始移動。

11

在第九水門開畫室，丈夫在簡陋的屋子裡教著學生，伊在旁邊將工廠帶進客廳，伊也像是學生，別人用手畫，伊用耳朵聽。

丈夫的學生們後來組了一個名叫河邊的畫會，師大與北師的高材生都來這裡磨手藝，練繪畫技巧。但丈夫上完素描，會帶他們往河邊走，看看河水的掌紋，聽聽潮水的聲音。

有時稍微得點空閒，丈夫帶著吉他，伊帶著孩子，淡水河邊就是他們的療癒之所。黃昏的故鄉，河邊春夢在夜晚孵夢，讓伊覺得日子有希望。長子六絃懂事，也能幫上擺畫架跑腿的事務，丈夫手短彈不到第六根絃，把遺憾移往孩子的名字裡，彷彿這樣就可以對抗命運。伊想丈夫畫的自畫像也許在丈夫的心中就像在畫佛像，將寄盼隱藏其中。

伊喜歡第九水門，伊在這裡認識了願意為藝術犧牲的模特兒緞，伊自己也當過模特兒，但只是丈夫口中屬於醜的模特兒。緞當模特兒，是丈夫眼中美的模特兒。

那時緞才十六歲，她的日籍父親在戰後離開了他們自行回到日本，留下母親和很多弟妹，家境貧苦，國小畢業後無法繼續升學，去工廠當女工。經由鄰居師大藝術系學生的鼓勵，一九五六年到伊的丈夫畫室，展開了人體模特兒生涯。

伊對緞惺惺相惜。第一次看緞脫下外衣的胴體，伊的眼睛也火金金，彷彿著了火，伊想原來美是這樣。

「我跟他來到一間房子，一株沒有裝飾的也沒點上蠟燭的塑膠樹立在地上。房子裡就擺上一張桌子，上面擱著些水果，他叫我自己隨便吃，但是當我伸出手要去拿水果時，他忽然說，保持這個姿勢不動！就這樣子別動！他馬上取來一本素描簿和鉛筆，就開始畫了起來。我感覺他眼睛在噴火，他在用目光支解我，用畫刀解剖我。」多年後，緞付梓了這段回憶。

緞在伊丈夫的畫裡，裸膚像上了層釉，一張簡陋的床，黑暗瀰漫神祕，肌膚的光讓她像是使徒，即將衝破黑暗，如蛋殼的肌膚，是年輕的身體。連伊看著也震懾住，伊第一次看見除了自己以外的女生裸體，線條如山雲如流水如樹木如花朵，伊也很想畫眼前這個女人，光溜溜的表面像蛋殼，但伊只能拿起鏟子炒菜，畫筆不屬於伊，那是丈夫的。

伊當年經常去後院找母雞查看是否有下蛋，異常珍貴的雞蛋，伊找到兩顆，要給丈夫進補，前幾天男人氣呼呼地回家，一路淋雨加上怒急攻心，咳個不停。丈夫在畫界朋友的奔走下在師範學院謀到當素描課的助教，聽說一連幾日丈夫都被教授叫去當跑腿，他就不幹了。伊嘀咕著不幹就算了，幹嘛跟身體過不去。伊熬煮了薑，加了米酒雞蛋，丈夫的傷風才好轉。模特兒也才能來到畫室，模特兒似乎給了丈夫意志力，完全看不出前些日子這個土公仔竟還病懨懨的。

丈夫說模特兒美，怎麼畫就都美；如果來的萬一是個醜的，就必須找可以畫的角度，比如伊長得不好看，但是伊很自然，畫起來很有感覺。之前來了一個醜的，但很會擺出各種奇特的姿勢，這種模特兒也很好。那時候緞，結合這兩種特質，美麗與很能擺出各種姿勢，個性外向，但唯一難度是好動的女孩要她至少二十分鐘不動，一開始讓緞很辛苦。

緞很美，她的肌膚也像綾羅綢緞絲柔般光澤。

因為伊在，伊感覺到這個年輕的模特兒在丈夫面前一絲不掛才能放下的牽掛，女人必須作陪才有的安全感，就像去婦科看診要有護士在場似的。

12

多年後伊讀到緞在那一天寫下的文字，模特兒提到的往事，如鄉愁。

那時伊已經隨著丈夫去了日本，在異鄉讀到畫家朋友寄來文星出版的書，伊彷彿被帶到那些苦澀的台北歲月，凝結在淡水河邊的一抹落日，蒼涼得像是要隨時燃燒的夕霞，那時候伊經常偷偷地跑到河邊無人處朝著虛空吶喊，喊一喊就像吐出苦水，就可以繼續過苦日子。

> 在被畫的過程中，突然間，我對這件事所累積的懷疑都消失了，我反倒開始觀察他們對我的反應，並且猜測他們在事後可能對我的評價。可是在那間簡陋而陰暗的畫室裡，除了筆紙摩擦時所發出的聲音之外，靜得出奇，而這些寂靜，絲毫無助於我所揣測的答案。

一九五九年，歲月沒有停止動盪，八月七日傍晚，水淹上來，八七水災，他們的家當再次全被沖走，一切再次歸零。

伊跟著愛畫如命惜鳥有情的丈夫最大的收穫是自己最後也成了畫家，雖然默默無名，但伊本來就沒有要有名。伊沒有企圖，伊只要閉眼前能夠沾上顏料就覺得滿足，伊只是要畫下腦中飛翔的畫面，就像多年來伊一直做牛做馬的那股蠻勁，那種一心一意是一樣的。

但最初伊不知道自己喜歡畫且能畫的，要到很晚很晚伊才知道。

七十歲算晚嗎？當高更四十歲時煮了一頓晚餐之後離家出走，自此沉迷在繪畫中而無法自拔，當時沒有人認為四十歲還能完成自我，何況還是藝術，起頭晚心志就先喪失大半，再加上藝術圈冷眼冷語的諷刺，大概沒有幾個人撐得過去這種來得太晚的起步。那麼伊呢？正因為伊沒有外在世界，雖然伊隨著丈夫展覽一起征戰無數次的畫展，也看過無數個收藏家或評論家的眼色，但伊只是在旁陪著笑著，伊沒有讓外面的言語鑽進耳廓住進心裡。

13

獨活寄生湯，伊喝了一輩子的湯頭，用苦難苦痛熬成的濃縮湯汁，如果不是從小吃苦吃到大，大概無法從這百分百的濃汁裡再以幽默和愛加以稀釋，最終才能還原成自己。當然那時的自己是不存在的，伊只有對伊有恩的張家，張家少爺丈夫，伊後來的家。

伊總是準備被遺棄，彷彿被遺棄才是正常的。於是伊既獨活，又寄生。寄生在未來的期盼裡。

伊在丈夫從故里移居到東京之後的好些年，仍一個人繼續著勞動的工作。繼續供養在東京的丈夫往大師之路邁進。

雖然日本早已不再是當年那個望冬丟仔丟了魂追去東京的日本了。

伊已經是個婦人，兒女都二十歲就自己去外面打工租房，伊卻還是勞動，必須掙錢，還必須養懷著藝術家夢想的丈夫，伊變成少爺的父親母親，雙手總是脫皮龜裂，才剛冒出一丁點新皮的狀態就會被水侵襲成一片焦土，洗碗洗衣洗一切，攢下的錢存起來，匯去東京的一間有著丈夫的畫室，陌生之城的陌生房間。

那間畫室伊不曾抵達，有朝一日可以抵達的幻想曾經有過那麼幾次在長長的疲憊之後興起，但很快就會滅去這如星似火的念想。

或者偶爾會想那間還不曾謀面的畫室裡的那個丈夫畫家曾經愛過的少年在做什麼？他們在那個畫室是否有過肉體般的愛情？還是精神上的愛情？當然這是很多年後的鳥仔嫂所浮上的記憶幻影。伊當時只是一個旁觀者，不曾想過介入少爺的世界。

我要去東京，伊從少爺少年時期就常聽他這樣說，那時少年少爺的父親還在，老爺鍾愛的少爺屁子說要去東京當藝術家，這話把老爺父親笑得呵呵然，彷佛這長不高的兒子要父親搬座天梯給他爬上去摘星星月亮。

14

晚年才懂愛與情，而鳥仔嫂已經度過生活勞苦與失落的那種難隱又難言的內在風暴，嫁給藝術家使伊已然失去自我，旁人以為伊是沒有面目的婦人，一心只仰望（雖然是矮丈夫仰望伊這個高妻子）藝術家丈夫的那種仰望其實不曾來過伊的心中，伊盡一切讓少爺變藝術家，到了晚年才懂得那是報恩的心情，也是不忍一個少爺淪落成搬伕的心。

但午夜曾有的心情折磨該是什麼？

應該是失落之情。沒錯，伊知道，這種痛甚過於伊從孩提就知道自己是被丟在井邊的無父無母之人的遺棄創痛更難受，因為過去已然是過去，事實無法改變，過去也成雲煙，伊是可以將地獄開出蓮花池的人。但為何當下的每個夜晚如果失眠，還是感受得到一種奇異的痛感，彷彿被漠視的存在的那種創傷如海嘯，來無影去無蹤，但傷害卻無可比擬。

這種被丈夫漠視的感覺會折磨伊窒息，但卻又不會真實進入肉身死亡（除非自裁），於丈夫而言這種窒息感肯定是失去繪畫能力才有的折磨。而伊很卑微，只是偷偷幻想過丈夫也許是愛伊的。

伊其實明白丈夫基於現實考量大過於愛伊的事實，伊裝笨裝傻，但其實是明明白白，只是伊永遠做不到置之不管或抽身而去，因為伊知道一旦抽身，少爺也等於失根，少爺男人其實比伊脆弱，將等同枯死而亡，而伊的生活也將成為空白之地，還有什麼意義呢？沒有少爺，伊不會如秋葉枯萎成為屍骸，但人生也少了成為人生的核心種子，畢竟伊從十歲起就是張家人，等著變張家魂。

生活的折磨會搾乾心，使心如核爆後的荒涼景象。

伊要吸引浪子張二少爺的注意，勢必得不斷地流洩伊最無法被其他女人所取代的特質。這些特質出現在他畫的肖像裡，華美絢麗，異國情調，色彩斑斕卻又血肉淋漓。很多年後，他才看見妻子比自己純粹的藝術能量。

來到少爺的畫室，伊第一次偷偷拿起油料畫圖，不知道背後有眼睛如火地看著她的畫作。

伊轉頭看見少爺，少爺的眼神卻從火焰轉為黯淡星子，意思是妳不懂畫別亂畫。

很多年後，伊才知道當時的少爺是嫉妒伊的那種純粹的。但怕伊真投入創作，那麼誰照顧男人的生活呢？女僕怎麼可以變成女王？女僕就是女僕，少爺就是少爺，不管日子窮或富。生活讓伊也沒有想過自己在很多年後的異鄉會有自己的畫室，雖然那個畫室其實也只是一個陽台隔出來的空間。

但那小小空間已是對伊前半生的校正回歸。

伊才知道自己的作品，有讓觀者不得不逼視的強烈索求，伊要人們看見伊受的苦，被看見、被注目也是伊晚景依存的荒蕪所在。

15

伊偷看過男人在筆記本上寫的：「我總是與死亡生活在一起，我的母親、姊姊、我的祖父、我的父親……他們都相繼離我而去，記憶卻打開了我心的閘門，每一件微小的事物都彷彿歷歷在目。最後一次，父親送我去碼頭，我們帶著羞澀之情地告別。我們掩飾感情，雖然分離對我們來說是多麼的傷心，但我們都克制著分離的痛苦，而不願意去表露出我們之間深厚的感情。」

死亡的消息傳至異鄉，他雖經常性地受到死訊的打擊，卻因看見死亡無時不在而更激勵自己要好好地創作。

這是什麼世界？

堪忍一切，一切堪忍。異鄉一路陪伴的是從張家祖祠案上取來的阿彌陀經，彌陀大海，容得下他們的哀歡。

伊的丈夫想起年輕時就夢想抵達的巴黎。

他一定要前往花都，從畫都到花都，男人要圓夢，要去蒙馬特，要去巴黎看畫，看世界。

當初那個因為看《巴黎的天空下》而被畫都中學要求主動退學的男人已老成，畫著小丑，心繫故鄉的異鄉人，畫小丑與魔術師。

百年之後我的畫將會有任何的價值嗎？他常自問。

打從兒時丈夫就將自己比喻為一個漁夫，一個富野心與夢想著遠洋捕大魚的漁夫。本來泛小舟沿海岸捉小魚也可溫飽，奈何那遠方的大魚總在呼喚著。伊聽過丈夫形容自己就是那個無視於周遭的小蝦米，為此吃盡人間苦楚。

伊再次為男人圓夢，把天空讓給鳥仔飛。

於是他們一別多年，鳥仔在花都畫畫，開展。鳥仔嫂繼續在異鄉洗衣服洗碗，伊總是如此善於洗滌。

洗滌這一切，但不包括眼淚。

直到多年之後夢想終於成真，丈夫賣畫成果非凡，終於有錢讓鳥仔嫂迢迢千里飛來了。伊的手可以不用再泡到水裡，而是改泡在顏料了。多年前曾經在川端畫室畫畫的自己原來不是夢境。

是真實的。

16

抵達機場，鳥仔嫂的身後是大片的玻璃帷幕，伊瞇著昏翳的眼睛望向自動門，耳廓如海水般湧進，出入的人群裡突然聽到有人喊了聲鳥仔嫂。

鳥仔嫂，忽然整個舊時代的島嶼記憶瞬間奔到眼前，忽然想要熱淚盈眶時，有人拍伊的肩，伊轉頭一看扯著牙笑著，拿出手帕擦拭額頭，將手心冰冷的冒汗也一併抹去。先前的緊張已然一掃而空，畢竟這是伊第一次離開熟悉之地，即使像伊這樣膽子很大的人，伊都感覺到這異鄉異語使伊感到恐懼，何況伊已經不是當年那個奔往日本的年輕女生，伊已然是個六十多歲的老婦人了。

但伊感覺周邊好像沒有人覺得伊老，皺紋就像穿過的衣服般自然的映入伊的眼簾，伊突然覺得自己年輕，或者是因為語言的陌生使伊覺得看待自己沒那麼逼迫了，伊這一輩子第一次覺得擁有自己。

伊很好辨認，對方也好辨認，夾雜在一堆歐美人群裡。來接機的是丈夫以前在第九水門的學生，昔日的學生在伊的印象裡不過是個少年，怎麼轉眼也老了。

放下行李，看著這間公寓，房間之外是畫室，畫布畫架，一張桌子，一把椅子，床上有凌亂的毛毯，成堆的顏料，畫冊雜誌，流淚的蠟燭。

伊要那個朋友帶伊去找丈夫。

學生問伊不休息？

伊搖頭。伊的心就是行李，而見到丈夫就是伊最先想要抵達的地方，而不是一間房子。

學生笑說雖然他沒交代他在哪裡，但學生想他經常都是去同一個公園同一間咖啡館。中年男士看看錶說這個時間應該是在咖啡館。

時序已然進入秋天，伊看著天色浸在一片湛藍，伊深深吸了口從梧桐樹人行道飄來的空氣，還沒走到咖啡館伊就聞到咖啡香的氣味，很多人坐在街道上的咖啡座，伊想裡面一定擠滿了，不然為何全都坐到了外頭。

一進咖啡館卻沒什麼人，這讓伊頗為訝異。伊掃了咖啡館一眼，想應該很快就會認出伊那矮小的二少爺，老了頭禿的二少爺。但怪的是伊沒見到，只見到微火中的黑影都埋在下棋裡。中年男士卻很快就帶伊往角落去，燈泡下一張臉回頭，是老少爺，伊見到了，是他，曾是伊的君王、伊的帝國，他沒有站起來的意思，但嘴裡有笑，眼睛則仍盯著棋盤。那個眼神，伊認得，就像他埋在繪畫時的眼神一般，他總是太認真。丈夫戴著帽子，鬍子又多日沒修，遮住了大半張臉，難怪伊在黑暗的光線中一時沒認出他，這讓伊有點愧疚感，好像闊別這麼久，自己已然忘了丈夫的樣子。

也許伊真想把丈夫忘記？

伊活在現實裡，而丈夫活在夢裡？丈夫在畫布上傾其所有的熱情，因此面對伊這個妻子總是乾燥如沙漠，甚至視而不見。他畫眼中所見心中所想，但他忘了身後的一切。縈繞腦海的景象究竟是什麼樣子？人生苦短，愛情與藝術不能共存，高更說過的，還是鳥仔尪說過的？伊在下棋的鳥仔尪背後突然想起這段話。

參展，手段，博得名聲與金錢，但這只是過程。個人的意見，畫評的評價，群眾的想法，過去不留，已留在畫中。

少數能在世就成名，且把苦難換成藝術理想的人。

17

伊在日本住了大半輩子，卻從沒去過打工之外的地方。

鳥仔嫂就像鳥，一個籠子（房子）移動到另一個籠子（房子），不斷地蹲身擦拭這擦拭那，於是鳥仔嫂駝背了。凸起的背如小島，扛著島嶼宿命來到東京的女人。而藝術家丈夫在花都，也許正對著某個裸體模特而激情著畫筆的油料，讓慾望奔騰飛舞到畫布上。

鳥仔在法文oiseau，鳥仔嫂喃喃念著歐柔歐柔，丈夫鳥仔問鳥仔嫂喜歡這個名字嗎？鳥仔嫂笑著，露出上排牙齒的粉紅牙床，看起來非常天真，像個孩子。

真好啊，怎麼寫？鳥仔嫂問。

抓過伊的手在手心上寫著歐柔（伊有點害臊，被鳥仔抓著手的感覺好奇異），歐洲的溫柔，如水般的女人最柔但其實最強悍。歐柔，鳥仔嫂又重複了幾聲，好像要多叫幾次才能確定這是伊的法文名字。

啊係啥意思？

叨妳啊，妳不是一直被叫鳥仔嫂。

原來歐柔就是鳥兒，但伊現在才要開始學習飛翔，伊七十年來的天空都只有男人只有孩子，現在伊有了自己的天空。

鳥仔嫂暗暗想著，卻呵呵地大笑了幾聲，伊抬頭看著巴黎的天色，灰灰的，但灰色的天空中有幾絲光線試圖穿透雲層，剝裂的痕跡，像是躲著要跟伊在這座城市謀面的天使。

鳥仔嫂看了雲朵幾眼。彷彿看見印象派畫作裡的日出，雲彩粉嫩，調和著一些灰。

ambigu，曖昧。伊聽見丈夫說這句話的意思。

伊喜歡這個法文單字，很感官，又很陽性。一種難掩的情慾流動卻又什麼事也沒發生，像這座城。

來到藝術之都，鳥仔尪在此吸收著許多畫派展覽的作品，也學習到印象主義的畫技。

尪跟伊說過，若沒有技巧難以表達伊想畫出的內心之景。這就是為何要學技巧的原因。

或許在日本無法實現因為技巧的困頓而無法畫出內心所想的困擾，但到了花都，完全成為異鄉人，語言的人種的文化的。

在這種全然的異鄉中，伊似乎找到了某種因為新鮮而被激發的想像力。

伊長期勞動的身體突然縮回了靈魂。漂泊的靈魂有了依靠。

伊第一次知道什麼是擁有自己。伊聽過忠於自己擁有自己不知多少年了，每回鳥仔尪和別人面紅耳赤地爭論作品好壞時，鳥仔尪總是這樣說。不要在意別人眼光才能回到自己的心。

拿起筆，筆尖沾料，點線面，一筆畫開，勾出線條，顏料是引路仙子，畫壞就畫壞，壞畫有一種奇特的命運樣子，紮進布料的肌理裡，伊沒有心事的人，心事都在伊的畫布上。時間已經過去這麼久了，剩下顏料成為唯一的癮頭，追蹤心事的雷達。現在伊才了解繪畫會產生手癮，年紀大的手感緩慢，截斷的筆，木心筆木屑讓伊像個小學生，伊最喜歡削鉛筆，木屑的味道都是回憶。筆尖毛禿了頭是時間的刻痕。老公的畫筆都是血，削骨為筆，以墨沾血。伊是水，水洗過似的畫，天空藍粉嫩綠，沒有任何的苦。

苦過了就過了。

望冬丟仔，啼嗚。

望著冬日遠去，把過去丟在身後。

鳥仔嫂不是那麼有興趣鳥仔尪帶伊認識什麼卡什麼絲的，伊想要知道哪裡可以買米買菜買肉，便宜的菜市場。伊想起東京的黃昏市場，伊以前常去撿拾收攤被丟棄的菜葉水果，帶著傷痕的蔬果卻養了他們一家，還養了畫家。夢中死神聽了笑，摟著鳥仔嫂說，妳在這裡會長出自己的翅膀，鳥總是要飛到天空的。

鳥仔嫂獨立甚且十分陽剛，有時伊覺得丈夫更陰柔。伊更能襯托出丈夫繪畫裡那種孤獨美麗中所滲出的荒謬與對比的尖銳感。鳥仔嫂這種特質很珍貴，鳥仔嫂不知道伊比丈夫內在有更純粹的東西。

鳥仔嫂很興味地看著異鄉大街，每一個角落彷若風景畫，每一個杯盤美如靜物畫，每一個人物都像肖像畫。伊萌生一股讓自己感覺興奮且從未有過的感覺，天空有鳥飛過，伊不再是那個總是被關在圍城裡不斷地為丈夫辛勤勞動的鳥仔嫂了。丈夫愛鳥，但並不愛伊，或者該說他們之間並不存在這個愛的疑惑，沒有時間和空間去想關於愛是什麼就走到老年了。

鳥仔嫂聞著新鮮的空氣，飄著咖啡香氣的街，聽著異語，自己如此悠閒是真的，不是做夢，伊忙碌一輩子，也沒有過這種悠閒感。

明明自己在巴黎這麼久了，久到丈夫都夢想成真來巴黎當藝術家了，而自己的意識竟還在東京。且看著路上的女人好陌生，彷彿不是同一個時空的人。

花都女人好優雅，穿衣服很漂亮，鳥仔嫂看得手癢，突然很想畫下眼前這一切，伊已經像一世紀那麼久地不曾再摸過畫筆和顏料了。伊遙想起很多年前那個在日本川端畫室的下午，伊推門的瞬間，松節油氣味撲鼻，陽光在畫布上游移，伊看見那個額頭最亮個子最矮的男人就坐在最前頭，盯著模特兒出神地畫著，渾然不覺伊來到了眼前。

伊坐在鬧區咖啡館的這一刻，在島嶼來的媒體的採訪下，鳥仔嫂才明白伊當時的心情悸動不只是因為見到了二少爺，原來伊的內心隱藏著連伊自己都沒察覺過的畫畫熱情。這熱情被掀開，伊舀起一口冰淇淋吃，瞳孔映著梧桐葉影。咖啡館的廁所外面備有滾筒式的擦手毛巾，經過一天它已經呈現濕淋淋的沉墜感。擦手毛巾多濕，客人就代表來的有多少，丈夫曾教鳥仔嫂一種辨識方法，惹得鳥仔嫂頻頻稱好。

真係趣味，鳥仔嫂第一次在巴黎咖啡館上廁所，對廁所伊可熟悉了，在張家幫傭時伊就得清洗面桶腳桶尿桶屎桶，伊想起還沒成為丈夫的那個少年的房間，右邊是布履，床旁擱著尿桶。尿桶和飯桶都是木製，長得神似，當時有四腳仔剛到台灣錯把木桶當飯桶，伊想起來突然大笑，露出赭紅色的牙床，把丈夫嚇了一跳。說起花都公廁暗摸摸，臭摸摸，還好咖啡真香。

以前鄉下都有尿桶，說好聽是子孫桶，夜晚好放溺，六絃還跌進尿桶，差點淹死。鳥仔嫂瞬間在花都聞到往事的味道，牛稠堆肥稻草竹葉，亞摩尼亞的氣味飄在腦門，這些氣味都讓伊想起丈夫，伊永遠都會是張家鬼，但現在環顧這座對伊完全是簇新的世界，伊這個張家鬼在廁所擦著從沒使用過的烘乾手機，伊望著龜裂的手，被長期洗衣洗一切可洗之物而失去紋路的手，再也無能解讀命運，但伊這時才忽然聞到命運裡藏有自由的空氣，野性的思維。

鳥仔嫂曾笑說自己和書無緣，如果失眠，書能催眠。伊想自己的夜可漫長了，彷彿沒有盡頭的夜卻是伊休憩的星空，伊怕天亮，天一亮伊就又做不得自己，伊只能是個勞動婦人，伊的手長年累月幫傭洗衣，龜裂成溝渠般，伊只是一個被叫做鳥仔嫂的人，鳥仔尪藝術家的牽手。夫妻不牽手，但上床。伊的手沒被鳥仔尪牽過，倒是伊常去牽鳥仔尪，因為得把老是不自覺跟著街上美女身後走遠的這個愛美男人給牽回頭。

18

婚姻沒有使伊失望或希望，婚姻只是讓伊知道責任與義務，伊知恩圖報，還有伊一直喜歡藝術，伊希望少爺真的變成大藝術家，伊喜歡油料的氣味，比廚房的氣味更讓伊熟悉與喜歡的氣味。

伊和畫家丈夫確實一生都在生活的滾輪中擠出逃脫窒息的狼煙，但伊不曾想過拋離少爺，伊腦中沒有拋離這兩個字，因為伊從出生就被拋離，伊討厭這個詞，討厭拋離別人，源自於自己一出生的不幸。

丈夫曾在某次微醺時對伊喃喃地說著人會出軌其實不是因為要擺脫厭倦的生活，而是因為想處於初戀的那種悸動與興奮狀態。

婚姻會扼殺女人的自由，這是伊到晚年的體認。而想要持續愛情的新鮮但又要維持愛情的忠貞，伊覺得在婚姻二者矛盾互相違背。丈夫曾跟伊說著日本人的愛情觀，川端康成的美學，只是靜靜地看著美少女的肉體就夠了，這很像畫家在直面著美少女那令人悸動的裸體，但絕對不能碰觸，一旦碰觸就崩毀。

那是何等的一眼，丈夫曾這樣跟伊說著。

同時間，鳥仔嫂已經學著開始丟開伊的尪，那個永遠都在畫畫的丈夫，心裡裝的不是伊，而是繪畫，追求的不是愛情，而是藝術。那麼伊自己呢？七十年竟如一夢，夢醒更難過，伊發現自己一無所有。

從燈光昏昧的美術館步出，下午陽光夏日仍艷，花園不斷逸出少男少女搭坐摩天輪的尖叫聲，感覺如此新舊對比，恍然鳥仔嫂今天才真正活在異鄉，而摩天輪是現代歡樂物體了。

伊經常感到頭暈。

19

鳥仔嫂覺得自己的身體一生都是女僕，為了服務別人，彎身彎腰，伊長年背脊勞動，已經逐漸彎成了一座小小駝峰，伊長這麼高，習慣彎身，習慣低聲下氣，但現在伊要挺直胸膛了，伊心裡出現這個聲音時，連伊自己都嚇了一大跳。

街上有花店在門口擺著瑪格麗特，花是白色的，丈夫說這是告別之花，擺在案上，有一種記憶的告別，愛情的死屍。

自己也要告別過去的自己了嗎？鳥仔嫂思索著這個暗喻，有一天自己的桌前也要擺著瑪格麗特，伊想畫這樣的白花，白花下面站著一個少女，清亮的瞳孔張望著未來。

呈乾屍狀的花，丈夫的畫室也到處有。伊很熟悉這種充斥在花店的花就像畫室的靜物，即使是花也是一種靜物，不動。

丈夫說靜物表面不動，實則是分秒無常幻化，那種逐漸要凋零的花更勝於花團錦簇，一種漫漫長夜的孤境。

鳥仔嫂聽了直點頭。

鳥仔嫂不會只是鳥仔嫂，鳥仔嫂不知道自己是被耽誤的畫家，比丈夫還要純粹的畫家，就像影響鳥仔嫂丈夫的毛姆小說那筆下的畫家隱喻，那不顧一切執意前往大溪地的高更，其實鳥仔嫂才是真正的那個人，伊才是那個純粹的藝術家，畫畫沒有為什麼，就為心中腦海所想要流露而出的一切提筆，不存在別人的目光，於是鳥仔嫂連打扮都不需要，鳥仔嫂就是這樣一派天成。

但為了保護鳥仔嫂這種渾然天成的爛漫資質，必須給予鳥仔嫂一些世故的社會價值，好讓伊不會誤踩地雷或者和別人聊天時至少可以不無聊，給予鳥仔嫂的任何知識或者愛情觀，都不會影響鳥仔嫂這個人的單純，那種一心一意，沒有辦法擬仿，就算可以擬仿一時也不會是一生，而鳥仔嫂這種一心一意的單純心緒已然過了七十多年，就像一個走江湖的禪師，鳥仔嫂的內心不混入外塵，看過鳥仔嫂年輕時的幾張畫作，以及鳥仔嫂的人生歲月，就會知道確信這個人的獨特魅力。

20

東京，曾經伊都把許多街區想成老家畫都最繁華的城心火車站一帶，他們的故土母城畫都，北回歸線下最美的城市。後來伊返鄉都是因為男人被官方邀請開畫展，伊望著牆上每一張自己在男人畫展被畫下的畫面都笑得燦爛，套句男人的話，男人總笑說，伊的上牙床牙肉粉粉的，襯得伊的笑容像是圓仔花。

圓仔花，毋知穤。

伊聽了，繼續笑著，沒有水也能開花的圓仔花。

老起來放的女人，醜久了也很美。

長年在顏料堆裡，伊可以分別當下美醜，但現實的美醜對伊而言，美就是那種隨意放諸四海都會活下來的野草，醜就是要依賴別人養的花。伊是美的，只是直到最後死亡來臨前才被時光指認出來。

曾經有一回伊不在家，後來伊才知道丈夫在伊不在家的那一天，竟曾想過自殺。伊知道後心驚膽跳，也逐漸諒解了這位看似不在乎自己的丈夫的感情如此脆弱。

畫圖尪是第一個在巴黎定居且開個人畫展的島嶼畫都來的畫家，擁有這麼多的光環，且每張畫展出都會被貼紅點的藝壇資深前輩，為何當時不想活了？

鳥仔嫂當時不解，也沒有解答疑惑，因為鳥仔嫂從不明白自殺這件事，伊是活得津津有味的人，只是沒料到伊竟比少爺丈夫要先離世了，要先去彌陀淨土，先一步走了。

鳥仔嫂，再次回到東京。

伊病了，被送回這城。

21

直到死神抵達前夕，伊看著丈夫的臉，才明白這一生的苦與樂都是他賜予的。樂很稀有，但並非沒有。畫圖尪，伊從孩子看到變成一個老人的臉，伊熟悉得彷彿就長在自己的臉上。

伊很強壯，男人也很強壯。

伊是望冬丟仔，男人是土公仔。

望冬過後，春天來了，唯一好日子是當土公仔的男人終於帶伊去了巴黎，就是那段花都時光讓伊有了故鄉畫都之感。

從那時候起，伊走過苦難，終於架好畫架，提起了畫筆調色盤，且有了一間小小的專屬畫室，畫室雖然只是以陽台圍起來的私領地。時間過了這麼多年，伊最後一次畫圖是還沒結婚時，還在東京。時光過去如斯漫長，她終於撐過了苦難，準備活成自己的樣子。

伊從出生唯一擁有的私領地，晚年才成為自己的女人，遺忘自己是不能被抓的，卻被生活抓住了一輩子，提起畫筆，聞到顏料時那股心跳的喜悅，彷彿才昨日而已，怎麼現在伊要離開人世了？

因為生病，男人帶伊回到東京。

台灣回不去了，巴黎也無能再去了。

棄嬰變成老媼竟要離棄這個人世了。

22

那時伊在東京，伊和男人離開番薯島，最初的抵達地，卻也是最後的終點站。

此刻，伊看著鳥仔尪，沒看過男人那麼哀傷的眼睛，伊從沒見過男人為自己流淚過，男人是伊十歲起就叫少爺的男人。伊是棄嬰竟可以和少爺日後結婚，伊應該感恩涕泣吧，但伊並不是這樣的女人，伊感恩卻不涕泣。甚至伊常開玩笑對男人說，我若不歡喜，可以將你扛起來丟出去呢。

伊比鳥仔尪高出一個頭，肩膀也寬出一個扇面大，男人背後站著伊，來要債的都嚇走了。

這麼多年過去了，伊累了。

伊以為他們的結合不過是現實必要的遮風背景而已，伊只是男人身體的租借地，男人需要一個強壯的女人使之成為藝術家。男人終於成功了，伊想起九〇年代的台北，那家位在樹蔭滿天的台北敦化南路的一家高雅畫廊外竟然擠滿了排隊要買鳥仔尪畫作的人時，伊當時十分驚訝且懷疑，以為自己還在夢中，或者走錯了場域。

黑色時期，藍色時期，白色時期，伊想起藝評界將鳥仔尪的作品以顏色作為分類的時期，顏色是鏡子，折射心境。

23

一幕幕閃過的過往，記憶與想像的兩端，苦痛與歡愉的兩列列車裡，通常歡愉都是列車裡面最孤單最稀有的溫柔。

強壯的他們抵過一場又一場的命運風暴。

現在他們一起衰弱，就像對神禱告般無力的那種衰弱。

今夜劇烈疼痛，延續的是很多個夜晚的疼痛，每一個昨日加起來的疼痛就是伊今夜的劇痛。

此身已然四處有傷口，從裡到外。伊曾無數回在畫室門外聽到男人的大嗓門，男人在畫室教學生認識身體的骨骼組織，素描的基礎，伊也偷偷在旁張開耳朵聽著，用心以無形來畫著靜物。

這氣味是打從伊十歲住進張家就熟悉得彷彿是伊身體的味道般，這味道有如是安全感，有這個味道就知道有張二少爺在，男人的身上從小凝固的氣味，愛畫畫的男人，把畫畫當老婆，而伊只是僕人。但伊一直那麼甘願當僕人，沒有張家，伊十歲可能就變成妓女戶最醜的女孩了。伊從沒想過自己可以拿起畫筆，當畫家就更是癡心妄想了。

但在東京畫室，伊真的畫下了生平第一張畫，這張畫伊一直小心翼翼收藏著，像是上帝的指紋，印在伊當時那樣貧窮勞苦的心靈裡。為什麼那天伊可以拿起畫筆畫畫呢？伊想起就會微笑，多虧一個學生突然胃痛半途離開，台上指導老師看著已然擠好的顏料覺得不要浪費，看見杵在門口直盯著畫室的伊就招了手，給了伊紙張，要伊坐在畫架前隨意畫畫或看著靜物素描也可。

伊笑著，大口聞著氣味，偷瞄向二少爺。男人也望著伊笑，心想這女人也痟想畫畫。伊對著靜物畫著，覺得頓時人生很靜好。下課後，少爺走來看伊的畫作，笑說烏矸仔貯豆油，看不出來喔。伊吃吃笑著，露出一口暴牙，拓印苦日子的牙床，她笑起來總是顯得如此情真意切而顯得十分古錐，十分真切。

後來伊就沒再畫畫。直到孩子長大，終於被召喚去巴黎，伊飛奔至花都，從此陽台就是伊自闢自圍成的私人畫室。任何人都不可以進去看伊的畫作，連丈夫也不行，伊過了大半輩子終於有自己的私我天地，松節油的氣味，伊的天堂氣味。

但沒幾年，伊的天堂氣味又轉了調，伊被少爺送回東京醫院，伊生重病了。男人說那麼強壯的女人也會倒下來，忘了她也老了。

24

於是，伊看見那個經年遊蕩在外的男人的靈魂回來了。

伊還活著時就已然和死亡掛在一起，飢餓，奔波，生與死彼此為鄰，死是每日伊必須交手的朋友，死神的好友是飢餓，貧窮，勞苦。

但願不再重返人間，這對伊是太苦太愁的人間。

伊是在唱歌與聞著松節油的氣味中對死神繳上這危脆的肉身。那些畫作中豐滿的肉體，爆漿的乳房，爆裂的潮濕，都一一枯萎了。

伊對步向死亡的歡迎是盡情地唱歌，在歌中告別。

伊對生之熱情的讚美是看著自己的畫作，雖然這些畫之前沒有被人看見，也沒多少人認為伊是畫家，甚且自己是一個長年被丈夫覆蓋的女人，即使伊在臥榻上仍唱著歌。

安靜的床旁，仍然只有這個從十歲進入張家就看到的一張臉，這張臉到老一樣不變，拳頭師老了，骨頭還是一樣硬。這張臉看著伊，十歲時打開大門看伊這個流浪女拎著破包袱赤腳的那種陌生依然，伊睜眼和這雙眼睛對望，就像當年一樣，但時光又過了七十七年，伊看見這雙眼睛在陌生詫異中即將溢滿淚水，伊讀出眼裡框住淚水的那種懊惱懺悔，伊就寬心了，伊知道男人萌生一股心疼了，懊悔沒有好好認識伊，男人眼睛開始盯著從未仔細看過伊的一種奇異熱度，他趕著在死神來到前盯視著伊。過往跟著男人流浪，繞了一大圈，伊仍只剩下眼前這一人。牆上掛著男人一生的榮耀桂冠，還有掛著一張伊的自畫像，從四十號畫作剪成只剩一個頭像的肖像，男人稱這幅圖的伊長得像「青番妻」，眼神生猛熾烈，懾人心魂，顏色自動跳躍瞳孔，且燃燒著。

同時間，伊看見窗外枯枝長出的花朵竟是美艷，花葉不相見，死神抵達門口。

25

風停心息，伊即將闔上眼。

八十七年的歲月，伊像是沒有被設定休息的一匹馬，奔馳。終於停在一片草原，伊坐下來看著虛空，這時聽見鳥聲從四面八方而來時，睜開了灰翳的眼眸，只看見黑線條的枯枝映在冬日的正月寒冬。飛揚的羽毛，像風信子。

鳥仔嫂，伊聽見有人這樣叫喚伊，伊張開手臂想抓住一片羽毛，卻發現雙手沾滿了顏料，羽毛就滑出了手掌，往天空飛去，鋪天蓋地的雪這時候下了。

直到這個時候伊才明白，自己有多麼不幸，也多麼幸運。

伊的幸與不幸都和伊一生唯一的男人有關。

一生都在鬥嘴鼓，鬥嘴驅魔，貧窮的魔住進了生活的心，而男人這顆心還一心一意想畫畫。

26

那是南方的故鄉，到處飄散著木材的氣味。而伊的男人是總在旅行的風，是風，不定。

也是土，無處不可生根。躲不過的命運，將點燃熱火也燒乾柴薪。他們是誠實的變形者與驕傲的傷殘者。白日伊不知道什麼是孤獨，勞動的人沒有時間孤獨。黑幕降下，直到躺回如子宮大小的方寸床枕，孤獨才現身那麼一晌，很快地就被睡神與無盡的疲憊驅走。昨晚的臉、今晚的臉、前一刻的臉、下一刻的臉……他在街頭畫肖像，陌生人的臉像車流滑過，他說阿里嘎多，聽見銅板彈撞在瓷碗的聲響，卑微得如此壯闊。而那時伊在餐廳跑堂，那天豬哥主人要欺負伊，一邊嫌伊醜卻一邊伸手要扯開伊的衣服，伊力氣大，踹了主人一腳，瞬間掙脫轉身往外死命地跑，一跑也不知跑到哪，只聽見主人還在後面叫囂地追著。忽然伊在街上聽見一個熟悉的聲音傳來，阿珠仔！阿珠仔！伊回頭一看竟是張家二少爺，這個往後將成為伊命中注定的男人，自此成了一根異鄉的浮木。此後這個男人將是站在伊肩膀的小矮人，小矮人不僅日後長成一棵佇立荒野的悲愴巨匠，接著還成了一家之言。伊的魂自此寄生在他那裡，打從十歲的那一天伊走進張家後就再也取不回了，超過一甲子，伊都得跟男人到天涯海角，直到伊也拿起畫筆。很多人問過伊為何可以跟丈夫吃苦，伊想因為自己一無所有，伊的有都是從丈夫開始的，一無所有的人連苦都覺得是滋味，不會空蕩蕩的。

原來苦也可以是依存的所在，苦久就可以長出甜蜜的汁液。這太文藝腔了，照伊的說法是戲棚站久了就是你的了。

27

窗外的天色暗下去了。

東京，沒有望冬丟仔。

但伊一閉眼，就彷彿聽見畫都的鄉下故里，那嗚聲很像是「氣死你得賠、氣死你得賠」的望冬丟仔。

望冬丟仔，「親像望冬丟仔」，無一時閒的女人，走路蹦蹦跳跳的總是很有活力的女人，到死之前，伊都不知道自己有藝術的天分與價值，不知自己是寶是珠。

珍寶般的珍珠，被畫史甚至被自己遺忘的寶珠。

28

伊在日本曾經不知道已懷孕而依然勞動導致流產，伊靈光一閃看見上帝創世紀之指，伊在遙遠的異鄉，想起伊的故土，伊的所牽所愛。人生如果有還願牌，雖然伊不需還願，因為伊一再對愛情和生活失望，但只有一個願望從來不會離伊而去，那就是畫畫。畫畫吧，只有畫畫從來不會背叛。

在臨終之床，伊的眼前突然飄來一個嬰孩。

伊在異鄉的冰冷床鋪，開始從失望悲傷裡醒轉，伊在筆記本畫下了無緣的孩子，血淋淋地漂浮在伊宛如化成碎片的肉身之上。

回頭，伊聽見有人叫喚伊：

鳥仔嫂！

望冬丟仔。

一個像女僕般的女孩。

伊倒帶著往事，在那座美麗的畫都振翅飛翔。

29

伊生病之後，男人才知道伊在陽台圍出的小空間裡畫畫。男人驚訝地看著伊的畫作充滿了敘事的悲劇性與抒情性。

男人以為的抒情性其實其背後是別人難以了解的傷害的轉譯。

以往丈夫總是不在伊的生命現場，他泰半不在伊需要他的生死搏鬥現場。他熱情於功名事業勝過他熱情於妻子，女人唯一的存在是和慾望結合，慾望一旦被餵飽，女人就自動消失。自伊十歲看了這男人一眼，從此生死都被掐在他手裡。

這麼多年來，伊歷經很多生死關頭，很多雜蕪荒誕人事，甚至也受邀去紐約有了很成功的畫展，在七十歲前，伊學到的竟只是一心一意想做好「妻子」，伊當時不要聲名，也還沒弄懂唯有擁抱藝術才能讓自己更獨立、更完整這件事。

男人一生伴隨著經濟起伏，直到晚年才聲名大噪佳評如潮。

男人的成名其實也成就了伊，手中有餘裕的男人終於讓伊可以歇息了。

讓伊晚年也真正擁抱了屬於自己的藝術，雖然伊終其一生都沒有離開過男人，即使分隔兩地的幾年，伊仍得時時寄錢給男人，伊到處打工攢的錢，讓男人買顏料，成為畫家。

當時沒有任何事足以撼動伊想要離開他，即使伊知道他們之間沒有愛情，只有親情。

伊的腦子其實並沒有孤獨這件事，因為生活扎實的苦痛早已覆蓋孤獨這種屬於藝術家的呢喃或者必須的做作樣態。

伊一生挺他，幫他，疼他，但不確定這是否是愛。

但男人心裡永遠只有畫畫，這種專注使男人成功，但那是聲名的成功。伊知道男人要自由要成名，為此他不願騰出心房讓任何一個人占住，即使伊是妻子，尪某，妻子是睡在旁邊的人，在廚房忙的人，在任何地方幫他張羅的人。幫他有後的人，幫他從少年到老年都能過著「爺」姿態的人。

他有伊，但心房擠滿的是顏料。

那時伊不知道無法離開比離開痛苦。

現在伊終於要吐出「不」了。男人知道伊要離去了，且一離就是永遠的離，這於他聽來是世間最苦的字，對於伊卻有解脫之感。

30

生命苦難是伊生活的底色，抽掉這個底色，伊的萬丈深淵下出現了風和日麗。

大雨驟停，伊無話可說了。

男人握著伊的手，枕邊人對伊的手伊的身體如此陌生，太熟悉的親密感伊很不習慣。伊想要掙脫卻沒有力氣，原來撫摸手是這樣親密，比替男人生小孩還親密。

伊的手摸起來像是樹皮，裂痕而堅硬，長繭的死肉，摸起來粗礪。伊習慣了，習慣往前衝去，這樣過去就被拋在腦中。

男人的父親叫伊望冬丟仔。

望冬丟仔生四粒卵，一粒會孵出鷹仔子。

他們聽了，當年都這樣笑說著伊，但那個鷹仔可不是錯養的孩子，而是可能錯養了丈夫。

鷹仔是伊的尪，也是伊的子。

丈夫仰賴伊，等待伊撒手那一刻。

31

不要向別人索愛，伊沒索過愛，但別人卻向伊討索愛的保護費。

生病的伊，開始想要唱歌給男人聽。

屋外星星很亮，亮在黑色的無光裡，無隱低調的亮，伊喜歡的光澤，暗暗的亮著，用孤寂的生命獨自在圍城孤島裡完成創作，像星星一般，幾乎少被見到。

一月的東京醫院，日久他鄉已成故鄉。庭院外，彷彿伊看見了艷紫荊，再仔細一看，是櫻花緋紅。直到耶誕節，覆蓋如小時候望向遠方高山山頂的一片雪白，耶誕節過後的麋鹿或者耶誕老人或雪人雪橇都還閃著小燈泡，一閃一閃的，也很安靜，讓人目光看了感到一種很俗世的眷戀。只任憑塵埃飛揚，這座異鄉小屋，他們買下的第一間房子小城，第一個家。

連空氣都飄揚著疲憊，古老得不得了的疲憊。醫院窗外，石板路上一個美麗混血小女孩持著仙女棒對空正畫著星星和花朵。

畫圖吧，伊突然想到伊還沒嫁給男人前自己一個人滯留東京畫室時，拿起畫筆的開心，原來伊是屬於顏料的，伊畫圖時，感到有力量，可以不傷心。

就像男人，愛鳥的男人，讓他變成鳥仔嫂的畫家巨匠，曾說要一直畫，一直走，直到生命的盡頭。但沒想到，這麼壯碩的自己，洪水淹不死，地震打不死，鳥仔嫂竟要死在他鄉了。

伊說唱歌，愛鳥男人彈吉他。

伊說，阮唱歌乎汝聽。

別唱，汝好好休息。

汝頂真聽了，無有日後，阮不能再聽汝使喚了。也不能再服伺汝了。鳥仔嫂要飛出鳥籠了。

32

伊這一生絕少想到死亡，每夜累得像一條小狗的人只想倒頭就睡，但此刻，晚景來到，伊才有時間想起夭折的孩子，疲憊飢餓，還沒有張望死亡幽谷，就一頭跌下。伊雖深知死亡是生命的循環環節，沒有人可以漏掉這個必經環節，就像房間外面掉滿的枯葉是樹木再次面對開枝新葉的重生力量。但伊一生都站在死亡的門口，門開門關，送走他者，現在也等著被他者送走。死亡的臨終之床，伊看著他的男人縮水，原本就矮小的男人成了小老頭。而自己也在縮小，早早分床的單人床，還留有很多空間，但卻已容不下長出愛的空間了。

「河岸會因為潮水不斷沖刷而痛苦嗎？土地會因為承接落雨而受苦嗎？沒有愛情的婚姻值得繼續過日子嗎？不會被看見的圖要繼續被畫嗎？……」伊曾在日記裡寫下這段話，這麼文藝腔，沒錯，伊從男人喜歡的小說裡學習模仿來的，模仿也是倖存者能夠活下來的才能。

伊一直不知道自己才是真正的藝術家，真正懂藝術的人會知道男人的作品是炫技的巨匠，是主流的，是對外的，充滿對世俗世界的討好與對應的目光，不若伊是對內的，充滿難以言說的敗筆，卻敗得每一筆都像是生命之謎。不是評論界看得懂的神祕之美，不適合收藏家買得下去的敗筆之作。

悲愴的巨匠。

雜誌的斗大標題，晚年藝術界對其男人的藝術評價，一本厚重專書，裡面收藏一些他們過去生活的照片。伊一直珍藏著，但伊不明白為何少爺要被稱為悲愴的巨匠，伊一直覺得少爺幸福，童少時有父親，父親之後有伊。悲愴的人不是伊嗎？後來伊才明白，不幸（但不至於致命）是對藝術家的善意光芒，因為可以在創作不佳時產生一種脱逃。

33

男人為了贖罪似的，把自己的病房牆壁四周掛滿了伊的畫作，想看伊的微笑，但伊卻流淚了。

如何才能換來片刻生命的寧靜與絲縷的歡愉，伊曾經想煮過晚餐之後就離家出走，再也不歸來，但伊沒有，伊繼續煮晚餐，繼續煮下一頓晚餐，一餐又一餐，直到力不從心了，直到死神來到床榻，舞動著繪畫難以捕捉的姿態，是該走的時刻了。

死神來襲。

在距離死亡的前幾天伊畫下最後一幅畫，一幅筆觸甜靜的含苞玫瑰，螯刺消失，等待綻放。伊準備闔眼，骷髏已然遍地，等待色身終結。往昔歷歷，瞬眼滑過。

這回童真遠離自己了，伊彷彿讀到丈夫的心音。

34

男人沒有挪出地方來擺放伊的愛。

直到死神的馬蹄敲醒，男人頓時才明白這個為他生兒育女且入晚景也提筆畫畫的「牽手」。牽手，男人沒有牽過伊的手，男人有夢想的翅膀，而伊的手是勞動的手，粗糙的，不需要人牽的。

這屋子巨大得像是幽魅；白天的陽光全都消散無蹤，在沒有愛之下，伊更覺得冷。窗外的霧凝結，無消散跡象，伊與疼痛一起躺下，就這麼躺著，像是和著血塊似的，癱軟又結硬，疼痛如兵，集體地在伊的危脆肉屋敲打著，像是伊畫中永恆帶刺的荊棘，點綴著伊周身處處。

35

男人喜歡毛姆，男人矮小，但才氣過人，自覺彷彿是另一個毛姆，且男人在東京其實有過一個熾愛的東京少年，但少年驟逝，而那種禁忌之愛，其實也是一種被誘惑，男人不以為自己愛男人，或者該說他沒有特別的性別觀，他就是愛美。

但這個愛美成癡的男人，最後竟要跟醜女結婚了。

這個從十歲就來到家裡的女僕，卻從來都在身旁支柱著自己，於是男人接受家人提議他們倆結婚之事。故里的家人一直來催促婚期，男人想愛情不過這麼回事，只要擁有最愛的繪畫，那麼睡在旁邊是誰再也不重要了，直到這麼多年過去了，這個精壯為他生兒育女的查某，竟然也要離他而去了。

男人想，這個溺愛自己的女人，直到晚年才辨識出自己的存在，原來生活可以甜美動人，但時日已然不多。

東京屋外社區公園的遊樂場裡空無一人，那些大象長頸鹿、溜滑梯或者猴子單槓都顯得如此的寂寞，沒有笑聲的公園。孩子們去哪了？伊想也許都去上學了，或者被大人關在家裡。這是什麼世界？伊渴望聽見孩子的笑聲，但什麼也沒聽見，只聽見自己的骨頭發出疼痛的扯裂聲。

時光流逝至伊自己都覺得詫異：這幾年自己是怎麼度過的？壯年的伊早就不是鳥仔嫂了，早就不再對少爺言聽計從了，伊高大的身軀不高興還可以把少爺抬起來作勢丟出窗外呢。

但那只是伊的外表，看似粗糙其實內裡細緻極了。

伊也是需要愛的，女子漢只是為了生活的佯裝。

這一裝就裝了一輩子，覆蓋了本來面目。伊感嘆還沒看見愛的花開，愛的花朵即荒蕪迅速，伊都還沒仔細看看愛的樣貌，愛就快速化成刺人心髓的痛。生活的重量，壓彎了伊，卻茁壯了男人，男人已是世紀末拍賣會場上的收藏家們想要落槌的作品了，掛上就被貼紅點的畫作讓畫廊狂喜不已，男人成了投資標的。

拍賣公司最熾手可熱的選畫人選，而伊當年仍只知道唯有跟在男人身邊即是可以承接一切際遇的好壞。伊從養父母過世而成為流浪女的那一天開始，伊就知道自己的生命並不以陽光來歌詠，而是如繪畫般以陰暗來凸顯陽光歡愉之稀有。

36

鳥仔嫂的老年在異鄉發現自己只剩下那一身抛之不掉的病痛和聞之可喜的油料與畫布了。

無數千帆過盡如海底燐光的片斷記憶與這東京裡的孤寂。

東京已成了愛的蠻荒之地，屋外有伊深愛的鳥群，伊從島嶼的鳥仔嫂變成東京的鳥仔嫂。天還是藍的，牆還是藍的，骷髏頭四處隨風飄盪，伊不畏懼，但卻感到十分的孤獨。四下已布滿了荒涼的氣息。有著黑牡丹般的蜘蛛在牆角爬行，有各色花紋的野貓從伊的眼前闌珊而過，也有許多野狗結伴來偷覷伊。

37

日記是夜暮低垂的傾聽者。

最後時光，鳥仔嫂開始寫筆記，修剪伊的生命岔枝或擁擠。

帶傷的鳥在愛的天空裡被獵捕，伊仍昂首。竟過了這麼多年了，時光流逝至伊自己都覺得詫異：這幾年自己是怎麼度過的。

愛的花朵為何荒蕪得如此迅速？

自伊二十歲嫁給他後，六十多年來，伊歷經很多生死關頭，很多雜蕪荒誕人事，甚至也受邀去巴黎有了很成功的畫展，但伊學到的只是伊一心一意想做好「丈夫的妻子」，那時伊不要自我，不要聲名，也還沒弄懂唯有擁抱藝術才能讓自己更獨立、更完整這件事。

38

鳥仔嫂一生都在蝶翼般的勞動的鋼鐵般冷酷的殘暴中度過。

是夜東京寒氣甚濃。霧是高樓燈光折射的視覺迷幻，溫差導致的夜霧，在屋外的樹影間飄盪。午夜，突然雷電交加，彷彿島嶼再現，故里幽魂來了。陰陽離子在午後碰撞。

我可不是來聽你恭維我的話，我期望聽到的是真誠的批評，我不是藝術愛好者，也不是業餘畫家，我只是一個必須來到外地以無盡的工作來謀生養活自己與藝術家丈夫的女人。鳥仔嫂説過的話。

等待雪季來臨的秋日，鳥仔嫂累積了很多自己的畫作。

鳥仔嫂的畫作，從花都到東京，再從東京回到畫都。

鳥仔嫂用了一生的力氣去支撐丈夫擴張的藝術地盤與家庭支柱，伊則逐漸內縮到一只核，一張畫布。顏色真是生活的療癒配方，畫畫時丈夫不能進來伊的地方，因為那是伊活了這麼久才有的私密空間。一筆入魂，老公的畫。一筆入心，伊的畫，伊的畫反映伊的心，將自己傾注其中。伊早就錯過命運的暗示，現在是伊暗示命運了。

39

二〇〇三年十月鳥仔嫂終於在日本東京板橋區美術館舉行個展，三個月後，伊拋下相伴一生的少爺丈夫，已成老爺的藝術家送這苦命的望冬丟仔妻子最後一程，丈夫陪在鳥仔嫂的病床，原本安靜看書的鳥仔嫂突然睜開瞇成一條縫的眼睛，要丈夫唱台語歌給伊聽，丈夫開口唱著，唱著唱著。伊近乎眼盲的神色也望回看了一輩子的畫圖尪。

你注視我，這回你不能不注視我了。

丈夫總是說：「要一直畫到我死。」他將生命獻給畫布，但自己卻將生命獻給了他，吃盡了苦頭，還得露出微笑。

「嫁給畫圖尪，一個米桶空空空。」她用最後的力氣哼著掛在嘴上一輩子的歌，以混濁近乎失明的目光迴光返照似地看著丈夫，看著這個活得很悲愴卻很愛卓別林喜劇的丈夫，喜歡魔術師小丑和小動物的男人，溫柔的想著自己從十歲就跟定他的一生悲苦與歡愉。溫柔地想起少年時期丈夫曾將一條流浪狗撿回家，那流浪狗全身濕透的模樣，她望著丈夫，覺得這老男人比以前更矮小了，他在縮水，發顫，眼睛水汪汪。

伊叫了一輩子的畫圖尪，不捨地注視著伊，直到伊闔上眼睛。

鳥仔畫圖尪看著晚年也成為畫圖某的鳥仔嫂，如睡著般，自此沒有再醒來。

鳥仔嫂，伊自此飛到她熱愛的畫布上，凝結成四季的風景。

這回，鳥仔嫂終於飛得比畫圖尪還快了。

十三年後，鳥仔嫂的愛鳥畫圖尪，以百歲高齡之姿，緩緩地跟隨她飛去藍色的天空。

護林鳥飛繞，望冬丟仔唱歌送行。

【台灣畫派快報二〇〇三年一月二十三日】

畫家張義雄的妻子江寶珠，星期一不幸因心臟病去世於日本，她所表現充滿童真的畫風已成絕響。

江寶珠是張義雄家的童養媳，她被丟棄在古井邊的時候，被張家收養，後來跟隨張義雄到日本，做工賺錢、兼作畫家丈夫的模特兒，吃盡苦頭，成就張義雄這樣一名台灣的悲愴巨匠。

江寶珠年輕時被稱為「鳥仔嫂」，因為張義雄喜歡養鳥，甚至做起鳥生意來維持困難的生活。

吃苦耐勞的鳥仔嫂，跟隨張義雄一生最大的收穫是：自己也成為畫家。

台灣大收藏家呂雲麟在世時批評江寶珠的畫是：真實反映她的內心世界。

筆述者阿娜／代跋

我寫下烏仔嫂的擬仿筆記以為畫都藝壇添上一筆美術史的外史。

戰前到戰後，苦歷數城，夢想最終抵達。

艱苦日子，畫圖尪和烏仔嫂，米缸經常空，烏仔嫂說嫁給畫圖尪，米甕仔空空。別人的阿君穿西米羅，阮的阿君在畫圖，人人叫阮畫圖嫂，欲看畫圖免驚無。

寶珠率真古意愛憎分明，欠人一分湧泉以報，一生勞碌無怨懟。很老了才開始畫畫，於一九八三年曾獲得東京板橋區美術大賞優等獎，也曾在一九八七年以〈小白兔〉一作入選法國秋季沙龍。

寶珠善良樸實真摯，如詩的純稚童真，丈夫是藝術家，但仔細說來，反而小了這種質地，因為藝術家是要競爭才得來創作的位置，而寶珠不用，她的本質是生活，是愛，是直心是熱愛，沒有評者位置反而有了自己位置的人。

寶珠早已是內行人，她看畫看了一輩子，跟著丈夫一生也看了很多所謂的大師，只是伊從沒想過什麼是大師，她純粹喜歡畫。晚年她終於可以畫圖了，但她只想當自己。

風格本具足，沒有包袱的畫。

「愛怎麼畫就怎麼畫，如果伊敢管我，我不高興還可以把伊扛起來往窗外丟出去。」她掛在嘴上的話，經常讓周邊的人聽了大笑。

沾上顏料，擁抱她喜愛的繪畫。她的作品且返回故里畫都開展。

她並沒有回到畫都定居。仍是雙城移動，移動生活持續在她的晚景中，直到她過世。她過世之後，她的丈夫才知道自己是如此愛著醜得美的妻子，那是一種深入骨髓以至於他必須失去才知道的愛的深度。

失去鳥仔嫂的鳥仔畫圖尪從此很傷心，很孤獨，很想念他的寶珠，醜到極致的那種極純美的光芒，在他的夜夢中如星閃爍。

這光芒也閃爍在我這個提筆者，浪漫的提筆者，只因看見一種成全，成全對方理想的愛，讓我看到最美最溫柔的強大，隱藏在名利場之外的壯麗與純粹，一心一意的純粹。

她是迴城畫都美麗的隱性詩語，強韌的陰性之花。

荒郊秋盡落夜雨
——人類學外的山林老獵神望迦

射日後裔阿米哈／附錄

1

長時間受傷的森林，涉入淚水的川流，終於以綠色春神之姿回來。但下一次的蹂躪也會回來。復返的傷害，森林最懂得如何修葺家族樹。一座山脈連綿著另一座山脈，山體強壯厚實，長滿了高山植物，枝葉互相交錯，清晨或者黃昏走在其中，有時會難以辨識下一刻是旭日升起或月亮露臉。陰霾霧夜，部落人靠他們那一雙雙發亮的瞳孔穿越迷徑，或者依循植物銀亮葉脈指引家的方向。

索溪望迦納，山民總是這樣稱呼他們的聖山，這也是在聖山活最久的族長望迦名字的由來。活得久讓望迦目睹屠殺也看過新生。山將孩子一一生下來，又一一和孩子送別。所幸悲劇沒有隔代遺傳。

聖山的人，習慣繞著好多好多個彎才能回到家，超過九彎十八拐，他們本來就是從不走直徑，捷徑的人，他們牧養山林，迂迴曲折的彎路映照海拔不同的植群，這就是他們心中的正直之路，就是一切的路。

他們覺得家就像聖山這大餐桌的小碗，碗內碗外都豐饒。再也沒有任何地方是他們以為的世界中心了。樹木的芬多精，花的香氣，水珠在陽光下的閃爍發亮，雲風穿梭，喚起他們心中世居此地的這股寧靜致遠，古老恆久的靈魂。

他們總會想著但願永遠如此生活下去啊。他們對聖山無所不知，但對人卻總是太輕忽。於是後來這個但願幾度被異族人打破了。一群跨海而來的異族撫墾署長賽陡率領異族學者、官員、憲兵、記者、攝影師、植物學家、通事、挑夫所組成的二十八名探險隊，進入高海拔的針葉林區。他們不知山況天候說變就變，潮濕得讓他們失溫失神，有人病死，有人嚇死，有人返回。只有那個賽陡署長不顧一切的前進，他費了九牛二虎登頂，在疲憊又乾渴時，他看見太陽照亮的地方，暈暈發亮著夢幻金光的針葉樹林，如雪花絨毛，他不禁跪拜下來，大喊著綺麗，萬歲啊，然後在土地上插上了國旗，撫摸著樹，激動得落淚，天皇啊，我來了。

聖山山民在那一刻集體進入了難以醒轉的噩夢，他們聽到有人說著他們聽不懂的語言，有人喊著西諾契、美麗契。多年之後，聖山山民好不容易適應了一些新語言，未久卻又進入另一個噩夢，他們又開始聽到聽不懂的檜木檜木、松羅仔松羅仔的異語。

那時望迦就知道聖山要出事了，當他聽到山谷中迴盪著異語，而聖山的木靈卻延遲著他那聲聲的愛的呼喚，最後連回聲也消失，他聽到庫達瑪庫達瑪，封印解除千年的魔神怒帝甦醒了，聖山將轉魔山。他們那時候才知道，自己後知後覺，原來山下已經不是原來的山下，他們失去土地，成了等著被墾殖的牧民。

之後漫長的日子，狩獵道路斷裂，祭屋崩毀，巨靈受傷，壓迫來了，大屠殺之刀落下，山林染紅，怒帝如大力士，將山舉起又重重丟下，摧枯拉朽。

即使如此，聖山有許多神，卻獨獨沒有復仇女神。這裡的人也許容易被認為太過簡化家史地誌所發生的一切，但他們早已活得像大地，被踩踏的同時卻也孕育種子，根部在就是盼望。他們不過於純真但也不過於仇恨地活下去，因為大自然讓他們日日感受一切都是流動的。他們那時候還不知道有無常這個詞可以輕易替換解釋變化。

就像望迦，他殺過異族人卻也救過異族人，他的刀能讓人頭落地也能讓人甦醒，他的刀有魂，可以自行丈量良善，當然失靈時也常有，畢竟刀下無情。部落的人曾經認為他是守護土地的凡人神，直到異族來了仍相信著。只是他這個神是脆弱的，望迦已被傷害太深。晚年望迦常看見他的床前飄來流著血的頭顱朝著他狠咬，有時又看見他救過的人抱著他的膝蓋痛哭。望迦自從孫子阿米哈接棒之後，他就進入了時而混沌時而清醒的日夜不分，有時他在木屋自閉自語好幾天，有時卻被清晨上山工作的村民發現抱著樹木如抱著情人進入眠夢的他，像個嬰兒正睡得香甜。

他逐漸像被地牛晃搖過劇或開發過度的山，濫伐掘鑿開採焚毀，但根部仍盤踞深處。他就像老樹的根，枝幹折損葉脈凋零都不影響他的印記在山民心中的牢固。

活著，望迦在聖山被認為是個靈魂不死的巫師，土地醫生，山地測量員，種樹的男人，收容一切即將或已然殘破的人事地物。

他沒有死於戰爭或者異族人的獵殺，躲過侵略土地、經歷孤絕之路、在茫茫山林中與同樣也倖存下來的村人重建家園。他們害怕外人，帶來病菌與尾隨在後的死神。在森林霧間帶與杉林之間。這片土地只有一個名字，聖山。這裡的人也只屬一個族群：不被遺忘的人。

如果不是因為異族抵達，最初這裡的人是沒有分山上山下的。

因為最初山下年輕人和部落年輕人一起穿梭在森林中，透過學習認識植物，採集枯葉、漿果與蜂蜜等增加感情的連結，要認識另一個族群只有感情可以連結而非知識。

望迦且教平地年輕人如何避開陷阱區，哪些不能碰，如何躲開動物。他們在夜間點燃樹脂製成的火把在部落空地談心，分享故事。

夜晚，星光滿天，鳥群穿行星空。

直到外人來了，神聖的山林被發現了，帶來了毀滅性。土地被污染、老樹當柴燒，聖山成剩山。那個他們所屬的地方成了地獄。

望迦曾經一度因反抗而被追殺，他一路逃亡，他穿越森林、山丘、溪流、荊棘，受怕挨餓，忍受孤獨。他靠蜂蜜和捕獲些小鳥燒烤果腹。晚上他睡在樹林間，不斷抵抗邪靈。那是一段非常艱難的時光，沒有人在周遭，只有樹靈，從此他有了樹的靈力。他穿越過一片被燒毀亂砍的森林，後來他終於遇到自己的族人，跟他說異族人已經願意和解，不會被追殺了。回到部落的望迦，很長的時間身上仍隨時帶著彎刀、箭和盛水的器具，外加一點煙熏的山野豬肉。

2

也不知過了多少年，異族來來去去，異族人終於撤退，有村民搬來了一台巨大的黑盒子，阿米哈跳躍地說著這是電視，裡面什麼都有。望迦聽了很羞赧於自己的無知，眼睛看著電視，嘴裡叨念著要阿米哈多讀書，要替他去看看那個第一個登陸月球的國家究竟是怎麼辦到的，要阿米哈不只喝山林聖水還要去喝洋墨水。洋墨水，隨著異詞異語早已長到了望迦的舌頭。

山終於在漫長的傷害之後恢復了些平靜。

雲霧繼續浸潤山林，山民努力生養。讓孩子們往山下讀書，在孩子們離家到外地讀書的漫長年歲，有的山婦也學著平地人將小動物當寵物養，盛夏時光和獵犬一起睡在搭在山林兩棵巨樹的吊床上，或者跟長尾小鸚鵡一起分享果子。女人們有的做著串珠編織等手工藝。部落女人會在孩子們長大且離家後，甚至會用自己那還年輕的乳汁擠出來餵養猴子，阿米哈小時候也看過隔村年輕女人將過剩的乳汁哺育給其他村的孩子們。聖山喘息，部落人就逐漸回魂。

部落人工作一年只分播種與收成兩季，季節只分太陽季和雨季。

魔山的怒帝再度被封印，望迦很高興自己可以活到這一天。魔退散，聖顯靈，顯靈在自然界。山神樹靈是掌管著天上的水源與生養森林。滿月時分，男人披散著深色頭髮，召喚神靈舉行夜的祈請儀式。長久以來，他們的生活方式被認為是森林沒有被文明侵略的美好生活的象徵。

當然這個田園牧歌的山林象徵是城市人逃脫生活賦予的一廂情願。

3

望迦的名字本意卻和樹無關，是神鷹，看顧著山林。

但他從不下山去看製材所，他覺得那是他的樹木被分屍之地。

他寧可日曬雨淋，也好過住進籠子。

他的部落男人們相繼受不了誘惑跑去山下打工，上山跟他說起他們在平地打工睡覺的宿舍都是以木材搭建，整晚睡覺都聞得到木材的香氣，有格子窗通風，開窗可見到花開四季，陽光灑進，連下雨的聲音打在瓦片都好聽。倉庫還是檜木製的，彷彿置身聖山。貯木池就像一座湖泊，旁邊的貯木場與製材所也大如小山，裡面有製材室、動力室、乾燥室、鋸屑室、修理站，滾動不停的輸送帶，分層原木的良木、廢料，等著不同的命運，有等著化身成皇宮神社梁柱，有等著灰飛煙滅的。

剖木山人都不敢盯著望迦的眼睛看，但望迦聞到他們身上沾染的氣味就知道了，只有剖木殺木的人才有的木材流下眼淚的氣味，木淚已經咬進他們身上的布料了。

但他沒說什麼，他知道他們下山去討生是被迫的。只是他聽著平地人的描述與山裡人的加油添醋，心想我快被當沒見過世面的人了。什麼聞著木材香，那還不是從我們聖山砍去的。

他哈著菸從鼻孔吐出不屑的煙氣，悶悶不樂著，心中閃過倒下巨木的那種痛，腦中飛過他的山魂老友，千年歲月亡於一瞬，紅檜香杉鐵杉油杉扁柏肖楠，樹靈夜晚都在敲他的夢。有上山的異族人將杉命名台灣杉，他可不認同，他都稱它們聖山杉，聖山木。

下山村人搔搔頭又搖搖頭，彼此看著對方，有人說山下的姑娘都很漂亮，皮膚很白，說的話我們都聽不懂。下工去喝酒或者去湯殿泡澡，大家聊的都是山裡的過去往事。

望迦聽著不言不語，表情沉默。

一起上山的工頭平地人林木森看氣氛有些僵，忙笑著說，謝謝望迦，謝謝大家。然後從布袋裡遞了條洋菸給望迦，望迦搖頭說，我還是抽我的老捲菸吧，洋菸就分給大家。接著又取出芒果鳳梨甘蔗香蕉等山下水果給望迦，望迦折了根香蕉吃，沒笑，只是吃，一根又一根地吃著，大家都看著望迦吃，好像看著他像猴子般愛吃就很開心。

為了討望迦歡喜，免得他不讓村人下山工作，畢竟這平地人盤算著這些人力大無比又工資廉價。這工頭於是說起了自己是天生屬山的人，因為名字叫林木森，我就是山裡的樹木孩子，你們的名字都沒有我的名字還多木吧。

望迦聽了才笑了起來，露出缺齒的牙床，突然又變回和藹可親的模樣。部落男人才放心了起來，紛紛敢上前拿菸來抽。有人哈了一口菸後說，難怪山下的人說飯後一根菸，快樂似神仙。好久沒抽呢。林木森解釋因工作地方嚴禁抽菸，用火。

他們不知道部落人擅長駕馭火神，火燒山的都是外來人。望迦在長長的沉默之後，終於開口說話。又接著看著林木森說，你叫林木森，那你可要遠離火啊。

幾年之後，有部落人突然想起族長那年說的話可真是未卜先知，這個林木森後來竟意外死於一場沒有及時逃出的火災，如木入火，化成煙塵。

4

望迦也不曾到過北國，沒有機會安魂那些聖山死去的靈木神木們。但他在傷害之後仍經常收容上山避禍的人，至於上山者要帶什麼東西下山（那時他還毫無意識到避禍者會帶來連環的傷害），他就睜一隻眼閉一隻眼了。他想神讓人有兩隻眼睛，大概就是這個用意。

望迦懂的自然並非依賴知識，而是因為他就是土生土長在這座聖山的人。望迦之子泰森被族人暱稱泰山，山養大的孩子。望迦教給泰森一切的山林知識。使泰森也成為聖山的山人，在海枯石爛之後仍可依賴原始過活。

（泰森受難，死後他也入列聖山的守護神。據說他的魂魄躲進他親手種過的樹林，且只要有人躲進那裡就可以躲過災害，躲過一切想躲的壞人壞事。然而泰森死後卻連屍體都不存，泰森從此成了山林的雲霧般的傳說。）

望迦看見土地裡的生命個體是如此的短暫，剎瞬而過。但牠們的集體如此悍強。蚯蚓六億年，蟑螂兩億年。望迦知道如何將土地自身體系化為一個循環系統，讓廢物變黃金，他不求風調雨順，因為那是上天的事，但求人的努力與強化。廢棄物再利用，是他最擅長的事。山林乾乾淨淨，那時還沒有塑化劑，沒有困擾他太多的難事。除了很多植物他叫不出名字之外。

望迦後來喜歡上平地人帶來的爆米花，他喜歡聽那小小玉米膨脹變成一朵朵花的魔術時刻。他還喜歡上咖啡，竟笑說比酒好，喝酒容易馬西馬西。小孩子問馬西是什麼，喜歡喝酒的缺牙老人笑著說馬西就是不清醒。阿米哈說就是這樣，他讓自己看起來喝醉喝茫喝掛，站也站不住的樣子惹得大家笑著。

望著阿米哈的逗趣樣子，望迦哈著菸看著前方的樹林，他想這是否是永遠的寧靜，還是風雨欲來前的寧靜？

雨水落下時，望迦喜歡喝酒，陽光染大地金黃時，他喜歡喝平地人帶上來的咖啡。不論晴雨，他都會抽著捲菸，聽著死去的亡靈逐漸闔上眼睛，乾涸的血跡凝固成一幅潑墨畫似的久遠，久違的山林的寧靜。

但望迦懷抱這種寧靜並沒有太久，山林又開始破碎，且這回的破碎是永久的破壞，無法逆返的，無法像他之前去受傷的土地重新種樹的可能了。因為連土地都沒有了，土地變成公園，遊樂園，變成一條條的公路。早年那車身長達數公里的火車日夜轟鳴在鐵軌上的鐵龍，曾經讓動物們逃得遠遠的鐵龍讓他們好不容易才適應下來，雖然一度歷經失去山林又沒有獵物可獵的飢餓年代，但也終於挺過來了。那時平地人上山的家族合照都是在紅色的鐵龍面前或長得不好因而沒被徵召的神木下合影，滿山野杜鵑花開，接著外來種吉野櫻也開了。

森林系女孩成了一種風格，一種時尚。

有旅人帶來了為他拍的照片，山下相片沖洗店的生意張張都有聖山神木與鐵龍的背景照，他看著自己那張憂愁的臉，拍照的旅客說，望迦，笑一個。他不知道要怎麼笑了，即將開腸破肚的土地，他自此失去了笑容。

曾是滿目瘡痍的土地，已被經濟科技時代覆蓋了傷痕，旅客上山只拍照，望迦躲起來，不願再被拍到，聽說照片還會上傳到雲端。他望著雲海想著頂端的天空，他想自己快離開聖山了，他想自己究竟活多久了？自己怎麼活得這麼久了？他是替那些早死的孩子們山民們活下來嗎？他覺得好累。

5

等到望迦活過了二十世紀，他發現他是整座聖山最老的人瑞了。他的孫子阿米哈經常帶山下的農人來見他，農人們想請教土地醫生問題。

外來種的樹木怎麼適應在地化？乾旱時節如何讓樹活得好？土地酸化怎麼解決？不殺生的果農問著菜蟲果蟲怎麼辦？家裡有跳蚤怎麼辦？出現老鼠怎麼辦？

望迦吸著老菸笑說，跳蚤一跳就是一點五公尺，根本抓不到，只要放洋蔥，牠們聞到氣味就跳走了。

望迦又問，老鼠會不會洗澡？

山下農民們笑著，沒聽過老鼠會洗澡，只聽過老鼠會打洞。農人們來到聖山都像是來到農會似的，帶著木瓜香蕉花生玉米來給望迦，邊吃邊聊天。

我教你們在屋子裡的天花板的隔板上放些粉末，老鼠的毛只要沾上這些粉末就會全身發癢，然後就會跑走了。

大家聽了很開心，想這真好，阿彌陀佛會很高興他們不殺生。

但接著他們面面相覷說那些老鼠會不會從你家跑到我家啊？

那大家都撒些粉末不就好了。

後來這些農人們在上聖山喝酒聊天時，有人說老鼠都跑了，但家裡的黑貓花貓都變成白貓了，全身都沾著白麵粉。

大家聽了又笑翻了。

望迦說，蚯蚓強大因為會自體繁殖，所以我們要學著這一點，強大自己。那時山下風聲鶴唳，望迦提醒大家注意千萬別碰政治。但望迦沒想到的是，獵人之子竟跑去參加平地人的什麼讀書會，望迦從不知道那些紙做成的書會有危險，他想紙不就是樹木而來，紙那麼的美。望迦不知道紙很美，但印在上面的字很危險。

他依照父親養大自己的方式來養自己的孩子，哪裡知道山養大的孩子有一天會被平地的一顆子彈終結了生命。

望迦感嘆說，只有植物不會傷害我們。

阿米哈聽了說，可是也有很多劇毒的植物啊？

望迦說，植物有毒那是它的事，那是它的防衛武器，是人去惹它們。

村子裡曾有人吃了花生要了他的命的事情發生過，這也讓童年的阿米哈感到害怕，祖父那回沒救成那個部落同村人，這使祖父很謹慎地吃花生。很多年後，阿米哈才知道壞掉的花生裡面藏有劇毒的黃麴毒素，或者有人天生會過敏豆子。植物真是奇特，藥與毒，一體兩面。植物本身沒有暴行，但誤用將使植物揹黑鍋。

那次之後，望迦這個土地醫生就開始認識山林的毒植物。阿米哈跟著祖父認識許多藥植物與毒植物。當望迦指著好的植物，他就在旁說天使，指著壞植物，他就喊魔鬼。

比如在高海拔的某個地區他發現有一種肉食植物巨型豬籠草，這種植物能夠分泌類似花蜜的物質，這使得沒有戒心的獵物會聞到蜜香而掉入陷阱，瞬間被植物的酶與酸分解。

6

望迦經常彎身去抓一把泥土聞，土壤是大宇宙，順應自然而活，就像水往下走，植物往上走。

植物也是人，裡面有細胞膜，細胞壁，也會長老人斑，身體殘存太多乙烯。要學習如何順應自然，就像水與電，土地是正電，天空是負電，閃電時分，春雷巨響，接著雨後春筍。他經常遇見吃素的動物如牛，吃葷的植物如巨型豬籠草。

望迦經常在樹林間臥土歇息，聞著土壤裡的物質，彷彿他的鼻子就是化學分析儀，水鈣鎂磷鉀鐵蛋白酶，他都能解析植物的需要。

困擾望迦的是人為的干預，特有種原生種外來種，植物比人類更進化，因為它們不用移動就能活成一個世界。人卻要游牧，移動，往好的地方。

聖山被平地人買下的土地改種植經濟作物，水梨果樹與茶樹之後，望迦就不再巡山了，他每天看山看雲，就是不再走動。阿米哈為他蓋了一間茅屋，天天送食物給他，偶爾幫望迦洗澡。不過每回阿米哈要幫祖父洗澡都要使出獵人的手法，擒拿山豬似的將望迦擒住，才能為他沐浴。

從此望迦就在那間屋子裡過活，那小木屋是他最後居所，從一個老是在屋外的人變成一個老是待在屋內的人。把屋子變成了一間記憶的廢品站，他的記憶變成很多不同版本，阿米哈在屋子裡放著自動尋聲錄音機，發現錄下的祖父聲音都是在跟某個亡靈說話。

望迦和亡靈說了太久的話，最後連話都乾枯，像山林光禿之後呈現的沼澤地，生命曝曬荒地過久，他的活水已逐漸乾涸。

太陽照射的地方，自此掩上一片陰影。

7

每隔一陣子阿米哈放錄音帶卻只聽到風聲雨聲，鳥鳴吟唱，夢的呢喃。偶爾傳來巨響，似乎是撞到牆彈回的聲響，或者望迦一個人在爬上爬下，把梁柱當樹爬。

最後一段錄音是他小時候還有印象的祖母妮媧現身。

妮媧死於一個陷阱。她是第一位聖山女性反盜木巡山員，她有一回抓到幾個山老鼠，山老鼠丟下木頭四竄逃走，她追上其中一個時卻不慎在抓到前被盜獵者所設的陷阱夾住腿，然後至今成謎的是隨後跟來的警員也緊追著搶功，突然槍聲大起，不知是誰開的槍竟射中了她。

山下警員否認誤殺，山老鼠早已不知去向。

妮媧成了泥娃，被抬回屋子前已是滿身泥灰混著乾涸的血跡。

我要出遠門了，離開你了。

妳要去哪裡？

去遠方。

遠方在哪裡？

一個持槍者找不到我的地方。

我找得到妳嗎？

可以，你記得我們的暗號。

錄音機發出嗤嗤嗤刮著軌道的磁音。

阿米哈就不再能聽清楚了。

暗號？

他問著祖父暗號是什麼？他也好想見到祖母，她的身上永遠有著一股野花混著老木頭的香氣，偶爾還夾雜著些泥土味。祖母的口袋會放著花朵，花香味穿過布料襲人而來。

望迦嘰咕嘰咕說著像是某種巫言咒語，阿米哈重複一直念著，心想晚上也許祖母也會入夢。

但一次也沒有。

妮媧的祕境只屬於望迦。

森林彷彿成了望迦最親密又最陌生的老友。他不再上山，山長進了他的屋子。他在屋內培育種子，種下樹苗，日久，那間屋子不斷地膨脹，蔓延，藤蔓繞梁，就彷彿是一座微縮模型似的亞馬遜叢林或深山植物迷宮。屋子旁經常有鳥群聚或者鹿群成寮，像是聖山的創世紀。阿米哈稱那間亡靈之屋為雅歌之屋，裡面蔓生著戲耍的記憶，野獸園的歧路花園。

山地霧林，去而復返的雲霧瀰漫在望迦的屋子。經常喚醒他一種溫暖幸福的感覺。植物附生在樹梢的頂冠層，遙遠的海風襲來潮濕的空氣，沿著樹林竄升。濃雲霧夜，霧氣瀰漫林園，樹葉蔓生成林。這些霧氣包覆的林間，就像獨立的帳篷，也像是一座島中島。山地霧林於是有著稀少的特有種，成為阿米哈從小最喜愛的駐足之處，他的祕境。他喜愛置身在霧林的迎風面，一種雨露均霑的全盤浸漬，他的心靈悄悄壯大如植物。

望迦教導如何與森林成為一座共生關係，使他逐漸能夠成為一個即使母樹死亡，也能演化成二代木的物種，就像聖山活下來的神木，經過火燒雷劈的杉木。隨著時間，他就像樹木，必須把自己活成一座霧林般的高山樹木般，他牢記著祖父從小告訴他的，千萬不要小看地衣苔癬真菌蕨類或樹冠層上的附生小苗。他習得了植物般的防身術，甚至偽裝術。

8

土地醫生與樹木療傷者的技藝默默潛移默化給了阿米哈。

但即使如此，阿米哈仍沒逃脫毒蛇咬，望迦親自用嘴吸出毒液救了他，望迦吸完毒素之後就倒下了，山民以為望迦也中毒了，聽到望迦打鼾的巨響傳來時，才理解到這個土地醫生是喝了烈酒而醉去。

聖山的人和迴城的人的差異也來自於眼睛的高度，高低差的視野，聖山的人永遠眺望更高更遠的樹林，看不見頂的樹冠層上的霧靄籠罩，浸潤出綿延無盡的蒼翠如綠金的森林。而迴城的人愛樹，但他們經常把樹變成盆栽或者一張桌子一把椅子，或一個棺木。

阿米哈小時候也常想樹頂是什麼風貌，他爬不上，但他摺的紙飛機能飛升到頂端。危險的不僅是懸崖，還有高峰。

那是一段讓他印象深刻的記憶，他第一次觸摸到光滑的紙，他好喜歡紙，祖父還為此高興，認為是個喜歡讀書的孩子。但起先他是喜歡把紙摺成紙飛機，他從外地人帶來的書裡看到的飛機模型，他立即能從平面的紙摺成一個立體的飛機，且還教村裡的孩子怎麼摺紙飛機來玩。

山童玩的貧窮遊戲，總是在放學後在樹林附近玩耍著。紙飛機成了阿米哈的手藝強項，他常常可以摺出一飛沖天的紙飛機，他的紙飛機就像裝了電池似的，總是飛得又高又遠，飛行的弧線也漂亮極了。

因為阿米哈摺的紙飛機總是飛得特別高，常常一飛就飛到樹梢，他總是爬出去撿回來，起初他沒撿回來，只是想不就是紙飛機嗎？於是木屋附近看向樹梢，整片樹林到處就像停歇著許多白鶴似的。

有次望迦出來看到景象，還以為下雪了，心想沒這麼冷啊。再拭拭目光，才看清是紙鶴，他爬上樹梢取下又發現不是紙鶴，是飛機，戰爭時期經常盤旋在上空的鐵鳥。

阿米哈，你要把所有的紙鐵鳥取下來，紙在森林很危險，萬一有菸蒂落在紙上就會變成火燒山。

取下所有的紙飛機之後，有一回他摺了個超級大紙飛機，一射出之後就一飛沖天，飛到了附近最高的樹頂上，他想就爬樹取下吧。就在他從最熟悉的爬樹頂端取下紙飛機時，他站立的小樹幹突然斷掉，他頓時跌落地上，他聽到了自己的手傳來一聲斷裂聲，他不知道那叫做骨折。他疼痛地扭曲著臉，他彎身看見自己的腳背竟皮開肉綻，他看見自己的腿竟露出幾根白骨。他第一次看見自己的腿骨，他爬不起來，劇痛。周邊的朋友跑去找他的祖父，那時阿米哈的父親都在外地，當家的仍是祖父。當時他也不記得是否哭了，但就是痛極了。

祖父來到他跌倒之處，也沒有心急也沒有心慌。只是把他揹回去，用幾個板子把他的手固定，然後開始熬煮藥材，手製膏藥。

因為你的腳背沒有肉，看來要割你的屁股肉來縫在腳背上，祖父說著，把阿米哈嚇得不禁摸起屁股來。現在先塗抹藥膏看看效果，看藥能否將皮縫合起來，如果不行就要割屁股肉了。希望你夠強壯，腳骨可以自然長出來，手骨折還好不是粉碎性的，這會慢慢好的，但你不能亂動，也別再亂跑，你要記得這次教訓。

他當時還四處找著自己缺去的那塊腿肉，原來不用找了，只需時間會慢慢長回來，就像樹木一樣。這是他第一次也是最後一次直接地看到自己的白骨，看起來就像神木般被時光打磨後的白亮外皮。

祖父邊塗藥時還邊說，死人死後屍體就像一塊木板，硬梆梆的，翻過去蹦一聲，翻過來蹦一聲，咚……咚……咚，死亡的配樂是咚咚咚咚四聲。

阿米哈的紙飛機飛上的那棵樹是沒被砍去的千年樹靈，他眼見太多同伴倒下而憤怒成精，樹靈作祟。

後來阿米哈從樹上又跌落了兩次，那時他已經老了，沒有望迦可以像他兒時那樣為他調製藥膏，但他有保險，去領保險金時，業務員看他兩次都摔在同一個位置還以為他要來詐保。阿米哈聽了懷疑很生氣，他的人生裡可沒有詐這個字，雖然他的人生晚期島嶼四處流行著詐騙集團，連山民都被騙。他搖頭想著望迦當年要山民別下山的啟示錄，被騙這麼久，卻繼續被騙。就像他的父親泰森，也是被騙下山的。

9

當年望迦已然無法說服兒子泰森留在聖山，山下編織的烏托邦太吸引人。無獵可打的獵人自然想著去山下打天下，就像山村裡的許多養家的男人般，差別只是父親是讀過書的，他有野心，他有理想，他還有不知死的傻勁。他去了迴城一度打工，後來賺了些錢也開了木材廠。那間木材廠到了夜晚化身成一間掩護所，白天製木材，晚上開讀書會，研討當局禁止的思想。

望迦和阿米哈日日期盼父親歸來，但父親後來只回來一兩次，最後是再也沒有歸來。阿米哈就這樣在無父之山裡長大，在樹蔭下躲太陽，他最喜歡撿落葉，數星星，唱山歌。學平地老師教過他的灌蚯蚓，他喃喃重複念著杜蚓仔，杜蚓仔，蚯蚓蚯蚓，新字新詞，逐漸成辭海。同學還教他捉蝌蚪，塞在學校木屋的縫裡，夏天，到學校後面的小溪流去游泳玩水。

當時山民壯丁都不在，妻子也多半隨丈夫下山幹活，女性去幫傭，煮飯洗衣帶孩子。但阿米哈的母親早因難產而死，這或許也是泰森想要離鄉的主因。

夫婦不在，於是村子裡的人家說好輪流煮飯。輪到了望迦家，望迦交代阿米哈要煮飯，但他常常忘了祖父的叮囑，野跑竟至忘了煮食，最後落得村子裡的人沒得吃。經常得讓望迦出面把倉庫儲存的肉乾拿來一起和村人分吃。

日子盼啊盼的，望迦家的肉乾都快分吃光了的某一年，泰森在新年終於回到了山上，帶了許多迴城的洋菸洋酒與食物零食，還帶了雙新球鞋給阿米哈。

阿米哈赤腳習慣了，他第一次看著世間竟有這麼美的球鞋，他每天到了晚上就拿出來看著，欣賞著，竟是捨不得穿。從收到球鞋的那夜起，他從除夕夜開始就每天抱著球鞋一起入睡，一直到開學了，還是捨不得穿。他深怕把它穿舊，於是就想先把它供起來，好好保護著。剛開始的時候，他還偷偷地拿出來欣賞，像欣賞一棵樹苗長大似的。

但可以吸引一個孩子的事情畢竟太多，隨著時間流逝，他也遺忘了鞋子被供放之處，直到又是過年，他想起了父親的鞋子，他翻箱倒櫃找出這一雙還是全新的球鞋。但當他把腳套上球鞋時，竟是穿不下了。

他知道樹木會長大，竟忘了自己的腳也會長大。

10

父親送給他的球鞋他一天都還沒穿過，也還沒秀給同學看過，沒有讓他出一下風頭，竟就不能穿了。望迦看著他哭泣，在門口哈著菸，用菸桿敲著他的腳說，別哭了，這哪裡是未來要當勇士的模樣。

他知道自己的那種傷心的意義還在於這鞋子連結著父親。

直到泰森有一年回山上，阿米哈歡天喜地以為父親這回又會帶禮物給他，哪裡知道父親渾身發抖地躲在茅棚，不久荷槍的人上來，父親像一條山豬被扛走似的，自此離開望迦與阿米哈的視線。

有一天，黑霧瀰漫山林，幾乎伸手不見五指。

望迦在抽菸的星火中看見了兒子，泰森你終於回聖山了，你沒有別的地方可去，這裡就是你永遠的聖殿。

黑氣遮住泰森的臉，鬼吹燈，光閃爍。

隔天望迦到處跟人說泰森沒死，行刑槍隊要開槍時卻忽然在要射擊泰森的行刑者的面前飄來一團濃濃黑霧，鬼遮眼似的使行刑者槍法偏離，泰森趁機摸黑逃走，只有他一人活著回來報信給我。

一年之後，泰森仍然沒有消息。

望迦說，他只是一時還不能回來，他躲在聖山的某處我們還沒能抵達的森林裡。

第二年泰森仍然無消無息。

望迦又說，他很快就會回來，只因為迴城還在戒嚴，他還不能現身。

第三年泰森的死訊卻傳到了山上，一個平地人的家屬受過望迦的收留特來感謝，但也因此帶來了同為行刑囚犯的泰森消息。

望迦卻制止那個家屬繼續說下去，只淡淡說，你可能記錯了，泰森沒有在那個行刑囚犯的隊伍中，泰森每天都入夢跟我說他在森林某處活得如鳥兒般自在走動，我有把握我的夢境的可靠性，只是我無法讓你們看見我的夢。

第四年，有人帶來了泰森遺留的一只斷了一半的眼鏡。阿米哈一眼就認出那是父親的東西，因為鏡框刻印著一座山形的山字。

望迦看了斷了一邊的眼鏡說，你看，他只是受傷了，他在森林療傷，很快就會出來。

望迦執意受傷壞掉的是眼鏡，不是泰森。

很快就會回到聖山的泰森，終究成了望迦口中不被遺忘的人，望迦說太多次了，年年說著，聖山的人也彷彿覺得泰森就一直在山裡。

直到有一年望迦突然不再提起很快就會回來的泰森，望迦陷入多年前樹靈怨氣甚深的歲月，連他這個巫師都無法安撫它們，那幾年村人每天都來跟望迦說聖山的神聖已經轉成魔性了，煮的小米變紅色，烤的山肉發臭，柴薪總是潮濕，衣服總是躲著蟲蟲，乾枯的樹木不再長出新葉，太陽被遮住了光線，雲海瀰漫視野，孩子總是啼哭不說話，妻子總是憤怒罵人，男人總是受傷。

阿米哈今晚也感受到望迦以前述說過的那股黑氣，聞到一股腐朽屍臭飄來。

望迦嘆了口氣，敲著菸桿說，阿米哈，明天帶你去魔山。

魔山？阿米哈露出驚慌的眼神，他以前掉落山谷之地就是魔王怒帝的領地。躲都來不及怎麼要主動進入呢。

帶著你父親買給你的那雙球鞋。

那雙球鞋早穿不下了。

所以我說帶啊。

為什麼呢？阿米哈問著。

你去找出來。

阿米哈翻箱倒櫃找了很久才找到被他塞進一個帆布包的鞋子。

後方一直傳來祖父的唉聲嘆氣。

吹熄燈火時，望迦看見木窗飄進一縷黑煙似的霧氣。

明天我們會去看你，讓瑪雅斯比的亞伐飛歐引你回到聖山。

阿米哈聽見祖父說話，轉頭卻見前方什麼也沒有。

神曲，阿米哈你會唱嗎？

望迦開始吟唱起來，阿米哈很快就進入夢鄉，他在夢裡吟唱著。看見父親淚流滿面地出現眼前，他的獵刀已經斷成兩半，刀上開滿了血色的神花，庫巴的入口被擋住，父親無法入內，只是在窗前看著自己，炭火如星火閃耀，彷彿快火燒山了，原來怒帝已然架住了父親，父親的頭髮如落葉也快燒起來。

天還沒亮，村民就來敲門，有孩子失蹤了。

望迦知道自己慢了一步，他抬出一頭幼山豬，要村民將山豬放在神樹上，然後要阿米哈將矛刺向山豬，然後將血敷抹於神樹的樹葉，同時將自己的那雙球鞋綁在樹幹上。接著望迦帶頭唱起神曲，阿米哈在歌聲中看見父親走來，父親將球鞋從樹幹取下，鞋子竟能套上父親的大腳。父親套上球鞋，看了阿米哈一眼，然後跳躍採了沾滿血的葉子，放在嘴唇上吹起了神曲，和望迦的吟唱一搭一唱。

大家渾然忘我時，父親已然消失。大家轉頭看見望迦老淚縱橫。

怒帝退回魔山領地，沒有入侵聖山。

接著望迦帶領族人去找失蹤的孩子，村人尾隨尋找，望迦一邊路祭著亡靈，因為他看見跟著他兒子泰森而來的亡靈起碼有兩千人，各種族群都有，也有很多平地人，他帶引這些靈回去他們該去之地，祈求山神庇佑他們一路好走。

望迦終於相信泰森不再回來，但泰森以另一種方式回來。

鬼魂泰森歸來那天，聖山來了一個受傷倒在冰冷水中的異鄉人，望迦救了這個少年，感覺是泰森附身在少年身上，他劈柴起火燒熱水，要阿米哈細心照料這個少年，直到異鄉人康復下山。救了這個異鄉人之後，望迦受傷的心彷彿被療癒了一半，終是挺過了失子的傷害風暴。

11

幽深廣闊的山林、隱蔽的祕境和樹木重生，被砍伐的千年巨木已然受到聖山的保護了。然而傷害使怒帝更強大，三十萬株檜木的離去，山裡人與異鄉人的亡靈都被怒帝吸收，魔王的領地因而擴大成一座黑森林，死亡森林。阿米哈曾經掉進去的黑森林山谷，他能在三天之後還活著被救起，望迦說，因為阿米哈內在夠強大，他內在有一股氣，十分凜然之故。

聖山在望迦的守護下卻依然危機重重，多年來，山崩水患土石流火燒，樹木染上疾病，使得望迦愈來愈弱，為此等阿米哈成年且自美國學習歸來之後就遁入了自己的結界世界。

12

多年來，望迦成了老望迦，他的雙眼浸潤過如仙的霧海，倒映過彩虹七彩的美眩。雨過天晴，整座森林發出光彩熠熠。他初次張眼所見的這片聖山風景也成了他臨終之眼將坐擁的心地風光。

他的雙手清洗過樹木的眼淚，阻擋過任性的氣流，捕獵發野的巨獸，舉行年年的祭典儀祀，看著山人出生老朽死去。這回，他真的老了。

強大的望迦逐漸成了一幅發黃的畫，他靜默，陷入擬真，浸在夢幻。帶著荒涼般的晚風習習，他在孤寂中又有著被人懷念的光芒內蘊。

阿米哈為望迦之屋四周架設了鏡頭，同時在屋內準備了一台自動錄音機，以及畫架顏料與紙張等，讓望迦在自己的庫巴也能述說傳承，或者畫畫，望迦描摹出來的美麗新世界是聖山以前的樣貌，異族還沒入侵時的風景，樹林茂密，檜木森天，杉林如海，錯落起伏著山的稜線，霧林間有著棲息的野生獸樂園。山裡老人有時候會在望迦開門時來見見族長，他們心中懸念著陪伴他們最久的老人。在那間屋子，老人們第一次聞到從山下帶上來的油畫顏料松節油的氣味，帆布的味道。看到活生生的樹林花朵鳥禽野獸重新靜止在望迦的牆上。大家彷佛重新發現了新的風景，看了一輩子的山長出新的樣貌。

有個老人瞇著眼睛望著某一幅畫，指出裡面有雙很像怒帝的眼睛躲在林梢。

老人正要用手指去碰畫布時，被望迦大吼一聲，別碰。

望迦說，沒錯那是怒帝，你們第一次見到他的樣子吧。我昨晚和他奮戰了一夜，才把他抓到畫布上，他現在被我困在框框裡，我畫他用的是毒植物磨成的粉摻在其中的顏料。

被結界的魔山。

老人們連連稱奇，覺得這輩子活到值回票價了，竟能和望迦一起進入迷霧的世界，美麗的新世界。

十七世紀以來的全景圖繪畫，吸引了人們的目光進入畫作裡面那無限的遠方，多焦點視野，每個點都是敘事點。阿米哈看著望迦的畫想起了阿努給他看過的江戶浮世繪。

13

喝過洋墨水的阿米哈覺得望迦進入另一個空間結界了，他記得祖父當年在招魂父親時曾要村人一直喊著父親的名字，一時之間泰森泰森不絕於耳，直到祖父看見父親從迷霧中穿出才擊鼓停下呼喚。

不會遺忘的，我們不會遺忘你。祖父對自己的兒子悲傷地說著。

望迦筆下那些彎彎曲曲起起伏伏錯錯落落的油料裡，也重新讓遺忘的山遺忘的風景原貌重現。即使現在的聖山曾快禿頭，但種回來的樹很努力地長著，巨木群已然成林，杉林柏樹檜木，好不美麗。現在又長到了望迦的筆下，阿米哈的嘴邊，他不斷述說，以召喚被遺忘的人，死傷的森林。

在靈魂與聖山之間，無限的愛的迴響就是天空，雲海，樹林，溪流，鳥獸。人們以各種方式召喚記憶，流淚作夢吶喊擁抱吟詩舞踏。望迦的油畫充滿一種靜謐的綠與藍，勇士們在那靜謐的森林裡微笑著，亡靈互相取暖，周遭發光，色彩斑斕。在黑暗之中的神魔物也都慈眉善目起來，除了怒帝外，望迦的畫作都是森林之歌，神曲再現。

望迦有時候也會和畫中的怒帝說話，好像這樣望迦才更有生命力似的，他的怒帝沒有太清楚的形象，但有一股黑霧般氣勢凌人，怒帝的背面是荒涼孤寂。像是一種誘惑的不斷堆疊，隨著時光推移，怒帝的那團黑氣幾乎占了滿面牆。

望迦意識到自己即將走到生命的終點時，他交給阿米哈一本記錄著儀式與巫術咒語的小本子，要阿米哈學習。

迴光返照時，望迦對阿米哈低沉地說著，不要為了自己的私愛而仇恨，你要原諒所有的天災人禍，失去的愛，你就繼續愛著，如此就不曾失去，那些離開聖山的人都已經回來了，他們保護著山，愛著你，慈善著部落人。但是災難還會再來，你要守住這座聖山。塵世之門可以打開，讓山下人認識聖山，但必要時也得關上塵世之門，封山。

14

很多年後，阿米哈突然記起望迦說過的這段話。那時火車鐵路早已軌壞車停，而他也已撤走橋梁棧道，並且封山很久了。

望迦已過世了，樹葬裡的魂都是阿米哈至愛。

望迦可惜沒有看見自己的預言示現，沒有看見聖山開山歷劫以來最寧靜的時刻。

阿米哈一個人靜靜地看著望迦滿牆的畫作，屋外漸薄的日光下一個小女孩與小男孩坐在某棵杉樹旁，他們撿著落葉，發出銀鈴般的笑聲。在環抱的綠意針葉林裡，阿米哈聽見風從中吹過，他聽見樹葉沙沙作響的吟聲，他的心頓時如鹿渴慕溪水。

阿米哈感到一種寧靜的持續時刻吹響在木屋的周遭。

然後他聞到灶間的烤肉香味撲鼻，他起身掀蓋，然後朝窗外喊了聲阿娜、阿努，吃飯了。

屋外空無一人，他才發現自己進入了自己畫的風景裡。

聖山祕境，霧掩了上來，霧是他落下的淚化成的。最初的人，最初的山，最初的相逢，最初的命名……望迦最初繪畫系列繼續跳躍在他的眼前。

變形的聖山漸漸地成了迦南地，魔山則漸漸成了遙遠的夢境，怒帝的怒吼跑進了黑暗地心，封印。

父親的那棵樹，祖父的這座山。

阿米哈心中的過去重新活到了畫布上，色彩愈來愈濃，在很久之後的某一天，畫作就會重新長回了自然之中，化為真實。

阿米哈祈禱著，這時他的屋子震動，被他念的樹咒水咒食咒肉咒喚醒。

他揉揉眼睛，放下畫筆。

望迦在意識清楚的生命最後時光，跟他說了一個故事。

有一天一個山下的人逃亡到山區，為了躲避山下追殺的敵人，逃進了聖山部落，部落長老說善心地待他，將他藏在部落之屋棲身，且允諾會保護他。但追捕者仍然循跡找了上來，且逼問此人的藏身之處。部落人開始心生恐懼，荷槍的追捕者對空鳴槍，恐嚇著他們明天太陽升起時要有答案，交出逃亡者，不然要放火燒林，毀村，殺光人。追捕者離開後，村民來到長老家要他解決這件事。長老很苦惱，左右為難。長老在夜晚禱告，幾個小時後，他在天亮前看到這句話，一個人死亡總比賠上全村好，他成了背信者。

為此，天透亮，長老交出了逃亡者。逃亡者被處決之後，全村歡慶，只有村長內心憂傷，靜靜待在自己的房間沉思。這時候，天使來了，問他何以如此憂傷。他說今天把逃亡者交給了追捕的軍警。天使說，你把彌賽亞交給敵人了。長老說我哪裡知道誰是彌賽亞？長老這時從憂傷轉為焦慮了，臉部扭曲，哀慟。天使說，那一天晚上，天人交戰之際，你應該不是去讀經，而是應該去探視逃亡者，去凝視他的眼神，這時候你會心領神會，你會看清你最初收留他的意義。

為什麼？

因為經典是死的，人是活的。眼睛掩藏不住他真正是誰。

就是因為讀過這則牧養者與被牧者的故事，望迦在那一夜去看了逃亡者，兩人眼神交會，直視彼此。逃亡者不僅沒有任何恐懼的眼神，且眼神充滿希望的星火，也點燃著望迦，他不知道為何逃亡者會被追捕，但他在看到眼神時知道逃亡者不是為了自己。於是望迦知道，他也不能為了自己，他必須繼續藏匿這個逃亡者，信守承諾，不說出逃亡者的藏匿處。逃亡者只能被他自己的命運決定，他如果被發現那是他的命運，但不能由望迦的口中吐出。

逃亡者的命運由自己決定。

逃亡者在部落逃亡多時，最後仍被捕，望迦之子與其他部落人受連坐罪也同時發監，核心首腦最後槍決北城。

望迦最後對阿米哈說了這件藏在心中多年的那一夜。

一個古老的故事引發了望迦部落的傷害，使部落成為無父的一代，無父但有義。

無父的一代，阿米哈和其他部落之子，消失的一代，接續者自此永遠有了傷口。

集體成了負傷者。

望迦相信傷害總是會過去，但背信卻是對這村莊永恆的恥辱紅字，對其家族尊嚴的永遠踩踏，要長得像高杉林，向上。不能做一個抬不起頭來的人。

彌賽亞如果是彌賽亞，自然有其使命。

如果死命相挺的人不是彌賽亞呢？

望迦以臨終之眼望著阿米哈微笑著低語，即使像太陽那般耀眼光芒，我們依然有夢想與噩夢，寂靜有喧囂，清明有幻象，但桂冠總是會戴到恩慈者頭上的。要進火光熊熊的房子裡救人，那麼勢必也要冒著自己也可能受傷的危險，不燃燒就沒有光。

時間會站在正義者這一邊嗎？

不用管時間，只管不要浪費時間。不用害怕明天會不會哭，只管今天要大笑。

無常是這座山林雲海的墓誌銘。

時而癲狂時而清醒的望迦，最後以迴光返照為阿米哈說了一個故事。

阿米哈與部落人子們，就這樣度過了內化與無父的一代，他們迎向每天不斷更新的更內向的時代，混亂已成了這一代人的新墓誌銘。

然後他們也都要老去了，成為被送終的人。負傷者如何成為集體的治療源頭？山林與部落負傷太久了，寂寞的創傷內化成自卑，以外在事物來忘記傷口？

每當山林起霧時，阿米哈經常想起少年時有一回霧濃而看不見山路，於是只能停下來等霧散，四周有野獸的聲音襲來。同行的神父也等著，他瞥見神父臉上曾暗藏的恐懼，他想神父身處未知的恐懼邊緣時，是否也有無力感過？神父似乎看穿他的想法，突然說，恐懼是正常的，因為我這個牧工經常與恐懼為伍，且我對驅走恐懼或治療傷害也沒有把握。

換神父跟阿米哈說了個故事，神父抵達島嶼前一路搭上遠洋漁船，成為與遠洋航線的牧者。但他發現天氣晴朗時船員水手們都在甲板上飲酒作樂，沒有人需要他，直到風暴來了，每個人才慌慌張張地來敲他的門，希望他能禱告。

神父是專業的寂寞者，風暴時人們想起他。他這時候不是禱告，而是告訴害怕的求助人，這風暴顯示我們的有限性。

霧散過後，我仍然會想起您的，阿米哈對神父笑著說，神父感到欣慰。

濃霧的杉林，針葉林沾滿了寒霜，那是阿米哈生平見過最美的恐懼。霧散之後，他們發現，當時只要往前再走幾步就是深淵了。

停下來沒有不好。

永生不滅或圓滿無缺無憾是幻象。但腐而新生，就像這座森林。

小阿米哈，你的主要傷口是什麼？

阿米哈沒回答，反問那神父您呢？

寂寞，在這個失序世界與無根世代，歸主者幾稀。

你呢？

失去，無父世代。

我也是Father。

Father，但您屬靈，太神聖了，像聖山。

你錯了，神父只是上帝的牧工，也曾是身受創傷的牧者。

好吧，你是教我ＡＢＣ的藍眼珠父親。

於是，在不斷運上山的傷害中，在時光復返中，死生循環，他打開聖山的部落之家迎接他方抵達的旅者，他早已長出對抗傷害的意志之根，他打算將這根柢也重新種到其他被傷害的土地。

走進傷害才能治療傷害，走進苦難才能帶走苦難。用價值取代絕望，用意義取代死亡。視創傷為啟蒙師，為了一人忘記眾人，當那一人是彌賽亞或是有彌賽亞後代的人。屬靈的深邃，在人的眼睛，在樹的根部。一個有憐憫心的人，一切的喜怒哀樂，都不陌生。打開望迦最後居所，滿牆都是他寫下的字詞。

在滿是長輩文，有個刺點寫著阿米哈是獨特而有詩意的，他敢於對自己流露的內心慾望做選擇，於是他留下來，就像我當初留在山裡。

阿米哈整理祖父遺物時，深陷在望迦的記號之屋，裡面蘊含新的救贖、舊的應許。

15

遠方有老友要來了，雷打斷了電路，停電很久了，他點起油燈，孤獨地吃著烤山豬肉，阿米哈這一晚覺得自己老了，在變成更老之前要實現年輕時沒有實現的願望，在聖山導一齣戲，去受傷的土地重新種樹。

阿米哈想起望迦斷氣的那夜，山林也起了風暴，但隔天卻一片落葉也沒有掉落。

望迦活得很老才願辭土而去，他也成了神木，木神。

這看似是終點，卻也是起點。

牧者與被牧者，望迦說二者他都是，一生都是。如果將牧改成木，那更接近他，他是木，木流的淚，化千年成琥珀，釀萬年為蜜蠟。

於是望迦的靈在，阿米哈守靈到望迦爬上聖山祕境，山巔之巔，看顧著山民們。

森林與山野，時時刻刻都有我的魂守護著，望迦最後是這樣說的，說的時候，群樹搖曳，逝者善舞。隔天一早山民們看見野外被他們稱為奇蹟之花的薄雪草開了，叢聚的無數花苞上覆著滿滿的白絨絨小花，彷彿靄靄白雪，純潔的白雪山原裡有一道彩虹，望迦離開又回來了。

阿米哈將望迦臨終的話以燒成木炭的筆抄錄在部落之屋的夯牆上，鹿頭之旁。妮娲的肖像旁終於等到了望迦老去的唯一也是最後的一抹微笑。

望迦的心所屬的親眷，使他永遠是屬於山的人，山就是一切。他一張眼就是山，他的海是雲海，無限量的海。在他還沒有認識山之前就已經走入聖山的心臟，流動樹木枝葉的血。年輪圈住歲月的光輝，在樹木的心中盪漾著一圈又一圈的紋理，只有懂樹的人才懂得時間祕辛。一旦看見這些年輪迴圈，就是傷害的開始。望迦駕著年輪，駕馭著風，已往聖山深處去。山民一夜夢醒，白雪染峰，他們朝行林中，暮行霧中，皆被一股月般的聖光籠罩，看著這祖靈世居之地，頂上有樹冠，地衣有苔蘚。

望迦是唱著獵人之歌離開的，阿米哈知道祖父會想回到過去，沒有陌生人抵達的日子，族人與樹木都在天神的保護下度日，神曲是搖籃曲。

驅靈儀式遲遲才來。備好的茅草結、木炭放在門檻上，這些木炭氣味將使亡靈知道已經不屬於這裡，將不再回來，結束儀式之後，阿米哈帶引家族在屋內聚食之後就說要去聖山祕境築茅屋，閉關守靈一段時日。

在有形的聖山陪伴無形的祖靈，落日之西，日沒處黑暗起，望迦從此西去，已屬暗黑界的黑暗使者，從此離家的孤魂野鬼並不孤寂，雖為死靈，暗黑者，但有阿米哈陪伴至重生。

守靈出關之後，阿米哈用望迦最喜歡的紅檜木手做一個十字架。做好之後，他望了房間掛的聖山青年受難後手中緊握而變形的十字架一眼。感覺自己穿過了悲傷。

他不再目送樹木死傷離去，他是親手將木淚刻成十字架。

然後涉過一重山一重水，將十字架插在望迦樹葬的祕境上。

把過去活成了啟示錄的人。靜默如山，與落葉同眠，向光而走。

負傷者，聖山啟示錄。

遠遠的，穿過霧，望迦微笑，朝前方說，你終於來了，彌賽亞。

【森林學期刊／報導】

驚蟄過後，春雷敲響，大地回春，聖山花神舞踏，杉林甦醒。聖山祕境，揉合花香、林木、溪流與山景之間，點燃著療癒的能量。以森林自然的原力，安頓來者的身心靈，在春暖花開的聖山森林，萬物越冬，療癒休養，如斯靜謐。

【關鍵評論／報導】

獵人最怕的不是毒蛇猛獸，而是警察——讓原住民自己的狩獵自己來管。

【陸】樹群尋找故鄉

1

阿娜在阿努與阿米哈尚未抵達這座傷害之城前，她先是去了東京，為了感受鳥仔嫂在還是寶珠小姐時，伊與張家二少爺在歷經東京大地震之後決定成婚的氛圍，一個島嶼人如何面對異鄉巨大城市瞬間到來的天崩地裂？

她未必會寫下這些往事，但基於研究精神，她知道自己必須去感受一番，親抵是底氣，是網路圖片或爬梳文獻所無法取代的。

她本來是很害怕抵達H城的，但心裡又有個強烈的感覺在召喚她，因為同是傷害之城，當加害者與被加害者連成一個難以切割的時光軸線時，她認為任何機緣的發生都是有隱喻的，人的選擇不過是按下早已設定的關鍵開關而已。

一個旅次往往影響或開啟下一個旅次。比如她如果沒有回到迴城，沒有去樹木園，沒有抵達聖山，那麼她就不會遇到阿努和阿米哈。

她想像著阿努以逃離似的步履離開N城的大屠殺紀念館。

那間紀念館充滿著苦痛的呻吟，黑暗中到處站著一團團影子，燈光下那些面目很銳利，被太陽長期曬成如刀痕溝渠般的老農老婦們參加旅遊觀光團，穿上覺得最漂亮的花花衣，望著販售傷害黑暗財的博物館陳設，牆上一張張被放大好幾倍的黑白屠殺照片與倖存者的口述影像，二者交織成奇異怪礫的感官再現。

她想也許抵達N城的阿努會不會也想到了自己的死亡？

2

她熟悉異鄉古都其實是來自於將它城複製了母城，她在爬梳史料時發現作為迴城機場空軍轉運的基地，曾經有日本神風特攻隊隊員在此寫信，思念家鄉時，異鄉人在迴城的夜晚的寂寞木屋裡寫著信，寄出的家書收件地址多是古都或大阪。當時在台日人以大阪來的居多，阿娜想像著島嶼的那群老一代的人們說著日語時的腔調應該是帶著濃濃的大阪腔。

而寶珠小姐與二少爺該帶著什麼口音說日語呢？

為了研究計畫的體察，她在抵達他們仨會合的H城前，她前往了烏仔嫂在異鄉移動行過的城市。

使這個城市生生不息的原動力，在於它對美的熱愛。

在新車站，她學著像在地人一樣，混在倉促躍動的人潮裡，以觀望大都會裡最重要的感覺。無止境流動的慾望，流動的顧盼眼神、流動的匆匆腳程。金錢、眼神、腳程混和著慾望，加速在眼前滑過又逝去。奢華的商圈，大丸百貨、阪急百貨……阿娜只是過個馬路，卻往左往右皆會碰到臉上有著某種光彩或懊惱的人。

她只要尋著地鐵交會站走，即能尋到逛街的氣息。大阪的地鐵共有八條主幹線，以八種顏色標出，乘車不難。她想必須能看得住慾望，交會站，繁華都心，慾望街車，在電氣街買電氣用品的人，往心齋橋嚐美食體會夜生活的人錯落在她的周邊。電器啊，小時候媽媽總是要買的日本品牌閃過她的腦海。

她之所以安排大阪，一來是方便旅行京都和H城的中繼站，但主因是阿努想讓阿娜去大阪認識他的哥哥哲一，未料哲一先生恰好離城。

阿努傳來訊息，真不巧，哥哥不在家，說麵包店要關門幾日，這真少見。

會不會你的哥哥遁逃，根本不想見我？她寫訊息給阿努。

也許，他也是害羞的人，哈，但我想有一天妳會見到我哥哥的。

為什麼？她打開視訊。見到螢幕裡阿努的眼神有如一片黃海，她總覺得阿努的眼神有一種暮色感。而阿努則泅泳在阿娜黑白分明的深潭裡，阿娜有一種彷彿被往事召喚之感。

她避開螢幕上阿努那像發燒的目光，自言自語著好可惜這樣就吃不到克林姆麵包了，也吃不到阿努哥哥最拿手的巧克力麵包了。

吃不到全大阪最好吃的哲一手作坊麵包，但妳可以去逛逛大阪城，阿努結束視訊時說著。

3

天氣驟然降下冷風時，有一種蕭索，但又依然有一種惹人逼視的華麗，層層飛簷漸次而上，由寬而窄，如金字塔端立在一片空曠中。城牆黑白之間鑲著金碧之顏，令人忍不住想要趨近它。拾階而上，護城河的河水在旁流淌著，這河水滔滔見證過歷史恩怨糾葛。古磚鋪成的石階，在濕意濃厚的日子裡，石頭像是吸飽了日日夜夜的水氣般，每踩下一塊磚彷彿發出了如蟲唧之吟。秋吟之聲。

對於古老的事物總是讓阿娜感到興味。

桃山文化足以閃瞎她眼睛的黃金飾物耀眼。阿努那天有在視訊跟她說，要進入桃山文化的精髓前，勢必得進入混亂的群雄割據時代。

她看著大阪城，這城最初是一座廟宇，淨土真宗蓮如上人在大阪城附近修築了一座廟宇，後來小廟成了大廟。豐臣秀吉偏好黃金材質，喜歡用金光閃閃、金碧亮麗的物件，城堡建築大量使用黃金建材的風潮。為什麼豐臣秀吉特別喜愛黃金材質？除了以黃金以顯權威尊貴外，有個說法是當時戰事仍頻，據說黃金材質的點綴有助於舒緩減壓。看到這一段文字時阿娜笑了，黃金竟可減壓，難怪沒有黃金的窮人焦慮。

她最喜歡的是一幀豐臣秀吉自筆的辭世和歌詠草，早期豐臣秀吉的書法筆跡有一種剛毅急切之風，辭世前寫的書法卻是柔和悠遠之感。果然是將軍見白髮，雄風不再，面對江山獨悵然而淚下。

阿努跟她說過他喜歡豐臣秀吉的茶道大師千利休。

旅途他們仨有時會隔著視訊說話，交換當日旅行見聞。

不知為何螢幕上的阿努像是耗盡了力氣，整個人降溫似的鬆軟無力。阿娜看著阿努在電腦前說起了桃山文化，她仔細聽著，看著視訊上的阿努桌前有清酒，阿米哈桌上則有啤酒，她的是抹茶。

像植物般安靜的阿努終於像是一個動物了，最後在電腦前，藉由酒意，他很低沉地說了一聲阿娜，晚安。然後瞬間將臉埋進了酒杯。

夜深人靜時，他們疲憊地關上螢幕。

4

這裡有著許多亡靈，彷彿山林紅檜的血淚都在鳥居的神社下暗暗汩汩密流。「彷彿感到那用厚扁柏樹皮鋪葺的屋頂，以沉重而陰暗的氣勢逼將過來。」阿娜在旅途讀著川端康成的小說。那日她有點受了風寒，異鄉生病舉目無親，傍晚在市區虛弱地遊蕩，感覺自己像是川端康成筆下常見的虛弱蒼白幽魂，在夜間遨遊，終宵獨舞。她瞬間吸到一股來自千年的幽風，悠緩的，寧靜的，耽美的。

夕陽金光瀰漫川端，河霧鎖古城，帶點蕭索又帶著靜謐的熙攘氣氛，每個地方都是時間之美。

她遙想著在聖山山腳下遇見那個歐吉桑的那個瞬間是否就是一目恍惚？

不是一見鍾情，卻是一目恍惚。

她去喝了杯手沖的藝妓咖啡。

藝妓變咖啡。

眼睛的犒賞轉成舌尖的歡愉，她把自己從遙遠的一目恍惚拉回了眼前的一嚐清醒，咖啡因的香混著木質與可可榛果的香。

有的發現者讓人感恩，比如吃了咖啡豆的那隻羊。有的發現者讓人流淚，比如發現深藏在聖山神木群的異族人。

5

在旅途他們仨在夜晚聊天，說起童年最恐怖的經驗時，阿努說童年時他曾經在山路陷入迷魂陣，地方上人說是陰山，雲霧大起，進入者沒有出來者。住祖父家時，半夜會被母親叫起，嘮叨說他住在祖父家不能浪費人家的米，母親半夜醒來為了提醒他要用功，免得被人嫌。睡一半被叫醒訓話成了阿努最可怕的記憶。

阿米哈說起最恐怖的經驗是目睹父親被闖進來的一群警察架走。那時祖父和族人才繳械了所有的獵槍以示忠誠，未料很多人還是被抓走，後來消息就傳來父親被槍決。

陷入長長的嘆息，忽然大家都猛喝著啤酒。

阿米哈哽咽著聲音卻故作爽朗地轉頭問著阿娜，妳呢？

阿娜想了一下，緩緩說著自己的童年最害怕父親生氣時會用石頭的紙鎮擊向牆壁，因為石頭擊牆的聲音會讓她誤以為會打到自己而被驚嚇，且她會本能地閃著身，即使站得很遠。等她轉頭一看，卻見牆被石頭削去一些牆皮或者像菠蘿麵包般塌陷一角。後來那面牆日久就凹凹疤疤的，很像有人攀岩似的踩踏，我常在前方蹲著看那面牆，牆於是經常變化出不同的臉，像是時間的裝置藝術。我父親過世後，我修整老房子，卻怎麼樣都沒有重新塗抹這面牆，覺得這面牆是壓抑的父親的時間之鏡。

妳父親為何經常內傷，氣在心裡？阿米哈問。

因為我母親不愛他，他們是錯誤的結合，阿娜說。

但妳是他們絕對的結合，阿米哈補充道。

阿娜回他一個燦爛的笑容。

這是一面愛的無言之牆，妳父親有著愛太深而難隱之苦，那面牆像是一個恐怖平衡，吸收了所有的憤怒，這牆好有深度，我們回到島嶼要去妳家看看，阿努當時說。

6

白日在和平廣場弔唁，安安靜靜的H城紀念館，玻璃櫃內擺著碎片傷害，人們盯著那些傷害，遺忘了自己的國家在二戰的暴行。因為照片太寫真了，這是全世界博物館都在販售的某種黑暗財，讓阿娜感到呼吸不過來，那些受難者的照片或者遺物，總是牢牢地盯住每一個行經的目光。

H城是一座有著奇異記憶的光暈之城，如此現代化，一切戰後傷痕絲毫不見，除了紀念館的傷害照片外。他們後來搭乘電車一路遊街，電車上的老人彷彿經歷過H城原爆，有著倖存後的殘缺與肅穆臉孔。

她想起阿努曾說自己的母親從年輕時就被代稱為輻射小姐，母親還曾被一個東京男子拒絕婚姻，只因男友的家人認為她的體內可能還殘留著上一代經歷過原爆的輻射線。

阿娜聽著，彷彿是愛情啟示錄。

就像這個致命的預言，他們搭乘H城電車，盡頭即是宮島，海水漲潮時會淹沒鳥居牌樓，旅人在宮島裡漫遊，看著海水起落。

後來她才聽說戀人別到宮島旅行，彷彿就像故里傳聞情人不要到指南宮般。

她跟以為不是戀人的阿努與阿米哈來到H城，她一直將他們放在父親般的高位上。

但阿努離開之後，阿娜才明白自己是敬愛他，不是世俗的那種愛，是沒有邊界的一種渴慕的愛。所以她根本不該和他去宮島的，但她當時裝萌，裝作不懂阿努在聽到戀人不要去宮島時的猶豫。

7

易位的原鄉與他鄉。

離宴的日子終於還是來了。

探望已然處在生命最後倒數的阿努。

阿努竟撐著病體，發出喃喃的抱歉聲，斷斷續續說著日後就只能讓妳一個人走在這條寂寞的人生與書寫的路途了，他抱歉著，阿娜覺得這種抱歉讓她想哭。

這從童年到少女就望過的臨終之眼，以最後的溫暖恍惚神色注目著阿娜，她不再閃躲這餘火。

燃燒最後的柴薪，灰燼似的阿努，被送進安寧病房。

阿努愛她的是記憶，是迴城的熱暈氣息。

是夜，阿娜摸著他那汗浹一身的手，臨終者的手，第一次也是最後一次。指尖摩挲凹陷的筋肉與突出的肋骨，濕答答地不斷蠕動的奇異冰涼，注定幻滅，撫摸卻又異常真實。

8

阿努以往總是讓想像力奔馳於故里與異地，近處與遙遠，兩地相思，他生命的基調。他是那麼習慣當一個異鄉人，習慣連根拔起。以至於當他發現自己身體不舒服去了醫院診斷出末期癌症時，他的腦子盤旋的是沒想到自己竟再也回不去那座島那座山了。

返鄉，他生了病，且被宣判有回無去，不能再離開。

趁你還能走路時，回到自己的來處，落葉歸根，沒有遺憾？醫院建議他趁身體還可以走路不要再回去島嶼，因為如果再返回島嶼，怕日後恐無法再回到故里。

9

他們仨那天同遊宮島，涉過漲潮的海水，水約莫在他們的腳踝中，很多旅人也都在玩水，但只有他們是為了靠近那在海中如小小鯨翅飛揚的神社，是為了撫觸那來自聖山的木淚，是為了透過那窗櫺望出的海景。神社的木淚在潮水擺動中也彷彿回應著他們，夕霞染紅黑色如羽翼的鳥居屋簷，浸著海水在夕陽的折射下有如也淚光閃閃。

他們一時神往，彷彿山海一體，彷彿傷害都獲得了注目的理解。但就在他們仰頭望著光束遊蕩在木頭與海水中時，忽然濺起水花，轉頭只見阿努整個人倒下去。阿努像是水神似的漂流，阿米哈嚇得拉住他的手，阿努卻像艘船要遠航而去，最後神奇地繞著神社四周之後，直撞到神社支柱的木頭邊角才停住。

四周有人幫忙流淚的阿娜打求助電話，救護車來了，但涉水而過需要時間，海水冰冷，阿努的臉已蒼涼如白化的木頭，阿娜忍不住緊握他的手，讓冰涼的手可以感受到她的溫暖。阿米哈以巡山員救援隊的經驗先用自己的腿頂住阿努的上半身，讓頭仰起，心臟不會泡在冰涼的海水中。

10

天上人間的一期一會來到了尾聲，最後的日子阿努需要安寧，需索更強的嗎啡止痛，進入了更多的眠眩昏睡。

感謝植物，阿米哈想嗎啡的效用驚人，止痛如上帝之光。他想起和阿努年輕時在美國印第安部落初次嚐到的死藤水，讓他的意識進入昏眩。

時間已然來到了迴光返照，阿娜才送行父親不久，她知道病體最後發出的死亡咆哮，咆哮之後會進入一段清醒，這清醒時光雖短暫卻珍貴無比，像是人體在終止呼吸前最慈悲訣別的設計，讓人有機會道別，說出遺憾或者只是一個眼神的臨終凝視。

11

阿娜終於見到身上飄著克林姆麵包香的哲一先生，但沒有對話，只是驚嚇著哲一先生簡直就是阿努的模印。

阿努的哥哥與母親來了。

這日，阿米哈進去告別他這一輩子最好的異族兄弟，從阿努無預警失溫在聖山被救的那一刻，彼此就遭逢交疊的命運，一路來到了成為異鄉留學室友，最後阿努倒在水神懷抱與如山神獵人樹靈合體的阿米哈身上。阿努交給他一封信。阿米哈深情地收下，將淚忍住，推開安寧病房，眼神拋向阿娜，示意她可以進去。

不知何時阿努的哥哥和母親也都轉身離開了，病房空蕩，只躺著一具彷如骷髏的阿努了。安寧當下，只剩要奔往冥河的靈魂與執念的掙扎。

喘息聲如浪襲來。

她走近阿努病床，抬眼就看到阿努手上戴著一條她熟悉至只消一眼就知是她編的串珠，她童少時編的串珠，線繩是用部落的紅白藍三原色串成，是她當年編織手串時最美麗的一條，像火種如戰神的紅，如藍鵲的藍，如雪山的白，在病床投進的光線下，串珠新穎如舊，彷彿一切都沒有改變，時光停止。彷彿手環上跑出魅影，山鬼亂舞。

就剩這一串，非贈品了，我自己留著，留了一輩子，竟留到死亡這一刻，要重新交給妳。阿努用盡所有的力氣似的說著，同時摘下手串遞給阿娜。

請為自己與我戴上吧。

她已淚流滿面。

12

我的信已寄出了，你們也可以寄給我，趁我精神正好，可以讀讀。

阿里嘎多，阿里嘎多，阿娜說著。這句話重新來到自己的嘴巴，而童少已逝。

離開前，阿娜央他用手寫著字，寫下對自己的最後話語，她想要手寫字，不是電腦的。

阿努點頭。她拿出自己的筆記本與筆交給阿努，拉了張椅子靜靜在旁坐下。人行花未開，窗外櫻樹綠意，靜待時間葉落花開。花落人亡兩已知。

阿努忽然流下淚來，最後竟哽咽至痛哭失聲。阿娜不敢回頭看他，只盯著窗外白蝶飛來的樹葉看著，白蝶戀花，飛來辭行。

阿努這回特意不用他已如母語般的中文，他用日文寫下最後給阿娜的文字，他已經知道自己的身體無法再回到島嶼聖山了。手寫字可以穿越時光，留下筆跡，沾染淚水。

他知道阿娜很容易就可以利用軟體翻譯他寫的日文字句，或者她擅長和亡靈與物靈打交道或許也能和異語他靈溝通。她接過手寫紙，看見上面僅是幾行字，筆跡有力但不工整，臨別贈言。

你不保留？

我已保留在心了，請妳戴著它，我會守護妳。

最後的溫度也是燃燒的溫度。她摸著留有阿努體溫的串珠。然後她朝病床的阿努鞠躬，也轉身向不知何時又進來的阿努哥哥與母親九十度彎身鞠躬。阿努的哥哥與母親也彎身回禮，阿娜眼中閃過阿努口中永遠勤勞得只讓人見到背影的女人，一個身上有著輻射線而被稱為輻射小姐的女子，當初只能嫁給在地男子，他城的人都以異樣眼光看這位母親的身體，彷彿她的傷害是自己造成的。

那是一張瘦削的臉且手部骨節變形的堅毅女性，她自己從戰爭廢墟倖存，未料臨老要面臨送別兒子的死亡，呈現的不是哀傷，而是對命運的肅穆，無言的靜默，如樹的千言萬語。

阿努手上還有一串有點褪色但仍紅艷的串珠，他也拔下來交給了她。

她看著如紅豆的串珠想，這一串並不是她編的，為何要轉贈？她像是生來就是繼承者，承繼記憶的人。阿努和她相逢的那段時間並沒有戴串珠，男生會贈予會收藏，就是不太會佩戴。以至於她從來不曾見到他的這些信物。或許因為回到故里，阿努思念起島嶼？難道他一直知道她是童年登上遊覽車賣串珠給他的那個女孩？

他最後從一個巨大的男人縮水成一個青年，那個在年少就來到島嶼山林部落旅行漫遊的人已然失去火光，最後的身體溫度燃燒的是即將失去節拍的心臟，他用最後一抹力氣拿下串珠，無語。串珠輕鬆從他的手腕滑下，那病房冷空氣穿過被病體蝕去至僅剩骨骸的手腕，串珠冰涼，還沾染著一絲一縷的氣息。轉眼，溘然翩飛。

13

H城的日落旅館窗外的黃昏暮色終於落下，落在和平廣場的鐘面，被燒熔過的廢墟銅鐵瞬間折射出暮色降下前那巨大的橘色暖光，她瞇眼望著良久，覺得自己很像是泰吉瑪哈陵的王，無法起身的王，手上戴著大鏡面的戒指，當陽光折射到戒面，他就可以看到為愛妃打造的曠世陵寢的影像。須彌山般的愛，微縮成戒面的芥子相思。何大何小？雙重幻影，就像阿米哈跟她分享過的那只維若妮卡的手帕，在苦路上，不顧眾人譏笑，只一心想拭去耶穌汗水的那只手帕，從此疊映著耶穌容顏的手帕，她聽了從此就愛上手帕。

古都到處都有織物，女性幾乎皆備手帕。她在阿努死亡咆哮躁動狂奔流汗時分，以古都購得的手帕拭去了阿努的汗水，輕輕地撫過汗水。阿娜的手帕沒有疊映阿努臉孔，不是聖物，是另類愛物，臨水的彼此照見。

日落旅館，此刻如此哀愁，如果這世界的哀愁有十分，那麼在H城就占了五分，她天真地想著，其餘兩分留給N城，兩分留給世界受難之地，一分留給島嶼聖山。她失笑著數盲的自己竟也開始計分著。

日落旅館也像阿青，喔，釋一切法師和她提過的「觀落日」。為何要觀落日？是提醒無常嗎？最燦爛之後也是最蒼涼？

釋一切聽了笑說，妳這是文學的詞語想像。經解諦觀於日欲沒之處，令心堅住，專想不移。見日欲沒，狀如懸鼓。既見日已，閉目開目，皆令明了。先觀落日，狀如懸鼓，應永記勿忘，臨命終時，阿賴耶識與色身脫離，此識於茫茫前途，何所趨往？修淨業者，死時不見此類雜相，唯見暮靄明處，落日一輪，金光晃耀，即向之直奔而往，自不迷途。

原來觀落日是觀亡者之路要繫心一念，專想不移。她在父親病床前曾跪念阿彌陀佛，盼父親直奔淨土而去。

聖山泥土曾被屠殺者染成穢土，後代嚮往淨土，如父親。那麼阿努呢，愛樹的他更渴望淨土，花開見佛。

直到橘色光影消失，她拉下窗簾，在黑暗中，躺回床上，召靈。

握著手帕，捧著經文，彷彿一邊是阿米哈，一邊是釋一切，他們都來幫她淨去哀傷的淚水，在這到處是亡靈的H城的心中之心，和平廣場河岸邊的日落旅館，失去與懸念的房間。

已經先回去聖山的阿米哈，離開前跟她說，我先去找棵適合的樹，帶阿努回來聖山。

於是剩阿娜一個人滯留H城幾日，她正好需要時間緩衝無預警的失去，以為會合之城，卻是分開之地。

死亡彷彿在這城從來都沒有結束，哀悼瀰漫的城。整座白色的和平之城在陽光下顯得如此刺亮。

阿娜捧著在花店買的綠色植物小盆栽，強韌的多肉植物，沒水也可撐過艱難的物種。她走到和平紀念館廣場，敲下鐘聲，鐘聲餘音迴盪。如植滿膠林的城，受傷流淚的樹種，留下白色眼淚。這城浴火重生，將淚磨成珍珠。

離開H城前，她決定仿效阿米哈說的，食物可以驅除悲傷。於是她去吃了在地的名食，溫暖冷冽的心。一張薄麵皮，放上切絲的高麗菜、豆芽菜、豬肉、麵條、雞蛋，抹上幾許魚乾的海洋氣味，塗上特製的傷心調味醬，撒上蔥花、柴魚絲和海苔粉。

她的心開始溫熱，忘了這座亡魂之城。

阿娜想起搭H城電車的盡頭，抵達宮島，海水漲潮時會淹沒神聖的鳥居牌樓，他們涉海如摩西，愛情擊杖了天地，但卻輸了時光，他在世間的時光如櫻花。在H城日落旅館望向和平廣場，如白色之城，毫無黑雨的影子。

H城，成了悲傷大海。這個地名不再只是一個地名，而是一個指涉太多意涵與傷害的沉重字眼。

白日敲和平鐘，祈禱戀人盛世再來。

H城，一座廢墟城市，讓創作者將戰爭衍生成對愛情的無望，輻射的閃光與熱塵，歷史的塵埃厚厚地堆疊在這座城市人的身上。

H城不宜待太久，悲傷會浸到骨子。

14

收到彼此寄來的信，不沉沒的瓶中信。

信在被收件人閱讀前早已寫下，時間差，來到眼前時，寫下的人離開了。
她把沒有寄出的信，重新複製貼上檔案。
千念萬念，燈火闌珊處，陌生人的懸念來到了此刻。
她曾經一直回想有一種重逢是沒有重逢，因為那個想要重逢的人已經一直在心裡了。就像禪宗說的沒有覺受就是最好的覺受。但多半這都是自欺欺人，她後來成長的經驗是必須小心翼翼的在人來人往的大城市裡生活，讓洪流淹沒記憶，覆蓋想念。她經常感覺看到一個很像阿努的人，有時候還失心瘋地追了過去，一看不是，還把對方給嚇了一大跳。她就像童少時追著每個長得像母親的人一般，她是聖山山腳下的野女孩，頭髮曬得焦黃，膚色也是，唯獨眼睛如湖水發亮。
永遠活在故事裡的母親與異鄉人。
她想這是自己永遠再也沒辦法靠近的兩個人了。

15

幾日後，阿娜的電腦又出現了阿努的信，她嚇了一大跳，以為阿努還魂。結果是阿努的哥哥用阿努的電腦所寄出的信。
她讀著信，她發現自己竟然可以略為和異語溝通，當阿努的哥哥哲一先生來函表示已經執行弟弟阿努的遺願時。
她想起父親說兒少都是透過村長透過廣播放送演歌，雲雀的歌。還有後來阿娜才知道的五木宏的夜空。
老村長喜歡的日語歌，喜歡看的中華隊日本隊的再見安打棒球比賽。

人散宴，物不散。

信所託是阿娜和阿米哈可以全權處理阿努的遺物，希望他們倆協助整理阿努在迴城邊陲老街區的公寓租處。

當初沒有人會以為阿努一去不回，阿努當然也以為自己還會回到這座島這座海，因此沒有整理收拾房間，物品依然還留在主人出發離去的樣子。塵封已久發出島嶼特有的潮濕發霉的陳年歲月氣息。

回到迴城，幾日後，阿娜終於抵達被託付之地，她不是一般的空間整理師，她更是直面記憶的整理師。推開阿努的房間，阿娜彷彿看到幽魂，到處是木質家具，喜歡樹木的阿努喜歡木頭。她驚訝地發現角落竟擺放著自己的東西，彷彿和阿娜的影子同居似的，阿娜望著自己的植物手繪圖，心想原來還放在這裡，但最初阿努在樹木園買下的那張明信片並不在場。

收拾遺物如此磨心，她經歷過母親父親遺物整理，知道那種椎心，尤其當那個人才剛襲上心頭，竟就轉眼消殞。

關窗太久的房間，氣味彷彿亡靈環繞。

所幸阿娜善於和看不見的靈與物溝通。

阿米哈要阿娜先行整理，因為他難以面對兄弟般的阿努離去，更無法處在阿努遺物的空氣中，他知道遺物都是主人沾黏其上的魂，何況他們認識太久太久了。

16

阿娜拉了張椅子坐著，老木頭椅子溫潤著她，手把是阿努長年摸過的，有著溫度，色澤紋路彷彿河流。寧靜，閃爍，像是掉下來的一棵樹。

彷彿阿努從地底醒來，和她說話。一座被遺棄的廢墟，H城已在身後。在黎明時刻，向這個小小哀傷的世界道別，時間一分一秒地移走，窗外有隻鳥飛來，停在阿努窗台已然枯乾的植物盆栽上。

她起身去澆水，聽見水聲流入乾硬的泥土，喜悅地等待枝葉的復活。鳥啄著東西，她近看發現窗台有米粒，想來是阿努放的。米粒剛好只剩一些，被啄得散落四周。鳥啄完米粒，發出有如藍天的歌聲，她聽得著迷。

是共命鳥嗎？

她朝鳥問著，鳥振翅幾下，飛入天際線。風吹起角落的一些紙頁，隨手寫的紙，她走過去拿起來看，是阿努隨手寫的俳句。

暮色一顆星
掉入泥土中閃耀
開出月亮花
我的蘿莉塔

一轉身無影無蹤
串珠躲相思

比聖山更高
是不重逢的懸念
在雲海之上

聖山有不義
千歲神木一醒轉
木淚已成川

聖山有姑娘
勇士一見就失弓
被獵走的心

木淚，死而不死，以其他姿態復活。到處是木質物件的阿努房間，彷彿也是阿努的死而不死的象徵。她想著，不斷重複召喚他的名，她想以他的名字在聖山種下一棵樹，像他尋根般地在阿米哈的聖山土地上種樹，或像他報恩似地來到收容祖父的聖山土地種樹？阿米哈成了她和阿努的植被，將灌溉他們的樹，百年千年成神木，有神的木，不世出，不流淚。

她忽然想喝點酒，抽根菸。循著酒味，拉開櫃子，烈酒果真不少，她倒了一杯威士忌，打開冰箱上層冰櫃，取了些冰塊，搖晃著酒水，大口飲了一口，嗆醒了腦門。該從何處著手？

她趿步著，來來回回，東看西望。垃圾桶還有許多啤酒被捏扁的鋁罐，拉開抽屜，書桌抽屜即看見除了筆與筆記本之外的菸與打火機。菸是一整條的萬寶路，她取出一支菸像老煙槍似地用菸敲打著桌子，然後點燃，抽了幾口。不確定要打開筆記本，覺得那種私密不是她配擁有的，這厚厚的筆記本應是屬於阿米哈的，他們就像葉對生的兄弟。

她撫摸著筆記本封面的陳舊紙面，像是聞到一棵老樹的氣味，像阿努般靜默又沉穩。手寫筆記本就像植物標本，隨著時間不斷增多，感情的採集，目光的採集，傷痕的採集。凝視。

17

她發現幾年前阿努和阿米哈曾一起從迴城刻意搭著慢車抵達北城植物園，筆記本清楚地記載著那一天的日期是二〇一七年九月三十日。

她拿出手機的行事曆，往回推，看見那一天她竟也去了植物園，她去的原因是她想去植物園素描植物，她喜歡看標本的那種又腐朽又光燦的美。鮮艷的植物好畫，枯枝敗葉難畫。親眼所見更難當下描摹，甚且比對著照片難，但可訓練眼力。

當然她不曾記得有見到阿努和阿米哈，那天人很多。且因她在角落過於專注於素描靜物了。原來他們仨在平行時空早就重疊，早已相逢。

阿努提到他想去是為了去弔唁台灣爺早田。阿米哈呢？他竟也下山了，這簡直是奇蹟，阿米哈曾說能讓他去北城的原因只有報恩或復仇。

那天是建城一百二十年的植物園腊葉館整修後重新對外的開放日，也是法國佛里神父以及早田文藏紀念雕像重新揭幕。她馬上意識到阿米哈去北城是為了十九世紀來到島嶼曾多次抵達聖山的法國佛里神父，那是一個循著大航海時代末期軌跡不斷探索陌生地理的時代，將十字架插上主的空白之地的年代。

循著海來，埋葬土裡。

人們像植物般，最後被種進土裡。

18

偉大的謙遜。

她閱讀著阿努的筆記本，這內裡住著中文魂的異鄉人，她想起他那一張經常懷抱歉疚的容顏：

阿米哈跟我說，這佛里神父是真正山的子民，他既是宗教家也是一個對採集植物充滿熱情的研究者，是對生命熱情不斷探勘的探險家，佛里神父不像一般傳教士穿得那般制式，他一身輕鬆衣物就往山跑，足跡踏遍聖山，踩踏島嶼的山群，記錄著植群與人群。改變了聖山的信仰，阿米哈的祖輩是第一次看見已然腐朽的受難十字架時，不知為何自動朝拜了起來。旋即以神木被風吹斷的樹枝雕了另一個十字架，樹木還魂，不再流淚。

臘，乾燥。

臘葉館，乾燥的葉子之家。

臘葉館的另一個雕像是我祖父島田還年輕時在台灣的啟蒙老師，他還曾救過我的曾祖父，據祖父說曾祖當年在島嶼染疫，早田先生將他從深山送往平地醫院救治，把自己的外套給他穿，自己受風寒，烙下了內傷，不然早田先生是非常善於徒步的，那個年代的傳教士與植物學家都是擅行者，前行者。我和阿米哈都是來臘葉館報恩的，對象不同，但結出的果卻相近。彷彿我們的願望就是植物界的緣近屬，相似屬。就像喜馬拉雅山的高地植物和聖山的高地植物有許多處的相近般。

是人給了邊界，風傳媒，蟲傳媒，人傳媒，現在我以文字傳媒，文字紀錄雖非文學，但卻是個體的小史，歷經的史痕，時光的軌跡。

佛里神父生於一八四七年，早田文藏先生生於一八七四年，一個是專業神父、業餘植物採集者；一個是專業植物學家、業餘佛宗愛好者。

島嶼植物學之父，這父能生出一群孩子。

只要說出Hayata，就能開出一座森林。

Hayata就像分子會帶出其餘的分子，名字後面跟著一大串新名。史料寫早田命名了上千多種台灣新種植物，為了紀念他，植物也都有了他的名，新的植物學名中被加上早田Hayata。就像植物被冠上了父姓。專業的植物學家，和佛里神父的業餘不同，他採集、製成標本，擅於辨識植物的來處，就像動物學家可以從獅群的嘴部斑點辨識獅群的所屬家族，植物學家也長出一雙犀利的眼睛，可以從一堆人們只能叫樹叫草叫花的植群中加以分類歸類，且成為一門學問。Taiwania，如此親暱，就像在召喚至愛。

早田先生從學生時代著迷苔癬。

台灣杉學名Taiwania cryptomerioides，我在少年時也是這樣認識島嶼的，從而也愛上了這裡，愛上了中文，愛上了植物。

年輕時期確立的內在世界會讓未來走得很遠，就像早田先生在讀書時必須打工，但他經常在零碎時間觀察路邊植物，看著珍奇植物，萌生想要深入探究的念頭。從最低的苔癬到最高的杉樹，這讓我想起了一句我在古都寺院教我華語的師父曾對我說，做事要高高山頂立，深深海底行。高山我懂，深海我還沒行。

我和阿米哈這天非常非常非常的感動，島嶼人跟我說重要的事情要說三遍。

因為我們正覆轍著恩人的足跡，早田先生當年每次來到島嶼都會來到腊葉館比對標本或者取樣標本，一直到他一九三四年過世後，自此在腊葉館被塑成了一只標本般的雕像，從此兩個愛上植物的人可以日夜聊天，往事如風，不消失的理想靈光。

早田先生在佛里神父雕像前拍攝的照片也框在低限度的光源牆上，發著吸引我們的強光凝視，合體的人，如植物的雌株雄株之不離。

塑像立在腊葉館前、前方有座如植物胚珠的水池，我和阿米哈第一次在北城感到愉悅，這座北城的城市繁華角落的植物園雕像靜靜如山風吹拂我們的心，我們已老，但也從不老。

淨土真宗，早田先生的植物魂歸淨土，佛里先生為植群受洗灌溉。阿米哈說都好，我喜歡你跟佛家說的緣分，我的祖輩先遇見佛里神父，如果先遇見一個出家人也許信仰又不同了呢。我們在美國的非洲同學不是會念金剛經嗎，還把經文變嘻哈，逗得我們在旁也大跳祖靈舞蹈，大家當時都笑了。

我們這天就在植物園的紅磚牆旁聊著天，望著樹木與雕像，各自弔唁，想著心事。

我說中文是那般有意思。

三長兩短，原來是棺材。三長，因上面不蓋，留著意外而離開人世的亡者之臉軀供眷戀者最後回眸，一顧。

樹木服務人至終老，入土。

我們感念著樹木，植群啊。

新的抵達帶來新的喜悅。

離開腊葉館，我和阿米哈也去了些早田先生往昔走過的島路。

早田有時一天可以走七十多公里。除了聖山，他也曾走過太平山太魯閣，從雞籠（我喜歡這樣寫，好野樸）隻身前往香港，前進中南半島，去了越南。阿米哈聽我這樣說時，他沉思著自己應該有朝一日也會去越南種樹，在受傷的土地種樹是一種復活，復原。

對早田先生來說，將所有植物予以命名是很重要的，紀錄同時定義所有植物之屬，如此才能建構植物的分類系統。擅長分類與鑑定的早田先生發現島嶼的山岳地帶植物與低地植物有很大的不同，為此他發現很多新植物。針葉樹新所屬，台灣杉的論文發表可說是他的扛鼎之作。登高望遠看見植群交替的植群帶，樹群看起來如此相像，卻又如此不同，讓登至聖山的早田先生在杉樹下望著雲海沉思低迴。

阿米哈的先祖們早已和這位植物之父在杉樹雲海中相逢了。

我們在島嶼既是占領者又是屠殺者，我們在森林是破壞者又是建設者，對此，我的情緒也是說不清的。

早田先生一生懸命的掛念都是關於採集來的植物標本最後如何能被活用於未來的研究。他不做拾遺的工作，拾人牙慧更不可能，他在島嶼或在任何地方都會展開自己獨創的研究。但可惜後來他歐洲歸返，力不從心，身體終究是無法再負荷探險的艱辛工程了。寫畢台灣分類學的第一卷裸子植物篇後，他便與世長辭。

五歲喪父，二十歲失去祖父母的早田先生對生命的無常思索，他躲入植物世界，發現植物的生命力給他巨大的安慰。從微小的苔癬到巨大的神木群，早田先生的專注，讓散漫不經心的我深深著迷。

就是這樣的精神，讓我追隨至島嶼。

我們去了北海岸，在雞籠看樹看海看山，這島嶼真美，配得上福爾摩沙之譽。植物如此多樣性的島嶼，我和阿米哈感嘆人卻如此單一且邊界清晰。

19

她讀到這一段時，腦海裡浮現非洲人將經文唱成嘻哈，想像阿米哈在旁跳山舞的畫面時，不禁笑了起來。

這個看過她穿類似三宅一生縐褶衣服的阿米哈曾開玩笑說，我不穿任何有關「一生」意涵的衣服，我害怕想起我部落之痛的傷痕。

她記得阿米哈的部落之屋裡牆上掛有長老與家族照的相片，黑白發黃照片中央有個檜木十字架，原來時光走了這麼遠，這麼深，但痛還是那麼痛，因為正義還沒有到來。

阿米哈的牆上還掛著一個神父照片，一個業餘者佛里神父的採集有如一個植物銀行家般的富有，一九〇三年到一九一五年，佛里神父在島嶼採集一萬種以上的植物、六萬多份的標本。佛里神父採集，後來者早田先生和學者與學生們各自進行分類命名。

就像一個負責發現生產，一個負責為落地的孩子命名。

植物不是生下來就有名字的，就像剛出生的嬰兒一樣，需要傳承，需要命名。在那個萬物皆等待命名的時代，發現者的熱情還需要研究者的理性分類與命名。

她看著筆記，感到阿努的觀點十分有意思。

看著看著，突然有點不安，這樣可以嗎？

但後來又想是阿努哥哥所託，也就繼續整理了下去。有的筆記本阿努用鎖頭鎖住的，她想就直接寄給阿努哥哥，祕密理應被帶到樹下埋葬或者封存？哲一回信，翻譯軟體跳出的字眼是：請阿娜小姐樹葬那些阿努不想被看見的筆記本吧。

鎖住就是不想被看見，她第一次樹葬筆記本，紙來自樹木，還魂紙埋到土裡，樹葬，她跟阿米哈說。阿米哈沉吟著說好，沉吟片刻彷彿是一種陌生的空氣凝結，阿米哈不知道阿努這個人有這麼多苦。

黛玉葬花，阿娜埋紙，她笑著自己一點也不弱不禁風，她可是歷練山風海風的人。風，旅行的空氣吹盪在阿努的房間，將筆記本的紙吹得獵獵刺響。

20

阿米哈見了阿娜手上的紅豆串珠，有感而發地說，那是他送給阿努的，阿努轉贈給妳代表妳是我們的合體，妳繼承了我們的故事。

紅豆生南國，這是整座島嶼唯一會開花結果的單子紅豆，只在迴城的樹木園裡有這在此生根百年的單子紅豆樹。

可能迴城的人太執著，太相思，所以紅豆開花結果，相思豆掉滿地，阿娜說。

阿米哈笑著點頭，從那破舊的工作服口袋掏出菸與酒說，來，阿娜，我們一起敬阿努君，哲二桑。

她抽了口道地的捲菸，味道濃烈，彷彿聞到整座森林的精靈都出來了。

菸草還魂，還魂草，還淚來的阿努抵達了。彷彿他只是因山風而暫時安眠，他在等山林雲海霧氣飄來訊息。阿娜和阿米哈靜靜地望向那棵樹，靜靜地想著這一切，經歷的一切，沉默又不沉默。從此，每一年都是最初的那一年。

阿米哈說，這樹的歷史要推到一九二三年，時任林業試驗所所長的金平亮三博士從南洋引進到迴城的。金平亮三，她聽了覺得甚奇，旅行時，阿努曾提起這個人和其祖父老師的植物因緣。

她的腦中閃過這植物在春天開花時像是一座海，蔚藍藍的，盛夏結果時紅艷艷的燃燒，像日落平原帶著一種相思未盡的悵然，一種華麗卻哀愁的青春陌路。

21

她抽著仍擱在阿努桌上的菸，阿努說他抽太多菸，虧欠罌粟花太多。

她自嘲幫阿努承擔一點虧欠。

房間窗外是迴城的郊區風光，高大的樹木群野生，不修剪樹的城，和阿努的古都那千年來修剪樹木所下刀口都不變的祇園是如此的迴異。她突然感到自己和阿努有點相像，既有不修剪的野性，又有拘謹井然的嚮往。

突然手指被菸燃燒至尾端燙著，她捻熄了星火。

她抽過的菸蒂同阿努抽過的一堆菸蒂並置於咖啡粉裡面，她忽然又在一堆菸蒂裡面找出比較長的一支，點燃那短去的菸抽著，主人曾抽過的菸，讓她感覺阿努還在，且爬上了自己的唇邊，抽一口菸時，她突然淚流滿面，彷彿望見宮島神社的夕霞滿天，海水晃蕩的鳥居黑翼。彷彿這菸帶她回到童少，有母親的時光，孩子等待變成少女。蘿莉塔等待遭逢陌生人，可喜的陌生人將被應許多年後再次來到，只為了讓她成為送行者。

22

雌雄異株，花序有香脂線的蛇麻花產生的精油保鮮了酒液卻腐朽了阿努。

23

傍晚，她經常走去上島咖啡館喝杯咖啡。

上島，她的感情轉借的擬想之地。

就這樣，她在回程的迴城想起阿努，感覺這人生喜悅不長，苦卻恆常。她在父親無言的愛的牆面上用麥克筆簽上阿努的名字，彷彿阿努已然來過且不走了，新的哭牆。

她再次閱讀阿努在旅途寫給自己的信，她最喜歡的幾封，她經常反覆閱讀以安相思。

我只要想起妳雀躍走過走道的背影，就會勾起過往逝去的初戀，大學戀人。

心裡突然泛起一種酸楚。

在我們見不到的陌生地，平行時空，各自的生命故事，無從得知。

於是我們只好回到過去，召喚過去。

當我們知道某些事某些人從沒過去，也許就有一種倖存感吧。

我後來有注意到島嶼臉譜，山腳下的女孩與客家人都有的倒三角眼，長睫毛，稜角清晰，因有山林因子，眉目又多了深邃，大眼。陽光底下瞇著眼，笑靨如花，銀鈴似的笑聲。

孤獨眼睫，像狼的孤高卻又有羊的驚恐，混合在一張細緻的臉。

我經常在路上聽音樂，以前叫walkman，Mp3，現在叫什麼？

後來我也開始讀電子書。我喜歡聽作家的聲音，陪著終歸去流浪的我。

我不是浪子，不必回頭，如心裡躲著一個必須或一直想回頭的影像，就是希望再和妳久別重逢，但見到卻又未必能相識了。畢竟妳那時候是個孩子，女孩十八變，而我又何嘗不是。

回到京都，小雨落在古老的城。

故鄉，家園。想像的遠方成了腳踩的故里。

靜下來，聽雨聲，花開。古都是那種微小的窣音都能聽見的城。

我在古都讀大學，這座城的街的盡頭住著一對老太太，沒有血緣的姊妹。年紀和房子比老，以前是情敵，現在是情人。留下房子的男人已過世，情敵沒有敵人，剩下廝守的情意。在老城老屋裡，情意逐漸增長，一起老去。隱藏在時間的城，收納著隱藏在城裡的歲月。蒼涼的城，冷冽的冬，我經過時想像著老太太姊妹抱在一起。

愛著彼此的餘生。

我無法和妳老去了，我早已抵達老境且竟也要奔赴死境了。

妳看到我的老去與死去。

我覺得自己已夠幸運了，在妳的注目之下，眼眸哀愁多情的妳，如彼岸花，花葉不相見，我們早已見。

彷彿必須啟動奧德賽計畫，就像種樹，漫長等待是我習慣的速度。再重逢妳必須耗費漫長光陰才能抵達，然後旋即我就得消失了。那個不丹國王，等待小女孩終成王妃。我沒有王國，但我有樹，有一顆熱騰騰的心。一生只能有一次奇遇，一次不可能的傳奇。

只能有一畝田，種下長長的相思樹。

如果妳日後懷念我，妳只要去看樹，種樹。

而妳是我沒有地址的憑空思念。

屬於黑森林似的黝黑。

離開地球的人如何思念地球的人，只有再重返地球。

我若重新回返迴城，將以靈魂的姿態回來。但回來的地球是否將柔腸寸斷？只有人類會傷害一切生靈生存的地球，往地球丟火球，炸彈、飛彈、地雷、炮彈、魚雷、深水炸彈。核裂變釋放出來的巨大能量，毀滅殺傷的歷史傷害持續。遠方的戰爭響起，H城無法成為啟示錄，只像是一間殘物紀念館似的展示在原地。我知道妳有去撞擊和平鐘，在那個停格在原子彈掉下來瞬間的錶面時間刻度下。

而我即將離開這可悲的土地，我的懸念已了。我要深深祝福妳，親愛的不老蘿莉塔。

24

她每回讀每回感傷。遙想不久前的旅途時間雖不長，但密度高度卻濃烈濃稠。夜晚三人行，喝著啤酒閒聊。任電腦螢幕不斷重複播放著被設定的片段：

你是誰？
你對我真好。
突然，何等的緩慢。
何等的溫柔。
你不可能明白。

螢幕上不斷地播放著交纏的黑白身體，粗粒子的影像如山林的石頭。同樣是植物，菸來自罌粟花卻成毒。像啤酒來自啤酒花，喝多卻傷身。蛇麻或者忽布都是啤酒花，她畫過阿努要的植物素描圖鑑之後，也長出觀察植物的一雙眼睛。

喜歡植物與中文的阿努現在哪裡？另一個世界是否也像植物分支目科屬種？

望著窗外一寸光陰一寸灰逐漸降低色調的光。

她陷入回憶的海水所拍打的陣陣潮浪，和阿努有關的回憶，被切割成兩段光陰。後半段光陰是她提早抵達H城的日落旅館，一座傷害之城，和島嶼同樣有著島名之地，想著宮島之海，戀人不能去的島。

這H城彷彿天生就適合和她相遇。

時光歷歷在目，腐朽久了，也浸出一種怪異的無言美感。

時間耗盡青春。感情逐漸找到了掩埋的方式，那就是書寫，以書寫掩埋時光。有些地方是不能再去。有些人是不能再想……比如阿努。有些人離別就不想再聯絡，比如阿青。有些人還沒離別就想分開。有些人才分開就想在一起。有些人一離別就是一輩子。有些人一輩子卻如一秒瞬間。

「你離開後，我才知道我愛你如植物的愛，凋零還會新生。」阿娜在阿努的手寫帖的字旁寫下這些字句，就像種樹似的，她在阿努已成灰的廢墟上重新如H城植栽希望。

但她知道人不能一直處在空虛的擁有。

雖然告訴自己發生過的一切就在心裡了，但她仍已失去了某些年輕該有的動力，許多的激情或者愛慾都蒙上有如青燈古佛那般的慈眉善目了，再無波無潮，提早老成的心。

那是又嚴謹又放蕩的國度，就像青春人的白天與黑夜。

去夏，緬懷著自己的青春：竟這麼一晃眼一切人事物就已是如此遙遠的事了。

25

阿娜這趟旅程出發研究迴城美術家夫婦在東京過世的最後人生時，也順便去了W大學，和她去的是陪她度過大學生活的村上小說。她一個人看在學校咖啡館來去的學生們，聽他們笑意盈盈的銀鈴般聲響，又或者望著那些誰也不理的學子酷酷模樣，阿娜想著過往的樣子，濃眉濃髮、靦腆內斂、聽爵士樂，讀卡佛小說，如此美式，如此東京。陪伴她的還有記憶裡在迴城旅社和母親編織手串時電視經常播放的日式節目，母親喜歡看的節目都是美食或者摔角，又美好又暴力，母親的雙面。

自己的雙面呢？她想著。

那時她還沒旅行世界，只讀村上小說，感到時髦新鮮，彷彿那些角色都是青春的碎片，但當年從自身散開來的碎片卻無法組成一個完整的自己，迷惘、感傷，常受慾望驅動，可以愛許多人，也可以轉身離開許多人。當年她的一體兩面，既想退回自我，又渴望外界的暖潮可流通體內。

在日落旅館阿娜讀著：「在你周圍世界所發生的事，能使我安心下來。」闔上書，她打開電腦寫信給阿努。

「當你覺得自己並不屬於這個世界時，你如何和這個世界相處？」那些女孩的眼神彷彿對著阿娜說著這樣的話。那時她走出封閉圍城，貼著牆喘息，心裡求著女孩們活下來。但後來還是捎來了自裁女孩的消息。

那些年是這樣的：她在暗房洗著亡者的肖像。多年後，他們才復活，以各種形式復活，文字影像旅程檔案……書寫者以其獨特的魔術將之復活，然後一代又一代地活過閱讀者的目光與心裡。很多年後，她想自己彷彿才體會出那些比自己早離去的人在青春的地圖上是如何地發亮著，她才解析出那是何等的感情。

在傷害之城的暮色之中，她突然想起了一些往事，同時也突然明白了造成她內心長期的碎裂感是什麼東西。她忽然有種悲哀感激湧了上來，在滿城的青春大學城裡。

那些離去的人，他們頭也不回？

慘澹歲月的青春，她在四處尋找贊助之下才能得以倖存。她曾想發表作品，但總是沒有舞台，提早老成的心像一棵老樹。

那時抵達H城，她的記憶和思念重疊，秋色別離，想著自己，彷彿藉著想起青春之書，藉著召喚她想書寫的人物的理想性與死亡，她以空無之槌，擊打失去的苦痛，將無用的我執，化為塵般毀棄。

如風飄逝，失去何懼？

她尚未構築書寫城堡，現下僅以最靠近自己本質的方式，即是書寫，即是創作，只為安頓自己。她總是羨慕那些能以意志打造出的硬漢書寫世界，如此規律而強悍，此是她最匱乏的個性底蘊。

慾海飄盪，在別人的感情地基上蓋違章建築。住在北城的租處總是漏水，夜裡為有小老鼠的窸窣聲音失眠，無盡的冬雨與冰冷的棉床。是那些日子，構成了青春之柢，年輕卻腐朽處處的生命印記。

在迴城的童年，她在大雨時躲進涵洞裡，從洞口看圓形的風景；或者趕在夕陽落山前，從起大霧的山林奔至入口，遇上迷魂陣，傳說會被山鬼抓去。哪裡知道真遇到活生生的山鬼了，阿努與阿米哈。

26

我，想起了你，你的名字叫傷害。亡魂騷動。

她竟繼續收到不在世上的阿努寄來的信，仔細看信發出的時間，她想阿努應該是事先預約了電腦自動寄出的時間。

信這回以短語寫成，不再是欲言又止的俳句。

動物遷徙留下足跡

愛情遷徙留下傷口
通過她的黑眼睛
這遷徙的路徑恍如黑潮
又甜暖又陰冷

一個人在機場候機室
睡眠與疲憊的空氣黏滯四周
機場空調，機場聲調
機場香水，機場菸酒

滾動的輸送帶，和主人分離的行李
昏沉地望著帶我遠走異鄉的鐵鳥
飛向遠方的機翼，切入氣流，和雲朵擁抱

此時此地，就我一個人：
熱帶的西貢
苦楚的巴黎
浪蕩的紐約
幻滅的倫敦

紅色的西班牙
遼闊的聖塔菲
血色的伊斯坦堡
最後這世界都是聖山
所有的城市都是迴城

總結我一生的步履疆界的島嶼
就像大藏經最後微縮在一句佛號

她逐字逐字地感受到嘴唇與心的跳動
棕紅色與土紅色的礁岩
他就在一步之遙，卻是十分遙遠
老鷹盤旋，麋鹿的角是動物的遺跡
她的遺跡是愛情

心靈的憂傷與身體的痛楚
被占據的思想
當妳征服我時
我早已墮落

就像緊貼玻璃的蛾群
被光吸引，終至焚身

我離開的時候痛苦，回鄉的時候痛苦更深
連續身體的折磨
夜的封閉空間
就像動物等待安樂死的時間
就像遷徙的愛情
在激昂時刻，走向安樂——死
被擠壓的身體板塊

妳不是來捕獲愛情的
我也不是來回憶過去的
那一夜，蝴蝶早已搧動翅膀
悄悄地振翅這天羅地網

如果想念一個人，妳就寫作。如此即使愛情不成，寫作也仍然豐收。何況也可能愛情有結果，寫作也豐收。

又或許妳可能發現我是一個值得回憶的人，也可能發現我不過是個該死的人。

而我不用想念妳，因為妳就在我的心裡
想念是一種距離，我已經把妳裝進心裡了
等待對愛情是一種凶險
已然老成的愛情，或許值得等待，摘取
即使等待隱含凶險的成分

際遇從來沒有給遷徙的愛情
清楚的路徑與答案
就這樣，我靜靜在回憶往事
遷徙的本身——
就是故事
而傷口是身體
必要的烙印

27

讀著信，驚醒回憶，碎語執著地抵達了她的目光。

她清理著阿努的最後房間，她看見初音未來，阿努喜歡那種純潔無害的虛擬少女？

她後來沒有完成任務，雖然她善於整理，但她無法繼續整理阿努的房間，因為她不知道什麼要留什麼要送走。最後是哲一先生來到迴城，帶走。

阿米哈陪同早就認識的哲一先生打理阿努的最後房間。

她想，阿米哈根本就是故意讓自己獨處一陣子在阿努的房間，讓她有餘裕感受阿努對自己的懸念？

離開阿努的房間之後，她寄出了美術野史的研究筆記。

傷害不再是經過藝術家抽象的形式，而是如實地剝開內裡，割裂容易感傷的人。

她望著死裡逃生但卻燒傷的一張照片直盯著，照片是在廢墟中瘸著腿皮肉綻開的黑狗兒，她試著透過圖片和黑狗兒說話，安撫彷彿還凝結在原地的傷痛，她可以感知到黑狗兒傳遞來的憤怒與近乎尖叫嘶吼的疼痛。闔上眼，她喃喃念著經年背誦如咒語的心經，才感覺到黑狗兒逐漸被安了魂。

感受到阿努的魂魄也來了。背後彷彿還有祖父、父親，母親，聖山亡靈。

從傷害黑暗的紀念館走到盡頭，一株綠樹迎風朝向她。她望著盯著，忽然熱淚盈眶，彷彿阿努在向她微笑，等待拈花。

花開最末的城，花開最末的情，花開最末的人，她如一粒種子，經得起等待。

等待，微笑拈花。

歷史的悲歌與無法逆轉的命運，歷史並非對錯，而是要看留下了什麼，這讓喜歡沉浸美術史的她忽然感到難以下筆，幸好有小說技藝的援助，可以將虛構的想像力抵達已然發黃的舊世界。

28

她回憶著旅程。

搭上H城市區的慢車，坐在橫排的椅子上看著慢車外逐漸現出的海，他們的海，相思海，阿娜教他唱著歌，H城列車上的老人看著他們，露出一種表面淡漠實則內心溫熱的神情。海，阿娜的來處，阿努的去處。海是渡口，像迴城的義渡，由私渡到義渡，渡口上岸著各種不同板塊來的族群。海中有山，山是阿米哈的，他是他們的中介。

海之後是山林，山林是他們的隱形神主牌，有阿娜的母親，有阿米哈的父親，祖父，有阿努的未了懸念。

慢車晃啊晃的，有時會把他們並肩坐的撞在一起，阿努就會稍微再坐開來一點，阿娜卻刻意再移過去一點，發出銀亮的笑聲。那笑聲，阿努再次感到一種愉悅的熟悉。阿米哈卻偷偷笑著阿努的害羞，朝阿娜眨眨眼，鼓勵她繼續撞擊阿努的肩膀，三人玩鬧著，都一把年紀的兩個老男人像是回到了青春期。

抵達終點宮島，宮島在海水漲潮時，神社會淹沒在海水中，看起來神社就像和島嶼分離，神社上的鳥居看起來也像被海水隔離而分隔兩地。

29

她總是憶起自己孤單地走在H城核爆後的航線，航線已成世界遺產，用黑雨塑造成的遺產航線，如今光可燦人。從和平公園，航程到宮島町．嚴島神社。船穿越一座座小橋，一閉眼就是過去：河水浸滿火焰燒盡的肉身，黑煙竄燒天空如烏雲。

一瞬眼是潔淨至彷彿沒有發生過的畫面：兩岸的綠色景色框住白色的成排建築。她的船舶繼續往下游航去，之後，海的召喚如愛情，瀨戶內海拉開景幕，內海外海，她的心不在內也不在外，就在海上。

她的感情，是惡質鬼地。

30

你的名字就是聖山，她腦中閃過這句話。

31

她看著隨風翩飛的落葉。

落葉裡有著些花開的光影，像是迴城到處可見的麗李樹，過甜的菓子，頓時她在聖山之巔，卻有山下迴城的甜蜜亞熱帶氣息。

阿努的雙重性，又冷又熱。

32

她想起父親曾告訴過自己，關於童年在迴城的植物記事。

家屋老宅外的麗李樹總讓她想起父親。父親說這麗李樹是他童年最愛爬的樹，每次到了週末中午過後，鄰居許多小孩們為了想要快一點看到週末從林場或工地返家的父祖，在等待的時候父親說他經常是爬到「麗李樹」。眼睛往火車站的方向眺望著，期待父親身影能從路的另一端逐漸走近自己。但是沒有父親可以期待返家了，祖父後來死了。後來父親仍繼續爬上麗李樹，假裝自己依然在等待終會歸來的父親。

落葉翩飛，繞著她旋轉，彷彿是歸來的阿努。麗李樹是一種假西印度櫻桃樹，她想那麼阿努也是自己心中擬仿的愛情君父了，即使君父城邦已毀，但心中的君父猶在，聖山依然有著山鬼大樹。

33

她撫摸她賣給阿努，現在又戴回她手上的串珠，撫摸著往昔島嶼山林的木質與似假似真的琉璃紋路。彷彿眼前起霧，山林雲海飄來，她看見阿努在山霧中向她和阿米哈招著手。起霧的淚水中，她埋進了其中一串手環，以眼淚灌溉著夢土裡的一株正在發芽的香杉。

台灣爺也來了。台灣杉挺立，高聳，入天。

阿努弔唁的祖父懸念。

34

徹底離開的人只能把回憶留給她。

回憶裡植栽著山上的高山杉，在雲海裡忽隱忽現。

山下的串珠手環，童年招魂，招來了短命卻永誌的奇特之情，就像H城，丈量傷害的城。

這串手環的推手，阿娜的母親與買下它的阿努都離席了。

一隻望冬丟仔飛過天空停在一棵樹上。

阿娜微笑著。

他們都來了。

阿娜的父親母親，筆下的寶珠義雄，阿努弔唁的早田島田，阿米哈永誌的望迦泰森，一時之間所有的異鄉魂與島嶼魂，山海的或城市的，都因阿努這一走，使得阿米哈與阿娜的感情被混雜得難分難捨，心已無法再回到誰傷害誰的原點。

35

平原空曠，牆壁透進南風，風從門窗縫隙飄進，濕冰冰地滲進肌膚。阿娜喜歡動物，因為動物和她說話。她喜歡美術，因為繪畫躲藏著思緒情緒，線條細節如河流，塊狀如雲朵，如大海。但她再喜歡也必須臣服於現實際遇，她必須謀生。成長讓她認知了死亡這件事的真切性。

站在一個心的中央呼喚著愛，那中央是迴城的聖山，她的個人世界的中心，聖所。

36

她在阿努的最後居所，想著他早已活在這座城這座山的體內，一種熾燙卻又難以命名的情。

陪他聽一段披頭四吧，挪威的森林。

聖山的森林。

迴城的森林。

她望著阿努最後的信所夾帶的檔案，捎來阿努一張肖像，她想起了童少，拼湊出這個大方的歐吉桑。如今她卻成了一個弔唁者，送走往事，也送走傷痕，自此才有了超越世俗之愛的愛。

37

一座海飄到聖山下，一封有如星辰的信：

我們相遇得太慢了，在所有的傷口都無法復原的時間點。
我怎能邀請妳來住到我這破碎之城。
時間之神迫著我的步履蒙上死亡的陰影，喪鐘在遠方敲響。
如果妳能把我生命的餘生也一起好好度過，我會很高興。

迴城，遠去的人，最終返回了。
見面，用不同的形式。

【柒】獻祭地

青年阿努赴島嶼的行李最初是沉甸甸的，重的不是物質性的本身，而是心情。他曾在旅店裡說起他當年手提袋裡有著答應祖父要在聖山山林深處為其樹葬的骨灰。在《木淚》演出之後，他們仨去完成亡者遺願。

現在阿娜和阿米哈卻要完成阿努最後一個遺願，他們去彌陀寺找釋一切法師，釋一切就是阿青，她想過多回卻遍尋不著的人，跑到佛地，出家，四大皆空，難怪起先她怎麼找都找不到。她和阿青彷彿久劫重逢。

往昔的情慾猶如露珠，在釋一切臉上已然消抹。

她看得反而入迷，她喜歡阿青，喔不，他是釋一切，他身上從開始就有著那種彷彿如山的空氣飄揚。阿努也曾說一即一切，他也想有這個法名。

她喜歡阿青的法名，這法名附身著阿努。她也想要有個法名，感覺從此可以有佛菩薩的保佑。釋一切笑說，那先皈依才能有釋迦的釋姓。皈依就皈依，她立馬跪在大雄寶殿前。

釋一切說，阿娜妳很會寫字，妳自己取法名，我沒有資格為妳取呢，也沒有資格為妳皈依。

那我叫釋沒有。

這好，頗有空即是有，有即是空。是有也是沒有，是沒有也是有。

貧僧乃上沒下有法師，釋沒有，阿娜又笑說。

沒有對著一切，他們彷彿又是一對，佛門一對，放在世間對卻是錯。

她和阿米哈帶著阿努的骨灰要去樹葬，她希望有釋一切陪同，可以在樹葬時念經迴給阿努，阿米哈想也是，因為阿努希望在樹下有佛在。

阿努樹葬處就在阿努之前為其祖父島田埋上骨灰之地，那是望迦傳給阿米哈的祕境，私有地，自然只要阿米哈同意一切就成了。

阿米哈覺得一切彷彿是天意，原來阿努就是當年阿米哈祖父獵人望迦所救起的少年，那時候他們以為還叫做島田哲二的阿努是少年，其實他已經高中畢業了。這個私有小小悼念增加了阿努的祖父，還有阿努自己。這是沒有料想過的事，雖然阿努希望可以魂歸山林，但也太早太突然了。

他們以酒灑下樹，弔念嗜酒的沉默阿努。

阿娜父親遺願說的地址竟是一棵樹，大家都要來這棵樹，阿米哈的樹，聖山的樹，有靈。她也把父親的灰與母親的灰在樹下合爐，老祖父也在那樹下，高山杉，成了她的家族樹。

父母親合體，以灰樹葬，終於泥中有我，我中有泥。

阿彌陀經，釋一切念誦著經文。

阿米哈不會念，他隨手撿樹枝，當下在旁邊雕刻一個莊嚴的十字架，插在阿努骨灰之上，那塊土地又新增了十字架。阿米哈以此標記至愛的魂歸之地。

我知道你會回來，阿米哈灑米酒時對著樹說，一陣山風吹來，樹葉搖曳，與雲共舞，一束光乍然穿過雲層，從樹縫灑進他們的眼裡，土地頓時也倒映著流動的雲。

阿娜把阿米哈這句話也放進了自己的心。

那是一棵高山杉樹，阿努祖父的島嶼老師早田先生命名之樹，飄洋過海去了H城的庄原寺，現在又魂埋了異鄉人，異鄉人從此是原鄉人，甚至比原鄉還原鄉，因為他記得歷史且不避開傷害。

釋一切先下山，好日子他得趕很多懺經渡亡法會。穿著土黃色的法衣翩然如彩翼消失在樹林小徑，阿娜看那漸行漸遠的背影，覺得也許要找一天去彌陀寺好好和釋一切學習這生死課題，送走這麼多至愛親眷，她仍一無所知他們跨到另一邊的世界。她要問問釋一切，他如何把阿青丟了，為何她還把阿青記得那般牢，而阿青早已不是阿青。

是她傻，還是她的腦子被記憶設計了迴圈，她的海馬迴路徑特別長，盤根錯結如千年神木？

在祕境，阿娜對阿米哈說，我常想起和你們在H城搭船去宮島町的那一天，沿途火車從城市開往島嶼，一路上慢車一站一站地停著，她看向窗外，鐵道沿途有不少大小醫院診所，彷彿是傷害之城的必要提點。很多老殘人上上下下，他們要前往那些醫院嗎？我總是想他們是否是倖存者，或者倖存者的家屬？這慢車彷彿是我在旅途裡最漫長的一個行程。慢車啟動了肉體的去處，人們像是牲口般的靜默，我看見在悶熱的車廂裡，老殘人都穿長袖，戴帽子，把自己包得緊緊的。遮住截肢或者結痂。一種非常孤單的包裹。我在這慢車的旅程裡，感覺自己被眼前傷害遺留的痕跡所熟化的心，我看見我自己的恐懼。但那時候我瞥眼覷著阿努，卻感覺他給我一種安靜沉靜的淡定感覺，好像他與這傷害之城融為一體，我現在想，那是因為他已知道自己走到生命末端了，被宣判癌末的他就像被按下死亡倒數計時器，那是我聽過最悲哀的火車汽笛聲響。剛剛你弔唁他時，杉樹搖曳，我聽見了無聲的回音。

阿米哈飲酒聽著，瞇著滄桑的眼睛望向樹梢，他對阿娜再次又聊到了這段野史。

我也是後來才知道戀人不能去宮島呢，說是去宮島的戀人都會分手。

但我們不是戀人也分手了，我們是戀人嗎？阿娜發出賊笑。

或者應該說廣義的戀人，於是比戀人更戀人，彷彿眼前的阿娜眼眸住著他往日的故舊，他最好的異族兄弟。戀人會變心，我們的情誼不變，思念卻更甚戀人。阿米哈也意味深長地看著阿娜。

她感嘆說，最後，我們不僅分手，還自此分離。

阿努的信妳看了吧，我們依約定在旅程結束最後一晚寄給另外兩人，想寫的都是願意被知道的事情，原來妳就是阿努口中多年前他來聖山在山腳下買下所有串珠的小小少女。他念著妳，某種轉化昇華的戀情。

我在迴城時也經常想起這個異鄉陌生人，後來我去北城讀大學，滾進城市的生活，就把他放在心海的一角，但冥冥中在樹木園遇到他時，我在心海大起波瀾，很奇怪的熟識卻又不知這感覺從何而來。

後來他希望妳素描的植物妳有畫嗎？

有，但他已經看不到了。

其實我才是真正的委託人，我託喜歡和研究植物的他畫，他卻將工作外包，哈，阿米哈笑說。

改天拿給你，他要畫的植物都是聖山的特有種植物。特有種，哈，特別帶種。

好，我把畫裱起來，掛在部落之屋。

你讀了我寫給你的信了吧。

當然，妳呢？

當然。她笑了。

我覺得你去戰爭過後的土地種下一整片樹苗與種子好有意義，好像每一棵樹都化為每一棵重生的亡魂，我讀的時候就想以前的美洲印第安部落因為一個殖民者進來而死去了近六千萬人的驚人數字，這該如何安撫那塊土地呢？

阿米哈聽了神傷，本來要喝進嘴裡的酒就倒在土地上，念念有詞地悼念著。

樹葬歸來，阿娜不斷倒帶想著在宮島看見的神社鳥居，漲潮時神社鳥居立在海面如黑鳥，船身穿過小橋，緩緩從眼前消失，兩岸風光如畫如詩，接著船隻往下游航行，在沒有預期之中，一片廣闊湛藍的瀨戶內海端然現前。在搭乘時她感覺到她的島嶼之海。那神社檜木來自島嶼聖山，看得阿米哈心情異樣。

這一天，她去彌陀寺為阿努做百日法會，超渡亡靈。

走在這城，看著河流渡口，過去這裡有義渡，數百年來的渡口，溪流流經迴城市區，出海。百年來的溪水或湍或緩，渡口人來人往，看盡多少世事。這江上永遠有兩艘名與利的船隻航行。離溪口不遠的彌陀寺或許更能體會這一味，暮鼓晨鐘日日響，卻難喚夢中人。她以想像還原歷史畫面，這溪是許多漁人垂釣的夢想地，隔壁村莊嫁娶時，人們腳踝涉過六月溪水，踏上河床，在乾與濕裡交替行走，踩過發燙的白鵝石，跨過溪水上岸的人，自此落腳生根在迴城。

溪岸氣候分明，溪北以上，亞熱帶氣候明顯，氣溫低些而風涼爽；溪南以下，熱帶型氣候分明，流著汗時身感悶熱，夏日時得常不斷地換洗著流汗的衣物。溪水在冬季則不再如夏日暴雨的豐饒，河床從雙人床變單人床，逐漸狹窄，河床不是暴漲就是暴乾。秋冬一起，風漫吹溪水，飛沙走石，溪水冬景蕭瑟，兩岸芒草肅殺，溪水的芒草生滅，見證了一座城的春去秋來，溪水的榮枯目睹了迴城的風華滄桑。

超渡法會結束，她和釋一切去了他們倆在童年時常晃去的溪水岸邊走走，她還是習慣叫他阿青，她見到阿青臉上的眼鏡是手工的，竟和阿努戴的同款，名為「無刀取」的手工復古賽璐璐框眼鏡，恍然之間一時讓她心緒重疊了阿努。

回返迴城，阿娜想她都還沒有好好凝視與認識阿努，彼此就轉身了，忽然轉身，從一轉二十年，再轉瞬一生。

露水和濃霧都來不及沾上這份情愫，它就迅速枯萎了。

那時她站在聖山山腳下，隔著遠遠的距離望著人世，偶爾會被山林月光投射的霧夜。得小心提防愛上彼此，阿努沉默寡言，就像山的一粒石子。

他離開後，她才知道自己深深藏著這段相遇，一種變形的愛，隱含傷痕的情。

她從不找人，那又是沒有伊媚兒與手機的年代，她在H城別離阿努，這個取自天神的名字返天。她依約把他帶回他們相遇之地，在山城才能重逢彼此。她因阿努又重逢了阿青，阿青不僅變得毫無殺傷力，且還慈眉善目。已成法師的阿青是她至愛的渡亡師，阿青眉目淡雅，他看著眼前這個舊情人阿娜，就彷彿在看一棵枯木似的，枯木不逢春，逢了也還是枯木。

當時阿青是不告而別的。一個人要失蹤是頗為容易的事吧。但她心裡其實沒有「失蹤」這兩個字眼，更沒有他口中的落跑、逃走這類字眼，她只知道他走了，離開了，轉身了。但為何從來沒有想過找他？至少找他問一下為什麼都沒有？她可能當時太驚嚇了，嚇過後，變傻了，人傻了，記憶也傻了。背包客旅館外發財車轉來轉去，發財車不是屬於她和母親的島嶼發財車。

她和母親，愛的砂石車，運載的是傷害。

有些人是不能再相見，但有些人是見了也彷彿沒見。

阿努是前者，阿青是後者。

釋一切，釋沒有。

是一切，是沒有。

回憶慢慢如水般地滲透地表。

千年砍柴一把燒。當她接到電話時，心裡竟浮起這句話。

多年封存的記憶櫃，突然要開棺驗屍。是像西藏遙遠古國的法王開棺後瞬間身體灰飛煙滅呢？還是如千年木乃伊之保存完善？

有過感情糾葛的雙方要記憶重建是難的，彼此揀選的記憶區塊不同。

死神接走了所有她在意的人，她決定自此不再在意任何人。決定，像鬼滅之刃的刃，鬼也有過去，鬼的過去都是人，人的愛恨情仇生離死別。她想著這把刃可以入冥府，卡通真好，人物死而不死，痛而不痛。

她一個人，回到迴城，還是一個人。

她先是遊蕩在山腳下，當年賣串珠的周邊山產土產店已被一棟棟樓房取代，只有霧夜時分，那些山巔水湄的鬼神都還不捨離去。

她在山腳下的黃昏看見一間亮著燈的屋子，上面有個廣告小招牌寫著：提供素菜飯與飲料。她疲憊地往那個山中微光走去。

也不過幾日前，她才度過了一個恍神而傷痛的日子，加上震驚，阿努的信，讓她的心連起海嘯。斯人遠去，愛聖山勝過富士山的異鄉人，樹怎樣成為自己？她讀著詩，想著不遠的前方的樹下有著親眷，她也把父母親的骨灰取出一些，埋在樹下。愛等待發芽，或者早已發芽且長成大樹。

她打算從此，開始新生活，將記憶的伏流葬土，不再寫愛。

松鼠水鹿野兔獼猴雉雞黑熊山羌野豬，她在其中，蜂蝶採蜜，映著月光，聽蟲鳴鳥叫。

迦陵頻伽音，她終於聽見了，在她返回久違的愛的棲息地之後。如一名失落森林的巡山員，望著神祕的光合作用，卻再也踩不到土地了。

當夜，她寫著：我們涉海如摩西，愛情擊杖了天地，但卻輸了時光，你在世間的時光如櫻花。

螢火蟲光點般的巨大聖山，在她的夢裡開出了燦爛的雲朵。

她看見H城的那口停留在傷害時間的鐘竟轉動了起來。

那間日落旅館，河流靜靜地流向樹岸。

盡頭的小樹，挺過黑暗，開出綠葉。

三的變奏

聖山還魂，在她的胸前。

那是她胸前佩戴的琥珀項鍊，透明的琥珀裡面有花瓣小草，還有一隻小昆蟲，被死亡時光凝結成美麗之物。

樹木凝結成千萬年的眼淚，阿米哈送給她作為紀念。

她的手腕多了串珠，自己編的，母親編的，阿米哈編的，阿努送還給她的。胸前有木淚，有石頭流淚成玉的觀音像。

她感覺大家都很愛流淚，這真適合她。

她回到父親的屋子，父親留給她的小房子充滿了霉味，書的氣味，混著花香植物，摻著一股木質的香氣。父親以前被祖父說是得了書癆的書呆子，但這也給了她最豐饒的遺產。

完成了父親遺願，找到了所囑託的弔訪，沒有地址的恩人之處，原來那就是阿米哈祖父望迦的祕境。救過祖父的望迦，卻也因此失去了兒子泰森。連坐罪，收容山下政治避難者之罪。原本父親帶著罪惡感，但後來經過阿米哈的解釋才了解根柢是泰森自己選擇赴理想而死之路，並非由於連坐罪。但連坐罪還是波及了其他村人，阿娜帶著懺悔之心上去，帶著洗淨之路歸來。

迴城新開了一家北國料理，擬仿高僧夢冗國師開山建寺的精神設計料理餐點，夢冗國師當時建天龍寺是為了祭慰南北朝時所戰死的英靈，寺院梁上寫著「冤親平等」。廂房木造，木頭從聖山而來，阿娜感覺阿米哈和阿努也都來了。

她被帶入的屋子名稱為「篩月」，窗前延展著風景，綠林層次堆疊，花染樹梢，風飄進廂房，就如處聖山一般。

她靜靜地跪著就食，風景在前，端碗喫茶，心十分安靜。榻榻米上有著草的香氣，素食烹得極為細緻，野菜是當令的新鮮，菜重五味、五色，設色典雅，就食飯菜有如觀賞藝術般。五色象徵五法。她邀釋一切同來，釋一切看著食物說，這五色象徵著人們的貪、瞋、癡、愛、憎。她挑地獄府席，釋一切選精進料理，料理有雪月花，釋一切說美則美矣，但就是太繁複了，這更添食者的執著之心。

食畢，釋一切回彌陀寺，她轉去迴城熱點，新美術館。

走出木屋，從白晝燦爛如夜星的午後，從聖山吹來的風，使她的髮絲吹起又盪落，迎著刺目陽光，她看見這座新穎的美術館的白牆，被光映照成一座海。

這日她的女體作祟，流著每月報到的無用之血，一種如土石流崩塌流瀉而出的發炎感，這使她在觀看鹽田千春的展覽時，感覺自己好像成了鹽田千春展覽下的實體成品，她的身體映照著展覽的一片死寂腥紅。

一九九四年，鹽田千春將自己的身體變成了畫布，直接讓身體潑灑油料，和過去的油畫切割，斷裂。身體的傷痕血漬疤痂。真實讓人不安，雖然接納自己讓人放下很多制式成見。

顫動的靈魂，死亡的環繞，藝術家真實身體的模型碎片，紅黑的絲線纏繞，老物件，以紅色或黑色的線將媒材與展示空間滾綁、纏繞、交織、串聯，沉浸式觀展體驗。

復古行李箱裡面被裝上馬達，懸吊在紅線下，驅動馬達使行李箱移動且互撞出旅行的音樂，快樂的旅行與哀傷的逃離，身分認同的擺盪。那條回歸的線，模糊而清晰，就像是不存在的存在，存在的不存在。

她在鹽田千春展覽時，想起了阿努給她的信，提及的攝影。

「因為每張照片在本質上都是遺照；回憶是過去的遺照，現在的我是過去的我的未亡人。」從「家」這個生之始的處所開始，藝術家穿過死亡的儀式，重新誘發出屬於創造的生。感覺藝術家似乎將一座美術館裝置成自己的死亡儀式現場。

她在H城的和平紀念館時，不知為何就有一股不祥的感覺，那種不祥就像她天生可以和動物的那種靈感天線拉出的溝通能力。

阿努使她想起之前自己另一個研究計畫，那個研究計畫的對象是一個裝置藝術家，他的展覽每一回在她看來就像在提前準備自己的葬禮，或該說他一直著迷於葬禮。

裝置著如棺材的木盒，木盒貼著家族照。那是藝術家稱為「家」的隱喻，「家」的再現。在晦暗不明的舊木盒空間中，打開、拆解、重組，來自死神的共舞，召喚原生的面目。到處支解與殘破，「家」的軸線輻射出去的是最隱晦無光的所在；盒子裡擺放的都是死亡的物件與靈的收納，這使得她甚至聽得見盒子裡的咆哮。哀慼謝，白磁磚白骨灰罐，上面燒著家族肖像，生死輪轉，如謎之霧。亡者的影像轉印在磁磚上，再以磁磚與照片的拼組、複製、貼上，私風景成了公共財，迢迢路近在眼前。黑暗空間中，彷彿是烈日下，集體亡者的安魂曲。他們失神惘然的眼神，看著展覽者，望著曾經存在卻忽然消失的世界，醞釀擴散著迷人的毒氣，她也是落荒而逃。

翻攪、擾動那些棲息在影像之中的溫暖過往記憶，照片猶如沉在海裡的水族箱，眼睛發出乙醚似的迷幻，以冷凝的觀點抽離記憶，再將這些記憶從影像中剝離開來，成為屍骸的駭麗天葬台，死亡撫慰小徑。

影像則重新形構出各種可能的時空秩序，創造出觀者自己的意義結構。

她看著展覽，難以想像自己曾經將愛投射在這個藝術家的作品上，這個人雖生猶死，死卻像是活著。她看著藝術家的作品一路展現著追憶人與追墓人的姿態，墓已不是死亡形式的外相語言了，墓裡不是枯骨，而是埋藏著血緣記憶的遺址。在記憶的荒野上，在藝術的孤獨裡，藝術家悼念死亡的儀式非常老練，擅長以攝影裝置解構個人家族史脈，藝術家因為題材的述說未盡，因為感情的源遠流長，所以一再浸淫此哭調。

感情，收集，符號，記憶，影像，儀式，生死河界岸邊漂浮，創作者欲冀登上藝術語言的頂峰。從物件到心識，從大地景到小細節，粗探形式冰陰且冷颼颼，細究情感陽火且熱騰騰，不斷排練死亡儀式，不斷凝練記憶場域，至此藝術已濃縮了台灣死亡儀式的集體火化氛圍，是藝術哀傷美感的極致文本。在青灰木然的青塚裡，她想著人們跟著藝術家尋找死亡所帶來的顏色，聞著記憶所飄來的氣味。破壞、收集、記憶、再現，在記憶呼喚中往往會丈量出背後的情感深度與沉濺出各種生存姿態。

這植基於地理現實與歷史記憶的裝置藝術是創作者在天上人間兩岸的深沉來回地擺盪的最終凝視呈現。相框裡凝結的塑膠花是一種永恆的象徵，還有藝術家慣用的媒材：磁磚燒上亡者容顏，這讓他的創作盡是鋪陳著死亡的真實況味，在反覆吟詠下，彰顯了人文地理和區域性格，即使當代藝術潮流有點逼退了這樣緩慢的死亡凝視文本，但其創作還是生生長流，在撤退到邊緣裡仍兀自在黑暗中發亮。

她喜歡和美術相關的事物，也曾為藝術家寫了篇文章發表在藝術雜誌上，為此，她獲邀進入藝術研究書寫的領域。

她重新閱讀自己當時寫的文字，原來哀悼早已在當時就啟動，就像她認識阿努的感覺。美的本身隱喻了死亡的無常。好的作品依然活在後人的目光裡，作品是藝術家唯一的品牌認證。那時藝術家的眼睛就很哀傷，彷彿留在人世的回憶，如陽焰溶於水，滃熾卻瞬間消失。

「也許我正在回憶，或者，我以藝術的話語術，在重新編排過去。但我是這樣想的，記憶有七大罪不是嗎？剪裁改編塗抹替代。回憶真的可以再現過去嗎？回憶真的等同人的一生嗎？回憶難道可以等同於發生過的嗎？」從美術館歸來，她寫下如是筆記。

人從傷心的山林來，她總是孤獨地站在人群中。感情，永遠是作品內容最初凝結的基調；儀式，永遠是作品形式最後呈現的姿態。波特萊爾在《惡之華》寫的「幽魂」：「當青灰色早晨來臨，妳將發現我的空位，冷冷的，直到黃昏。像其他男人以柔情對待妳的生命與青春，我，我願以恐怖支配。」

是的，我願以恐怖支配，這是一種讓人逼視臨終之眼的創作。

冥途渡河，湍流緩急，懺懺人間，哀哀我思，地老天荒，終須一別。

離開美術館，她想著不知為何藝術家在當年的展覽裡竟就寫好了自己的訃聞。

「想起源頭令人平靜。」回到源頭，她的迴城，聖山山腳下重逢那個被迫提早成為蘿莉塔的少女，她在亡者集體離開後，卻跟著記憶復活了。

時間是無常的示現，是一場無常的盛宴。午夜憶往，雖感嘆息，但也慶幸藝術家擁有逃生的轉生術，藉著藝術復活。

最讓她熟悉的是整個大型裝置展覽中的黑線條系列，因為讓她想起葬禮，押花也是亡魂，花屍成片，猶如華麗之後的凋萎。看著花語木懺，她的記憶串流至許多人的離世。現實與記憶的世界共存在迴城，破碎的山林從她的眼眸裡對撞而過。

在那之後 その後

你只要站上這座聖山，就會看見自己的影子形狀，看見未來的隱喻。但是只有純潔的靈魂可以看見自己的影子，即使是天氣陰雨的日子。他的靈魂還沒來得及夢見青春的夢，就被夢吞噬的預知死亡記事。

——阿努

他們仨各自出發的旅程，夜晚寫在給彼此的書信之中，或許沒有什麼是值得寫下的，但對個體而言，還是微小而壯闊的。負傷者看著傷害之地，走過傷害之心，最真實的坦言書信成了阿娜此刻的擁有。

之後，她想前往只有歡樂之地，也許阿米哈與阿努的靈會跟隨？

南太平洋的島嶼，沒有臥床的人，只有戲水的人，沒有如葬禮的裝置藝術，只有斑斕的自然就是藝術，那是直心而畫的上天作品。島嶼的藝術就是她心中的原始樸素的藝術。她想從聖山轉去海，將山的彎曲，轉成海的遼闊、直接、熱情、大方。

想著想著，發現不知何時自己竟已然離開美術館，離開以紅黑棉線繩索編織成的傷害灰燼之城。如植物之向光的一路想著島嶼明媚的海水藍天嬉戲笑聲。高更，她想著，還是高更任性，離開證券商人的枯燥乏味，除了剩下錢就變得一無所有的體悟，竟能在晚上跑去畫畫多年，然後整個徹底逃離，將最後生命十年全揮霍在島上，從只剩錢到只剩下沒錢的兩極生活。她也想著自己究竟要過什麼生活？以前可以有藉口說是親情牽絆著她，現在沒任何人可以綁住她想飛的行腳，但她卻感到天空太遼闊了，原來邊界是好的。比如有畫線的停車格她發現自己往往停得準確無誤，沒有畫線之地她卻老停得歪歪扭扭。

閃過許多的念頭，再次穿過陽光發威的美術館外，轉入另一個空間展場。

陽光刺目，展場昏暗低照明，場內寒冷，更讓外頭陽光顯得熾熱。為了讓人專注於凝視眼前的作品，包裹住的空間。她的步履走至「不確定的旅程」，紅線鋪天蓋地將她的意識也綁了起來。

她被那作品的龐大與單一的紅色滲透而出的闇光吸引至暈眩感。她停下腳步，喘息，凝神片晌。畫作裡，無光卻又有光，低照明的包裹式纏繞凸顯了紅，射進屋內的陽光。帶著模糊的虛幻感，虛幻模糊暈托了船如諾亞方舟的形象。屋內罩著層霧氣感，微微哀愁。散發著與世隔絕的氣氛，濃濃的極度不安全感所導致的情緒強震。同時間她在近距離貼近作品時，又十分受到其對人間的悲憫與深情吸引。將血淋淋人生經歷轉化成藝術語彙的鮮明特質。必須用不同的方式看事物，透視本質。

蜘蛛網那種靜謐卻又騰泫的不安，鹽田千春如蜘蛛，以棉線繩線編織宇宙，足肢手腕勾著一個點又一個點，綿延整個血紅黑雨的網，包裹著人的愛慾愁苦疼痛支解幻麗的一切。隱匿其中的是每個人各自對鏡般的記憶與想像。那種腥紅與死寂使她不斷窒息卻又不斷活過來的纏繞性。詩意的苦痛如美麗卻窒息不醒的夢境，層層包裹捆綁著生與死，縫隙與縫隙的光影，就像意識流。

被紅線勾纏住的船對照外在世界的死灰與毫無生氣，人們已逐漸走出自然主義與浪漫主義的唯美，習慣這種直接揭露人生苦痛不安與病態的生死愛慾的原始渴望，跳脫形式主義，敞開的心扉與聆聽時光記憶的幽微，從而產生了藝術。任何一種創新的技法或者新的藝術風格，總是得經過時間之河的沖刷才能刷出它的寶石光芒。

她讀著手機網站上的介紹：鹽田的作品不是以視覺去「解讀」、而是用全身去「感受」。作品展現了獨特的世界觀與充滿魄力的美感。「鹽田千春展：魂がふるえる」，她擅長創作大規模的一種帶著沉浸式的大型裝置藝術展，她把線當成畫筆、空間是她的畫布。

靜默中的黑雨，如瀝青滴落，如黑鳥覆蓋，裹住一台被燒傷毀壞的腐朽鋼琴，鹽田千春想起小時候見過的一場鄰居火災，隔日看見被她彈過的一台鋼琴帶著疤痕孤立在街上，那種受傷的孤獨從此根生藝術家的童年。從黑雨走到紅潮如瀑，那是藝術家小時候去拜訪祖父時必須橫越的海的象徵，搖晃的船，紅雨潮浪，不確定卻又確定的旅程，風雨女孩，從此一躍成人。

藝術家童年的船，於她的童年是遊覽車，以及載她不斷從迴城往返聖山山腳下的客運，她是偽蘿莉塔。

回應童年，也是她的強項。

瞬間，就可召喚。

這靜靜的根部漫過艱難的黑暗時光，從此一路向陽。

負傷者，在植物的向陽中療傷不可能完全復原的傷，傷痕烙印，但傷心可滅。

植物種子如果沒有種在生命之丘，就成了空無廢籽。

寫出來好比把種子種到土丘，開不開成花果，那是自然的事了。

自然，自自然然，她看著自然界的訊息，見到父親當年在後院種下的木瓜與芭樂有的已然熟透，水果午餐有了。

她欣喜地拿著掛在牆上的竹籃與擱在灶間的木梯，架好後爬上去採摘了些，很輕易就瓜熟蒂落，籃子滿滿。

切開木瓜與芭樂，只見滿滿的籽。她擺盤很漂亮，綠色與橘色相映，她還剪下一朵小花與蕨類葉脈襯著，旁邊撒了些梅粉。她緩慢吃著，這個習慣她和父親很像。後來他們仨在旅途一起用餐時，她發現她和阿努都是緩慢吃東西的人，尤其是水果。她是源自於父親，但阿努卻因為愛植物，說凡是有種子的水果他都慢慢吃，因為他總是收集種子，有種子就想要種到土裡。島嶼水果豐碩，外來種，酪梨枇杷芭樂籽西瓜籽從嘴巴吐出來，最後都化成了窗台的風景。阿米哈見了笑說你們這樣吃很像老鼠，住市區種樹麻煩，像我只要往土裡一吐籽，不久就綠意成林。

她的父親也曾短暫在聖山的山林打工，她母親是在山裡懷她的，後來下山，去了海邊生下她。

為什麼是海邊？她以為至少也會在迴城的市區。

母親曾說，那年收成差，往海邊就有海龍王，往海裡撈，蝦貝蛤魚都有。還可以看海，想遠方。她一直以為生於山林的母親愛山，不知母親更愛海，那種遼闊，讓人忘憂。聖山的過去藏著血跡，也將母親嫁給了父親。那時候她覺得母親好詩意，忘了母親是被耽誤的文青，討生活使母親看起來潑辣。但母親至少也念到高中肄業呢。

老祖父為母親高愛玉另取漢名為高雲海，原是為了紀念聖山，但卻隱喻了雲海終是幻化無常的。

父親愛玉，書房的每一本書都烙印著「愛玉」。

聖山獨有的植物愛玉。

清晨時光，她終於整理好阿努的房間，也像是在整理自己。

離開阿努遺下的空間，她在那個人去物在的空間，用阿努的廚房煮水煮咖啡，阿努的房間彷彿是記憶的房間，這樣的陌生人竟連結了她的童少，她的流徙過往。她看著阿努和阿米哈在美國讀書的年輕樣子，命運如此蘊含重逢的未來，阿米哈連結著她的老祖父，母親是否是阿米哈認識或心儀的女孩？難道在面試《木淚》時，阿米哈就知道她的背後的血緣來處？她沒問阿米哈，不想破壞這種心裡的距離美感，這種美感經過時間已有自己的樣子，不適合闖入或者更動。

何況她已認識阿米哈的兒子沙米，沙米在山腳下原本有間文青山民小鋪，她覺得沙米好像兄長，總是要她去山腳下拿米拿菜的，但她其實很怕去那裡，沙米不知山腳下住著一個不肯離她去的往事之鬼。她寧可直接上山，或者搭火車上山都好，緩慢抵達，直接跳過傷感現場。

母親不曾帶她上山，她是去應徵《木淚》才上山的，才逐步勾勒母親的山上人生。

父親的遺書地址原來是一棵神木樹下，黑白照片上年輕男女對著鏡頭笑，那株神木魂埋著愛著聖山愛著樹木的人。

整理多日，她逐漸拼貼阿努這個人在迴城的足跡幾乎都繞著聖山或者樹木園走，她想難怪他們會相遇又相逢。阿努的書大都是日文翻譯的中文書，阿努是對照著讀吧。她發現他喜歡三島由紀夫與千利休，那麼極端與絕對的人，最後都死於切腹。

千利休的茶室她在古都體驗過，一個人在方寸茶室面對一只茶。

一路上，走動著貓犬，這些動物彷彿要跟她溝通似的，跟著她走了好長的一段路。

阿努的桌上擺著她也去看過的美術館首展的票根，阿努的票根很多，看來他是個捨不得丟棄這些生活見證痕跡的小物。

首展「之反風景」，牆上不死的風景映照這城活過的百年。迴城的人離開都會歸來。

畫都少年，有受難畫家有她筆下書寫的鳥仔嫂的畫圖尪，繪畫裡的公園黃昏，沾染著有如受難者的血衣。驟然欲去的臉孔，將往事送到她的眼前，我們仨已成我們倆，之後要剩下她一人了，阿米哈逐漸像一棵樹，不走動。她必須像風，才能去看他。回憶壓住走動的時間，老獵人已老。她看著「之反風景」的黑白照片，不知為何覺得這展覽散著一種殯儀館似的哀傷空氣，美術館也像標本館。讓她想起阿努寫來的信，在N城的傷害紀念館，黑暗中冷氣極強，肌膚冰冷死灰，落荒而逃的阿努無法承受之重。對比於她在H城當她敲起和平鐘那一刻，瞬間點亮的黑暗之火。將定點過成羈旅的人，像安藤忠雄的光之教堂的神聖。

日子以往是荊棘滿園的迴城，人們老了回來了，逐漸抹去了荊棘的刺，溫潤地看著時間流逝，歷史傷害，屠殺，都已經無害了。希望並不存在於過去，而是屬於現在的。鄰居看蘇家的小女兒歸來的美麗容顏都會想起她的母親，深邃的容顏有俏麗的鼻子與深邃的眼眸。

看看我，我從來沒有老去。她想著母親的美，走進家的巷子，樹長得很高且根部將牆穿裂的是她住到十八歲的房子，老祖父的老宅，父親的一生之屋。她的迴城再次登場，不再遷徙，不再有北方的潮濕，南方陽光烘焙，曬乾所有的眼淚，所有的一切等待過去。

快到家門時，手機大響，阿米哈來電說起神木樹魂前長出了一株植物。夏日種下的酪梨籽已在土裡爆開果莢，醜醜歪歪地努力生長，外來種長得比原生種好，怪了。

那是他們在樹下野餐吃完水果各自埋下的種子。

誰埋的種子竄出枝葉了？都迸開生長了還是有的胎死土中？

我的暴長了，妳的也長出枝葉了，阿努的卻靜悄悄的。

這很像他，她想。

一切都在凋零，也在肆意生長。野花野草，草叢裡她聽見望冬丟仔的鳴叫聲，苦啊哭啊的叫著。

聽到醜醜歪歪時，她大聲笑著回說我很快就會上山去看你們。

阿努的房間已經整理得差不多了，就剩等待回收之物。

阿努的衣服有幾件阿米哈要，照片也要送去聖山，每一張照片都有聲音，發出青春快意的色彩。

她帶了些書回家。

書本殘留著主人的氣味，紙頁被阿努的手摸過。她把書放進書架，每一本都像是回憶的墓碑。

開窗澆水時，她聽見逐漸走近的聲音，竟是好古典的西索米，送葬樂團。她巡著聲源，開門見到逐漸駛近的車隊裡懸掛著一個百年人瑞照片，滿臉愁容的臉矗立在花海圈成的中央，如木紋的臉。送葬樂隊穿著像儀隊的衣服，老父親說那叫西索米。好久沒有這種送葬隊伍，她想是誰離開人世？或者誰離開不重要，重要是這個誰留在人們的心中分量。積極的哀與消極的哀，物哀，勿哀。什麼是積極的哀？她問過阿努，阿努說就像妳在H城看到的就是積極的哀，我在N城看到的就是消極的哀。積極的哀會走過哀傷，消極的哀卻不準備走過哀傷。她想起旅途的對話時，正好亡逝的婦人的臉孔對映著她的瞳孔，像一座城的時光走過。

送葬隊伍繞經受難者的廣場，依然滲著歷史傷痕的血衣，增強的西索米的哀傷。接著小學的孩子們經過窗前，老師帶引母語教學，她聽到有孩子互相對話著：

汝手袋有啥物？

我手袋裝銃籽。

有一工，佇好日頭，阮作伙去種秋（樹）仔，去剪枝剉材，予你恰我，逗陣去，阮係家己郎。她回想起在聖山教阿努說台語的有意思時光，她父親是福佬客，但她的台語泰半學自小販與鄰人。想起阿努像小學生重複念誦的樣子還有阿米哈在旁邊作弄的往事彷彿已然遙遠。

秋仔真水，真媠。佇山ㄟ春天花開真滂（香）。

阿努喜歡樹發音聽起來像秋。

汝呀真水，阿努看著她笑說著。美麗這詞他早就會了，聖山的姑娘美如花，阿努喜歡水這個字。卡墊卡忙，窗簾皮箱，如此親切，誰又記得背後的血跡？

阿米哈不教他們說他的母語，說很矯情，用不到就別學了，我自己有自己的傳承方式。阿努學台語好，用得上，瓦達系呆丸人，挖達係番仔，阿米哈又開玩笑說著。阿本仔，阿六仔，外勞仔，阿兜仔……尾音上揚，語言到處蔓延輕慢。

原本不缺日曝雨沃的聖山土壤在今年逢旱，又有上山人不慎火燒山，阿米哈感嘆連連，不斷甩起風笛祈雨，風迴盪著喪殤的母語，落葉捲天，烏雲齊聚上空，雨神來了，他聽見腳步聲，溪淺棲底的魚群在雨落中醒轉游動。

雨降數日。

山腳下的茶園在乾旱後多半茶葉枯黃，沒有太多的採收，她喝的茶都是父親留下來的。阿米哈不喝茶，不種茶，聖山無茶，茶是山下人的。但他浸泡梅酒，還讓兒子沙米寄來梅子乾。她將梅乾注入熱水，酸甜。

阿米哈的腳是黑的，他笑說得烏腳病，其實是釀酒踩梅長期踩出來的。

她總想往山去，去聽樹與風唱歌，但現下忙結案，也就吃梅乾解相思。密林深處有老友的磷火閃亮，沿著山稜樹梢微光，一回想就篤定的心情。

她在北城的某五星級大廳旅館看過一個巨大的裝置，樹的剖面堆砌成一個雕塑，很美卻極其蒼涼。一圈又一圈的迴路，濕氣溫度陽光雨水雲海的訊息，在山中時光的蕭索熱鬧發冷縮頸抖腿都像是被記錄在那個年輪裡，逆著光，她看見失去的，懸念的，告別的，相逢的，她記得山，記得海。從迴城出發，他們仨抵達H城，送別了阿努。那終點像是為阿努的輓歌所寫的旅程，但句號卻必須重返迴城，迴城聖山的那棵樹下才能畫下，這靜靜的根部漫過艱難的黑暗時光，從此一路向陽。

她想自己或許會像佇立風中的石猴不再離開迴城，迴城逐漸活成了她父親的樣子，她在茶湯中看到逝去的H城滿城有一種殘餘不去的喪亡之色，沾染著久遠的亡靈佇足。

在北城被奪去的祖先之靈添加死去的青年，阿米哈的傷痛，不願意再打開傷疤。但阿努的死，在他們倆的眼皮注目下死去，這讓阿米哈初老的淚終於再次流下。

趕路的死神，不等投降就丟下炸彈。
趕路的死神，不等和解就按下銃籽。
死神輕易讓至愛傷亡，抓傷記憶，疼痛倖存者的餘生。
只有死而復生的植群，自然的力量，可以安撫他們。

登高或望遠皆可見到景觀各異的帶狀植群。因為溫度會隨著高度下降，影響生長在斜面的植物，產生群落交替而形成的植物群。

阿努曾在筆記本寫下這段摘自早田文藏的文字，阿努在高中時代複製先祖懸念的恩師曾經攀登的尾瀨山，目睹這樣的植群變化。他深受啟發，他怕人群卻愛上植群。這種愛，在抵達聖山三千海拔的山稜線時，他才懂得了這段文字，看見植群帶給他心靈的豐饒。高地帶的植群帶演替著植群的生生世世，植生定點或遷移，植群會交談，會補位，使凋零再次新生。

阿努委託她繪製的植物群像素描，她後來才知道都是他的老祖父恩師在島嶼發現的植群世界。植物在那時有了新的名字，她素描著早田氏鼠尾草早田氏冬青早田氏蛇根草早田氏柃木早田氏牛兒苗早田氏鱗毛蕨，植被地面的微小與在聖山高處的針葉林樹形成一種對比。她一邊畫著台灣杉屬，一邊畫著一花一草。阿努沒有看到最後她的素描群像，阿米哈代替阿努看了，且將其素描掃檔寄回了阿努早就連繫的H城大學與古都大學的博物館收藏。有的懸掛在聖山民宿，讓聖山成為一座回憶的哭牆。

她曾在東京大學植物標本室見到台灣杉，那是一九一六年早田從島嶼採集來的標本，移居他鄉，活到她的眼前，這一刻的感動無法言說。她讀到關東大地震，植物園湧進避難者，災民採伐園內栽培的植物當柴火，園長早田看著這種毀滅性的傷害就像生命被毀一般，早田心痛，趕緊找收容避難者之處，重新再種下，她讀到這段描述時感受到這種純愛的力量。有的人只把樹木當柴火，有的人把樹木當生命。

她的老祖父年輕時也在這裡參與過對無產階級純真懷抱理想的組織，她為此去探望了老祖父往昔的學習路徑。這失去的左半部翅膀，要了老祖父的命，老祖父的生命就像被當柴火般地成為灰燼。

七寶蓮花，她在祖祠放著兩盆蓮花，植群眾生，唯蓮花出污泥而不染。極樂淨土開滿六十億朵蓮花，每一朵都大如車輪，長得像轉輪聖王的車輪般大。人間睡蓮不過巴掌大，釋一切在法會之後是這麼跟她說的：

華座觀。蓮花就像媽媽，孕育我們。

台上的釋一切念誦著：

佛告韋提希，欲觀彼佛者，當起想念，於七寶地上，作蓮華想。令其蓮華，一一葉上，作百寶色。有八萬四千脈，猶如天畫。脈有八萬四千光，了了分明，皆令得見。華葉小者，縱廣二百五十由旬。如是蓮華，具有八萬四千葉。一一葉間，有百億摩尼珠王，以為映飾。一一摩尼珠，放千光明。其光如蓋，七寶合成，遍覆地上。

釋迦毗楞伽寶，以為其台。此蓮華台，八萬金剛甄叔迦寶，梵摩尼寶，妙真珠網，以為校飾。於其台上，自然而有四柱寶幢。一一寶幢，如百千萬億須彌山。幢上寶幔，如夜摩天宮。復有五百億微妙寶珠，以為映飾。一一寶珠，有八萬四千光。一一光，作八萬四千異種金色。

她聽到寶珠時微笑，她想起自己研究書寫的江寶珠。藝術基金會已經收到書稿了，回函說寫的角度很特別，讀起來很有小說感，通過最後的補助款，她順利結案，她覺得是阿努在天上保佑她。

這一天不知是第幾場的超渡法會，圓滿結束時，釋一切給了她一袋蓮花籽，要她回去水耕栽種。

七寶行樹，八功德水，每朵蓮花都開得像是她的臉大。但較之於經書簡直如螞蟻，淨土裡的蓮花都會放光，且花果可以同時。

她想像著那般碩大的花，心想他們仨都很適合去淨土呢。沒有土，就沒有植物，沒有植物人類也就要滅亡。

她的想法又單純又複雜，單純的心可以念一句佛號，複雜的心可以用來觀想那繁複曼陀羅般的佛國壇城。

釋一切看她聽到花比她的臉還大時轉而大笑的表情感到她的輕盈。

這迴城的家只剩我一個人了。

那正好出家啊。妳不是說我法名一切，妳要取法名沒有。

沒有只是說說，內心擠了一堆人。何況我出家，每天看到你心裡怪怪的。

怪怪的，妳是說我們曾經在一起的關係？

對啊，要出家要去山裡雲裡。

山裡雲裡，躲不了妳的念頭。妳看到我怪怪的，那代表妳還沒有走過去。八識田中還有意識在作弄著心，妳要小心。

抬槓起佛法，她搖頭稱降，心想還是植物美，不用說話。

我會回去好好種種蓮花，觀蓮花。蓮花藏著無盡世界。

她小時候記得父親說只要在娑婆念一句佛號，極樂便開一朵蓮，彷彿植物已替我們授記未來。

蓮花世間有，淨土還有很多花要妳認識喔。芬陀利花，烏巴拉花……

不等釋一切說完，她就接著說我先認識蓮花和菩提樹，轉身離開寺院，揚著手上的那袋蓮花籽，搖晃著種子，像是一個極為富有的人。

她自覺是富有的人，繼承者。無父無母但卻擁有他們遺下的一切，這間祖祠就是一切的傳承密碼，蘊藏父土母水的祕辛，有山有海有植物有動物的小小宇宙。

擁有過去的人，繼承傷害且超渡傷害的人。

即使過去逝散，但藉著周遭景物經常浮顯還魂在她的小日子的路徑裡。她發現自己喜歡美術繪畫是其來有自的，她想起國高中美術課對著擺在台前的花朵樹葉描繪時，心裡都非常怦然心動。

以前她就喜歡四處採集故事，她就像一個植物的採集者，不願意進化演化過多，就像古老的採集者在山林過的低階生活，簡易竹簍或最多進化成一只背包，那般的舊時代世界吸引著她。迴城變化不大，適合她復刻過去。

行走於習慣養成的已知世界，走向迴城，走向聖山，陌生的期待逐漸淡去，迴城成了舊城，聖山成了夢山，新友成了老友，老友沒有再增加，只有減少。掛在牆上的列隊者，她的祖祠的小小邊角，她放了聖山的樹木之魂，多了阿努的一寸頭像。哲一寄來掃圖成電子檔的照片，那張小小照片停格在阿努的青年模樣，那是他初次出發島嶼前的高中照，如此年輕，俊美。還原了他們還無法認識的時光。

她把大頭照般的遺照放在媽媽牽著她的手在北回歸線紀念碑下的那張照片旁。因為這樣，陌生人彷彿就成了親人。

山盡頭的山

迴城的老相館沒有被時間更新。

她是那時候為了洗要紀念阿努的大頭照才推進這間老相館，她從來沒有走進過，甚至也沒有停下來駐足過充滿塵埃老味的相館。

玻璃櫃內擺著一張美麗的肖像，她揉揉眼睛以為自己眼花了，她覺得面熟。

相館老人說那是迴城的革命菁英。

原來是老祖父的年輕肖像，即將赴日前拍下的英氣容顏。

彷彿霧氣將散的森林，一種哀愁後的清明。

老祖父的幽影仍在迴城的老人還沒關門的相館陳設。

老相館掛的招牌還掛著柯達富士柯尼卡，她高中攝影社團還用的底片，現在成了復古。她喜歡底片，她是老靈魂，喜歡底片可以觸摸，但這底片已成了時代的眼淚，快速翻轉的城市生活和山林老樹是她的兩個生活世界。

父親留有幾卷底片一直沒沖洗，不知照片裡面有什麼影像？她沒打算去沖洗，讓父親的祕密封印。她想也許是母親在海邊待產的日子？因為底片外貼著小標籤寫著雲海，雲看海，海看雲，雲海是母親也是風景。來自山的母親看海，山海一體，不變的山是父親，變動的海是母親，她兩者皆有，是山是海。

溶在一起，就像她的生活周遭持續環繞在混血的文化氣息中，並非是刻意的，而是自自然然的，當生活充滿轉譯的字詞，混血至你儂我儂，分不清外來或在地的語詞輕易就轉動在她的耳膜，摩擦著耳廓。當轉角就能遇見時，這種氣息就彷彿內化在腦海。比如她晨起換裝，不太思索配色，無印良品與優衣庫的白灰黑米占領了衣櫥的大半空間，離開北城，她只想過得輕鬆，包括衣裝也是。在北城她經過的精品櫥窗隨處可見到阿努的原鄉精粹，熟悉的皺褶與僧侶感的時尚衣，最便宜的也要她一個月的房租，她總是看一看，套上布鞋，她就像學生，如儀式般緩緩散步或者騎跤踏車，用雙腳或鐵馬轉著迴城，周遭的木屋老建築已成文創，到處在賣布袋肥皂乾燥花手工餅乾，她搖頭失笑著行經，感覺自己的靈魂好沉重，但世界已經變得很輕。

如果晨起沒有自己煮咖啡，她會走去市區的上島喝咖啡，有時想想阿努，阿米哈，在迴城想著H城，別離地。

關於他們仨的奇特相遇，早就寫在聖山樹木的眼淚裡，那眼淚也是山裡人的眼淚。關於旅程種種，在這迴城，她無可避免地將旅程的脫軌非日常過成了順著城運轉的軌道日常。

她望著黑螢幕，想著也許未來也將前進這凝結在世界某個角落的不死靈光，比如受難者的群像，廣場上乾涸的血跡早已失去軌跡，踩踏的是無數不關心靈光的觀光客或者急匆匆不斷繞著圓環轉的歐兜邁，車流排氣的烏煙瘴氣，使她走出咖啡館經常咳嗽著，這咳嗽讓她想回去山裡。

但大部分時光她在咖啡館都是發呆，任回憶流竄，讓記憶之河流盪，不加以阻止也不加以勾招。

駐足最久的人影其實都是她自己的牽牽絆絆。

在迴城這棋盤狀的街道轉著，日久她也轉出了棋盤的模樣。在時序的變化中有其秩序，她逐漸變成生活在一棵樹的魚。

比如，山腳下的一切，客運，山林，失去，懸念，躲在攤位上的每一盞隨風搖曳的燈泡下。她看見有新生代的接班者將攤位弄得很文青，但她更喜歡舊市場的那股老味。

每到假日她若不煮食，她會去吃米堡吃關東煮吃壽司吃沙西米吃蕎麥麵吃丼飯，隨唾液咀嚼出千言萬語。她喜歡坐在廚師前的櫃檯，看著刀口彷彿埋藏廚師靈魂的銳利刀子在燈下映著白光，充滿溫情的殺戮，像愛情。

每週晃去用聖山檜木搭的市場的許多攤位上採買日常所需，母親彷彿一路尾隨，叨念著吃這個好吃那個好。

她看著櫃位老闆仍繫著圍裙，圍裙上有口袋，阿努在H城曾跟她說在他的國家這種圍裙的口袋稱「どんぶり，丼」。收錢找錢，手往圍裙口袋出入，十分老派，賣的飯久了就變成丼飯，「どんぶり勘定」，當時他們仨正在餐廳吃丼飯，一人吃一款，豬雞牛親子丼。

食物彌合了傷害，就是那時阿努說起他在N城的大屠殺紀念館不敢出聲的害怕，他的中文雖然完美，但那是書寫與閱讀上的，他說話還仍有原鄉的腔調，因而他買票時都用比的，唯恐被認出是加害者的後裔。他去餐廳吃飯時也用比的，彷彿到了N城他的聲帶就自動壞了。但下榻旅館還是得曝光他的族裔，因而他在出發前就在阿米哈的推薦下去了他朋友開的旅館，友善旅館。

有回在N城買東西時店家和他聊天，問他哪裡來的？他想不能太冷漠，就說瓦系呆丸郎。對方笑了，模仿他的口氣說，呆丸，好，那個人說他也一直想去看看呆丸姑娘，聽說美如水。

她想起阿努喜歡吃麵包，她也喜歡吃麵包。

麵包叫胖，他們說這個字沒有障礙。島嶼很多語詞依然凝結著舊時代的餘緒，外來語已成在地話，特別是老一代的人，舌尖已然無法分辨在地或他方，傷害或安撫。有的老人腦子還轉著仇恨，但嘴巴與腸胃卻是無分敵我的你儂我儂。意識形態也只是形態，在語言與食物還有利益面前，形態成了一個偽堅持。每兩天她會去買吐司和克林姆麵包，她最喜歡吃的兩種麵包，簡單與濃郁，她喜歡的味道。

每三個月會去日式威廉連鎖店剪髮，讓髮絲流年落一地。她的毛髮過去粗黑，經過時間反覆淬洗，個性稜角銳化，連髮絲也多了柔順。

黃昏時光，她若被往事召喚，會走去巷口那間從童年看到大的老派租書店，花一點小錢，取下蒙塵在架上的東洋漫畫，那些泛黃的紙頁氣味昭昭，死去的木魂。那些眼睛有星星的少女和帥得如夢的男子的愛情一成不變，變的是她的心。那裡曾把她帶到遠方，各種異國的遙遠情調，漫畫羅曼史莊園小說網路小說，尤其是漫畫，深耕她的心。原來阿努這樣的異族早就在她的童年長成了嚮往的座標。

她是活在科技年代卻仍老派的人，就像迴城，一如聖山。她喜歡摸到紙，摸到紙就像撫摸一棵死亡的樹的不死靈魂。租書店老闆已經換成了兒子，兒子很宅，他戴著厚重眼鏡坐在櫃檯後方，也不搭理她。櫃檯立著一張手寫字的牌子，現場看書多少，借書押金多少，櫃檯前有投幣箱，還有還書的鐵架。

她不借書，怕掉了還不起。她一直都是選擇在現場把書看完的人，感覺就像在買鐘點。她也不怕吵，她反而喜歡置身這種有市街聲響的小巷時光。現在更不怕吵了，租書店近乎死寂，騎樓擺著撿來的各式各樣椅子，破洞沙發。偶爾進來的都是歐吉桑，打發時間。看著輕熟女的她也蹲點看書時，都會多看幾眼。她翻著不知看過幾次的漫畫或者小說，喝著買來的三味果汁。她可以看個兩三個小時，一連看好幾落漫畫。

租書店旁是打掉的一間老厝，等著合併其他房子改建，但等了多年卻成了荒地似的，水泥長出了許多小花小草，沿著牆壁爬行藤蔓。廢墟旁有棵老榕樹，樹幹粗獷，被綁了紅布條，她不用抬頭，聞到香就知道有老婦人來點過香拜拜，看見她有的會說蘇仔的查某囝啦。食果子拜樹頭，迴城的樹終於在漫長時光中有了靈魂。黃昏時還有推著攤子賣剉冰的歐吉桑停在租書店前，她會買一碗吃，她喜歡愛玉，裡面躲著母親。

或者她會吃愛文芒果冰。歐吉桑停在定點，都會點著菸抽，緩慢地等著租書店的人吃完收錢收碗。

小賊，汝有睞打否？

睞打，她聽了笑了，到處有轉譯的語言跑進她的耳膜。

她掏出打火機遞給歐吉桑時，歐吉桑眼睛發出詫異瞬間，彷彿他只是問問，不以為她真會有。她其實是之前祭拜祖先點香時隨手放進口袋的。

愛玉愛文，島嶼的愛很多。

聖山有的人會將愛玉子說成籽仔，採籽仔要爬高高的樹藤。父親的書，父親的信箋，紙頁印的章是愛玉，愛玉與愛愛玉的人都在天上了，每日酉時，黃昏五點到七點，她會焚香祭祀著把她丟到世界上的他們的肖像看著，不匹配的人走到了一塊。

老祖父究竟是如何說服部落母親的父親同意這門婚事？收容老祖父的人家也連帶有罪，不僅情義相挺還結為親家？父親留下的筆記裡只描述了當年老祖父的逃亡過程，並沒有提及後來之事，彷彿等待她的拼圖。

冥冥之中，《木淚》帶引她往母土走去。她大概知悉這一切，聽阿米哈說她的老祖父最初是有恩於部落的，他教部落人如何自給自足，建立生產合作社，教他們種稻米種茶，改善部落人的生活，據說當年收過老祖父年年送上部落物資的人家很多，這些人家後來都成了老祖父的窩藏共犯，有的也被槍決有的被關了許多年。一如阿努的先祖們，有恩有仇，有愛有恨，就像聖山裡不同的海拔有不同的溫度與植群。

老祖父魂埋北部郊山荒野，父親從來靜默，母親是有話就說的人，但卻連自己的婚事也沉默如鐵。

這也不重要，她想，婚姻本來有時候就是按下一個關鍵時刻卻導致往後全盤皆異的按鈕。也許只為了讓她出生於世，寫下這城這山這樹的一切。

注定混血的城。

如有非軌道上的日常，她都是去美術館看展。

她在觀看時勾起在旅途時看了不少對皺褶熱情的三宅一生，對圓點無盡執念的草間彌生展覽，在那人潮如無止盡波浪的大城市。即使死後也不會飛得更高更遠的創作者，如此地把藝術當信仰，這信仰究竟從何而生？如果從來不知名於世，還能有此堅定的信仰嗎？當她這樣想時，她正好看到草間彌生的水上螢火蟲，她被那如宇宙星途的閃耀燈火感動了。那像是聖山的森林，數百萬光年外的靈魂，看似華麗卻極其寂寞。阿米哈去越南種樹時，在部落之夜，她曾跟阿米哈聊到這位前衛藝術家寫了一封公開信給總統尼克森，只要他願意終止戰爭，她可以和他發生關係。阿米哈當時聽了沉默，以男性觀點或許覺得這個提出並無魅力可言，但她卻覺得感動。明知不可為而為之，為陌生人的祈禱，用別人或者鄙夷但卻是自己最珍貴的東西去為陌生人的戰火流離請命。

我死後的百年，即使只有一個人了解我的心，我也會為那個人創作。

她想也許自己寫鳥仔嫂的擬仿筆記就是這種心情，基金會的評審也許也是基於種種考量的，未必了解她的心。但這世上有一個人的了解就是阿努，阿努的看見，鼓勵，成全。

從他們相逢聖山山腳下就寫下的。

森林，樹下埋著愛著聖山的人。

闔上電腦，她起身到喝茶區，煮開熱水，靜靜地用著茶筅滑著川字形的軌跡刷攪，心頓時從藝術執念的喧騰轉成侘寂的靜默。她學到的wabi-sabi，是去看一代茶聖千利休（せんのりきゅう）的影片，槿花一日自為榮，何須戀世常憂死。千利休說：「美は私がきめること（美，我說了算）」，又說茶理「一期一會（いちごいちえ）」，這彷彿是她和阿米哈與阿努的相遇，但他們是一期一會，卻又一期再會。她在古都特別到處飲茗，配著美如畫的和菓子。這種井然中的

美，在理性裡竟能脫俗而不受拘泥，這影響到她後來書寫美術外傳的角度。

她埋首寫著字，重拾書寫，許多藝術家自動在腦海轉著。

迴城的榮光都是傷害所織就的。棋盤狀的百年之城，切割歷史的時間。城的每一條路已老，她準備在這城老去，但她讓筆下的人物風光都復活。夏日山腳下的陽光烈焰飛舞，喝楊桃汁去火，她學著媽媽吃完魯熟肉或烤玉米搭配楊桃汁，冰涼滑過舌尖，像童年的山風。她記得她們常去樹木園看蜘蛛織網，紡織著窩的晶瑩線條，那般美麗而脆弱。

這是香誘，看似美麗，其實是陷阱。

她回家曾經跟父親分享看蜘蛛網的美麗瞬間，父親卻是這麼回說的。那時候她覺得父親好掃興。現在想來是父親經歷過他那老父親的被誘捕的槍決之死所培養出的理性。

思念使人老，早生華髮，當髮鬢出現一丁點白絲時，她會擠上北海道利尻昆布製的軟膏，將白刷黑。阿努的國土滲透在她的迴城生活，就像她的迴城長進阿努的心一般，連最後遺骸都要魂歸聖山，阿努更徹底，連根拔起，他這棵樹，成了外來種。

迴城應也想他。

阿努離去卻彷彿沒有離去，這城和他去的N城不同，這城到處都有阿努的影子，路上掛的許多招牌是阿努的來處，一番亭，銀座，抹茶，無印良品，優衣庫，大創，三井，神戶……。她從H城回來之後，想念阿努就去吃丼飯，涮涮鍋，生魚片，壽司，味噌湯。她記得父親討厭這些食物，她父親應該是以讀書人的歷史情結為此討厭這些食物，她知道自己是以情感來吃這些食物，而且她真的覺得好吃，歐伊死啊。

不按時間表，只消想念阿努，她會上山找已安靜如雕像的阿米哈，這世界只有阿米哈能夠連結他的過去了。但阿米哈已不太說話，經常只是靜默地遞給她菸抽，比著前方，一起看樹看雲。但她總是能聽見不說話的阿米哈心裡湧動的無限思念。阿米哈的族人幽魂總是糾纏在他的森林裡。

阿努臨終前留給她的親筆手帖，她將之貼在窗櫺上，有如剪紙春花似的。

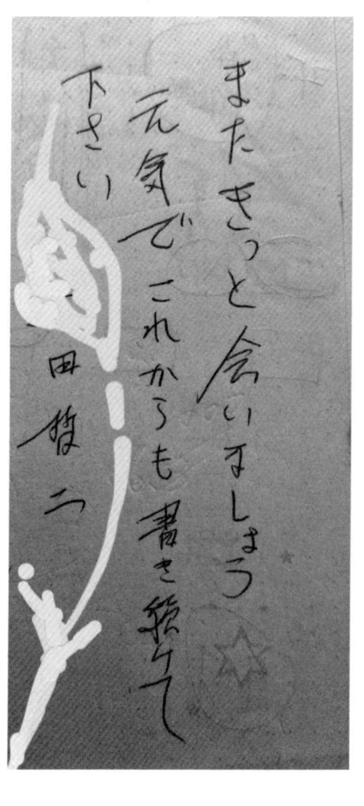

釋一切來信，提及既然妳喜歡樹，何不學學《觀無量壽經》的十六觀之一的「樹觀」。樹觀也能觀到極樂世界？她覺得好有趣。

釋一切寫：娑婆世界，樹都生於穢土。寶樹生於淨土，有七重行樹，一重重一行行，共七層，八十由旬，花葉皆呈現金光。那種金光超越世間的九十九黃金，七種珍寶。互相輝映。聖山的神木千年，比之於淨土的寶樹卻竟只是幼苗。

樹想，樹觀：寶樹連暉，華分千色，果現他方。其諸寶樹，七寶華葉，無不具足。一一華葉，作異寶色。妙真珠網，彌覆樹上。一一樹上，有七重網。此諸寶樹，行行相當，葉葉相次。於眾葉間，生諸妙華，華上自然有七寶果。一一樹葉，縱廣正等二十五由旬。其葉千色，有百種畫，如天瓔珞。有眾妙華，作閻浮檀金色。如旋火輪，宛轉葉間。湧生諸果。見此樹已，亦當次第一一觀之。觀見樹莖枝葉華果，皆令分明。是為樹想，名第四觀。

於是，她日日念誦經文給愛山愛樹的阿努與父親聽，特別是〈寶樹觀〉的段落。她念〈華座觀〉給母親聽，愛花的母親。

「我們一定還會再相見，請妳一直健康地持續書寫。」

阿努臨終手帖，異鄉人是她的歐吉桑，在她的童少年代就被設定重逢的未來。一期一會，短暫如夢。

夢中她見到阿努跨海洄游到迴城，這座他的相思之島，思念之山。她在他們的山，曾在，現在，往後也在，一如黑潮去而復返。

她摸著十歲時脫隊的手環串珠，重新來到她的手腕上，珠子有著阿努的氣息與溫度。

有些人要等到記憶已走至時光布幕的背後，才看見他如實地存在過。在他過往的生命場域，她曾整理著遠逝者的房間。

乾旱過後的大雨連續多日，極端乾燥與潮濕，熱漲冷縮，使牆面龜裂。彷彿才昨日，即沖刷了許多事物。她在那日的陽光午後，整理著阿努的衣櫥，衣櫥是最難整理的，氣味沾衣，分門別類，要送去老人院。

洗塵拂塵。她到處洗刷，陽光曬出香味，有如在童年時她喜歡仰著頭看母親晾衣，唰唰聲，水噴到她的稚臉。

沒有你，我就老了。她看著躺在病床白色被單上的人最後都那樣瘦削，如枯枝，等著挫骨揚灰。母親父親阿努，她想著，忽忽像個孩子痛哭流涕。在他的房間，她看見她前半生的所愛都如枯木燃燒的火焰飛舞。

假如你沒有愛，死了就被人所遺忘，不然的話，你就得寫值得讀的作品，或者去做值得被寫的事情以流傳後世。曾經感傷的心駐足在亡者身上，他寫下臨別字句：「我們一定會再相見，只是換了另一個形式，但妳一定可以指認出那是我……」她的意念所及之處，就是陽冥相見的大天大地。

懺悔錄彷彿已成了自傳的代名詞。

《木淚》，她演出的唯一山林舞台劇，是他們仨的名字唯一並列在同一張紙頁之地。像是山盟。

阿努曾經在年輕時期登過島嶼幾座百岳，他說曾喜歡上當時一起登山的一個奇異的女生，這女生有挫傷性的精神病史，有一種怪異的美麗。

她聽著阿努的描述，彷彿迴城的森林也有這種故事，比如她的母親，山城的美麗姑娘被迫來到山下。

她的臉上多了一副眼鏡。

在H城學著阿努的樣子，她買了一副角矢甚治郎的手工眼鏡框，在迴城配好後，她讀著在神桌抽屜裡找到的老遺物，父親和祖父遺下的筆記片段。原本筆記本鎖在抽屜，她在七月普渡拿起神主牌準備擦拭時發現神主牌的小小木盒後方貼著一把小鑰匙，合了抽屜鑰匙孔，一轉就開了，裡面放著一本發黃的筆記本，彷彿乾涸的血跡，時間的潮濕氣味與檜木香氣混在薄脆的紙頁，她小心翼翼地取出，扭開燈讀著。

當我縱入溪水的那一刻，我就知道這一切將如逝水，一去不返。屬於未完成的，激情的、革命的……全像流水滑過肉身，涓滴不留。當年隔著溪水和我對望的年輕刑事會不會在很多年之後，仍可憶起我躍入水中前的眼神？

我的眼神是否已經倒映著死神的形象？

我的眼神是否像被磨去銳利的刀，鈍了，失去光澤，再也不若新刀般閃閃發亮，但我知道我的眼神仍是有溫度的，以往有如豹般隨時可能散出灼人的氣焰雖不復還，但仍是鎮住了那年輕的刑事，我知道，我看著他的懊惱中躲藏著對我的一種敬佩。刑事其實可以開槍，但他卻眼睜睜和我對望一眼，然後眼見著我的眼裡的一抹光殞落，如落葉般地瞬間飄墜水裡。

我游過對岸，划起水花。

躲了半年之後，我才知道上面的人交代刑事要抓活人。但那刑事也可以到對岸緝捕我，但那名刑事並沒有這樣做，躲了一年之後，我才知道那名刑事是山裡人。為此我在這山躲了兩年，蒙我以前照顧過的長老的藏匿，使我苟延殘喘，且還為獨子選了門親事。長老竟很高興我選中了原名愛玉的雲海這漂亮的年輕女生，當然我那時候並不知道雲海曾被平地人欺侮過而有了精神挫傷的酗酒問題。

我已在山裡多時，獨子常偷偷上山來看望我，他很喜歡雲海，這讓我放心。但我也感到不安，獨子頻繁上山，早晚會被跟監。獨子提議來山裡打工，順便和雲海生活下來。

我知道我躲得了一時也躲不過一生的，或許我的逃亡意義會在我死後才彰顯出來？有時候某個碎片往往就折射了全部。

這年冬天有一種凍痛撕裂的冷。時光從冬流逝至春，從中央山脈流至半山腰的山泉猶極為冰涼。涼水灌入腦門，我突然懂得這一切都在做最後的掙扎，我明白這一次的改朝換代，是人頭落地。人頭落地，魂飛魄散。

耳中傳來村裡黑夜到來時敲更人的吖吖吖響。

幾分鐘像幾世般的遙遠。

夜不成眠時，我經常想起我從溪水游上岸的清涼之感，我游過了一個山頭，瞳孔布滿紅絲。那時我本能地推推臉部，才想起我的眼鏡在跳入溪水時，甩到淺水岸的草叢了。那副眼鏡是我祖母省下錢買給我的，我戴了好幾年未曾換過。我是當時蘇家唯一戴眼鏡的人，因為如此獨特，因此那只眼鏡好像成了一種象徵，一種知識青年、一種想揭穿看清事物內裡的物體。

躲到山上部落時間是從一九五一年五月開始，我聽見鳥鳴聲開始兜轉在森林，春天快來了嗎？我翻閱著筆記本，見到在古曆上寫著節令歌「小滿甲子庚辰日，寄生蝗蟲損稻禾」，蝗蟲損稻禾，紅尾伯勞鳥可以為田野除蟲。就像我曾希望的自己：可以當迴城的建設者當聖山的守護神，但此時此刻我恐怕連自己都守護不住了。

我聽見鳥群在窗前鳴叫了，聽起來很哀鳴，彷彿是子鳥相思著離巢的母親。望冬丟仔的鳥鳴聲，滲著一種哀愁腔調。

那時，我走了兩天兩夜才到這山上，途中累了只能趁夜睡在墳地或草堆旁。溪灘一帶的山林土質滑濕，水聲淙淙，濕氣有一股火燒燎原味。

我和收留我的山裡長老經常在茅屋前，喝著山泉除渴，並珍貴地點了一支菸，互抽著，空氣一片靜謐。

獨子答應我盡快結婚，以往我們父子在和平時代還會經常一起去看人們鬥蟋蟀，在噴水廣場前，看著蟋蟀黑將軍打鬥時的氣昂昂架式，當時我的神色應該是光彩的啊。

我在山下的好友經常假裝是販仔，販仔挑擔賣野菜時，會順便買份報紙帶回山上給我探看外界風聲。那時某些敏感的迴城村人見狀就奇怪著，這販仔不識字，成天買報紙做什麼哩？於是，當權者勾勒了一張巡捕我們的地圖。鋪下天羅地網，無非就是想要捕到我這個組織的龍頭。

那時我是男扮女裝才順利逃亡入山的，在還沒抵達高山時，我曾躲在偏僻山野，殺了頭小山豬，捱了好久，幾乎欲死。後來我打聽到有船要逃離島嶼，組織要我一起逃入山的夥伴逃去對岸。我躲過警哨，送被我牽連的朋友到港邊，朋友要上船前望著我，連話都說不出，僅以眼光含淚送別，知道是最後一眼了。

一切往事像落葉，辭土，歸根。

茅草屋外，終年低溫，入冬風如刀，雲深霧濃，我在茅屋點著山裡人送來的菸草。我原本高拔的身體，在憂愁和藏匿中漸漸有了風霜的頹敗氣質，精爍的目光時而落在遠方，有著停格在某處的呆滯感。兩鬢時時長，生命日日短。

這兩年像兩百年般悠長，我漸思索到這主義實踐的高難度。我像聖山死傷殆盡的神木，我落了淚，淚水澆進了火堆，發出嗤嗤嗤的癡響。在旁的長老給我一坨黑汁，是搗過的菜汁，要我染髮修容，要我逃亡，跟著朋友也去對岸。

我搖頭，只是跟著長老喝酒吃菜，菜有山野菜和山豬肉等，酒是小米酒，有這些酒菜意味著當天長老有行祭祀儀式，所以加了菜。

我意感這是別離宴了，我已偷得了七百多日，這七百多日足以讓我安排未了之事，只是我沒料到我牽連了很多人，迴城人與山裡人，這讓我非常不安。但他們卻安慰我，遇到正義而不挺身而出就是不正義，是懦夫。

懦夫對山裡人就是恥辱。

我和長老歃血為盟，以酒敬天，以心為地。此後，這聖山的每一棵樹都是我們的正義的見證，每一道風揚起的都是祝福，每一朵雲都是淚水的喜悅。

清晨，我聽見死神的兵馬上路了。

我將聽見我被銬的腳鏈滑過聖山的土，撩翻的土將像凌亂的草書。

只是我不忍夢中預見的被刑警逼供打傷的牽連者的傷痕血淚，那永遠被留在腹部、手和腿間的傷痕只有自己才看得見，未來的正義將至，雖然遲遲未來。

如果我未來無人可祭，那麼我會託夢。

如果我曝屍荒野，無法被你們收屍，那也沒有關係，我本屬於土地，荒野也是家。

我聽見監獄外傳來槍響前有人喊著最後的愛的名字，而我用寫的：

我的靈魂將守護這城這山這家。

起風的時候，就是我來了。

祝福你們，我的孩子們，我的山，我的城，一切的一切。

荒荒山林，夕霞繞著山風，森林蒙上一層如夢的金黃，像阿米哈微醺時的眼睛，發出一種恬靜的野性。

曾經的祖上榮光轉成了落魄悽慘的家族史頁，正義等著上場。

她這個女祖祠管理員，繼續增加祠案上的牌位。

掃去牌位塵埃，接著她把阿努掛到案上旁邊的灰牆，小小的大頭照倒像是小學同學留言簿似的感覺。

檀香，點燃。煙絲竄上了長期點著而有點昏昧的光線。牆上還有幾張小小的聖山黑白風景照，神木下方站著幾個年輕人。不知是誰拍下的？像老電影，照片中的青年男女都美得像明星。她演出的《木淚》海報也取出貼上，演出的記憶像是燒過的山原，如在夢中長途跋涉了慾望的千山萬水。在山林，阿米哈醒來的儀式是菸，是打開窗吹山風，唱山歌。而在迴城，她的儀式是洗臉刷牙後，在神明案上點燃香，檀香繞梁，十分好聞，就像一棵樹在眼前。

神明需要聞香，她想彷彿就像尼古丁之於阿努，菸是阿努晏起頭疼時的荒漠甘霖。她曾經目睹阿努在旅途敲打著菸盒時對著空空然的扁盒手顫抖著，他皺眉著，發出焦渴的近乎要爆裂的姿態。她遞給他菸時，阿努嚇了一跳。

在機場買的，以備不時之需。

還有酒，她遞給阿米哈。

他們倆菸酒不離，覺得這阿娜可真貼心。

狂傲裡也有卑微，兩個初老之人經常笑說給我菸給我酒。這讓她想起父親，父親也是菸酒不離，但父親還多了愛品茗。她想有癮者，或許都是有苦的人。就像她的書寫，愛成癮可以轉換腦袋。祭拜之後，接著繞著屋子前後，對所有植物澆水。老厝門前還有不少她收容的流浪盆栽。到處都有被棄的植物，發財樹最多，枝幹還綁著塑膠小花小蝶。失去節慶的盆栽回到野生狀態，她把它們種回了土，回歸了野性。

七月普渡整條街道煙塵瀰漫，古厝窄巷的焚紙燒香，餘味仍留在髮梢裡。以往的微笑是艱難的。但自從旅程歸來，她看過受傷的城市，知道愈是廢墟的生活，愈是需索豐饒的想像花園。

探向豐饒花園，隨時可以被端進她的世界，隨時可以帶它去夢裡旅行。隨時替它澆水，給它愛。關於枯萎，是花園裡不想見到的字眼，關於害蟲，是花園不想擁有的生物。其餘豐饒花園都歡迎。關於她日漸成形的豐饒花園，屬於北回歸線以南的一路向陽，甜蜜的亞熱帶，不憂鬱的熱帶，這座花園從此有了亡者靈魂寄生的某種幻覺，老祖父父親母親阿努，還有阿米哈的聖山。

老街道上還有張著手招呼歡樂的棕櫚樹，有正在醞釀下一季結累累果實的椰子樹，有她童年爬上頂和同學眺望遠方的大榕樹，榕樹旁有土地公土地婆，有開著紫花的夾竹桃，有綠波，有小土丘，有吃起來酸酸的麗李樹。有環繞的小溪有野鴨戲水。有夢飄過，有再不能靠近遠去者遺下的變形的愛，豐饒花園，儼然夢裡築成。

過去青春的花園在北城裡長成了荒原，現在一路向南，有了新的姿態。

新的功課到來，如何餘生？

「僅僅是『活著』就已使我感到無盡的喜悅。感謝的心使我每天都能再發現神。」或是朗誦紀德：「我年輕的時候，腦子裡充滿了雜種、騾子、長頸鹿……選擇的德行。」「當我醒來時，我的一切慾望都感到焦渴，彷彿它們曾經跋涉過沙漠。我們在慾望與倦怠之間不安地徘徊著。」一座城市連結一顆心的荒唐回憶，這是紀德的旅行啟示錄。

時間的臉像輪迴，逐漸增加的數字，接著到底又歸一。

看向森林是來到部落的旅者的入宿動作，夏日的山風吹來熱風，很快就會被太陽趕進屋內吹冷氣。直到傍晚火紅的夕陽即將掉入山的背後時，旅客會奔出來望一眼夕陽暈染的森林夢海。秋天陰暗山風呼嘯，揚起的落塵使人流淚，冬日山域，旅人退散，還給山林安靜，阿米哈說這才像是一座山。

歷史埋在深淵暗影處，冬日的樹幹如夜市被切剖的乾蛇皮，灰暗縮小，爬行植被的動物隱匿。她有如等待蛇褪的春日閃電，讓她再次活過了感情的地殼變動。頂過死亡森林的獵神阿米哈日漸遁隱，阿米哈複製了望迦的晚景，他開始躲在屋子裡，或者一出門就忘了回家，進入黑森林的黑暗之地，找尋埋下樹苗的土地，同時不斷地遇見了亡靈老友。

如果一個人對肉體沒有執著，那麼，對生老病死循環過程中所出現的任何現象，就不會很在意。阿米哈融入了森林，老獵神返鄉。

她在夢中經常魂去遊山。

看見市場大街的旅館，看見遊覽車裡的一張張陌生臉孔滑過，看見山腳下的賓館。房間裡的黃燈下，母親要笑不笑的。她進入半懵的狀態，母親的輪廓變成剪紙般的擬真但又不真實。旅館的窗簾吹起來像擺動的水母，有人抽菸，打開了窗。原來外面天色還沒暗。白天的旅社，暈染著不合法的哀愁。

她睡著了。

很久以前，在大屠殺時，貧瘠靠海女人用本能和漁人換魚換溫飽，靠山的女人在當年被迫變成山老鼠，山老鼠有罪，但砍三十萬棵神木的屠樹者無罪？母親不靠山卻也靠山，她不靠海也不靠父親，她只是帶著小女兒，她靠小女兒賣萌，自食其力賣東西。移動迴城，來到聖山，賣掉手中的手作物，成排的小孩雙手掛滿著假珠寶，廉價木頭串珠，她在其中。

但小女孩終是會長大，上學變成全天時，她少了跟母親趴趴走的時光了。母親一個人在那裡繼續她的山腳下人生，最後卻乾脆離開人世。

屬於山的母親終於還是魂歸了山。

山女孩和城父親不該走一塊。但父親愛母親，她是這麼認為的。書桌上那張他們在聖山的合影，一個已然中年一個還青春，賦予悲傷的只是歲月。

長大後，那個睡著的孩子換成別人。

有一回她在北城交往的一個短暫畫家男友來她的租處尋她，手裡卻抱著一個睡著的男孩，男人的孩子。後來孩子就躺在男人的一邊和他們共眠。早上男人要離去，趁孩子還沒張眼，要她先迴避一下。她在自己的窩要迴避？她只好先去廚房。等男孩喚醒孩子，帶孩子離開她的房子。孩子從頭到尾都不知道自己在哪裡，但長大後一定有幾個模模糊糊的印象閃過，就像她在童年置入母親與另一個陌生男子之間。

陌生男子是誰？她理應記得，卻從來想不起來。

愛與慈悲，壓抑她的想像力，惡之華的那種駭麗的狂亂狂迷的想像力使她匱乏。

她喜歡在聖山的樹下，喜歡聽阿米哈唱山歌，如永恆的獵神鬼魅，山歌在風中瀰漫。阿米哈繞樹而行，不斷繞行，落葉飛上臉龐，有山歌，使他們來到這裡的旅人跟著節拍唱著，都不怕冷了。但她在柴薪的星火中，卻怕熱滾滾的歌中躲著自己對山的愛情，怕不可能成真的愛情從冥府裡竄出來。森林嘉年華會，山鬼獵神齊歡，搶著和她唱山歌，直到燒盡柴薪，她才開始覺得冷，這時背後有人替她披上大毯子，她沒回頭，在童少已經回望太久了。

躺在森林野地，有一種幻覺，這種歷史重返的幻覺，阿米哈說就是這齣戲的精靈鬼魅的幽魂所要召喚而出的傷感。

阿米哈說美軍轟炸時，飛機在山林上空羅盤定位系統卻亂了，這裡亡靈太多，木淚化成雲海。

飄在雲海的木淚，火焰消失。

幾度冥遊山林找母親，但卻看見更多的陌生人。

醒轉，又是一個夢，天快亮的幽藍時分。毀滅吧，我的愛，我聽見獵人吶喊，她逐漸從夢中醒轉。

該去聖山了，山魂樹靈召喚她。

也許這回去山裡可以去那條溪游泳，沿著溪岸也許可以找到老祖父的眼鏡，拼貼所有的失去或者什麼也拼貼不了。只是讓她不斷和鬼魂糾纏，去弔唁台灣杉下魂埋的人，不斷藉此去探望那個永遠也走不出來的山腳下的小女孩。

她某一天突然收到哲一先生捎來的信。

阿努的哥哥哲一，信上面寫：我是哲二的哥哥。

哲二，這個名字刺了她的心臟好幾下。多久的名字，會提起這個名字的少之又少，因為她都叫哲二為阿努。從此彷彿易名，就這麼代稱了自己。

彷彿她也因為哲二而認識哲一很久似的，那其實是一種幻覺，可能因為哲一和哲二簡直就是雙胞胎，長相神似。但兩人個性迥異，喜歡的事情差異更大。阿努曾說哥哥不愛讀書，只酷愛手作。

那是多久的事了？

她彷彿失去了時間紐帶，被截斷的時光之河，一邊已然乾枯的河床已成沙地，生命飛沙走石，瞬間時光碎裂崩壞的年代，多年前的事，彷彿就如星辰般遙遠，成了夢中追憶之感了。

有一年哲一發信給她，她知道那是因為他用「全部轉傳」所導致的，她的信箱因之前代阿努寫過信，所以就一直存在於哲一的電腦吧，他或許沒有察覺也或許覺得讓她知道也無妨？總之那訊息是統一發送的，副檔的名字密密麻麻，連亡者哲二都在副檔裡，沒有特別另發信。她看著信覺得奇異，因為信是訃聞，他們的母親過世了。那個輻射小姐已經成了一個很老很老的卡桑。

阿努的卡桑，她知道這是阿努心中掛心眷愛的女人。

但這次阿娜接到尼桑哲一的信卻是特別寫給她的，而不是擠在副檔轉傳的一堆陌生人之中。這一次，哲一寫弟弟為家鄉種下的樹已經長得很好，快跟他一樣高了。通過翻譯軟體，她不知道這樹是長得跟哲一一樣高，還是跟哲二一樣高。

她打開手機時，阿米哈的兒子沙米就在旁邊，他們一起辦了一個動物與主人的另類心靈對話，善於攝影的她還會在現場幫主人與寵物留下兩張照片，之前與之後，一張是未經溝通的照片，一張是經過溝通的照片。不解與和解，苦惱與歡樂。

更有甚者，也有只帶一張動物照片就來期待阿娜的讀心術，本來她就可以只讀照片，但她希望動物現身，因為這樣才能使這個獨特的對話留下主人與動物的合影。

就在某一個主人拿著一張喵喵照片給阿娜看時，她說，妳來踢館啊，妳的喵喵早就到另一個星球了，不在人世了。

她說著，突然不知為何也跟著起了一種莫名的哀愁感。

就在這時，她的手機響起訊號，有新的訊息進來，谷歌通知有封新信。

她點開來看，翻譯軟體自動轉譯，報信者來了。

如霧中風景的阿努。

幾天後，她的手機鈴聲大響，她從工作褲的口袋取出。看到一組陌生電話，數字很長，彷彿來自另一座時空。摩西摩西，她認出聲音是哲一，哲一確認是她後，把電話交給一個帶著口音能說華語的人。

大意是說因為她沒有回覆之前的信，所以特來確認她是否會去參加母親的葬禮？因為哲二過世前有特別交代尼桑，希望阿娜日後能去參加。

雖然這死訊於她並不意外，因為多年前就聽阿努說過他的母親身體不佳，她意外的是這母親生命的強韌。但她並不適合前往，畢竟她誰也不是。

她跟哲一說，我會去阿努最喜歡去的海邊和山林弔唁卡桑。佛家講意念，阿努一定會接收到我替他卡桑進行的獨特祈福儀式。

後來哲一又來電了一次，也是她和哲一的最後一通電話。其實她早已學會不少日語。哲一這次沒有轉接給翻譯者，而是直接說出歪扭的口音，但聲線清晰。

阿娜，妳愛過我弟弟嗎，那個傻阿努，笨哲二。

她非常驚嚇愛與阿努這兩個字詞會從哲一先生那沉默的嘴巴中給直接如果核般地吐了出來。阿努，他哥哥看過哲二的私人信了？哲一竟知道阿努就是他的弟弟在島嶼大家對他的暱稱。沉默如鉛，是這個家族堅定不變的個性。

彷彿沉默會遺傳。

她跟著沉默。

然後聲音哽咽了起來。

對方也沉默，忽然靜靜地掛上了電話。

掛上電話，她的腦海盤旋著過往影像，想著這些年生活的洪流對自己的影響究竟是什麼？她和阿努與阿米哈的過往。

她一直記得阿米哈曾在某一回下山的秋天荒澀時節，陪她回去看父親老家的海。阿米哈說起第一次下山讀大學時騎自行車的快樂，迎風騎著，這是平地帶給他唯一最快樂的事。

海村的人以為迎接脫胎換骨的美麗新世界，卻未料是帶來工業污染後的荒涼感與看不見的疾病蔓延。

轉動的風車，千百支燃燒的煙囪。

日落下的海是看不到的，必須繞過空蕩蕩的工業區，沿著刺目如太陽的牆，轉到工業區的背面，才能見到寧靜如死的海。他們還騎著自行車繞去鄰近小鎮的海，一排排蚵架上的蚵仔，燦紅的剪影下，像瘦削的老人撐在荒涼的生命殘土上。潮退後的裸露，沿著沒有白牆的外太空似的工業區，他們步入死寂的老厝，午後的斜陽射進暗磚色的潮濕發霉的青苔上，村落的磚屋內，可以看見窗內的小小神明燈，燈旁有閃著藍光的電視機，電視機傳來賣保健品的購物頻道的主持人的拔尖催買聲響，襯著幾聲狗吠顯得如此寂寞，荒涼的只剩老人與殘人之地。

海浪一波波襲上，阿米哈說原來海和山一樣壯美，不同的美，相同的震撼。

阿米哈忽然有感而發地轉身對阿娜說，阿娜，妳還年輕，妳將是我們生命故事的報信者。

阿娜聽著在沙灘寫著他們的名字，不久之後，漲潮的海水將名字沖刷而去，抹去了痕跡，她的腳趾冰涼。

她揭開泡著菩提葉的罐子，取出被水泡爛的菩提葉，腐朽得如此美麗，轉為透明的葉脈，像水紋，也像蝶翼。

打開收音機，竟是也在天上的坂本龍一音樂。阿努喜歡的音樂家，俘虜著他的心，俘虜她此刻的耳膜。此刻，她才明白，自己寫下的往事碎片，竟把故事寫成了一種訃聞氣息，個人的野史如訃聞。

故事沒有人聽，但山聽，海聽。

亡靈聽。

從此，負傷者或許能將傷卸下一點點。

一點點。

一滴滴。

雨來了，阿娜去躲雨。迴城騎樓的某個街角有個流浪者，她看流浪者在那個角落很久，快被垃圾山淹沒的流浪者閉著眼進入夢鄉，身邊有許多酒矸仔。

她看著看著，突然她拿下身上披的圍巾，將圍巾覆蓋在流浪者的身上。

她想也許流浪者是聖山來的人。

聖山冷杉可除迴城的薰風之魅。

她聞到這人身上飄出陳腐老木頭的一股混著木香與霉味，她熟悉的味道。

她寫了張紙條，放在流浪者身上。等流浪者醒來看了，也許會上山來？她找到演《木淚》那個最初阿努演的角色了，一棵會說話的樹。

這時，阿米哈發來了簡訊：親愛的阿娜貴客，聖山民宿招待券快過期了喔，今年就來種樹吧，這才是真正閃亮的日子。

她笑著，回了個笑臉，寫立馬上山。她雀躍著，彷彿耳朵正傳來前方觀光客湧動的紀念品店家播放的永不老的老歌，娜努灣多伊呀娜呀呵伊呀嘿，娜努灣多伊呀娜呀呵嗨呀，呵伊娜努灣多伊呀娜呀呵……

誰かよんでいる
ああ　さほ姫よ
春のさほ姫よ

轉眼，春神返轉。
離去的也都要回來了。
阿娜哼著歌，走去樹木園，貼《木淚》舞台劇海報。海報上多了一行字——

隆重加演——紀念山林永恆摯友阿努

她張手大力貼海報的時候，眼尖的人會發現陽光下閃爍著一抹刺青圖案。
一棵杉木，一滴淚。
長到了她的手背上。
整座山都站了起來。

後記／

獻給時間的情書

鍾文音

《木淚》這本小說是我獻給時間的情書，獻給樹靈與亡者的愛。

一帖帖通過寬容書寫而被安慰的傷心。

島嶼南方時光漫漫，歷經山林的劇烈變化，人生的滄桑變化，時間長出不斷變化的臉。

這時間的變化，刻意展現在小說的文體與形式上，融合小說、書信、劇本、俳句、新聞報導、研究摘要、野史補遺、人物側寫。跨文體，拼貼虛實，有如必須將樹變回種子，再由種子長成樹，樹成林。源頭溯源，移植、嫁接、發芽、重生。

帶種的人

小說將北回歸線下的城市轉意成一座人們離開之後都會不斷以各種形式抵達的「迴城」。不刻意代入地名與族群，使小說的時空穿梭在虛實之間。

三是杉，三也是山。小說藉由「三」個不同族群不同性別不同地域的人物：阿努，阿娜，阿米哈，分別以植物、美術、山林，帶出外來種、特有種、原生種的隱喻，他們仨是「帶種的人」，種子是核心。分別折射了北回歸線這條地理虛線的故事與我心中的永恆懸念，那些過往在山林的屠殺與征戰，亡靈裡有我的家族紐帶，祖譜裡未曾謀面即死亡的親眷們。

山林的迫害一如樹木的淚水，一如島嶼的時光切片。

書寫由此展開，串起一座又一座的傷害之地。

小說的想像，是小說家基於現實的轉借（介）。小說的地理空間：聖山與迴城，是刻意的虛構，隱去真實之名，是為了賦予多重觀點與不被局限地理方位的書寫，它可以是讀者心中想被代換的城市與山林，不被對號閱讀，如此可以是這世上任何的傷害之地，傷害之城，傷害之山。

傷害，從來沒有離開世界。

愛，也沒有。

我們在其中拉扯，扯出傷口，滲出眼淚，然後成長（或凋敗）。

以三個角色勾勒三個族群，在命運的召喚下如「串珠」串起一場又一場的交會，銜接過去所失去的，按下緣起緣滅的關鍵，帶出報恩與傷害，情愛與淚水，因死亡而被釋放出的過去碎片，碎片本應尖銳，但經過時間的磨合，逐漸長出了鈍角，從而像樹向陽，渴望世道雖艱難，但我心光明的豪情。

小說直面愛與傷害，獲得清創，復原，重生（我盼望的）。眼淚如樹木在黑暗中的根部，如植物的核子之堅硬。淚水是最溫柔，也是最強悍的。為此小說書寫的愛不是一般的愛，是一種藉由時間以還灌溉之淚的愛。

這愛是情也是恩，這淚是傷心也是不傷心。

父親的那棵樹

《木淚》是小說的書名，也是小說裡的小說（劇本），多面時空如星辰折射，是人與土地的互為隱喻，而愛在其中，歷史的光暈如月光，安撫了亡靈，逝者如斯，去而復返。一如北回歸線，如迴城隱喻，離開了總是會迴轉。一如北回歸線，看不見的虛線，隱隱的傷痛，歷歷銘刻在人們心中。

虛線往往得仰賴實線才能被映照與勾招而出。

小說裡的人物原型與地理空間，扎扎實實來自於我生活過與長久如魅的懸念之人。島嶼地理空間很容易就連結到嘉義，嘉義舊名桃城。這座城市也曾是我祖父輩們的逃城，他們當初從雲林二崙一路經嘉義，再一路轉轉逃入山林，躲進了阿里山山林，因當地人的情義收留，卻牽連出一連串的肅殺災難。

在小說裡桃城是迴城，更是逃城象徵。

聖山成了啟示錄。

我的祖父輩的故事基底是我從小（偷）聽來的，那時年紀很小，還沒上學，所以沒人知道有一雙小耳朵竟自此注入了傳奇，流進了時光的哀愁。

我永遠記得童年的無數個暮色下，那些伯伯叔叔們在稻埕抽菸喝酒，眼神迷離，就著剛升起的月光，坐在椅凳上，有一搭沒一搭地嘆氣說著，傻啊，阿叔啊（他們叫父親阿叔，母親阿依，彷彿這也是一種藉假說真），阿叔啊，真可憐，親像豬仔被銃掉。有人哀嘆起村莊一夕落沒，大家窮得要被鬼抓去，祖母們到處去借貸米，孩子考上高中無法就讀……

嘆氣之後，聲腔轉為激昂，開始像在說書，像電視劇似的說著他們如何一路逃亡，如何一路躲進山林，如何被跟監，如何巡警抓去，如何送往台北，如何被槍決，如何有的被送綠島，如何關出來後腿瘸眼瞎了……其他堂兄堂姊們都在旁邊踢毽子，玩跳加官跳繩。我就蹲在椅凳旁，耳朵愛聽故事。

突然小孩們轉身了，原來我的大伯母拿出炸蚵與麻糬。

她總是那麼美麗，面目深邃，眼睛黑白分明，笑容如山花。

很多年後，我才知道這個美麗如影星的大伯母是從山林部落嫁來鍾家的，祖父輩們躲在山林竟還有閒情搭起親事。小時候我曾跟著堂兄姊們去大伯母娘家的山上玩，且還住了一陣子。那些遙遠的山中畫面總是如雲海如霧般地經常飄在我的夢土。

時光已如霧中風景。

這是我祖父輩受難人生的某個浪漫碎片的延伸，情愛伴隨著傷害。（這個老叔公與老祖父輩的故事最初曾出現在我的長篇小說《短歌行》）。島嶼三部曲的時空還沒延伸到山林，直到《木淚》才算補了小說缺片。

這段故事轉介（借）到《木淚》的人物：阿娜的母親。

但為了小說時間的當代設定（故事主軸是發生在山林公路開通後，吸引大量日本觀光客的年代，小女孩與母親在山腳下賣串珠），因此小說時間讓老祖父晚年得子與老父親初老才得女，如此才能使阿娜的輕熟女年紀符合我筆下的人物設定，進入轉介歷史與當代時光的謀合。

如小說裡所寫：有些人要走到時光的布幕之後，才知道他在我們心中的重量與意義。

從此，父親的那棵樹，祖父的那座山，是書寫過去卻對未來的應許，是夢中君父城邦的再現，是愛與傷害的象徵。

當世事艱難，當肅殺如秋風掃落葉，這些為理想而赴死的祖父輩們，串起了平地與山林的一波波受難時，樹木與山裡人有情有義。

為此，祖父輩逃亡的山，是我心中的聖山。

山迴路轉送君行

我的小說《短歌行》日文版譯者上田哲二先生，他在翻譯我的小說中途因病辭世，過世前且安排了後續接手的譯者與一切細節，並在重病中為此小說寫了篇序文。

為此，我一直感恩在心，多年來經常想起他，腦子也總是盤旋著要藉由這個原型寫一個和日本有關的小說，思考著如何將他嫁接轉型到另一個人物身上，既保有他的原型卻又能開枝散葉。

我想起在山腳下的過去身影。

於是嫁接兩座時空，小說藉由一個年輕的母親與小女孩一起在山腳下賣串珠，遇到日本觀光客展開命運的嫁接串聯，從此遇合，由此癒合。

故事由作者的想像創建出一個擬桃花源般的虛構世界，彷彿托邦的逃逸祕境。我心中的桃花源，沒有族與族的邊界，只有人與人的相遇，任故事發展，由命運之神欽點。

故事放置在山林，重新回到島嶼最華麗卻也傷害最深的神木史詩之地。故事藉由三個人物各自面臨的臨終託付，使彼此愛上彼此，必須去山林尋訪所託付的那棵藏有往事的祕境之樹，如此才能寬慰亡靈們，一棵樹魂埋至愛，從此悼亡，從此不朽。

我曾問過日文譯者上田先生為何在很年輕時就愛上台灣，愛上中文。他曾以他那招牌靦腆笑容跟我說青年時他就來台灣山林旅行了，自此不知為何愛上了台灣與山林。

他也曾為了翻譯我小說筆下的雲林，與我一起返鄉，這麼多年過去了，種種影像，在我心中如是鮮明。

高山流水寫知音

《木淚》在虛線之外穿插了真實人物為原型，〈無名抄〉單元，除了老獵神完全是想像之外，另外兩個單元則以台灣植物學之父早田文藏，以及畫都藝術巨匠張義雄先生與其夫人江寶珠女士為創作基底。雖有所本，但內容也是作者基於史料的想像。

我當時採訪過的畫家甚多，但因張義雄與江寶珠是畫都最鮮明的伉儷，來自小說筆下的原型城市，因此我將之轉寫成小說人物阿娜的研究對象。又因我年輕時因緣際會在畫廊和他們有過幾次的訪談，因之還寫過關於畫家張義雄的藝評。那時我剛大學畢業不久，卻自此讓我心中住進了形象鮮明的江寶珠女士，她那毫無遮掩的純真與繪畫的純粹，是我以為藝術最動人的本質。

史料轉為小說的想像書寫，經過迂迴敘事，建構江寶珠一生的迴路，以隱在大畫家背後的女性所被埋沒的奉獻與藝術能量虛構其心境。

我自己也是繪畫迷，繪畫是我生命的後花園，因此自然而然在畫都遊走，最先想到的就是有幾面之緣的江寶珠女士，被畫家丈夫光芒遮掩的妻子，被藝術史埋沒的素人畫家。這個書寫彷彿是對女性犧牲自己理想的一則啟示錄，也是自我的鏡像折射，因而小說也以「阿娜」視角寫了不少旅行、美術觀察筆記。

聖山或剩山

時光走過，聖山已成剩山，大地發燒，山林野火，被摧毀的山林樹木，留下更多山的眼淚。小說藉由獵神望迦與阿米哈轉喻了這座山的樹木之殤。還大地之恩，還灌溉之淚，於是我彷彿也成了三生石畔的絳珠草。

愛或許來不及澆熄不斷冒出如燎原星火的傷害。但書寫可以，以還魂紙憑弔時光。於是木淚，是字淚，也是人淚。

淚水不止，洗滌這一切。

是為後記。

國家圖書館出版品預行編目資料

木淚：阿努 阿娜 阿米哈 / 鍾文音著. -- 初版. -- 臺北市
：麥田出版，城邦文化事業股份有限公司出版：英屬
蓋曼群島商家庭傳媒股份有限公司城邦分公司發行，
2023.09
面；　公分. -- (麥田文學；327)
ISBN 978-626-310-528-7 (平裝)

863.57　　112012492

麥田文學 327

木淚——阿努 阿娜 阿米哈

作　　者　鍾文音
責任編輯　張桓瑋　陳佩吟　莊文松
校　　對　鍾文音　杜秀卿　張桓瑋

版　　權　吳玲緯　楊　靜
行　　銷　闕志勳　吳宇軒　余一霞
業　　務　李再星　李振東　陳美燕
副總編輯　林秀梅
編輯總監　劉麗真
發 行 人　凃玉雲
出　　版　麥田出版
城邦文化事業股份有限公司
104台北市民生東路二段141號5樓
電話：(886)2-2500-7696　傳真：(886)2-2500-1967
發　　行　英屬蓋曼群島商家庭傳媒股份有限公司城邦分公司
104台北市民生東路二段141號11樓
書虫客服服務專線：(886)2-2500-7718、2500-7719
24小時傳真服務：(886)2-2500-1990、2500-1991
服務時間：週一至週五09:30-12:00・13:30-17:00
郵撥帳號：19863813　戶名：書虫股份有限公司
讀者服務信箱E-mail：service@readingclub.com.tw
麥田部落格：http://ryefield.pixnet.net/blog
麥田出版Facebook：https://www.facebook.com/RyeField.Cite/

香港發行所　城邦(香港)出版集團有限公司
香港灣仔駱克道193號東超商業中心1/F
電話：852-2508 6231
傳真：852-2578 9337

馬新發行所　城邦（馬新）出版集團 Cite (M) Sdn Bhd
41, Jalan Radin Anum, Bandar Baru Sri Petaling,
57000 Kuala Lumpur, Malaysia.
電話：(603) 9056 3833
傳真：(603) 9057 6622
E-mail：services@cite.my

設　　計　莊謹銘
排　　版　宸遠彩藝工作室
印　　刷　前進彩藝有限公司

2023年10月　初版一刷

著作權所有・翻印必究（Printed in Taiwan.）
本書如有缺頁、破損、裝訂錯誤，請寄回更換

售價／630元
ISBN　978-626-310-528-7
9786263105256 (EPUB)

城邦讀書花園
www.cite.com.tw

長篇小說 創作發表專案
NCAF 國|藝|會　PEGATRON 和碩聯合科技股份有限公司